华雍斟章

秦帝国旧闻录 上

泗水吟歌 著

U0597206

郑州大学出版社

图书在版编目(CIP)数据

华雍断章:上下册 / 泗水吟歌著. —郑州:郑州大学出版社,2022.3
(2023.7 重印)

ISBN 978-7-5645-8561-7

Ⅰ. ①华… Ⅱ. ①泗… Ⅲ. ①长篇历史小说–中国–当代
Ⅳ. ①I247.5

中国版本图书馆 CIP 数据核字(2022)第 034290 号

华雍断章

HUA YONG DUAN ZHANG

选题策划	宋妍妍	封面设计	脑洞中枢设计
责任编辑	胡佩佩	版式设计	苏永生
责任校对	宋妍妍	责任监制	凌 青 李瑞卿
出版发行	郑州大学出版社	地 址	郑州市大学路40号(450052)
出版人	孙保营	网 址	http://www.zzup.cn
经 销	全国新华书店	发行电话	0371–66966070
印 刷	永清县晔盛亚胶印有限公司		
开 本	710 mm×1 010 mm 1/16		
总印张	33.25	总字数	494 千字
版 次	2022 年 3 月第 1 版	印 次	2023 年 7 月第 2 次印刷
书 号	ISBN 978-7-5645-8561-7	总定价	88.00 元(上下册)

本书如有印装质量问题,请与本社调换

目录

上

归兑哀书

帝子降兮北渚，目眇眇兮愁予。

袅袅兮秋风，洞庭波兮木叶下。

——《九歌·湘夫人》

引子

泾渭平原的秋，究竟是迥异于潇湘以南。本就是红霾蔽野，莽莽苍苍，数不尽的萧瑟肃杀。何况大秦那一年的寒冬，似乎比以往任何时候都来得早。当朔风回转，扫却咸阳城中央王街两侧青梧最后一片寒叶的时候，漫城飞白，举国缟素，一生坎坷、方即位不过三年的秦庄襄王异，山陵崩。

庄襄王撒手人寰，遗诏以年仅十三的公子政即位，摄政太后临朝，文信侯吕不韦监国，是故新王登基，大赦国人。

赳赳老秦，民风骁勇，以法治国。自三代前秦孝公用商鞅为大良造推行新法，百年间灭周歃血、威震天下，世人谓之虎狼强秦。而秦国新王登基之礼更是盛事一件，山东六国自是免不了要遣使表贺，推敲试探一番。这不，刚过日中，六国朝贺使节已排到了章台宫外的冀阙之下。

章台宫内，谒者高呼之声响彻殿宇。

"即位礼毕，秦王宣政——"

一道清朗的少年嗓音不疾不徐，回响大殿之中。

"政少年即位，心志才识皆有不足。今遵父王遗命，由仲父督学，惕励锤炼。本王冠礼之前，一应国事由仲父、祖太后、王太后商议处置。"

高台上少年身影单薄，然而言语间不符年龄的沉稳静气，却也不容忽视。谒者见秦王言罢，忙上前道："相邦宣摄政国书——"

一位峨冠博带的玄服老者闻言出列，徐徐转身面向众人。六国使节不由纷纷抬首，争相远望这传闻中的"窃国巨贾"究竟是何等样貌，却见一张似笑非笑面孔,平和至极,毫无波澜。

"臣承先王临终托付,任开府相邦总揽国政。今我王初立,举朝大臣各司其职,一应国事,依照秦法如常处置。"

一席话,吕不韦说得平和从容却不容置疑。闻听这摄政相邦之宣政国书,各国使臣却少不得暗自揣摩。主少国疑,本有大患,却见这仲父持国,君义臣行,父慈子孝,竟是出人意料。正纷纷心思转了几个来回,却闻宫正宣使见礼,连忙按序上前。

朝贺人多礼冗,不知不觉间,一两个时辰就过去了……

此刻站在大殿正中的,是自东而来的齐国使节。只见齐使奉上一枚漆雕方盒,正中稳稳盛了一枚大小犹如鹅卵的圆珠,底色纯净,温润如玉,隐有兰香扑鼻。齐使微微将盒盖一敛,即更宝光掩映,竟似海上明月水乳交融,令人啧啧称奇。

高高的王座之上,少年秦王正襟危坐,并不言语。只是隐约可见游龙日月的玄端广袖,淡然一挥。一旁宫正遂起身上前接了那宝盒明珠,来使方一揖至地,恭敬从旁退下了。

须臾间但闻殿外沉钟之音,谒者遂一侧宣道:"暮食已至,秦王置酒咸阳宫,款待来使。"

眼瞧一排排特使渐渐退出了殿外,那高台端坐之人长松一口气,缓缓竖起袍袖拭去鬓旁细汗。说来也奇,分明是寒冬腊月的天气,这位"秦王"的鬓角边竟遍布了一层腾起的热汗。正举动间,后帘一动,清风微起,一只手已搭上肩头。那"秦王"身形一僵,神色苍白地回过头去……

只见来人是位少年,一袭雪色回纹绮锦绣常衣,容姿如灼日满月,衬得挺拔身姿爽朗清举,一捧水漾般漆黑墨发,斜眉入鬓,眼角上挑,张扬桀骜。"秦王"见了来者,登时一手抚了胸口,哭丧着脸便要起身:"我的君上!您这是成心想把小高的魂给吓飞了不是? 还好,您可算是回了。趁着那三位还没发现,还是赶快换回来吧。"

"你给寡人坐好了,小高。"被唤作"君上"的少年一手便将那华服少年自座间按了回去,"登基大典之礼异常烦琐,寡人已是憋闷了两日,好容易耐着性子撑过了宣政，谁知这些腐儒之繁文缛节，竟没完没了。"

原来眼前这位锦衣少年，才是幼年质赵、十三即位，当今天下为之观望的大秦新君——秦王政。只见他话锋一转，不紧不慢地笑道："你跟了寡人这几年，又不是不知道，对于这般礼典仪制，寡人一向兴致缺缺。"

赵高听了，不由张口结舌，心下暗道：您"老人家"兴致缺缺，难道奴便兴致满满么？不过这话，想是给他十个胆也不敢说出口。只得苦着脸央道："您好歹饶了小人吧！这上头还有三位太后，还有文信侯……"几个字才出口，可怜那赵高瞬间竟是汗出如浆。秦王笑道："代寡人受礼而已，你机灵点，不被发现不就是了？"赵高如遭雷击，哭丧着脸道："君上，您这也太为难小奴了！再说，若是让六国使节发现他们拜的竟是大王的内侍……您不如赐奴一个痛快！"

"畏首畏尾，瞧你这点出息！"秦王政斥道，一抹冷笑没入唇际，"六国？就让他们拜本王的内侍又如何。休提使臣，便是六国，说灭，也就灭了。"赵高闻言，不由周身一震。却见一瞬间，方才那如若出鞘利刃的锋芒竟乍然消散，眼前少年君王依旧笑得促狭："你就在这里给寡人好好坐着，庆典不完，哪儿也别去。寡人倒想看看，谁敢要你的命。"

他话音未落，人已像一阵风般，径自往长安宫的方向去了。单留赵高一人在幕间，朝着那阵风扫过的方向，呆呆发愣。

这西北虎狼暴秦的虎狼之君，传到秦王政这里，不多不少，正好三十七代。饶得再怎么虎狼之君，秦王政如今也左不过十三岁的年纪。然而这年仅十三的秦王政，真真是个不循常理行事的人物。尽管素日来冷沉内敛，韬光养晦，然而自邯郸归秦、王子参国，其行事作风偶见雷霆凌厉，竟是再遮掩也掩饰不住的。

此人奇且奇矣，却是端得耀眼。赵高想着，又自王案之后遥遥望去，只见那人背影已是隐隐不见，不由苦笑不已。

——纵然不循常理，却让人总是忍不住这般，想要追随。

掐指一算，那一年是秦王政元年，楚王元十七年。那一年的秦王政十三岁，即将与他初会的楚公女芈㠇，亦不过七岁的髫年幼女。命运的丝线盘旋而上,天命,在未知的彼端,悄然运转。

秦始皇帝者,秦庄襄王子也。……以秦昭王四十八年正月生于邯郸。及生,名为政,姓赵氏。年十三岁,庄襄王死,政代立为秦王。……王年少,初即位,委国事大臣。

——《史记·秦始皇本纪》(中华书局,1999 年版)

(小注:作者参考"史记三家注"、宋衷注《世本》及徐广撰著《史记音义》及辛德勇先生相关观点,认为始皇帝姓氏经历嬴姓赵氏、嬴姓秦氏、赵姓秦氏,名正。文中作者个人设定,始皇帝名正,字政。考虑现代读者认知及阅读习惯,文中大量混用,如嬴政、秦王政等,此非做学问也,望见谅。)

梦境一　初空

暾将出兮东方,照吾槛兮扶桑。

抚余马兮安驱,夜皎皎兮既明。

——《九歌·东君》

在经过兴乐宫前那条曲折繁复的回廊时,芈茫仿佛在最远处的转角,看到了那个人。

漆黑的发际沾染着霜月纷然落下的绵雪,一如那晚。疏淡到了极致的神情,更衬得整个人高而徐引,肃肃如长风入松。仍似旧时的张扬笑意,凌然如剑,灿然若金,水波般从漆黑的眼眸深处流淌开去。宫阙亭台小雪纷纷,在他的周身漫卷,使得他的身影似是笼罩在一层散淡而又奇异的光晕中。这时他整个人都仿佛是一个遥远而黯然的梦境。

然而芈茫知道是他。他在微笑,他的笑容在回廊的尽头,显得有些虚渺不实。她在这样的笑容中屏住呼吸。

"阿政……?"

风乍起。那笑意如涟漪般荡漾开来。那抹颀长的身影离开了庭间盛放的白雪红梅,悄无声息地来到了阁道中央。她抬起头,看到风中他带着浅淡的笑容,朝着自己的方向,缓缓伸出一只手来。

她与他之间,只隔着这半条步道的距离。霜月夜间纷然洒落的清雪翻转上浮,弥散在二人之间,令芈虿有一瞬间的迷惑,仿佛他们之间隔的其实是三千弱水,终究只得迢迢相望,一旦越界,即万劫不复。

然而芈虿仍然走了过去,向着嬴政的方向,毫不迟疑。

瞬间涌入的记忆,如同金色的游龙落入彼岸的星海,时光流转而回。

颛顼历,青龙季,初空之月
秦王政元年,咸阳王城——

穿过咸阳宫内一排排曲折繁复的宫阙回廊,奔跑在霜天雪景中的少女终于停下了脚步。

少女不过垂髫之龄,一袭朱色洒金小曲,云纹鸾鸟为绣,举动间,腰间五彩玉绦琳琅清响。粉嫩小脸在这琉璃世界之中,染了一层红扑扑的生气,煞是可爱。然而最为夺目的是此时此刻她的神情,正带着一脸稚气的愤然。

"可恶!"少女抓起廊间的雪团成球,愤愤地丢了出去。一双剪水杏眸灵动,左看右看四下无人,嘴里还兀自念个不休,"可恨六国!虎狼暴秦!目中无人!昏君!"

燃着怒意的杏眸中,浮现出方才大殿上的景象……

其时章台宫中,秦王政登基之礼甫毕,谒者便高呼各国使者依序觐见。一来二去,便轮到了楚国使者见礼。楚使趋前而至章台宫丹墀之上,随即在众人面前徐徐展开的,是一件做工极为精致繁复的君王公服。然而颇不同寻常的是,这件公服依循楚俗,乃是白、青、玄、赤、黄五色丝罗绣制而成。殿中诸人看得仔细,一时悄然议论之声四起,不待楚使开口,早有阶下不知哪国使节的刺耳嗤笑,一丝不差落入耳中。

"这公服,竟是五色的?"

其声一落,即有应和:"五德相生相克?敢问楚使,贵国究竟尚的是什么德啊?"

楚使闻言,不卑不亢,却是向南方遥寄一礼:"我王闻邹子五德终始,深以为感。五德俱服,是我楚之礼也。"众使听了,更是不依不饶:"以为集齐五色,就可以五德兼备?真是让人笑掉大牙!"楚使不欲相争,淡然回道:"天生大楚,不尚一德。楚国尚五色也非一日两日,各位又何必大惊小怪!"

中原各国自诩正统,本就有意挑拨,到此愈发放肆。只听阶下一人不阴不阳接道:"我还听说,楚国不仅尚不伦不类的五色,有个大夫屈氏还带头尚奇装异服。什么云冠、长铗的……"众使一片哄笑,七嘴八舌甚嚣尘上:"真不愧是南蛮番邦,想法和中原正统就是迥异!"

"时人谓之'沐猴而冠',当之无愧,哈哈哈!"

"怪不得孔夫子集十五国风,单单落下楚国。楚国哪儿来的国风?"

放肆的低笑自殿中传来,稚嫩少女隐于帷后听得真切。偷偷抬眸看向姑祖母,却见老太太一脸昏昏欲睡,帘外重重纷扰,根本不曾入耳。

"公女,切莫冲动啊!"愤懑之意直冲脑际,却闻玄云的声音正急切地唤着自己。玄云是自幼伴在芈㚟身侧的女使,此番更是随主一路北上入秦,见自家公女悖然而怒,忙上前劝慰。芈㚟不忍女使为难,勉强压下怒火,一双秋水却仍愤愤,大有不平之色。玄云见了,不由求助道:"少公子,您也劝劝啊!"

被玄云称为"少公子"的,乃是当今楚相,春申君黄歇之嫡孙——黄脩。他荫袭祖姓,嬴姓黄氏,单名脩,字筠,是芈㚟的总角之交,此次更是特请护其北上入秦。有道是家学渊源,黄脩虽是少年,却已是楚地闻名之翩翩君子,人如其名,清逸灵修。

黄脩沉默片刻,方才殿中种种他看得真切,遂上前一步轻握住芈㚟的手:"少公主勿要与这些人一般见识。"他一如旧时,不疾不徐,令人如沐春风。但此刻听在芈㚟耳中,却更觉悲从中来。"五德生克,五行相制,邹子的五德终始,中原各国皆以其一取之。就连被称为西北蛮荒的秦,不也选了水德玄色?"黄脩走到帷屏之后,冷冷望着殿中诸人你来我往,"然而我楚风偏与人不同。楚国尚五色、俱五德,每每为自诩正统的中原各国诟病嘲笑。"

身为春申君府世子,黄脩自幼倾慕屈子,深谙楚风。说到此处,纵是一贯温润如玉的人,也不由得隐有不平之色。芈㚟却低下了头,她不知此刻黄脩想到了什么,更不知楚风是否正统,她只知这件丝罗常服是母妃亲手绘制，又与绣坊宫人齐齐赶制数月，方才完成的。

那是母妃对即将远去入秦的女儿最后的一丝心意吧。

她的眼前，浮现出熟悉的故乡情景。陈都王城遮天蔽日的兰桂芳馨，高高的木兰树上长长垂下的五色丝绦，树下少年温润如风的笑脸……扈辟芷、纫江离，结在发间的五彩丝绳，那是每年惊蛰节候来临之际，母妃都会亲手为她系下的。

但那斑斓的五彩记忆却在此戛然而止。楚王元十七年，秦王政元年，应姑祖母——秦华阳太后之约，由远在秦国的叔父昌平君赴楚相迎，身为楚太子悍长女的她，纵然仅七岁稚龄却不得不背井离乡，为践行秦楚二十一代之婚约诅盟，来到这西北边陲的荒凉之境。

那些人，又怎么会懂？

细碎的刺痛，在芈凫小小的心中弥散开去，指端传来柔和的触感，却是玄云上前握了她的手，柔声劝慰："公女勿要伤心，不值得。"黄脩冷眼看着外殿："又开始了，陈词滥调！不过区区说辞翻来覆去，真无趣也。"芈凫正待接话，却是透过帷帐的间隙，远远瞧见那丹陛王座上的玄色身影，广袖轻挥，冷淡随意，却瞬间止住一殿喧嚣。楚使礼毕退下，自始至终那秦王政竟是一句话也吝惜给出。

芈凫一窒，心中更是说不出的愤懑难言。

将她的神情看得真切，黄脩不由温言道："少公主？"见人不答，又摇头轻叹："凫妹？"这素来温润守礼的少年君子此时放软了语调，轻柔唤着她的小字："不若，再来块甘棠蜜饵？""扑哧"一声破了功，却是玄云自幼随侍，岂不知自家公女素来贪食，闻听此言竟是禁不住笑了。芈凫这才回头，刚气鼓鼓地瞪了一眼，却听黄脩忍着笑意的声音："少公主想来是久坐乏困，不出去透透气吗？"

他狡黠地眨眨眼，又悄悄指指一旁的祖太后。少女心领神会，一双水漾大眼瞬间一亮。

于是，在春申君世子和女使的掩护下，芈凫从肃穆压抑的章台宫偷溜了出来，沿着中央王街一旁的宫道一路飞奔。入眼是楚地终年难得一见的漫

华雍断章

天飞雪,雪风之中,点点寒凉沁入心内,又激起一片心湖涟漪。

她的思绪,回到了赴秦前夜。

温暖柔和的双手轻抚头顶,那种触感到现在她还清晰地记得。回忆中母妃的神情是一贯的卑弱,她一边不停垂泪,一边欣慰地笑。

"凫儿,你是楚公族的血脉,王太子之长女。勿要忘却自己的姓氏,勿要忘却身为楚公女的责任。"

少女天真而疑惑,对随之而来的残酷命运毫无知觉。

"这就是身为王族女子的命运。"母妃说着,自怀中取下了那素不离身的龙凤青玉佩,双手郑重予她,"此为吾幼年随身之物,今我儿远走他乡,愿你灵玉怀身,远辟诸邪。"

母妃那双含情的美目,或许从不曾留住君父的脚步,但此刻那双眼中涌出的泪水,却真真切切刺痛了少女的心。于是她踮起脚尖,为母亲拭去泪水,许下少女稚拙的承诺。

"凫儿定如母亲一般,此玉永不离身。"

黄脩在侧默默望着,神情晦暗。压抑沉默许久,终复上前:"太子妃,脩已经禀明父亲,自请北上护送公主。若非如此,脩不能放心。"太子妃哀然微笑:"好孩子。我就将凫儿托付于你了。"言罢,又望向一旁修长挺拔的白衣少女:"玄云,为我守护公主。"

玄云闻言肃敛形容,伏跪行九叩大礼。掌心翻转间,一枚银色的鱼尾形状胎记骤然闪过,如彗星划破夜空。

"阿凫……"母妃的目光,最终还是落回了芈凫的身上,她的神情那样的哀戚,却又是那样的欣慰。

"阿凫,未来,你会成为秦国的王后。"

她,楚王元之嫡孙女,楚太子悍之长女。她,又怎会忘却自己的姓氏?

三日前,随叔父昌平君北上涉江而入秦,甫到咸阳王城,就被华阳太后下令入华阳宫,赐居芳洲。这两日更是要随她老人家一起,观看秦王登基大礼。几日隐入幕间沉默遥望，看着那六国传言中的王子政，经过一道道烦琐的周礼，终于冕毓加身分酢奉鼎，昭告天下成了秦王政。然而九重宫阙华服厚重，她，根本连那"秦王政"的面孔都没看清。

却是不由自嘲。没看清又如何，难道还能有什么期待吗？

少女终于停下了奔跑的脚步。眼前的咸阳王城实在是太过浩大，宫门深九重，阙台在万里，长天一色辨不清那寥远的青空。她环顾四周，呆愣了半刻，不由得一阵懊恼油然而生。

不曾想自己竟在这咸阳王城迷了路。芈凫茫然四顾，轻唤着"阿笃""玄云"，却是无人应答。愈是心急，愈是失措，只觉宫阙楼台仿佛相似，似乎都曾来过。不知又走了多久，脚底越发酸痛，渐渐泄了气。

"铛——"

倏然晨钟暮鼓，清脆悠扬的钟声响于天际。钟鸣三响，暮食将至，天间清雪，浩然而落。阔大宫阙，纤巧少女，定格成极静的一幕。待钟声余波散尽，却见皑皑白雪中，一座红梅盛放的庭苑骤然闯入视野之中。似被那灼目的艳红所惑般，少女疾步寻去。

从狭隘曲折的廊道骤然闯入那片开阔的庭间，忽而一阵清风拂面，萧萧朗朗，芈凫乍然间愣在了原地。

这是一座遒劲秀逸、古拙别致的宽广别院，流风回雪掩映间，天间唯余茫茫然的琉璃洁白。就在这一片冰雪世界之中，一丛丛红梅在庭间盛放。在那层叠梅枝的掩映间，一个面色纯净如若琉璃的少年，正在怒放的红梅树下，独自一人，静静地站立。树树白雪红梅开得浓艳，那少年却是疏淡到了极致的神色，阴鸷冷沉的侧颜并无表情。

"何人？"

少年气度泓峥萧瑟，实不可言。一时难辨其人身份，芈凫一惊，只得匆匆搪塞道："妾为章台宫侍奉秦王的宫人。奉宫正之命，正要去往章台。"少年闻言不动，似笑非笑："你是侍奉秦王政的宫人？此处是离宫的含章殿，非外人能来的地方。"

芈凫又是一惊，纵初来乍到，这座离宫的大名她也早有耳闻。

离宫，又名长安宫，乃咸阳宫建成以来历代秦王起居之寝宫。尤其含章殿，是秦君躬操文墨、聚议国事的正寝之所在，国之大计，纵横崛起，都是在此开启第一步。如此说来却也无巧不书，君王寝宫重地平日里戒备森严，本是绝无误闯之理。偏生今日秦君即位，阖宫侍从尽在章台，旁处未免疏漏，竟叫她平白无故寻来此地。只是身为外族女眷竟误闯离宫内苑，若是被姑祖母知晓，这一场罚怕是轻不了。

玲珑七窍几个回转，芈凫暗中早呼不妙。"姎……这便回去了！"匆匆告退正待回转，谁知这秦国的气候全不似故乡温润，好似故意欺负她不知天高地厚，急匆匆穿着单衣就跑出门一般，话音刚落，一阵朔风北回，直将那辛辣的寒气灌入鼻腔。

"阿嚏！"手忙脚乱摸向怀中，素日常备的织锦绣帕此刻却不翼而飞。又是一阵冷风骤至，几个喷嚏下来，少女一时大窘，不由得面红如霞。

少年的目光终于从那一丛红梅中挪开，向着她的方向，似乎轻轻地笑了一下。此生从未见过有人的笑容似他这般，仿若一瞬间雪化冰消、春溪流淌，芈凫呆了一瞬，仿佛心脏漏跳了一拍。下一瞬，一方玄色洒金的丝帛素帕轻轻落在了手上，她惊觉抬首，却见那少年就在面前。

"小侍女，章台宫的方向，要往那里走。"

芈凫脑中一阵空白，此时方觉极是尴尬。粉嫩桃腮憋得通红，小嘴嗫嚅着不知该说些什么。就在此时，远远传来熟悉的呼唤声，刺破了此间的宁谧。芈凫一震，忙循着来处高声应和。又听一阵脚步自远及近，黄脩赶得一身热气，眉头直皱。

"少公主，您怎么乱跑？可叫我好找！"待他近前，望着她又不禁扑哧一笑："果然到了哪里，少公主都是路痴呢。"芈凫闻言，顿时有些不好意思："阿兄还说！方才我迷路了，多亏这位……"

少女回眸，却骤然愣住。环顾四围，寂然无人，唯余满庭琉璃世界，白雪红梅。

"哪有什么人？脩方才一路行来，并未见到什么人呀？"见黄脩面露疑惑，芈凫默然无语。目光逡巡，只有似乎还散发着那人身上余温的素帕，静静躺在掌心。心中一阵不明滋味涌上,却闻黄脩关切道:"少公主,如今心情可还好些了?"

少女回过头去,美目流转间,粲然一笑。

"阿兄,凫儿……有一个想法。"

日昳之时,王宴群臣于六英宫中。黄脩一袭纹虎深衣,飞凤峨冠,趋前大礼。

"在下楚使,北上涉江远渡渭水而来,贺秦君登基之礼。"

刹那间又来了一个"楚使",大殿上一时议论纷纷。宫正候在御前,见此便道:"楚使所呈何礼?"黄脩环视四围,昂然道:"江北六国言我大楚无有国风,如此言论,乃一叶障目,不见泰山也。今大王登基之礼,赐宴群臣,外臣就以楚辞《东君》助兴,愿大王恩德,昊天罔极。"

寥寥数语,大殿内顿时一片静寂。那丹陛王座之上的人似是沉默了一瞬,随即道:"如此,楚使请吧。"黄脩又行一礼,微微偏首,与身后静立的芈凫对视一眼。芈凫旋即铺下琴去,一曲《东君》雄壮曼妙,自指尖铮铮流下。

"暾将出兮东方,照吾槛兮扶桑。抚余马兮安驱,夜皎皎兮既明。驾龙辀兮乘雷,载云旗兮委蛇。长太息兮将上,心低徊兮顾怀……"

少女的歌声清越辽远,琴音波澜渐生,萦萦不绝,大殿间一时鸦雀无声。将殿中诸人反应尽收眼底,芈凫心中喟叹,须臾琴声更急,如若洞庭波兮碧海潮生,便向黄脩递去一个眼神。回眸间灵犀不过一点通,众人兀自怔愣间,就见黄脩执起掌中竹杖,长袖自空拂过,登时大殿之上风鸣阵阵,森然而高起。飘忽之间似有九帝骖龙,吞云吐雾,凌空跃舞翱翔。转瞬间满殿光点细碎纷然,竹锋所至,虎啸龙吟,衣裾翩飞。

此舞一出,魁伟奇绝,满座皆惊!

众人交头接耳,啧啧称奇,连叹那剑舞楚风浓郁,不知来历。竟是殿中几位博闻多识的稷下博士,亦道不出此舞由来。芈凫见此不由得心中嗤笑,需知此舞本非等闲,它是楚公族的不传之秘,更是春申君一族独传的楚地祭祀巫咸之剑舞——《湘君》。这一舞雄健壮妙,飘然纷飞,岂是区区六国之乐

华雍断章

舞所能比拟？特别是那蛮荒暴秦的虎狼之君想来粗鄙，怕是连《楚辞》都不见得听说吧？

心中不屑化为唇侧一抹冷然，水波般扬起。待众人回过神来，少女早似初来般抱琴而立，眼神平静恍若无物。再看殿中早已鸦雀无声，当初出言羞辱楚使的几国使节尤是无趣，早已讪讪退至人后。

许久，高台王座上那人轻轻一笑，目光却是绕过了黄脩，直触少女眼底。他直视她，骤然发问。

"楚使之《东君》，为何与别处不同？"黄脩面露疑惑之色，不由看向芈凫。秦王政仍是语气淡淡："《东君》，为《楚辞》名篇。楚曲《东君》，商调定弦。今楚使这一曲《东君》，本王粗粗听来却似是夹钟而均，调偏三分。敢问何来？"

芈凫无言以对，心中却掀起滔天巨浪。他，竟能听得出来？她对这虎狼之君心存轻蔑，料定其不通雅乐，又有心为母国出头，故行此偏锋之事。偏调暗讽一国之君乃悖逆重罪，此番被抓现行岂能善了。一时心头大乱暗暗叫苦，然而众目睽睽之下，也唯有稳住心神。她深吸口气，稽首对曰：

"回禀大王，今奏《东君》之曲，借颂朱明之德，贺大王登基之礼。然秦之主星位较之楚，西北三分也。是故三分损益，夹钟均而成清商调，正与大王之恩德遥相辉映。"

那人沉默许久，不曾言语，亦不曾叫她起身。一片死寂的沉默在大殿弥散升腾。

芈凫心跳如雷，未曾想这十三岁的少年君王竟是如此威压沉重，一时周身竟被冷汗浸透。再看一侧黄脩，自是也感受到了这股不啻于天子之气的威仪，一贯波澜不惊的脸上，此刻眉心轻蹙。

许久，似是远远传来一声轻笑。少年君王缓缓起身，自丹陛而下。眼看着秦王竟然走下了王座，众人无不肃敛静气，一时间整个大殿针响可闻。却见秦王绕过黄脩，径直行至芈凫的面前。四目相对，那梅树下的少年目光流连于她的面容，仍是凤目斜挑，洞悉而明澈。

是他！猝不及防，仿佛心间的某根弦被瞬间拨响。芈凫睁大了双眼，不敢置信地注视着面前一身玄端衮服的少年君王。不容回避的，年轻的君王也望进她眼中，其人岩岩若孤松之独立，唇畔却化开一抹淡淡的笑意。

"楚使之贺礼，本王心甚悦之。"一句言罢，秦王政忽而向黄脩，眸光却骤然冷了三分，"早闻楚使乃春申君后人，如今一看，当真是少年君子卓尔不凡。世子不妨就此留在大秦，证我秦楚邦交盟好，岂非国之幸事？"

"什——"

一双有力的臂膀止住了未出口的质问，黄脩不动声色地挡在芈凫身前，目光澄澈，直视秦王。

"外臣，遵秦王之命。"

半月后，华阳宫，芳洲。

晨曦洒金，腾云轻绕。轻快的脚步声笃笃，自溢满芳馨的廊苑中绵延，芈凫甫一抬头，便对上黄脩带着笑意的脸。

"少公主，禁足今日终可解了？"

芈凫见是黄脩，早就眼前一亮。不错，自那日后，她便被姑祖母勒令禁足在芳洲之中，不得外出，可不是百无聊赖、无趣至极？想说什么，却终究扁了扁嘴，一脸的委屈："阿筠！你怎么来了？"

黄脩轻笑："不过是来拜见祖太后的。此番赴秦，大父却还有些话托我捎带一二。"芈凫闻言，横他一眼："原是顺路才来看我。"黄脩不以为忤，却只是笑。芈凫默默许久，忽而有些不敢看他："阿筠，此番都怪我。都是我异想天开，意气之争，那秦王他竟然……"黄脩听了，却只摇了摇头："少公主何必自责？脩并不觉有什么。"

"可是又怎会没有什么！你本是相府世子，有大好的前程。如今那秦君轻飘飘一句话，竟成了入秦质子，连何时能够归国都是未知……"黄脩只静静听着，一双星子眼眸越发温柔："少公主莫非忘了吗？脩在此的意义就是保护少公主。"芈凫愣了，竟是看着他，一时忘了说话。却见他一如既往，温润柔和，却是从未动摇。

阿筠……这些年，若不是你……

她眼眶发红，却在心头默默。只是这般隐秘之思，她知，他知，却并不能够宣之于口。黄脩轻叹一声，为她拭去脸上的泪痕。他无奈地笑笑，却骤然自身后变出一篑柘浆红果来："少公主莫要难过了，看，祖太后特别赐的！"

"咦？姑祖母不生凫儿的气了？"芈凫瞪大了双眼，双瞳似有喜色，却仍是嘟着嘴道："本来就是，姑祖母生气好没有道理。我们做的事情，明明就是为了楚国不平嘛。"黄脩笑道："太后翻阅了少公主抄的这五百篇《春官宗伯》，好像秦王也在一旁。太后倒是吩咐公主这些天多出去晒晒太阳呢。"

冤家般的二字落入耳中，少女娇俏的桃花面，一瞬间就白了些许。"秦王……也在？"

"是也。"这回黄脩却是应得很快，"只是秦王嘛，他说……"他望了她一眼，一双桃花眼带着笑，欲言又止。她见了，却莫名紧张起来："秦王可说了什么？"

此刻黄脩早已憋笑憋得辛苦至极，却还是一脸君子如玉，诚恳万分："秦王说，公主的字似犬扑一般。"

芈凫面色一黑，"可恶秦王！"她又恼又羞，咬牙切齿，而一边玄云，早捂着肚子笑弯了腰。

见她如此咒骂秦王，黄脩却是眉眼弯弯，显然一副心情很好的样子，却还竭力维持着端方君子的形象："凫儿勿要在意……"到此也终究破功，大笑起来。

这个阿筠！

不知为何，见他们笑，她也笑了，一来二去三人竟笑作一团。只知入秦后，好似就不曾这样笑过。不知为何，芈凫眼前，浮现出初入秦那日，姑祖母说的话。

那一日的华阳太后，庄严慈和，高深莫测。她牵起她的一只手，笑意和蔼："孩儿，你可有名？"不过髫龄的少女垂目恭顺："妫年岁未及，不得赐名。唯有一小字，'凫'也。"太后听了，沉吟片刻："鱼凫先蜀，立身何艰也。凫儿，你可知，究竟为何入秦宫？"少女柔顺应道："回姑祖母的话，凫儿入宫，是为秦楚之代代诅盟，是为楚女命里注定。"

华阳太后闻言，久久不语。

"凫儿,勿忘却你的姓氏,但也勿要忘记,你,会成为秦国的王后。"

这……就是身为楚女的命运。

阿凫……未来,你会成为秦国的王后。

恍然回神,过往笑意早有万千重隔,恍不复存。如同秦楚绵延二十一代的诅盟,也是她此生不堪背负的命运。

芈凫沉默,眉宇间复又染上淡淡的哀然。

"阿筍……为何母亲、姑祖母,她们都说,我要成为秦国的王后? 为何,你我一定要来到这偏远异国? 难道成为秦的王后,真就是楚女注定的宿命?"

黄脩沉默半晌,忽道:"少公主,你想成为秦国的王后吗?"他的眼神如此温柔,却又如此哀愁,令她一时无言。"若你不想,天涯海角,脩一定会带你走。我们离开这里,泛舟震泽,江海云梦,到天下人都找不到你我的地方去。若你,只一句不想……"

长久的沉默。一时间,芈凫有些不敢去看黄脩那哀然却热切的面庞。但是那句简单的"不",却是如此难以出口。

过去不能,今天,更是不能。

如果,有过选择的机会……她又怎会甘愿嫁给西北蛮荒之地的虎狼之君? 在楚人的眼中,虎狼暴秦的君王,就好似楚地传说中的幽都土伯一般,据说有三个头,五个身子,磨牙吮血,杀人如麻。她不过血肉之躯,岂会甘愿以身饲虎狼? 只是母国积弱,她又何曾有过选择?

"小侍女。"

泠然清雪飘飞的庭院,那人回眸间笑意若飞,如若破空闪电划过识海,令少女骤然惊惧。

(楚顷襄王)二十七年,……入太子为质于秦,楚使左徒侍太子于秦。三十六年,顷襄王病,太子亡归,秋,顷襄王卒,太子熊元代立,是为考烈王。考烈王以左徒为今尹,封以吴,号春申君。考烈王元年,纳州于秦以平,是时楚益弱。

——《史记·楚世家》

梦境二　梅见

吉日兮辰良，穆将愉兮上皇。

抚长剑兮玉珥，璆锵鸣兮琳琅。

——《九歌·东皇太一》

　　春日载阳，鸧鸧有鸣。立春之日，依礼应于宫中拜见，而秦宫三位太后亦会在今晨至华阳宫中闲叙，芈凫方才用过晨食，便早早动身前往华阳宫了。

　　来到华阳宫外，只见一树树甘棠盛放，回廊间小亭曲水，繁花似雪，入眼一室琼华。浮雪甘棠，是华阳太后最爱的花树。当年秦孝文王独宠华阳夫人，专为其修筑华阳宫，宫内外遍植甘棠茂盛，不过为博美人嫣然一笑。然而孝文王在位三日而崩，庄襄王持国三载亦撒手人寰，而今君王年幼，国运莫测，这巍巍华阳甘棠浮雪，成就一段佳话，却也看尽多少沉浮悲欢。

　　踏进宫门，就见早已坐满了一室的人，欢声笑语好不热闹。芈凫入秦数月与华阳宫多有走动，上下皆是相熟。见她来问春安，祖太后自是欢喜，叫辟芷姑姑迎了入内，这就招呼身边来坐。少女亦是欣然，将采来的几枝甘棠交于掌事插花，这厢则向着座中诸人一一屈膝行礼。

"姑祖母安好,夏太后安好,王太后安好,韩太夫人安好。"

"好孩子,何须如此拘礼?"这位眉眼含笑率先出言的姝丽宫妇,正是秦王政的生母,王太后赵姬。其人正如六国传言,容姿绝美,白皙如玉。赵姬话音未落,却是有人直接起身,一把将芈凫揽了入怀:"每次见到凫儿,都觉姐姐真是怀璧不露呢,真不愧是楚国王室的血脉……"

入眼银丝鹤发,华服繻袡,虽不甚张扬,却是并不逊于姑祖母的太后服制。芈凫心中明镜,这位便是孝文王侧夫人,先王生母、秦王政的血亲祖母夏太后了。夏太后悠然含笑,却是堪堪咬住"王室"二字,犹自上下打量:"瞧凫儿聪慧伶俐,玉雪可人,可不是有几分姐姐当年的影子!"

突兀一声冷哼,却是赵姬。

"还是太后好福气,可以遥寄母后当年的风姿。可怜我孤儿寡母归秦日短,苦思母后旧时之姿却不得见,每每引为憾恨呢。"一句"孤儿寡母归秦日短",殿内竟平生几丝冷意。唯有华阳太后浅笑不语,不疾不徐,只拨弄那羽人铜炉中的青烟。

"邯郸之日,姐姐当真不易也! 妾与蟜儿每每想起,亦为大王与姐姐昔日所受之苦心如刀割。"此番出言圆场的,是庄襄王异的侧夫人、公子成蟜的生母韩太夫人。她说至动情处,又自怀中取出帛帕拭泪:"好在如今大王登基,姐姐终于守得云开,瞧着楚公女的样貌人品,大王真是好福气呢。"

殿中你来我往,云山雾罩,芈凫心性纯然,早神游乎六合之外。恍惚听到有人提到自己,不由一滴冷汗当头落下,一张俏脸却是悄悄红了。韩太夫人见她窘迫,更是笑得合不拢嘴:"不愧是楚王太子的嫡出,生来便是与人不同呢。"

赵姬满面倨傲,看也不看韩太夫人:"说来夏太后常年抱病,隐居不出,怎么今日反倒有空来母后这里了?"她这话语强硬,竟是大为失礼。夏太后面有不虞,许久方淡淡回道:"难得春日灿烂,也是应景。即便是我这久病之人,也忍不住想来姐姐这里看看华阳宫的浮雪甘棠呢。说来今日似未见到阿脩?"

华阳太后随口应道:"少年人顽皮,总也不来。却说脩儿与成蟜那孩子

华雍断章

走得颇近？果然同龄就是志趣相投些。"夏太后亦是点头："姐姐说的是，我一见脩儿便欢喜得紧。说来成蟜呢？让他也来叙叙话罢！"韩太夫人听了，慌忙上前："大王初登王位，阿蟜纵然年幼却也时刻记挂王兄。这不，一大早就去六英宫的鸿台外，陪大王射箭去了。"

这般兄友弟恭，赵姬听在耳里，却更是冷下一张脸。似想说些什么，却终究压着未曾出口。

芈岂方才坐下，就听闻这你来我往的一串，心头大感无奈。却说这秦后宫委实复杂，也无怪乎初来乍到之人难免云山雾罩。秦王政少年即位，上数三代嫡祖母、真祖母、母后，竟是咸阳宫说得上话的太后就有三位，更不必说还有一位太夫人，平白给人绕得头晕。芈岂抬起头，却见华阳太后始终高坐主位，手指纤长不时拨弄那错金博山炉中的香灰，脸上笑得高深莫测。

众人正在寒暄，蕡阳宫的女使却来觐见，入内问安后，即附身在赵姬身旁耳语了一阵。片刻赵姬便起身请辞，只道今日有邯郸母家远客至秦，凤食后由文信侯府领入宫中拜见的。赵姬去后，众人又陪华阳太后调笑了一阵，方才散去。

殿中复归寂静，华阳太后斜靠榻上闭目养神，芈岂却在暖阁的琴案前坐下了身。轻拢慢挑，琴声泠泠，雅正端方中却别有一种辚炜意象，正是一曲小雅的《棠棣》。

华阳太后望着复又空无一人的内殿，忽而轻唤："洒尘。"

一个一身烟紫如若桔梗的侍女恭谨入内。琴韵泠泠的间隙中，却听太后道："岂儿，这是洒尘。在吾身旁也调教了数年。这丫头粗略通些医术，今日起就在你身边侍奉罢。"芈岂正待谦让，适逢辟芷姑姑上前奉茶，从旁笑道："公女有所不知，洒尘厨艺了得，尤其她酿的青梅酒乃是我们宫中一绝呢。"

小女儿家本就贪食，到此岂有不喜。正笑逐颜开之际，又闻祖太后慈爱嘱托："洒尘心灵手巧，平日里做些糕饼，宫中人情往来，不比他处。"华阳说到此，又不经意般笑道："夏太后喜食的枣栗蜜果，属她做的最好。"

琴音一顿，尾韵将断未断。芈岂沉吟，亦是笑道："原来如此。岂儿就敬谢祖太后恩典。"洒尘见了,伏跪九叩认主不提。

一曲《棠棣》到此,仍不过半阕。幽袅绵延的弦韵间,华阳太后骤然开口:"凫儿,方才怎地一言不发?"芈凫如实回道:"姑祖母,大人们说的事情,阿凫本就不懂嘛。"少女思量几许,不由问出了盘踞心中多日的一个问题:"几位太后谈到的'邯郸之日',究竟是一段怎样的过往?"

"怎么,凫儿对阿政的过去好奇了?"望着姑祖母笑意盈盈的面容,芈凫不由脸红,却见华阳太后徐行至窗边,凝视窗外花开如雪,似是陷入回忆。

原来秦王政其父,秦庄襄王异人,本是孝文王酒醉荒唐诞下的庶子,生来便身无长物,不受宠爱。秦异质赵数十年,几近为秦公室所弃,孤身在外备受欺凌,归国无路。谁知天生奇商吕不韦见之,引为奇货可居,散家财,献美姬,经安国君内弟阳泉君引荐,一张认华阳太后为母的乾坤合同,为备受冷落的王室庶子开启了通往君王之路的天国阶梯。彼时秦异人在吕不韦的运作下逃回咸阳,并被立为王太子,却不得不将元妻与年仅三岁的幼子留在了赵国,而这一留便是六年。整整六年,身处邯郸廓城的赵姬和幼年公子政,替庄襄王承受了质子逃赵、长平血仇、归国无门的仇恨和屈辱。

往事幕幕,弹指生杀。少女早在不知不觉间,听得心惊肉跳。

"所谓的邯郸之日,便是那暗无天日的六年。挥之不去的死亡阴影,窘迫的生计,唯有孤儿寡母独自承受。"华阳太后说到此,也不由叹息,"大王心思深沉,隐忍伐谋,他素日不易于亲近,也是一路风霜摧折使然。凫儿,不要怕他。"

芈凫心中一动,却只低低"嗯"了一声。秦王政……究竟是怎样的?当真难以亲近吗?当真难以揣测吗?抑或深沉到可怕?

似乎是的,似乎又不尽然。

神思恍然之际,辟芷姑姑复又进入殿中,添上蜀地新贡的茶茗。将那一汪澄碧摩挲掌中,芈凫撇去脑中纷扰的思绪,却是骤然转了话头。

"那公子成蟜,又是个怎样的人?"

并不意外有此一问,一席过往华阳太后说得平淡:"昭襄王身体不睦,子嗣稀薄,在秦王政众弟之中,唯有公子成蟜卓然,如同珠玉。当年他本是作为储君,被寄予厚望的。"

芈㒸这下更是惊得打翻了杯盏:"储君?"

"当年先王逃赵,公子政与赵姬被迫滞留邯郸,生死未卜。而先王归秦身侧亦是空虚,其生母便做主,将出身韩王族的韩姬许配之。"说到此处,华阳太后不由冷笑,"秦赵长平血仇,赵人恨秦欲死,若赵姬母子不能归秦,那么韩姬与成蟜便可以顺理成章了罢。"

芈㒸直听得心惊肉跳:"顺理成章,便成为王后与嫡长吗?"

辟芷姑姑上前擦拭几案,幽幽接道:"小公女有所不知,当年韩王将王姬许配孝文王,夏太后不过是韩王姬的媵妾。谁知那韩王姬体弱,嫁秦不足三月便病逝了。若非先君那夜酒醉,将她误认作夫人……"未及说完,华阳太后断然喝止:"辟芷! 过去的事又何必再提。"辟芷姑姑犹有不平:"祖太后又嫌奴婢多嘴了。只是,若非那一夜荒唐,凭她根本见不到孝文王的面,又岂能诞下先王? 如今母凭子贵,自不希望这得来不易的权势一朝断绝,才这般不甘寂寞吧!"

听到此,芈㒸心中方才恍然大悟。

战国末年,列国合纵连横,邦交伐谋。联姻,正是纵横外交的重要一环。三代以来,公族以氏为姓,王族以国为姓,"夏"之一姓,正是韩国公族大姓。如此看来,从最初的韩王姬,到今日的夏太后、韩太夫人、公子成蟜……毋宁说,实则为韩王族在秦所扶持的势力了。

又岂止于此呢? 秦庄襄王即位,赵王丹一反凌人旧态,重金车马护送赵姬母子归秦,而赵姬出身邯郸大户,方才亦言邯郸母家,多有往来。楚系更是不必多提,秦楚联姻自秦穆公与楚成王始,至今绵延二十一代,纵横交织,未曾断绝。旧有宣太后穰侯,后有叶阳、华阳,而芈㒸髫龄入宫,也不过环环相扣中的一环。

古往今来,后宫,就绝非仅是女子的战场。即便出身王孙公族,身为女子,亦不过这乱世强权下的棋子罢了。

华阳太后的叙说,连结过往种种娓娓道来:"无论如何不甘,赵姬母子终究归秦。当年亦有人质疑长公子在外流离多年,恐其才能不济,朝堂拥立成蟜之人并不是少数。即便先王亦迟迟不能决断，直到离世前不久，方下定决心立公子政为王太子。而后先王早逝，这付江山重担，终究是落到了十三岁的稚子肩上。"华阳太后说到此，长叹一声："阿政虽然年幼，却是深沉刚毅，心志极坚。便是心知身为王族该当如何，见他小小年纪便如此要强，身为长辈，又怎能不怜爱呢？"

不曾料到佐王三代、历经风浪的姑祖母会有此言，少女骤然抬眸："姑祖母，您对那秦王政，当真怀有祖孙之情吗？您明明与他并无血缘。"

华阳太后喟叹一声，爱怜轻抚少女的发顶："孩子，昭王之后，我大秦两代君王俱是身体羸弱，东出无望，引为毕生憾恨。吾仍有这副残躯在世上，就须得替先王守护大秦。守护吾之王孙，便是守护这大秦。"

"守护秦？但是……"

"守护秦，便是守护楚。"华阳太后握住芈凫的手，苍老的双目却是洞明如烛火："楚与秦，本就是联结相生，身为楚女的责任，就是维护这来之不易的平衡。"

"守护秦，便是守护楚？"只觉此言十分荒诞，芈凫不由困惑摇头。华阳太后却望着她，一字一句道："凫儿，你，心悦这秦宫吗？"

芈凫哑然。少女望着老人，内心大惑不解，姑祖母此番，可是在询问她的"喜好"？但是，这一生无论身在何处，她的喜好……又何曾重要过。

与姑祖母告辞，自长信殿中跪安后，芈凫心思微动，信步而至华阳宫外。

眼前这座咸阳王城，乃是秦都自栎阳东迁咸阳后修建的。彼时秦历经商鞅变法，已是国富民强之邦，秦风喜大，王城宫阙之华丽壮大，自不在话下。

咸阳宫位于秦都咸阳正北，南邻正阳大街，北靠咸阳北阪，宫城规制沿袭旧例，内设五重曲城、五座门庭。王城之中，章台宫是为咸阳王城之朝宫，以宣室殿为主殿，是秦王召集众臣共商国是、举行春秋大朝之所。章台宫正北则是长安宫，是为历代秦王起居之寝宫。周礼曰"王有六寝"，长安宫内设含章殿，是君上躬操文墨、治事议政之正寝。正寝外又有燕寝五座，是为君王居息之宫。是为"前朝后寝"也。

长安宫再北是兴乐宫。主殿为长秋殿，是历代秦王后所居，因今上尚未及冠不曾婚娶，兴乐宫今时空置。兴乐宫以东的一片宫阙就是华阳宫了，其主殿长信殿乃是华阳太后之居所，而芈虿居住的芳洲亦位于华阳宫中。再往北去，蕡阳宫、芷阳宫、宜春苑……巍巍宫阙绵延开去，无远弗届。

在偌大的咸阳王城中闲游，凝视宫阙巍峨错落，念及此处便是此身未来的归宿，芈虿不由一阵神思恍然。几许兴衰由此而生，又有多少红颜，起落此间？

茫茫青空，天不言哉。

却说王城另一侧，蕡阳宫暖阁中吕不韦心事重重，徘徊许久。正待离去却闻宫中掌事通传之声，还不及起身，就见太后赵姬行色匆匆的仪仗已到了殿前。

吕不韦连忙行礼参见，赵姬上前亲自扶起："相邦怎么才来就要走？"吕不韦不动声色向后挪了一步，堪堪拉开了二人之间的距离："闻听太后在华阳太后处闲叙，臣不便打扰。"

"得知你终于来此，岂能不匆匆赶回？"赵姬一双美目，笑意盈盈地凝视吕不韦，隐约竟似少女般娇羞，"相邦今日为何到此？"

面上掠过一丝尴尬，吕不韦应道："有些待决公务，其中所需太后印玺者三卷，日前差舍人送来却不见太后赐印，故来询问。"赵姬闻言笑了："我当什么紧急要务呢！太后印玺相邦又不是不知在何处，相邦自取便好嘛。"她又上前一步，似是殷切，似是期待，"难道相邦此来，就只为公务？"

吕不韦倒也不客气，兀自取了太后印玺印了卷宗，再一看赵姬，却似是突然想起一事。

"如此一说，臣倒是确有疑问，事关君上……"

赵姬目光灼灼，须臾不曾离开吕不韦："君上？政儿？"她似是有些失望，却还是强笑道："何也？"

"当年我与王绾任太子傅时，只觉君上明锐如剑，一心向法。秦因法家强国，国虽恒强却文化枯涩，不能兼容并蓄。你是知道的，吾有心在大秦推行新政，欲以儒学化秦风，扬大秦之文明风华……"吕不韦言之为政，不觉竟滔滔不绝。偶一抬头,却见赵姬注视着自己,一脸迷蒙,顿时心中大感无奈:"吾为太子傅之时,觉君上修学偏好法家,与我新政大略不符,故而在意。于是今日督学时,我有意以儒道试探,谁知君上全然聆听,一概接受,断无一丝个人情绪。君上如此,我倒是觉得……"

见吕不韦踌躇不言,赵姬倒笑了:"相邦烦此做何?政儿自幼古怪,读起书来贪多求奇,雄辩滔滔,不过求学而已。读书是读书,国事是国事,岂能一概而论?你是仲父,是摄政大臣,你思虑之事又岂有不当的?你要新政,新政便是,国家大事小子懂甚?"

不同于赵姬的全然不以为意。平生第一次觉得其心难测,而对方却仅仅是众人眼中的懵懂稚子,吕不韦眉头紧锁,忧心忡忡。赵姬望着他神情变幻,却怔怔落下泪来:"你终于来了……可知我等这一天,等了多久?"吕不韦惊觉抬首,竟无言以对。赵姬又道:"如今眼见你在面前,竟也觉得恍若梦中。幸得如今,再也无人能够阻挡你我了!"

吕不韦眉头大皱,终究不忍:"君为太后,我是相邦,君上总要成人,你我如此,终非常法也!"见他一再推拒,赵姬逼问道:"太后、相邦就不是人了?当年若非你将我拱手让人,又如何会酿成大错!"吕不韦面露愧色,摇头道:"当年之事是我负你。但先王待我有知遇之恩,待你有绝爱之幸,此一生,吕不韦不愿负于先王!"

"那你,就要一而再再而三地负我?"似是终于明白了什么,赵姬踉跄退后,惨然一笑,"哈……他待我有绝爱之幸,是故我质赵六年,孤儿寡母,风霜摧折,从无一丝怨言!而今他崩了,我不欠他!我不欠他!"

然而迎接她的,唯有华丽宫阙中死寂般的沉默。见吕不韦不置一词,赵姬霎时急了:"你若顾虑,我去找政儿!我同他说,待他亲政,我便嫁于你!难道你我就不能效仿那范蠡西施归隐山野,非要活活困死在这宫墙之中?"

"胡闹!"一声惊天动地的拍案之声激起,吕不韦勃然大怒。粗重的呼吸声回响在室内,这般疾言厉色,在平日里仿佛戴着面具的吕不韦身上极是少见。赵姬愣住,似不认识他一般,纵贵为一国太后,竟是也乍然收了声。吕不韦平复几许,神情一缓,又安抚地将她揽入怀中:"小妹,你莫要任性。此事容我思量,岂能如此着急?"赵姬被圈入怀中,脸色惨白,一身僵硬。她不再说话,眼泪却盈满眼眶。

待吕不韦从蕲阳宫中一脸疲惫地走出来时,恭候在宫外的家老观其神情,不由叹息:"如此长久,恐酿大祸,君侯须三思啊。"吕不韦摇头不言。家老又近前一步,低语道:"那名'奇人'之法,君侯或可一试……"

吕不韦仰天长叹。却见那苍苍背影溶于夜色,唯余一片难言的寂寞空白。

咸阳宫中岁月长。只每日松花酿酒,春水煎茶。

这日芈凫又贪嘴,多食了几块新烤的蜜炙羔羊,当下撑得肚皮溜圆,用罢凤食便溜出宫外闲逛。信步而至,却见一处宫阙内外,桃之夭夭,如云暖靆。

芈凫见那灿烂可爱,心向往之,刚要近前两步,却见一位面容姣好的少年宦者自内迎了出来。那人形容恭顺,却面露为难之色:"楚公女,王上在含章殿批阅文书,君上素不喜旁人擅自进入长安宫,公女还是快回罢!"少年宦者举动悄无声息,言语极妥帖,虽年少,却难掩七窍玲珑的心思。听其言,果不其然是侍奉御前之人。芈凫赧然回道:"是娸唐突了,劳烦提醒。我这就……"

还未及话毕,只听身后一阵响动,却见两位锦衣少年双双自殿内踱了出来。二人俱是容姿璀璨,却一如墨夜一如朝阳,眉目间几许相似,又极为不同。为首之人一袭玄衣气度恢宏,却有几分不符年龄的冷沉,正是秦王政;紧随其后的白衣少年风姿如玉,如琢如磨,却是秦王政钟爱的庶弟,公子成蟜。

芈凫心中一惊,连忙见礼:"娸见过秦王,见过公子成蟜。"秦王抬眸,淡淡应道:"你来了。"芈凫心知失礼,正颇觉尴尬,却见公子成蟜潇洒回礼:"早闻公女抚琴乃是一绝,前日小宴偶闻一曲《大雅》,端方雅正,是凤鸣之声。"他望着她的目光,颇有知音激赏之意。芈凫忙恭然作礼,垂首应道:"诸侯只闻雅乐,娸却更爱国风。公子之言,实则谬赞了。"

漆黑的双瞳闪过一丝波动，成蟜笑道："女郎谦和如玉，不愧公族之后。"又向秦王政作礼："王兄慈爱，屈尊降贵陪送小弟，弟愧不能死也！恳请王兄留步，成蟜明日再来叨扰王兄。"

眼见成蟜拜辞大步而去，却见秦王目光始终追随庶弟身影，几许沉吟。芈凫不由道："早闻大王与公子成蟜兄弟情深，今日一见，果不如此！"秦王扫她一眼，只道方才殿中共听博士督学太久，不过出来透风，却骤然问道："阿凫既来，可愿读与寡人听？"

芈凫始料未及，竟忘了回话。许久，脸上一红，微微颔首。秦王政见了，展颜而笑。

随他进入含章殿中，阖宫静默垂首。唯见庑檐之下长长阁道延伸无尽，株株木兰盛放如雪。清风拂过少年君王的雪色常衣，一阵白梅似的冷香隐隐浮动。那初逢之日的红梅少年悄然浮上心间，少女脚步趑趑紧跟在后，却早红了一张海棠娇颜。

廊苑之下设小亭一座，芈凫捡起石案散落的竹卷，不由脱口而出："《春秋》？大王正看'郑伯克段于鄢'吗？"

这是一段时人耳熟能详的宫闱轶事，其故事的主角，乃是春秋时期的一代雄主郑庄公——郑伯寤生。

郑武公之妻武姜偏宠幼子段，厌弃长子寤生。武公崩后，寤生即位为君，为庄公。武姜与段不甘，步步紧逼，面对二人种种欺君罔上的行为，庄公却处处退让，甚至将京城封给公子段，一时国人议论纷纷，言"国有二主"。然而即便庄公退让至此，武姜与公子段仍然欲壑难填，终究起兵谋反。庄公迅速集结兵马，大破公子段于鄢城。叛国大罪世人皆知，到此已是无转圜余地，最终公子段自杀谢罪。庄公痛斥武姜，言母子情分已尽，"不到黄泉，无相见也"。

读罢此段，两厢静默。秦王似是沉思，却骤然发问："阿凫如何看待这段往事？"

芈凫沉吟，直言道："段与武姜虽是咎由自取，然而庄公前期退让至此，令人不免揣测，是否刻意而为？"秦王政听罢，但笑不语。见他目光沉沉却隐有三分鼓励,芈凫心中宽慰,便继续说道:"庄公曾言公子段'多行不义必自毙',庄公心知肚明,在他的着意纵容之下,段早晚会自取灭亡。姝只觉庄公的帝王心术远超公子段数倍不止,最终成为雄霸一方的霸主,绝非偶然。"

一席话说罢,芈凫方惊觉惶然。鬼使神差,自己竟在秦王面前大放厥词,岂非昏了头?然而再观秦王却无殊异之色,只这少年君王也离经叛道,长腿一伸庭间斜靠,闲适已极。几瓣落花拂过人面,却慵懒道:"解得不差。还愣什么?再读罢。"

看他一脸好整以暇,阖目小憩,显是使唤美人读书,红袖添香,使唤得愉悦不已。

……谁让人家是秦王呢?

一阵无奈,芈凫认命地捡起竹卷,乖乖读了下去:"初,郑武公娶于申,曰武姜。生庄公及共叔段。庄公寤生,惊姜氏,故名曰寤生,遂恶之。爱共叔段,欲立之,亟请于武公,公弗许……"

清风拂面,杨柳依依。少年少女拂髻之交,五载时光如水,殷殷而逝。

秦王政五年
咸阳王城,章台宫——

章台宫内,正在举行的春遇大朝会上,麃公出列请奏。

麃公时任太尉,爵至关内侯,主军政大事。其人大朝所奏,必是国之重事。只听他肃然道:"眼下列国合纵之势又起,我大秦也应徐徐图之。臣以为,不可坐视列国合纵之势大成,宜派遣纵横名士前往各国,内部攻破。唯有行连横之道,方可破合纵之局。"

麃公话音刚落,众臣齐齐出列:"臣等附议!"

吕不韦见此,心中微微一动。合纵连横本是列国大争之势,更是吕不韦执政之基本国策之一。麃公之言并无新意,而观其今日阵仗,显是有所图谋。吕不韦心中不悦,面上却丝毫未显,只微微点头:"依将军之见,连横从何图之?"麃公道:"依臣愚见,韩国积弱,连横可从韩谋之!"吕不韦沉吟片

梦境二 梅见

刻:"似乎有理。那么,派遣何人出使韩国为妥?"廉公断然道:"臣以为,公子成蟜文采华章,可以前往。"

直至此刻,吕不韦的面上方露出一丝惊讶。

"公子成蟜?公子不过周年十四,如何担此大任?"一时悟到什么,吕不韦不由皱眉。却是昌平君心领神会,出列议道:"吕相所虑有理。公子成蟜年岁尚幼,恐不能担此大任。"谁知昌平君话音未落,几位大臣同时出列:"昌平君大谬也!我大秦从不以年岁长幼论人,唯以贤能论高下。臣等附议廉公,公子成蟜可胜任!"

昌平君时任上卿,不过听言用事之职,官位不高。众臣驳之亦颇不留情面。吕不韦眸光闪过一丝凌厉,却是忽而看向那高高王座:"不知我王以为此事应如何处理?"

片刻沉默。

时光须臾五载,当年的稚子,如今已然长成了张扬昳丽的少年君王。然而面对仲父此问,年轻的秦王却只是微微一顿:"本王一切听从仲父决断。"吕不韦沉默,终叹道:"既如此,便教公子成蟜前往历练罢。退朝!"

春分朝日,玄鸟至,燕归来,雷始发声。今日适逢七二天候之一的莺时时序,用过早膳,芈凫便去往华阳宫主殿陪伴华阳太后了。

"长信殿前的浮雪甘棠,年年花开复年年。"少女声如黄莺,灵动雀跃,"如此一来,辟芷姑姑定会又做甘棠饼饵的!"

一身艾青洒金的素曲勾勒出袅袅细腰,五载时光匆匆,当年入秦的娇小幼女,如今,已然长成巧笑倩兮、美目流盼的豆蔻少女了。

玄云闻言,扑哧一笑:"花开年年复年年,咱们公女的性子,却是一点没变。"洒尘随侍一侧,也笑道:"无怪乎连华阳太后都说,须臾入秦已有五年,公女却还是稚子般娇娆天然。"

二女调笑声落入耳畔,芈凫不服气地正待搭话,却听殿中一阵阵声调渐高,似有人声徐徐传来。再一听,那声音中竟是染了几分焦急迫切之色:"如此这般……母后竟能坐视不理么?!"

芈凫一愣，心中讶异发生何事，却见满目的身姿婀娜华丽珠翠，再仔细一看，此时自长信殿中匆匆步出之人，不正是秦王政的生母——王太后赵姬么？赵姬素日雍容端庄，自持甚高，少有这般急怒难堪之状。芈凫心中一震，连忙行礼："见过王太后。"赵姬僵住，许久才勉强一笑："我今日身子不适，便先回宫了。"说罢也不待芈凫恭送，便行色匆匆地远去了。

芈凫行至华阳宫中，不由得满心疑惑。才请了安，却见祖太后最爱的羽人博山炉中早熏了沉水之香，琴案也早已备下。今日节候，合该为姑祖母弹奏《阳春》才是，她拨弄两声琴弦，却无法拂去心头的疑问，索性停下操缦。

"王太后这是……"

"这是耳聪目明呢。"一道清朗悦耳的男声自外徐徐而来，琳琅如玉。

芈凫惊喜地抬头。尚未及搭话，却是华阳太后一边拨弄香灰，一边笑道："今日好巧。阿筇来得早，阿凫来得迟，却是任谁也不曾错过这一场好戏呢。"

一道人影挺拔如竹，自卷席后的内殿缓缓步出，正是黄脩。他近前跪坐，眉眼含笑，映得满室温润。足有半月不曾相见，见他芈凫自是欢喜，寒暄几句后又追问道："阿兄方才说耳聪目明，究竟何意？"黄脩与祖太后相视而笑："王太后为了前朝之事扰心，小公女不必挂在心上。"

听他搪塞自己，芈凫十分不服，正待驳他，却听华阳太后道："前朝不过瞬息之事，我们这位王太后便心知肚明了。她作为政儿生母，芷阳宫才刚有动作已是急得跳脚。她既沉不住气，我等却也乐见其成了。"

一抹笑意，自黄脩温润如玉的面上缓缓浮现："祖太后的意思是，推波助澜，坐观其争？"华阳太后回过身来，平静地看着他："如此足矣。只是这推波助澜，阿筇，你可能拿捏此间分寸？"黄脩敛去笑容，长跪一拜："脩筹谋已久，深得那成蟜之信任。既是如此，诸般需提前筹备，今日脩先告退了。"

芈凫默默听着二人哑谜，到此心中却是一惊。数日不见，今日一见，他却又这般行色匆匆。

"阿兄，你这就走了？"她起身问道，话语中的落寞竟连自己都不曾发觉。黄脩深深望她一眼："凫妹多保重，脩会再来寻你的。"言罢大步离去，再不流连。

望着黄脩远去的背影,芈茵心中郁郁,方才祖太后与黄脩你来我往,她根本插不上话。却是祖太后回首轻叹:"当年秦王一句话,强留阿筠在此,却是到底护了茵儿你啊。"

芈茵闻此言,更加郁结难当。居秦以来,她一直被祖太后和黄脩守护着,纵然心地纯善,却并不愚钝。此番赵韩外戚似成水火,楚系推波助澜,追根究底,不过是秦王政一党与公子成蟜一党的权力之争罢了。此间棋局,身为楚系的他们唯一的选择,似乎就是站在秦王政这一边。

在这后宫生存,岂止是步步惊心? 祖太后四两拨千斤的娴熟手段,令人折服。国不可有二主,尽管是在利用秦君的生母打压秦楚共同的政敌,但祖太后确实是在守护着大秦。然而听到那句"筹谋已久",芈茵却只觉酸楚——阿筠被迫留秦,为自己挡去了几多风雨? 而若说祖太后、阿筠本就是她的血脉至亲,她为他们担忧也是理所应当,然而那不欲宣之于口,却又不时扰乱少女心曲的,明明还有……

那人,秦王政。

不知何时而起,她,也在忧心着他。那个人,知道自己正在被如此多的人算计着么? 抑或他,早就已经习惯了? 此刻,自己究竟是在关心大楚的利益,还是关心秦王本人,却是令她实难理清了。

仿佛应和这隐秘的思虑,辟芷姑姑垂首入内:"祖太后,小公女,秦王散了朝会,已至长信殿外。"通传之声未歇,一身华服玄神的冷峻青年已然踏进了殿内,一边解下身后的纹龙广袖风披顺手丢在桁上,一边从容向祖太后行礼。

华阳太后笑意慈和,亲自上前执起长孙之手,嘘寒问暖。见他来了,芈茵也只得收起满心纠结,自琴案前起身,向着秦王屈膝行礼。

秦王政瞥见案中古谱,挑眉道:"怎不弹《东君》?"芈茵乍听其言,一头雾水:"眼下春分节候,不正该弹《阳春》或是《幽兰》应景? 为何要弹《东君》?"秦王政望着她,笑道:"每日一曲《东君》,阿茵总该记得宫调与清商调的区别,免得大庭广众之下贻笑大方。"

堂堂秦君竟然毫不避嫌直呼人小字,一面又如此尖酸刻薄揭人的短,她一张娇柔小脸顿时绯红，心中气极——小气鬼，一个清商调，竟被他抓住嘲笑了几年！

秦王政目光流连案头琴谱，频频摇头："多弹些《淇奥》《子衿》《山有扶苏》也好。瞧瞧你小小年纪弹得都是些什么？死气沉沉！"芈凫听他指点江山，更是气不打一处来："《幽兰》不好，《子衿》这种、这种……倒是好了？"

可怜一国公女憋得吐血，才将"淫奔之词"四个字硬生生地吞了回去。秦王政毫不在意："思无邪也。《幽兰》便清雅了？自诩清高，不得其髓，酸腐而已！"被他的歪理气到无语，芈凫冷笑道："都说秦王好郑卫之音，原来是隐藏着思无邪这么高深的原因。妷当真是佩服佩服，失敬失敬！"秦王政听了，微微一笑："不错，本王喜欢。从今日开始，你也要喜欢了。"

……她才不要喜欢！

一番唇枪舌剑，芈凫果不其然又拜下风。想到素日从未在此人处占过便宜，不由得越想越气，偏生碍着再熟他也是秦王，她一双小手都攥成了拳头，心里"豺心虎狼之君"过了不知多少遍。

众人早见怪不怪，却也忍俊不禁。

"瞧瞧王上，今日满面喜色呢。"听得祖太后此问，秦王政回首，果真面带笑意："祖母不知，韩赵魏卫楚合纵攻秦，我大秦锐士甫一出关，五国闻风而罢兵！不过十日，大秦尽拔卫地置于东郡，那卫君角不得不东迁野王辟祸，当真痛快。"

芈凫抬了抬头，这还是第一次见到秦王政这般眉飞色舞的样子，只觉眼角眉梢灿然若金。当下忍不住揶揄他："以秦素来之行事，此番竟未一举灭卫？"秦王政却是浑然不觉她的嘲讽："卫君迁都也不是第一次了，当年高大父便收下朝歌，放过了卫国。那毕竟是商君的故里，他既识时务，老秦人知恩是图报的。"

始料未及会有此言，芈凫竟愣了。虎狼暴秦竟还会念及情分？华阳太后却是眉开眼笑："王上今日朝会散得晚，腹中是否饥饿？这里有些蜜水果，还有些刚做好的甘棠蜜饵，快用些吧。"秦王政扫一眼食几，正待回答，却瞧见一旁小女娃儿正直勾勾盯着那甘棠蜜饵。

"难得，那么寡人就用些。"

他就这样坐下，一块一块一块，把她特别留着日落后加餐的甘棠蜜饵，全吃光了。

夺食之仇，不共戴天！

不过，就连芈凫也不得不承认，纵然其个性如此恶劣，但这人真是生得好看。尤其那双深邃墨瞳，流丽又倨傲，若微微一笑，竟似是溢满了周天星辰。冲到口边的"虎狼之君"在心头转了一转，又落回了肚子里。不知为何，她看着他，整个人都有些怔怔的。

秦王政扫她一眼，嫌弃道："一脸的痴愚是要做甚？今日的秦篆写了？"芈凫恍然惊觉，不由求助地望向姑祖母。然而后知后觉的一幕，更是令她不由得睁大了双眼——就在方才，她独自默念夺食之仇不共戴天的时候，姑祖母和辟芷姑姑竟然悄悄离开了！

秦王政慧眼如炬，挑眉道："没写？该罚。"芈凫闻言直接蹦了起来："凭什么啊？我是楚人，凭什么要我写秦篆啊！我自小到大，写的都是我们楚国的……"秦王政听此，直接打断："什么楚人，你是秦人。"

"……"

正被他的不讲道理气得哑口无言，又听秦王政笑道："再说，就算是楚人，写秦篆又如何？早晚有一天，寡人要让这天下写秦篆。"

无语问苍天。天可怜见，她简直要被他气笑了。默念一万遍"我要冷静"，和这人绝无道理可讲。芈凫心中暗道："姑祖母，您倒是过来看看，传说中的隐忍伐谋心思深沉，哪里有啊？"

秦王政用罢了饼饵，一边饮茶漱口，一边淡淡吩咐道："昨日两篇，今日两篇，共四篇。小高，去取笔墨来。"随着君王轻飘飘一句落下，这位满口呼"诺"，精灵般神出鬼没的内侍，就是常伴秦王身边的宫正赵高已取来了笔墨。

帮凶！

秦王政扫了芈凫一眼，宽宏大量屈尊降贵地说道："寡人和你一起，我看公文，你习字。再过两年就要到笄礼了罢？那之前，总要有些样子才是。"说到此处,他似乎突然又想到了什么:"小高。"

芈凫实在是怀疑这位"小高",是如何做到无论秦王政如何耳语般吐出"小高"二字,都能随时随地随叫随到的,然而此问未有答案,那赵高已是忙不迭又奔了回来,一脸的讨好:"公女,这是大王为您备下的礼。"

芈凫接过那漆盒,一脸狐疑。虎狼之君为她备礼?总觉得有诈!一脸防备地打开了那玄底彩漆的鸳鸯盒,她骤然愣住了。

漆盒中,赫然放着白青玄赤黄五色染就的软烟丝。这样的丝线在七国之中,唯有楚会联结成五色丝绳来用,连绵不绝都是往昔的回忆。心中莫名有些感动,芈凫一时粉面含羞,正待道谢,却听秦王政凉凉地说:"看你的样子,便知女红定也不入眼。应勤勉些,将来为寡人缝补常衣,也能穿得出去。"

"我……"芈凫被噎得忍无可忍,"王上一国之君,管我一个小女子的女红之事做甚!"秦王政淡然道:"寡人还未加冠,又没有亲政。"他顿了顿,忽道:"你们楚国,为何要尚五色?"

"五色?"听他骤然此问,芈凫不由一头雾水,"这……自然是因为五色兼容并蓄嘛。谁说五德终始,就一定要取其一?我大楚偏取其五,这才叫洋洋大哉,气吞万里!"秦王政听到此处,嗤之以鼻:"兼容并蓄洋洋大哉?这样,就是好的?可知大道不两立,国法不并行,没有规矩,何成方圆?"

那张扬的少年说到这样一句,眉宇间却是罕见地平添一抹厉色。相伴五载,这抹厉色之于其人极是少见,但却如利刃出鞘,过目难忘,令人心中一寒。

莫名其妙啊,这人!芈凫心中无语至极,瞧他这莫名燃起的无名火,想到他拘着她练字,整日间对她要求这要求那……就会欺负我啊,虎狼暴君!

但怎么办,好歹收了人的礼,再说无论如何,谁让人家是秦王。芈凫只能对自己说,冷静,淡定,莫要跟这虎狼暴君一般见识。迅速调整出一个人畜无害的微笑,她不动声色转了话题。

"王上,您平日也可以多去王太后宫里走走嘛!"正为自己的机智得意不已的芈凫,却迎上了秦王疑问却三分不悦的目光。忙殷勤解释:"娸平日去拜见，太后总说王上与她素日不甚亲近，很是落寞……"

此句一出，那双疏冷的幽瞳飞速闪过一丝阴翳，那人长长的凤眸斜睨，冷淡的侧颜，带着一丝冰凉如雪的淡漠。芈凫心中一凉，骤然住了嘴。

秦王本就生得挺拔矫健，几年下来，更是几乎比她高了足足两头。更不必说他还总是面无表情，一副冷淡威严的样子。但是无论何时何地，唯独她隐约地知道，大多数时候，他就是在装神弄鬼地吓人罢了。

但是此刻……

秦王政动了动身子，靠近一步："磨磨蹭蹭、东拉西扯倒有理了？还不写？"芈凫瞬间怂了："我写，我写就是啦。"秦王政冷笑道："那就快些，写完寡人要过目，法无规矩，不成方圆。"

"……诺。"

嘴上一声应了，心里早骂了一万遍虎狼暴君。

就这样，抗议辩合通通无效，她伏案习字，他翻阅竹简，春日的暖阳照进室内，一丛浮雪甘棠随着春风探头探脑，漫浸一室馨香。

又过数日，已入朱雀节候。

秦之月历不循六国之道，而是采用上古颛顼历法。一年之中，每七日为一曜，三分天候为月，分青龙、白虎、朱雀、玄武四季时岁，以夏历十月为岁首。到了朱雀季上，日轮如火，天气渐渐闷热。

注释：颛顼历法已失传，唯有夏历十月岁首可知，其余为作者私设，请注意辨别。

这日芈凫晨起，至姑祖母殿中问过夏安，返回芳洲便闻掌事通传，说是公子成蟜捎信，道有些要事约至宜春苑一叙。芈凫自忖，她与公子成蟜数面之缘，彼此以礼相待，虽不甚相熟，却也知其为君子。心中略一思量，便欣然赴约。

宜春苑位于咸阳王城最北端，北邻咸阳北阪，南靠望夷宫，内中假山嶙峋、芳草萋萋，是极悠然静谧的闲暇去处。芈凫来到宜春苑的葭池畔，就见一道修长笔直的白色身影早立在一侧，见她来了，大步迎上。

"凫妹妹！"

听闻他如此唤自己，芈㚤不由一愣。再观其人，却是与平日那张扬桀骜、风采志得的公子成蟜有些微妙的不同。见芈㚤神色有异，成蟜忙道："是成蟜唐突了。"芈㚤压下三分尴尬，笑道："听闻公子相约，不知所为何事？"

成蟜深吸口气，似是下了决心般："公女，成蟜今日欲见你，是为了明日即将远行。此行之于成蟜意义重大，成败在此一举。临行之前，唯有公女成蟜放心不下，无论如何都想一见。"

对于他专程前来辞行，芈㚤心中讶然又莫名。纵他将要远行，但她毕竟是内宫女眷，更何况宫中人人心照不宣，她入秦宫是为了他的王兄。如此专程来道别的情谊，放在她与他之间竟有些突兀了。她思量了几个转圜，终是释然一笑："原来如此。公子即将远行，㚤作为公子友人自然挂心，为公子送行也是应当。"成蟜听了，眼眸闪过一丝黯然："友人……吗？"

他神色间，竟是突然有些不虞。

气氛莫名压抑下来，两厢沉默，气氛一时颇有些尴尬。芈㚤望着漫天飞虹的落日，见天色就要晚了，心中不由一动："公子，请随㚤来。"

一前一后，沉默前行。蒹葭苍苍，白露为霜，宜春苑中，葭池蜿蜒流曲，林木蔚然深静。待走到一处，成蟜先停下了脚步，张扬若飞的脸上染了一丝惊讶："这是……"

池岸落英缤纷，花雨纷飞。少女芬芳洁白的手指抚过怀中燃得通红的叶灯，又缓缓将其置入池中。"楚人祀东皇太一，放置帛灯于江流之上，鱼膏制烛燃之，以昏时祀到明。"芈㚤说到此，回眸一笑，"传说如此便会得到太一之佑，流灯之时许下的愿望，便一定会实现。今日仓促无备，无有帛灯，只能以叶片为笼，纱笼兰膏为烛，聊表心意了。"

成蟜一叹："原来如此。楚地风俗，当真与他处迥异。"芈㚤不由失笑："难道公子也觉得楚地是南蛮番邦吗？"成蟜一愣，朗声笑道："岂敢？楚地之于成蟜，就似公女这般。神秘遥远，却令人辗转反侧，莫名神往。"

见他如此说，芈㚤又有些不自在，便正色道："㚤见公子似是十分忧心此次远行之事，料得此行必为国之重事，大概亦是君上置于心头之事。于是方才㚤已经为公子祈福，求公子此行顺遂了。"她回过头，向他绽放一个笑意：

"公子尽可放心出行，娸与君上、祖太后一同，期待公子凯旋。"

成蟜闻言，漆黑的双眸染上一丝感动："得公女如此，成蟜无憾矣！既如此，我也来流一盏叶灯罢。"言罢取宫灯之烛，结草叶为笼，如法炮制却也见灵巧韵动。许愿时他阖了双目，那长长羽睫须臾几颤，方才睁开双眼，笑了起来。

望着那与秦王几分相似的眉眼，芈㒼心头一时有些恍惚。不由问道："公子许了何愿？"成蟜微微一笑："若成蟜当真功成归来，定会向公女坦诚今日愿望。只是到那时，成蟜可以称呼公女为'㒼妹妹'么？"

她望着他热切的面容，那一贯高昂桀骜的眉眼中，藏着些许从不曾见过的不安。芈㒼心头划过一丝不忍，不由得安抚般轻笑道："好。"

心事重重回到芳洲，只觉从不曾如此惴惴。她一路回想方才种种，只觉大为不妥，却又说不出个所以然来，没来由地一颗心七上八下。终于回返芳洲小庭，却见一个竹青身影悠然独坐，看那翩翩君子，温润如玉，不是黄脩是谁？

黄脩起身相迎："小公女怎么跑得一头是汗？"他说着，怜惜地为她拭去鬓旁细汗，又亲手自一旁的冰鉴中取出蜜来，制起冰饮。楚地潮湿闷热，他为她制饮早是轻车熟路，一往经年，莫不如此。看那修长指端灵动，眼前仿佛一闪，沁着凉意的蜜饮就被送到了唇边。只是不知为何，今日芈㒼脸上竟是有些发烫。似是掩饰，她忙扯了黄脩来到那庭间的望山棋盘处，二人你来我往数个来回，嘴里却是不忘哄他。

"阿兄最近和公子成蟜走得近，难得来看看㒼儿。"

黄脩轻笑不应，落下一子："许久不曾与㒼儿手谈，棋艺竟是较当年在楚时大为精进。"芈㒼听人夸奖，来了精神："那是因为我如今，有了一个师傅呢！"见黄脩面露疑问，又笑嘻嘻地补充道："不必好奇，自是某个总是阴沉沉的人啦！"

黄脩提子，却久久不曾落下，"秦王……吗？"他轻轻地问。

"是呀。"芈㒼说着，却又懊恼起来，"不过，他总说我脑子如麀，下不好棋。"黄脩听了，温文一笑："哪有？㒼儿巧慧，秦王只是与你打趣呢。"见芈㒼嘟嘴一脸的不信，便又道："在秦数年来，㒼儿六艺皆是精进。如今若是女扮男装,都可以去博士学宫论辩了。"黄脩说罢,哈哈大笑。芈㚥顿时脸颊绯红,丢了棋子:"阿兄,你又取笑我!"黄脩见她真恼了,忙放下棋子安抚。说笑了一阵方歇,他又思虑了半刻,忽而正色道:"㚥妹,今日前来,实则是过些日子,脩要远行。"

如出一辙的远行作别,芈㚥始料未及,连忙追问道:"去做何?"黄脩却未正面回答,只是摇了摇头:"㚥妹,我很快就会回来。我不在的时候你要保重身体,多去祖太后处,对待秦王也耐心些,莫要任性触怒了秦王。芷阳宫无故就不要去了,㚥妹,唯有一样,你要千万记得。"他盯着她的双眼,一字一句说得庄重:"绝不可与公子成蟜过从太近。"

"为何?"芈㚥望着黄脩,大感不解,"公子成蟜怎了?"黄脩并不答她,只冷然道:"㚥妹,你不听我的话?"

他少见如此正色,芈㚥忙肃然应诺。见他神色缓和,又不甘道:"说是如此,但是和公子成蟜走得最近之人,分明就是阿兄你啊!此次远行,莫不是也与那公子成蟜有关?"她说着,忧思萦入眉心:"㚥儿近来总觉后宫波谲云诡,似是有事发生。可姑祖母、你、你们,却又什么都不肯同我说!"

黄脩阖目而笑,神情平静。他,从未解释。他的所作所为,所思所谋,从来不欲她知晓。

芈㚥心头大悲,眼中彷徨:"阿兄,你是㚥儿最重要的兄长,我是真的担心你的安危!此间之局,进退失据,一朝踏错则万劫不复。你为何还当㚥儿是懵懂稚子,不愿我为你分忧哪怕一丝一毫?"

"㚥妹,此事无须你多思。只知脩会守护你,只你无忧无虑便可。"黄脩望着她,他的面影隐在层层叠叠的竹影之下,平淡而温柔。

"一切,都是司命所掌,因缘选择罢了。"

秦王政五年,嬴政十八岁,芈㚥十二岁。时如逝水,翩跹而过。

秦(孝文王)立一年,薨,谥为孝文王。太子子楚代立,是为庄襄王。庄襄王所母华阳后为华阳太后,真母夏姬尊以为夏太后。

——《史记·吕不韦列传》

梦境三 仲春

闻赤松之清尘兮，愿承风乎遗则。

朝濯发于汤谷兮，夕晞余身兮九阳。

——《楚辞·远游》

秦王政六年春

章台宫——

一年一度的春遇大朝上，公子成蟜手持符节直身而跪，一身玄端广袖的国服，更添一抹浩然英气。秦王政满面喜色，走下章台宫中高高的丹樨，亲手将一路风尘的王弟扶起。

"成蟜使韩，昨日回返咸阳。王弟此去，以邦交之道下韩十三城，居功至伟。寡人与仲父议定赐封：依据秦律，封成蟜为长安君，赐爵一级，赏邑千户。"成蟜大喜，长身而拜："臣弟敬谢王兄赐封！今后定当勠力同心，辅佐王兄，死不旋踵！"

闻听此封，朝中众臣不由交换神色，莫不暗中称羡。原来依照秦律，秦人封侯极难，以十五岁幼龄得封者更是闻所未闻。然而此次成蟜使韩，以纵横进退之道得城,不费一兵一卒,确是不世奇功。

众臣还未来得及从这少年封侯的惊诧中回神,却见摄政相邦吕不韦一脸严肃地出列。他向着秦王的方向,深深一拜。

"君上,老臣思忖已久,亦曾在相府与数位要臣聚议,欲在大秦实施新政。兹事体大,今朝堂先论,直言务虚,恳请君上许可。"

此回春遇大朝果真非同凡响,不仅稚子受封,相邦吕不韦这一开口,众臣更是惊诧:新政?大秦实施的,不正是商君的新政吗?

秦王政亦是扬眉:"可。只不知仲父言之新政,何也?"

吕不韦肃立群臣之首,侃侃而谈:"商君以来,大秦一心奉法。秦较之六国,兵强马壮,战无不胜,此秦法之功也。然秦因法家强国,国虽恒强却风华枯涩,昔秦有《蒹葭》,今却唯有《无衣》。较之山东六国,我大秦言论不甚自由,学术不甚昌荣,养客之风不存。老臣力主新政,求兼容并蓄,欲以儒学德治化秦风,修秦法中严苛法条,扬雍州之文明风华,塑我大秦欣欣向荣之色。老臣今呈《新政十论》于君上,恳请君上审阅利弊。"

闻听此言,秦王犹在沉吟不语,朝臣早已议论纷纷。自孝公以来,大秦代代奉商君之法为圭臬,相邦这是要改秦法?

"相邦的意思,是要改秦法?改军功论爵制?只怕大秦将士们不能答应!"武将杨端和带头反对。近年秦对外争战频频,而秦法最利强军,杨端和常年领渭南大营,爵至左庶长,岂不知军中之事。此言一出,立即引来蒙骜、王齮、麃公等武将的支持。

吕不韦却是早有成算:"将军勿忧。眼下六国合纵之势又起,我大秦将士在三晋浴血苦战,老臣不是不知。老臣这就向将军保证:新政不涉军政,只涉文政。"

杨端和却是未料到有此一诺,却也不好再过发难,还想说什么,却见长史王绾道:"臣启奏我王。"

王绾乃博学大儒,庄襄王时曾任太子少傅,与吕不韦私交甚笃,饶得是秦王政,亦不由敬其三分。只见王绾广袖一挥,朗声道:"臣曾有幸聆听相国新政之施政理念。相邦欲以新政教化秦之民风,广开言路,促进经济,兴盛文化,非欲动摇秦法之根本。大秦国富民强却风华枯涩,官学不兴,也是事实。请我王明鉴。"王绾话音甫落,昌平君亦出列道:"臣亦以为,只要不动摇大秦国法根基,臣支持新政。只是不知这新政要如何实施?教化民众,兴办官学,非一朝一夕之功。涉及国本方略,一切还是看君上定夺。"

聚议至此,众臣亦觉新政之事不好定论,不由得纷纷看向高台上沉吟不语的秦君。秦王政默然片刻,忽而颔首道:"仲父乃是父王遗命之顾命大臣,国之栋梁。今仲父力主新政,那么新政必定于秦有利。仲父放手去做便是。"

另一侧,芳洲。

仲春时节棠棣丛生,树树粉白娇艳开得浓酽。上巳祓禊之日临近,合宫苑墙上疏影横斜,流水淙淙,好一片春意盎然。

为芈㚦梳起娇俏可爱的迎春垂鬟,玄云笑道:"难得夏太后头疾大好,今日相邀上林苑踏青。公女难得出宫,当真开心得紧。"

前些日,夏太后食了洒尘奉上的枣栗蜜果,犹如司命庇佑般,经年的头疾竟是大好,于是兴致大起,相约女眷上林踏春。因着今上后宫此时本是无人,故而此番受邀踏青的多是先王宫妇,这些宫妇们闻听消息,地位高的或请来相熟的宗妇贵女者,却也大有人在。一来二去,阖宫热闹非凡,莫不合乐。

芈㚦由着女使为风帽覆上纱罗,只听洒尘笑道:"泾水南岸又逢祓禊之日,上林校场自是热闹非凡。贵女们说去踏青,指不定是去相看呢?"玄云一听,笑道:"原来如此,怪不得人说秦风彪悍!啊呀不好,若是如此,我们公女今日不该这般疏淡了……"慌忙又去寻那碧玉的花簪来。洒尘却是围着芈㚦转了三转:"公女清水芙蓉,娇娆天然,在那一众华服贵女中,反倒定然姝丽拔绝,姐姐可放心吧!"见二人笑闹无状,芈㚦大感无奈,又不忍出言斥责扫了女使们的兴致,只得催促早些出发,勿要耽搁时辰才是。

上林苑位于咸阳宫以北的咸阳塬上。苑中三水交汇潏溦,苑中草木丰茂,山高谷深,景貌大开大合。此处本是秦嬴王族的猎场,严格说来也属于王家私苑。自昭襄王以来,国尉惯在苑中校场操练铁鹰锐士,故而此间亦有外族出入,与严格的内宫禁苑不尽相同。

芈凫到后，只见三位太后高坐于主位竹台之上，清风过境，纱幔飞扬，不时有人请安叙话。遥望苑中，早有三三两两的贵女结伴往校场而行了。芈凫驻足，却见夏太后正向自己招手轻笑，便趋前侍坐于华阳太后身侧。方才近前，就见一个娇怯清丽的少女刚刚离去，只余一阵香风还留在帐中。

"我若没记错的话，那是成蟜的妾室，夏氏吧？"华阳太后的目光，追随少女窈窕背影："早就听闻，成蟜虽未迎娶正室，却也有几个侧夫人来着。"韩太夫人听了，忙笑着应道："成蟜年幼不通男女之事，只这夏氏柔顺贴心。将来侍奉主母，也定能谦恭温顺的。"华阳太后不由失笑："要我说，这才是审慎知礼的。瞧瞧，如今的王儿们都是怎么了？"夏太后亦附和道："可不是老姐姐此言？不要说成蟜，瞧瞧君上，眼看弱冠竟是连个妾室也无！"她说到此处，摇扇轻笑："也是怨不得赵姬心急了。"

顺着夏太后的眼神望去，却见远远的小竹台之中，立着一位与芈凫一般笼着纱帽的贵女。似是瞧见这边正看着，慌忙起身向三位太后行礼。清风微拂，面纱下隐见容貌瑰丽，身量窈窕，比芈凫还要高出几许。

赵姬见此，连忙解释道："夏太后说笑了，那是妾身邯郸母家的侄女，今日难得合乐便喊她来了，岂有他意。"华阳太后笑道："好孩子，你还是这般过分谨慎小心，吾哪有责怪你的意思？政儿快要弱冠，身侧空虚总不是长久之计。"赵姬听了，又笑又叹："母后有所不知，政儿他，怕是没有那样的心思……"

赵姬话音未落，却见一位寺人装扮的男子突然自林场一角现身。这男子身上全无一般宦侍柔弱病气，反倒周身洋溢一种威武风流气度，在这宫阙内闱之中，分外格格不入。那人径直行至赵姬一侧，一阵耳语，赵姬闻言，登时脸色大变。

华阳太后却是凝神看了那寺人一阵："赵姬，怎的你身边这个寺人，看着面生得很？"那寺人闻言，连忙上前跪拜："回禀华阳太后，小奴名嫪毐，是私官选拔入宫的。奴被调拨来王太后身边侍奉已有数载，平日不过做些后殿粗务。奴卑贱，平日里不敢在宫中过多走动，故而面生。"华阳太后点点头，却注视着那嫪毐："生得这样一幅魁伟英武之面貌，却入了内宫吗？"嫪毐听了，越发低眉顺眼："奴生于刑籍，能侍奉宫中乃是上辈子修来的福分。"

赵姬沉默一阵,终于勉强笑道:"原来夏太后是为了长安君那天大的好消息,才有心思举办这上巳合宫春宴吧。"韩太夫人听了,陡然一愣:"长安君?"华阳太后观之,笑道:"韩姬,你还不知道吗?公子成蟜此番使韩,一气下韩十三城,居功至伟。适才大朝,君上已经封他为长安君了。"

韩太夫人骤然闻此,心神大震,竟难以自制地哭了出来:"这可当真?蟜儿他……"

夏太后见状,忙扶起韩姬:"我的儿,你哭什么呀,这是喜极而泣了?"说着,亦不由得深深叹息:"说来也是怨不得韩姬如此,大秦唯有军功在身之人才可封侯,王族也不例外。若不如此,成蟜不过是个虚名王子,不能封君就罢了,更是连自己的封地都不会有。"韩太夫人哽咽一声,眼中闪烁泪光:"母后!这些年来幸亏有母后,费心为成蟜筹谋……"夏太后摇头直叹:"傻孩子,这一高兴,怎么连话都不会说了?成蟜有今日,是华阳太后的功德,是王太后的栽培。"

夏太后话说到此,赵姬只得咬唇,勉强道:"如此,当真是恭喜妹妹了。"华阳太后亦笑道:"好孩子,成蟜有此功勋,也不枉你苦心栽培。先王有知,在天之灵也必会高兴的。"韩太夫人只顾拭泪,竟不知如何自处:"都是先王神灵庇佑,都是太后福泽深厚啊!妾身代蟜儿谢过二位祖母!待他回返,必让他来拜见。谢天谢地,蟜儿他终于可以辅助大王,兄弟齐心了呀!"

"赵姬啊……"将一旁赵姬的神情看得仔细,华阳太后叹道:"说来,我也是看着成蟜那孩子长大的。如此含饴弄孙之情,竟是对阿政也不曾有的。成蟜出生之时,你们母子都还在邯郸吧?"

言毕,迅速掩去眸间一抹幽暗,赵姬垂眸应是。

"当年的襁褓小儿,如今也成了为我大秦建功立业的英武男儿了。"华阳太后微微一笑,别有些意味深长,"毕竟是先王生母亲赐的侧夫人,韩姬也是韩国公室的血脉吧?当年不知你们母子能否平安归国,先王待成蟜也是犹如嫡长一般,寄予厚望,苦心栽培。阿政日常沉默寡言,当年的王子大考校,偏偏能够脱颖而出卓然不群,怕也是出乎先王意料之外的。"

乍然听闻旧事,众人皆不由感慨万分。韩太夫人哪里还忍得住,早已泣

华
雍
断
章

044

不成声。华阳太后淡淡一笑："成蟜能有今日，先王在九泉之下，不知会是何等安慰。但愿未来他们能兄弟齐心，同袍同仇，才不负我大秦百代之血脉。"赵姬脸色煞白，强笑道："听闻大王甚是珍爱这唯一的弟弟，若是如此，那自然是好的。"

一席话说下来，芈凫早注意到几人神色各有不同。夏太后、韩姬似是悲喜交加，秦王的生母赵姬，却是苍白着一张冷脸，令人看不出情绪。

正思量间，华阳太后却轻轻一笑："瞧瞧，我们这些老妇总拘着阿凫，却是累得这孩子也辜负春日了。"夏太后回首见了，亦是笑道："凫丫头也是个定性的，默默听着一言不发。都怪我等相谈忘形，却是委屈了孩子也不知。"芈凫听了，只装傻赔笑，岂敢多说半个字。最终还是华阳太后吩咐道："叫帷轿来，吾也动动筋骨，与阿凫一道四处转一转吧。"

挽着华阳太后上了帷轿，一路温言软语陪侍。行不过半刻，却听一道声音温润如玉，有人似清风骤至。芈凫看清来人，不由睁大了双眼。

"阿兄！"

原来黄倄昨夜子时方至咸阳。今日，原也是随同长安君至校场演武的，听闻祖太后在此，特来拜见。

三人寒暄数句，华阳太后道："倄儿，方才竹台之言，你都听见了？"黄倄默然颔首，眼中忽而幽深。华阳眼波微动："如今成蟜封了长安君，蒉阳宫怕是再也坐不住了。可知该怎么做？"

"倄自会拿捏此间分寸。"黄倄言罢，长身一拜，"长安君已至校场，倄已是迟了。如此便先告退。"

望着那修长背影遥不可见了，芈凫心中，几缕惆怅挥之不去。黄倄今日分明有意来此，而久别重逢，他竟不同她亲近，匆匆数语便告辞离去。难道此行，就是为和姑祖母互通这寥寥数语？他昨夜方入咸阳，今日又陪长安君演武……自入秦以来，他总是这般行色匆匆。

"姑祖母，阿兄他，整日都在忙碌些什么？"少女的面上，莫名忧惧浮现。

"孩子，你可知道？姑祖母确实狠心。但是，姑祖母也有不得不护着的人。"华阳将芈凫揽入怀中，她说着，神情竟也有一丝黯然，"大争之局，六国蠢蠢欲动。大秦绝不能乱,也绝不容乱。"

"姑祖母,身居高位如您这般,却还要着意如此吗?"

"傻孩子,你不懂。愈是身居高位,愈是如临深渊。"华阳太后阖上双眼,她的神情显出几许疲惫,"凫儿,吾乏了。前面就是校场,甚是热闹,你去和孩子们多玩玩吧。"

绕过沣水便是校场了。

辞别华阳太后,芈凫终是弃了帷轿信步。未得临近便闻一阵喧闹,却见上林校场之内竟是挤满公族贵胄,有校武的公亲,更有聚拢而来的贵女们。此时众人的目光,皆投注在正中准备校射的几位贵族公子身上,为首的自然是公子成蟜,他一袭白衣,张扬无双;紧随其后那一抹竹青的修长身影,却是黄脩。

纵然此时众人都被校射场中那几人所吸引,但芈凫第一眼看到的,反倒是人群之中的秦王政,他依旧一身钧玄公服,笑意内敛而极淡。忽闻校场彩声雷动,只见公子成蟜傲然一笑,弯弓搭箭,而那带着鸣镝的玄铁箭镞流星一般,直中百米外的绘虎靶心!

即便在人群中,也能一眼看出长安君成蟜其人之耀眼。他身材修长矫健,如出一辙的冠玉容貌,然而较之秦王的老成持重甚至三分阴郁,公子成蟜却是陌上少年行,桀骜意气,张扬无双。

"好个公子成蟜! 公女瞧,旁人都不是他的对手呢!"难得洒尘亦有这般热血沸腾之时,可见秦风尚武,并非虚言。只是洒尘张望一阵,大为疑惑:"早闻君上擅射,为何今日却未上场?"玄云接道:"王上似在咳嗽? 似是身体不适。"

芈凫正欲说些什么,却瞥到方才竹台之上,王太后带来的贵女不知何时竟去到了秦王身侧,看那修长指尖纤纤,此刻,却是捧着一碗暖腾腾的热汤。眼看着秦王接过热汤,竟就这般毫不推辞地饮下了,将要出口的关切在唇边转了个来回,又被吞进了肚子里。正在此时,却见伴在秦王身旁的,有一位身量不足的少年,忽而向她这侧移了移眼神。

芈凫心中,骤然一惊。平生首次见到如此犀利如剑的眼神,让人无论如何也想象不到,竟是出自一个幼龄少年。回眸间漆黑的双瞳中包含着厌恶拒绝之意,竟是令她心头一震。当下不由问道:"那个少年,是何人?"

"公女可是说，紧随王上身旁的那个？"洒尘张望一阵，"那是大王的伴读甘罗。这甘罗原是故秦相甘茂之孙，老秦人。朝野皆传其极是早慧，幼龄便投入文信侯门下，故而当年公子政归秦，便由文信侯府引荐，与蒙恬一起作为王子伴读呢。"

芈凫闻言，仍旧难解其惑。远远依稀听见众人的声音随风入耳，却是正在议论最近朝堂的一件趣事。

秦王政立于群臣之首，笑道："长安君这是甫一受封，心肠便坏了！不顾寡人身体染疾，非要拉着寡人眼馋你们射箭就罢了，竟还闹着要寡人出彩？"成蟜近前一步，也笑："王兄又拿'长安君'来取笑愚弟了。愚弟此番归国，连夜入我大咸阳，第一时间就是想着入宫面见王兄！这般兄弟情谊，仅向王兄讨个头彩，王兄还吝啬不成？"众人闻言，纷纷嚷着"大王出彩"，一阵起哄。秦王政听了，便道："众卿向寡人讨彩不难，只要解了寡人早先在朝堂上的问策，便可！"谁知秦王话音一落，众人面面相觑，居然皆是沉默。

芈凫见状不由发问："朝堂上的问策？是什么？为何众人竟是无人应答？"洒尘耳语道："其实是前日秦王在朝会上问策群臣，曰：寡人欲食牝鸡之卵，何人可取之？"

这……

一时间，芈凫几乎要被秦王这奇葩问题气笑。亏得无人应答，也真是满朝文武令人同情，不知道的，怕是以为这秦王脑子有疾。牝鸡，公鸡也，天下间何有牝鸡生卵的？这算哪门子的恶劣问题啊？

玄云见芈凫神情，如何不知她心中所想，悄声道："大王朝会如此，怪不得朝野议论，倒是不若长安君……"一句话说到一半，却是尾音离散，细不可闻。她并不再说了，反倒是芈凫听得一颗心幽幽下沉。

谁知这时，却在人群中传来一声轻笑，却是那一身蓝衣的甘罗。

"君上，后日仲春小朝父亲因故不能临朝，特向大王告假，请大王恩准。"秦王不由疑问："哦？甘大夫何故告假？"甘罗长身一拜，一本正经："父亲在家生子，故而不能临朝，还请君上体谅。"甘罗话音一落，众人都是一呆，随即人群中发出一阵哄笑。甘罗环视四周，说得煞有介事："牝鸡有卵，安得男子不能生子?"

难得！他秦王政竟也有被噎得说不出话的时候！看着虎狼之君竟也有人能治,芈峉并玄云、洒尘俱是一愣,随即不禁笑作一团。

谁知彼端嬴政竟也是哈哈大笑:"就说甘卿乃国之舜英,果真如此也。既如此,寡人就以这和氏璧制成的玉珏,作为头彩吧!"说罢,自八宝玉带上解下一块光华璀璨的玉珏递予侍中。见秦王如此言,众人也不由得一阵哄笑,纷纷喝彩,顿时校场内外喧闹不停。

说话间,另几个参加校射的人都已射毕。盘点下来,长安君成蟜自是拔得头筹,却可惜黄脩一箭之差屈居人后。一片叫好声中,就见侍中捧了高台上的头彩,正是秦王赏下的那块和氏璧制成的玉珏,成蟜似是淡淡微笑着吩咐了几句,却见那侍中竟是一路小跑,直到了芈峉的面前。

灿灿暖阳泼洒如金。众目睽睽之下,芈峉还未及反应,那侍中已是满脸喜色地谄媚道:"楚公女,公子成蟜此番拔得头彩,将彩头赠予公女。"言罢将那玉珏举过头顶,奉到了她的眼前。

芈峉愕然抬头,那成蟜长身玉立,手挽弓箭,耀目阳光下在远处向她点头致意。这下,校场诸人不由得一阵起哄。她下意识地看向秦王政,却见他仍是一脸淡然含笑,却并未看向她处。而黄脩站在秦王身后,此刻却满面忧色正望着她。仿佛微不可察地,他似是向她轻轻地摇了摇头。

芈峉沉默一瞬,心头已有定论。尽管不忍拂其好意,然而在人群之中,她怎可能忘却自己的身份?遂心头一定,遥向成蟜恭持一礼,便直言谢绝了。

就在此时,众人只闻空中一道锋锐破空之响,校场一墙之隔的猎场中一只猛兽不知为何发了狂,竟挣脱了厩苑的围栏,怒吼一声蹿墙而过。那猛兽足有半人高,犹如猛虎落地张牙舞爪,劈头而取成蟜背后!

惊变陡生,成蟜不及反应,竟是一时呆愣原地。众人皆是惊住,电光石火间,却是在旁始终一脸淡然的嬴政一跃而起,一手飞起一剑横生格挡,为成蟜挡下了致命的一击。不料那猛兽生猛得很,受到格挡竟鬃毛怒张,大为激怒。它一个飞扑,利爪一闪,将嬴政手臂直接抓伤!而后回身就是一个虎扑,直直向芈峉扑来。

芈茤看得真切，如何料到那猛兽竟一回身就逼向了自己，霎时呼吸困难，哪里还行得了半步？却是嬴政眼中杀意高起，瞬间竟是飞身纵马，一跃已至芈茤身侧。只见他单手执缰俯低身形，一声"阿茤"，另一手已递至眼前。

她下意识地伸手，一阵天旋地转，已被他带入怀中。秦王政接住芈茤，当下一手揽人入怀，一手纵剑而起，却见半分之间虎啸龙吟，少年出手疾若闪电，待众人反应过来之时，那凶兽早已身首异处。

方此时，众人才彻底惊醒，早有数名锐士上前查看猛兽，众人更是不由一阵"王上"惊呼。成蟜疾步上前，大恐跪地："臣弟该死，竟连累王兄身体受伤！"这旁早有几个疡医冲来，团团围住欲要检查秦王的伤势。嬴政却未下马，只摇头道："无妨，成蟜可受伤？"成蟜不由动容："王兄怎可如此护着成蟜？若是王兄有何差池，成蟜就是死……"嬴政笑道："你这样子成何体统，还不快起来。"

这旁芈茤的脸都吓白了，浑身一层薄汗早就出透。一切发生得太快，此时被那人紧紧拥在怀中，方觉出心跳狂乱难以抑制。感受到她身躯颤抖，嬴政回头道："公女受惊了，怎怕成这般？"芈茤嘴唇都在颤抖："王上，您在流血啊……疡医呢？快些请疡医来！"嬴政笑了笑，柔声道："阿茤如此紧紧抓住寡人，寡人如何请疡医上前？"一张娇柔小脸霎时绯红，芈茤此时方感觉到，他的怀抱是如此令人贪恋的温暖有力，竟是令她迟迟不愿离开。

"洒尘，快些扶我下去吧。"勉力定住心神，芈茤转向秦王，低声道，"王上的伤，务必要好好医治啊，不可以逞强。"那深邃的墨瞳凝视着她，那人沉默了一瞬，终是轻声应道："好。"

回到帷轿之上，芈茤忍不住又掀起帷幔，向那校场之中望去。不知是有意无意，被清风卷起的帷帐间，正巧看到秦王似是向她这里看了一眼。

那眼神，九转回肠，寂然如夜。

回到芳洲，芈茤一宿未眠，心神不宁。

上巳之日，秦王政本就患着风寒之疾，不忍拂众人好意才勉强至上林苑踏春。谁知事发突然，为护成蟜又生受了猛兽利爪。听闻回到宫中便是病

梦境三　仲春

情加重,风寒小疾迟迟不愈。虽心知秦王素来身体壮健,然而芈茑思前想后,总不觉在意他相救之恩,终究下定决心来长安宫寻他。

倏忽半月,再来此间已是初夏景候。芳华初歇,春景不复,殿外的木兰褪尽了玉树琼花,余下树树浓绿。赵高亲候殿外,见芈茑至,只道君上方才起身,便毕恭毕敬地迎入。

她试探着进入殿内,正寝静寂无人,懵懵懂懂间却转入了燕寝,刚踏入殿中,却是结结实实吓了一跳。

燕寝内外寂静无人。秦王政似是午睡方醒,却分明还靠在榻中不曾起身。谁知病中的人却是另一重的好看,长发未束,雪色的中衣之下,一段脖颈苍白隐现。心知此间逾矩,少女颇有些心虚地移开了眼神。

"阿茑来了?"他却不以为忤,仍是一脸淡然地直呼她的小字。午睡方醒,他的声音带着一丝淡淡的沙哑,芈茑眼神躲着他,颇有些不自在,只是无来由地觉得那声"阿茑"被他叫起来,别样的琳琅动听。

芈茑沉默片刻,却也没忘了来意:"王上的风寒之疾,还是没好吗?"嬴政望着她许久,笑了:"阿茑担心寡人?"只见那隽秀的眉眼下,带着轻笑的神情极淡,似是初雪消融。她想了又想,才声如蚊蚋般地"嗯"了一声。嬴政见此,脸上笑意更甚:"什么?寡人听不清。"芈茑只觉脖子都悄悄红了,却听他浑不在意的语气:"正巧,午睡醒来,该服药了。"

她傻傻地看着榻间斜倚的人,一时间完全没反应过来他的用意。嬴政向她抬了抬手,随着他的目光落下,那被猛兽抓伤的手臂还缠着药布,少年眉头轻蹙,竟似是有些怨痛一般。

芈茑一时无语,良久却是温柔笑了,遂上前拿起小几上盛着汤药的镶斗,撷起玉匕轻轻舀了,吹了吹,送到君上唇畔。他的目光滑过她的周身,眼神极致柔和,她抬起头,只见他微微前倾,薄唇轻启,就着她的姿势,药汁便滚过喉头。

不知为何,她突然间面红耳赤。再看秦王却是一匕一匕毫不含糊地饮下了一斗的药汁,芈茑心头一动,忍不住问道:"这药,会不会苦?"嬴政停了停,应道:"是很苦。"少女一愣,却听他又道:"阿茑,去拿些蜜果来。"他又扬了扬自己的手臂，"寡人手伤了。"

心中终是三分有愧，她柔声应下。刚要迈步，嬴政又道："再去王案上取策对来，为寡人读策。"她只得点了点头，便听他又追了一句："对了，再取支笔来。就由你为寡人誊抄。"

心头升起一丝无奈，她走去王案一侧："《商君书》？这不是君上平日最爱的书吗？为何还要誊抄？"却听秦王轻笑道："初心不可忘，一国无二法。只有二十卷而已，阿凫抄不完，今日就不必走了。"

……二十卷？！

芈凫一阵无语，这才后知后觉上了当。料定这人分明是得寸进尺，不由回眸嗔道："阿政！"

心里一气，竟将幼年无知时偶会唤起的小字脱口而出。天下之大，如今敢直呼其字之人寥寥无几，然而那人听了不仅不怒，反倒笑意更甚："对了，墨也给研上吧。寡人手伤了，自己动不了。"他挪了挪身子，一脸的哀怨："久卧烦闷得很。"

简直令人不敢相信……这个男人！世间风传的虎狼之君怎么会是这个样子！

然而无论如何，这个得寸进尺的男人就是一副吃定了她的样子。这个春日的午后，芈凫就在他的注视下，为他跑前跑后，几乎成了长安宫的掌事。

岁月如浮光掠影，锦瑟华年似水流。

秦王政六年，嬴政十九岁，芈凫十三岁。大咸阳灿烂跃动的夏日，却仿佛渗入了一抹极轻微的燥然之意。波荡的浮叶之下，半溪流水惊动。

诸庙及章台、上林皆在渭南。……乃营作朝宫渭南上林苑中。先作前殿阿房。

———《史记·秦始皇本纪》

注释　牝鸡食卵事件无相关史料记载。

梦境四　绀香

桂櫂兮兰枻，斲冰兮积雪。

心不同兮媒劳，恩不甚兮轻绝！

——《九歌·湘君》

秦王政七年，白虎季

章台宫，秋觐大朝——

秋觐大朝会上，相邦吕不韦以离石要塞军报奏之。

月前，赵国派扈辄为将犯秦赵上党边境，杀掠人口，扰乱百姓，掳边境辎重数车。早在庄襄王时秦赵便有盟约，以上党为界各自罢战，如今赵王此举，实为背信弃义。一时间，秦王悖然而怒，众臣义愤填膺，武将王龁更是当即请战。

王龁是为频阳王氏之长，领骊山大营，与其子王翦皆是身经百战的武将。见其自请出战，秦王目露嘉许，正待许战，却见吕不韦欲言又止，便问道："仲父可有策对？"

吕不韦深深一拜："依老臣愚见，此次秦赵战事无须大上造出马。"话音一落，一批臣子纷纷附和。有说军报提及此次来犯，赵国并未动用弓弩营锐士的；有说赵国此次出兵不过三五万，杀鸡无须用牛刀的……秦王政观众臣相，不由皱眉："那敢问众卿举荐何人领兵？"

吕不韦早有丘壑在胸："此战适宜年少精锐之师，臣等以为，长安君十分合适。"秦王政闻言，眸光骤然幽深："长安君？昌平君亦是如此认为？"昌平君坦然出列："臣附议吕相。"秦王又向王龁："大上造意何如？"

至此，王龁如何觉不出此番赴赵水深："老臣听从君上和相邦决断。若来日战事有变，危我大秦，老臣第一时间集结骊山大营军士，发兵为援！"

秦王政扫视群臣，颔首道："如此甚好。便一切听从仲父决断。"

于是，长安君成蟜率军击赵之事，如此便在一片喧嚣中，意料之外、情理之中地决定了。

数日后。

芈凫似一阵清风飘进华阳宫时，却见黄脩正端坐暖阁之间，一手捧着新贡的茶青，轻啜慢饮好不悠闲。华阳太后在一旁焚香，瞧她一头的热汗，不住摇头："瞧瞧凫儿，还是毛毛躁躁的，哪有个女娃子的规矩？"

芈凫忙做了个万福，仍是惊魂未定："姑祖母，阿兄！你们可知？芷阳宫如今乱作一团了！"华阳太后只闲闲斜倚，漫不经心。芈凫倒是愣了："姑祖母，您怎么一点反应也没有？"

原来夏太后昨日用罢暮食便心中烦恶，本想小憩片刻，此后竟是眩晕再不能起。前阵子夏太后头疾分明大好，才有那春三月的上巳踏青，而今不过初夏竟就成了这般，确实令人始料未及。黄脩了然颔首，却也叹道："值此长安君赴赵平乱的关键时期，夏太后这头疾，来得委实不是时候呢。"闻听此言，芈凫不由问道："长安君赴赵平乱，阿兄是否也要同去？"

这些年来，黄脩与成蟜素来相亲，赴赵兹事体人，故有此一问。不知为何，冥冥之中，芈凫打心里不希望黄脩参与此事。想好了一堆说辞想要劝他，谁知抬起头来，却见黄脩正盈了满眼的笑，静静望着自己。

"脩最近与那寺人嫪毐同在叔父处修书，怕是不能陪同长安君赴赵了。"

这下却是始料未及，芈茞彻底糊涂了："之前还同长安君形影不离，如今却为何又与那嫪毒？阿兄，你的行迹，茞儿怎么越发捉摸不透了？"

黄脩与华阳太后相视一笑，芈茞不由回过头去，却见姑祖母一双眼睛睿智深沉，也正凝视着自己。

"茞儿，你如何看待此次成蟜赴赵？"

芈茞心中一震。姑祖母此问，却是问出了这些天来心头隐约的不安。她沉默许久，试探着分析道："娎觉长安君此行，凶多吉少。不知为何，总隐约觉得要有大事发生。也许……是王太后终于忍不住出手了。"

闻听此言，华阳太后轻轻一笑，目光中流露赞许之意。受到华阳太后的鼓励，芈茞忍不住将心中的推断全盘托出。

"世人皆知文信侯与王太后一党，今日赵国兵乱，更是出自王太后之母国。听闻王太后亦是出身邯郸大户，无母家庇佑，孤儿寡母极难在赵存活。此次上党之乱，赵系牵涉如此之深，却一反常态举荐政敌长安君赴赵，若说不是诱敌深入瓮中捉鳖，娎不能信。"

一席话毕，华阳太后望着芈茞，面露欣慰之色："难得，茞儿竟也长大了。"说着，望向一旁自斟自饮的黄脩："此番赵系既是志在必得，那么脩儿是否也该推波助澜一番？"

眼波流转间，那温润如玉的少年公子眼神是深不见底的平静。黄脩向着华阳太后，深深一拜。

"脩自知此间分寸。"

离开姑祖母殿中，芈茞心事重重地回到芳洲，谁知刚入苑门就见玄云匆匆迎上，道长安君在此等候许久了。芈茞听了，万分诧异，玄云亦不由懊恼："婢子也说此间不便，但长安君他执意……"芈茞皱了皱眉，便向苑中走去。

来到芳洲外的廊苑处，只见那道白衣人影伫立层叠回廊的掩映之间。闻听身后脚步声，他回过身来："公女，成蟜等你许久了。"

仍是旧时一袭白衣，长身玉立，只是他的神情在昏暗的天光下有些模糊不清。芈茞在距离他稍远的步道上停下，道："长安君来此何事？"成蟜涩然一笑："这'长安君'，岂非还要感谢凫妹当日的流灯之恩？只是上林苑内成蟜的答谢，凫妹却坚辞不受。"

芈凫低头不语。封君前后，他的目光时时落在她的身上，更不必说上林校场公然献玉，他的心意若说她全无知觉，自是不能。

然而她一生行事，又何曾全然遂从过心意。她是楚王元之孙，楚太子之女，楚国的公女。生于宫墙，长于王庭，不过总角之年，却早在这残酷的王权之争中淬成了如水如玉之性。纵内心深处还守着一丝忠直至诚，自可披荆斩棘、百折不回，但那份心意，却从不愿、亦不可轻易示人。

见她沉默，成蟜那张璀璨光华的面容黯淡了一瞬："前日大朝，王兄下了王令，要我率军赴陈留击赵。临行在即，心犹记挂，特来向公女道别。"芈凫点了点头，轻声回道："姎亦会同往日，为公子祈福。"

"凫妹……"成蟜沉默一瞬，似是终究下定决心，"纵然这王权更迭沾满血腥，然而王兄始终待我如一。不到迫不得已，成蟜不愿背弃王兄。"

闻听此言，芈凫有些惊异地抬头。却见夕阳西下，成蟜的身影几许落寞，似也要被落下的夕晖融为一体。

"但是若有万一，成蟜，也绝不会任人鱼肉宰割。"他言罢此句，长身一拜："是成蟜令凫妹困扰了。此一别望君珍重，希望……还能有重逢的一日。"

一夜昏沉，梦魇难明。次日，脑中仍旧盘桓着成蟜昨日的辞别之言。过了午后，怀着满心的忧虑，芈凫不知不觉，发现自己竟来到了长安宫前。

踏过积满落叶的宫道，一路寂静无声。宫人只是沉默地向她行礼，却无人出言拦阻，如此一路行来竟畅通无阻。踏入燕寝的时候，却见那人又伏在王案间批阅文书了。

"君上不是在养病？怎又看起书来了？"

秦王政听见人声，头也不抬："你这女子好生放肆，竟敢不经寡人传召就自己进来。"听那语气淡淡并无嗔怪，芈凫近前又道："王上的风寒好了吗？伤呢？"嬴政停顿片刻，抬头看她："伤口起了疥疮，怕是手臂不保。"

一下唬得芈茕血液逆流,她直冲到了王案之前,然而映入眼帘的,分明是已然拆下裹巾的、完好如初甚至不曾留下些许痕迹的臂膀。

芈茕后知后觉,乍然收声,一张娇俏小脸憋得通红。见她又恼又羞,秦王政却是笑了:"茕儿可爱。念在你是真担忧寡人,此番便饶了你的大不敬。"

这个秦王政怕不是司命派来欺负她的冤家,芈茕气得扭头欲走,却听身后淡淡的声音拂过耳际:"这是寡人救下王弟所受的伤,自是天佑之。阿茕又何必担心?"

被毫不留情地戳破了自己的担心,她更是羞恼:"姝在担心,王上也知?"嬴政摇摇头:"你不一贯如此?何事都挂在脸上。"芈茕上前一步:"长安君出行在即,王上当真什么都不做吗?"秦王政抬了眸,淡然反问:"寡人需做何?"

她无言以对。

嬴政道:"有寡人回护他,上林校场的猛兽伤不了王弟,若是能让他起了怵惕之心也好。只可惜……"他说到此,却是摇头:"罢了。寡人有位好母后,正如阿茕有位好祖母,劳神劳力,废寝忘食。阿茕有胡思乱想的工夫,倒不如多去预备些笄礼的学问才是。"

她听着这番话,心中百转千回,却不知如何说起。而他,瞬间敛去了笑意。

"寡人还忙,你退下吧。"听他语气淡淡一如既往,却不是与人商量的意思。她只得向他屈膝,默默退出了宫外。

站在殿外的树下,芈茕回首望去,她的心却在一点一点下沉。棠棣之华,鄂不韡韡。凡今之人,莫如兄弟。

何至于此?何至于此?

成蟜,阿政……

秦王政八年,长安君成蟜击赵,叛国于屯留。消息传来,举国皆惊。

是时文信侯吕不韦监国,遣王翦率军击屯留。成蟜兵败自尽,军吏皆连坐斩死。史称"成蟜之乱"。

秦王政八年,青龙季

咸阳王城,望夷宫——

望夷宫,位于咸阳王城的最北端,紧邻林木茂盛的咸阳塬上林苑,松涛阵阵,奔腾澎湃。庄襄王在世时,此处曾经是韩夫人与公子成蟜的住所。当芈凫在望夷宫的主殿找到嬴政的时候,端月方过了二十周岁生辰的秦王正独立于大殿的正中。少女迟疑着呼唤,而他,没有作答。

一杯浊酒缓缓洒在地面之上,仍然升腾着袅袅的热气。

"……成蟜,我最为珍重的王弟。"

这样一句后,殿中复归长久的寂静。芈凫沉默又小心翼翼地上前,却注意到这一次他的自称,不再是"寡人"。

"曾经,我也以为……只是生在王族,又何曾容得下亲情?"嬴政说这些话的时候,那宛如最精致的薄胎瓷器般的脸上,浮现出浅淡的追思之情,只是这份追思如一缕青烟,渺茫难寻。

蓦然间,少女心中酸楚。

"阿政,你伤心了?"

深邃的墨瞳凝视少女一瞬,许是为了那句僭越至极的"阿政",然而最终他却只是轻轻叹息了一声。旋即缓缓动作,又是一杯酒,没入尘土。

"祖母,您最爱的王孙,寡人就让他也去地下陪伴侍奉,您,可还满意?"君王那白璧无瑕的面孔,冷酷而嘲讽。

闻听此言,骤然惊破恍然迷思。停顿数久,少女终于开口:"那些时日,王上偏让妷读《左氏传》,读《郑伯克段于鄢》……难道?"少年挑眉:"后知后觉。终于想通了?"

"公子成蟜以十六岁少年之资,不费兵戈之力下韩十三城,不过是因为他的背后,是韩夫人,是夏太后……是韩王安。"芈凫说着,却缓缓摇头,"王上,妷不懂。赴赵种种,难道都是诱杀长安君的陷阱?而这一切,也是王上的心意?王上也要做千古奸雄的郑庄公吗?"

嬴政垂眸轻笑:"阿凫又错了。将成蟜逼入绝路的,是文信侯,是母后,是华阳太后，或是他自己——欲壑难填，终至灰飞烟灭。寡人，并未做过任何。"

这是芈凫第一次从他的脸上看到这样的神情。他的笑意疏冷中带着近似残忍的漫不经心，语气仿佛在讨论今日天时节候。她望着他，目光哀切："王上，那不是您最珍爱的王弟吗？"

缓缓地，眼前俊美无俦的脸上，绽出一抹极温柔的笑意。

"凡今之事，莫如兄弟。不错，寡人的好王弟，若寡人不曾邯郸归秦，这秦国，本就该是他的吧。"他仍在笑，那笑容却毫无温度，"言听计从、赐爵封地、仲父断政、厚托外戚……阿凫，这些年来，寡人这一代懦弱仁君，演得可还鞭辟入里？"

"是故，大王朝堂之上那些看似离奇的问策，牝鸡食卵之类，难道竟是……"

他并未正面回答，只深深凝视着她："人心难测，也易测。若是使之误以为自己有了机会，便往往一步一步，终至深渊之境。就好比凫儿对于寡人究竟是否真心以待，一块小小的玉珏，不也就试出来了？"

这些话仿佛冰雪一般冰冷，令她心悸。人说君王真心不易得，而眼前这人究竟有没有心，都令她颇为怀疑。七载少年岁月，她自认真心相待，然而换来的竟是如此的试探算计，朝夕相处之人，竟至如此。

更不必说面对朝堂。前三年韬光养晦，后三年冷眼旁观，坐山观虎，甚至有意无意拿捏挑拨……难道一切，都在其计算之中？为何不足弱冠的少年，竟有了如此的帝王心术呢？

许是眼眸中不由自主流出的惧意惹得那人不悦，下一刻他已是欺身上前，修长指端勾起纤巧下颚，不容逃避，不容抗拒，强迫她直视他的眼睛。

"阿凫，你在想什么？告诉寡人。"

"妺在想……"有些艰难地开口，少女竟是控制不住地轻颤，"王上陪人读书，拘人写字，懦弱仁君演得不亦乐乎，王上对阿凫都是利用，却还来试阿凫是不是真心？那么此番，一块玉珏之试，王上可对阿凫放心了？"

不愿承认自己终是心生退意，她仍倔强直视着他，水漾般的杏眸中似盈着泪，终究未曾低头。而他错愕一瞬，却不自觉放柔了声音："又何曾不信过你。"

两厢沉默。他身上那方才就萦绕着的森冷的威压之意终是散去。此刻，少年君王的神情竟有些落寞。

"阿㲋，不可惧怕寡人。"

说过这样一句后，此间便复归长久的沉默。夕阳，为少年君王挺拔修长的身影染上了一层金红。

那人身上一如既往的梅香萦绕，他离得极近，近得芈㲋都可以听到那具躯体中磅礴的心跳声，仿佛对她毫不设防，然而她却心知他极是多疑。便是此刻交心，怕也早存了七窍的心思。这些年他常来华阳宫中寻她，除了伪装得好一副胸无大志引人觊觎，又何尝不是眼见三后鼎立，存了做给姑祖母看的心思？

只是，在这波谲云诡的深宫中谈真心，又是何其奢求。

阿政……毕竟眼下你需要我，而我也需要你……

她摇摇头，拂去了满脑不该有的思绪。

秦王政七年秋，夏太后病逝于芷阳宫。

冬月，长安君成蟜率军击赵，个中不知是何因由，竟于前线突然叛秦，朝野震动。而寺人嫪毐手握长安君叛国罪证确凿，遂密告其罪于文信侯。文信侯使大将军王翦击于屯留，成蟜兵败，畏罪自杀。

秦王政八年，韩太夫人因长安君叛国之罪连坐而被诛。据说临刑前，其人披头散发又哭又笑，几近疯癫。就在韩太夫人就死的隔日，王太后赵姬仪仗浩浩荡荡，搬进了秦王政为侍奉母亲而特别重修的甘泉宫中。

甘泉宫位于渭水之南，卓然独居于咸阳王城群宫别侧，宫中林木茂盛，蔚然深静，下有地热泉水蜿蜒流曲。此番秦王筑甬道而引地热，扩建宫室而属咸阳，极尽奢华之能事，一来二去，王太后之排场，已有与华阳宫并驾之态势。

一时，如日中天。

如此一晃就是数月。

长安君之乱就这样静悄悄落幕了。大咸阳的天空仍是云卷云舒，庭间花落花开，仿佛过往种种，从未存在过。

成蟜之乱篇　终

秦王政八年,章台宫——

相邦吕不韦朝会上侃侃而谈,力陈主事之新政大略。

新政主策有二,一是在咸阳修筑学宫,汇聚博士贤才;二是在相府设门客院,效仿四公子礼贤下士之风。洋洋洒洒一番宏论后,众臣齐齐出列,皆言愿遵相邦施政方略。秦王政问咸阳令,在咸阳修筑学宫是否可行。

大庶长蒙骜长子、咸阳令蒙恬近前:"臣斗胆进言,在咸阳修筑学宫、门客院工程巨大,需耗费大量银钱物资。而目前咸阳府库存金镒无多,且要置备军需为上……"不待蒙恬说完,吕不韦昂然一笑:"咸阳令多虑了。新政开六国兼容之风气,长大秦文明之风华,国人无不感励。民间豪商自愿出资者,亦是大有人在。"吕不韦扫视群臣,终向秦王:"巴蜀有寡妇清,家族世代经营丹砂矿,富可敌国。巴氏已上书自愿捐助咸阳学宫之修建,无论学宫抑或门客院,必不耗费国库之金。"

秦王亦奇,不由展露几分嘉许之色。吕不韦微微一笑:"商贾之流亦有高义,学宫落成之日,我王可颁国书勉励。"秦王颔首,欣然许诺。见新政大局已定,吕不韦长舒一口气,正待宣告退朝,却闻宫正忽而高唱,摄政太后至。

众臣一听,不由啧啧称奇。今日难得,从不上朝的摄政太后——王太后赵姬竟出现在了朝会之上。正议论间,只闻一阵玉组步摇的琳琅清响,一位玄端纁裳的华服贵妇施施然走入正殿,从容就座,正是赵姬。

赵姬落座,宫使遂上前唱道:"宣摄政太后国书:长安君之乱以平,多赖寺人嫪毒举发之功。摄政太后念其功勋卓著,擢其为给事中,封长信侯,食邑三千户。"

众臣听此,窃窃私语。吕不韦上前一步,面色阴沉:"太后颁布国书,为何老臣竟全不知情? 太后此举,是否太过独断?"

赵姬正襟危坐,不予理会,就似没看到吕不韦这人一般。

吕不韦强压怒火:"给事中乃王城内侍之最高官职,执掌一切咸阳王城

华雍断章

事务,更不必说还因此封侯,如此晋爵之法,是否操之过甚?"赵姬冷下脸来:"吾意已决,王儿,你是何意?"秦王政沉吟:"寡人毕竟未到亲政之年,元冠之前,一切国事由母亲、仲父与祖太后定夺。"吕不韦看了看赵姬,又看了看神色冷峻的青年秦王,终究喟然一叹:"木已成舟,老臣夫复何言!退朝!"

言罢,拂袖而去。

此时,含章殿外,当值守殿的寺人乐挡在门前,躬身连连。而此刻正被寺人乐万般为难拦在正寝外的,却是芈凫。

"你没告诉他,是我来了?"

少女柳眉微蹙,大惑不解。寺人乐不住擦汗:"公女,王上忙于政事,他说了不欲见您。"

闻此言,芈凫好一阵怔在原地,竟是无言以对。

也无怪乎她如此惊讶。少年少女两无嫌猜,过往这些年无论是她去含章殿,还是他来华阳宫,都再平常不过。毕竟就连那次无意中闯入王之燕寝,君上也是不以为忤,并未有半分不悦。然而自望夷宫作别,数月几擦肩,竟是再未打过照面。直至她后知后觉主动寻来含章,又几次三番被拒之门外。芈凫思量许久,精巧眉头蹙得更深,虽然以前他偶尔也会忙到不见,可似如今这般……

可能,他真的很忙?

忽而似是恍然大悟,少女点点头:"也罢,姎改天再来寻王上。"她想了一想,又殷切叮嘱道:"你可要记得告诉王上,我来过了啊。告诉他不忙了,如果我不在,也可以去华阳宫寻我哦!"

寺人乐哭笑不得,连声应诺。

回到华阳宫时,天色已暮,夙夜翩翩而至。

方到芳洲廊院,却见玄云也自宫外回返,见芈凫连忙迎上。玄云刚从昌平君府回宫,替黄脩带回一副中山国玉手谈来。提到公子脩,玄云眉眼弯弯,一双明眸晶亮。见她兴致高昂,芈凫也提起一枚棋子擒在指尖,见那云子若雪，温润如水，也十分欢喜。

"不愧是阿兄，知我往日与秦王手谈，棋力不济总被欺负。可是……"说到此处，少女的水漾杏眸也染上几许未明的情绪，"上次打好的棋谱才摆到一半，到现在几个月过去了，分明都没再见到秦王的人啊。连带着含章殿外的寺人，看我的眼神都怪怪的。"玄云却是一凛："公女可是听到了什么传言？"芈凫疑惑，连问是何。玄云神色尴尬，忙道秦王已至弱冠，朝政大事渐渐上手，十有八九忙得无暇分身罢了。芈凫也觉有理，遂不缠夹，却是问起叔父昌平君的近况来。然而玄云此次回府正遇文信侯来访，只得匆匆告辞。却是别院遇上黄脩，少不得寒暄几句。

提及昌平君，玄云的眼神深处是深不见底的感慨。芈凫如何不知个中因缘，亦不由长叹。原来当年少女二人相携相依北上入秦，却是不知，竟偶然牵出经年前的一桩公案。

当年楚公子熊元得春申君之助，在顷襄王病危之际逃秦归国继承王位，公子元奔楚匆忙，不得不将质秦之时与昭襄王女生下的长子——公子启留秦。数十年后，那位被孤身留秦的楚国质子熊启，便成了如今秦朝堂之上的股肱之臣，昌平君。却说当年公子元逃秦，熊启尚未及冠，膝下唯一名幼女。得知归国无望，许是寄托哀思，便将此女托于春申君带回楚国，而这名幼女，就是玄云——不错，玄云的真实身份，原是楚公子、秦昌平君熊启之女。

玄云念及旧事，感慨万分："归楚之后，我虽有芈姓血脉，却是走投无路，更因此身血统倍受欺凌。若是无太子妃在绣房将我救起，也许我早就死在那个冬日了吧……玄云得太子妃再造之恩，此生必倾尽全力侍奉公女！"

芈凫心有所感，握住她的手殷殷安慰。二人正追思感慨，却见长信殿掌事来请，原是华阳太后还未歇息，叫辟芷备了数甒点心吃食传芈凫过去。遂更衣至前殿问安，祖太后却是无事，只在榻上闭目养神。偶尔无意过问两句，诸如君上最近是否还常来习字云云，无甚要事。

芈凫直撇嘴，只道谁要他来。倒是玄云"扑哧"直乐："公女又嘴不对心了。也不知道是谁，虽然见不到人，却天天什么《子衿》，什么《山有扶苏》的。"眼见芈凫怒瞪玄云的小眼神，辟芷姑姑忍俊不禁："就说祖太后是多虑了，小公女虽然年幼懵懂，心里却是有大王的。而大王虽性子冷沉，却独对小公女是不同的。"

芈凫嗤之以鼻，谁心里有他了？还说对自己不同，是总来找麻烦不同了还是突然消失不同了，抑或被拿来一起演懦弱仁君，蒙骗世人是叫不同了？

谁知辟芷姑姑看她神情，更是一脸的笑意："毕竟这阖宫，谁人不知君上只愿教小公女一人？还有那含章殿，除了小公女，又有何人能进得去？"这下芈凫无言以对，蓦然想到私下玩闹，他默许她唤的"阿政"，一丝红云浮上面颊。

"王上若能始终如一，自是极好。只是……"华阳太后话音未落，辟芷姑姑心领神会："说来甘泉宫那一位，最近却是动静颇大呢。"

原来公子成蟜叛国一案，寺人嫪毐得封长信侯，攻破屯留拿下长安君的将军未得封赏，摇唇鼓舌的内宦却光耀门楣，如此行事，大臣们自然议论纷纷。面对朝野非议，却是秦王出面，极言太后有令，嫪毐举发长安君叛国之罪证确凿，居功至伟，竟将非议统统驳回。而那嫪毐背靠王太后，一朝成了封君，从内宫宦侍鸡犬升天，蓄养门客数千，万分嚣张跋扈。

辟芷姑姑说着，不由义愤填膺："甘泉南麓幽僻独居，据说，王太后竟是毫不避讳，日日与那佞幸在内闱厮混。奴婢还听说，那佞幸狂悖至极，竟自称大王的'假父'！"华阳太后听了，勃然而怒："豕心作死的东西，这是要我秦嬴王族的颜面置于何地？"辟芷姑姑也叹道："奴婢说句僭越的话，若大王碍于亲母无法张口，祖太后毕竟是驷车庶长，为何也对此事三缄其口？"

驷车庶长，乃秦嬴王族之长也，统领公族事务，不拘男女，历来由王族中最德高望重之人担任。秦孝公时公子虔、昭襄王时宣太后都曾领此职，如今正是由华阳太后继任。见华阳摇头不语，辟芷又压低声音："太后可知？王太后日前又请去雍城的橐泉宫将养身子了。"华阳太后骤然抬首："又去？"辟芷姑姑大皱眉头："听说，这怕不是第一个呢……"

"住口！"忽而华阳太后眉间一厉，"当着孩子，岂不慎言！"

不说祖太后与辟芷姑姑，即便懵懂无知如芈凫，这一路听来也觉心惊肉跳了。纵她年幼，仍不懂何谓内闱厮混或是为何要去橐泉宫，甚至连什么是

"假父"都懵懵懂懂,然而辟芷姑姑所言之事,诸如王太后豢养面首毫无顾忌、朝野内外沸沸扬扬云云,芈岂身在秦宫,又岂能全无知觉?

华阳太后雷霆之怒,辟芷直被唬得一愣,连声赔罪。华阳面色稍霁,温声道:"阿岂,去将窗前小几上那陶瓶中的几枝花枝,丢了吧。"芈岂乖乖起身,近前却见那花枝分明开得极盛,心中不解。却听华阳太后道:"盛极将衰之际,我只待捧之,试问,岂非杀之一般?"

芈岂低头沉吟。

"成蟜获罪身死,芷阳宫与望夷宫那二位病死的病死,株连的株连。多年怨气一朝出,那赵国女子一时忘形,也是有的。"祖太后说着又闭了眼,似将睡未睡:"欲壑难填,她的手脚只会伸得更长。正所谓飓风过境,避其锋芒,阿岂,你要记得。"

芈岂起身,肃然应道:"阿岂谨记姑祖母教诲。"辟芷姑姑亦是颔首:"太后果真料事如神。听闻就在前些日子,上卿甘罗使赵归来,还随车带回了一众美姬。"

冷不防听到"美姬"二字,芈岂不由竖起耳朵,心道带回美姬是要做甚?却是后知后觉心头一凛:"甘罗? 姑姑您说上卿甘罗?"

年前校场见那甘罗,分明是个总角的幼子。孺子而已,哪里来的上卿?

"小公女是不知朝堂之事。月前,长信侯嫪毐用甘罗出使赵国,甘罗不负使命,凭三寸不烂之舌下河间地五城池,以十二岁稚龄拜为上卿。那甘罗本是文信侯府之人,借此出使却是改弦更张,投奔长信侯麾下。如今得此功绩,吕不韦好生打脸,嫪毐与赵姬却是面上有光。"

芈岂听得直摇头,却听辟芷姑姑又言,甘罗自赵带回的美姬,也被王太后悉数送入长安宫,叙于王之燕寝了。

见辟芷言及赵国女御颇有不平,华阳太后不由斥道:"大惊小怪作何?大王纵然还未行冠剑大礼,不得封妻荫子,却毕竟已近弱冠之龄,身边有几个女御侍奉岂非平常?"言罢回首道:"阿岂,你是要做这秦宫之主的女子,难道会为这些卑微草芥所扰?"

望着辟芷姑姑带着隐忧的目光,一时,芈岂竟不知该摆出怎样的表情来

华雍断章

面对。华阳太后一席话听来理所当然,而她,也终究是楚宫长大的女儿。君王后宫,朱钗鬓鬟,绿云扰扰,岂非历来如此? 芈凫颔首,其声轻轻:"姑祖母不必担心,凫儿自然知晓。"华阳太后面露赞许,又嘱道:"眼下无论赵姬举动如何,凫儿都要学会忍耐。她,毕竟是秦王的母亲。"

母亲……

芈凫阖目轻叹,过往思绪幽幽,一缕缕拂过脑海。

即便是阿政,那也终究是他的母亲。尽管自那次偶然提及惹他不悦,她就甚少在他面前提到王太后了。

而她呢? 已是有多久不曾见到母亲了? 母亲的面貌,竟是已经在记忆之中越发模糊不清。

秦王政八年,嬴政二十一岁,芈凫十五岁。

(秦王政七年)夏太后死。八年,王弟长安君成蟜将军击赵,反,死屯留。军吏皆斩死。

——《史记·秦始皇本纪》

梦境五 莺时

采芳洲兮杜若,将以遗兮下女。

时不可兮再得,聊逍遥兮容与。

——《九歌·湘君》

秦王政八年,青龙季

咸阳王城,芳洲——

平旦时分,芈㚹方用过晨食,就听甘泉宫掌事女使来传,王太后诏其早膳后一叙。

芈㚹听闻,几许不安。赵姬甚少主动传召于她,特别是搬去甘泉宫后,连华阳宫也不太得见其人了。近日来想去拜见,却又往往不得其门而入,一来二去这数月间,竟是与其人总共也不曾见过几面。然而王太后传召自是不能不去的,思量片刻,盥洗梳妆一番便匆匆前往了。

自甘泉前殿遥望整座宫阙,只见白日高天,紫霄悠游。甘泉宫不愧是宣太后尝所居,好不壮阔瑰丽。

宣太后,那是与芈㚹流着同样血脉的一代奇女子。她本是楚公族旁系,入秦亦不甚得宠,位分不过八子。惠文王驾崩后传位于嫡长武王荡,本也是政权平稳更迭。谁知天有不测风云,武王举鼎绝膑,秦瞬时内乱。流亡归国的昭王年幼,面对内忧外困,临危受命的宣太后却展示了过人的政治才能。扶危救乱,铲除奸佞、一举定国……与其说是宫闱女子,倒不如说宣太后是极出色的政治家,更是定秦、护秦的一代贤后。然而今日,此处曾经居住血脉同源的一代贤后的过往,并不能令少女心中升起一丝一毫的安慰,遥望四合高天流云,芈凫心中是无来由的惆怅。

巍巍宫阙阔大华丽,足足行了一刻钟才来到甘泉前殿宫门,掌事姑姑见到芈凫,神情冷淡。

"太后刚刚起身,烦劳楚公女殿前等候。"

谁知一等,就是大半时辰。

担忧地望着芈凫掌中小炉炭火渐熄,玄云数度上前赔笑:"请问掌事姑姑,可知太后今日传召公女所为何事?"那掌事和方才一般面无表情只道不知,就连声音都无甚起伏。芈凫心中暗想,这掌事莫不是廷尉府老吏托生,怎这般冷如冰霜又惜字如金?却不曾想,这一等,又是足足半个时辰。待得宫中女使来引人入内时,她只觉周身冰麻,神智都有些恍惚了。

殿中地龙烧得正旺,入内只觉暖香扑面而来。芈凫不由得肃敛垂目,却掩不住乍然间满眼的金碧辉煌。并不敢抬头直视,只瞥见高高卷起层叠的帷间,王太后在上端坐,然而,就在她的身侧,还坐着一个玄端缁衣的修长身影。乍然入目的薄唇蕴着淡淡浅笑,冷冽凌厉的黑眸流光,数不尽的丰神俊雅。

心头一震。

尽管恭顺低垂了眉目,那游龙云纹的玄袢垂绅却还是瞬间映入了眼底,竟晃得芈凫心头一阵空落。数月不见,猝不及防的重逢竟是在此处,却见君王高高在上一脸淡漠,仿佛不曾见有人入内一般。

赵姬见人来了,懒懒地挪了一下身子,平静的玉容上看不出丝毫波澜。芈凫聚敛心神,上前屈膝行礼:"娹见过王太后,见过王上。"行礼时目光一曳,游过主位赵姬满身的华服珠翠,那素来窈窕纤丽的身影,却是似乎丰腴了几分。

赵姬目光自少女身上掠过,似扫过光中微尘不作停留,却是面含微笑转向秦王:"王上觉得今日这茗茶如何?"秦王政启唇轻啜:

先秦时,茶记于《诗经》,作"荼",通"茶",为方便写作,后文以"茶"代之。

"入口清幽绵长,回味则无穷也。"赵姬听了,殷勤笑道:"就知王上素爱蜀青,这是难得一见的雪中青。新岁刚下,长信侯便自雍城封地遣人飞骑来送,一路跑死了好些良驹呢。"言罢,有些小心翼翼地望着秦王。

秦王政修长两指擒住那白玉耳杯,羊脂白中只见碧水一汪,清透见底,他微微一笑:"如此佳茗,又是母后亲手所沏,又岂有不好的?"此言一出,太后凤心大悦,满室宫人亦是容颜带笑。好一番天家亲情、母慈子孝,竟是无人留心到——她芈凫还屈膝万福着身子呢!

心中暗暗叫苦,少女有些求助似的,偷偷看向彼端的青年君王。然而那人就似是殿中根本无她这人一般,连眼角的余光都不曾给出。空气一阵寂静莫测,似乎感到满殿女使宫人的目光游过周身,酝酿着某种嘲讽折辱的情绪,纵然芈凫再后知后觉,原本苍白的面容也渐渐涨红。

彼端秦王政却是启唇浅笑:"母后明日启程赴雍,定要保重身体。政身在咸阳,也会日日挂念母后的。"赵姬执起秦王的手,十分慈爱:"吾就知政儿最是孝顺,今日大雪,还特意来送母后。母后本是赵人,总不习惯这咸阳秋冬的干燥苦寒,此行只是觉得雍城更是温润,左不过待到仲春景明便回了,王儿不必记挂。再说,雍城毕竟长信侯也在……"赵姬说到一半,似是也觉不妥,便未再说下去。秦王政却是神情丝毫不变:"那是自然。若橐泉宫有何不周之处,政随时命人修葺。望母后身子早日大安,儿再亲迎母后回宫。"

闻听此言,赵姬不由满面笑意,秦王亦是放下掌中耳杯:"谢母后慈爱赐饮。说来前些日在相邦府也饮了新上的雪青,却是远不及长信侯送来的好呢。"

忽闻他谈及吕不韦,赵姬眸间闪过一丝波动。僵了许久,冷笑道:"吕相国事繁忙,人臣表率,自不可能像我等俗人耽于享乐。"秦王政笑道:"原来如此。说来,今日政尚有国务繁重……"

王上下巴微微一抬,立在下首的赵高已是心领神会,忙堆着笑上前,只道那上卿甘罗已在含章殿外候了许久了。

"政儿原是召见了甘罗？阿罗少年英才，王上多多亲近，自是国之大幸。"赵姬十分满意，再看秦王早带着一脸笑意起了身。王上起驾，满室宫人皆屈膝送礼，如此一来，倒显得跪在中央的小小身影不曾那般突兀。芈凫随着众人，也轻声道："恭送秦王。"

少女的声音轻轻软软，带着一丝颤。不知是否一直低垂着头恍了神，君上的脚步似是片刻驻足，而她满怀希望地抬了抬头，就好像感受到那一贯熟悉又炙热的目光，一如往日描绘她的周身一般，然而下一瞬，那人腰间悬着的玉佩其声琳琅，冷然远去。

他已经走了，未曾留下只言片语。

赵姬回转过头，似是这才发现芈凫一般，恹恹叫了平身。久屈的双膝酸麻僵硬，骤然起身竟一个趔趄，好在洒尘眼疾手快，暗中扶了一把。赵姬见了，似笑非笑："吾身体不适，明日便要前往橐泉宫将养了，走之前却是对小公女不甚放心，所以特意叫你到此一叙。"

芈凫垂首恭顺，道请太后训示。

"王上已至弱冠，前朝政务繁重不堪，冠礼大典亦是国之重事，诸般皆要筹备，可吾最近听说了一件可笑的传闻，楚公女可知？"见芈凫茫然无措，赵姬回眸冷笑，一双含情美目却是凛冽如冰锋，"竟是传闻有些后宫女眷，自以为可以随意出入王上的含章殿。含章殿乃王上与诸臣治事议政之所，是君王正寝，岂容轻狂之人亵渎？得诸侯爱重之人，自是三媒六聘纳问凶吉才可做数，又岂是儿戏？"

芈凫一时有些发懵。好长串无妄之责，分明有备而来，却是如芒如刺。惊觉抬眸，却见一殿的掌事女使们讳莫如深又饱含轻视的眼神，王太后那似笑非笑却又冷淡讥讽的神情……纵是完全不懂此间种种究竟为何，脸却先烧了起来。

"本来这般规矩，祖太后在上，也轮不到我教你。"睨了少女片刻，赵姬目露烦厌："也是眼看年岁渐长，公女竟是无人可教，吾才不得不多嘴这么一句。"

许久，芈㚷垂目无话。

"王太后教训的是，过往是姡僭越了。"骤然敛去眼底情绪，少女伏跪稽首，"请王太后责罚。"赵姬冷冷看着，却是轻嗤一声："祖太后庇佑，哪里轮得到我罚楚公女。公女还是好自为之罢。"

自甘泉前殿出来，举目天地虚白，苍茫雪落，芈㚷却是再提不起观景的心思了。此生未曾有过的耻辱之感，令她五内鼎沸。前脚刚踏出甘泉宫，宫门竟是在眼前便"嘭"地关上，就仿佛被人当面甩了狠狠一个耳光。犹是隔着门，内里那些难堪议论亦是毫不掩饰，声声入耳。

"说来也是王族血脉，竟日日缠着君上不放。"

"可不是？就连王太后都看不下去了。"

"不愧是南蛮荆楚，不然哪里来的王族女子会是这样的做派？真是怪不得君上厌弃至此！"

……

逃也般行在中央王街之上，芈㚷心跳如鼓，脸颊如若火烧。只觉泠泠九天落下的大雪纷然，也无法磨平心头油煎般焦躁滚热。这些人说的话，究竟是什么意思？厌弃，又是何谓厌弃？竟是每日去寻的阿政，也是错了吗？

懵懂如她，今岁也不过十五周龄。然而生于王族，长于宫廷，她又怎会是不知进退礼数的轻狂女子？只叹当时明月，年少懵懂，分明他次次唤她去含章殿，或是亲自寻来华阳宫，笔墨诗书欢声笑语，早成理所当然。而她也一直以为，自己是不同的。为何如今，明明同一件事，却成了不知进退、僭越放肆？

只是时移世易了。

次日晨起，芳洲内寝。

芈㚷霍然起身。"洒尘，我想了一晚上！"少女攥着拳头，高声宣布，"玄云，我忍不了了，一定要去找他说清楚！"

洒尘一脸的惊愕，玄云一脸的疑惑。你看看我，我看看你，不约而同道："公女，谁啊？"

"若是因得我去长安宫寻他,就生气了,何不直接告知? 若真是我僭越了,我请罪还不行吗?"芈芺举起手指,历数着秦王政罪恶,"既是王太后都说到了国事,自是兹事体大,就这样被人不明不白的冤枉……我今日一定要去问问君上,他究竟是何意!"

这下轮到玄云、洒尘齐齐大惊了,二人一迭声的"万万不可",就差摆出傲骨诤臣死谏当场的架势来。然而此时芈芺激愤入骨,又岂会听得进旁人的劝告? 劝阻的话还未听完,人已似一阵风般消失在门外了。

长安宫外,寺人乐见芈芺如见永巷恶吏,一张脸都垮了。

"又是楚公女?"

装作没听见那个含沙射影的"又",少女视死如归:"妺有要事求见王上,快些让我进去!"寺人乐苦着脸连道不妥,芈芺说之不通,不由怒道:"每次都是你,说什么都不要我进! 赵高呢?"寺人乐一头大汗:"宫正大人在燕寝伺候啊,公女! 您总不能进入君上的燕寝之中啊!"

芈芺心道燕寝有什么了不起,又不是没进去过。不过此间种种毕竟不足与外人道也,便说那就不进,在此等候总可以了吧。可怜那寺人乐搜肠刮肚、冷汗直流,憋了半晌,却只提及朝会时辰将至,今日王上要在含章殿廷议,实在不合时宜见之。

芈芺听此终是迟疑。她急心如炽,晨食都未用就赶来此处,确实忘了这个时辰王上是要主持小朝会的。寺人乐见人动摇,趁热打铁:"王上如何看待朝政之事公女是知道的,若公女一意孤行,恐得不偿失。"玄云、洒尘亦是一再规劝,芈芺见众人说得在理,终究松动了七八分。正待打道回府,岂料回转的脚步甫一踏出,就被一阵突兀流出宫阙的泠然琴声打断了。

"瞻彼淇奥,绿竹猗猗。有匪君子,如切如磋,如琢如磨……"

清晨庭院静寂清冷的寒气中,轻微悠远的琴声激起点点涟漪,如丝如云,如雾如梦。徐徐升起的娇柔歌声应和一室温言软语,宛转悠扬,万千缱绻,却又如若金石重击在心头。

"瑟兮僩兮,赫兮咺兮。有匪君子,终不可谖兮……"

芈凫默默地僵在原地,直至一曲终了。

"里面……有人?"

优伶?不对。能在这清晨时分出现在王之燕寝的,还能是什么人?再看一旁寺人乐早尴尬得不知如何是好,还在冥思苦想如何劝人回去,然而下一瞬却是连他也愣在了原地,又慌忙伏跪下去。

殿门在芈凫眼前忽而大开。先入眼的,是赵高一脸堆笑地引在最前,其后便是那玄端广袖的颀长身姿,那般熟悉,一如昨日。而他身后那抹茜色的窈窕身影,突兀鲜明,也几乎一瞬间就刺痛了她的眼睛。

陡然间四目相对,秦王政乍然停住脚步。他望着她,她也望着他。身后的人早已跪成一片,却还唯有她,鹤立鸡群般僵着身子,可笑地立在原地。万千过往如流星箭矢刺入心中,然而那人瞬间冷结成冰的眼神,毫无疑问地摧毁折磨着她所剩无几的勇气。

那是如何倨傲冷然的眼神?高高在上,全无感情,看着她,如同看着野草尘埃。

眼见君王不悦,却是那伴侍其后的佳人近前,娇声轻语惶然不已。君王绣着游龙日月的广袖微动,望向赵女的时候,那双深邃的墨瞳却恢复了往日的静如平湖。

芈凫移开了眼神,可那转向她的神色复归了冰冷,带着极大的不悦。眼底徐徐涌上湿意,她终于在这样的眼神中缓缓跪了下去。却听秦王皱眉道:"你为何在此?"她还在犹豫,他已是满面不耐,劈头便直斥退下。芈凫猛然抬头,眼中含泪:"王上,当真不欲再见妏出现在长安宫?"

秦王悖然而变色,须臾雷霆威压,满殿皆惊。而芈凫只是跪着,仿佛此身已经麻木,只听他的声音似是从很远的地方传来。

"楚公女殿前失仪,即日起在芳洲禁足思过半月。每日罚抄《周礼》,无诏不得外出。"

芈凫稽首至地,终复无话。

却说芈凫去后,长安宫外依旧一地窒闷。却是赵女款款在秦王脚边跪下身,娇语婉转打破此间胶着。

"君上方才紧走了几步，姎见赤舄上似是沾了些灰……"纤纤玉指握着素帕，美人在秦王的鞋履上轻轻拭了一阵，这才笑意盈盈道，"如此会见臣子则无大碍了。"

秦王政的目光却是追随芈㒼沉默离去的背影，神情冷凝。赵女含笑抬首，猝不及防竟被秦王的眼神吓得一怔。回首见佳人花容失色，秦王政面色缓和："赵公女今日怎会清晨便来到本王殿中？"赵女含羞带娇应道："太后叮嘱清扬殷勤服侍大王，岂敢怠慢？若君上不弃，姎明日还来服侍君上更衣。"秦王政看她一眼，似笑非笑："如此，却是烦劳。"

七上八下忙了一早，连哄带骗打发了赵公女，又服侍君王入了含章的赵高，见秦王与几名臣僚在内安心议事，这才终于长吁了一口气。却是寺人乐鬼鬼祟祟地凑近："这大冷天的，老师怎么都出汗了？"抬首只见赵高隐现三分杀气的目光，寺人乐连连赔笑，哪敢再言。

在这深宫之中想要活命，有些事就不能多问。正如此刻的寺人乐，心中就是满满的疑惑：比如，眼见楚公女已是失了君上的心，老师怎还交代要好生交陪、不可怠慢呢？又如，分明老师一声令下，那楚公女连长安宫周围十丈都近前不了，若是根本进不来，她自不可能如今日般惹得君上晦气了。

只可惜，种种疑问他不敢言，自然更是无人可为之解惑了。

由秦王政亲口下令禁足，当真是给了楚公女芈㒼即刻传遍咸阳宫的莫大"殊荣"。其实不必他禁足，她也出不了芳洲了。许是一宿未眠致使邪魔侵体，许是冬月清晨中立寒风着了寒气，更也许是最后那一稽首，额头触地满面冰雪冷到了心里，一回到芳洲，芈㒼便病倒了。

看着自家公女带病抄写，洒尘端着药斗唉声叹气。

"王上这般喜怒无常，他罚我抄《周礼》，我若是不抄，他岂能容我？"趴在书案上的少女萎靡不振："如今外间如何传闻了？可是说不知死活的楚女又被大王禁足，遭到大王厌弃了？'毫无仪态纠缠大王的南蛮楚女'？"

洒尘一时无语，半晌才强笑道："幸好王太后已是启程赴雍，不然公女那日之事，不知要被她如何大做文章呢。您是万不可再如此任性了！"芈㒼应了，迟疑半刻却又轻轻问道："他，不曾来？"

话一说完她就后悔了。特别是眼看洒尘的神情，瞬间糅上三分为难二分悲怜还有五分公女好惨……当真是，丧气透了！

"公女看看，这是何物？"

一阵清风扫过帷幔，却是玄云捧着一怀竹简自殿外走来。芈凫凑近一瞧，首先映入眼帘的是一封书信，并一摞厚厚的《天官冢宰》。正觉疑惑，玄云的声音响起在耳际："公子脩听闻公女被禁足，心急如焚，却又碍于王令无法探望。他帮公女抄了百遍的《天官冢宰》呢。"

伸出的手在空中一顿，芈凫不敢置信地展开卷首，熟悉的字体出现在面前：凫妹如晤。听闻病甚，不得探视痛之甚焉……

她反复观摩，一时竟惊得呆了。阿兄是何时习得如此酷似自己的秦篆？她竟是从来不曾发觉。又摊开竹卷看了半刻，哽咽着阿筠的名字，不知所起竟是泪落。初来不过隐约抽泣，谁知越哭越痛全然止不住，最后竟是变作了放声痛哭。

少女实则并不知自己是在哭谁。只知这一遭天昏地暗全无顾忌，仿佛生涯过半所托非人，过往种种付诸流水，竟平生少见这般肆恣宣泄。伤怀自身抑或伤怀那过往的真心，她，不愿深究。

玄云、洒尘相望皆叹，又温言软语劝慰许久。待将人安抚住，已经过去小半个时辰。方才安置却闻前院掌事来报，道一位女郎在外求见。自己尚在禁足，怎会有外人来见？芈凫还在疑惑，就闻外庭一阵响动，只见那抹茜色红云不待通传，已是飘入廊苑之下。

"问楚公女安。媙是平原君赵氏之后，小字清扬。"

真是冤家路窄，她竟找上了门。

"媙特意来谢楚公女。当年在赵都邯郸之时，媙不过始龀，便有幸与君上结识了，那时君上还是在赵的质子呢。"目光流过少女秀靥，见一双杏眼仍肿如春桃，嬴清扬掩口而笑："'有美一人，婉如清扬，邂逅相遇，与子偕臧。'未曾想十载不见，君上竟还记得当年媙独爱郑卫之音。"

芈凫静静听着，未发一语。嬴清扬却是意犹未尽："说来还要感谢王太后大恩，甘罗上卿在邯郸足足寻访数月，才有今日与君上的重逢。故而今日，姝特意来谢楚公女这些年来，替姝照顾君上。"

静默半晌，芈凫平静开口："赵公女说完了？姝还在禁足，说完了就请回吧。"嬴清扬听了，笑得更是灼如桃华："姝既能来此，自是经过君上允许，毕竟君上对姝也是有求必应。也请楚公女莫再违拗君上了，君王之怒，须臾雷霆，就怕到时，楚公女承受不住呢。"

言罢轻轻挥手，一位女使行上前来，却是端了一斗黝黑发亮的焦苦药汁，放在了芈凫面前的小几上。

"听闻公女病了半月，君上也不曾踏足半步，冷清得紧。姝便特意请疾医熬了药给公女送来。公女且看，还滚烫着，散着热气呢。"

芈凫不由抬头望向嬴清扬，只见她一双剪水秋瞳忽闪忽闪，纯良如雪地看看自己，又看看那斗焦黑苦药——这是摆明了说她芈凫药不能停了。

见芈凫无言以对，嬴清扬笑道万福，扬长而去。

不待嬴清扬的背影转出廊下，玄云、洒尘早已扑到芈凫身侧，一口一个"公女切不可多想啊，君上他万不至此""公女切莫在意那人的疯言疯语啊"，仓皇无措，语无伦次。芈凫恍惚唤着玄云，玄云含着泪上前握了手，却听她喃喃道："那嬴清扬，可出了院子？"玄云应着方才出去，又忙不迭安抚着"万勿气坏了身子"，却见自家公女抬起一只手，指向面前的小几，指尖颤抖。

"去……快去……"

这架势，眼看一口气就要上不来。玄云吓呆，声音都不觉染上哭腔："公女！公女你怎么了？公女！"

只见芈凫怒拍小几，须臾暴起。

"去给我把这斗药当头泼到那豕心作死之人的头上！"

如此又过半月，岁月静好，现世安稳。

除了禁足从半月加到了一月，外间的阖宫传闻又十有八九加了一条：震惊震惊震惊，礼崩乐坏世风日下，野蛮楚女廊苑暴打娇柔美人。

既然拿滚烫的药汁泼了嬴清扬，芈凫便想好了——那虎狼之君岂能与她善罢甘休。如今不过加了半月禁足，除了心灰，她内心根本毫无波澜。日子如流水翩跹,眼见禁足到了最后一日,他却未曾来过。

果真是时移世易了。

秦王政八年,芈虫十五岁,嬴政二十一岁。秦君即将冠剑,楚女亦要行笄礼。成年将至,两小无猜的最后时光,却被无情的岁月冲淡至相逢不识。

含章殿外仍是海棠纷然如雪。旧时的风景,却不复旧时的心情。这一岁,她极少见他,他不曾来,她也再不去寻。

日月盈仄,一载悠然而逝。

君上再度踏进芳洲的时候,天光乍收。颛顼历的玄武季,天间飘起了纷然如絮的绵雪。

满室宫人皆被驱散,芈虫却独坐在院内,不知今夕何夕。天间洒落一地细雪飘摇,她却只静静坐着,仿佛一尊雕像般毫无起伏。只有回廊深处掩映着的,岁寒之月正开得茂密的霜枫,层层叠叠,鲜红胜火,抵着这一室寂寥。

春去秋来,三季星移。那人就这样来了,在一个与过往没有任何区别的黄昏,在她已经不抱期待的时候。高大的身躯英挺伟岸,一如往日。冬夜的雾气氤氲上浮,他的到来也好像一场幻梦。

"阿虫,寡人来了。"

小小的身体微微一震。然而她却保持着方才的姿势,既不说话,也不理他。他看着她,脸上渐渐浮现一丝笑意:"寡人忙了一日,至现在夙食都还未用过。还不服侍寡人用暮食吗?"

她怔怔地,眼前一阵恍惚湿润了眼角,此刻漫涌心间的滋味竟是万般难以尽数。她才不想理他!

"……哼。"

他微微皱起了眉心:"阿虫?"

"哼。"

一国之君遭此冷遇,嬴政大步上前,一把将芈虫自庭间玉阶上拉起:"你是痴了,还是脑子有疾? 这是什么节候,竟就如此坐在地上?"

纵然打定了主意要对他视而不见,然而面对他义正辞严的训斥,她还是忍不住又对这人怒极反笑!

东皇太一,大小司命,巫咸大人在上,天下怎会有如此厚颜无耻之人?怎会有如此颠倒黑白、反咬一口、先下手为强的厚脸皮?芈凫直瞪着秦王政,心中滞闷至极。就这般僵了半刻,她转身就走,气势汹汹地来到房中。

除了王上寝宫所在的长安宫,过去数年,秦王最常来芳洲用暮食。今日疱人显是早得了消息,且看司膳宫人一阵进出,案上吃食早已摆好。历代秦王皆不喜铺张个人用度,今上也不例外,一国之君暮食也不过两铡野菜羹汤、脾析、鱼酢、豚拍三味小菜,并两鼎纯菜炙羊腿,主食的两簋黍米淳熬还在腾腾地冒着热气。秦王政倒是不客气,进了殿中便径直来到案前坐下。

一阵尴尬的沉默。

见芈凫梗着脖子根本不动,赵高连忙上前欲要布菜,却是被秦王淡淡扫去一眼,立时吓得噤声。秦王政默然片刻,终是沉声道:"阿凫,过来。"就似是被他这句话激住了一般,芈凫回头冲着那人的侧颜就冷笑道:"过去?王上要阿凫过哪里去?媄算是王上何人,为何要服侍王上暮食?"

两句话下去,芈凫的眼角越来越红,秦王的脸色却是越来越黑。

"反正王上不愁无精通郑卫之音的女御伺候燕寝,毕竟太后远赴橐泉宫,还不忘王上的子嗣龙脉!"

那三个不能提的字在反应过来之前,就冲破了阻碍,突兀地来到了空气里。

——橐泉宫。

芈凫猛然住了嘴,可是已经来不及了。与此同时,小几上食鼎被扫落坠地的声音惊天动地般炸响。

秦王政即位八年,锋芒初露,宫中之人何人不惧其不怒自威,此时此刻,宫人无不稽首跪了一地,那一直在御前侍奉的赵高更是吓得抖若筛糠。阖宫皆被那股森然凌厉的王气所慑,然而此情此景,芈凫却觉心中悲凉。就算那是君王不能被触及的逆鳞,但长久以来被如此对待的自己,又算是什么?难道人心便是玩物,由得他搓圆揉扁、招之即来挥之即去,却还能恢复如初吗?

心里一横,她也直接将手中竹箸掷在地上!本想学着他索性把鼎也砸了,想想那炙羊腿毕竟是膳夫炖了两个时辰才如此酥香……她没舍得。

"放肆,你跪下!"秦王政一拍桌案,显是怒了。却不想那少女竟昂首挺胸怒目而视,直挺挺就跪在地上。她赌着气毫不收力,一双白皙玉嫩的膝盖在冰凉的青陶砖石上直磕出闷闷的响声。听到这样的声音,秦王似是更被气得狠了,广袖扫过拍案而起,横眉厉目似欲怒斥,却又硬生生地停在半空。

"好得很……你好得很。"

心跳如擂鼓,她终究还是心虚地闭上了眼睛。如此也好,至少不必亲眼看到,他拂袖而去的背影。

长信殿遣人来请的时候,秦王才走了一刻钟都不到。天间又飘起了纷然清雪,掌事女使冷然的表情更似数九寒天,凛冽彻骨。

"小公女,祖太后她老人家今日身体不适,烦请小公女等等。"

"姑祖母……"芈凫嗫嚅着,仿佛一个做错事的孩子。女使望着她,面无表情:"还请小公女就跪在此处,耐心等待吧。"

芈凫心下了然,静静跪下。

她并不想辩解。明明先发怒摔了食器的,是他!她不过就是配合他而已,哪儿就有错了?之前有意无意的视而不见,王太后如若针刺的话语,甚至是阖宫轻视嘲笑的谈资,究竟是谁害的?

分明都是那虎狼之君害的!

这一切,分明都是那可恶的……

芈凫忍不住轻轻挪动双腿。方才赌气硬生生磕在地砖上的膝盖早就痛极了,凌冬节岁,一到夜里,就连华阳宫殿外的砖缝里都仿佛幽幽地散着寒气。那寒气从膝盖一路蔓延向上,不出片刻,就让芈凫的四肢百骸连同着一颗心,都冰冰凉凉的。

一个时辰过去了。

风雪更甚。交织的大雪中少女咬牙回身:"洒尘,你回去。"可洒尘却只摇头。芈凫叹息着:"你是入秦后才伴在我身边的,又何苦陪我跪呢?"洒尘却道:"今日玄云姐姐出宫,幸得还有洒尘,洒尘很开心能陪着公女。"芈㲼整个身子都在抖,却为着她的话心中星点暖意涌上,便不再做声。

"可是公女,你开心吗? 这些日来,婢与公女朝夕相处,觉得你并非不知君上的难处,更不是不挂念君上。"洒尘说话的时候始终抬着手,徒劳地为芈㲼挡着扑面而来的风雪:"数月来,君上第一次来寻你。将君上气作那般,公女,你便开心了吗?"

芈㲼抽了抽鼻子,不愿做声。她只知,为了母国忍辱负重,最终还是走到了这般难堪境地,此时相望不相闻,两颗心渐行渐远,终复一地枯灰。

一个又一个时辰过去了。

不知过了多久,身后似是传来厚重衣料摩擦的响动。那股淡淡的梅香自身后缓缓弥漫开去,竟让人一瞬间恍了神,修长的指端带着来人身上的温度,厚重有力,拂过她的肩头。

是……梦?

那人身上常披的云纹玄鸟大氅,带着他身上的温度和气息,轻轻拥在少女的肩上。芈㲼心中一惊,旋即又闻一阵衣袍响动声,那个玄色的修长身影缓缓来到芈㲼的身前,那人的动作仍是行云流水般潇洒昂然,即便是跪下的动作。

甚少会下跪的人,就这样跪着挡在了她的身前。他的声音如若冰泉冷冽,温润平静。

"孙儿问高祖母安好。"

他的背影,是何时变得如此挺拔如英了呢? 时而冷淡如冰,时而若即若离,时而宽厚可依,竟是令她心中迷惑。

"君上快快请起!"辟芷姑姑自内迎出,见此一惊,"祖太后今日身体不适,不宜见君上。已过中夜了,君上便与小公女同回吧。"

秦王颔首。忽而向她沉声道:"阿㲼,过来。"她瞬间红了眼眶,不知为何竟有些怕他,下意识地整个人就想向后躲。但此时回应她的,只有双腿的麻木和膝盖一阵阵刺痛,根本挪动不了分毫。将她的窘迫看在眼底,嬴政似是轻叹了一声,近前一步直接打横将人抱起,就这样在漫天飞雪的月夜里,将她一路抱回了芳洲。

终于被安放回榻间，又裹了两层厚厚的锦被，芈凫抽着鼻子，嘴里不住呼痛，一副要哭不哭的惨状。嬴政轻嗤一声："现在知道疼了？"近前细看她膝上的伤，却也眉心一皱。

洒尘在旁瞧得真切，焦急万分："君上，公女的膝上尽是红肿瘀青，如此大雪节候，寒意侵体，恐会落下病根。"说着便一阵翻找："这是婢子酿造的梅酒，性热，活血化瘀最是有效……"不得说完，秦王不耐打断："快些拿给寡人。"这下洒尘倒是愣了，却听秦王又沉声道："寡人来。"洒尘不由得一滴冷汗："君上，这酒敷上可能很痛。奴婢粗通些医术……"

一旁芈凫早就吓哭："洒尘，我要洒尘来就好！我……"一句不曾说完，低垂的下颚已被两根长指摄住轻轻抬起，未及出口的惊呼就此梗在了喉间。君王的手劲不重却很巧，少女不得不抬眸对上他的眼睛，那灿若星辰的双瞳此刻平静无波，她却是惊惧地闭了嘴，再也不敢出声。

秦王政扫了洒尘一眼："拿给寡人，你出去。"

向自家公女投来一个"奴婢尽力了，公女多保重"的眼神，洒尘默默交出药酒，迅速逃离了现场。可怜芈凫当真是欲哭无泪，又直着身子僵了半晌，君上终是放开了对她的钳制，而他的神情却似又是好气，又是好笑。

"现在知道怕了？方才还梗着脖子跟寡人置气。忍着！"

语气凶狠至极，手上的力度却意外地十分轻柔。然而药酒敷上，本是麻木的膝盖渐渐胀痛，愈演愈烈，最后竟是阵阵凌迟般的剧痛席卷而至，眼睁睁看着她痛得掉了眼泪，那人才好歹住了手。

黑夜裹挟着静寂，夹杂着隐约的啜泣声。却见那总带着三分凌厉的目光停驻在她周身，那样柔和。他沉默着，似是有些沉吟，又有些犹豫，许久，她的耳畔飘过一句："母后送来的宫人，阿凫不必在意。"

在他清隽的目光注视下，少女的小心思无从遁形。芈凫垂下眼睫，低声道："王上骗人。娥亲眼看见，王上一大早就有女御侍奉，那赵氏清扬的……"秦王一脸疑惑赵氏清扬是何人，芈凫气急，不觉也提高了声调："不是王上在邯郸仰慕的少艾吗？王上因她爱上了郑卫之音！"秦王政一脸莫名其妙，却也不欲再听:"再胡说八道?"不觉手上力道一重,她顿时毫无一国公女尊严地惨叫出声,于是又被气哭一次:"你!你就只会欺负人……"

"寡人可曾欺你?"那人回眸轻嗤,"不过粗罚几遍《周礼》,却还有人代劳。"芈凫一怔,心道阿兄笔迹她却未必能够分晓,却不想君王却是始终心如明镜,又闻一阵袍袖轻动,那人不知何时离的榻畔。松风般的琴声,却突然自卧榻一侧的琴案徐徐响起,在这暗夜之中仿若帝子踏乐而来,仿若幽兰芳菲馥郁。芈凫更是愣了,她从不知原来秦王也会弹琴,听那指下清音,高绝苍古,清微悠远——却是与她初逢那日,那曲硬是被自己变了调的夹钟律《东君》。

"母亲之故,寡人自小好郑卫之音,髫年在邯郸尝习琴。归秦后,秦风尚悍勇,故甚少抚之。邯郸之时寡人周年不过七岁,仰慕的哪门子少艾?"

"寡人这一生唯尝因一人习一曲,这曲还非我所好,便是这首不着调的《东君》。"他抬起头来望着她笑,双目闪耀若寒星,"夹钟均而成清商,凫儿,这曲《东君》,寡人弹得如何?"

芈凫愣愣地望着他,半晌说不出话,习琴之人皆知"知音"二字之重,如秦王这般心意令人动容,更是始料未及。然而想起那日在甘泉宫的遭遇,她心中却又浮现出上林苑中,上卿甘罗冷淡厌恶的眼神,国别之异,属系之争,她与他之间横亘的藩篱,又岂是一曲《东君》所能填平?

"君上,上卿甘罗,还有王太后,他们是不是都很……厌恶阿凫?"

她问出这样一句,便深深埋下了头。嬴政却是轻嗤:"母后?他们只是厌恶楚人罢了。"她心中一颤,为他如此的直接,却见那宽大袖摆拂过琴尾,秦王的墨瞳飞速闪过一丝阴鸷:"不过,即便是母后和阿罗,也不该妄图插足寡人的私事。"芈凫默默许久,却黯然道:"恍惚三季时序飘移。凫儿只以为,君上变了。"

君王长指微停。指下清商,欲断还续。

"长安君之乱后,蒲鹢率残部反于屯留。余乱刚平,楚王约六国会盟于陈都,合纵攻秦。文信侯力主连横抗之,朝堂内外奔走半岁。"

她心头一跳。

"最终六国之师不利而返,楚自请割地数城,迁都寿春。应凫儿大父之邀,寡人便亲赴陈都会谈此事,前日方归。凫儿说说,寡人可有空见你?"

芈凫语塞,却又觉母国之举深以为耻,一时无言以对。秦王眸光深深,却是凝注在她身上:"凫儿,寡人不见你,是因为寡人忙于国事。然而更重要的,是值此内忧外患之时,寡人需要倚重母后和文信侯。"他平静的目光直视着她,一席话说得坦然,却又如同高高在上的东君一般深不见底,不可揣摩。

半晌无话。望着芈凫通红的眼角,秦王终究摇头轻叹:"这就又委屈了?"指端温柔拂过她的面颊,他的眼神却是居高临下:"这些委屈,我要凫儿为我而受。你,可愿意?"惊讶地抬眼,芈凫心中猛然一震。然而下一刻,她望着他,几乎不假思索地点了点头。

似是也有些诧异她的毫不迟疑,他许久望着她,忽而叹息:"阿凫,你明不明白?"

"不明白。"她有些赌气般断然应道,"君上宠幸何人,冷落何人,又岂是区区阿凫能够明白? 不只王太后,就连祖太后也说,君上是王,是君,要开枝散叶,要……"嬴政凝视着她笑了:"要如何? 三宫九嫔,二七世妇,每日七名女御叙王之燕寝? 你当寡人是何人,周幽王吗?"

她不甘示弱地瞪着他,却也终究未再说什么。

"凫儿,寡人的长子,只能少君所出。大秦的嫡长子,不容任何人质疑,不容任何人觊觎。"他说得平静笃定,显是早有此心,"长安君之乱前事不忘,寡人不会让吾之宗子,走与寡人一样备受质疑的艰辛之路。"

他抬起头再次看她。他的神情那样郑重,似是要望进她眼眸深处。

"阿凫,你到底明不明白?"

"我不……"

少女一双水漾杏眸骤然睁大。而他的面庞在她面前突兀放大,仿佛带着白梅芬芳的幻梦一般。他的唇灼烫,温柔又霸道,缱绻又掠夺,辉映她即将溢出胸膛的心跳,引人迷醉。

不知所措地闭上双眼,却禁不住地周身抖颤。无论明白抑或不明白,芈凫只知,这一刻他的索取,他的给予,不容反抗。

秦王政八年,嬴政二十一岁,芈凫十五岁。

八年,……迁其(长安君成蟜)民于临洮。将军壁死,卒屯留、蒲鹤反,戮其尸。河鱼大上,轻车重马东就食。

——《史记·秦始皇本纪》

(楚考烈王)二十二年,与诸侯共伐秦,不利而去。楚东徙都寿春,命曰郢。

——《史记·楚世家》

(今楚王熊相)冒改久心,不畏皇天上帝,及丕显大神巫咸之光烈威神,而兼倍十八世之诅盟(即婚盟)。

——《诅楚文》

注释 《诅楚文》是一篇秦惠文王讨伐楚王的檄文,文中指出楚王不遵守当年的盟约,故要起兵讨伐他。石刻中提到了秦楚绵延十八世的婚盟。

梦境五 莺时

梦境六　棣棠

入不言兮出不辞，乘回风兮载云旗。
悲莫悲兮生别离，乐莫乐兮新相知。
　　　　　　　　　——《九歌·少司命》

秦王政九年，青龙季
章台宫——

青龙大朝上，相邦吕不韦郑重请奏："今至冬藏时节，宜清查府库，老臣……"

"文信侯。"

在满朝文武惊愕的注视下，这冒天下之大不韪直言打断相邦之人，正是眼下摄政太后面前的红人——长信侯嫪毐。

"王太后昨日才颁布了摄政太后令，要封存国库，文信侯难道不知？"嫪毐冷笑一声，昂首又奏，"禀报君上，太后闻昌平君请修离石要塞，认为不妥。冬藏之月，应停止征发民力，与民生息。"

昌平君愕然出列："长信侯何出此言？离石要塞乃我大秦重要边塞关

隘,岂能以寻常关口等闲视之? 去岁六国合纵攻秦之声犹在耳边,岂能不时时警醒!"

"楚公子不说,本侯倒是忘了。去岁六国合纵,正是公子的父王一力促成的煌煌大业吧? 只可惜自不量力,落得割城迁都的下场。"嫪毐冷笑连连,昂首奏曰,"我王,昌平君偏在冬月修筑关隘,劳民伤财,致使民怨沸腾。太后颁布国书,罚其俸三千石,以儆效尤!"

闻此颠倒黑白,昌平君岂不怒甚,他隐忍片刻,终究不发。再看那嫪毐高举摄政太后令滔滔不绝,众臣叹息不已,却也习以为常。实则今岁以来,嫪毐时时与吕不韦南辕北辙,朝会大唱反调,致使政令难以流通;不止如此,其人乱国大奸,打压旁系扶植朋党的手段,更是层出不穷。

果不其然,逢此大朝,嫪毐又故伎重施。

"我王,王太后欲向王上举贤。今有长史肆、中大夫齐等贤士九人,大才槃槃,恳请拔擢为卫尉、内史等官职。此为摄政太后书,请王上过目。"

看着赵高捧了那"摄政太后书"跑向王案,众臣更是愤慨。何人不知这些所谓"贤士",不过长信侯府门客。嫪毐却恬不知耻,一双大眼浑浊贪婪,只盯紧了秦王。

秦王政扫一眼摄政太后国书,似笑非笑:"母后都发了国书,寡人还能说甚?"嫪毐大喜谢恩,却是吕不韦勃然大怒:"荒唐! 国家大事,岂容儿戏?"

"文信侯慎言。"嫪毐如日中天,岂将吕不韦放在眼中,"文信侯做了仲父,还当真以为自己是我王之父了? 奉劝文信侯勿要忘却,唯有王太后才是王上的母亲,秦国的太后。"

吕不韦大怒,却见嫪毐一脸冷嗤,无比轻慢,众臣交头接耳,议论纷纷。再思量此间错乱,个中内情种种不足为外人道,岂非一时糊涂自作自受? 吕不韦心头九转,又愧又悔,竟不知是何滋味。

这场闹剧似的大朝,终究以相邦拂袖而去草草告结。

却说散下朝会的秦王政回到长安宫,还未曾踏进含章殿的门阙,就见一个苍老疲惫的身影满庭金扇下踯躅徘徊。秦王政上前一步,躬身肃然:"见过仲父。"

"君上……"吕不韦连忙迎上，竟是语声哽咽，"老臣令君上蒙羞，愧对先人，老臣愧不能死也！"秦王政抬眸叹道："仲父何出此言？仲父为顾命大臣，受公父遗命坦荡摄政，公心督课，是政儿无能。"吕不韦闻此更是愧悔至极，无言以对，眼中已是隐有泪光。却见秦王政沉默许久，骤然道："仲父不必投鼠忌器。"

吕不韦心头一震，一瞬间，竟是以为自己听错了。

"君上？"

"以仲父之能，持政之威，当真无还手之力吗？冠礼在即，寡人就要动身赴雍。"灿烂的阳光下，年轻的秦王向着吕不韦，微微一笑，转瞬即逝。

"当断则断。"

秦王的背影消失许久，早遥不可见。吕不韦仍立在原地，竟不知今夕何夕。

如此又过了数月，不知不觉，三春上巳就要到了。芈凫已近二八年华，也到了行笄礼的时候。眼见节候将至，便提前沐浴斋戒，以备大礼。

春夜芳洲之中，芈凫放下针线，凝视掌中的素色常衣。不待说些什么，却是玄云面露欢欣："当真工巧细致，竟完全看不出缝补的痕迹。"洒尘也道："公女为了这件常服真是花了不少心思，这几日又绣到深夜。"二人左右打趣，只道这般常衣秦王有多件，又不着急等穿，公女为何要如此赶制？少女被人说破心事，羞红了脸，只连连搪塞。

三人玩闹一阵，玄云复又提起笄礼之事。洒尘却是欲言又止，再三追问下，方知此番芈凫笄礼，竟是由华阳太后亲自主持。

芈凫笄礼紧邻君王元服，时机微妙；尤其芈凫入宫本承大国姻亲之意，笄礼何人主持，说是朝野观望也不为过。而今，最适合主事的王太后却是长居雍城长信侯封地，全无回返咸阳之意，笄礼更要劳动祖太后出马，岂非轻慢？

玄云本是个烈火脾气，念及此事愤愤不平："当初万事求着祖太后之时，何等伏低做小？如今文信侯、长信侯皆为其入幕之宾，自不将楚人放在眼中了！

公女,您的笄礼王太后都不肯亲临,国人将如何议论? 您与秦王的婚约……"

"住口!"芈凫断喝,窒了少顷方才闷声道,"王太后之事,不许议论。王太后常居橐泉宫将养,与长信侯何干? 如今你我毕竟不在母国,你这般心直口快,若祸从口出,何人又肯担待你我?"她一席话说得诚恳,却又难免自伤,玄云也不由红了眼眶。洒尘见状,连忙劝解:"这样一看,公女的笄礼全是自家人在场,却也自在些。说来,君上明日也要动身前往雍城了。"芈凫愕然道:"明日? 距离君上生辰之端月,不还早得很吗?"洒尘摇头道:"冠剑大礼之前,需得沐浴斋戒三月。而宗正署测算了许久,最后得出明日就需动身的结论来。"

"……这也未免提前得太多了吧。"少女小声抱怨着,却是瞬间没有了兴致。见她神情恹恹,众人便各自退下了。

一片静寂中,芈凫独坐窗前。终究已经过了冬月的节气,天间月色轻影幽微,照着庭前的池面暮烟笼罩,一片萧瑟朦胧。

早在年初之时,整个大秦上下,无论少府,或是宗正,抑或驷车署,都不约而同忙碌了起来。而这所有的忙碌都指向同一个目标,即来年的颛顼历端月,君上的生辰。这一年君上的生辰将注定不同,因为他终究年满二十二周岁了——按照大秦旧例,这是秦王在雍城太庙行冠剑大礼,还政于朝的日子。

芈凫思来想去,心烦意乱。原来君上明日就要启程赴雍了,可是,他却不曾来告别一声。她这样想着,忽而又颓然——她正在笄礼的致斋期,他,本就不能来啊。

但是如果他不能来,而她,也不能去……

芈凫辗转反侧,难以入睡。索性偷偷知会了玄云,便直奔长安宫而去。

半个时辰后,二人便站在了长安宫外。君上素来勤勉,每日这个时辰总在正寝习书,遥望含章殿内灯火瞳瞳,光影重明,想来今日亦如是。自知仍在致斋期内,芈凫心念着不动声色,私下见上一面了事,但要如何做到这"不动声色"却也颇难。徘徊许久,终是玄云提议不若轻功潜入,偷偷见一见那秦王,芈凫大悦,连声称善。

不想玄云一介女流,轻功却是了得,带着芈㟞不过几个凌步飞身,再一眨眼,二人便稳稳站在了宫墙外的胡木之上。芈㟞始终牢牢抓着玄云,隐约觉出脚下坚实了,这才敢睁开眼睛。目下一片灯火阑珊宫阙连绵,再看心中之人就在近前,少女霎时笑得得意:"好厉害啊,玄云!幸好母妃在离楚之时将你给了我……"

谁知笑语未散,骤然,一阵劲风破空而至!

来人的身法如同鬼魅精灵,悄无声息,人还未至,掌风已瞬间劈下。玄云登时警觉,待反应过来之前,袖中竹扇已然出手。芈㟞手忙脚乱稳住心神,却见两人已是战至难解难分,不由在原地急得团团转,一来二去看清来客,不由大惊。

来人竟是赵高。而方才,全不曾听到他临近的声音!

芈㟞心中侥幸,只道赵高不过禁中宦官,想来武学不济。然而眼看二人战了半刻,竟是玄云渐渐露出颓势。当下再也顾不得许多,连呼住手,孰料赵高虽近在眼前却根本充耳不闻。眼见他游刃有余,玄云顷刻就要吃亏,芈㟞又惊又骇,不觉间,冷汗早已浸湿后背。

"小高住手。"

熟悉的声音自身后响起,声量分明不大,却教芈㟞惊得一跳。回过头去,却见朦胧月色下,那人一袭几近溶于夜色的常衣,却是不知何时出的殿门。一双墨瞳不怒自威,正皱眉望着自己。

几乎就在同一瞬间,赵高住了手,飞身而下匍匐秦王身侧。玄云也忙揽了芈㟞飞身至地,伏跪在秦王脚下,连声请罪。秦王政扫了芈㟞一眼,沉声道:"今日之事,寡人不想宫中听到任何人提起。"赵高恭顺俯首,连声应诺。

秦王政回身望向芈㟞,沉默了片刻。当初的少年已然长成了长身玉立的青年君王,不过微微上前两步,高大的身影就完全覆住了少女在月下的纤巧剪影,芈㟞有些心虚,低头嗫嚅道:"君上……"

少女声音糯糯的,带着几许做贼心虚的意味。秦王政向着她,沉着脸道:"进来。"望着那玄衣广袖,毫不迟疑转身而去的背影,迎着身后玄云同情且爱莫能助的目光,芈㟞哭丧着脸,心不甘情不愿地随他进了含章殿。

进了殿中,秦王政施施然坐回王案,拿起竹简一言不发,芈峁慢吞吞跟着,心头却是不服起来。只见秦王政头也不抬:"说吧,怎么回事。"芈峁涨红了脸:"妺是特意来找君上的。"秦王竹简一甩,虎着脸斥道:"致斋期你就随意跑出来,成何体统!找寡人?找寡人做什么?寡人是能指点你元服之礼,还是能教你琴瑟女红?"

芈峁哽住。

三步并作两步,她直冲到他面前,将方才就小心翼翼揣在怀中的物件,怒气冲冲扔进他的怀里。秦王政始料未及,待看清怀中的物件,一时有些愣住。原来那是一件已经穿旧的素色君王常服,暖暖如雾,还带着少女身上的余温。卷帷外的月光照在其上,却像是笼了层轻纱一般,柔和温情。

"还不是因为君上明日,便要动身前往雍城!"

少女又羞又气,不由红了眼眶:"冠礼及前,少府备下的十有八九都是新衣,难免厚重坚硬,致斋足足三月,总要备一件穿惯的常衣啊!妺见君上平日喜穿这件常服……"嬴政看着她,一时无言以对。芈峁越说越急,竟是语无伦次:"君上自是不在乎的,妺却拼着笄礼的致斋期跑出来丢人,当真是不成体统,蠢笨如彘!分明,可以找个掌事送来的……"

她心中气苦,他,真就是少司命派来折磨她的吧?不然为何一次又一次被他气到哭!为着他不留情面的斥责,更是深恼着自己为何就不曾想到,原本找个女使送来就是了。想来突兀听闻他即将赴雍的消息,扰乱了原本平静的心海,更是令她方寸大乱。只是,这般女儿家心事,又如何能呈于人前?

少女兀自恼着,却是忽而被身上温暖的触感惊住。年轻的君王不知何时早已走下了王案,将她拥进了怀中。想他方才还满口的礼义廉耻成何体统,芈峁想要挣脱却根本挣脱不开,一瞬间又是委屈又是生气:"妺不来又能怎样,君上明日就要动身,而元服日后你我俱已成年,更是要大防。所以今日若是不来……"

"吾之过也。"

"若是不来……咦,什么?"

"阿峁,寡人错怪你了,是吾之过。寡人向你赔罪,可好?"

仿佛头脑轰的一下炸了,她一遍又一遍地问着自己,是我脑子有疾还是这人脑子有疾了?秦王,这个素日恁死人不偿命的虎狼秦君,居然说"吾之过",还向她赔罪?

"不过,阿凫,你这绣的,是什么?"见嬴政注视着怀中公服无语问苍天,少女眼中分明还带着泪,回首竟又笑了:"木兰。是我大楚最常见的花木。"嬴政点头,上下端详:"用的五彩丝?"芈凫扬起头,万分得意地应着:"不错,我大楚尚五德呀。"

"阿凫,寡人没记错的话,我好像是秦国的国君。"

他的额上,似是都冒青筋了。芈凫无辜道:"所以呢?五色多好看,多热闹啊!"嬴政无奈摇头,忍不住轻斥:"阿凫,寡人的服饰都有规制,你这样乱改成何体统?"芈凫嘟囔着:"我听说致斋都是君上自己在寝宫,反正又没人看见嘛。"

一时间竟是被她气笑,还未来得及斥其胡闹,却见她涨红了小脸,气势汹汹地近前威胁道:"君上不穿,就趁早还给我!"他却一把抢过那公服,笑道:"不能亲眼见凫儿元服绾发、簪上发钗的样子,心中正觉郁郁。不曾想却有此心,有心便好。"

芈凫看他言笑晏晏,忍不住小声抢白:"明明方才一直板着脸,那么凶……就连君上身边的宦官,都差点打伤我的女使。"嬴政不由失笑:"小高并非普通的宦官,他是玄虎令锐士,麾下咸阳、栎阳至雍城一代精锐斥候三千,堪称国之心腹耳目。倒是凫儿的女使,身手不差。"

"玄虎令?"

芈凫消化着秦王这段话,不由惊讶变色:"如今君上竟连玄虎令也囊入掌中了?"嬴政听她此问,却是诧异:"丫头竟知玄虎令?"

"晋之赤龙,燕之苍虎,齐之若木,楚之丹凤,秦之玄虎。阿凫好歹也是出身熊氏王族,传说中楚王麾下之丹凤,实力也不在玄虎令之下。"少女说着,眉心却笼上一层黯然:"只可惜一代霸主楚庄王崩逝之后,丹凤便已散轶多年,杳然难寻了。"

嬴政闻之,阖目沉吟,未再言语。

却是芈凫心头暗揣，连玄虎令这般谍报精锐都可囊括掌中，这还未及冠的秦王，究竟隐藏了多少实力啊。正想再问，嬴政却轻抚她的脸，笑得欣然："阿凫梳上垂云髻的样子，定是十分温婉动人。"

就知他最善避重就轻，竟是一句正事也不再提了。

须臾一阵长风灌入室中，满殿兰烛倏忽暗了几暗。长指拂过佳人柔发如雾，君王语声轻柔："为凫儿备下的礼物已经托付给祖太后。要记得，戴上便不许取下。"芈凫讶然："原来君上也为妩准备了礼物吗？"嬴政道："那是自然。还有一物，本打算明日临行前托给祖母，既然阿凫来了，不若亲手交给你。"

君王回首，接过身后赵高恭敬奉上之物。

那是一个青金镂蟠虺纹的方形宝匣，做工精美自不必提，令人新奇的却是匣顶的四方尖角上各有一个青金小鸟儿，雕刻得栩栩如生。芈凫看得痴痴如醉，连声赞其精美，却也不由好奇内中何物。嬴政止住她乱摸的手，笑道："此中是寡人送给阿凫的成年礼，待笄礼大成，方可打开。"

全副心思都在那工巧精密的错金宝匣之上，少女却未曾留意，此刻君上那流丽深邃的墨瞳，始终在自己周身流连。

"阿凫，寡人不在咸阳的时日，你……"

年轻的君王极少有如此欲言又止之时。明明灭灭的烛火映在他昳丽冷然的侧颜上，却在这温情缱绻的时刻平添三分阴翳，亦真亦幻，深不可测。芈凫惊觉抬头，有些迷惑："阿政？"

他唇侧蕴起浅笑，却是倏忽隐去了情绪。

"寡人不在的时日，阿凫要保重。"

不知不觉又过数日。君王赴雍的吉日，很快就来到了。

自长安宫前高高的鸿台上远眺，前往雍城陵区的车队浩浩荡荡。最前的驷马王车之上，是那人愈见挺拔卓然的身姿。而那一身颇为眼熟的素白常服穿在身上，朗朗兮如日月之入怀。

"阿兄，这一去，再回，他就是真正的君王了。"少女的目光，始终追随着那徐徐远去的挺拔身影。身侧青年如玉的容颜霎时一暗,他的神情隐着几许低沉压抑的痛楚,似是就要冲破万千藩篱破空而出,但她,却恍然未觉。

咸阳北坂吹送而来的祥和之风,送来阵阵松涛澎湃,远望风烟俱净,天山共色。芈姞闭上双眼,深深吸了一口暮春时节高台之上芬芳馥郁的空气。

"我,只想他早日平安归来。"

又是数日蹁跹而逝,很快,又是一年一度的上巳祓禊之日了。经过宗正署万分细致的筹备,这一日,由祖太后主持,于华阳宫为芈姞举行了笄礼。

少女三层深衣加身,薄施脂粉,淡扫蛾眉,平添几分娇羞。华阳太后依礼上前,亲自为她将一头青丝绾起,再梳成一个挽发及肩的垂云髻,又依次将一枚白玉笄、一枚错金簪取出,亲手为她簪在发间。

"吉月令辰,乃申尔服。敬尔威仪,淑慎尔德。眉寿万年,永受胡福。"

芈姞向着姑祖母,恭顺三拜。

"事亲以孝,接下以慈。和柔正顺,恭俭谦仪。不溢不骄,毋诐毋欺。古训是式,尔其守之。"

"儿虽不敏,敢不祗承!"

娇柔婉转的女声堪堪落下,谒官即高唱礼成。从清晨忙到晌午,方才完成这三加三拜之礼,在场司礼贵人无不赞誉恭贺。华阳太后亦是感慨,上前亲手将芈姞扶起:"好孩子,如今你也成年了。"

芈姞知道,姑祖母的话意味着什么。三加三拜,元服大成,经过笄礼的女子已是成年,终究是可以婚嫁了。只是,如今王太后威风日盛,已有与姑祖母分庭抗礼之势,就如同如今的她与君上,相隔万千山水,鸿雁难寄,天各一方。

而她终究摇摇头,拂去满脑思绪。

"敬谢祖太后为娱之事烦神劳心。祖太后之恩,娱永生不忘。"

指尖拂过青丝间的玉笄,华阳太后笑得慈爱:"姞儿可知,这枚白玉笄,乃是蓝田大营送来的暖玉,羊脂白。这是王上的心意,阿姞。"

脑海不禁浮现出临行前的那日,满月银辉播洒,他的殷殷嘱托。

"寡人已经拜托祖母,到时亲手为你簪在发间。就如同寡人,在你身边。"

忽而心头一暖,女子娇柔的笑靥渐渐浮上一丝红霞。却听辟芷姑姑笑道:"少时为伴,不知所起,一往而深。一对小儿女亲厚如此,当真不枉祖太后多年来的心血筹谋。"

笄礼次日,华阳宫。

芈凫平日起居的芳洲暖阁,今日十分热闹。玄云、洒尘皆是双目炯炯,注视着正中被特意请来、眉头深锁的公子脩。

芈凫藏在内殿,探头探脑地隔着帘幕望去,此刻心中也是小鹿乱撞,满心期待。昨夜思量一宿,恍然念及黄脩早年曾出入墨家,幼年与他玩耍时,尝听他提及一些墨家工门之术,甚是精妙。遂将人一大早请来芳洲,共探起这错金宝匣的奥妙来。

"原来如此。"指尖摩挲那青金锁扣数久,黄脩轻声道,"这原是一处略为复杂的鲁班十字锁。"

只见长指微动,手法飘忽,黄脩按照一定次序旋动方匣四角的青铜鸟。旋转数次后,就听内里一阵机关运作之声,随着"啪嗒"一声轻响,锁扣竟就这样解开了。

众人见他当真解了开来,赞叹之声顿时响作一片。芈凫更是惊喜交加,竟是从屏风之后疾步走出,迫不及待展开了方匣。黄脩一震,始料未及她竟会不顾大防,然而重逢的欣喜未及表达,却被少女满脸的雀跃兴奋冲得淡然难寻。

芈凫已是全副心神都被匣中之物所吸引,那是一柄十分精致的青铜短剑,然而颇不寻常的是,在那青铜鎏金的剑柄之上,镌刻着一个她从未见过的、式样奇特的错金图腾。只见青金底座上,盘踞着一只栩栩如生的猛虎,猛虎怒张其口,口中却还紧紧咬住一只难辨形貌的猎物。芈凫看了半刻不得要领,终究忍不住拿起剑来,细细端详,却是一旁洒尘骤然变色,脱口而出:"这是虎噬羊!"

黄脩忽而一震，却是芈凫回眸疑惑："虎噬羊?"洒尘遂上前细看，笃定道："奴婢不会看错，因得祖太后也有一件，是孝文王在世时赠予太后的。这也是秦嬴族人的传统，是故秦人无人不知。"

洒尘本是关中老秦人，芈凫到此已是信了三分。然而闻听此言，她却更是疑惑："秦嬴传统? 是何种传统?"

"承君此诺，护君一生。"洒尘激动地叙说着，目光熠熠，格外郑重，"虎噬羊，是秦嬴一族的图腾。少公主，这柄剑，是秦王送你的信物啊。"

一时间，心中激荡。

"阿政……"

指尖纤长轻抚秦君那重若万斤的托付，这一刻芈凫心中，漫漫涌上柔情万分，竟是心旌摇荡，难以尽述。阖宫雀跃之际，却是无人留意到，彼端黄脩已是面沉如水，一言不发地拂袖而去了。

秦王政九年，嬴政二十二岁，芈凫十六岁。

九年，彗星见，或竟天。……四月，上宿雍。己酉，王冠，带剑。

——《史记·秦始皇本纪》

梦境七 裂帛

秦王政九年

咸阳王城——

　　自咸阳宫西望雍城，彼岸的旧王都被层叠的山峦所覆盖，烟云缭绕而不得见其真貌。含章惜别，君王深邃难测的眼神早就浸着清冷如冰雪的凉意，纵然为掌中精巧的物件所喜，满怀少女情思的芈㚆，并未为那抹一闪即逝的阴翳所扰。

　　委实始料未及的是，生死变故，竟在如此旦夕之间。

　　华阳宫中，黄脩大步入内。顷刻间殿中所有目光，皆投注在他的身上。

　　"你回了？可打听到了什么？"

　　黄脩神色凝重。

　　眼下咸阳城中竟已乱作一锅粥，城中皆传，嫪毐与赵姬丑事败露，索性狗急跳墙鱼死网破，嫪毐手持太后印信，竟是密谋已久，欲趁秦王前往雍城冠礼之日发动政变。这些消息仿佛冰水当头浇下，令人如数九寒天置身冰窖，芈㚆早颤抖着说不出话。此刻，就连历经大风大浪的华阳太后，亦是脸色惨白如纸，颓然倒在榻上。

"那奸贼封侯后便蓄养食客，着意经营，如今雍城一带尽在其手。君上前往雍城太庙行冠剑大礼，身边随从不过百人……"如何不知，元服大礼须得禁宫致斋，不闻外务，今逆贼猝不及防潮水骤至，秦王岂非危极！

宫中一时死寂无声。终是华阳太后思索片刻，决然道："事到如今，若是有人持有吾之太后印玺、摄政太后书和血书前往雍城，也许可以调动君上在械阳部的三千铁鹰锐士，前往救驾！"

芈凫听了，却忧心丝毫不减。眼下局势未明，若是械阳部秦军，并不听从太后印玺号令则如何？更有甚者，若那械阳部也早被嫪毒策反，则又如何？个中种种，竟惊心不敢深思。却是华阳太后看透她疑虑，肃然道："黑甲秦军，烨烨震电，素不涉朝堂党争。唯秦王长剑所指，方是大秦军心所向，凫儿不必忧惧。"

"不好了，祖太后！咸阳王城已经涌入不明身份的持械兵士！"

方才稍定，又有宫人哭号着冲进长信殿。只道持械乱党已然涌入王城，如今宫中就连宦官内侍，也已经在章台宫外拼死待命了。众人闻此莫不震恐，华阳太后霍然而起："事到如今，救驾事不宜迟。辟芷！"

一瞬间芈凫心头剧震，脑中思量如电光石火，还未及理清头绪，已是一把握住祖太后之手："姑祖母！让凫儿去。"华阳沉吟皱眉，只见黄脩面色一厉，断然喝道："不可！"

"若君上有万一，阿凫独活，又有何用？"芈凫说着，不知为何，心头竟奇异地平静下来，"更何况，阿凫不能眼看大楚多年筹谋毁于一旦。"

黄脩沉默许久，终复长叹："既如此，黄脩拼死，也会护公主周全。"华阳太后却也凝视着他，目光幽深："脩儿，吾要你起誓。"又是一阵沉默，黄脩终究咬牙恨声："脩愿对东皇太一起誓，此番誓死护卫少公主……与秦王。"

闻黄脩之誓，华阳太后便命辟芷取来太后玺绶，一面从旁殷殷嘱托："芳洲东偏殿客室的卧榻下，翻下隔板可见密道。那条密道，可以直通咸阳王城坐北的咸阳塬。那里荒山密林，莽莽苍苍，那些逆贼想来不会寻到那里。"

一桩一件华阳太后说得平静，她的眼神中却透着孤绝，似是望进了芈凫心底，芈虿回望着，不觉哽咽。终究万般妥当，众人沉默辞行，不胜其哀。唯有华阳太后傲立于中，却向二人徐徐展露一抹笑意。

"去吧，阿虿、阿筠。去械阳部，去蕲年宫，去见大王。此后生死，就系于你们一身了。"

遵从华阳太后之言，脩、虿二人潜入密道，易装而行。双双行于幽暗小道，二人俱是无话，只一心沉默奔命。外间宫人惶急奔走，哭号阵阵，已不平静。说来颇觉讽刺，竟是在这幽深森冷、与世隔绝的密道中，芈虿自觉方才起狂乱的心跳，才得以稍作平复。

沉默中奔忙半日，芈虿心急如焚竟不知今夕何夕，终究双双平安脱出密道，眼见落日的夕辉再次映入眼帘，一时竟有落泪的冲动。自七岁北上赴秦，已是九载寒暑，却从未似今日这般，站在北坂高原上俯视咸阳王城宫阙森然而下，竟是仿佛磨牙吮血的野兽之口，隐隐透着无妄的血色，就要将人吞噬。此时咸阳城中尽是全副武装的兵士，烧杀抢掠，穷凶极恶，原本平静的国都硝烟四起，械斗不止，恍若人间地狱。

芈虿与黄脩对视一眼，心下皆知事态严峻，不由加快脚步向城门赶去。他们小心避开了械斗的士兵，一路行走在幽僻暗巷，不料刚至上阳大街的东南角，一声凄厉的惨叫猛然刺进耳中。芈虿循声望去，只见一位布衣少女满脸血污，被困一处高墙下退无可退，几名甲士杀气腾腾逼近了少女，为首甲士上前一步，狠狠一掌将她掴倒在地："死丫头，说！你要去哪儿通风报信？"

少女惊恐万状，不住摇头。

一旁死士道："休与她废话。此番主上志在必得，就算相府死士众多，援军，已在奔赴咸阳的路上！"旁人亦是附和："说的是，绝不能让这丫头出去报信！"

相府？

黑暗中灵识骤然一闪，突兀划入脑海的二字未及沉淀，芈虿回眸与黄脩对视，已是默契顿生。下一瞬黄脩催动内力，剑芒乍然高起，使出的正是他惯用的巫咸剑法——湘君，一时剑光如银瓶乍破，只见无边落木，细碎纷然。

四名甲士见有不速之客，不过瞬息便变换阵型严阵以待，只见掌风凌厉,扎实沉厚,举手投足也绝非等闲。黄脩毕竟文士,纵然修习湘君剑法日久,却多以祭祀强身之用,左支右挡却也不能将四人逼退,一时几人战作一团。芈凫趁几人缠斗,飞奔上前欲救那少女。少女伤势甚重,见到人来,骤然吐出一口鲜血。

"快,去雍城,找到文信侯……"

芈凫心惊。文信侯?吕不韦?未及深思,少女已是睁大双眼,用沾血的双手攥紧她衣袖:"相府有难!求你……"说着又是一口鲜血喷出,便再也没有了动静。芈凫一探鼻息全无,登时惊骇万分。

再看黄脩与四人缠斗,左支右绌早漏了下风。眼见这些人出手狠辣,竟是杀人不眨眼的亡命之徒,而黄脩以一敌四,一个不察已是露出空挡。那合围之人见他背部漏出空门,袖中暗器霎时袭来,芈凫看得心惊胆战,忍不住高呼提醒,惹得对方杀意顿起,竟转身挥剑就向她劈来。

慌乱中似是抓到了什么,芈凫向着来人就是一挥!却见青金锋芒乍现,虎噬羊错金剑出鞘,削铁如泥锐不可当。伴随一阵凄厉惨呼,剑风扫过,一排手指竟被凌空斩下。那人犹自惨呼不止,芈凫何曾见过这般情状,早含泪吓呆在原地,却是黄脩纵剑一扫挡下来人,瞬间飘然而至,牵牢芈凫之手一阵狂奔。

阴暗巷道中,死亡的阴影如影随形。风声呼啸掠过耳际,芈凫只觉心脏仿佛跳出胸膛,连呼吸声都带着胀痛。她早已看不清前路,只听身后脚步声似丧钟步步逼近,几许辗转仓皇逃奔,却绝望地发现,最终踏入的竟是一个死胡同。身后的死士狞笑逼近,为首的,正是方才慌乱中被削去手指的匪首,此时正因愤怒而癫狂,怒吼着冲了过来。

绝望如同冰水兜头淋下,最后一刻的电光石火间,那人的面容刀劈斧凿般刺入脑海,带来的却是窒息海底一般的不甘和隐痛。

不!我岂能命丧于此?我还未来得及……

还未来得及,救他。

突兀间,空气波动震颤。芈凫不敢置信地抬头,心中涌入金灿灿的希望——是他?难道竟是他来了?然而下一瞬,映入眼帘那宛如天神骤降的,

却是玄云素白的身影。玄云飞身挡在芈凫身前，长剑一出，内力催动下掌心银龙乍现，只见虎啸龙吟，剑气森然。

"玄云，你为何在此？姑祖母呢？"

难以言表的未明心绪中，芈凫的眼泪夺眶而出。激荡的剑气中玄云平静如水："祖太后心中唯有国之大义，无个人安危。事不宜迟，公女快退！"

黄脩上前执起芈凫之手，咬牙发足狂奔。终于跑到一处较为低矮的城墙，黄脩运起内力，借着墙外老树的旁枝将人发力抛起！一瞬之后，芈凫只觉双脚又落回实地，回首只见黄脩如一片风中飘下的树叶，也轻轻落在了身旁。在晚霞的映照下，他的脸色苍白如纸。

"阿兄，我们终于出城了！"环顾四周已是置身城外，想到一路奔逃终于脱困，少女的声音也终究染上了欣喜。

高墙上的风映照着如血的残阳，风声猛烈。黄脩背靠老树缓缓坐下："是。"

"事不宜迟，阿兄，我们快去那边的田庄找两匹马吧！"

"好。"

"我们……阿兄？"芈凫忽而睁大双眼，望着自己的双手，"阿筠？这是……什么？"

是血。此刻少女洁白的袍袖上、衣襟上、手上，都是斑驳的血。黄脩的血。

仿佛一双看不见的手攥紧了心脏，出口的话霎时染上了哭腔："阿兄！这是什么时候……"黄脩却道："少公主，你听我说，快走。"芈凫号啕大哭，拼命摇头，黄脩柔声道："脩死不了，凫妹听话。去叫上一匹马，不要去雍城，也不要回咸阳。"芈凫骤然睁大双眼："你说什么？"黄脩看着她，脸上还带着未曾褪去的笑意："快走，忘了秦，也忘了楚。离开这里，少公主，这是您唯一的机会。"

她惊得一时失了声。半生的哀愁与挣扎在这一刻涌上心头，他的话在心中生根发芽，疯狂滋长。

走啊，芈凫！这是此生唯一的机会。舍弃一切，抛下一切，自由翱翔于天地，这不就是你一直以来所渴求的么？

然而她却流下泪来。

"我不会走的。阿兄难道忘了,我们是为什么出来的吗?犹豫一分,危险就更进一步。"

黄脩闻此神色黯然,却并不意外。而芈凫亦不再多言,只是撕下袖角为黄脩扎紧伤口,又费力地将他挪至隐蔽处。

"撑住,阿筠。我会回来的。"她向着他,语声坚定,"活着等我回来。你们,都是我发誓要拼死守护的人。"

眼看少女的身影决然而去,消失在远方遥不可见了,仿佛难以抑制胸中激荡的阴戾嗜杀之意,黄脩足尖踏回一路行来之处,所到之地,血雨似鬼蜮荷华大朵绽放。

这一贯和煦温雅如若春风的男子,此刻面沉如霜,仿佛幽都深处徐徐行来的彼岸殊华。目光冰冷轻舔唇角的血迹,方才的重伤疲态在他周身,瞬间消失。

此时此刻的黄脩,是陌生而单纯的漆黑。那是从未示人的,难以窥测却深不见底的黑暗。

芈凫纵马狂奔,脸上冰冰凉凉的,分不清是雨是泪。这般足足奔驰了一夜,直到深蓝的天幕渐渐发白。昼夜交替之时,终于策马直闯械阳部大营的芈凫早已是周身麻木,大腿内侧甚至磨出了斑驳血迹,却因心中过于紧张,竟不觉疼痛。

清晨腾起的曦雾中,众锐士方才静静列阵,骤然一人一骑烈风般闯入,音量不大,却也似平地惊雷。纵是以军法严明威震六国的黑甲秦师,并无人敢于妄动,却也顷刻间,数百道探究的目光灼在芈凫身上。

为首秦将停下操练,昂然道:"铁鹰都尉王贲。来者何人?"话音方落,已然看清马背上的竟是女子,却也不由一愣。

竭力平稳激荡的心绪,芈凫望向那居于众人之前的年轻秦将。只见一袭玄黑铠甲衬得身姿高大壮健,眼角眉梢的张扬桀骜,更是令人过目不忘。这位意气风发的青年,便是传说中的频阳王氏少主,大上造王龁之孙,左将军王翦独子,王贲。

芈兒上前一步,作礼道:"见过铁鹰都尉,妭是楚公女,自咸阳报信而来。"寒暄罢,她却转向营中众将士,高声宣告:"嫪毐窃取王太后玉玺,密谋趁君上冠礼之际谋反。今嫪毐叛军正率军围攻君上起居之蕲年宫,意欲行刺君上! 妭奉华阳太后之令,怀祖太后印玺、血书和蓝田大营虎符来此。恳请械阳部众锐士,随妭前往雍城护驾!"

一时间,大营议论声四起,众将士听闻君上有难,无不心头血涌。倒是王贲凝视芈兒,眼神几许复杂。芈兒无畏回望,上前一步:"铁鹰都尉,这是华阳太后的印玺、血书,还有蓝田大营虎符!"

摊开汗湿的掌心,半枚夔龙纹饰的虎型铜符显露出来。它,乃是当年孝文王崩逝前,亲手托付祖太后的大秦半壁江山——蓝田大营虎符。

王贲看得仔细,却是眉头深皱:"楚公女,恕末将不能前往。"

芈兒始料未及,愕然抬首。王贲凝视着她,目光平静:"械阳部铁鹰锐士,只听从秦王一人调遣。今公女虽身怀摄政太后书及印玺,甚至怀揣蓝田大营虎符,然而无君上之豹符或随身信物,恕末将不能出兵。"

芈兒又急又怒:"你!"

王贲语气平静,却隐着淡淡的不容置疑。见他如此态度,芈兒的一颗心不由得渐渐下沉。但其实这位王贲的大名,她也素有耳闻。与沉稳如海的老将王翦迥异,其人彪悍勇武如飓风酷烈,拔敌城风卷残云。纵其年轻如斯,却也早已名震三军。思其为人,芈兒心中一个转圜,已有定论。

她上前一步,急切道:"都尉此言迂腐! 元服冠剑大典,致斋之礼极是严格,斋宫内外信息莫能相通。今君上被困蕲年宫中,时局难辨,生死未卜,如何召令三军? 若无人救驾竟至王上身陷险境,又岂是都尉所愿见之!"说到此,她却是转向众人,扬声道:"众将士,那嫪毐封地在雍,数载着意经营,君上赴雍岂非鸟入樊笼? 君上被困,诸位难道要见死不救吗?"

见芈兒先前扬声而语,竟是为了此刻煽动一营将士不平而战,王贲皱眉不语,漆黑的眼底却展露淡淡激赏之意。

而营中众锐士已然鼎沸:"是啊,我等每日辛苦操练,不就是为了护卫君上？今君上有难,我等岂能囿于一时?"

"这位贵人怀揣蓝田大营虎符,那不会有假!"

"都尉,快些下令发兵吧!"

见众人愤愤不平皆言请战,芈凫乘胜追击:"早闻频阳王氏武将世家,出身关中老秦,世代忠心。上将军王翦四世将秦,功勋赫赫。娥虽在深宫,却也知都尉与君上年龄相仿,当年君上归秦,是都尉与蒙恬校尉函谷外亲迎,护送君上。"王贲闻此,不由讶然:"公女竟也知此事?"芈凫颔首道:"君上尝言,频阳王氏少主王贲英才天纵,不拘一格。然而今日一看,竟是如此墨守成规,实在出乎娥意料。今日君上恐有大难,都尉当真不念旧情了吗?"

芈凫说着,眼中隐见泪光。王贲不发一语,神色却是无比凝重。望着大营内外躁动的将士们,他终究无奈喝道:"公女休要再言!秦以法为尊,你这是乱法!"

芈凫见此自知机会不多,不由大急。这支军队只听君上的,怎么办?唯有得见君上之豹符或随身信物,他们才肯发兵!

心头,忽而一震——信物!

沉吟片刻,却见少女的眼神骤然恢复了平静,那抹平静背后,却是不容置疑的笃定。静静凝视王贲一瞬,她自怀中,万分珍重却又极是从容地取出一物。

一瞬间,仿佛君王威仪,乍然高起!

芈凫沉声道:"铁鹰都尉王贲听令!"此刻,她从怀中抽出,缓缓高举的,正是那临行前秦王所赠予的虎噬羊错金短剑。芈凫高举短剑,扬声喝道:"秦嬴虎噬羊错金剑,见剑如见秦王!"

王贲将那短剑看得清楚,竟是周身一震:"虎噬羊错金剑?君上他,竟将此剑……"芈凫昂然道:"械阳部三千铁鹰锐士,即刻随娥前往蕲年宫。誓死护驾!"王贲见此,单膝跪地:"王贲奉令,君上万年!"一时间,整个械阳部锐士纷纷下拜,大营内外"君上万年"呼声震天。

惦念雍城的状况,率领械阳部的三千铁鹰锐士百里奔袭,芈凫几乎是心急如焚,片刻不停。又是几个时辰的奔波,冰霜雨雪扑面而来,令人看不清前路。王贲倒是劝她留在械阳大营等待消息，但她又如何能放心得下君上？终究纵马一夜，不眠不休，直到天际泛起鱼肚白。

待到拂晓之际，雍城在烟胧薄纱的金色雾霭中渐渐显出形貌。没有脑中预想的喊杀血腥，没有挥之不去的硝烟漫布，此地唯有一望无际的寂静、深邃、祥和。

一丝凉意，在心中忽而升腾。许是身后的三千大秦铁骑终究让心头惶然削减了八九分，一些脑海中零碎的片段，却在东方将明未明之际，渐渐在芈凫脑中升腾、弥散，盘旋不去。

一阵枯寂的冷然，乍然笼罩了她的周身。

"阿政，为何我手谈总是下不过你呢？"

回忆中的少年君王，在含章殿外绚烂的阳光下，不以为意地一笑。"因为阿凫，尚看不出对手真正的心思。"

"愿闻其详。"

"用兵之道，虚虚实实。阿凫盯着金角银边，却不知，寡人的布局一开始就是中路长龙。中腹大龙既成，即便你占据边角，又何能回天？"

用兵之道，虚虚实实。电光石火间灵光乍现，一路走来的几处吉光片羽，在这一刹那于她心头竟似是闪电划破寂夜，霎时连作了一线——

"不好了，咸阳王城已经涌入不明身份的持械兵士！"

"此番主上志在必得，援军，已在赶赴咸阳的路上！"

"求你，去雍城，找到文信侯——侯府有难！"

咸阳、咸阳、咸阳！

此时此刻，一个恐怖的可能瞬间劈入芈凫的脑海，令她肝胆俱裂，惊惧欲死——赵姬、嫪毐，若他们的目标，一开始就不是秦王政呢？

是啊，为何事到如今她才想明白？秦王政的存在，是那对男女拥有眼前一切浮梦的根基，皮之不存，毛将焉附？而继夏太后一脉倒台后，真正动摇赵系利益，令其欲除之而后快的……

文信侯吕不韦、华阳宫祖太后……楚系！

临别之际，祖太后那淡淡的笑意浮现在脑海，却带给芈凫浸透四肢百骸的冰凉冷意。

不知不觉，滂沱的冷雨浇灭了金色的晨曦，毫不留情地鞭挞在少女的周身。甚至将三千铁鹰锐士都甩在了身后，高举虎噬羊错金剑，芈凫一路纵马狂奔地进入雍城陵区，顾不得周身的狼狈，她在众人惊愕的注视中冲进大郑宫。

蕲年致斋，大郑成礼，此时的大郑宫庄严肃穆不容轻渎。然而，此时此境却唯独芈凫，带着满身的泥泞雨水，跌跌撞撞、仪态尽失地冲到君王面前。短短几步路，却仿佛天与地一般的距离，她在人群中独望着他，眼泪却止不住地自面颊上滚落。

"君上，你救救姑祖母，救救阿筠！嫪毒乱党的目标，是咸阳城，是华阳宫和文信侯府，祖太后现在危急！"策马星夜的女子周身泥泞，狼狈不堪。唯有那闪耀着星光的水瞳，带着刺心又痛楚的通透明澈，饶是高高在上的君王，也不由得一瞬间竟觉灼目而痛。

芈凫颤抖地从怀中取出那沾染着斑斑血迹的血书，仿佛一张用鲜血书就的契约。

"君上，情况危急！求你，君上，妖求求你……"

狼狈不堪，语无伦次。那人伸出的手尚未触及，芈凫已经匍匐跪倒在他的脚下，如此卑微渺如尘埃。她的脸上混着雨水、血水、泪水，还有不知何处沾上的泥土。突破千难万险终于来到他身边，她的心，却从不似这般冷过。

阿政，我们……

是你的边角，还是你的长龙呢？

"阿凫，你吓死寡人了。"在满殿臣子的注目中，秦王政将人从地上直直拉起，目光细细扫过她的全身。君王眸色如电，眉心深皱，掌心力道大得仿佛要将她嵌进怀中。他叹息着："寡人还以为，这都是你的血。"

芈凫伏在那宽广的怀中，却是忍不住的呜咽，只教那单薄的身躯难以抑制地颤抖。"凫儿，别怕。"深邃的双瞳凝视她的眼底，他的眼神洞悉一切，却又带着令人沉溺的滚烫。

"都过去了。"

刚刚加冠的年轻君王腰佩太阿长剑，身姿挺拔如若珠玉。他面向殿内众臣，寥寥数语间数道政令已出，烨烨震电，霹雳雷霆。

"着昌平君、昌文君率械阳部锐士前往咸阳平叛，不惜一切代价，护卫华阳宫、祖太后与文信侯府安全。令谕全国，生擒嫪毐者赐钱百万，杀死嫪毐者赐钱五十万，凡从之者，夷灭三族。"

听到"昌平君、昌文君"的一刹那，芈凫的眼泪夺眶而出，忍不住瘫倒在他的怀中，哭得像个孩子。旁人是何时离去，那些人又是如何看待自己，她统统不顾，只道这一日的死里逃生、如浸霜雪，仿佛都在这一刻，找到了宣泄的出口。

面对她的惶然失据，这一刻，君王却是格外沉默纵容，"阿凫别怕，寡人会护你，护你想要守护的人。"嬴政说到此，眉目骤然冷沉："那些人，寡人会以最残酷的手段，摧之烧之，风扬其灰。"

"阿政……"一句虚弱的话语未及出口，芈凫周身发软，意识渐渐被漫涌而来的黑暗吞噬。心中那丝微弱的抗拒，在那人绝对的强势面前更是不值一提。耳边，他似乎重复了好多句的"阿凫，别怕"。

迷离间唯独感到他宽阔的胸膛，令人安心的有力心跳和那在自己背上不时抚慰的温暖大掌。就连何时被他抱到寝殿，何时又是迷迷糊糊昏睡过去，那之后的记忆，全然模糊不清。

秦王政九年，嬴政二十二岁，芈凫十六岁。

己酉，王冠，带剑。

长信侯毐作乱而觉，矫王御玺及太后玺以发县卒及卫卒、官骑、戎翟君公、舍人，将欲攻蕲年宫为乱。王知之，令相国昌平君、昌文君发卒攻毐。战咸阳，斩首数百。

——《史记·秦始皇本纪》

梦境八 袷衣

秦王政九年

雍城,春朝——

在幽冥往复的黑甜乡中醒来,竟不觉晨昏更迭,已过去多少时日。

只闻咸阳捷报频频传来。那嫪毐集结的不过乌合之众,面对真正的黑甲秦军,顷刻间,便溃退千里。而君上坐镇大郑宫亲自主持平叛,一时间数道政令频频传出,令人震恐。

咸阳初平,玄云便在祖太后授意下匆匆赶来雍城,衣不解带地照顾芈凫,也带来了咸阳的消息。大乱那日,华阳宫内外拼死抵挡,终究撑到了援军赶来之日,只是祖太后受惊过甚,大病一场。而黄脩也被日暮时分赶回咸阳的昌平君部所救,幸无大碍。如今玄云一颗心只扑在芈凫身上,眼看将自家公女养得面色红润,方才罢手。谁知病愈不过数日,这一天,又被芈凫半引诱半强迫地溜出了街。

"公女,咱们就这样偷溜出来,真的好吗?"玄云嘟嚷着,不情不愿跟在芈凫身后:"你大病初愈又贸然出宫,若是被君上知道了,要如何交代?"

芈凫却根本不以为意:"雍城陵区建构极大,各个宫阙间距甚广,君上亲政忙得很,哪会注意两个女子出宫?再说,妌这辈子从未出过宫,第一次出宫就逢上春朝大节。今天,谁也不能阻挡我的脚步!"

看着少女貌似轻快的背影,玄云只有叹气的份儿。

不错,今日并非平常时岁,乃是三代以来最隆重的双节——仲秋、春朝之一的岁首春朝。每逢春朝,天子要在洛邑周王畿主持启耕大典,诸侯要主持一方春祭,开启新春大朝,筹备新岁诸事。而秦君忙碌恐怕尤甚,不只是启耕春祭,甫一亲政便遇叛乱,六国纷纷为之侧目,想必是忙得星月倒悬,根本无暇他顾了。

"君上忙是他该当,谁让他张口闭口规制体统,巴不得亲政?"芈凫说着,却幸灾乐祸起来,"但是我就不一样了!今天我一定要大饱眼福,肚子溜圆才回去!"

也是难怪小女子如此兴奋。春朝大节,东市高阳坊不禁三牲之礼,平民百姓亦可以食牛羊,就连国府都免了全城的宵禁,会有盛大的夜市,数不尽的美食。更不必说入夜后更是满城的花船流灯,庭燎火竹。

说话间来到东市的高阳坊,已是人头攒动。万千灯火,映得傍晚的天空都红通通的。各家店铺上方皆挂上了绘有六国大字的风灯酒旗,竞相招展好不热闹,芈凫东张西望,一双杏眼瞪得溜圆:东市小贩做的柘浆红果,以束木串制而成,团簇可爱;用野蜜淋上再用果木烤制的新鲜兔肉,喷香扑鼻。

看着眼前这位姑娘没见过什么世面的样子,小贩掩饰不住狐疑的眼神:"女郎,您有钱吗?"

芈凫呆愣。钱?钱是什么?小贩的手已伸到眼前:"钱呢?半两或者上金也行。"芈凫一时语塞,玄云在旁说道:"公女,我们没钱,还是别在这儿丢人了,快走吧!"

小贩如何看不出眼前这位分明没钱,面带菜色地抱紧自己的小摊:"女郎,秦法严明,偷盗者黥为城旦,抢劫者弃市。一包柘浆红果而已,您可不要铤而走险啊!"

这怀疑的眼神,深深刺伤了少女骄傲的心。

"怎么，瞧不起本姑娘？"芈凫当即豪气干云地甩下一张竹帛，"看清楚这印信没？拿着这张竹帛去蕲年宫，找叫赵高的要钱！"小贩看清竹帛上的王家印信，脸色顿时变了。玄云却大惊失色："赵高？公女您是豁出去了吗？私自出宫还找赵高要钱……"这是生怕气不死君上？这话玄云可没敢说出口，回头却见芈凫默默许久，忽而邪魅一笑。

"我、都、买、了！"

没错，就是故意气他！想到祖太后那日视死如归的神情，若不气他一气，当真不知这满腔滞闷要如何发泄。

少女自顾闲逛，走着走着，又起了好奇的心思："这是什么？"小贩笑着迎上："女郎，这是花灯呀。"见她仍是不解，便热心介绍起古雍州的风俗来。

秦人曰，端月望日，夜游观灯。与楚国供奉巫咸、亚驼的天灯大祭类似，春朝之夜，秦人也要祭祀皇天上帝之光烈威神，流灯祈福。入夜后，雍水行花船春祭，两岸行人将花灯随着花船流入雍水，便能庇佑自己未来一年，万福绵长。

芈凫一听，恍然大悟。人道是入乡随俗，堂堂大楚公女岂能置身事外，当下为自己选了一只荷华帛灯，又为玄云挑了一盏七彩云纹灯，这厢刚动了大发慈悲也给某人买一个的心思，一个憨憨的物件就闯入了眼帘。

"咦，这个虎头灯好丑啊！"

注视着那盏虎头灯，少女突然笑得停不下来："救命，这个虎，长得简直和那个虎狼之君一模一样！"玄云无语望苍天，芈凫却浑然不觉，又豪气干云地甩下竹帛，小腰一扭，留下一个潇洒脱俗遗世独立的背影，以及三盏明晃晃、光灿灿的流水帛灯。

再走回高阳坊的大道上，芈凫满腹恶气一朝出，喜得眼角眉梢都是笑意。一双透亮的双瞳乌黑明净，笑靥纯然无瑕白如雪玉，却又纯美中难掩一缕艳色，只教周遭众人一个个看呆了去。

左有字帖，似是刻石题铭；右有琴谱，更是伯牙孤本。少女已是起了不管不顾的心思，便往身边摊贩一一瞧了去，只见稀罕玩物、诗集孤本，价也不问便教玄云抱着。待到别人要她结账，便甩下竹帛一张，只道去蕲年宫找赵高讨要。

这感觉，真是妥帖万分。

一个时辰后终于逛至尽兴，遥望天光已是不见。两两相对只觉腹中空空，这便相约去用暮食。华灯初上，主仆二人抱了满怀的杂物，穿街走巷，径直来到城南最幽静的一条街道上。只见步道金黄，撒满落叶，尽头一座酒肆现出端倪。通红的风灯映照下，细看那匾额，竟是久不曾见的楚国古字，"秋兰坞"。

不想雍城竟能见到楚国客商开的店铺，二女惊喜交加，当即入内选了一间临窗雅室，不待掌事招呼就飞速翻看起馔谱来。稻粢黄粱团子是家乡风味，先来十个不算多。炙肥牛腱上一鼎，煎鸿鸧多多益善……原来这馔谱上不仅有楚地风味，还完美复刻了诸多《楚辞》美食，芈凫一路看下来，大呼小叫，爱不释手。

"露鸡炮羔也想要，雪梅蜜饵也要有……"看着少女一脸的痴笑，掌事忍不住提醒："女郎，君上前些日方才颁布祭律，举国上下严禁春朝期间浪费。按新的传食律，启耕大典前后，公然浪费粺米半斗上者，男子城旦，女子则舂三日。"

芈凫听到此，不由一声哀号。

大司命在上，这天理何在啊！秦国这个秦律，怎么什么都要管？吃饭吃不完也要罚？然而转念一想，天这么冷，如果真去官署舂米，还是三日……惹不起惹不起，她只能意犹未尽地撇嘴："那就再上两爵挫糟冻饮吧，你这店里地龙烧得这么旺，我们口渴得紧。"

掌事匆匆走下张罗看馔了，芈凫得了片刻闲暇，便流连起这秋兰坞来。

秋兰坞的二层皆是雅室，二人此时就座于其间的餐英雅室之中。雅室之间曲水潺缓相连，静谧幽美，自成一体。应着春朝的景，水间徐徐浮着流光溢彩的七彩帛灯。而一层则是喧闹鼎沸，人来人往，遥遥望去有棋室、茶室、酒室、采室，今日春朝大节，无论官民皆告归，店里店外，分外热闹。

卷帷外须臾传来掌事高唱，便有小执事前来进馔。虽然此处进的都是楚地美食，但自幼生在深宫，有许多芈凫也未曾见过。再看玄云，也早没了来时的一脸不情不愿，对着食几上那三鼎五簋，傻笑不已。

方才逛得尽兴，如今月上梢头，天已是黑了。坐在席间，真觉肚腹饥饿，更不必说民间滋味，这是有生之年第一次得尝，怎能不激动？这不，两个饕餮货色吃得浑然忘我，竟是许久无人说话。然而吃着吃着，隔壁两位士子的谈话声却是不经意间徐徐入耳。

"当年稷下一别，十载不复得见，不曾想竟在这雍城又见故人。斯今日真觉恍然如梦矣！"

芈凫耳朵一动：斯？

她本不欲窃听墙角，然而二位士子谈兴正浓，高声阔论，由不得声声入耳。只听一人道："焦还记得当年稷下学宫，斯兄与韩子坐而论道之事。后闻兄入秦，投身文信侯门下修编大书。今日对坐，当真是十年一梦。"另一人亦笑道："君上冠礼，文信侯嘱斯协同筹备诸事，故而随上赴雍。却不想此番能在雍城与君重逢。"

芈凫闻此，不由得手中一顿。原不曾想，今日春朝出城闲逛，竟是叫她逛到了两位天下名士的隔壁。

当世大儒荀卿门下，以李斯、韩非最为博学，蜚声天下。二人学成后，韩非为韩公子自是归国谋事，而李斯入秦投身文信侯府，修编《吕氏春秋》。如此看来，这位曾与韩非子坐而论道的"斯"，十有八九就是李斯了。

想这李斯本是楚地布衣，亦曾在楚为吏，而今却学成入秦。楚国亦是当世大国，却坐观人才流失，而这秦国又有何留人之处呢？芈凫心中，到此方起了三分兴致，便不动声色地听了下去。

那自称"焦"之人道："听闻秦君初政便颁二策，一是广纳六国客商入秦，二是昭告天下颁布求贤令，如今即便雍城，亦是六国酒帜招展。而求贤令既发，百家士子无不感励，茅焦不才，也西进入秦，看看这天下士子议论中的一代雄主秦王政，究竟为政若何。"李斯笑对曰："茅兄过谦了，何人不知茅兄出身东海芝罘山庄，儒学名士也？却不知君这当世大儒，对秦这变法强国，有何感想？"

及此，芈凫心中更是打了一个激灵，险些拍案而起。原来，这与李斯对坐相谈之人，竟是芝罘山庄的儒学名士，茅焦！天下皆知秦国尚法，而今，竟是连名动天下之博学大儒也入了秦。

茅焦却道："我甫入秦，便被官署告知需先去办理传符，不然寸步难行。入了官署方知秦人、游学士子、长久居秦之非秦人、各国客商之传符，各有分类。仅此一事，便觉商君之法，令人叹为观止。"李斯不由失笑："传符者，不过秦法第一步，君便感慨了？"茅焦摇头轻叹："见微知著也！焦此番西行，只见一路欣欣向荣。秦之法度严明，官吏各司其职，竟是山东六国禄蠹遍地不能比拟。"李斯欣然应道："今茅君入秦，你我共同辅佐秦王，定能有所作为。"

茅焦却是停顿片刻，傲然回道："焦虽入秦，是否立于秦之庙堂，还需一观。焦入秦，是为了劝谏秦王！"李斯不由奇道："君上方才亲政，百事待兴，茅兄所欲谏者，何也？"

"我欲谏者，嫪毐之乱也！"茅焦正色道，"秦君初政便逢此乱，而君王年轻气盛，如何处置此等遗丑之祸，天下为之观望，是故茅焦入秦，乃是为此而来。"

李斯深深一叹："君何其敏锐也。秦以法家治国，君上年轻，更有飓风之相。如今政令频发极是凌厉，颇有燎原之势，斯心中已觉忧虑。"茅焦了然曰："若秦君真不能明理兼听，真有那日，焦愿血溅五步，以死明志！"

李斯始料未及，不由大惊。

"茅兄慨然大义也，斯却不能苟同。大道为行，其身若死，其道焉存！死何难也，亦何易哉？茅兄若真面见君上，万请审时度势，珍惜有用之身啊！"

见李斯磊落诚恳，茅焦轻叹一声，许久方道："都说荀派大弟子李斯沉稳若海，今日方知是真。"言罢深深一拜："斯兄与我虽非同道之儒，然君一片诚恳，茅焦心领了。"

"……女……公女！"

芈凫吓了一跳，却见玄云不知何时已经凑到眼前，一脸的疑惑。这才恍然回神，摇头笑笑，不再细听了。

耳中不听，心中却是潮涌难止。天下为之观望的秦法，究竟是怎样一部律法？茅焦所言"向西而行，一路欣欣向荣"，秦之繁盛，究竟又到了何种地步？与此同时，一种微妙的感觉也涌上心头。秦王不过初政便得六国士子如此,无论楚人、齐人抑或百家士子,皆千里迢迢入秦,反观母国大楚……

少女摇了摇头,终究撒去了脑中纷繁的思绪。

一顿饭吃得餍足,待到掌事来撤席结账,芈戼与玄云早是红光满面。然而如方才一般甩出怀中的印信竹帛时,万万不曾料到,竟是当场踢到了铁板。

掌事翻着白眼,一迭声的"本店从不赊账,再说赵高是谁,不认识!"眼看有人要吃霸王餐,他竟是叫了一群家老过来,连声嚷嚷着"没钱,就报官!"

芈戼气到无语,心想你们到底是不是楚人。心中却也掂量,如此万花丛中过片叶不沾身地溜回去,然后让赵高结个账,最多是气一气那个假装严肃的虎狼之君。但如果被捉到了县署,再由司寇府递话到虎狼之君本人的话……

呵呵。

她都能想到那个虎狼之君的脸会被气成釜底! 再说,若是他嫌丢人根本不来接她,那岂不是她堂堂大楚公女就要去县署舂米了! 还是三日!

不不不,这绝不可以!

眼看一排彪形大汉摩拳擦掌,冲突立时就要升级,芈戼无奈长叹:"罢了,此物用来抵账可否?"

指尖在后脑拂过,那温凉的莹润浸在掌心,却是令人一时难以分辨掌中玉色与那双柔荑,何者更如凝脂一般。此刻静静躺在少女掌心的,是上好的蓝田暖玉。纵然黔首百姓也看得出宝光莹润,脂色洁白,绝非凡俗之物。

正是笄礼那日,君上所赠的羊脂白玉笄。

玄云心脏都要被吓出来,连呼不妥。谁想芈戼竟是吃了秤砣铁了心。让他新颁布的什么劳什子秦律! 眼看大过年的自己都要去官署舂米了,芈戼忙瞪了一眼让玄云噤声。再说,就算这玉笄有多么珍贵,秦咸阳宫揽尽天下奇珍,他堂堂秦王估计也不过是随便挑挑。

不过就是一时兴起,任意为之。就如对她,对他们,岂非皆是如此?

一旁掌事眼睛发直,忙一手接了玉笄,连连赔笑:"是小人有眼不识泰山,贵人请便! 休怪!"芈戼"哼"了一声,扬长而去。这次的背影更是三分潇洒脱俗二分遗世独立,还有五分世外高人。

一番折腾再回坊市之中,天间冰轮银辉播撒,喧嚣的街市上亮如白昼。春朝观灯的人流浮动,层层叠叠的人影处暗香深藏,影影绰绰的回眸间眼波流转。一盏盏红得通透的纸灯,出双入对,天人合乐,琴瑟和鸣。

既见君子,云胡不喜?

少女徘徊于灯火之中。这般抵了君上赠与的玉笄,心中却并不开怀,反倒更加涩闷。此刻她竟不知身在何处,只能由着目光在人群中逡巡,却始终无处安放。

"公女,不如回吧?"玄云上前,小心问道。

她沉默。熙熙攘攘的灯市之上,满目所及不是静影成双,子来我往,就是一夜浮梦,红袖添香。滚滚红尘中,那些人洋溢着笑彼此应和,却是从来无人向着自己。原来有种孤独在芸芸众生中更显迫切,芈凫摇摇头,却无言以对。

回眸间骏马长嘶。

在灯火阑珊的尽头,两列胸前饰有玄鹰的黑甲锐士纵马而至,流水般无声无息地铺开,将兴奋好奇的黔首拦在坊市两侧。

那人策马居中,一袭玄衣的挺拔身影,在灯火的彼端乍现。一如旧时棱角分明的眉宇,傲然冷厉的侧颜,玄朱鹤纹的广袖似是九霄流云轻举。她乍然便看到,那熟悉却鲜明的容颜,就这般在眼前突兀地出现。

流云岚雾间,万民伏地稽首劳师动众。一声声"君上万年"的高呼,如若潮涌。那人却是从容地缓步而至,仿佛生就这般天子威仪,高高在上,俾睨众生。芈凫骤然睁大了双眼,一瞬间仿佛身躯被钉在了原地,她竟不知是该随之跪下,或是迎上前去,再或是,在这世间劫数般的重逢里立刻逃离。

那通体如雪的良驹直行到她身侧,堪堪驻足。那人的目光如夜色徐徐流淌而下,而他在笑。

"寡人若是不来,凫儿是要将这高阳坊都给寡人搬回去吗?"

芈凫立在原地。在这喧嚣鼎沸的坊市中,在这人间灿烂的烟火里,头脑一片空白。他,怎会在这里? 今日是春朝大节,哪怕大秦上下所有人都告归了，回归这万家灯火人间暖色，唯有一个人，在这普天同庆的时刻，只会更忙，更无暇他顾。这个人，烟火温情，何曾与他相干？他的子民，他的封国，他的春朝大祭耄耋黔首，这人素来国事大过天，又是说一不二的性格，此时此刻，又怎会出现在这里？

秦王政在灯火的彼岸，一身玄端缁衣仿佛溶于夜色。但瞧少女神情恍惚，却是淡淡挥手，须臾间人群如潮水褪去。天地间刹那安静，唯有那人腰间玉组随着夜风发出阵阵琳琅般清响，徐徐而近。

"坊市赊账，酒肆混食，凫儿玩得可还痛快？"那人漫不经心地将马缰递给其后的赵高，转而与她并肩。

好歹压住了心头悸动，她终于回过神，见明灭天光下那人颀长挺拔的身影，步步逼近。许是已经过了冠剑的缘故？竟是觉得周身威压之意较之往日更甚。

"为何擅自离宫？回寡人的话。"

芈凫讪笑。看他盯紧了自己，只得硬着头皮道："君上有所不知，姎今日出宫，完全是为君上着想！"

他身上那淡淡梅香隐约飘过。秀挺的眉微蹙，蕴着一丝玩味，似笑非笑地睨着她。

"姎，特意为君上出宫祈福啊！"她颇自得地拿出了那盏又丑又蠢的虎头灯，殷勤示给他看："不是说花船春祭，流灯祈福乃是大秦风俗吗？姎一看便觉得，这个虎头长得和君上，简直一模一样！君上你说是也不是？咦？赵高你怎么了……"

疑惑地看着一脸釜底色的秦王，以及秦王身后赵高怪异的神情，芈凫心中暗揣这人怎了，怎么看着眼泪都要飙出来了。嬴政却皱眉凝视那虎头灯，一脸似笑非笑。

"买了这个，所以说是为寡人？"下巴微抬，几分戏谑的眸光，落到了少女身后，那被堆着的物件埋得几不见人的玄云身上。

"那个嘛……"芈凫抬起小脸，满面诚恳，"凫儿是为君上买了民望回来！"

"买了什么?"嬴政眉心抽搐,表情古怪。

"民望啊!"芈岂真诚地说,"小商小贩,终年奔波在外,甚是辛苦。阿岂买了他们的东西,就是为他们分忧解难,让他们早些归家,过个好的年节,君上说是也不是?"

"哦。"

"留下赵高的名字,那些人便自然对君上感恩戴德了。他们可都是君上的子民啊! 值此君上初政广纳贤才之际,这不是为君上买民望是什么?"

"……哦。"高大的身影渐渐向她覆来,那人"哦"得更是意味深长:"听来岂儿当寡人是搜刮民脂民膏的虚伪公子孟尝君,倒把自己当成是弹铗而歌的高士了。"

少女仍沉浸在一本正经的胡说八道中,再一回头,那人的表情不知何时,早已变得十分危险。她忽而心头一抖,足尖自后一滑,就在二人之间隔出了一步安全距离。

"岂儿不敢,君上说笑说笑。"

那人却只是好气又好笑地轻叹了口气。那素日斩冰积雪般清冷的眼神,此刻拂过她的周身,却带着令人心折的温柔。芈岂一愣,竟是有些迷惑,直觉今日君上似与往日颇为不同。那周身洋溢的气度分明还似往日威仪庄肃,然而此刻,却觉那棱角分明的轮廓,似是轻拢了一层柔光,从不曾示人的柔和,独对她盛开。

指端轻抚那丑拙的虎头灯,嬴政回首轻笑:"岂儿的心意,寡人很是心悦。作为回礼,寡人也回赠岂儿一样遗失之物。"不待芈岂疑问,他就将掌心摊开,只见那里蕴着一汪明晃莹润,宝光宜人,正是秋兰坞中,那枚被她抵去的玉笄。

少女瞬间不知所措。他殷殷嘱过的那句"一旦戴上,便不许取下"还不曾忘却,而方才自己一言一行更是记忆犹新。她瞬间面红耳赤,支支吾吾,不知从何解释。君上却也没有说话,只是目光深沉凝视着她,一时空气中,唯余沉默。

事到如今芈岂终于明了,原来今日种种作为,不过就是为了心头挥之不去的那份疑虑和不甘。

犹记得，那日策马星夜，待到临头，却见这一城祥和宁谧的心头森冷。所谓的嫪毒之乱，究竟是叛国，还是党争？攻的究竟是蕲年宫，还是华阳宫和文信侯府？这些时日，她多想他来，想亲自问他：阿政，几日来心中的疑问，究竟是不是真？而你，又究竟是局中棋子，还是布局之人？只你若是一句，我，便可不疑！

然而，却是终究半句解释也无。

心中的疑虑，如一丝轻烟，渺然难寻。心中的真相，视之虽近，却邈若山河。她以赤子之心待他，可他究竟会何以为报？想见他，却又何其怕见他。

正在心绪纷乱迷惑之时，赵高的声音却自耳畔轻轻传来，一如往日鬼魅精灵般："公女，奴说句僭越之语。此枚玉笄，乃是蓝田大营百里飞骑送来的羊脂暖玉，君上为了公女，亲手打磨数日而成。奴平生从不曾见君上待人如此，您……"

君上淡淡的目光瞟他一眼，平静无波却教赵高瞬间噤了声，忙悄无声息地从旁退下了。芈凫却是被那话惊起了满心涟漪，整个人愣在原地，心头迷惑又愕然。许久的沉默在二人间弥散，空气中竟有种窒息的胶着。少女涨红了脸，嗫嚅着，不知该说些什么。

仿佛过了许久，又仿佛不过一瞬。他，竟似轻轻笑了一下，那深邃的墨瞳染着万千柔和的星光，轻柔抚过她的周身。

"既可失而复得，凫儿，下次可莫再遗失了。"

她迷惑地望着他。今日的君上，当真十分不同，这种从不示人的温柔，竟是令人恍惚觉得，他似是根本变了一个人。而他却柔声道："别怕。只这份心思，是真。"她周身一震，立时僵住了："什么？"他停下脚步，叹道："阿凫，别怕。"

她一下哽住，泪水夺眶而出。那日心中的惊惶痛楚、刺心疑惧，此刻如若黄钟大吕重击心头，令她瞬间难以抑制。她上前一步猛然抓紧了他："君上，其实，我真的很怕！我以为我会死在路上，以为不会再见到你，以为，你……"

她说不下去了。

那张素来冷然的面容,隐着一闪而逝的不忍。长指灼热,却拂过她眼角的泪滴,他将她深深拥在怀中,竟是将她搂得这般紧。

"寡人知道。过去了,都过去了。未来寡人会守护阿凫,就如那日,阿凫守护寡人一般。"

她心头剧震,方才惊觉他仿佛也在压抑着什么,在此刻,远非表象上这般平静又从容。

仿佛一个周天那样廖远,待她终究平复,却闻君上轻轻在耳边道:"端月望日,陪寡人去一个地方吧。"

失而复得的玉笄握在掌心,看着那人流于眼角眉梢的温柔,芈凫鼻尖一阵酸涩。"此番玉笄遗失是阿凫的错。君上想去哪里,阿凫万死不辞。"秦王却是转过头来,笑意在那本该凉薄的唇侧渐渐蓄起,映着漫天灯火温暖灿烂。不知为何,仿佛今日是有生之年,她第一次认识他一般。

他笑了:"痴儿。又何须万死不辞? 不过是去雍水畔一走。"

雍城,时人谓之水上秦都。雍水自城中穿流而过,是以河流为城的"城堙河濑"。眼下适逢流灯时岁,雍水两岸灯火通明,黔首百姓熙然自乐。

今日所往,却是那水荫处的僻静所在。芈凫心中好奇,不由四处张望,只见静静的水岸,早有一座楼船停驻。而秦王身影一闪已上了船,便回身笑道:"阿凫,过来。"望着他伸出的掌心,她似有一瞬恍惚,却终究还是将手递了过去。

就在这一瞬间,不由得惊叫了起来!

足尖堪堪触着实处,几乎就在同时,清脆的燎竹声在头顶炸响,灿烂的花火将夜空照得通明。抬头望着漫天的花火,她忍不住惊呼:"君上!"

在两岸百姓的齐声欢呼中,春朝大祭的花船顺流而下。天地交相辉映,绚丽灿烂。那人却独独注视着她的雀跃,流丽深邃的墨瞳此刻,也不禁蕴着淡淡的笑意。

"此为大秦雍水流灯的习俗,自先祖德公建都雍城至今,已流传数百年余。"

她惊叹着,凝视着那顺流而下的花船。倏忽之间,数百盏花灯伴着花船自上游而下,交相汇聚,映着满天星月花火,月似皎然冰轮,水中惊鸿照影。再看正中的几座大船之上,竟满满妆点着五颜六色的锦簇鲜花。

她兴奋地望着瞬间亮如白昼的雍水,雀跃似孩童一般:"冬岁竟有鲜花?这莫非就是君上提起过的骊山汤泉畔,为了春朝祈福,特别栽种的鲜花吗?还有那艘船上,彩帛扎出来的,那是什么?快看,花灯燃起来了,好美啊!"

那素来低沉冷寂的嗓音,此时却仿佛被漫天星火染出柔色。一句一句,拂过她的耳际,娓娓道来。

"大秦,从不似山东六国丰饶富庶。当日天子授爵赐国,说是封以岐西之地,实则岐西早为西戎所占,无一寸土地在周人之手。秦都从汧渭之会至雍,又自雍城至栎阳,再到今日之大咸阳,历经百年艰辛。秦时至今日,每寸土地都是先祖代代征战,开疆拓土所得。大秦以武建国,铁血而固穷,这花船流灯……"他沉默了一瞬,轻道,"其实,是为了慰我大秦百万身死殉国的将士而来。"

他一向谨言少语,今日竟是反常。惊觉平淡话语中的百年沧桑,芈凫转过头去,一双柔雾双眸,却正映入君王深邃不见底的眼中。

"凫儿。"他轻叹,"寡人身为大秦之君,唯有筚路蓝缕,砥砺前行,方能俯仰无愧于百代先祖之盟誓,我大秦万千子民之热血。"

顿时觉得自己的兴奋有些不合时宜,她忍不住收了收那女儿家情态。两相无言不过片刻,看着看着,还是忍不住又兴奋了起来:"君上,看天上!为何秦国的庭燎火竹竟还有彩色的呢?姨在楚国从不曾得见。难道,又是阴阳家的秘术?"

她在看那庭燎火竹,映红天际,绚丽灿烂。他却在看她,一瞬不曾移开双眼。

"就这般心悦?"

"自然是心悦的,这可是春朝大典啊!"芈凫皱了皱鼻尖,不由得望向身侧青年君王的俊朗侧颜,"春朝大典,君上想想,春朝大典意味着什么?"

"意味着……"他一本正经地想了半刻,"沐浴斋戒太庙奉神国都敬老大赦国人春朝启耕春遇大朝。"

看着她瞬间一言难尽的神情，嬴政却轻声笑了起来。那笑容内敛而极淡，辉映着漫天星光月色，犹如夜昙一现，让人沉溺。

"就真的，这般心悦？"

她终于不再笑了。立起身来远望，静默许久，方迟疑着低声道："姎，从未走出过这宫墙。从楚宫到秦宫，辗转飘零十六载，自出生时，姎就被困在这深深的宫墙里。人说生在王族，从无可能主宰自己的命运，更不要说还身为女子。君上，你说是也不是？"

她停顿了半刻，他并未回答。而她，实则也并非在寻求答案。

"可是，哪怕只有一次，阿凫也想出来看看。看看这外面的天地，究竟是如何广阔自由。若是有一天，似阿凫这般女子，也能抛却家国身份的束缚，自由自在翱翔于天地的话……"

修长的指端，带着那人身上特有的暖意，轻轻点在殷红的唇间，封住了还未出口的话。

"这天地，早晚会是大秦之天地。阿凫可愿做秦国的少君，寡人的元妻？"

她猛然回头，猝不及防地睁大了双眼。

"若有一日，四海咸服，天下皆臣，寡人要带着阿凫，去巡游天下。每到一处，你我就微服出行。东海巨鲲，西境昆仑，烟雨云梦，飞雪九原，寡人带着你，共看这大好河山，乾坤日月，好吗？"

她睁大了双眼，说不出话，眼泪却不由自主地落下。这是何等庄重的承诺！也是他为她描绘的梦境，如此美丽，却是令她心痛难耐。这灿烂的幻梦，犹如绚丽的花火，难以再得。

花船不知不觉已经远去，彻夜如明昼的火竹彩光也已燃尽，看着她慌乱失措，他却微微笑了："寡人唐突凫儿了。"长指将少女精巧的下颚轻轻抬起，他叹道："阿凫莫怕，寡人明白。此一生之盟也，寡人，会给你时间。"

年轻的君王言罢，注视着渐渐回归静寂流深的雍水，静默许久。随着他的目光望去，却见楼船一角，水面静静泊着一叶浮槎。他却是骤然起了身。

"随寡人来。"

柏舟毕竟不同于楼船，仅容得下两人，随他上了船，秦王却亲手摇起船桨。风声微凉，掠过有些发烫的面颊，不久后足尖落地，却是水中孤阁一座，尘嚣驳杂，早已抛却身后。

"随母后邯郸归秦次年的端月，寡人在雍城秦嬴太庙认祖归宗。那是寡人第一次来到雍城。"嬴政骤然开口，苍白的月色下，他的神情却是晦暗不清。只自顾说着，一面亲自动手，将那盏她为他买的虎头彩灯缓缓流入水中，"那一年也是春朝时岁，父王刚刚改元，那一日的母亲便带着寡人，在此处放灯。"

"阿政……"不知为何，芈凫心中骤然满布哀然酸涩。她从未想过，刚毅坚韧如他，竟也有一天会将这些往事展露于人前。

"那一年平原君谋秦，力成五国合纵，高大父震怒。遂派秦军三十万围困邯郸，大军数月不退。赵王丹狗急跳墙，将公父吊悬于城楼之上，言秦军若是不退，便要当着三军将士之面，将其一箭射死。"

她听得心惊，忍不住问道："那秦军……"

"秦军自然不退。"

骤闻旧事，只觉心中惊骇，不由向那人的侧颜偷偷望去。他的目光却始终追随着渐渐远去的帛灯，眼神平淡而无一丝感情，只是毫无起伏地叙说着："赵王激怒之下一箭射偏，公父才得以幸存。后在仲父的运作下，公父在两军对垒的混乱中成功逃秦。然而兵荒马乱之年，寡人便与母亲，被留在了邯郸。"

她望着他，心中一阵发颤。不说长平血仇、邯郸之耻的两国宿怨，单说被逃秦质子独留邯郸的孤儿寡母，会遇到怎样的景况？她不敢想，也想不出。

然而那人竟是淡淡笑了。

"年年春朝节上，母亲便会在邯郸城外的漳水畔放灯，每每流泪不止。寡人从不知她许的何愿。曾经与她，在邯郸六年，只有彼此。"他停顿片刻，低声轻叹，"阿凫，即便寡人与母后已无转圜余地，但她，是否也早已背弃了寡人？"

"不会的！"不知为何，听到这句话，她的心却在下沉。她清晰地感受到，他在如此问她，却不是在寻求答案。她焦急地握住他的手，仿佛要证明什么一般："世间的母亲，又怎会真的舍弃自己的孩子？阿政，不会的……"

"人言女子柔弱，可那些年的辗转生死，也唯有她以命相护。"他微微一笑，温暖却又寒凉，"就如元服那一日，浑身是血闯进殿中的阿凫。为何娇弱如你，却以为自己可以守护寡人？"眸光深深须臾不落地凝视着她，似是在寻求答案，似是仍不能置信："阿凫可知，那一日看到你周身的血，寡人第一次，觉得浑身的血都要冰凉。"

她心中哀切，似是要剖白什么。但此时此刻，此情此景，却又不知该从何说起。终于，她只是轻声说："君上，我不知道。那个时候，阿凫真的没有时间，去想那么多。"

她在他一旁俯下身去，也学着他早先那般的样子，将自己那盏荷华彩灯一并置于水上。二人同望着两捧星火，自江面渐渐漂得远去了，俱是沉默。

"阿凫，若你当真不愿，寡人会放你离开。"他缓缓转过头来望向她，那一汪深沉若夜的眸色缓缓流泻，那人却平生第一次笑得寂寥莫辨。就仿佛，他从来不是那个无坚不摧的人。

"只是凫儿要记好，寡人，只会放手这一次。"

那最后一丝尾音散落在夜风之中，被带到了九霄之上再不得闻。只有声声丝竹弦曲，仍依稀自雍水之畔传来，沉醉迷惑，令人不知身处何方。她看着面前的漆黑双瞳缓缓漫卷而来，在感受到那人唇上的温度前，只是不知所措地，仿佛听天由命般，阖上了双眼。

待一切尘埃落定，已经是过去了月余。嫪毐与其党大败于咸阳，王令车裂而死，灭其宗。君王雷霆震怒，一时举国上下莫敢言毒者。

轰轰烈烈的嫪毐之乱，就此落下帷幕。尘埃落定的那日，彗星东坠，出于东方。

秦王政九年

雍城橐泉官——

　　金碧辉煌的宫阙,温泉流曲,穷奢极侈,混不似常人印象中旧都宫城的破落模样。此处,便是位于雍城旧王城南隅的王族行宫——橐泉宫。

　　然而今时今日,此间的奢靡堂皇之中,却隐约着动荡开去的不安。听到自远而近的驳杂脚步声叩响,殿中满身华服的姝丽宫妇神色一变,三步并作两步地上前,却又在踏出宫门的一瞬,惊惧后退。

　　"政儿……"

　　赵姬柔美动听的嗓音,隐藏着深深的恐惧。

　　"母后,好久不见。"高大的身影脚步轻快,唇畔蕴着的微笑犹如快雪时晴。然而那冷峻眸间的厉色,却灼得赵姬周身一震。

　　秦王政悠然前行数步,却是在静置的食案一侧,挑了眉梢。"母后好闲情,原正是在饮茗茶吗?"他颇有几分玩味地望着那白玉耳杯,轻笑:"可又是那蜀中的雪中青?"

　　"这……不过是临时起意。"

　　不知为何,那声"又是"听来总觉三分刺耳。赵姬心头回转,却见秦王凝视那青碧,侧颜如冰雪凝立,竟是令人不敢正视。目光闪躲间,不由得也往那几上的杯中落去。谁知方一细看,却是当即惊骇得大叫出声!

　　猩红的鲜血,一滴,一滴,一滴,落入青碧的茶水之中,何等的不祥与诡异。

　　秦王政斜睨一眼,倒笑了:"母后这是做何? 本王只是来时不慎,划伤了手。"他说着,漫不经心地拭去手上的血渍。赵姬抖着身子,终于按捺住心头惊惧,勉强开口道:"政儿,长信侯他……"

　　秦王闻言,唇边笑意却是更甚。

　　"寡人派昌平君率三千铁鹰锐士,并械阳大营军士一万入咸阳平叛。母后无需担心那乱臣贼子危我大秦。"

　　赵姬闻言剧震:"什么?! 乱臣贼子? 长信侯他……"

秦王皱了眉，长指掩在赵姬唇间，止住了她未出口的话："嘘，母后。世间已无长信侯。唯有乱臣贼子,魅惑主上的佞幸国贼嫪毐。偷盗后玺,妄图谋反,死有余辜。"赵姬脸色惨白,难以置信："他死了？不会的……"

秦王政见此,笑得一脸愉悦。

"寡人亲口下令,灭其人,戮其尸,夷其宗。我大秦锐士神勇,母后明日回咸阳,也许还有机会亲眼去看看那叛国大奸嫪毐的死状。"

赵姬望着他,惊惧悚然至极,不住摇头,"什么叛国？什么谋反？不！不该是这样的！以攻打蕲年宫为幌子,实则率军赴咸阳,为大王清算楚系和吕不韦,肃清外党,还政于王！"

闻听此言,君王那俊美冷冽的面容上,阴翳乍然浮现。满是嘲讽的笑闷闷扬起在殿中,数不尽的低沉。

"母后怕不是在做梦吧？此次会被清算的,唯有嫪毐自己。"将彼端赵姬的震惊、不可置信尽收眼底,秦王政薄唇轻启,满面嘲讽:"那逆贼自己放出谣言,欲攻打本王致斋之蕲年宫。仅凭这一点,他就铁证如山,可以被碎尸万段了。"

赵姬满面惊骇,突而一把攥住秦王袍袖:"政儿,你！不,这不可能！你知道的,你明明知道的,长信侯他从未谋反！他都是为了你,为了你啊！为了你元服亲政,助你扫清外党,助你亲政啊！"

然而君王只是居高临下,深邃凛冽的目光漆黑不见底,硬如铁石的心肠毫无怜悯之色。

赵姬说着,已是涕泗横流:"政儿,你在骗母亲,对吧？这一年来,你终究又亲近母亲了,母亲不知有多高兴！母亲说让长信侯助你亲政,你明明是默许的！是你说你厌弃了那楚女,也是你对母亲重提当年邯郸的赵女,更是你明知咸阳要乱,早将华阳宫舍弃……你是站在母亲这边的,对吧？你承诺了母亲的,你承诺了的！"

眸间闪过一丝凌厉,秦王政挥袖甩开了赵姬。

"承诺？寡人从未对母后做出过任何承诺。"他望着她,俊朗面容上尽是毫不掩饰的嫌恶,"助寡人亲政？是助寡人亲政后,做第二个文信侯吧？就凭他,也妄想与寡人分享权力? 尔等倒真该和祖太后学学,何谓识时务者为俊杰。"

及此,赵姬方突然惊觉,不由得后退半步:"文信侯与长信侯日益交恶,竟至不死不休,难道,是你? 若非吕不韦早有察觉,相府久攻不下,嫪毐他,也不会落败至此! 难道竟是你……?"

"是寡人,又如何。毕竟寡人一开始,就想看你们两败俱伤啊,母后。"

那声"母后"轻如鸿羽,听上去既温柔,又残忍。赵姬愣愣地看着面前的儿子,明明是她一手养大的稚子,曾在她怀中玉雪可爱,孺慕依恋,渴求着她的爱护,整整八年。但如今,她第一次发现,她不认得他。

她或许从来,都不曾认得过他。

"今日,不妨实话告诉母后吧。"君王的眉宇间染上了厌倦,回眸间是冰冷的杀意,"寡人视那狗彘不食的东西如眼中钉,肉中刺! 凭他,也配妄称寡人的'假父'? 每每只要想到母后与他的丑事,寡人就觉得如鲠在喉、恶心至极!"

骤然爆发的怒意翻滚如若雷霆。赵姬双唇颤抖着,却说不出半个字。他凝视她半晌,复又冷然:"寡人今日说得多了。小高——"

闻听此言,沉默许久的赵姬却是瞬间警觉:"你要干什么?"秦王政冷笑道:"母后怎这般健忘? 寡人分明刚刚才说过。寡人对那叛贼的处置是'戮其尸,夷其宗'。当然,也包括母后为那贱人生下的两个孽种了。"

最后一句话,他说得极轻,宛如耳语,然而赵姬听闻,却仿若晴天霹雳:"王上,都知道了?"

年轻的君王昂首挺立,沉默不语。漆黑的双瞳射出的,却是深不见底的嫌恶。赵姬周身一震,似是被那眼神灼伤一般,瘫跪在地:"不、不该如此的,政儿,你一定在骗母亲,这是梦,这一定是个噩梦,对不对?"

然而就在此时,赵高并一队玄虎令剑士,早已自内宫中抱出了两个粉嫩白净的孺子。

秦王政缓步走出殿外,注视着玄甲卫士怀中一脸懵懂的幼儿。冰凉的长指轻抚小儿娇嫩的面颊,俊朗如玉的侧颜却如浸冰雪般阴冷。他沉默片刻,垂眸轻笑:"就为了这两个孩子,寡人听说,母后想要罢黜寡人?"赵姬听此言如烈焰焚心,却已无泪可流,只能拼命摇头:"不是的,政儿!不是你想的那样……"秦王政轻嗤,双瞳却渐渐浸透嗜血杀意。仿若被那嗜血的目光灼烫,赵姬状似癫狂:"母亲求你了,政儿!嫪毐他死有余辜!母后也该死!是母后该死!你亲手杀了母后吧!"

他沉默着,无动于衷。

赵姬流下眼泪:"稚子无辜啊,王上!母亲也如当年生养你一样,怀胎十月,历经痛楚,才生下他们。王上开恩,求王上开恩!"一声声叩首的声音,自青陶的石砖上闷闷地传来。直教额前鲜血四溅,但君王只是冷眼旁观,毫不动容。

许久,他俯下身去,说得极是轻柔:"母后,你确实死有余辜。不过寡人,岂会让你死呢?你若是死了,寡人还如何以王道之名治天下?寡人对母后的惩罚正是如此。我要让你活着,亲眼看着,生不如死。"

半刻没有反应。仿佛被殿外冻结天宇的寒风凝作了冰,赵姬竟似泥塑木雕般呆住了。

然而只是片刻。

她突然疯了一般扑上前去:"赵正!你这个逆子,你还是人吗?你分明是恶鬼!你如此行事,操纵人心玩弄权谋,定会失去一切!你当华阳太后、吕不韦,就是真心对你?那楚女若知你视她为弃子,随时将她牺牲,还会爱你?这世上除了母亲,又有何人会真心待你!"

然而秦王政毫无波澜,如若看向尘埃。

"母后怕是又健忘了。寡人自太庙认祖、归于王族,如今的姓氏名讳,早就是秦正。那个赵正,是谁?本王自当驾驭一切,不劳母后费心。"言罢忽而发力,冷冷一把将赵姬甩开在地:"你就好好活着,用你的余生向地下的公父忏悔吧!"

秦王政前行两步,向两列黑甲剑士淡淡吩咐道:"架开王太后。此半年来侍奉于橐泉宫之宫人,尽数诛杀。两个孽种,橐扑于殿外。"

闻听"橐扑"二字,在场的玄甲剑士也不由得一愣。橐扑,乃是将人装入布袋之中活活摔死的酷刑。这些铁鹰锐士都是身经百战的沙场勇士,心如铁石。然而面对毫无反抗能力的婴儿，仍是觉得心中有些不适。面对此情此景，唯有肃立队首的赵高毫不动容。他就仿佛毫无感情的木雕泥塑，顷刻便领命而下。

"切记。"秦王政道，"寡人，要王太后亲眼看着。"

嫪毐之乱平定的隔日，芈㠭便乘了中车府新制的銮舆，随秦王一行摆驾回咸阳宫了。

纵然于礼不合，未能坐上君上那辆精铁打造的辒凉车，但第一次乘銮舆飞驰在陇西北地道之上，仍是让她兴奋得大呼小叫。当然，此条道路经过木轨翻修，最终成为闻名帝国的九大驰道之一，终究是好多年后的事了。

昔我往矣，杨柳依依。一切仿佛渐渐归于宁静。

被君王精心护着的少女，不曾亲耳听闻，嫪毐及其党羽零落成泥的残尸，数万被押入云阳国狱，酷刑勘问之人的哀哭；不曾亲眼看到，赵高一声令下，两个粉嫩的幼儿被装进麻布囊中，生生扑杀而死的惨状；不曾耳闻目睹，王太后凄厉的惨叫，骤然昏厥的身躯。只远远看到一纸诏书，王太后远迁雍城棫阳宫那萧疏灰败的车马，如今亲生儿子的一个眼神，都能使她惊惧欲死，噩梦连连。

若秦王所不欲之事，这秦宫可以密不透风。纵外界血雨腥风，所居其中之人，独宛如稚子般纯然。

然而即便如此，芈㠭也第一次隐约觉得，嬴政是张扬的，也是内敛的。他的怒火，其实并不多见。但一旦那火焰燃起，便有如流沙深渊的野火一般……

焚毁一切，又何尝不是灼伤自己。

秦王政九年

咸阳王城，芳洲——

芈㠭独坐庭间，任阵阵乱红静默飘洒。目光追随庭间清露欲滴，凝于木叶之上。其后，是玄云、洒尘候于苑内，满面忧色，踟蹰难言。

那一日，他曾许诺于她，若是当真不愿，他会放她离开。而今日，便是她与秦王的约定之日。

"沿着正阳大街一路向南，直至大道尽头，公子脩会驾着垂帘辎车等候公女。他会将公女送去远离喧嚣的幽僻之所。"洒尘上前一步，殷殷嘱道，"君上已为公女打点一切。今后，无论是秦是楚，皆与公女余生无涉。"

默默无语，合上双眸，旧日的记忆浮上心海。祖太后宫中的袅袅青烟，夏太后、王太后的雍容微笑，成蟜直中靶心的鸣镝，赵女的纤纤玉指……那些或雀跃或黯然的往事。

还有，他。

究竟该如何是好？眷恋着不可多得的恩情，却也深深惧了这诡谲的权谋机心。离开秦宫，离开那人，离开那些或灿烂或灰暗的过往，若真狠下心走了，从此，不过山水不相逢。

芈凫身边，是单薄的随身行囊。内里不过是初至秦那年，母亲随她的几样体己。这些年来君王赠予的物件，带着少时的回忆，一件一件皆留在了芳洲。唯独被带在身边的，是那年含章初逢，梅树下少年随手赠予的玄色洒金织帕。风中棉絮般轻薄易失的物件，为何还留存至今？她却也不能说清，只目光久久流连那织帕，心中尽是一片空茫的疼痛。

玄云似是想了好久，上前一步欲说些什么，却是洒尘一震，连连以眼神阻止。而自方才起就侍立在一侧的洒尘，她的面上，也带着芈凫从未见过的忧忡之色。

她终究长叹："你们，究竟瞒了我什么？"

玄云终是挣脱了洒尘："公女，实则今日，是王太后迁雍的日子。"

"因得嫪毒之乱牵连，君上令王太后迁居械阳宫独居忏悔。今日，便是王太后赴雍的日子。"玄云说着，满面哀伤，"虽说王令是君上亲口所下，但今日朝会后，君上便将自己关在含章殿之中，直至现时仍是滴水未进。"洒尘上前一步，拦住玄云："公女，君上并不欲你知此事，你自知这是为何。若是已下定决心，请您不要回头。"玄云亦是流下泪来："婢子在雍城月余，岂不知晓您的心结？君上用心如此，公女切莫犹豫了吧！"

芈骨很久没有说话,只收回了目光。须臾一阵清风,那滴晶亮闪耀的露珠,自草叶上,骤然滴落。

极静极动的一瞬,她豁然起身。

"随我去含章殿。"

太后迁雍之日,刚刚加冠的秦王将自己关在含章殿之中,从日升时朝会散后便再未出,直至日中、日昳,君王仍在断狱理书,滴水未进。芈骨来到含章殿外时,只见连同赵高在内所有宫人皆被逐出,殿外黑压压跪了一地,一室窒息。见是她来,赵高陡然泪落,如见救星。

纵然下定了决心才会来到这里,然而此时此刻,望着那九重宫阙森森,芈骨仿佛鼓起了毕生的勇气,才敢走进那间熟悉的殿内。

"君上……"她轻唤道。

长久伏案的身躯僵硬,就像一座喷薄欲出的火山。尽管此时此刻,无人可以窥破那激荡汹涌的内在。

"是娆,君上。娆自己做了一些甘棠蜜饵,可以拿进来吗?"

没有回应,却也没有拒绝。感受到此刻弥漫在殿中那浓重而惊心的威压,芈骨强压心头的惊惧。

便是她,也从未见过他如此这般。

心跳如鼓地上前,将那颟费了九牛二虎之力做出的"甘棠蜜饵"呈上他面前,却在为他整理王案的时候,慌乱失措得仿佛指尖都在颤抖。无意间触碰那人指端,只觉千年寒冰一般冷冽慑人。

"君上!"双手惊慌失措地探去,他的头烫得惊人。

依稀曾从姑祖母处听闻,王上生来体质有异,精力旺盛,常挑灯伏案不觉夜深。却会在极偶然之时,身体不明原因地发热,许就如此这般。眼看那汹涌而至的高热就似深渊在吞噬他一般,芈骨心中莫名疼痛。而君王一双剑眉紧蹙,似是在忍受极大的痛楚。

"头很痛吗?娆,为君上揉一揉可好?"

仍然没有得到任何回应。被一种不知为何的情绪感染着,少女几乎可以称作放肆地上前，自后将他拥入怀中。轻柔的手指抚上他紧皱的眉心，滚烫的额角。

似过了许久，又好似不过一瞬，一双滚烫的大掌骤然覆住了芈凫的双手，指端冰凉，指尖殷红，而芈凫再不能多想，只是像抓了救命稻草般，十指环扣，愈握愈紧，像是如此这般，便能握住那逝去的锦瑟华年。

耳畔，只听他哑声道："阿凫，你为何又来了？"

"姎不走了，君上。"

"可知寡人不会再放手？"

"凫儿知。"

"你……"他忽而叹息了，"你，可愿一直追随寡人？"

芈凫阖目，久久不语。

就如一直以来所感知的那般，嬴政仿佛深邃广阔的九原冰湖之下一团炙热的火焰，这火焰足以烧毁一切，也焚毁自己。芈凫直觉，即便只是在他身边，也会经历烈火焚身般的灼痛。但此刻，她还是毫不犹豫地回答——

"一生一世，君上。"

秦王政九年，嬴政二十二岁，芈凫十六岁。这一年，君王冠剑，楚女笄礼，雍水流灯，一生之盟。

秦始皇太后不谨，幸郎嫪毐，始皇取毐四支车裂之，取两弟扑杀之，取太后迁之咸阳宫。

——《三家注史记》

九月，夷嫪毐三族，杀太后所生两子，而遂迁太后于雍。

——《史记·吕不韦列传》

嫪毐之乱篇 终

梦境九 清和

浴兰汤兮沐芳,华采衣兮若英。

龙驾兮虎服,聊翱游兮周章。

——《九歌·云中君》

秦王政九年,青龙季

章台宫——

青龙大朝上,廷尉隗状启奏。

前日廷尉府领刑狱、司法六署,接秦王诏令勘问嫪毐之乱。今得卫尉竭、内史肆、佐弋竭、中大夫令齐等二十人,按律当枭;得嫪毐族人三百户,按律当斩;得嫪毐舍人四千余,按律轻者当鬼薪,重者夺爵迁蜀。

秦王政准之。沉吟一二,又道:"嫪毐一案,牵扯重大,有罪者依律处置,有功者当赏。此乱以平,昌平君居功至伟。纲成君请辞后,朝中右相一职始终空缺,今便拜昌平君为右相。太史记之。"

昌平君大喜过望,连连谢恩。

秦王政又道:"长史起草文诏。蒙恬任职咸阳令期间,平乱首功,擢升内史，兼领咸阳令，赐爵一级。咸阳战中斩嫪毐党羽贼首者，如昌文君、栎阳尉王贲等数百人，拜爵。文职官员亦护秦有功者，如长史王绾等，擢升一级，领太庙令等职。"

长史蒙毅领旨，阶下众臣皆大喜拜谢。扫了肃立一旁的赵高一眼，秦王又道："及宦者皆在战中，亦拜爵一级。黔首得嫪毐等，赐钱物励之。"

秦王政淡淡一席话，却是将此刻朝堂之上连同宦者在内十赏其九，众人无不感励。须知此前二载，佞党当权，大道不行，朝堂政风萎靡不振。然而新君亲政，扫清国贼，出手迅疾狠厉。当年被罢黜的贤士纷纷复被启用，奸佞朋党被迅速扫出政局，眼见万象更新，众臣看在眼里，岂不欢欣鼓舞。

内史蒙恬满脸喜色，言君王初政清明，祸乱平定，齐赵皆遣使表贺，请置酒咸阳宫款待来使之事；一旁嬴腾也急匆匆出列请奏："大礼者始于冠，本于婚，今我王元服亲政，这大婚之事……"

嬴腾乃庄襄王族弟，时任奉常，辅佐驷车庶长领公族之事。今日，竟是代表秦嬴公族来向君王催婚了。秦王政笑道："老公叔有心了。寡人听闻楚有好女，绰约而姝美，寡人心慕已久。"说着看向昌平君、昌文君："可否请二卿为使，赴楚为寡人纳吉？"二人闻之大喜："臣等自当不辱使命！"

嘉勉众臣，六国来使，君王大婚……一时间，庄严肃穆的大朝也流动起跃然喜色。然而，却唯有一人始终肃立一侧，仿佛与这般热闹喜意格格不入。

吕不韦肃然出列，垂首请罪："老臣身为相邦，却对嫪毐一党叛乱之事全无察觉，致使国都落入险境，臣失职，愧不能死也！自请连坐之罪。"

一时大殿群臣鸦雀无声。秦王沉吟半晌，蓦然笑了："仲父言重了。仲父与那嫪毐素无来往，更不知其来历机心，何来连坐？嫪毐之乱，相府亦受乱党波及，仲父深受其害，勿要多思为上。"听闻君王宽慰之言，吕不韦面色愈发凝重。滞涩半刻，稽首谢恩。只听秦王欣然笑道："今后，还要仰仗仲父、叔父左右同心，共同辅佐寡人了。"

春分之日，玄鸟至，雷始声。

秦王政九年,颛顼历的春分节候,楚国传来了芈凫大父崩逝的消息,谥曰考烈。而太子悍正式即位称楚王悍,芈凫,成了真正的楚王姬。而这一年,她的身份注定一变再变,因为她与秦王的婚期,也定在了这一年的春分朝日。

周礼云,大礼者始于冠,本于婚。冠剑大礼既毕,君王大婚便成了头等国事。奉常署、宗正署一干人等摩拳擦掌,轰轰烈烈议起年轻国君的大婚之礼来。

有道是周礼繁复,芈凫本无甚感觉。隐约听闻冠礼后秦王便遣昌平君、昌文君为使,带着大璋玄纁、束帛鸿雁赴楚纳采问名,以备大婚之礼,听说要这六礼备足,少说也需足足一季时岁。而依春秋之礼,公族女子大婚前,更需斋戒独居一季,谓之"三月庙见"。

于是芈凫一如往日在芳洲仰看周天流云,日子过得与以往并无不同。如此,三月如流水逝去。

"公主,昌平君自郢都回返了!"

玄云几乎是一路小跑着从长信殿冲进了芳洲,几名宫人提着白虎踏云纹的漆金木匣紧随其后。王之大婚,由诸侯代行六礼,年前昌平君代秦王奉元十端之厚礼于楚王族问吉纳征,如今回返,自然也带回了不少母族之回礼。

辟芷姑姑紧随其后,喜上眉梢:"快瞧瞧,这是楚王后亲手为少公主准备的大婚翟衣啊!"

芈凫却怔怔的,抬起的手指竟有些颤抖。随着木匣打开的一瞬间,众人啧啧的惊叹顿时连成了一片:"好生精致啊!瞧这花纹繁复精美,当真栩栩如生呢!"玄云亦是惊喜莫名:"公主瞧这凤鸾,还有这彩云!如此精美繁复,必定是王后亲手所绣啊!"

"玄色袆衣、青色揄狄、赤色阙狄,这就是王后六服中的三重翟衣了吧?这里还有束发的纚笄呢!"洒尘素擅女工,此番见此巧夺天工,自是爱不释手。玄云也一旁笑道:"公主,王后是真的疼你啊!你们看,就连三重玄色缘衣最内里的白绢单衣,都绣得如此精致……"

　　众人的热闹喧嚣,终于将芈凫从几近灭顶的复杂感情中渐渐抽离。却听辟芷姑姑掩口而笑:"傻丫头! 这缘衣自然是要格外细致的,你懂什么呀……"她笑得一脸高深莫测,却是任众人狐疑询问,说什么也不肯再往下说了。

　　"还有初为人妇拜见舅姑的宵衣呢!"洒尘轻抚那绢帛庙服,正不住惊叹,蓦然回首却是一惊,"公主?"

　　众人惊愕地看到,芈凫早已哽咽难言。

　　望着那袗衣飞鸾,少女的思绪开始渐渐飘远,飘到了天际,飘到了湘江楚水,飘过了重重雾霭缭绕的潇湘水云……

　　十年前——

　　楚宫之中,两名宫人交头接耳。

　　"那不是公子悍的夫人吗? 又去讨好王后了?"

　　"听说其人出身卑贱,王后很是嫌恶,她却还日日前去问安。不过,她绣的纹样当真是巧夺天工,绣坊的掌事姑姑竟也自叹不如呢。"另一人却是嗤之以鼻:"数年如一日地给王后献绣品,一个贵人做这样的事,也不怕失了身份!"

　　刺耳的嘲笑许久不歇,个中隐情却是不为外人所知。原来楚国尚立贤,虽有公子悍为嫡长,却多年在秦为质,与楚王、王后亲情俱是淡漠,而诸公子论贤能却也各有所长,是故太子之位久悬未决。人尽皆知楚王元敬重王后,可谓言听计从,正因如此,在这夺储之争中,王后偏爱哪位公子就显得尤为关键。

　　宫人窃窃私语笑得放肆,只道那一脸的愁苦卑弱原是想投奔王后,可不是不自量力、贻笑大方? 几人尖酸刻薄议论正酣,忽听身后一声断喝:"放肆! 何人敢在此大放厥词,议论主上?"

　　宫人看清来人,不由惊惶失措:"公子脩?"权臣春申君世孙到此,宫人莫不惶恐,慌忙稽首请罪连连。却是所有人都不曾注意到,那静立远处的幼女单薄的身影。

昔年幼女瘦弱的背影，与眼前的华服女子渐渐重叠。芈凫恍然不知今夕何夕，只道是汹涌而来的往事一幕幕，不受控制地涌入脑海，她的掌心骤然收紧，带来一片难以承受的刺痛……

恍惚记忆又回十年前。

彼时陈都楚王城王后宫中，楚少君李后鸾榻斜倚，一身华服珠翠金碧辉煌，几乎晃花了公子悍的双眼。

"阿悍啊，方才那是你舅父的女儿，李氏。今日母后叫她来，实则是专程来给你相看的。"拨弄着纤巧玉白的指甲，王后一席话漫不经心。公子悍肃立下首，恭谨听训。

王后回眸轻叹："吾膝下无女，这深宫何其寂寞难熬。唯她乖巧可人，你知母亲素是将她当成亲女来疼爱，本是定要为她觅得良婿的，谁知她却是只中意于阿悍你呢。"她说到此，掩口轻笑："母亲思来想去，若是可以托付给你，这般亲上加亲岂非美事？你本就是长公子，若能成一方君侯，也不算辜负了她。"公子悍沉默许久，颔首笑道："母后费心筹谋，儿岂有不从之理？儿子定会善待李氏。"

如此时光匆匆就是数年。又到一年春回之日，浓春的东宫朱楼凝碧，春光深锁。小园香径上，已成太子良娣的李姬云鬟凤钗，目不斜视。四目相对，却是一袭素色常衣的太子妃眼神躲闪，惶然避之不及。

李姬高视昂行，却在目光触及太子妃身后一对孩童时停下脚步。"这不是公子脩吗？"这华衣贵人掩口轻笑，"公子偶尔也去汀洲坐坐如何？妾身的鸾儿，十分倾慕公子的风姿呢。"黄脩默然一瞬，彬彬有礼："夫人有礼了，黄脩择日拜访。"李姬虚以一礼，旋即浅笑着走远了，却是自始至终视太子妃如无物。

"不过侧夫人，岂能如此无礼？"却是太子妃身侧女使，愤而出言。

一直默立正中的女子容姿极美，烟眸如雾，一双秋水幽幽似洗一川清愁。只闻她幽幽叹息："勿再言。若没有她，王后如何肯庇佑太子？却是让脩儿见笑。"黄脩温言回道："太子妃言重了。"却转向身后少女："脩不会去芈鸾那里的,凫妹不哭。"

太子妃静默片刻,却向女使嘱托道:"去将我连夜绣好的那几件绣品送去给王后,也送几件给李姬。"女使闻言不觉哽咽:"太子妃,日夜这样绣制,你的眼睛……"

女子静默却哀愁,唯有无言叹息,升腾萦绕,久久不散。

却说李姬回宫,一路面色沉沉,阴晴不定。四周宫人心惊胆战,深恐见罪于贵人,又少不得一顿打骂。待得回返殿中,李姬愤然默坐,终发狠道:"唯有妾身的鸾儿,才是这太子宫真正的公女。未来她也定会成为一国王姬,嫁于一方君侯,尽享万千荣华!"女使听此,连忙附和:"那是自然。毕竟两位公女的小字,都是王后亲自赐下。鸾者,凤也,小公女未来定是贵不可言。而那一位么,凫……"小心观察着主君的神情,女使窃笑道:"不就是凫水的野鸭吗? 夫人您说,一国公女,何人会以凫为字啊?"

李姬冷嗤,面色却不觉松动了三分。

"说是太子嫡女,终不过是凫水之野鸭。妾身的鸾儿,岂是那草芥之女所可以比拟? 只可恨那贱妇不过早结识夫君几日,教吾,岂能甘心!"

红颜一怒,宫人更是瑟瑟。

"夫人切勿为那卑贱之人动怒,不值得啊!"女使说着,眼珠一转,"婢子却是听闻,因得秦楚诅盟之约,在秦的华阳太后寄来国书,欲以楚公族之女,与那秦国的虎狼之君婚配呢!"

"哦? 可当真?"李姬却蓦然来了兴致。

"岂能有假?"女使忙道,"王上已经下令,在公族范围内选拔适龄之女。婢子听说,秦要即位的国君才不过十三稚龄,听闻他早年便流落在外,粗野鄙陋,甚是无状。"

"妾倒也在姑母处听过那位华阳太后之事。暴秦两代君王皆短命,国内波谲云诡,华阳为了笼络新王,竟连这拂髫之交的招数都使出来了。以为自幼相伴便能永结同心,权势永固? 可笑至极!"李姬冷笑连连,女使亦是连声附和:"夫人说得极是。以奴婢的粗陋之见,且不说此举变数极大,那黄口小儿国君究竟能活几年,都未可知呢!"

李姬听得此句,却是骤然沉默,一瞬间似是想到了什么,那张姣好的美人面上陡然浮现出一丝笑痕。佳人粉面笑意盈盈,看在旁人眼中,却似是修罗恶鬼,女使乍然见之,只觉心底冷飕飕一阵发寒,哪里还敢再看?

时序如流水,一闪而逝。许是那日苑中的不期而遇,不久之后,年幼的芈凫难得一见地在母妃处见到了君父的身影。

那一日细碎的阳光洒沓若金,那样美丽的夕阳背后,却是母妃哭泣不已的背影。当年尚且幼小的她,不能理解。只记得君父的神情,似有悲悯,似有决然,似有不忍……糅杂了诸多当年懵懂如她,尚看不懂的情绪。

只记得他对自己说:"凫儿,去吧,去同昌平君入秦。这,是你身为楚太子嫡长女的责任。若你真的成为秦的王后,便能守护你心心念念的母亲。"

自幼生在楚宫,与父却是生疏,这似是幼年记忆中父亲对她说过的最长的一席话。而他说完之后,却阖目长叹。

也是那一日……

"凫儿,你是楚公族的血脉,王太子之长女。勿要忘却自己的姓氏,勿要忘却身为楚公女的责任。"温暖柔和的双手轻抚头顶,母亲的神情是一贯的卑弱。她一边不停垂泪,一边欣慰地笑。

"离开这里,离开这楚宫。阿凫。"

未来,你会成为秦国的王后。

十载相隔,故人安在? 过往的一切,半生的痛楚,在这一刻汹涌而出,猝不及防。抚摸着那三重翟衣外繁复精细的纹路,不知不觉间,泪水早已模糊了眼眶。

"公主,怎么哭了?"

恍然抬头,却不见方才熙熙攘攘的众人。站在芈凫面前的,是十年来如一日的绿竹猗猗,有匪君子。黄脩温声道:"公主就要出阁,已到了净心涤灵之吉时。三月庙见,礼多冗杂,故而掌事们都已去殿外置备了。"芈凫不由疑惑他为何在此,却听黄脩问道:"凫妹因何而落泪?"

心头掠过淡淡的异样,芈凫却未及细想。实是与他太过熟稔之故,不思量许多便随心道:"阿兄,我竟不知,自己是为何人而哭。"

一瞬间黄脩眼神放柔,旋即轻抚芈凫后背:"公主是在思念母亲吗?"芈凫却缓缓摇头:"母亲的面容,在我的记忆之中,不知何时开始,竟已经如此模糊。"

是呵,仿佛隔着梅雨季遥望潇湘的水云,云雾缭绕,故国梦远,早就看不真切了。好似她所历半生,不过一场浮生大梦。瞬间的心慌攥紧了少女的心脏:"阿兄,十年了。你我在秦,终究十年了。"

若这十年才是真实的,那么万千过往,究竟又意义何在?

"十年了。"黄脩也叹道,"这十年来,眼见那虎狼之君为人,脩,日夜都在后悔。"

芈凫蹙眉,不由回过头来看他,入眼一双温润如水的瞳眸,似是要望进她的心底深处。"好在如今还不算太迟。"他忽而直视她,"我这就带你离开,离开秦楚,这乱世劫难,本就不该女子一身背负。"

芈凫心中陡然一震:"大婚在即,阿兄,你在说什么胡话?"

黄脩眉头深皱,却是毫不退让:"凫妹,这不是你心中之所求!"芈凫直视他:"这是我身为楚国王族之女的责任。"隐约上来了一丝怒意,却还有一丝悲凉,芈凫瞪着黄脩。黄脩,却也深深注视着芈凫。

"你真的了解那秦王政吗? 他稚龄落难,少年即位,政局盘根错节何其险恶。然而即便如此,他还是踏过重重风浪,一路前行至此。若非机心刺骨之辈,岂能长期于这等波谲云诡之中屹立不倒? 如此之人,伴之左右如伺虎狼!"他看着她的痛楚,却分毫不曾停止。他的话,如若利刃剃进她心中:"韩系、赵系皆灰飞烟灭,这些年来他坐收渔翁之利,全无半丝人情可言。对待生母尚且如此,若有一日,他的利剑也指向了楚系……"

"阿兄,请你不要再说了……"随着他的话语,一直被小心翼翼隐藏着的刺心疑虑再度被揭开,扎得少女痛楚不堪,"若有一天,君上的利剑指向了楚系,那么,至少还有凫儿会挡在楚系前面!"

"你说什么?"黄脩闻言大震,瞬间燃起的怒火再次席卷了他,"一国公族庸碌无能,谄媚求好,却要无辜女子为之牺牲,葬送一世! 这些年来,你当真不知我的心意？我，岂可坐视你如此！"

然而下一瞬，他竟看到芈凫在笑。

"这，不就是凫儿入秦的意义吗？"她平静地说道，"宣太后、叶阳后、华阳后，这不就是身怀诅盟的前后二十代楚女与生俱来的命运吗？"

絜尔牛羊，以往烝尝。或剥或亨，或肆或将。少女的唇畔在笑，心中响起的却是巫祝祭神的祝乐。她也曾在无数辗转难眠的夜中，痛恨过自己的命运，她、她们，与那些被奉献给神的祭品，究竟有何分别？

然而命运就是如此，山重水复，覆雨翻云，喜怒无常。

"我可以不在意公室的期待，不在意王族的荣耀，仇恨自己的命运，但我，却不能不去面对自己的真心。"芈凫站起身来，遥望着东方的天空，她说得平静而坚定，"阿兄，成为秦的王后，是凫儿的宿命，也是凫儿的选择。"

仿佛猛然被惊醒一般，黄脩后退了半步，苍白了脸望定芈凫。

"凫妹，你，原来爱着秦王吗？"

芈凫回望着黄脩，眼前浮现出的，却是十年前那个大雪纷飞的冬日，梅树下疏冷绝美不似人间的少年。而那楚地木兰树下五彩流光染就的孩童，早已在岁月中面目模糊。芈凫回眸，缓缓开口："我，爱不爱秦王，又与阿兄何涉？你只需记得，这一世，哪怕一毫一厘，一息一瞬，凫儿都不曾爱过你。"

一双寒潭深眸牢牢追随女子的神情，面前的人面色瞬息万变。时而紧张，时而焦虑，时而痛楚，最终却凝成最刺心的利刃，猝不及防。然而，在她云淡风轻的冷然表象之下，却是他所不曾感知的，极力压制的锥心刺骨。黄脩摇头惨笑："这就是你的选择？你可知如此，会葬送你的一生！"少女不再看他，只冷然道："你走吧。过了今日……芈凫，便是秦国的少君。"

一席话谈到尾音离散，已是相顾无言，只得眼睁睁看着那人神伤远去。望着那几许孤寂落寞的背影，芈凫只觉满心皆如苦酒，摇摇欲倾。

幼年与他相交，得其多般无私相助。少时一念之差，自请北上护她入秦，又因秦王一句戏言被迫留秦十年。芈凫在秦风雨消磨十载，而黄脩身为壮志男儿，又何尝不是平白被耽误了足足十年的大好时光？

她终究是牵绊了他十年。若这一切尽是错付，那这般冤孽也该到了尽头。事到如今她宁可其人心死梦消,绝难回头,甚至恨她入骨,也再不愿眼见他为自己耽搁一时一刻了。

就在芈凫离去后,窸窸窣窣的响声从园中传来,骤然惊破一地凄绝。玄云自一片纷飞的早樱之中,默默现出身形。

眼中,泪痕未干。而她就那样静静立在下首,甚至不知多久了。

庙见致斋之礼空寂漫长,三月时光转瞬即逝。君王大婚并册后大典的日子,也就是春分朝日这天,很快就来到了。

春日载阳,流云漫天。

国都咸阳举城披彩,国人奔走相告。天光尚熹微之时,已足不出户斋戒三月的芈凫,便一身大婚翟衣跪坐于彩羽饰就的翟茀车中,掌中覆面的羽扇,随着车身的颠簸而轻颤。

君王元后的大婚之典,历来极是烦琐隆重,尤其这又是礼崩乐坏的战国之末。似秦王这般俾睨天下的虎狼之君,初亲政又极强势的性子,其人大婚之典,早有了比拟天子的雍容辉煌之意。数月下来,不要说是芈凫,就连玄云、洒尘也早被奉常署调教得几乎成了半个司礼赞官,一套仪典流程烂熟于心——

进入这五重曲城的咸阳宫后,新后须在御赐的汤池中再次沐浴濯尘,静心涤灵,再由私官宫人按规制妥善装扮,静待昏时。而秦王亦不轻松,要在王城的中太卜处先祀过皇天上帝和秦嬴先祖,祝告宗亲神明,供奉大婚祭礼。

大婚册后之礼,例由昏时在朝宫章台举行。待到吉时终至,元后将与君王携手而行,伴着浩浩荡荡的君侯仪仗,共同登上章台宫前长长的玉阶,进入那三重朝宫之中。

宣室行大婚之礼。在驭车署礼赞的指引下,新后会在殿中与君王沃盥对席、共牢而食,共结百年之好;朝宫行册后之礼,君王将亲自入殿告天,诵读册文,亲赐玺册。二礼皆毕,则昭告册后之礼已成,受礼之人便可作为秦之少君,与君王共乘云气游龙车,沿着咸阳宫内早就铺设好的御道巡幸王城,最终至六英宫与百官朝臣共享饮宴了。

"……主……公主!"

"公主可是恍神了?"耳畔传来玄云低声的提醒,"快些入宫吧,不可误了吉时。"

原来思绪如流水,不觉间,翟茀已在咸阳宫外的冀阙下停驻。众人扶芈凫下了车,耳畔是九重宫阙中传来的鼓乐雅音,令人白日便眩晕恍惚,如若梦中。

被搀扶着进了宫城皋门,早有司服内史并十八位女使手执喜灯、说着祝语,在殿外等候。众人簇拥着芈凫进入专为大婚前祭而设的大殿,入得内殿,只见一方大池兰汤袅袅,幽芳袭人,周围铺设墨色玉石为砖,殿宇中高悬的东海鲛人灯如若周天星辰。氤氲如梦的水汽和那祥云错金的博山炉燃起的暖甜之香,在殿中交旋盘绕。

中司服恭敬上前,大礼而拜:"请公主在御池沐浴更衣吧!"说话间早有左右掌事宫人游来宽衣。忽而被这许多人服侍沐浴,少女心中颇有些忐忑,却也知这是元后礼数,君上极为看重,只能任由众人摆布。

似是看出新人不安,中司服出言宽慰:"君上真是爱重公主呢。须知这御汤池沐浴的荣宠啊,历来便是王后之尊,也须得君上亲赐,才被准许进入这御池沐浴呢。"芈凫方浸入泉中,闻此不由疑惑,却听姑姑笑道:"此处渭水活泉,极是滋润,那君前不离身的中车府令提前半月便来交代婢子们了。今晨,君上也是在此间的御汤沐浴濯心之后,方才去往太卜处祭祀献礼的。"

虽心知周礼严格,君上沐浴的汤池定不可能与自己同为此间,少女却还是莫名地羞红了面颊。却听姑姑又道:"君上对公主的少君之礼亦是过问甚细,桩桩件件,记挂在心。君上离开前,还特意叮嘱要早些为公主备下兰汤,又是怕热到了,又是怕给冻着了。公主你说,得君上这般记挂,岂非是绝爱之幸呢?"

一席话说下来,在场众人皆是掩口轻笑。唯有芈凫一张娇靥红得似是要滴下血来,心中却又似沾了蜜饴般,甜丝丝地暖到了深处。"说来,"姑姑又是神秘一笑,"今日是君上与公主大婚之礼。想必前日私官掌事已至府内,授予敦伦和合之礼了吧?"

此话一出,少女头皮一炸,瞬间,整个人都像煮熟的虾一样红透了:"这,好像有带了一本《黄帝问素女》什么的……"

姑姑听罢,顿时露出姨母笑:"可也!须知周公之礼,阴阳和合,敦伦尽分,始能希圣希贤也。纵然王女已经受教,今日依据礼数,奴婢们不得不再多提点几句。"真不愧虎狼之秦,这掌事姑姑一边吩咐宫人为新后沐浴濯身,一边居然就当着这么多人的面,讲起了敦伦调和之道。被满室的龙涎热气一蒸,配上如此羞煞人的话题,芈凫恨不得整个人泡进水里,却还不得不口中唯唯诺诺应个不止。待终于沐浴静心完毕,只觉熬了一季般漫长。

天光西斜,昏时终至。

身披厚重的三重翟衣,芈凫终于在众人的簇拥中,精确地踏着太卜测出的吉时,被送到了朝宫之下。前方是三重章台前笔直的御道,一眼望不到尽头,仿佛长可通天。素日不染纤尘的白玉阶,今日铺就了丹朱色的旃檀。木衣绨绣,土被朱紫,君上大喜之日,整个咸阳王城烟笼茜纱,倾城如画。

流云夕雾间,那清俊如玉的男子仿佛身披旭日霞光万里。他就站在九重宫阙的最高处,玄端十二章君王衮服,流珠十二旒的冠冕,更显身姿挺拔修长。十里红锦,紫薇九重,那一片红艳沸反盈天,年轻的君王玄衣乌发,姿容绝世,是薄暮中最酽的一抹灼人艳红。

定是那赤朱丹彤太过灿烂,一瞬间,芈凫竟觉灼烫不敢直视,只怔怔望着那人回过身来。一双墨玉幽瞳望进她的眼底,嬴政微微一笑,目光沉静如水,向她伸出手来。

"凫儿。"

曾几何时,心中万千羁绊,辗转思量,如今随着伸出的指尖认定了此生的宿命。绣着凤鸾的翘头莲花履一步步踏上御道,那条道路笔直而漫长,少女一身吉服厚重,宛若这一路行来之艰辛。但是此刻,过往的痛楚酸涩在心中渐渐消弭,取而代之的是如夕照般融融的暖意。

她将汗湿的掌心放在他的手中。男人的手掌温热有力,还覆着常年习武磨出的一层薄茧,然而此时,竟是前所未有的令人安心。

芈凫心知，他就在她的身侧。纵然六国都说他是诡谲难测的虎狼暴君，他今日也确如六国传闻般，堂而皇之天子十二毓加身，这是何等的张狂无极，但芈凫却慨然无惧。一瞬间似是忘了身后长长的迎送队伍和礼官仪仗，只是静静跟在那人的身后半步，仿佛这一瞬间，天地间不过只余他和她。

执子之手，与子偕老。

君王大婚之礼极致烦琐。身披那繁复厚重的三重翟衣，依次按照周礼行过登殿、亲册、授玺种种仪式，再之后的沃盥对席、共牢而食，最终携手登上君王与元后同乘的云气游龙车，芈凫已是累得昏昏沉沉、恍如幻梦了。只恍惚记得，在回荡九霄的壮丽喜乐声中，龙辇在咸阳王城中以君王仪仗缓缓巡游。而此时的她，已经成了与君上携手并肩的元后，国之少君。如今君王冠剑，元后又立，国人之欢欣振奋，自不必多提。

而芈凫只是静静跪坐在君上的身侧。已经成年的铁血君王冷峻伟岸，侧颜邪美摄人，晚霞洒金，天光自龙辇的纱帷摇曳洒落，为那人优雅硕丽的身姿笼上一层薄金。

这一日的忙碌，直到昼夜交叠。

暮色四合之时，芈凫被众人簇拥着，送至私官早已备好的磐桓殿中。待与君王合卺而酹青丝结发，便可以他氏冠她姓，成为真正意义上的秦王后了。

咸阳宫中春夜长。

鎏金花树，红烛灯影。这每逢君王大婚方才开启的磐桓殿内外，处处披红挂彩漫浸喜意，灯花盏盏通红如火。芈凫被提前一步送至磐桓，君王却是在宫宴应酬礼毕后才会来到此处。独坐殿中看帘外月上柳梢，时间似是一点一滴流过，她心中越发忐忑不安，站起坐下皆七上八下，索性来到殿外花苑之中。

宫中内侍十之七八皆备用君王大婚之筵，此时磐桓殿外竟是静悄悄的。独立苑中，清风明月拂过，神思方才清明了三分。

磐桓殿，是唯有历代秦君或太子大婚时才会开启的喜殿。大婚礼毕，便即上封。不说芈凫是初初来此，怕是秦王也不会十分熟悉。走着走着，只听远处隐隐传来流水潺潺之声,她便循着声音向内里深入,不知不觉,就到了殿后桃林之中。

穿过一片桃华掩映,首先入耳的,却是烦琐衣饰发出阵阵琳琅之声。女子惊觉抬眸,却见挂在一旁木桁之上正随夜风轻摆的,是玄端十二章的君王衮服,还有那素色的三重里衣。

骤然间反应过来,芈凫一时僵住。

咸阳宫处于骊山脚下,地热泉水多出。果不其然一丛白梅后,却是那人独自浸在温泉湄池之中,长睫低垂,阖目深思。芈凫大窘,暗暗抱怨怎么一路上一个宫人也无,此番竟是误闯了君王沐浴的汤池。当下慌忙想要逃离,就听氤氲雾气中那人淡淡道:"凫儿真是大胆,竟毫不避讳偷窥本王洗沐。"

谁偷窥他洗沐了?!她转身急着辩解:"妾没有!只是不小心……"话说一半却是突然发现,心中一急她竟是离了灼灼桃林的掩映,直来到了温泉池畔。非礼勿视,当下连忙捂住眼睛。

君王眼中,却见衿衣飞鸾,娇柔春色,误闯的佳人娇羞莫名,衬得胭脂红唇愈发娇艳。靡然的水声清响,勾起满胸惶然心跳,君王沉沉一声"站住",随即一阵衣饰摩擦的窸窣之声,脚步徐徐临近,她终究是乖乖站在了原地。

指缝间忍不住偷瞧,那人竟只着一件衣襟半开的游龙丝罗寝衣,慵懒优雅,慢条斯理来到她身侧,手上却是毫不犹豫,直接将人打横抱在怀中。女子忍不住惊呼,却见眼前的男人目沉如水,白日里束起的乌发尽数放下。几缕被沾湿的发丝垂在胸前,平日里的凌厉眉眼注视着她,此时却是昳丽而温柔。

他回眸轻笑:"凫儿,我们走。"

双双回返磐桓殿中,接过宫女奉上的蜜水予芈凫,秦王挥退了殿中侍奉的诸人。

殿前十一名女御,是专程侍奉君王大婚之燕寝的,皆是出自楚公族的元后陪嫁媵妾。十一亦是天子之数。见君上将人抱回殿中,忙纷纷上前为新后更衣。然而此刻,见君王毫不留恋,更无让她们随侍的心思,只得打起纱帷,放下金盏,低着头悄无声息地退了出去。

君王修长的手指，慢条斯理地解开自己腰间的八宝玉带，一手却端起了案上早已备下的合欢金盏。而只着一身素色缘衣坐在榻间的芈凫，哪里还敢看他，早羞窘得一张俏脸似要滴下血来。影影绰绰的喜烛摇曳，君王步步走近，见她手足无措的模样不由得轻笑出声："凫儿还坐着做何？还不来与寡人共饮合卺？"

芈凫心中一颤，不由暗恼这大婚之礼本烂熟于胸，怎么见了他反倒什么都忘了？正打算蹭过去，却见红烛灯影下那人沉沉一笑，旋即大步俯身近前，竟是直接将一口合欢甜酒哺入她口中。

始料未及他竟如此孟浪，她慌乱挣扎，一声"阿政"含羞带嗔，数不尽的羞怯娇软。君王黑眸却是盈出一丝笑意："还在叫阿政？"修长指端拂过她红热的面颊，将唇角那丝靡然的酒痕轻轻拭去，他轻笑道："叫夫君。"

回首间，那如墨黑瞳似荒原野火重燃。惊呼来不及出口就被极强势的深吻堵回了喉中，轻颤的身躯瞬间仿佛被点燃一般。她来不及思考，他就如同飓风骤雨，或是奔腾的火焰，时而温柔缱绻，时而强势掠夺，带给她欢愉和疼痛，都是合该领受。而她再不推拒，任他予取予求，任那青丝结发，在他给予的甜蜜和痛楚中沉沦迷醉，再也没有逃离的可能……

许久以后，君王一个恍神醒来。片刻清明，才觉仍不过中夜。却见灯影摇曳，女子身披素衣遥望着帷帘外的月色，神情无端竟有三分凄迷。

"怎还不睡？"他峻挺的眉峰浅浅蹙起，"凫儿在想什么？"

好一阵沉默，她的声音，在幽幽暗夜中飘来。

"君上，凫儿知道，君上会迎娶凫儿，是因为秦楚婚盟，是因为祖太后。"一朝旖旎春色散去，芈凫出口的话有些悲凉。那是数年来心头挥之不去的迷雾，一朝出口，却忍不住偷望着那人深不见底的双眸，"但是阿凫会学着，努力做好阿政的少君。"

君王注视着女子，眸光深深，半晌不言。却以指尖拂过她眼角的泪珠："为秦楚婚盟而娶你为妻，就这样委屈？"

芈凫惶然一震，慌忙摇头："不，没有……"

心中何尝不知？这大争之世，王公之女生来莫不如此。而自己，却是为何自春朝以来，心中竟有了隐秘妄想的心思，竟是想着，要他为一生挚爱，不含杂质，不容旁骛，据为己有？

她心中大慌，自愧不及竟是须臾泪落："君上，凫儿知今日落泪大为不吉，凫儿不是有意……"心中惦记着元后礼数，颤巍巍就要起身请罪。却见那人大掌一挥，一把将人捞入怀中，却是放柔了一张冷厉容颜："痴儿。至今还不懂寡人的心思，你可真是该重罚。"他顿了一顿，又郑重道："区区秦楚婚盟，并不足以迫使寡人迎娶一位不曾心悦的女子。"

幽幽烛影下，那人骤然微笑，如夜昙盛开："寡人娶阿凫，是因寡人心悦阿凫。"

芈凫迷惑地望着他，而他也笑意盈盈回望着她。刚还想，自己当是天下最不知所谓的女子，竟是要与君王一心一意心无旁骛。然而，他方才竟说他的心意不过与自己一样，他这样的君王，莫不是天下最不知所谓的王了吧？

然而，铺天盖地席卷而来的喜悦还是将她瞬间包裹。此时方才觉出自己竟是如此狂悖，试问哪国元后，会在大婚之夜与一国之君论起这般有违礼法的虎狼之词来？慌不择路将头埋进君上胸膛，却听耳畔低低的笑声，他似是笑她当真痴儿，却又将人搂紧了。

"既是有情人，芙蓉帐暖，不若一起做些乐事，夫人觉得如何？"

咸阳宫中春夜长。

饶得是殿外记册的私官老宫女，也不由得面红耳赤了。一边庆幸这种毫无人性的差事，幸得一位君王一生唯有一次，一边不得不慨叹当今君上体力当真是超群拔绝。

而之于芈凫，长长的童年与少女时代终于远去了，她终于嫁给了此生命中注定要嫁的人。记忆中的疏冷少年终于长成龙章风姿的君王，红衣乌发，姿容绝世。温柔又冷然，如火又如冰，有情又无情。

余生，终于在此刻，交托到他的手中。

次日凤兴,甘泉宫——

芈凫身着宵衣跪在阶下,含羞带娇奉上脯醯:"妾身芈氏,拜谒母后,恭奉馈礼。"

王太后赵姬在侍女的搀扶下,双手接过芈凫奉过头顶的豚醴。目光,却是飞快扫过遥立阶下的秦王。入眼一双冷眸深沉凝厉,赵姬强压眼中泪光:"承天之佑,吾儿大婚。今以酬礼,愿孩儿承夫妇之意,和于室人。"

"太后受礼,奉亲礼成——"

太庙令一声高喝,大婚之礼终于宣告结束,王太后既已受礼,意味着芈凫终成了秦嬴公族认可的秦王后。待这奉馈舅姑的一献之礼作毕,特意抽身来观礼的秦王匆匆赶去章台宫月朝了,未留下只言片语。而芈凫匆匆奔回华阳宫,一头扎进姑祖母怀中,撒着娇不肯起身。

又入华阳宫,竟不知今夕何夕。

内宫之中青烟袅袅,依稀传来唱祝之声。而祖太后也不同于往日之庄肃,双手不住安抚着少女,莫名慈爱却又不胜感慨。

她只顾赖在祖太后怀中:"姑祖母,听说您昨日又眩晕了?"华阳太后却是浑不在意,只笑:"傻孩子,你却叫我什么?"芈凫俏脸绯红,这才低低唤了"祖母",华阳太后叹道:"巫祝祈佑,吾的凫儿终于嫁做人妇,九泉之下,吾也好去见先王了。"芈凫不由娇嗔:"祖母怎么突然说出这样不吉的话来?您吉人天相,定会寿与天齐的。"华阳太后道:"凫儿长大了。这就搬去兴乐宫了罢?如今你已不居芳洲,今后若是无事,也不宜往来华阳宫过密才是。"

芈凫惊讶抬头,华阳太后却和缓了神色,轻抚着她柔缎般的长发:"凫儿,昨夜,王上待你如何?"此问一出,芈凫一张俏脸霎时红透:"君上待凫儿很是温柔怜惜……"话到尾音已是羞不可闻。而华阳太后与辟芷姑姑交换了一下神色,喜色难掩。爱怜地抚过女子的发间,华阳太后叹道:"只要王上待阿凫存有温柔怜爱之心,祖母就能放心,也不枉这些过往经年了。"

芈凫垂目轻叹。都道是暴秦虎狼之君,然而秦王政之于芈凫,委实是一位十分复杂,难以言表之人。若论当今天下,怕是极少有人能将温柔这个词语,同秦之君王连结在一起,偏生之于芈旲,她只知,每次同嬴政一起的时候,只要不故意触其逆鳞,还真是容易为他的温柔沦陷。

他会轻声唤她"阿旲",准她入含章殿侍奉笔墨,十载时如逝水,他指点她弹琴,教导她手谈习字,有时还念那些难懂的策疏予她,又或者是吩咐她念给他听。许是待她有一丝丝的特别吧,虽然他总归强势,但也总是很温柔的。

只是,如果……

如果不曾听闻他的雷霆手段,他的冷心冷情,不曾亲眼所见,那龙之逆鳞被触及后的下场,也许芈旲便会真的相信,秦王政,那是何其温柔之人啊。

仿佛暗合这纠结难言的心思,却听辟芷姑姑道:"听闻甘泉宫那位已经启程了。"华阳太后似也有些始料未及:"这就回了?"辟芷姑姑道:"王上有令,大婚礼毕后,即着人护送王太后回返雍城,一刻不得耽误。真不知当日的橐泉宫究竟发生了什么。如今王上靠近,王太后就抖得像风中的落叶,竟是不敢多看王上一眼……"华阳却骤然打断:"为人君者,只当如此。"

"祖母……"芈旲思量再三,终究忍不住开口,"若为人君者只当如此,如此机心刺骨,操控一切而全无人情,那么究竟为何,祖母却愿意站在阿政的身后?"

若说帝王曾经仰仗楚系,然而楚系,又何曾不是主动选择了那年幼的雏鹰?

祖太后一贯深邃平和的目光望着芈旲,此刻却蕴着一丝踌躇。以嫪毒之乱之险恶,难道祖母就不曾后怕? 心中困扰多日的疑问就要浮上唇边,平静的语声却在此刻适时响起,打断了芈旲未出口的疑惑。

"因为天行有常。逝者如斯,不舍昼夜,这大争之局已经持续了百年,大道的流向,又有何人能够勘破?"祖太后说着,却是深深一叹,"旲儿啊,你可曾想过? 时人常言,大争之世,此消彼长。然而此消彼长的尽头,大争之局的尽头,又究竟是什么?"

芈旲怔住。

祖太后之问,她从未想过。自出生至今,她就身在这大争之局中,而这东周列国的大争之局,也已经持续了数百年。百年来诸侯争战不休,公族之女听来光鲜,实则仿若祝祀之牛羊,身不由己填充于公侯的后宫,或为霸者炫耀武功的点缀,或为弱小邦国苟延残喘的祭牲。就如人人皆知必齐之姜的美艳,又有几人会在意新台纳媳的耻辱?千红一哭葬于乱世的尘烟,留下的,不过渺茫的孤魂和美化过的传说。

然而,却从来不曾有人和自己说过,这大争之局的尽头,是什么?

"吾是亲眼见着,那孩子必会成为一代雄主。凫儿可曾听闻庄襄王在世时,那场震惊朝堂的王子大考校?"

华阳太后缓缓起了身,一边拨弄着那凤鸟衔环香炉中的灰烟,却微笑着提起了看似不相干的往事。

当年庄襄王即位,立储便成头等大事。赵姬出身低微且母子质赵六年,无人将其放在眼中。朝堂立贤之呼鹊起,就连庄襄王,也陷入两难之地。最终,君王采纳了相邦吕不韦之建议,即公开召集十八位王子举行王子大考校,众人见证之下,择取最优者承继大统之位。

华阳太后不常提起嬴政昔年之事,然而偶尔一语,却也惊心动魄,历历在目。

"孩子,你可知,当年夏太后为成蟜请了多少老师?学宫的王子太傅几乎是为他一人所设。而八岁前流离赵国的阿政,入秦后便沉默寡言、惜字如金。在众人眼中,他又有什么可以与成蟜相比?"

"这不公平!"芈凫颇觉义愤,不由脱口而出。华阳却是轻笑:"傻孩子,王族之事,谈何公平?然而开春新典,王子考校,诸公子温润者有,勇武者有,侃侃而谈者有,却从未有人似阿政这般。大秦沿革、制度法典、郡县人口,那孩子不过十岁却能娓娓道来;一部《商君书》,六卷《秦律》,任纲成君如何刁钻抽背皆是对答如流。更难得的,蒙骜将军受托持缪公剑试武,诸公子中唯有阿政能与老将军对战数十招,竟不落下风。"

芈凫惊讶至极。

"那孩子终究是不同的。他的眼神中,有大秦历代雄主眼中的那抹虎狼之气。然而更为难得的是纵有丘壑在胸,却仍能三年不飞、后发制人的静气。"

"祖母，"芈茞低声道，"这就是您愿意站在阿政背后的原因吗?"彼端，华阳太后深深叹息:"三年王子参国，十载少年君王。这样璀璨光华的孩子，让人不由觉得，也许天时地利，不过在等待这样一个人的出现。"

然而芈茞心中，却陡然一震。仿佛嫪毐之乱时那刺骨的寒意又弥漫而上，她摇头道:"然而王权的极致便是至高无上，不容分享。即便是对于一路走来，一直信任扶持他的……"那声彼此心照不宣的"您"，终究是被她吞进腹中，不曾说出口来。

其人如此光华璀璨，却又如此令人畏惧。

华阳太后沉默片刻:"蓝田大营虎符，茞儿不是带出去了一回，又好好地拿回来了吗?"芈茞一愣，祖太后所言之物，却是她前去雍城救驾时被华阳太后亲手托付的信物，君王冠剑亲政，此物本是遵照太后旨意归于秦王的。谁知回归咸阳那日，又被君上转托物归原主了。

"那一日，契约已然缔结，王上不会失约。与君王分享权力，无异于与虎谋皮，看似身居高位，却如夜半临渊。然而权柄集于一人之手，又如千钧系于毫发，稍有不慎，大厦将倾。先王心中，如何不知?"芈茞骤然一惊，华阳太后却是目光幽深:"是故吾在一天，终究会庇护你们一天。只是阿茞要快些成长起来，早日成为这大秦真正的少君。"

乘着凤辇步出华阳太后宫中，心中还回荡着方才种种，一时心绪交织繁乱。华阳太后思虑之深，谋略之细，令人自愧不如，更觉侍于君侧步步惊心。难道如此种种，较之她与君上之情谊，却也终究不可避免吗?

思量间步辇竟是停了。却是玄云上前打起纱帷，只见迎面走来一个面容明丽的紫衣女子，遥遥行礼:"妾问少君万福安康。少君还记得妾吗?"芈茞打量了她半刻，确实也未曾想出这是何人。正满心疑惑，却是洒尘附身耳边:"少君，婢子看着像是此次陪嫁的媵妾。莫不是您的女弟?"

那女子向着芈茞盈盈一拜:"婳是楚美人昭氏的女儿，小字嫚。此番入秦宫，正是要去兴乐宫拜见少君伯姊的。不曾想却如此巧了，竟是在路上就遇见了阿姊。"芈凭沉吟片刻,见那人形容恭谨,颇有些小心翼翼,不由心生怜惜,便邀往兴乐宫一叙。

半刻后,几人回到兴乐宫中。

长秋殿廊苑下,芈凭凝视着恭敬跪坐在下首的芈嫘。回返兴乐宫的路上,她细细忆起了在楚时的幼女时光,大抵算是想起了这芈嫘是谁。

芈嫘之母,乃是芈凭之父——楚王悍之美人芈昭氏。昭美人素来深居简出,出身却不凡,正是出自"昭、景、屈"之楚公族三大家之首的昭氏。当年太子悍被考烈王后掣肘,便是后宫亦不能随心所欲,身侧极是空虚,这位昭氏能够嫁入太子府甚至生儿育女,多半也是母家势大之故。尽管如此,昭美人为人十分谨慎,平日偏殿避居韬光养晦,芈凭只知她有一女比自己小一岁,在楚时来往并不密切。

见芈凭恍神,芈嫘道:"少君多年未见,可还记得当年姊妹们在楚的诸般?"芈凭笑道:"一别经年恍如隔世,太子府中诸人都如何了?"芈嫘连忙趋前半步:"公父初登位,誓要一扫大父在位时之国气孱弱景象,如今重用景、昭、项等老世族,倒也气象弥新。对了,阿鸾嫁去了赵国,阿姊可知?"

"芈鸾?"芈凭心中一跳,"她嫁去了赵国?"芈嫘轻笑,却是话锋一转:"当年大父尚在时,因着寿春之盟故,秦君入楚结盟。阿姊应该有所耳闻罢?"芈凭道:"可是当年楚会盟六国攻秦,无利而返,为避秦锋芒,不得不东迁郢都的寿春之盟?"

自然不可能忘记。那件事正发生在成蟜之乱后不久,彼时朝局动荡、赵系势大,而君上竟真冷心冷情,赵女媚好、芳洲禁足,当真是没少磕绊。

芈嫘微笑颔首:"可不是嘛!看到秦君的风姿,楚国公室的女眷可都疯了一般,皆是慨叹伯姊命也太好呢。"

芈凭不由得扫了芈嫘一眼。闻听此言,心中只觉好笑。她们是忘了,自己倒还记着呢——当年的楚国公室贵女们不都纷纷传言,西北的虎狼之君长得犹如幽都土伯一般丑挫吗?

似是也忆起旧事,芈嫘不由掩口一笑。

"眼看阿姊如今国后之尊,当年未让芈鸾应华阳太后之国书入秦,李夫人可悔青了肠子呢。而阿鸾却不知发了什么癔症，自那次寿春会盟之后，便死活也要嫁到秦国来。华阳太后早说伯姊入秦在前，便是来了，也只能为媵妾，李夫人自视甚高，哪里肯呢！竟是最终闹得满城风雨，公父雷霆震怒，最后祖母做主，将阿鸾许给了赵国的太子嘉呢。"

芈凫皱眉不语，只觉这些旧事令人啼笑皆非，不由摇头道："勿提芈鸾了。我母妃如何，可安好？"芈嫘却是似笑非笑："有阿姊这西方强国之元后在，王后纵然身体不济，却又有谁敢太过为难于她呢？"

芈凫却是为着那句身体不济戳了心，芈嫘复又叹道："王后久历沉疴，心疾难愈，身子骨更是孱弱。年前为了少君的嫁衣，又是耗尽了心血。"

"母亲她……"芈凫心中一痛。

"阿姊的手怎么这样凉？"芈嫘握住芈凫的手，她的双手十分灼热，"生而为人，生来有命。嫘便不似阿鸾，她不愿做伯姊的媵妾，嫘却视之为无上荣耀。公父特别交代，只要在这秦宫中姐妹齐心、互相扶持，定会无往不利。纵那李姬势大，只要伯姊好了，王后又岂会不好呢？"

芈凫心头一颤，却在广袖下攥紧了双手："公父……"

似洞悉她的心事，芈嫘道："阿姊莫忧心李姬惊扰王后。如今春申君献妃的荒谬言辞在六国甚嚣尘上，公父恨毒了这不知死活的谣言！而李姬借母族之势把持太子府数年，公父心中，岂会不恨？只要阿姊心怀家国大义，公父自然善待王后。"

如此一席话下来，饶得芈凫再迟钝，也明白了芈嫘的用意。这分明是自己那好心的公父，为她派来的"助力"了。

芈凫冷眼旁观，心中却悲凉而嘲讽。

好个姐妹，好个公父。这一世，也许他从未在意过自己或是母妃的生死，却在她大婚之际，奉上这样一柄刺心的利刃。她只知道，这一生为数不多的温暖是君卜给予，他许她江山为聘，她应他一生一世，十年来一路走过的坎坷，唯有阿政，她芈凫今生今世都不愿和任何人分享！

见芈凫许久沉默，芈嫘嫣然一笑，唇齿明艳："阿姊定知公父拳拳苦心。毕竟这秦宫之中，唯有嫘与少君，才是身怀芈姓熊氏一条血脉的亲人啊。秦人不过虎狼之辈,安能与虎狼之辈论亲疏远近? 只是大婚那日,婿也是亲眼见了,大王果真如传闻般钟爱少君。大王之爱,却是可以为伯姊所谋呢。"

不觉间,掌心被长指攥出了深深的印痕。眼见芈嫘笑得明艳,芈凫却觉心中一阵阵发紧。

芈嫘趋前一步,深深一拜:"妹妹今后在这秦宫,还是要仰仗阿姊了。"

快到黄昏的时候,天边飘起了细碎的烟雨。春雨润湿了长秋殿外的烟柳,映着廊苑间的纱笼灯光影幽黄,粗略看去,竟是有几分烟雨湘水的迷离。

许是白日的几场谈话过于扰心,这日心中总有些郁郁。君上踏进宫门的时候,就见人难得乖顺地坐在榻间,窝在那盏昆仑枝形百花灯的烛火下,隔着如豆的灯火一线,静静翻看着竹简。好一卷美人夜读图,此时被美人摩挲掌中的,却是一卷当日在雍城坊市中偶得的《秦律》。

当然,如果忽略美人时不时伸到食豆中的爪子和嘴角来不及毁尸灭迹的酥酪渣子,此时芈凫看上去当真是一代贤后,敏而好学,娴雅端方。

君上直被她的样子逗笑:"凫儿还未用过暮食?"

他依旧雍雅淡然,却又眉宇间拢着一层霜雪,冷然不可近之。只一袭雪色常衣,似是云中落白般静谧。猝不及防看到君上进来,一代贤后差点噎住,手忙脚乱自怀中抽出一方绢帕就往唇边擦拭,然而却在看清这方帕子的瞬间,一个激灵。

"要命!"

她傻了眼,正待躲藏,那人早就欺至身侧,不容分说地夺走了那玄底洒金的素帕。那方帕子,正是当年含章初逢他一时起意赠予的,只是那右下角,被人用五彩丝细细绣上了一行秦篆。

悲莫悲,生别离。乐莫乐,新相知。

君王缓了神色,故意打趣道:"哦? 这是何意? 怎地寡人看着,却似是少女怀春之辞?"

见人陡然窘迫又呛咳,憋得满脸通红,他哈哈大笑,一面轻抚她后背,一面将佳人纳入怀中:"原来凫儿竟是那么早就心系寡人了。"

女子仍挣扎于呛咳，却还不忘嗔他："都怪君上，怎么抢女儿家的闺中之物？"然而他越是看，越是忍不住嘴角上扬："瞧寡人这方帛帕叫你绣的！不过虿儿倒是如一，这么多年过去了，女工仍是惨不忍睹。"芈虿怒道："嫌我绣得差？那不知是谁，将这件雪色常衣时时穿在身上？广袖侧上，现在还能看到那朵五色丝绣的木兰呢！"

君王回眸，一本正经道："寡人将这件楚风常服时常穿在身上，乃是为了提醒自己常怀天下之心。"芈虿一脸问号，暗道大王这脸皮厚比城墙，嬴政却依旧大王威武："这绢帕像个什么样子？一国元后如此小女儿情态，成何体统？"芈虿又急又气："阿虿只是时时揣在身上，从不曾示人！说来还不是君上身为一国之君，却堂而皇之抢人家东西……"

话虽如此，初见那日她刚别楚宫，满腹离情，却又与少年秦王不期而遇，不知所以，怦然心动。回宫后便绣下这向少司命祈福的少女心事，平日岂肯现于人前？岂知十载后的今日，竟在正主面前现了原形。

正在羞恼之际，却听嬴政道："时时放在身上？这块帕子你始终带着？"芈虿低应了句"是"，却见不知为何，君王突然间心情大好了的样子。于是自入殿以来，他身上笼罩的那层若有若无的阴郁黯然，到此终究是褪了七八分。而君王上前几步，突然留神到妆奁一旁的竹卷。

"《秦律》？"这回，他直接笑了，"虿儿居然在看《秦律》？"她的脸瞬间红了："还不曾看懂，妾只是好奇嘛！"

君王注视着她的漆黑双眸，此刻愈发温柔，芈虿却是想起白日华阳太后口中，将那六卷《秦律》信手拈来的当时少年。脑海中的那人仿佛带着光，或许，这也是芈虿生平第一次，如此渴望想要追上一个人昂然前行的脚步。

"虿儿实在好奇，自孝公以来大秦立国之本，传承上百年，仍能让君上这般锐意改革之雄主一力推行、代代秦君奉公依循、六国谈之色变的《秦律》，究竟是怎样的一部书。"她难得一见的认真，君王挑眉，却见红烛灯影下，佳人粉面含羞如桃花娇柔："虿儿是大秦的王后，君上的元妻，好奇《秦律》，又有什么奇怪的嘛！"

嬴政笑道："《秦律》极为务实，阿虿这样枯看法典，怕是无趣得紧。罢了，不如哪日寡人闲下来了，亲自教你吧。"芈虿应了，却心头暗道，等他闲下来？事实上，自从十年前认识这人，除了越来越忙，就未曾见过他闲的时候吧……

一阵沉默，与他相拥而立。她压下心中感慨，却是觉得今日的他，状似无异的表象之下，却有些格外压抑的情绪在沉默地滋长。"君上？"她轻声问道，"方才进来，就觉得君上似有心事郁结，怎么了？"君王轻叹一声，却道："无事，阿虿不必忧心。"

就好像不忍看那秀挺的眉峰微蹙一般，她轻柔的双手抚上君王的眉心。女子轻提罗裙，大着胆子，在那人的脸颊一侧落下轻轻一吻。不知不觉间，那人的身量已是如此高大，她踮脚踮得吃力，却见君上已是骤然怔住了。望向他深邃而略带着惊讶的双瞳，她在他耳畔轻道："无论发生了什么，君上，阿虿都在这里，阿政的身边。"

从未有过的大胆之举竟使得那人怔了许久。

淅淅沥沥的春霖滴答至天明，如同寂静天宇抚慰尘世的柔和轻纱。那夜的君上一贯的缠绵温柔，却又格外强势，发了狠般地侵占，仿佛要将内心压抑的未知暴戾发泄一般。无辜承受这般莫名狠厉的她，在直觉不对之前，早已被带入需索无度的颠倒错乱之中。纵是沉沦迷乱神魂尽失，却终究让心头点滴滋长的不安，仿佛也烙上了他的痕迹，变得虚幻而不实。

神志迷离之际，仿佛听见他在耳畔轻轻地说：

"阿虿，为我……生个孩子吧。"

秦王政九年，嬴政二十二岁，芈虿十六岁。十里红妆，为君元妻。

昔我先君穆公及楚成王，实戮力同心，两邦若壹，绊以婚姻，袗以齐盟。

——《诅楚文·告巫咸文》

梦境十 鸣蜩

天时怼兮威灵怒,严杀尽兮弃原野。

诚既勇兮又以武,终刚强兮不可凌。

——《九歌·国殇》

秦王政九年

咸阳王城——

风过寒秋,霜天俱净。兴乐宫廊苑之下,芈凫抱了一卷书倚窗独坐,正是神思倦怠之时,忽见殿外玄云一路小跑地冲进阁中。

"少君,不好了!"

芈凫心中一凛:"你不是回昌平君府探亲吗?发生何事?"

玄云一边平复紊乱的呼吸,一边解释道:"婢子家中一切安好。却是回宫路上见到辟芷姑姑,听闻,王上在前朝动了雷霆震怒!"芈凫越发疑惑,玄云又道:"奴婢也不敢轻慢,多方打听,奈何宫中竟无半人敢于议论君上之动向。"芈凫沉吟片刻,即道:"既如此,随我前往章台宫一趟吧。"

尽管已过了月旦小朝的时辰,作为后宫女眷来到章台宫仍是多不合宜。

芈兒并未沿中央王街直接进入,而是示意玄云走了一条章台宫西侧偏僻幽静的阁道。玄云在前引路,悄声道:"这条阁道乃是宫正们向御前侍递送文书时常走的。婢子偶然听私官掌事姑姑提起,说是可以直通朝宫外的冀阙之下,十分便捷。只是委屈少君走这偏道了。"芈兒道:"无妨。只是来探知一下究竟是如何,毕竟辟芷姑姑特别提及,难免使人挂心。"

说话间已是来到了章台殿前的玉阶脚下,遥遥望去,三重朝宫巍峨森严,庄严肃穆。纵然身侧高高的白玉石阶阻着视线,然而此时,却觉一种奇异的腥气扑面而来,在芈兒反应过来之前,那股腥恶已然充斥了鼻腔。方才探出头去,她就被眼前的情景惊呆了。

眼前的场景,如血海雷渊,令人毛骨悚然。

入眼先是一片赤红,猩红黏稠的血色,早已染红了冀阙下洁白的玉石地砖。被枭首的人头还保持着临终前凄惨呼号的狰狞,紧随其后占据整个眼帘的,是九重丹陛的高台之下,阙楼前高高垒起的扭曲人尸。那些尸体足有二十余具,弃之于朝宫殿外高阙之下,皆以铁蒺藜穿透脊背之酷刑,残酷虐杀而死。

眼观此情此景,芈兒眼前一阵眩晕:"怎会如此?这究竟是怎样一回事?这样凄惨的死状,君上可知?"然而一句不待说罢,她便住了口——君上,又怎会不知。

仿佛映衬这惨烈的人间地狱,天间不知何时飘起了凄然的雾雨。芈兒心急如焚,于雨中匆匆疾行,终于赶到含章殿外,却被随侍在殿门前的赵高拦下了。

"少君,君上正在主持廷议。"赵高面露难色,近前低语,"君上今日十分不悦,少君您……"

芈兒抬眸望去,不甚宽广的殿内似是聚集了数位臣僚,虽不知所议何事,那剑拔弩张的气氛却是破空而至。她微一思忖,君上正在廷议,女眷委实不便进入。正想说随后再来,却听殿中传来隐约带着怒意的声音,一字不落流入耳中。

"卿所言之事,与今日廷议无涉。"这声音分明来自君王,只是其中糅着浓浓的不耐,"勿再言!"

一个男子的声音随之响起,却在极力掩饰着语气的激切:"臣并非有意扰乱廷议。只是我王令太后迁雍,此事大为不妥。相较此事之重,万事皆轻也!"一阵衣料摩擦的窸窣声随之传来:"臣跪请大王自雍城迎回生母,并昭告天下罪己之不孝!"

然而迎接他的,唯有难耐的沉默。

见秦王默然不语,那人又打起三分精神:"太后者,大王之生母。百善孝为先,今大王举一国之事却不愿侍奉生母,为人子者,此为有违伦常、大不孝!为人君者,此谓倒行逆施、国将不国!"言官慷慨激昂地陈述着黄周仁孝之道,而殿中诸臣特别是几位君上近臣,早已听得冷汗直冒,待他终于说完,四周早已是一片枯槁死寂。

秦王政冷笑:"说完了?"那言官一怔,还不待回答,君王陡然怒拍王案:"放肆!卿方才可从章台宫外而来?可知那阙下之二十余人何死?"

芈鸢听在耳中,心头猛然一震!惊觉这些日来,总觉君王周身隐约压抑着暴躁不耐,难道竟是为此?未得细细思量,却听秦王政又道:"寡人曾言,以太后事谏者,戮而杀之。于是谏而死者二十余人,皆以铁蒺藜穿透脊背而死。"

君王的目光睥睨而下,冷淡嘲讽。雷霆威压却实质般如风雨欲来,一时殿中诸臣皆伏地而跪。

此刻,言官心中早已惊惧难名,却还不敢置信众目睽睽之下秦王会如此霸道残忍,遂不甘道:"臣为秦而到此!臣一颗公心,昭昭日月!如此暴政,臣不服,天下士子不服!大王如此不忠不孝,何配为人君?"秦王政冷笑:"铁鹰卫,拖到殿外蒺藜其脊,寡人要看看他骨头有多硬。"

要不是玄云一把扶住,芈鸢几乎一个踉跄站立不稳。言官为公而谏,君上岂可动用如此残忍的酷刑?

然而,豁然殿门已是洞开,左右寺人遵照王令抬来了蒺藜铁扇。两侧铁鹰卫牢牢架起几欲昏死过去的言官,背脊朝下,狠狠按在铁扇之上。眼见一枚枚寸余长的铜钉生生刺入脊椎,凄厉的惨叫伴以鲜血四溅,仿佛天间飘下的雨丝,渐渐也被染成了殷红狰狞的血雨,令人不忍再看。

然而君王只是高高在上冷眼旁观,一丝同情悲悯也无。仿佛为了欣赏被虐杀之人的惨状一般,秦王政大步来到殿外,却在猝不及防间,与芈凫四目对视。

她颤抖地看他。

与他相识、相知、相伴十载寒暑。少年继位的他,三后分立,权臣掣肘,内敛锋芒,犹如剑在匣中,偶有不平之鸣。然而今时今日掌权亲政,他已是张扬出鞘的利剑,彪悍酷烈。微一皱眉,即令天下侧目,万人震恐。

然而之于她,夫君夫君,夫乎? 君乎?

瞬间天地仿佛安静,四周的臣僚宫人早跪了一地。唯有芈凫,如此不合时宜地出现在他的面前。而君王只是冷然地扫了一眼,那嗜血的瞳眸警告威压之意如此浓厚,那是她从未感受过的,那令人仿佛瞬间冻结的帝王杀意。

极力忍住周身的颤抖与寒意,众目睽睽之下,芈凫强撑着屈膝行礼:"妾该死,妾不察,竟误闯君上廷议之所,请君上责罚。"沉默的死寂瞬间弥散升腾,一双幽深黑瞳灼灼如火。半晌沉默,出口的话语却是冷然如冰。

"退下。"

她机械地行礼,竟是恍然不知身在何处。不是不知君上此举已是飓风过甚,然而陡然而生的尖锐恐惧,使得她惶然无措,平生第一次逃也一般离开了他的身边。

自那之后数日,芈凫未曾踏出兴乐宫半步。而君上亦不曾到此。那日突兀闯入之事,没有解释,没有安慰,她不触碰,他不提及,就似没有发生过。

然而那却是真实存在的,如骨鲠在喉。因为章台宫丹陛之下被屠戮弃市的人尸已然涨到了二十七具,鲜血淋漓,堆放在群臣入朝必经之地。天子之怒,流血漂橹,风云变色,一时群臣震恐不安,六国议论纷纷。

不觉倏忽半月已逝。这日晨起,芈凫于兴乐宫梅岭独坐。洒尘掀帘入内，面露担忧之色："少君，用些膳食吧，您都几日不曾好好用膳了。"

女子虚应一句，只继续抚琴。

她却非着意置气，只是当日情景回荡心中，每每想起就是一阵翻腾欲呕。纵心中牵挂，又如何不知王太后之于君上乃是龙之逆鳞，说之难也！是故半月在梅岭闭门谢客，远望楼台错落，秋气高远，心中郁结才得纾解几分。

琴音在枯寂萧然的殿中弥散升腾开去，一时无话。洒尘听了片刻："少君这曲指下清音，当真是悦耳动听。"芈凫指下不停，口中却轻轻吟诵："青青子衿，悠悠我心，纵我不往，子宁不嗣音？"

"原是君上所喜之郑风《子衿》。"洒尘踌躇片刻，道，"恕婢子斗胆，少君心中惦念君上，为何不去找他呢？"被女使点中心事，芈凫须臾轻叹："怎知君上欲见妾否？"洒尘却道："也许君上也如少君一般，以为您不欲见他。"

忽而一阵清风骤至，有人挽起层叠的雪纱荷叶罗帷，快步进到宫中，是一脸焦灼的玄云。

"少君，大事不好！方才婢子去往中太卜处取祝祭的丹砂，却偶闻掌事议论，说又有位士子住进了咸阳官驿。据说也是为太后之事而来，而这位士子，少君还见过！"

琴音应声而断，芈凫惊诧抬头："这怎可能？"

"秋兰坞！"玄云大急，"就是春朝大节和少君在雍城那次，在秋兰坞偶遇的士子，叫茅焦的！"

"茅焦？"芈凫一惊，当日春朝在雍城偷溜出宫，却不想在楚商酒肆中偶遇李斯、茅焦，不期然听了一席恳谈。当日二人忧国忧民、志存高远，其情恳切，声犹在耳。

"君出身东海芝罘山庄，稷下闻名之儒学名士也。秦君向天下颁布求贤令，早闻君一心向秦，如今果然入秦！"

"我一路向西而行，只见秦吏治清明，欣欣向荣，非山东六国禄蠹遍地可比。然而我入秦为劝谏而来，欲谏者，嫪毐之乱也！此国之本也，不可不察！"

骤然心头黄钟大吕敲响，芈凫猛然自琴案前立起，不由得面色苍白："不可、不可、不可!"

见她一连说了三个不可,玄云、洒尘皆是疑惑,少不得连声询问。然而芈炱已听不进女使关心的问话,满心充溢的忧患之情,令她瞬间五内欲焚。

似茅焦这般稷下名士入秦,又一心为公谏秦而来,若他的结局竟是被君上戮而残杀之,秦王初政颁布的求贤令,就成了一个笑话!如此一来,天下士子定然无人再敢入秦,而这般残酷暴行,也定会被山东六国、百家士子所不齿!身为秦之少君,她岂能坐视?但是,那日含章殿外的所见所闻历历在目,身在君侧,如夜半临渊,令人毛骨悚然。再去见他,犯颜直谏,焉能不怕?

芈炱心头怦怦跳着,脚下,却是已然迈出了殿外。

"唤肩舆来。吾,要去含章。"

经了这么些时日,连绵不绝的一场秋雨终究是停了,午后灿烂的阳光下,一轮七彩遥映天际。芈炱脚步不停,半刻后已至含章殿外,却被告知君上正在燕寝用膳,遂不迟疑,转身又进了燕寝内苑。

正寝肃穆,燕寝雍美。宫道两侧遍植银杏茂盛,丛丛金扇铺满水榭华庭。正待人通传,却闻正殿内中,有冷然人声骤然传来。

"你是何人?寡人何时诏你入内了?"随即便是一阵宫人跪地的慌乱之声。那人的声音冷冽如冰泉:"赵高,你是死了?"

燕寝内君王话语未落,赵高已是忙不迭地奔入:"奴死罪!君上这几日都不好好用膳,奴思量着这位芈女御,毕竟神似……"他偷瞄一眼,却见君王注视自己的目光渐趋冷沉,不由得音量渐微。秦王闻言冷笑:"抖成这样做何?寡人该夸你。"赵高哭丧着脸,哪里还敢接话。秦王又道:"你平白长进了,学会揣摩寡人的心思了。"

不过寥寥数语,赵高闻之却如遭雷击。不待再言,已是抖若筛糠地扑倒在秦王脚下:"君上知道奴的,奴万死不敢存这样的心思!"秦王政轻嗤:"知你不敢。再有下次,自己去玄虎令领罚。"

见赵高曲背弓腰地擦着汗退下了,秦王正是心烦,抬头却见那伏跪在地的楚国女御怯生生抬起头来,两汪秋水含泪,柔弱哀怜地望着自己。不待她开口,君王已是百般不耐:"还杵着做什么?退下!"

眼尾微微上挑的凤眸本美到极致,却深深封着霜雪。他如此冷淡,根本懒得瞧她一眼。披霜沐雪般的冷待,使得佳人娇艳柔情的粉面瞬间变得煞白。

眼前这位凌厉的君上,与她记忆中的那人渐渐重叠——犹记得那一年,陈都楼船之上的少年秦王,便是如此凛洌如霜,拒人千里。而今时一同往日,那从未为她驻足的目光冰冷傲慢,也与那日并无二致。

美人深深稽首,倒退着出了燕寝,回到廊下恍然抬首,却见少君芈虿眉目皎然,静立在寝外的玉阶之上。她一袭常衣并不冗杂繁丽,广袖之上流云鸾鸟隐翅欲飞。秋日的高天在芈虿身后,点墨入画,鲜润若滴,在她含笑的娇靥上,却是一种被呵护在怀而恣肆天真的纯美。

"阿姊!"美人立刻两眼含泪地伏跪在地,"婴好久不见阿姊,阿姊可终于来了!"

芈虿皱眉望她。

芈婴哀声道:"君上又不好好用膳了。君上最近时常如此,每每伏案于国事,白日不好好用膳,夜里也不传女御侍寝。君上本就冷淡如冰,这几日还时常动雷霆之怒,看到君上这般,大家都不敢近前了!"

芈虿敷衍地点了点头,便示意她退下。向着御前的铁鹰卫轻嘘了一声,她便轻轻步入殿中。

燕寝之中,秦王政单手执卷,眼皮不抬。闻听响动,越发不耐:"要寡人说几次?退下!"

秦王生而肖似其母,姿容昳丽而绝美,尤其一双凤目眼尾微扬,形状生得极好。偏生一对黑瞳萧萧肃肃,如雷霆闪电,从来就令人不敢直视。芈虿闻言,静静立在了原地:"君上,您也要斥退虿儿吗?"

似是有一瞬间的恍惚,那人抬头,却在看向人的一瞬,微微怔愣了。

秋朗气清,蓝天在外,两两相对,沉默数九。

"你告病不出,身子可还好些?"秦王骤然开口,打破了此间沉默。芈虿微微点头。秦王顿了一顿,又道:"那日之事,怨寡人否?"芈虿轻声应道:"君上所言公事,妾是君上枕边人,岂会因公事而生私怨?"

鸦羽般的长睫,遮住了眼底涌动的流光。许久后,那人在午后的阳光下微微一笑,那抹笑意如盈满目琳琅珠玉,使人心中冰雪消融。迎着那抹笑意,芈茾缓步而至王案一侧,案上几样膳食一如既往的简朴,却是丝毫未动,早已是冷了。

"野菜、秦酒,君上就吃这些?"

"寡人还是公子时,曾微服三月踏遍秦川,看我大秦民生疾苦,山川风物。野藿菜、苦秦酒,是关中老秦风味。"他说得浑不在意,她听了,却觉心中最柔的一处被拨动,不由放轻了声音:"放得都冷了,也是老秦风味吗?"见君上无言以对,她又叹道:"君上又不好好用膳吗?"

"有些奏疏还未批完。"他抬起头看她,"亲政了,不能懈怠。"淡淡补上那一句,竟是在解释的意思。

"君上,茾儿也还未用过凤食。"她忽而一笑,"肚子饿了,也想尝尝这老秦风味。君上嫌弃吗?"嬴政惊讶抬眸,却是忽而有些好笑地摇摇头:"你啊……"

"将食鼎撤下,叫膳夫传热膳来。再加鼎肥羊炙,寡人要与王后共进凤食。"君上轻描淡写一句,仿佛铁板终于松动,冰雪难得消融,整个长安宫瞬间鲜活起来。宫人带着喜色,一迭声应着游了出去,不过片刻,早有鼎食有条不紊传了进来。

纵然气氛暂时得以缓解,芈茾却须臾不曾忘却此番来意。君上自幼烈火性子,又岂能强行与他逆着来呢? 思量及此,她索性乖乖坐在他的身侧,亲手拿着竹箸为他布菜。果不其然,眼见佳人柔顺温婉,君王眼神不由得放柔了几分:"茾儿今日,怎么肯来了?"

"因为君上不来啊。"她嗓音软软,带着点点嗔怨。嬴政闻言回眸,却见女子侧颜微红,仿佛海棠一枝娇柔色:"茾儿今日弹琴了。并非有意为之,却不知不觉,弹了那首《子衿》。"

"青青子佩,悠悠我思。纵我不往,子宁不来。"嬴政和声轻吟,"寡人还道茾儿畏惧寡人,故意躲着,不肯来了。"垂眸注视着那人朱色的展衣,芈茾低声道:"茾儿比不得君上心狠。君上说不来就不来,茾儿却忍不住。君上

华雍断章

说要教凫儿秦法,君王之诺,却一次也没来过。"她红了脸,却是抬眸望进了他眼中,"凫儿想君上了。君上不往,凫儿只能自己来了。"

秦王政闻言挑眉,却忍不住低声笑起来。如何不知她这是变着法子骂他绝情呢? 然而他当真是爱极了她这和顺迎奉的娇柔模样,压抑不住地唇角微微上扬。瞬间君王眼神放柔:"那一日,凫儿可是吓坏了吧!"芈凫惊讶:"君上看出来了?"嬴政挑眉道:"你不一向如此? 喜怒哀乐尽在脸上。"言罢冷眸一凝:"竟让凫儿受惊若此,应对那人施以汤镬之刑,方才解恨!"

芈凫心头一冷。汤镬之刑,是将人丢进鼎沸的镬中活活烹煮而死,如此的残忍,然而他说这话时漫不经心,仿佛在说今日天气晴好。想来这便是君王吧,明明做下残忍之事、引人恐惧的是他,寥寥数语竟又成了别人的错。感受到怀中女子骤然僵硬,君王的语气,却是陡然冷了下来。

"怕寡人?"

尽管环拥着自己的怀抱如此温柔,芈凫却忽觉遍体生寒。压抑多时的惊骇与忧惧再次潮水般涌上心头,她轻声应道:"凫儿是怕,怕的却不是君上。凫儿怕君上激怒不过一时,却做下不可挽回之事。"

一贯柔和清泠的嗓音带着不可抑制的颤抖,她说着,眼泪终究不受控制地流下。眼见佳人梨花带雨,秦王政瞬间有些心疼:"怎哭了? 是寡人不好,又惹得阿凫不快。寡人给你赔不是可好?"

谁知此言一出,怀中人竟是委屈更甚。眼见人眼眶越来越红,珠泪竟是落个不住,君王始料未及又觉大是不妥,不由得轻蹙眉心:"阿凫,不可落泪! 女子年轻时忧愁郁结,常放悲声,年岁见长双眼便会模糊不清。当年在赵时,母后她……"一句话未及出口却梗在了喉间,君王瞬间剑眉深皱,殿中的气压霎时低了。芈凫惊愕抬头,一句无心之言,却是心头驻足——原来决绝深沉如他,也终究无法抹去存入骨血的记忆。

电光石火间,她心中思量已定:"是啊,如今时值深秋,雍城诸宫没有地龙,寒岁将至,何其难捱。大王今为人君,念及当年困苦之时太后养育之不易,是为情也。"

嬴政皱眉,瞥了芈凫一眼,却放开了拥着她的怀抱。

"怎么，王后也要劝谏寡人？"

"妾不劝谏。"她勇敢望进他的冷然，"言官迂腐，一味死谏，如此六国侧目，天下名士不敢入秦，我王初政招贤纳士，如此一来，大王求贤令成一纸空文。此等舆论一旦形成，又有何人在意君上初心是何，为人如何，秦之政风究竟如何？"

彼端君王皱眉不语，芈凫却是不停："赳赳老秦，历经百年方成河西强秦，然而为山九仞，功亏一篑。他一人全了名士直谏的名声，却置大王声名于不顾，更置大秦于当年六国卑秦、诸侯非秦之窘境，为人臣子却如此不忠不义，大王杀他，是他活该。"芈凫温雅知礼，甚少这般长篇大论，今日竟似根本换了个人般："初政求贤也好，六国非秦也罢，皆谋国也。太后迁雍之事，妾区区女流之辈，于公，妾不敢劝谏。而若论私，妾，更是不会劝谏。"

嬴政扬眉看她。少时相伴十载，诸般多有亲授，对于芈凫，秦王政不可谓不了解。然而今日这番宏论，却是颇出他意料之外。自太后迁雍，朝野上下一片反对，他才用雷霆手段威慑。君王性情刚毅强势，铁血压制常有，时人莫不震颤惊骇。纵然心中已觉飓风过甚，身侧，竟已无人敢言半句。

而芈凫素来柔顺通达，今日这般赤子之心，不想正中下怀。寥寥数语更是摆明了正话反说，竟显出了三分不让须眉的魄力来。君王起了三分兴致，便道："何以于私亦不劝谏？"

在他深邃的瞳眸注视下，一股热血冲上头顶。心知此般机会稍纵即逝，芈凫深吸口气："君上说，要凫儿为大秦诞下宗子。待宗子诞下，其高祖母华阳太后，六宫之首，公族庶长，是为楚人；其生母秦之少君，是为楚人；君上肱股之臣，昌平君、昌文君，芈姓熊氏，也为楚人。太后在雍，君上前朝后宫皆楚人也，宗子定能无忧此生。妾，为何要劝谏君上？"

金瞳微眯，眼前的眸光瞬间变得幽深莫名。

他盯着她看了好久，看得她一阵心虚，甚至以为这莫不是要龙颜大怒？谁知片刻后，他竟是一阵大笑，久久不歇。

"牙尖齿利！"口中轻斥，却又将她深深纳入怀中。及至此刻，芈凫才觉心中一颗大石落地，遂挣脱他的怀抱，跪地稽首道："妾说完了，僭越之罪，汤镬,蒺藜或是枭首,听凭大王处置。"嬴政一阵语塞:"夫人说笑了,寡人怎么舍得?"芈凫一阵无语,只听他又道:"朝堂之事,既是寡人的夫人都发话了,自然无不从命。"

君王言罢长臂一伸,已将美人拥进怀中。这样缠绵的怀抱中,却忽而闻听那如风过琳琅的声音,蕴着一丝凉意,自上缓缓流泻。

"凫儿,如今耳聪目明啊。"

芈凫陡然一惊:"君上?"他却似笑非笑道:"朝宫阙下之事,凫儿从何听闻?那日去往含章,又是何人引你前往?"修长的指尖带着一丝温热,君王闲适地把玩着美人一缕柔发,他笑着,看似漫不经心。

"祖太后,或是昌平君?"

"君上!"芈凫心中大震,他说的事情她全然懵懂,然而此刻,却忽觉百口莫辩。

"你是寡人赐予长君金剑的女人,国之少君。"嬴政说着,忽而正色,"今日凫儿以少君之责,行劝谏国君之事,做得很好。凫儿想学秦法,寡人允了。"

芈凫茫然无措。他这一番敲打在先,嘉勉在后的手段果真了得,她望着他,只觉天威难测。然而他却已全然转了话头,只向着她,温和一笑。

"得空易装去廷尉署吧,自会有人为你打点一切。若凫儿当真学有所成,寡人自会嘉奖。"

次日芈凫用罢晨食,就命玄云随侍梅岭。

梅岭位于兴乐宫中,屏山月淡,共携秋水,景致绰约娉婷。此处乃是大婚前夕,君上怜佳人居于芳洲日久,乍然搬来兴乐唯恐难以适应,便命墨家匠人依据《楚辞》画下营造式数卷,在兴乐宫中另辟矮山,引入曲水,又在岭上遍植梅树,故曰梅岭。

梅岭落成之日,芈凫与众女眷入内观看,只见芳林掩映间,偏宫于重重落花之中探出飞檐,远观则渺茫不见。众人自是欣羡不已,芈凫更是感念君上心意,居于兴乐宫后,除起居于长秋殿外,便常来此间闲散。

玄云的声音自身后传来，打断了她的回忆。

"昨日婢子候在燕寝外当真七上八下，一直担心君上怪罪少君，所幸一切无事。"玄云说着，扶芈岂走上玲珑九曲："少君不是已与君上冰释前嫌了？为何婢子仍觉您有心事？"

芈岂叹道："此次谏太后之案，当真令人惊心。吾身在后宫消息闭塞，幸而未至覆水难收之境。说来还多亏你将这前朝消息告知于我，才不致误了大事。"玄云忙道："少君如此则见外了，这是婢子的本分。"芈岂淡淡一笑："如此说来，那日你是从何得知君上动怒之事？又是何人，在中太卜处言及茅焦入秦？"玄云道："君上动怒之事，是从辟芷姑姑处听得。而茅焦入秦，是那一日在中太卜处，听华阳宫的两位宫人无意中提起的。"

芈岂点点头，就又恢复了沉默。玄云见此，也悄声跟在其后，不再言语。一时，左右只闻脚步踏在落叶上的沙沙声。

"祖太后，或是昌平君？"

君上那状似轻描淡写的一句，重重砸在心里。

先说动机。有意将这前朝政事透露于自己，意欲何为？为了让她参与政务，或是趁机让君后心生嫌隙？芈嫈，又是为何会出现在燕寝？再说其人。玄云十分明确，是华阳宫传来的消息。但亲口交代君上初政避其锋芒、不可往来华阳宫过甚的祖太后，会故意透露前朝政事于她吗？但若不是祖太后，难道竟是玄云在撒谎？凡此二人，都是她尽心依赖之人，何时开始，本是至亲之人，竟也置她于罗网之中？

芈岂想来想去，只觉千头万绪，越想心中越寒。渐生的嫌隙，至亲的算计，犹如一张若隐若现的织网扰人心神。但最让她心力交瘁的，是君上冷然的敲打试探。不计委屈冒死劝谏，全副身心皆是为他初政求贤大争伟业，自许下一生之盟，芈岂自认再无二心。可他呢？

他却不信她，他竟不信她！

玄云偷瞄自家少君变幻莫测的神色，满心疑问。却始料未及少君之怒愈演愈烈，最后，竟是难以抑制自言自语出了声——

"说什么守护岂儿，什么失而复得再莫遗失……当众黑脸欺负人！拐弯抹角曲解人！还……还左拥右抱！"

"啊？少君，您这说的谁呀？"

却见彼端少君怒形于色，冷笑连连："总被他欺负，我也是有脾气的！速去交代宫人，将兴乐宫门紧闭，谁来，我也不见！"

此后几天的咸阳宫，阖宫传闻又添一条：温婉少君带病含娇解语，威武大王百炼钢化绕指柔，天佑我大秦，笼罩王城月余阴霾一扫而空。

瞬间，王上威武霸气和少君仁德淑柔的赞誉传遍合宫。

然而，唯有秦王政贴身的铁鹰卫和御前的中车府令赵高大人才知道不可告人的真相。那日燕寝共膳，明明少君离宫还一脸柔顺和煦，琴瑟和谐。谁知次日起，他们柔弱又无助的君上就徘徊兴乐宫外，上演了近半月的寻（追）其（妻）门（火）不（葬）入（场）。

这些日的情景，怕是这样的——

兴乐宫外，少君身旁的内小臣洒尘姑姑一脸敦厚："少君请中车府令带话给君上：前日误闯重地，昨日又谏了必死之事。虽君上免了死罪，妾身为一国少君，当回宫紧闭宫门，惕励自省，不见君上以明心志。"

拭去额前一滴冷汗，中车府令大人疑惑求问："洒尘姑娘，恕奴斗胆，为什么不见君上可以明心志？"

这两者之间有关系吗？

洒尘姑姑大义凛然："回禀大人，婢子也想不通其中的关窍，不过少君特别叮嘱一定要转告君上：君上有美相伴，勿要念妾。"

中车府令大人无言以对，一言难尽。

而当奔波操劳的赵大人将个中诸般转告自家君上后……

"凫儿当真如此说？"迎着秦王不悦的眼神，赵高讪笑："君上，少君可能确实身子不适，还请君上多担待些。"修长指节轻磕王案，秦王政回眸冷笑："身子不适？寡人看她这是要上天。瞧瞧这趾扈的样子，寡人就是太骄纵着她了！"

然而威武霸气的虎狼之君想来想去，除了继续骄纵着，还当真是拿她没什么办法。毕竟，才新婚就连吃闭门羹的君上虽然猫爪挠心，却也自知理亏。随侍君前的赵高大人更是提心吊胆苦不堪言,整座含章殿内外,弥散着愁云惨雾的空气。

日子,也就这么流水般过去了。

数日后,含章殿暖阁——

秦少君芈凫立在宽大的王案一侧,有些无奈地望着正中伏案理书的君王。

君王沉于政务,毫无反应。百无聊赖的芈凫,私下悄悄动了动腿,又偷偷揉了揉手,再回身按了按腰……

"凫儿这是累了?"他突然抬头望她。

她却是被他骤然出言吓了一跳。见她呆呆的,嬴政倒笑了:"这是多久不曾进过含章殿了? 怎连侍笔都不会了?"芈凫只得奉上香茗,却是暗自腹诽:"因为妾本就是被君上强拽过来的吧……"

哎唷? 好像这腹诽怨气太大,一不小心就出声了。

明明是君王打着正寝要事不容推拒的旗号,强行将人召来。她来了,却见其人一脸肃沉地浸在如山国务之中,对身外之物根本无知无觉。平白侍立了足有一个时辰,她都累得在一旁悄悄挪胳膊动腿了,君王才批完最后一卷公文抬了头,这才犹如梦醒一般,想起了她的存在。

嬴政丢了墨管,轻揉眉心:"凫儿最近似是与寡人有些隔阂,寡人很是心痛。为了让凫儿忆起你我少时相伴的深厚情谊,寡人特意唤你来此。昔我往矣,杨柳依依,怎么能说是强拽呢?"芈凫一阵无语,心道然后就把人丢一旁晾着,当真是今我来思,雨雪霏霏。

腹诽归腹诽,她却也认了命。知君王素来喜洁,这便亲自动手为他整理竹卷散落的王案:"毕竟是君上治事议政的正寝,妾担心误了君上的正事。"嬴政笑道:"大惊小怪。阿凫是秦国少君,进入含章殿,岂非平常?"

芈凫无语,虎狼之君打一巴掌给个甜枣,她才不要上当。虽然妻者齐也,三代以来,以王后、太后之尊参与政事者并不少见,然而毕竟君权不容置

华雍断章

疑。特别是遇上秦王政这般极为强势、又忌惮外戚的雄主,如祖母之言,置身事外不涉党争才是正道。

见佳人一脸戒备,嬴政突然狡然一笑。下一瞬,传说中的明君雄主秦王政,就在自己治事议政的正寝,光天化日之下长臂一伸,将人抱了个满怀。

芈凫难以抑制地惊呼出声:"君上做何!"却听他笑道:"寡人批狱案批得周身酸痛,正好活动活动筋骨啊,夫人。"他恶劣地特意咬重了"夫人"二字,直灼得她耳朵烧了起来:"君上,这可是含章殿!"

"嘘。"见佳人娇靥染红,气急又不敢高声语的模样,秦王蓦然心情大好:"就是要在这含章殿。多年不曾习字,凫儿可手生?须得寡人带你精进,才是正途。"他说着轻笑,就以大掌覆住了她的柔荑。芈凫惊得手抖:"君上如此,可当真是狂且!"嬴政哈哈大笑:"山有扶苏,隰有荷华。不见子都,乃见狂且。寡人今日就是狂且,夫人待如何?"

眼看他周身的明君光环就要散尽,眼前的人分明就是个白日宣淫的昏君!芈凫又羞又气,只得试图转移话题:"君上! 那日妾劝谏之事,您怎么看了?"

"哦?"嬴政挑眉,"自然是按夫人说的办。"美人试图挣脱他的铁臂:"但妾怎么听说,那帮言官的尸身还堆在阙下?"君王一脸无辜:"因为最近无人劝谏,寡人一时忘了。"

芈凫眼前一黑,少司命在上,她嫁的到底是什么人啊!

"其实,真不是寡人针对那帮言官,"这虎狼之君说着,竟现出三分委屈来,"凫儿有所不知,寡人心里那是真气!"

秦王政痛心疾首,怒诉言官之恶。

"他们先是一窝蜂地上书,一日少则八十卷,多则一百二十卷,你知寡人素不喜外人接近,为了将这些竹简清理分类扔出去,把寡人有限的精力投入无限的正经国事,小高累得吐血,长史蒙毅更是累得告病一个七曜! 而这些,寡人都忍了。"秦王政说着,不堪回首:"见上书无用,他们又商量好了廷谏。那帮言官一上殿,就一窝蜂地骂本王,你说他们劝谏就劝谏吧,上来就骂本王。更有甚者,还揣着根节杖,说一句敲一下,有节奏地骂本王。"

大司命在上,听闻君上如此悲惨的经历,她芈宨,为何竟是感受到了一丝笑意?

罪过罪过。

"最可怕的是儒生出身的言官。一说起来就没完没了,说寡人不敬母后,居然要从帝女脩天命玄鸟生伯益说起。"秦王政说着,饱受摧残,柔弱无助,"那个儒生,寡人从暮食听到日失。三个时辰过去,那个人还在说!最终寡人忍无可忍拔剑而起,你觉得这能是寡人的错?这辈子,我都不想再看见儒家的人!"

芈宨深呼吸,心道冷静,身为一名贤后绝不可嘲笑君上,遂绷着脸道:"王上辛苦了。但是七十博士上殿参与春秋大朝,学宫儒生负责教化民众的王令是君上亲自下的。今言不见儒生,难道君上要朝令夕改?"秦王政愣了片刻,深吸口气:"寡人需要冷静一下。至少眼下,寡人不想再见到儒家的人!"

君王话音刚落,赵高自殿外匆匆入内:"君上,殿外来了一个儒家的人。"偷看君王神色变化,赵高殷切补充道:"还是名士。"

大殿一片死寂的沉默。

秦王政眉心抽搐:"儒家名士,来做甚?"赵高苦着脸道:"君上,这还用小奴说吗?明显是来谏太后的。"于是秦王政满脸无奈:"那你不会去告诉他,君不见阙下积死人邪?"赵高无辜道:"奴能不说吗?但是这位士子他说、他说……"

"说甚?"秦王问道,殿中气压莫名又低了几分。

"臣闻之天有二十八宿,今死者已有二十七人矣,臣所以来者,欲满其数耳,臣非畏死人也。"秦王黑着脸:"说人话。"于是赵高一口气道:"他说他不怕死还想凑够二十八具尸体召唤大荒神兽。"

芈宨心道:赵高你这是人话?却见那赵高一边复述,一边偷瞄秦王,那激动雀跃想要杀人的小表情简直快要从殿下冲到王案之上了。

秦王果然大怒,眼中杀意高起:"所以这厮是觉得阙下很凉快,故意来犯吾禁?小高你派人去殿外架镬生火,寡人煮了他!"赵高兴奋不已,领命飞奔而下。芈峞惊呼道："君上，说好的再不滥杀！"

君王沉默一阵，回眸笑道："峞儿莫惊。这帮儒家士子就是如此，虚张声势外强中干。寡人生个火吓吓他，保证片刻就能打发了他。夫人且在耳殿小坐，左右此处与含章殿不过一帷之隔，你就好好看着，寡人如何了结此事。"

闻听君王安抚，芈峞心中稍安。眼看自家夫人面带隐忧落了座，秦王政心中却是打响了如意算盘——就让夫人在耳殿亲眼观之，待她看到寡人威武霸气又秉公明断的样子，定会重新心悦于本王！

当真越想，越是心情大好。

隔着耳殿层叠的玄色夔龙纹罗帷，芈峞看到一位身材高大的布衣士子缓步进入殿中。他堪堪立定，向着王座的方向从容稽首，真是茅焦。

眼见外面的汤镬烧得通红，他入殿还能有如此从容不迫的气度，当真不愧是闻名天下的稷下名士。见茅焦气魄不凡，想到自己一心劝谏君上，今日之事当可善了，芈峞心中宽慰。

另一侧，秦王政换上公服冠冕，一脸不爽地上殿。有心吓吓这上来就没好感的酸腐竖儒，君王故意按剑而坐，神色极冷却不发一言，只一双虎目，光彩灼灼睥睨而下。却见那茅焦及至殿前，复又再拜而起，他跪坐于地不发一言，却是手臂一抬一番动作，居然开始当众解自己的腰带。

这下不只秦王政，在场诸人，皆一时惊住了。

注视着茅焦一番举动，秦王政莫名惊诧，一时竟忘了说话。在众人惊愕的注视中，茅焦将腰带丢在一旁，已经开始解深衣的系绳，秦王政终于回神，忙喝止道："先生等等！这是何意？"茅焦面不改色："王上不是要煮了臣吗？臣自请解衣伏质。"

一时间，秦王被怼得不知该如何接话了。然而君王一个愣神的工夫，再看茅焦，已经脱得只剩袂衣了。

秦王政大呼不妙，要知道他的夫人，还在后头看着呢！连忙劝阻道："先生有什么话就说吧，万万不必如此。"茅焦慢条斯理，手上却是不停："不，臣若不如此，王上看不到臣的诚意。"嬴政捉摸不透他这清奇的思路："先生的诚意和脱衣有什么关系？"茅焦道："臣马上就要被王上煮了，难道王上就连脱衣的自由都不给臣吗？"

秦王政哑口无言，只得劝道："先生，想想你儒家名士的身份！不要脱！"茅焦当仁不让："正因为儒家名士的身份，臣一定要脱！"

"不要脱！这不是你的本意！"

"臣偏要脱！这就是臣的本意！"

"你不要脱！"

"我就要脱！"

然后茅焦终于把自己的上衣全脱了，半裸地跪在秦王面前。

芈凫隐于龙帷之后，心说这位茅焦先生不按常理行事呀，一旁看得目瞪口呆，直叹儒家讲究文武兼修果不其然，要说茅焦先生年纪也不小了，这身材竟还颇有惊喜。

可怜秦王政殿上看得直冒汗，连道先生有何指教。却见茅焦速度非常慢地缓缓行礼，复又抬头："君……上……"秦王政几乎要流下眼泪："先生你不冷吗？有话就快说啊！"

寡人的夫人还看着哪！

"君……上……"茅焦浑然不理，一字一顿，"臣马上就要被王上煮了，难道王上就连说话语速的自由都不给臣吗？"秦王已经彻底心服口服："好的，您说。"

于是茅焦一字一句道："臣闻之：夫有生者不讳死，有国者不讳亡；讳死者不可以得生，讳亡者不可以得存；死生存亡，圣主所欲急闻也。不审陛下欲闻之不？"

秦王政被绕得头晕，心道这和太后有什么关系？却还是面带微笑连声求解。茅焦横眉冷对："陛下有狂悖之行，陛下不自知邪！"秦王和顺至极，温言听教："何等也？愿闻之。"

"陛下车裂假父，有嫉妒之心；囊扑两弟，有不慈之名；迁母棫阳宫，有不孝之行；从蒺藜于谏士，有桀纣之治。今天下闻之，尽瓦解无向秦者，臣窃恐秦亡，为陛下危之。"茅焦一席话言罢，复又深深一拜，"臣所言已毕，乞行就质。"

眼看他的手已经伸向了自己的裤带，恨不得自戳双目一边又暗自担心自己夫人窥视别的男人肉体的秦王政终于坐不住了。以流星箭矢般的迅疾下殿冲至茅焦身侧，左手挥舞一领云纹大氅迅速将弱小的茅焦接之氅内，右手麾左右道："赦之。先生就衣，今愿受事！"

于是后世轰轰烈烈传遍天下的茅焦冒死谏秦，就这样君明臣躬、一团和气地圆满谢幕了。随后又经历了茅焦一番苦口婆心、不舍昼夜的劝导，秦王政满身疲惫有苦难言地回到耳殿，却猝不及防看到自家夫人如泣如诉、难以置信地看着他，颤抖着，缓缓跪在瑟瑟寒风之中。

"夫人？"秦王政心中大感不妙。再看佳人粉面含春，泫然欲泣："君上！您，变了！"

"都说天威难测，然而妾从不知道，君上竟有这般嗜好！原来君上竟好男风，还喜欢茅焦这个类型的！妾自辱之！"芈凫说罢羞愤不已，掩面而奔，徒留秦王政一人，泪眼问花花不语，乱红飞过秋千去——看来秦王政的追妻之路，还很漫长。

话说正经。

齐人茅焦入秦，解衣伏质说太后之事。秦王听之，亲自下殿以手接之，赦茅焦直谏之罪。王从其谏言，立其为太傅，赐爵上卿。数日后，秦王立驾，千乘万骑，乃迎太后于雍而入咸阳，复居甘泉宫。轰轰烈烈的太后迁雍之事，就此落幕。

秦王政九年，章台宫
秋觐大朝——

朝会上，吕不韦启奏大书之事。

早前，咸阳博士学宫在吕不韦主持下，汇集百家之力修编大书。此书编纂之旨，是以兼容之风教化万民之道，编写至今终有所成。是故，吕不韦恳请君王在各级官署学宫推行之。

一席言罢,吕不韦目光热切凝视年轻君王,秦王政兀自沉默不语,似在思忖什么,却是长史蒙毅率先出列。

"相邦所言大书,可是那《吕氏春秋》?"

吕不韦却是意外:"长史闻得此书?"蒙毅微微一笑:"相府门客遍布咸阳,此书未成之际,便是连正阳大街外的六国酒肆皆在传唱了,下官岂能不知?"

吕不韦沉默不语,却是王绾道:"《吕氏春秋》之总修纂,苍山兰陵荀子大师首徒,李斯也。前修纂,十岁封侯之上卿甘罗也,皆是公认饱学大才之士。"

李斯出列深深一拜:"斯接相邦之令修编大书,自当倾尽全力。"其言恭谨,却言尽于此,对于此书为政之道、具体内容却是全无点评。甘罗亦是一礼,淡然对曰:"甘某修编大书不过半载,所知不多,不敢妄言。"王绾不由皱了皱眉:"此书博采众长,格局宏阔,得六国士子青睐,亦属正常。"蒙毅却是冷笑:"太庙令说的倒是。可谁还记得,大秦自孝公以来世代奉行的,非儒教化之道,乃是商君之法?"

吕不韦闻言,神色顿时有些难看:"老臣主持新政,非废秦法也,乃是百家并举,内圣外王,外儒内法也。长史是说大书动荡秦法之根本了,此言未免太过!"

"仲父言重了,长史岂有此意。"见吕不韦说着便有些疾言厉色,秦王政却微微一笑,打断了此间渐起的剑拔弩张。

吕不韦默然,复又向秦王深深一拜:"君上已经及冠亲政,老臣万死不敢再忝居王之'仲父'。只是老臣为政却是一颗公心,恳请我王明鉴。"秦王政笑道:"本王如何不知相邦公心。此书既成,也是美事一桩。"四两拨千斤的淡淡一句言罢,秦王再不提那大书,倒是猝不及防转了话题:"听闻纲成君昨日使燕归来,怎不见?"

蔡泽出列,恭谨道:"我王,老臣使燕归国,正要叙职。"秦王政却是亲自走下王案,扶起蔡泽:"纲成君多礼了,快快请起。"

年已垂暮的老人抬起头来,三载未见,年轻的秦王身姿挺拔卓然。恍然之间,竟与记忆中的昭襄王渐渐重叠。正恍惚间却听秦王政道:"纲成君奉秦四君,年岁已高却还在为国奔走,政心中不忍。"

蔡泽爽朗一笑:"老臣本是燕人,此番归得故国,幸不辱使命。带回燕王喜亲笔国书,愿与大秦邦交盟好,连横图齐。"秦王政闻言大喜:"燕王真愿与我大秦连横?"蔡泽道:"是也。为表诚意,燕王欲派太子丹质秦,更献上王女愿充我王之后宫,如今,人已在咸阳官驿了。"秦王政却是有些始料未及,只笑道:"连横可图,纲成君助我也!"言罢向众臣:"众人无事散朝,三载不见,寡人要与老师好好叙旧。"

朝会散后,含章殿暖阁之中,年轻的秦王与老迈的蔡泽相对而坐,侃侃而谈。

秦王政向蔡泽深深一拜:"老师自应侯之后四代佐王,公心护法。当年政归秦日短,为了修习秦法,明知老师乃是成蟜之太傅,却时时登门讨教。而老师从不偏帮,有问必答。政感于心也!"

蔡泽叹道:"孔子言有教无类,岂不大哉。先王命老臣为人师者,岂能只私于一人。只是吾当年不曾想,天下会有世族王公之子,愿微服徒行关中百里秦川,亲历民生之疾苦。当年的王子大考也是唯有君上,对关中县署分布、郡县人口、地理环境、民治利弊如数家珍,那是因为唯有君上,是亲自所闻所见啊。"言及此,这位应侯范雎之后、四代相秦的老相亦不由感慨:"当时第一次看到回归咸阳的君上,一身布衣黑瘦如柴,放眼天下,哪里会有一国的王子是如此样貌? 老朽却是第一次觉得,这是天佑我大秦。"

老相谈及旧事,嬴政也不由动情:"老师,政方才亲政,正渴求治国辅政之才。老师此时请辞,岂非弃政于不顾吗?"蔡泽叹道:"老臣已经年八十有余,老迈昏聩,早不堪大用,只是念及当年与昭王一诺勉力苦撑。如今眼见君上年轻明锐,已是欣慰,虽有心再送君上一程,却是委实无力了。"

"求贤未成,却又失一大才。政朝局未稳,亟待国之栋梁,如此情何以堪?"嬴政深深一拜,长叹道:"老师既去意已决,就还请再教我一次吧!"

蔡泽闻言,却是陷入了长久沉默。半晌却见他抬起头来,眼中精芒一闪："文信侯一颗公心,十年持国尽扼三晋咽喉,有定秦、护秦之功。然而纵有公心,治国大道,法不两立。我王当有决断。"

嬴政闻言,向蔡泽深深一拜："政心中明白。"

蔡泽长叹："大争之局,已在最末,十年之内,必有王者兴。东出者,军强之争,更是综合国力之争。这十年间,君上要为东出打下根基。而眼下大秦邦交之道,近交远攻,联赵拒齐,虽有眼前之利,却还应放眼长远。眼下大秦之朝堂,仍需奔走六国、为我大秦聚力东出赢得时间的纵横名士。此次求贤自山东六国入秦者,姚贾、顿弱,皆为纵横翘楚,或可一谈。"

秦王政闻听蔡泽一席话,不由肃立长跪,一切已尽在不言。

次日——
咸阳北坂,云阳国狱

位处咸阳北坂的云阳国狱,漫漫青山下巍峨险峻。那青色岩石砌成的砖墙高耸入云,磨牙吮血,森然凝立。

君王一身随意的玄端盘螭纹常衣,眉目漠然。沿着长长的青石台阶一路纵深,隐见国狱深处的水牢正中,锁链之下,悬吊着一位周身血迹斑斑的赭衣囚服之人。

"这些日子过得还好? 公子脩。"

话中带着毋庸置疑的嘲讽与冷意,秦王政轻嗤着来到那刑囚面前,掌中马鞭抬高那人的下巴,冷笑道。囚服之人被迫抬起头来,纵然遍身伤痕,眉目深处仍是深不见底的恨意。

秦王政居高临下："黄脩,你可知这些日的羞辱,所为何事?"啐出唇齿间一口污血,黄脩冷言道："要杀要剐,悉听尊便。"秦王政不由大笑："质子有趣也! 本王不仅不要杀你,还要放你归国,你看如何?"

黄脩出乎意料,只瞪着秦王政。

秦王政轻笑："质子这些年在我大秦苦心经营,桩桩件件,本王心中感激还来不及,何来怨恨杀之?"见黄脩怒目而视,秦王又道："念及质子于我大秦之功勋，本王本欲再多留你几年。只是质子太无自知之明，妄图染指本王之人。"他说着，颇有几分玩味："凫妹，她的名字，岂是你配叫的？"

黄脩身形剧震，竟是诸般至此，唯有此刻屈辱为甚。

秦王政傲然道："本王赦你，快快卷铺盖滚回楚国。告诉楚王，再苟延残喘几年，本王自有料理你们的一天。"黄脩听了，愤恨欲死："秦王岂不知，楚王乃是公主生父！若你灭了楚国，公主她……"

秦王闻言脚步微微一顿。

"凫儿自是乖顺无话。"他分明笑着，言语间却是冷极，"本王家事，何时轮到一个外臣置喙了。"

秦王政走出水牢之外青青的石墙，早候在一侧的赵高悄无声息地迎上。秦王沉默片刻，冷哼道："出了秦境吧，只不要让此人回到郢寿。着玄虎令去做。"顿了片刻，又道："勿要让她知晓。"

赵高肃敛眉目："小高明白。"

悲莫悲，生别离，乐莫乐，新相知。故人相别不期而至，另一侧，却是王太后赵姬，终赶在漫天飞雪飘摇的岁节之前，搬回了甘泉宫。

赵姬回宫拜谒华阳太后，拭泪道："亏得茅卿天下亢直，安秦社稷，使妾母子复相见，又得以再次侍奉祖太后身前。念及过往，妾愧不能死也！"华阳太后叹道："往事无须再提，吾老眼昏花，阿凫年轻稚嫩，今后宫中之事，还要你多多操持。"

赵姬眸光一暗："儿敢不勉力亲为也！只是这些年，身子大不及前，未敢在祖太后面前托大。"说到此处，她勉强一笑："待得阿凫诞下王孙，妾与祖太后就可以享儿孙之福了。"

赵姬此番归来言辞甚谦，话里话外竟是多有心灰意冷之意。华阳太后淡淡瞥了芈凫一眼，芈凫立即会意："母后是为君上生母，君上迎回母后，尽孝膝下，不过早晚。母后切莫太过伤悲，仔细身体。"

赵姬沉默一瞬，强笑道："好孩子，你能与王上齐心，母后还有什么不知足的呢！你是元后，要尽快为王上开枝散叶。政儿后宫眼下不算充盈，凫儿也要多多留意才是。"

一席话如若钟鼓击在心头，却是正中软肋。芈戎心中一痛，却觉面上红热，惭愧不已："母后，是戎儿失察了。戎儿定会劝导君上，勉力操持后宫之事的。"

待赵姬的鸾仪离开了华阳宫，芈戎仍觉一块大石压在心间，只是静默不语。祖太后却在旁骤然一笑："说来，戎儿可是好久不曾为祖母弹奏清心雅乐了。"芈戎连声应了，只道秋气高远，似是应弹奏秋水、塞上鸿之曲，华阳太后却摇了摇头："祖母今日却是想听《螽斯》。"

芈戎瞬间领悟，不禁抬头望向华阳太后，却见不知何时，华阳太后早已敛去了笑意。心中一颤，她却还是乖乖坐下。但闻指下清音泠然而响，如若夏虫振其羽，蛰蛰不绝。

"赵姬获罪方释，心灰意冷，却还是忍不住出言点你。以母忧子之心，此番已是为你留足了情面。"华阳太后说着，其声骤然严厉，"《周礼》曰，后掌内事五权，统后宫之事。你，可尽此身责任？"

其言灼灼，直烫得芈戎垂下了头。

身为君王元妻，她与他心意相通，琴瑟合鸣。前朝之事，忧君之所忧，从不计较个人荣辱。若是只为心爱之人，她自认，俯仰无愧于少司命之安排。

但是，身为一国少君，后宫之主的自己呢？

华阳太后皱眉："汝初为国后，吾叫你勿似往日，亦不必多往华阳宫走动；是要你一心为君打理后宫。可戎儿做得如何？"

螽斯羽，诜诜兮。宜尔子孙，振振兮。祖太后以《螽斯》提点，芈戎如何不知其用意："祖母，戎儿有失。失于陛下子嗣龙脉，失于后宫枝繁叶茂。"

华阳点了点头："你是国后，当放眼天下。吾听闻燕国王女已候在咸阳官驿月余，是秦燕修书盟好之意。君上虽厚礼相待，却始终不曾依礼纳之，时日久了，燕王做何感想？而今秦强于天下，六国的联姻国书此后只多不少，戎儿当如何？"

女子垂首不语，却是眼中酸涩。

她只知，他是她的初心和坚守。帝后本是一体，她愿做并肩的树木，而非攀援的凌霄。他是君,她是少君,与帝王一生一世一双人,那是心照不宣的情思,却也许,永远也不会是王后的选择。

彼端,祖太后语气渐渐冷沉:"汝大婚之日陪嫁媵妾十一人,时至今日,君上竟连一个都不曾宠幸过。除了公务,他只留宿你处,阿凫难道是妒妇,想要独占君上?"芈凫猛然抬头,眼中已闪着泪光:"祖母,难道您也要让我扶持芈嫈,让她去服侍君上吗?"

"糊涂的孩子!"华阳太后气急,"无论芈嫈抑或任何一个芈姓女子,在这后宫之中,都是你身为国后的枝叶。楚女得宠者越众,你的地位就越巩固。你不扶持她们,难道要扶持别人?"

芈凫一时无言以对。祖太后说的话,重重敲击在心上。可悲之处正在于,并非因为其言不善。相反,芈凫心知,如此冷静理智地分析利弊,祖母所言的一切都是正道。然而,将如此冷静全无感情的利弊计算,置于她和君上的情谊牵绊之中,又让人情何以堪。

"与君倾心相悦,你便头脑糊涂了!"见女子哀戚失落,华阳太后也不由不忍,"君不见三家分立,田氏代齐,此前何其尊贵,那一点血脉说断便断。大争之世,子嗣就是枝叶,子嗣不茂,徒有嫡子也是独木难支。生在王族,广厦倾颓于朝夕,凫儿不见邪?"

强压心头的酸楚难忍,纵使心中如若滚沸油煎,然而说到底,不过是早就预料到的一天,终究到来罢了。芈凫离开琴案,深深一拜:"祖母,凫儿知晓。"见她认错,华阳语气放缓:"螽斯羽,诜诜兮。切记血脉子嗣,公族命脉也。玄云、洒尘——"

二女齐齐出列,伏跪于殿中。华阳太后肃然道:"你二人是为少君之内小臣,当掌王后之命,正其服位。切记要时时劝谏王后。若有失职,吾不轻饶。"二女恭然领命。

待芈凫离去,见华阳太后独倚榻间,眼露悲戚之色,辟芷姑姑不由叹息。

"祖太后如今又不忍心了。要奴婢也说,君上与公主毕竟还是初婚,这般君恩深重,不正是您所欲见?"华阳却深深叹道:"非吾狠心。只不愿当年吾身上的一切，在凫儿身上重演。"

苍老眼眸掠过一世行来的风雨，祖太后喟然长叹："世事无常，又有几人可知明日？夫君在位三日便暴毙，身边无有子嗣傍身，更无一人助力，行至今日何其艰辛。既是早晚心头一刀，长痛，不如短痛啊。"

乘着凤辇步出祖太后宫中，芈凫心中郁结，愁思萦绕。见其神伤不已，玄云坐立不安："少君莫要如此伤心，祖太后惦念君上子嗣，也是为了少君着想。"芈凫却久久不语，眼前浮现的，却是君上那日的疑问：祖太后，抑或昌平君？

心中忧思萦绕，脚步踌躇不前。入秦十载，这是第一次，迷雾遮住了来路归途，身边最亲近的人的样貌，也变得模糊不清。

一直都是如此，无论芈凫、芈嫈抑或任何一个芈姓女子，她们的存在本就毫无意义，不过是家国利益的点缀。就如入秦十载，得祖母一路照拂怜爱，但这一切，岂非皆因她生而为楚人，与她是不是"芈凫"，又有何干？而世间际遇又何来非谁不可，岂非都是因果偶然？试问这世间，又有何人会真正在意"芈凫"此人？

个人之于时代洪流，本就渺小如沧海一粟，何况生为女子，更是从无选择。

数日后——

芈凫一袭云罗锦雪色常衣，正似这天间拂晓，落雪纷纷。当她在六英宫鸿台外的竹林间寻到君王时，那人一套长剑已然舞至尾声。

此处是他每日清晨射御练武之处。太阿一出，回眸间竹叶扑簌而落，那盘旋空中不及消逝的杀伐之气，仍是让她心中为之一颤。

"阿凫寻到这里，就是为了……劝寡人纳侧妃？"

他的不悦，隔着清晨林间的馥郁之气也能清醒地感知，那双眼睛，犹如粼粼波光的秋日静潭。初见她主动来寻他时的欣然和听闻她此来之意时的不虞，都是如此的不容忽视，荡在心间。

芈凫竭力平静心绪。

"君上未及冠时就不曾召幸宫人,已是鲜见,如今君上已二十二庚年,长子还未出生。如今君上身边除了妾身,就只有妾陪嫁的媵妾们。而君上满心国务,为政勤勉,更是不按月相传召女御。君上后宫空虚,枝叶不茂,是妾身失德。"

嬴政皱眉不语。

芈凫深吸口气:"妾身听闻,燕国公主已经入住咸阳官驿,六国亦陆续进上联姻国书,难道君上都视而不见吗? 长此以往,非为君之道。"

"哦? 凫儿又是何处听得这些?"年轻君王的眼神看不出喜怒,芈凫心虚地低下头,却是有些不敢直视他:"妾身是为君上嫡妻,此事正应妾身为君上操持。所以,妾自会为公主们入宫善加筹备……"

"荒唐!"嬴政不耐,"寡人要你筹备了? 何时下的令?"君王凝视眼前女子许久,终于叹道:"凫儿,你究竟懂不懂? 这些事,无须你烦神上心。"

"可是……"

"没有可是。"嬴政道,"那燕国公主在官驿,与你何干? 无寡人王令,你只作不知便可。今后闲杂人等的话,不许理会。"

低垂眉目,她无奈地浅笑。

他,总是如此强势不让。是啊,若能就此躲在他的怀中,当真不用理会悠悠众口,也许,也不失为现世安稳。

但这是第一次,芈凫觉得,那样说一不二的人,也护不了她了。因为她不止他的爱人,还是这个国家的国后,她的身后,是秦和楚两个国家的利益。他在负重前行,她,又是否真的可以安心躲入其人羽翼,不闻窗外之事?

她终于轻叹:"君上!"他打量她一眼,却是直接打断:"若还是此事,不必再提,寡人懒得听。今日难得穿得这般娇艳,就是为了说这个? 当真是大煞风景!"

他似笑非笑地说着,居然话题就这样拐到了她的衣服上,真是不知所谓,芈凫甚至有些哭笑不得。然而君王打量着她,眉头却渐渐皱起:"这袭常衣却是不曾见过。"他默然一瞬,却是难得认真起来:"此锦非君王府库之物,何来？"

芈邑有些莫名，却还是老实答道："秋藏大节，文信侯府送来了些对龙对凤绣金织锦。洒尘便携着私官的绣房裁做了几件常衣，妾也觉着好看，所以今日才……"

文信侯本是巨商出身，见惯天下珍玩。文信侯府送来的织锦器物自是不凡，尤其是这织锦以金线纹织而成云中双凤，洒尘一看就爱不释手。

秦王政闻言，眸光却乍然幽深。一阵清风扫过，竹叶扑簌之声如同雨落。

"文信侯府？"

不知为何，她却觉得此时，他竟是隐约有了一丝怒意，不由心中一惊："君上？这常衣，有何不妥吗？"却见他沉下脸来："邑儿，切记今后不得私存臣僚之馈物，今日戒之，日后再犯，寡人必重罚。"

芈邑始料未及："君上！"

成年后，他甚少再如此不留情面地训诫于她。她心中羞愧至极，连着一双白皙脖颈都红了。今日是什么日子，莫非是命犯丘鬼？到此寻他，当真是连触霉头。后宫之事两厢对拗，却又旁生这莫名枝节，平白惹得君上不快。

"秦律本就禁止官吏之间互赠馈礼。虽对宫中无明文规定，但汝贵为一国之后，此风一开，后续当如何收场？"低沉的声音响起在耳畔，芈邑不由默默。君上一心护法，她是知的。今日之事虽是自己思虑不周在前，但君上的反应却也……

难道，文信侯？

她摇摇头，压住心头疑惑："君上，妾知错了。妾回去就将这些织锦封存，上缴国库。"君上冷然道："回宫去，不许再犯。寡人亦要督责，令你好好反省。"

委委屈屈、晕晕乎乎回了兴乐宫，芈邑一头扎进了榻上锦衾里。

真是恨死这个虎狼之君了！

她也不过豆蔻年华的少女，心怀国后之责，一番好意不被领情就罢了，反倒因着这莫名其妙之事，平白被斥。虽然心中更气文信侯，却也觉如今君上较之亲政前，更是心思深沉、难以捉摸。

心中，却又泛上白日的对话。言及后宫之事，君上态度如此，她心中终究是窃喜的。但想到祖太后的训诫，又觉此情前程何茫然。

千回百转，七上八下，九曲连环。

"少君……"洒尘忽而自帷前探出头来，"方才中车府令来了，说是替君上送东西来，还说少君都明白。"

"这么快？"

她心中腹诽。这个阿政，当真不留情面。送来东西，无非就是嫌训诫的不够来督责了——小气鬼，难不成他还能送本《秦律》？

洒尘看她神色不定，问道："那，奴婢一应收至府库？还是叫私官裁制？"芈兒听了，一头雾水："裁制？究竟送来了什么啊？"

"君上叫私库拨了六千六百六十六匹云纹锦给少君。"洒尘说着，一脸陶醉，"那织锦真是从未见过的华美。天凉了，君上是惦念少君呢。"

六千六百六十六匹？敢不敢如此夸张？

这一天，就在宫人的喜悦欣羡、少君的一脸迷茫中度过了。

（秦王）下令曰：敢以太后事谏者，戮而杀之。从蒺藜其脊……谏而死者二十七人。

——《说苑》

齐人茅焦说秦王曰：秦方以天下为事，而大王有迁母太后之名，恐诸侯闻之，由此倍秦也。秦王乃迎太后于雍而入咸阳，复居甘泉宫。

——《史记·秦始皇本纪》

注释 据史料记载，"茅焦说秦王"发生于秦王政十年，本书为了写作方便，将其调至九年，望周知。

梦境十一 槐序

子交手兮东行,送美人兮南浦。
波滔滔兮来迎,鱼隣隣兮媵予。
——《九歌·河伯》

秦王政九年,玄武季——
咸阳王城,兴乐宫

秋节一过,冬岁姗姗而来。

夜深闻得殿外折竹之声,清晨睡起妆面,却见洒尘早带着兴乐宫人在外扫雪开径三回了。忽而一缕清冽寒气骤至,却是玄云边掸着身上落白边进了殿内。

"少君,芈女御……"玄云说着,却是看了一看芈凫的神色,"就是您楚宫里的那位女弟,在外请见呢。"

眉心浅浅蹙了一蹙,芈凫唤人入内。少顷就闻细碎脚步声响,一阵冷香如若雪中春泛漾在空中,一个明丽人影掀开层叠的雪纱帷帐,趋前而至面前。

芈婳伏跪:"媚拜见少君!"几缕柔顺的发丝,随着恭持的跪礼散落在茵席之上。耳中乍闻楚语,又见她恭谨至此,芈凫心中陡然升起一丝怜意:"起身吧,不必如此拘礼。"芈婳抬起头来,殷切着答话:"少君慈爱,常免我等定省之礼,媚岂敢再怠惰侍奉?"

见她殷殷热切的样貌,芈凫静坐浅笑,望着芈婳不再言语。终究捱不住沉默,芈婳又道:"那日长安宫中偶遇伯姊,得知还是少君有法子,几句温言软语就平息了君上雷霆之怒。姊妹们闻之,心中都是敬佩。"芈凫笑道:"你消息还是如此灵通,阖宫走动得多,我不如你。"

谁知一句玩笑的打趣,倒是灼得芈婳微红了面颊,惶恐不已。

"伯姊怕是误会了!媚心系伯姊,却是绝不敢打听什么消息的。这秦宫深阔寂寥,姊妹们都是楚公族之女,乍然到了异国之邦,怎不惶恐!如此,自然免不了来回走动,少不得多嘴几句了……"

芈凫不由叹息:"你莫怕,我如何不懂宫中女子寂寞。我不过随口一句,你不必多心。"芈婳听了,似是舒了口气:"毕竟都为楚女,媚奔走也是为少君以驱驰。这不,今日媚来此……"言及此处,却见那乌黑的眼珠转了一转,欲言又止,不再细说了。

见她如此作态,芈凫却笑,心道还真来了,就知她绝非无事登门。回首一笑,玄云已是会意,素手一挥便用那青翟喙的银钩系了雪纱帷帐,悄悄退出了殿外。

芈凫目光回转:"你有什么消息了?不妨也说给我一听。"芈婳连忙笑着趋前:"媚正是来和阿姊说此事的!伯姊可知?您的故交,就要离开秦国了。"

一石激起千层浪,未及答言,一个不祥的预感在心中弥漫升腾。而芈婳已俯身耳畔:"公子脩被君上流放,令其速速归国!伯姊果真还不知啊!说来也是,何人会将此事告知于伯姊呢,万一惹得君上不快……"

而芈凫已是心中剧震:"怎可能?许久不曾有阿兄的消息了……"一句未及说完,她蓦然有些哽咽:"君上,要流放阿兄?怎至如此?何时?"芈婳望着芈凫的神色,小心翼翼道:"就在三日后。"方才出口,骤然想到了什么,她失声惊呼："不，伯姊！您就算知道了行期，也切不可去送公子脩啊！后妃私通外男是死罪，就算是少君，陛下也会……"

似是又想起了当日的血腥屠戮，芈婳周身一震，一双含情美目中不由自主溢出了恐惧之色。芈凫强笑道："我怎可能去送他？只是毕竟故交，乍然听闻此事，心中难免惊讶。你有心了，还专程将这消息告知于我。"

芈婳直望芈凫，眼中闪着泪光："伯姊，婳听闻您劝谏君上宠幸后宫，广纳侧夫人了。妾微贱之身，怎不感念您的恩情，企望报答呢！今日专程前来告知，也是心知伯姊与公子脩少年时的兄妹之情，不忍伯姊未来心生遗憾。"

闻听此言，一丝异样浮过心头，芈凫淡然道："所作所为，不过尽少君之责罢了。但君王燕寝之事，还要看王上之意。"言及此，却不由出言刺她："以你消息之灵通，君上对此的态度，想必也是知情了。"谁知芈婳又是惶恐跪地："少君，婳不敢！唯有君上之事，六宫无一人敢于议论。婳岂不畏死邪！婳只是不愿做那无用之人，终此一生。"芈凫挥一挥手，有些心烦："起来吧。怎么一说又成了这般？又怎是无用之人了！"

芈婳长跪不起，再一抬头，眼泪涌了满脸："婳定会一心侍奉阿姊的，但求阿姊垂怜！入秦之前，公父阿母都多番叮嘱，要婳侍奉阿姊，稳固阿姊。可是婳至今毫无成效，甚至无法近身君上近前……"芈凫眸光一厉，骤然打断："你，到底想说什么？"微微颤抖的声音，蕴着一层她自己都不曾察觉到的冰雪冷意。

"阿姊，求您……"芈婳抬起了头，那一向柔和的容颜也升起了决绝之色："我想要侍寝。若婳不能做到，达不到公父的期望，怕是就连那楚宫中的母妃，都要受累。"她说着，额头砰砰地触着地面："婳想要侍寝，求少君成全！"

芈凫一时心跳如鼓，怒极反笑："你想要侍寝？那就去找君上，何必找我？"芈婳哭道："宫中何人不知，君上独宠唯有少君！也唯有少君能够左右君上、主持后宫！"

再听不下这狂悖至极的言论，芈凫大怒起身。却见芈婳膝行上前，竟是攥紧了她的裙裳，又自怀中取出一封早便封好的帛书。那封存帛书的金匮之外,纹绘着楚王室的火凤印信,那般熟悉,却几乎灼伤了芈凫的双眼。

"伯姊,都是公父的王命啊!只要伯姊扶持楚国的姊妹们好生服侍大王,早日诞下带有大楚血脉的一儿半女,再或多吹吹枕边风,让大王依旧遵循着秦近年来近交远攻的纵横之策,为我大楚多多谋利……"

颤抖的双手掠过金匮之上的凤纹,那帛书上熟悉的楚字,正是公父亲笔所书。其言,也确实与芈嬛所言一般无二。

她不由得攥紧了双手。

"只要伯姊惦念母国,君父,又岂能不善待王后呢!伯姊,您不在意婿,难道也不在意您的母妃吗!"

三言两语却森然如鬼,仿佛寒冰利箭瞬间剜心透骨,芈凫心中,乍然血肉淋漓。

"秦宫何人不知君上独宠少君?心中唯有少君?"芈嬛说到此已是哽咽,"婿自知不能和少君相提并论,只求少君垂怜,赐婿一席之地!"

掌中帛书被长指攥出了血痕,芈凫却几乎绝望得想要发笑。好个何人不知君上独宠少君,心中唯有少君!这句话,此时此刻,此情此境,从她的口中说出——

只让人寒彻心扉,痛到骨髓。

三日后——

咸阳的冬深远无边,清冷宁寂,本该一夜星河飒沓。到了晚来风急之时,却被漫天的乌云迫成风雪欲来之势,晴日黛色的山峦被压了一层浓酽水墨,低得沉到了地上。天际纷然雪落,几个寺人早依着中车府令的吩咐,持着青色大伞,跺着脚候在长安宫外的庇檐之下,遥望君王仪仗近前,忙围上去,七手八脚地给君上撑伞。

秦王政身上龙纹的大氅是九原送来的玄狐毛皮所制,迎风融雪。便是这般风雪中行来,却也早将一身冰霜寒意挡得严严实实。唯有满头漆黑青丝浸了雪色,倒是衬得眉眼愈发皎然清隽。两名宫人手持还冒着热气的罗绢，一人忙着为君上散发，另一人则轻手轻脚地擦拭。一来二去之间，秦王政被鼓弄得不耐烦，不过略略擦了，便匆匆挥退宫人。

"今岁天时倒悬，骤然如此天寒，兴乐宫的地龙旺不旺？"君王顿了一顿，又道，"甘泉宫与华阳宫的呢？"赵高忙笑着应了："都是君上心头的人，私官岂敢怠慢？"嬴政又向赵高道："寡人记得，私库里还有一领云纹鹤氅。似是与寡人身上这件一同从云中贡来的……"赵高凑前，一脸得意："早就备下了，就等君上一声令下呢。"嬴政见他这狗腿巴巴的模样，倒是笑了，也不顾什么君王威仪，抬起一条长腿就踢了过去。

赵高平白受了一脚，还没来得及喊疼，却见那一直跟随他身边的寺人乐，一脸七上八下自雪风中奔来。赵高正感突兀，一旁君王已大步进了燕寝。

赵高朝着雪中轻斥："这大雪天的，忙忙慌慌做甚？不见君上在此吗！"却见寺人乐满面惶然："老师，奴本也不愿如此，只是总觉得此事不妥，心中七上八下的。想来想去，还是来和老师说下。本想趁着君上进去之前，谁知竟晚了……"

这寺人乐是赵高自永巷一手栽培出来，为人机敏又谨慎，故而专门拨他在长安宫当值。谁知今日他说了半天，赵高却听得一头雾水，不由也起了几分不耐："平生这许多废话做何？你只说是何事？"

寺人乐连忙近前。

一瞬之后，就听苍茫雪风之中，素来以机敏谨慎闻名咸阳宫的中车府令大人，发出了一声极不符其身份的惊慌惨叫。只可惜瞬息之间，就被犹如巨兽之口的中夜朔风吞噬不闻。

燕寝之内，地龙烧得正旺，外间大雪飘摇，寝殿之内却温暖如春。幽袅的帐香带着几缕龙涎的暖甜馥郁，那盏东海鲛人灯盏之上，兰膏静静地燃烧。

秦王政进了殿中。却见榻前的罗帷早被一层层放了下来，影影绰绰的轻纱之间，隐约可见一个清瘦端丽的身影，端跪在君王的卧榻之间。秦王笑道:"寡人说去兴乐宫寻你,你却偏要来燕寝侍奉。凫儿不乖,竟置礼法于不顾。这是要和寡人玩什么把戏?"

帐中人闻言轻轻一颤,竟是连带着整个人都有些瑟瑟。

"若有人兮山之阿,被薜荔兮带女罗。既含睇兮又宜笑,子慕予兮善窈窕……"姿容倾世的君王含着笑步步走近。素来冷然如剑的人,此刻薄唇间吟出的楚辞,却缠绵缱绻。那,是从不曾被人触碰的温情。

这样的人,原来竟也能……吟出这样的诗句吗?

馥郁兰麝之气,随着渐近的脚步声踏在心上。眼见那修长身影映在帷上,风华雍绝,帐中的人猛地一颤,却似是更加瑟缩了。

修长的手指,挑开散落的玄底洒金纱帐,君王缓缓靠近,还带着一脸的促狭笑意:"凫儿如此乖顺,一动不动的,这是要做何?"望着帐内散落垂下的柔缎般的长发,帷中娇人儿的跪姿当真是从未有过的柔顺熨帖。秦王身上还沾着殿外的寒意,本不太愿近前,此刻却骤然把持不住一般,伸手便向那低垂的下颚勾去。

然而下一瞬,伸出的手却是骤然僵住。

夜风骤至,天地冻结。瞬间冷凝的空气弥散,一片刺骨寒意。君王身姿高大伟岸,此刻毫不留情劈手而下,顷刻间珠帘崩碎,那洒金的龙帐荡起红浪瑟瑟,榻间的人影,顿时狼狈地滚落在地。

芈婈战战兢兢地抬起瞳眸。映入眼帘的,却是那方才还带着温柔笑意的黑眸,此刻又是狠厉,又是阴冷,犹如猛兽盯视突兀闯入的懵懂猎物。

芈婈发着抖,声音都染上了哭腔:"君、君上……"

秦王政一双鹰眸染了厉色,衬得冠玉容颜如沐冰雪,劈手摔下手中的帐幔,面无表情。

"这是怎么回事?你,是何人?"

终是冬雪漫天之岁节,黄脩启程归国的日子就定在了这样一个飞雪飘摇的时节。当初的留下,猝不及防;如今的离去,倏忽而至。芈婈当真不知为何要如此急迫,但想到这也许是此生最后一面,却仍是想亲自相送。

在大雪飘摇的黄昏之时，芈凫静立在芳洲密道前，独自一人，垂泪无语。

终究到了别无选择的境地。本就是无法避免的宿命，却还天真地想要任性一回。君王的宠溺如若幻梦，令她迷醉其中，不知日月；但其实天道须臾不息，从不为渺小个人驻足。即便没有公父秘信，又能如何？君王始终强大而清醒，又岂可能一直以私情论国事？

他是她心中挚爱，即便今时今刻，她实未存哪怕丝毫背叛之意，不过借由如此决绝的方法，逼迫自己下定决心。

一早，就不该挣扎的。如果早日领悟，今日，是不是就不至于如此痛彻心扉？

阿政……

暮色四合之时，芈凫终于潜出芳洲密道，来到了咸阳塬之上。红叶渡口仍在前方，扑面而来的风雪却渐渐深重，仿佛见不到前路。

长安宫中，漫天的大雪仍下得肆恣，仿佛要将这江山一色吞噬。赵高望着寺人乐两片嘴唇一张一合，只觉那寒气染了风雪扑面而来，钻进心中，冻得周身已经木得不像是自己的了。

"你说什么？燕寝内候着的，不是少君？"赵高眼前一黑，"另有其人？"

赵高一句话说完，只觉得头皮都要炸了，当下血气直冲头顶，恨不得一刀劈了那寺人乐。寺人乐也感受到了这股乍然高起的杀意，当即吓得面如土色："老师，少君突然吩咐，奴方才只是想着，女御叙燕寝之事本也合乎周礼，更何况是少君亲自交代的……只是奴侍奉在外头，越想越觉着哪里不对，这才寻来，谁料想君上已经进去了！事出突然，当真不是奴故意隐瞒不报啊！"

赵高听得直想杀人："你这狗彘不食的东西可早些去死吧，我等今日怕是都要被你害死在这里了！你还知道礼呢，那你知不知道君上素来喜洁，平生最厌外人近身？君上御前之事，谁给了你的狗胆竟不趁早告诉一声啊！你可知晓，即便是少君……"

燕寝内，突兀传来一丝极尽锋锐的破裂声，骤然打断了赵高的怒斥。其间隐约夹杂着女子的哭泣和惊喘，在这纷扬大雪之中，凄厉得让人心颤。

然而赵高还不曾醒过神,殿门早已被秦王一把推开。君王身着一袭雪色的十二章纹游龙寝衣,白锦中单,方才夜色中染了雪气的长发散而未束,目光冷冷睥睨而下。

"拖出去。"

微微上斜的凤眸冷若寒潭,铁鹰卫闻听王令,早已大步上前。浑然不见水云绣帘散乱堆叠在地,只毫不留情一把扯起芈婹,就向殿外拖去。

芈婹已哭哑了嗓子:"君上! 妾非包藏祸心之人,妾是君上的女御,少君的媵妾啊! 是少君命妾在此等候君上的,少君说按照月相,妾合宜今日侍奉君上! 这是伯姊的安排,妾只是奉少君之命行事啊! 君上!"

鸦羽般的长睫散落下重重的阴影,衬得那弯月眸更是凉薄,君王一眼也不曾望向地上伏跪的娇弱女子。凄厉哀哭声中,却是目光凌厉,刺向了早瑟缩在一旁的赵高。

"糊涂东西,自己滚去玄虎令。寡人的燕寝,进了寡人自己都不知来历的人,下次进来的怕不是六国刺客?"听那芈婹还在聒噪,君王冷淡眸中唯余厌烦:"还不弄走? 留在这里碍寡人的眼?"

一瞬间芈婹竟是愣了,仿佛冻结一般止住了那凄厉的哀哭。北回的朔风夹杂着冰霜惨凄,直扑空旷的殿内,空茫茫如若鬼哭。眼前高高在上的君王,如记忆中一般华美张扬到了极致,却也如同玄色利剑,凉薄数语直劈内心深处,直叫人摧折肝肠,鲜血淋漓。

子交手兮东行,送美人兮南浦。

波滔滔兮来迎,鱼隣隣兮媵予。

那一年……

陈都江畔洋洋洒洒的太一天灯,映得天空红透。

十里长堤,祥云叆叇。受邀前来的少年君王卓尔不群,独立在楼船一侧,举手投足间,是无可挑剔的君王风度。而那一日的自己,竟不知究竟是为了追随芈鸾的脚步,抑或先人一步,早已沉溺其中。

众里寻他,遍寻无果。最终却在灯火阑珊处的飞檐一角,猝不及防撞入眼帘。

那人周身洋溢的王者之气，凛冽如剑，摄人心魄。殊异于人群之中的雍然周到，那是何其疏离凛然的气场。也是如今日般修长有力的指尖，摩挲掌中那柄虎噬羊错金短剑华丽却繁饰的剑鞘，金虎之目，红色宝石镶嵌如血滴熠熠，而那指尖嫣红，乍然惊破少女怀春之梦。

如梦般，视此虽近，却渺若山河。

猛然回过神来的芈婹双目失神，却凝视着秦君足下玄色的罩纱衮袍。

"君上。"她喃喃地唤着，灰色的瞳眸却燃起了决绝的厉焰，"万请君上勿怪罪伯姊不愿侍寝之罪！伯姊惦念公子脩，哀戚终日，她实在是无心侍寝啊，君上……"

就连赵高闻言都惨白了脸色，仿佛天间的大雪，也不能将此处摧折得更寒意彻骨了。

望着意料之中乍然停住的君王的脚步，芈婹惨然一笑："伯姊与公子脩幼年相伴，数被其救于水火之中，楚宫人尽皆知。这般情谊，非亲生兄弟不可比拟。值此公子归楚之日，伯姊心中伤悲，满心哀愁，又如何能够侍奉君上？"

芈婹再拜稽首："妾岂不知伯姊在君上心中的地位？妾岂可能如此不知进退，妄图越过伯姊，私自侍寝于君上？妾绝无冒犯君上之意，只想此身本为媵妾，若能侍奉君王，也可为少君分忧。一切，都是听命于少君的安排。不想妾生来愚笨，竟至如此见罪于君上，妾身死罪！"

眼见君王缓缓转身，芈婹只觉贴身小衣冰冷湿粘，已像是一块雪衣贴住了瑟瑟发抖的身躯。此时此刻，唯余夜色中寒风凄厉呼啸，乌沉的天空不见一丝亮色……

大雪，下得愈发飘摇狂烈了。

另一侧的咸阳北坂，红叶渡上。

芈凫匆匆赶到之时，客船已经离岸。在扑面而来的风雪之间，只隐约看到一个清瘦却单薄的身影遥遥独立在船头。那人影，已被摧折的冰霜裹成了空茫的纯白。

昔我往矣,杨柳依依;今我来思,雨雪霏霏。远远江上,骤然传来渺茫楚歌,却是黄脩的笛声。在这苍茫的雪风之中,格外苍凉而凄远。

"子交手兮东行,送美人兮南浦。

波滔滔兮来迎,鱼隣隣兮媵予……"

"阿兄……"

芈凫顷刻间泣不成声。明日隔山岳,世事两茫茫,远去的小舟从此逝去,渐渐淹没在苍茫大地之中,一时间彻骨的寒意与哀痛袭来,泪水渐渐模糊了她的眼眶。

一夜梦魇难醒。

天空沉得发暗,芈凫在兴乐宫闷了一天,浑浑噩噩,全然打不起精神。白日心有戚戚,欲向长安,却又怕传来昨夜燕寝琴瑟欢好的消息,然而过了一天,唯有一片死寂。似是呼应阴沉的心境,亦许是今岁天象委实诡异,时雨月本非风雪飘摇的节候,大雪竟是硬生生下了一日。

呆坐廊苑看雪,只见竹室虚白。待掌灯时分,整个咸阳王城安静得出奇,颇有种游离世外的孤绝。

君王来到兴乐宫梅岭外的小阁时,芈凫正赖在廊苑的石案上不愿起身。双颊染着两抹可疑的酡红,天间清雪飘飘悠悠,落在还冒着热气的酒水里。听到身后的脚步声,她只不耐烦:"玄云,我不是说了? 我不回! 晚来江山又小雪,这是情致,你们晓得无?"

饶得是青梅酒三分上头,竟是经年未闻的楚语都蹦了出来。

身后人默默不语。芈凫又道:"洒尘的梅酒宫中一绝,别人可,怎么,我就不可?"

无人接话,脚步声却不停。只闻一阵衣料摩擦的窸窣声,游龙宽襟衮袍之上的玄端朱色鞶带,突兀地放大在眼前。

仿佛雪落眉心,微凉一点。

"君上!"她失声惊呼。

满目苍茫落白,却衬得剑眉星目越发深沉。秦王政微微俯身居高临下,一双黑瞳将人牢牢锁住。

"凫儿好兴致，数九寒天坐在外间吹风饮酒。"一张冠玉容颜若明若暗，夜色之下更是衬得七分阴郁，三分凌厉，"寡人亲自来请，王后回暖阁吧。"

他的面容看不出喜怒，可莫名地，芈凫却是有些怕今日的他。骤然面前伸来一只大手，她只得收了方才的放达情态，老老实实地将手放入他的掌心，就如此被领回了寝殿。

殿内地龙不备这反常节气，方才烧起，一入殿中，只觉星点热意渗透而来。她服侍君王将羽氅解下，却发觉满室宫人竟是一个也不见，再看嬴政早已主位坐下，眉头紧锁，冷冷凝视着自己。

芈凫强笑道："外间的雪下得可真大。君上冷吗？可要饮些热的蜜水？"那人顿了顿，终究是接下了面前温热的青玉水盂，脸色，却是愈发沉了三分。

"王后可还有话要知会寡人？"

闻听他生疏冷然的语气，她心中霎时七上八下如同击鼓，心思却是瞬间盘旋了一周。芳洲密道极是隐蔽，君上该是不知晓的，但此时的他，分明是蕴着怒意啊……莫不是，芈婈侍寝出了何事？

她心中定了定，这才抬头看他："妾也正想问，君上昨夜，可是哪里……"

一句话还未说完，一声突兀而震撼的锋锐惊天动地传来！那摩挲在股掌之间玲珑剔透的波浪纹水盂，在瞬间爆发的极大力道下，竟落地被摔得粉碎。芈凫被吓得浑身一震，再看嬴政已经起身，如若冰湖般冻结的极冷，瞬间封住整座殿内。

"小高。"

不过回眸间一个冷然无波的神色，看着廊下赵高领命而去，芈凫却怵惕地抬头，止不住地一阵心悸："君上！怎么了？"嬴政回过头来冷冷凝视着她，沉默片刻，忽而竟笑了。一双黑曜瞳眸萧瑟如同冻结，此刻他周身洋溢的，分明是冰冷的杀意。

芈凫惊得后退了半步："君上，若是昨夜安排的媵妾触怒了君上，妾这就向君上请罪！"她说着，眼角有些发红："妾安排芈婈侍寝，是为了后宫雨露均沾，早日替君上开枝散叶……"正及急解释，忽闻廊外传来众宫人纷乱的求饶惨呼,利器落下的破空之响,似是还夹杂着铁鹰卫的厉声斥骂。

芈凫猛然抬头,脸色煞白:"君上,这是何意?考虑不周罪责在妾,为何责打妾的宫人?"话未说完,就闻一声厉喝:"住口!考虑不周?我看,你是怀有私心吧!"

瞬间大脑一片空白,竟是让芈凫忘却了言语,愣在原地。

"王后有心送君南浦,拔擢公族媵妾,谏言参与国事。寡人以真心待你,你就如此利用,为楚公族铺路?"凉薄唇角轻扬,殷红如同血色。他说这话时,竟是微微带了一丝冷嘲的笑意。那笑意突兀鲜明,在芈凫心中炸开,顿觉刺心。

"君上……"

她想要解释,却一句话也说不出。他御下的手段,她是知晓的,违背禁令擅自出宫,却妄想能够瞒过眼前这人,这是何等的愚不可及!然而,利用君上真心为楚公族铺路,他如此责她,真的太重太重,令她无法承受。

芈凫摇着头,惶急而徒劳:"君上,一切罪责尽在妾身,可宫人终究是无辜的啊……"

"无辜?"他却是冷笑,"主君逾越,一宫下人可尽其责?王后之内小臣,不知劝阻其正身服位,此中人卑贱,却在主君面前摇唇鼓舌,擅生是非。司其职不尽其责,吾留之何用?"

他步步紧逼,震怒如火,冷然如冰。烈焰般的责问如若利鞭当空劈下,令芈凫震撼惊惧。"不、不是的……"她颤抖着,试图唤回他的怜悯,"君上说过的,君上亲口答应过的,会护着阿凫想要护的人!君上开恩!"

然而那人只是冷冷一笑:"开恩?白日你在做何?寡人不是不曾给过你机会。"

芈凫难以置信地抬头。这一日的死寂,竟是因着君上在等她?他,在等自己主动坦诚?

然而那已是彻底失去了耐性。他甚至根本懒得看她,只是复归冷极地淡淡吩咐道:"兴乐宫昨夜当值所有宫人,笞杀。"

伴随着廊下一阵又一阵愈发凄厉的惨呼,浓重的威压如同黑夜侵袭。

难以置信地抬眸,一瞬间,芈兔终于明白了为什么所有人都恐惧着秦王。

"所有罪责阿兔愿一人承担,求君上开恩!"砰地一声跪倒在地,她的嘴唇抖着,殷红如若鲜血刺目。而那人高高在上沉默不语,龙颜冷然,却是丝毫不带感情地睨着她。

"一人承担?急什么,自有你承担的。"殿中翻腾的雷霆之怒如若利剑,君王的语气是令人迷惑地又危险,又轻柔。

陡然间,芈兔心头大震。

他本就是这世间最洞悉人性之人。而他也总是如此,高高在上,玩弄人心于股掌之间。他怎不知她善良温仁?怎不知她与玄云、洒尘自幼相伴,情同姐妹?而这正是他要她承受的——眼睁睁看着,却无力改变的惨痛。

那是高高在上的王权。那样的冰冷、残忍、践踏一切,没有例外,也不容例外。

心头的痛,凝成浸着寒意的惧,更有不敢置信的恨。一时只觉如若置身他人股掌之中,巨大的恐惧和压迫,几乎逼得芈兔无法呼吸。她终于低下头,几近说不出完整的话:"君上……玄云,救过阿兔的命。洒尘,她自五岁,便伴在妾身边……若她们二人……妾,真的无法再活在这世上……"

她哭得平生从不曾如此惨痛。他却在笑,温热的大掌,温柔地轻抚她的脸颊。

"王后闻故人离去,哀恸过甚,亲见这般,真是天可怜见。"耳畔拂过的声音淡漠而阴骘,"兔儿听好,此后除非是寡人允了,不得饮醉。"

仿佛欣赏她的痛苦一般,他嘲讽似的吩咐着不相干的小事,下颚传来的钝痛,提醒着她此时的君上,要的只是乖顺服从。殿外不断涌入的惨叫,宛如烧红的烙铁扎入灵识,几乎迫得她发疯。终于了然他今日前来,分明就是为了磋磨自己,芈兔心头拂过的,却是仿佛很久很久以前,那个金灿灿的午后,他曾对自己说过的——

"不要惧怕寡人,阿兔。"

所以那些少年时岁,她同他争执,和他斗嘴,就在与他当面冲突的那些时候,她也不曾真的惧过。

但是她知这次不同了。面前的人不再是她的夫君,而是成了高高在上的王,此时他恢复了属于王的疏离肃敛,一身袀玄如壁立千仞,仿佛九重紫薇居高临下。

"君上,妾身知罪。"

她终于起身,复又跪下,伏地稽首:"阿凫再不饮醉,也不敢再违逆君上,君上说什么,阿凫都听得。"

"法之本,壹教也。这咸阳王城之唇舌,唯一也,就是寡人的意志。"君王傲然睥睨,语气森然,"雷霆雨露,皆是君恩。寡人不欲你知道的,就不该知道;不欲你行之事,更不能去做。这一宫之人,皆是为你的轻率陪葬。"

冷风掀起寝殿的帷帐,丝丝冷意翻卷着深入殿内,芈凫却只是跪着:"是,君上。"

潋滟如波的明眸低垂,此刻的芈凫乖顺宁静,整个人仿佛鎏了金的朽木死灰,举动挑不出一丝错处,却也再无半分生气。久久不语,君王深深注视着眼前的女子,许久才复又开口:"寡人说过,护王后想护之人,故今日留下那贴身二人之贱命。芳洲密道已经着人毁去,你记得,再也没有下次。"

他转身就向外走,半开的殿门外空寂黑洞,玄色的背影仿佛要溶于黑夜。却骤然听到,身后女子额头触地的砰然一声。

"妾戴罪之身,愿君上广开枝叶,福泽绵长。"

她的眼神凝视着君王敝膝下的垂绅,空洞平静如无一物。内寝倏忽被灌入外间冰冷的风雪,寒凉入骨。而他怒极回头。

"王后惦念寡人的子嗣龙脉,既如此,便尽心尽力,为寡人操持后宫之事吧。"

那个风雪夜后,芈凫便得了风寒,高热不止。

少君病得人事不知,兴乐宫又遭遇大变,宫人仆役皆被君上撤换。两位内小臣抬回时仿佛成了血人,不过留得一条命在,引得阖宫震恐不已。

漫漫药气熏了整座宫苑,只见疾医宫女跑进跑出,长秋殿内外死寂又忙乱。而芈凫整个人缩在榻中蜷成一团,身上厚厚裹着两层衾被,口中含含糊糊地呜咽着什么。

亲近之人皆不在身边,所幸华阳宫派了辟芷姑姑前来。见人在高热中还念叨个不住,不由俯下身来:"少君,您在唤着何人?"

耳朵凑至女子的唇畔,却听不真切。只看到人在哭,梦里也默默地流着泪。帘外夜雪扑簌,深山迷离,扶病看落花,唯觉两厢萧索。

"少君,您……梦到了何人?"

这里,是哪里?

雾,是雾……

兴乐宫明明是鲜活的,梅岭明明是清丽的,但此刻的芈凫,却站在一片空茫的白雾中。仿佛身处云梦大泽,双目所及,昏茫幽冥。

谁……是谁在那里?

少女回眸的空隙,眼前的景色,清江明月,突兀散开。

淮水之畔映入天际的太一天灯,那些斑驳的光影的深处,母妃的微笑,是旧时光打磨过的温暖深浓。母亲仍如旧时慈爱,笑着向她不住招手,在母亲的身侧,是另一个峻拔如竹的身影,带着她最熟悉的温暖笑意,遥遥呼唤着。

"母妃!阿兄!"

少女追寻的急促脚步声中,天间清雪细细柔柔地飘下。白雪红梅纷乱枝头,一片片地在她的眼前绽放了。

那个疏离却孤绝的少年在琉璃世界之中,转头望着她。他问:"你是何人?"

她呆愣在原地,竟不敢上前。

雍水之中流灯盏盏,染就大片大片的绚烂艳红。那个人,向她微笑着伸出一只手……

"凫儿,你,可愿一直追随于我?"

带着迷惑,她却毫不犹豫地伸出手去。却觉眼前的笑容一触即碎,薄如蝉翼。

"一生一世,君上。"

百里外的秦楚边境,黄脩独行于一从密林之中。自从离开商於地界踏上楚境,他便觉心神不宁,明明身处一片死寂,却是犹如无声处听惊雷。

破空而来的箭镞声,打破了竹林的宁静。黄脩心中一沉,却在回身抵挡的一瞬,突觉身下一凉,大片黏稠而带着温度的血液,就在电光石火间骤然涌出,飞扬,喷溅。

胜负甚至还未开始,就已经结束。

竹林在一瞬间恢复了死寂,仿佛一切不曾发生过。唯有青年身上不断涌出的鲜血,渗入身下的泥土之中。

秦王政十年,青龙季
咸阳王城,兴乐宫——

立春至,万物生。

新岁前后,亏得少府尽心操持,又到一年岁首,宫里终于进了一批莺声燕语的新人,正是风和日暖,韶华不负。

选纳宫妃,充盈后宫,是少君的首要职责。君王勤于前朝,君后本是一体,后宫枯竭,枝叶不茂,也非少君本意。只是天意弄人,本是寻常职责所在却平生波澜,终至惨痛萧索之境。待如今,纵是花期临近,缱绻情长却付心灰意冷。

然而,纵是缠绵病榻,芈凫也不愿负于元后之托。故少府陆续献上宫妃名册,她无不细细翻阅,尽心选纳,复又呈上祖太后、王太后与君上尊前。

而今日,正是新入宫妃拜见少君的日子。一早芈凫便遣退众人,独在梅岭闲坐。待时辰将至便起身回返长秋殿,行至廊苑 角的阁道,却听人声徐徐入耳。

"少君今日起得早。说来今天是新入宫妃拜见王后的日子吧?"

听声正是洒尘。玄云则随其后:"早些时候拜见了祖太后和太后,这不就要来了。"半句话不曾言罢,二人一同陷入了沉默。少顷,玄云又道:"你的身子,可还好些了?"

绣线微微一僵停在空中,洒尘连忙挪了挪身子掩饰,连道无碍。只是细瞧其举动,仍是颇有些吃力。玄云道:"你还骗我?这些天你勉强操持宫务,昨日看你的小衣似是还沾着些血痕,怎不再多养些日子?"

洒尘叹道:"私官接了君上口谕,除了笞死的那些,更撤换了宫中几乎所有仆役。后宫选纳侧妃乃是大事,我若不出,仅凭这些新人,如何为少君分忧?"

玄云一时无言,攥紧双手。洒尘哽咽道:"玄云阿姊万勿怨怼君上,你我还能留下,已是天大幸事。君上从不无故责罚下人,此番狠厉,也是你我身为内小臣,竟不能劝阻少君犯下大错,失职在前。"玄云沉默许久,终付一笑:"我是奴,何敢怨于君上?比起这些,我反倒更担心少公主。"

一句许久不曾听闻的"少公主",却教洒尘一愣。怔了半刻,愁云也浮上眉头:"少君亲力亲为,不顾病体尽心操持选纳之事,就连王太后也盛赞其贤后之风。但婢子如何看不出来?她劳心过甚,郁郁寡欢。"

玄云深深一叹:"这些年大秦合纵连横,邦交伐谋,各国联姻亦是谋国之策。不过君上一再推拒,才至今日。听闻此次六国都送来了适龄的宫室之女,欲与君上婚配。"洒尘也叹道:"怕是不止吧!后宫充盈乃是国之大计,关中世族献贵女入宫,也是少不了的。这咸阳宫,日后怕是要绿云绕绕,摇曳生姿了。"

二人絮絮说个不休,却是无人窥见,廊下女子身影茕茕孑立,孤寂冷凝。

辞楼下殿,辇来于秦,朝歌夜弦,为秦宫人。她曾以为到了这一天,她会与他携手并肩,勠力同心,但命运的覆雨翻云手,总是猝不及防。在昏迷的幽冥之中挣扎了三日,卧榻休息足足半月,那些日子,好多人为了让少君重展欢颜而努力。也有那个人的行踪,以各种各样的方式,传到还在病榻休养的她耳朵里。

君上染疾,风咳久拖不愈;前朝事务繁杂,文信侯与昌平君一左一右,为君王肱骨辅佐朝政;列国合纵连横,百家士子纷纷入秦;君上重提商君农战之道,操练新军,接连拔擢蒙恬、王贲、李信等大秦新锐将士……这些消息,通过私官掌事之口、少府令史之口、太后宫人之口,甚至是司乐俳优之口,传到她的耳朵里。

却唯独,无他亲口与之言。

昂贵补药每日抬入兴乐,却再不见那携手同心之人。他不再来,独有空虚的垂问和渐生的嫌隙,以及渐行渐远的初心。

回忆如潮水令人沉溺,灭顶的情绪难以抽离。却在此时,前方平生一阵莺声燕语,陡然刺进耳膜。

"放肆! 竟敢冲撞良人,我们良人盛宠于君上,若是撞坏了,你担当得起吗?"

芈凫宽和,兴乐宫中多温言软语。乍然闻此,只觉其声甚是刺耳,却是引得她停下了脚步。不由疑问何来的"良人",只见出言责难者一身侍婢打扮,却是骄横跋扈,咄咄逼人。而侍婢身后端立道中、目不斜视之人,竟是芈嫈。

芈嫈还如同初见时那般,纤秾合度、艳若桃李,只是初见时的我见犹怜、卑卑怯怯,如今已经一扫无踪。

宫道另侧,宫人不由争辩:"卫少使好歹也是卫君的亲妹,你怎能如此无礼?"谁知听到"卫君"二字,芈嫈侍婢竟是笑出了声:"卫君? 卫君为了讨好君上,连自己的国都朝歌都献了。如今的卫国不过在强秦胁迫之下,卖国求荣、苟延残喘罢了!"

"你、你怎么能……"隐忍多时的卫少使终于忍不住说话了。

这是个十二三岁的宫装少女,身量未满,在飞扬跋扈一干人等的衬托下更显稚嫩。芈嫈之婢看得真切,冷笑道:"若君上当真将卫国放在心上,卫国公女又怎会只谋得一个区区少使? 不过是个少使,也敢在我家夫人面前托大?"

未想眼前之人竟是如此张狂,开口闭口辱及母国,可怜那卫少使一张小脸憋得通红,眼泪就在眼眶里打转。芈凫大皱眉头,正欲出言喝止,却闻一个冰冷清透的声音骤然响起:"够了吧。"

说话的女子一袭烟紫，身量颇高，并不美艳摄人，却是有种别具一格的清冷。侍婢回头正待再辩解，倏忽间冰冷如刀的眼神一横，感受到来人眼中的杀意，侍婢陡然矮了半截，哪里还有半点气势。

"再不走，恐见礼王后有迟。"紫衣贵女冷然道，一旁黄衫女子也上前解围："燕姐姐说得是，若是头一遭，就在王后殿前失了仪可就不好了。"

芈嫠冷然斜睨在场众人，蹙眉不语。僵持片刻，却也不欲在兴乐宫地界过多纠缠，终是扭腰摆臀地走了。

片刻后，众人皆至长秋殿，只闻一片莺燕之声。十几个妙龄少女齐齐入内，由芈嫠列为队首，领着众人向少君行了九拜大礼："妾良人嫠，率众位姊妹拜见王后。愿王后长乐无极，万福安康。"芈凫早换了一身常服，正色免礼。却是芈嫠热络着又添了一句："媚蒙伯姊眷顾擢升良人，始终未曾来向伯姊请安谢恩。"

被她眷顾，擢升良人？

看出芈凫疑问，洒尘俯首耳语："蒙少君拔擢，那夜之后，这位本也封了少使。可今晨，却是直接晋为良人了。"芈凫惊讶抬眸："昨夜……"洒尘望着她，却是不动声色地摇了摇头。

芈嫠却掏出手帕拭泪："伯姊一病就是数月，媚担心得寝食不安！媚被伯姊眷顾，始终未曾来向伯姊谢恩。来了几趟，都被拒之门外……"

芈凫心中渐渐了然，却也平生一丝不明意味。那夜后，他不见她，更是后宫都不进了。说是岁末诸事冗杂，君上便在含章殿昼夜不休地批阅竹简，累了就在正寝暖阁安歇，已是足足一月。然而新晋妃嫔入宫，依循《日书》之示，君上是势必要召幸一位以显枝繁叶茂之意的，谁料他竟视俗礼为无物，一切故我，却于次日拔擢了一年前便入宫的少君滕姜。更将此人，连晋三级。

芈凫垂眸，一时五味杂陈。君心难测，然今日之果，岂非昔日求得？恍神间众人九拜大礼已毕，又起身齐声请安，便聚敛心神正色道："既入秦宫，众人切记今后洁其粢盛，服其汗濯，敬循礼节，侍奉君上。"众人纷纷恭敬受训。到此，芈凫方才现了三分笑意，便招呼赐座。

华雍断章

众人落座后，见少君却非威严极盛，一来二去，也渐渐放松下来说话。而芈髳，也终于分清了这些莺莺燕燕究竟是何人。

"少君阿姊，你这里的糕饼好好吃。"这少女只顾盯着少君看，直傻笑道，"你人也好好看。"

这十二三岁满心满眼皆是吃的娇憨小女，正是卫君角之亲妹卫少使，颇有阿髳当年风韵。见众人掩口轻笑，卫姬急道："我不是贪吃！少君这里的朱果蜜饵，有我们卫国的味道！"

芈嫛一记白眼快要翻上天："要妾身说，伯姊宫里的糕饼自是好的，就如我们楚宫的糕饼一般，精巧雅致。不过卫少使口口声声的朱果蜜饵，可就太无见识了。不过小邦粗食，怎能与大国美食相比？"

芈髳听了，不由皱眉。

"霜柿，中原之果也。我实则总觉其过甜，不甚爱之，然而它却是兴乐宫常备小点，嫒可知是为何人备下？"

卫姬道："是为何人？"她想了一想，又傻笑道："难道是少君知我要来了，专门给我准备的？"芈髳忍俊不禁："傻丫头，这蜜饵偏偏君上偶尔会用。据说，这是当年商君所喜之物。"卫姬陡然睁大双眼："少君还知道商君是卫人啊！"

芈髳肃然道："商君立法而强秦，大秦上下，何人不知？如今既入秦宫，便是秦人。还望各位姊妹抛却国别成见，一心侍奉君上，以为秦谋论功勋。往后若再有以母国仗势欺人者，吾定不饶。"

芈嫛好生没脸，心中不服，然而看到芈髳冷然的目光，只得与众人一同垂首："妾谨遵少君教诲。"

卫姬连吃三块朱果蜜饵，心情大好，便也回头招呼身侧二女。落座于卫姬身侧的黄衣女子，正是宫门处曾出言解围的韩公女郑姬，观其人和善柔顺，温婉贤淑。而郑姬身旁的紫衣女子冷如冰霜、犀利如剑，正是来自北境燕国的燕王喜幼女，燕姬。

此外，还有长秋殿内外一眼望不到头的，魏王增之女、齐宫室之女、安陵君之妹，以及老秦世族之女如孟、西、白三族，甘氏、杜氏、蒙氏、王氏，等等，加上此前大婚的少君媵妾，这一进足足选入世妇二十八人，女御七十二人，一言以蔽之，天子之数也。事到如今，那人鞭笞天下之心何止昭然若揭，更是根本不屑隐藏了。

坐着叙了一会儿话，芈凫也乏了，众人便纷纷起身告辞。待殿中复归无人，芈凫颇觉疲倦。正闭目养神间，却听玄云进来通报，道郑姬在外求见。

郑姬入得殿中，颇有些不好意思："妾闻少君有疾，似是感染风寒。妾平时喜欢做些针线，便绣了一个风披，不知少君是否会嫌弃……"说着奉上一件十分精致的素锦风披，针脚细密绘以云纹祥瑞，一看就花了不少心思。

"好细致的针脚。"自洒尘手中接过风披，芈凫细细端详，不由赞赏。郑姬羞涩道："妾见到王后，就觉颇为亲切。听说王后是楚人，妾幼年之时，曾随兄长去过楚地。"芈凫惊讶道："妹妹公族女子之身，却能少时游历吗？"郑姬赧然一笑："妾虽为公族之女，实乃故郑血脉。郑亡已久，妾身兄妹身如浮萍，实则并不如一般公族之人。所幸少时游历楚境苍山，得窥楚地的山川风貌，更得以拜访荀子大师……"

郑姬说到一半，却也觉有些唐突，不由得讪讪住了口。见其面露尴尬，芈凫温柔一笑："不必多思，既入秦宫，前尘往事便休矣。今后姊妹扶持，岂不更好？"见她如此雅量，郑姬不由感激："得蒙阿姊不弃，妾愿常来少君宫中。"

郑姬又坐着说了一会话，便告辞离去了。芈凫望着其人背影，久默不语。玄云不由道："小君，这位郑美人……"

芈凫摇头轻叹。在这乱世，男子尚有发奋逆天之道，女子身世却全不由自己。见她工巧谨慎，想来虽为韩之公族，日子也并不好过。虽不免交浅言深之嫌，然而联想自己平生，不由慨叹世上苦命之人甚矣。事到如今，芈凫对其并不全然信任，却也不愿伤她一片热心。

见少君不甚在意，玄云却也不再多提，却是另一件教她烦扰一日之事再次萦上心头："少君，明日，您真的要去？"

芈凫沉默片刻，颔首应道："如今闲着也是无趣，种种机缘却可另辟蹊径，或是冥冥之中司命所指吧。"玄云沉吟一瞬，也释然道："也许少君别有收获,也未可知。"

一夜星河洒沓,芈凫睡得很沉。

月轮西坠,红日东升,新的一天,很快又要来临了。

秦王政十年,青龙季
浴兰月——

次日晨起,尚在天光未明的平旦时分,芈凫一身秦人男子常衣,随着熙熙攘攘的庶民们,站在了咸阳南门外渭水横桥之上。

"阿凫要学秦法,寡人允了。得空易装去廷尉府,自会有人为你打点一切。"

终是下定决心听从那人之言,前往这全然陌生之所在。然而,为何在这样一个当口纵容自己走出王城后宫,芈凫心中,实则仍未寻得答案。摩挲着掌中可使国人去往各处、畅行无阻的"传",只道苟日新,日日新,就连这些日来萦绕心头的郁结,都骤然消褪了几分。

横桥之上极目远望。熹光之中,这座以开放姿态静静凝立的煌煌国都,就是芈凫所居半生,却仍全然陌生的城池——咸阳。

秦都咸阳,巍巍大哉。北至甘泉,南至鄠杜,东至大河,西至汧渭,东西八百里,南北四百里。横桥之上纵览渭水南北,清晨的朝雾之中,农人开始耕作,早市开始经营,没有廓城的国都一望无际,熙攘繁华。

"秦都咸阳,果真不设城墙。"芈凫惊叹道。

过往侍笔含章的一幕掠过心海。少年君王低沉的嗓音掠过心头:"秦以虎狼之师威震天下,王都却不设城墙拱卫,是因历代先祖言,没有任何一国的王师能够跨越关中四塞,打进王城。"当日她表面唯喏,心中可是不以为然。但少年淡淡的笑意浮上眼底,那日他也是如此,在满室细碎的金灿暖阳下皎然一笑:"实则更是提醒子孙后代,居安而思危。身为大秦之君,应时刻自立于炭火之上,方不忘惕励自省之心。"

那人的话语似还飘荡在耳际,有着真实的温度。然而目睹这般开放之风度，一种壮烈宏阔之感怀也不觉油然而生。眼前朝阳灿灿，浮光掠影，芈凫收敛思绪，时辰已过日升，城门大开，跨越横桥，就可以进城了。

秦律设传符，名曰"照身"。传为通行证件，符为身份证件，是秦人衣食住行必备之物，居于秦地而无照身者，则寸步难行。幸而芈凫早已备妥，给守城卫士看过手中的传，便依律放行畅通无阻。

入得咸阳南门，一条纵横南北的中轴线横穿都城，这便是正阳大街了。咸阳城中有主干道两条，一条纵横南北曰正阳，一条横跨东西曰上阳，上阳大街以北是王城之所在，以南则自东而西分为三个片区：西南秦市、正中官署、东南里巷。今日芈凫的目的地，就是上阳大街以南这片鳞次栉比的官邸区，这里，正是大秦帝国中央各级官署所在。

此刻曙光初露，正阳大街上车马辚辚，官吏们赶赴官署开始一天的劳碌。官署区的北口，透过一片郁郁葱葱的禁林，咸阳宫前的冀阙高耸入云。其后是地势渐高而蔓延开去的九重宫阙，在晨光熹雾中似是天上楼台，令人仰视而心生敬畏。

抬首北望，芈凫只知这一刻的自己，终于走了出来。转过身去背对那琼楼玉宇，灿烂的晨曦中，她心中默念：

"廷尉府，我来了。"

反复确认了数遍，芈凫终于在官邸区西侧的一处停下脚步，还来不及抬头问名，就被门前静静放置着的青铜巨兽吸引了视线。

"如牛又如羊，一角，毛青，四足似熊。见人斗则触不直，闻人论则立不正。"芈凫说着，粲然一笑，"就是你了，传说中的法兽——獬豸。"

芈凫正研究着《商君书》中的獬豸真身，却有一位令史自府内走了出来，见她举动诡异，不由皱眉："何人，怎在廷尉府门前如此无状？你是弟子还是黔首？"芈凫吓了一跳，忙见礼道："回禀大人，在下是学室弟子。第一次见到这法兽獬豸十分感慨，这才言行无状了，大人见谅。"

那令史见她诚恳，遂缓和道："此处是官署，要格外谨言慎行。法兽之庄严可比冀阙，岂容唐突？"芈凫惊讶道："冀阙？大人是说，咸阳宫前的冀阙吗？"

咸阳宫前冀阙巍然,之于芈凫却也司空见惯,然而她却从不知它有何神圣,只道与别处王城的阙楼大抵类似罢了。那令史见她一脸茫然,大摇其头:"你这小儿怎么什么都不懂? 竟不知秦之冀阙。"

"冀阙,记阙也。乃是咸阳王城落成之际,孝公亲令以商君秦律为记,镌刻阙楼之上,立于秦王城朝宫之外。大秦不灭,秦法不废,这是孝公于商君之诺,更是大秦于天下之诺。冀阙都不知,你在学室都学了些什么啊……"

芈凫一愣,心中颇觉惭愧。虽知秦之为政奉秦律为圭臬,却不想这并非纸上虚言,而是实实在在的君王一诺。高耸入云的冀阙国人皆可见,更是时刻警醒着王城中的国君。

芈凫肃立一拜:"谢过令史大人,弟子学艺不精,受教了。冀阙刻秦法在其上,怪不得与法兽齐名。"那令史皱眉打量她一阵:"你方才说你是学室弟子? 可当真?"

糟糕,因为过于无知甚至连冀阙都不知道,眼前的人似乎开始怀疑她的身份了。芈凫哭笑不得:"大人,在下真的是弟子! 今天是第一天来廷尉府报到的。"那人怀疑道:"你的符呢? 传带了吗?"芈凫一阵手忙脚乱:"带了带了,都在这里!"

芈凫一边掏出自己的照身递了上去,一面暗自庆幸这套传符备得齐全,说来这秦法还真是和山东六国迥异,在楚那么多年,就没听过出门还要带什么照身的!

那令史接过符看了一眼,神色缓和:"还真是学室弟子。找廷尉正大人的呀,随我来吧。"

随那人进入廷尉府,罘罳屏后的主堂就是询狱堂,这里是勘问嫌犯、断狱决案的场所。询狱堂两侧有论告阁,供幕僚办公、会商之用,也有文书室,供令史撰写爰书文牒、收存文档之用。芈凫不住东看西看,带路那位令史却是脚步如飞,二人很快便到了东南的一处书房中。

入内后,芈凫几乎吓了一跳。

室内连绵排布着数座几案,皆密密麻麻堆满了刀笔竹牒羊皮卷,还有堆成山一般的竹简。而那些卷宗简册,直接连绵回旋着铺到了地面的红毡上。闻听响动，正伏案奋笔疾书的黑衣人头也不抬："又回来了？让你去把封缄好的文告带给邮人，这都来来回回跑了三趟了。说吧，这次又忘了什么？"

那令史笑道："我张苍一片好心，帮师兄把小客人领进来，你还不谢我。"说着一挥手中的公文函："不过若再不去，就真赶不上今晨的第一批传车了。毕竟是传告王令的急件，各郡县还等着呢，小弟告辞。"

说着，这位张苍就一溜烟不见了人影。黑衣人大为摇头："唉，再怎么叮嘱，还是这样冒冒失失的。"他说着，从案中抬起了头："这位小兄弟，你找我？"芈凫一看，不觉脱口而出："李斯大人？"李斯倒是愣了，一时迷惑："小兄弟，你是……"

芈凫心中一惊，糟糕，虽然春朝一席偶遇，但李斯并不知晓。不由胡诌道："某为昌平君府门客，听其盛赞先生主持修编之《吕氏春秋》，言一字千金，在下倾慕已久了。在下白萦，是内史蒙恬举荐的任子，这是在下的照身，还请廷尉正过目。"

李斯起身，接下了芈凫奉上的几件竹牒："原来是昌平君府之人。白兄弟，这是你的传？郿县白风里大男子白萦，故秦民。为人白皙色，椭面，长七

尺，年十七岁。行道端，无他疵瑕……"

芈凫被他念得竟是有些不好意思。

却没想到，君上说一切备妥，只去廷尉府报到便可，竟是真的为她仿造了一整套照身来。如今她并非芈凫，而是来自郿县白风里的成年男子白萦。十七岁，鹅蛋脸，肤色白皙，身高七尺，乃是土生土长的关中老秦人。而君上思虑周全，她甚至连举荐人都有了，"白萦"能到廷尉府来，是内史蒙恬动用了"任子"制度的成果。所谓任子，即世族举荐制度，依据秦律，世族可向大秦官制系统推荐人才。

"大人，这是白某的任子文书，请您过目。"见李斯放下自己的照身，芈凫连忙又递上蒙恬为自己写好的介绍信。李斯用匕首拆开封缄公文的系绳，读道："秦王政十年四月，内史蒙恬来信：悉闻廷尉署郎官从缺，推荐弟子白萦做史子，可考虑试用为官吏，请廷尉令、正予以接洽。"

李斯读完荐书,便抽出简牍开始给蒙恬回信了。他边写边笑道:"白兄弟既为昌平君府门客,还道是楚人。没想到竟是土生土长的关中老秦人,为昌平君门下,还能得蒙氏举荐,小兄弟的背景很深啊。"

李斯说得淡然,但他身为法吏的明锐敏感,却让芈凫心头一震。正不知如何接话,李斯却又一笑:"既是蒙氏族人,怎不入行伍,却去了学室?"

当下芈凫哪里还敢胡言,忙照着早先君上的交代答道:"蒙氏军功世家,族中子弟多入行伍。可我自小身体不甚强壮,便入了学室,期望修习秦法成为国府官吏,也可于国有功。"李斯点点头,笑道:"小兄弟好志向啊。"

芈凫应了,心中却颇忐忑。其实她并非真正的学室弟子,未接受过系统教育,但却也不曾落下功课。毕竟,芈凫也是有过"老师"的,其师正是咸阳王城中的大秦国君,秦王政。在她还是幼女那几年,这位秦王政还未亲政、每每闲得无聊的时候,可是没少拿着答条督促人的课业。而她,为此也没少在心里骂他"虎狼暴君"。

不过此刻,竟是有些感谢他?

李斯放下大笔,笑道:"好了,回头我给你一张可以自由出入廷尉府的验书,史子萦,今日起,你就正式是我们廷尉府的人了。"芈凫长吁一口气,连忙拜谢。听他唤自己"史子萦",又问道:"大人,这个史子,究竟是要做些什么工作呢?"

李斯沉吟片刻,却未正面回答她的问题,只道:"内史大人专门说了你的情况,似乎你身份特殊,需得尽快上手。这几日我正当值法官,你便协助我誊抄法条,撰写法律答问记录吧。"芈凫听罢更是迷惑:"大人,什么是法官?什么又是法律答问?"李斯却笑道:"随我来。"

李斯站起了身,就向廷尉府的后堂走去。芈凫紧随其后,只见一路往来的法吏皆是一身素黑衬玄,步履匆匆、神情严肃。李斯健步如飞,芈凫则紧跟他的脚步。

"白兄弟入得廷尉府,当知廷尉府的主要职责有四,一是断狱,二是教化,三是修法立法,四是合署会商重大疑难案件。而其中的教化,便是法官的职责。"

"商君认为,秦律想要推行全国,就要鼓励全民知法守法,故而官府有面向民众的普法义务。从廷尉府到各级郡县,均有抄录、传播秦法法条的史子和负责向黔首们解释法律、提供法律咨询的法官。而法官解答黔首的法律疑问,就是法律答问。"

　　芈凫恍然大悟:"也就是大人交代给我的工作?"李斯道:"正是。你身为史子誊抄法条,为法官做法律答问记录,对你迅速掌握秦法,定会有帮助。"芈凫听了,连声应诺。

　　说话间已至书阁,甫一入内,就看到数十名史子正在紧张地誊抄着。李斯道:"法条的抄写并不容易。律条的用语极为简洁,少抄或是抄错一字,都可能导致意思天壤之别。故而要求极为严格,绝不可以抄错。"

　　一旁早有师长手握笞条虎视眈眈,芈凫又如何看不出?李斯见她惧怕,便道:"身为师长的令史们,会责打屡次抄错的史子。但《除弟子律》有令不可打伤,史子也是受到秦法保护的。"芈凫讶然,不想秦法竟面面俱到若此,却听李斯笑道:"你要做我的文书,便拿着法条跟我来吧,我们去法官室。"

华雍断章

　　李斯的法官室和他的书房有一拼,昏暗的室内绵延交错着图版、大竹简,简直让人忍不住就想帮他收拾书房。芈凫整理着手中一摞竹牒,却忍不住为其上书法着迷。

　　"大人之书,巍然阔大。苍劲如山岳挺拔,庄肃如法度森严,饶得是看了几次,仍是忍不住惊叹。怪不得那人甚为喜爱……"几句由衷夸奖,却让李斯不好意思起来:"不提这些。倒是斯内务凌乱,让白兄弟见笑了。"芈凫忙道:"看似凌乱,实则是废寝忘食。"

　　其实不仅是李斯处,一路走来经过廷尉府的各个书阁,皆是如此紧张地运转着。芈凫不由喟叹:"见这如山的卷宗,方始知大秦自变法而横强,强在国府,强在官员。一国为农者,尽力耕种纳粮,为战者,奋勇杀敌立功,为士者,宵衣旰食谋国。全民知法护法,即便国君无有作为,又岂有国之不强者!"

　　李斯却是摇头:"然而大秦护法立法者,秦法之靠山者,唯有君上。"

闻此言,芈凫始料未及,不由惊讶抬眸。

"白兄弟可知,全国一月有多少疑难案件,需上报廷尉府断狱?——数以千计。又可知这些疑难案件,有多少特别难断者,需要廷尉署牵头,会同执法六署——廷尉府、司寇府、宪盗署、国正监、御史署、刑徒署会商,最终呈报君上决断?"

芈凫听了,沉吟不语。李斯又道:"而这还只是廷尉府。君上案头,每日断狱理书国府公务,竹简百斤恐不止也!君上尚且如此,臣下岂不知勉励也?"

芈凫一下愣住:"君上……"

君上他,原来竟是这样辛苦吗……

一上午并没有什么人来。所以"白紫"就坐在法官室,踏踏实实地抄了一上午的法条。想到不过数丈外的巍巍深宫,含章殿里的那人,或许也正执着大笔,一卷卷批阅着各署送上的文书,不知为何,少女的脊背不由坐得更直,一种或许可以称为激越的奋起之情,竟使她忘记了疲累。

而另一端,不过数丈外的咸阳王城中……

昌平君却剑除履入含章殿之时,君王正一袭玄端缁衣坐于王案之前。年轻君王意态悠闲,待来人近前跪拜,这才微微抬头,俊朗眉宇间扬起一抹轻笑。

"辛苦叔父入宫。"

昌平君深深一拜,复而起身:"方才大朝,闻得君上似还轻咳,寒疾还不曾痊愈吗?"秦王政笑言无妨,却是话锋一转:"此次赵王遣使来秦,政拟请叔父操办咸阳宫置酒之事。"

原来,上卿甘罗使赵回返,赵王迁却派了新立的太子——公子迁随之使秦。秦王诏昌平君入宫,正是商议款待来使之事。

"赵太子迁,六国传闻中的娼妓之子,可是我们秦国的贵客。"秦王政说到此,不由轻笑,"更不必说此次随他一起入秦的,还有另一位贵人,郭开。"

昌平君抬起头来，却见一对桃李春风眉眼弯弯，一贯深邃克制的君上，此时却笑得颇有几分年轻人的狡黠。要问秦王为何如此快意，却是还要从郭开这位世人口中的"大阴人"说起。

说到郭开，那可是驰名天下的国贼大奸。其人少时为赵王偃之伴读，赵偃对其言听计从，用其为相。其人贪财受贿，耽迷声色，致使朝政昏乱不堪。赵王更是经其引荐，娶娼妓胡姬为一国少君，三人共宿于王之燕寝，淫乱之名列国皆知。

秦王政显是也想到了这天下奇谈，不由哈哈大笑："这倡优胡后生下的赵迁，更是列国闻名的骄奢淫逸之徒。今赵王罢黜素有贤名的赵嘉，另立赵迁，真是秦不亡赵，赵自亡也！这糊涂太子首次出使，又有祸国大奸随同，岂非我大秦之贵客？还请叔父费心操持，可不能辜负此二人的雄心壮志啊。"

昌平君忍俊不禁，俯首领命。秦王又道："说来，寡人日前也接到齐王建之国书，欲派后胜入秦为使，结两国盟好之意。叔父怎么看？"昌平君沉思片刻："后胜是为齐之相邦，君王后之亲弟，深得齐王建之信任。齐王派他使秦，恐与邦交纵横有关。"秦王道："邦交纵横？请叔父指教。"

昌平君沉吟片刻："大秦国运，自孝公变法而始强。历经惠文王、昭襄王、孝文王、庄襄王四代君主，纵横国命，邦交伐谋。秦邦交之策从惠文王时相邦张仪的连横，到昭襄王时应侯范雎的合纵，时局不同，纵横策略便随之调整。到相邦吕不韦执政期间，其人胸怀天下，大体延续应侯远交近攻之策，即与齐燕合纵，图魏、韩、楚。然而……"昌平君略一思索："却是唯有在赵国一事上，吕相所为，每每与国策大道背离，令人费解。"

昌平君言及此，不由得抬头看了秦王政一眼。只见年轻的君王聚精会神，听得甚是专注，便接着说道："这些年来，吕相重用甘罗游走于赵，劝说赵王割地给秦，换取秦国图燕、不图赵。表面上看，秦得赵城池，有所得利。然而实际上呢？甘罗纵赵攻燕，赵拔燕之城池数量甚众，远超献于秦的河间地。赵燕邻国、秦赵接壤，赵强燕弱，对秦何益？反倒甘罗拿回的土地，最后多成了相邦的封地。"昌平君言及此，深深一拜："臣并无谗诬吕相与甘罗之心，不过阐述事实而已。还望君上明察。"

年轻的秦王闻言,面带笑意走下王案,亲自将昌平君扶起。

"叔父言重了。政岂不知叔父谋国之公心?吕相又岂不知天下大势,远交近攻也?他只是拗不过母亲。大秦行远交近攻之策,对赵、对楚皆不利。然而母后、吕相偏私,叔父身怀楚王族血脉却一心护秦。政亲眼所见,夫复何言!"

昌平君深深一拜:"君上,臣父是考烈王,母却是秦公族。臣纵是熊姓,却生于大秦,长于大秦。"秦王政叹道:"叔父之言大哉!与纵横名士顿弱、纲成君蔡泽之谏,均不谋而合。"

昌平君闻言,不觉惊讶。

秦王政肃然道:"寡人早有盘整邦交国策之心。大秦邦交之道,在远交近攻,在弱赵、弱楚、弱三晋,在联合燕、齐。此次齐使来秦,寡人置酒之礼务求隆重,以显我大秦盟好之心。"

昌平君俯首道:"微臣定尽力操持。不过,若是邦交之道有变,未来难免与赵有争,君上……"君王却不以为意地轻笑:"那又如何?寡人已传令国府傅籍了。"昌平君更是惊讶:"傅籍?普查国中适战人口?君上竟连备战都想好了吗?"

君王轻笑不语。窗棂间洒入的日光在他身侧烫了一层鎏金,他的侧颜如若精工凿就的玉石,完美却也冷然。

倏忽一片静寂骤然而至,一瞬间,昌平君心中大震!

原来这年轻秦王心中,早有成算。那么今日种种,不过是出言试探。若是方才惦念了母国的利益,对近交远攻不置可否……昌平君只觉一股幽深寒意直冲头顶,世人皆知秦王年轻历浅,执掌国器不过今岁始,然而其人之心,竟深沉若斯也!

秦王政却是神情平静:"政持国日浅,自当凡事多想一步。比起这个,叔父如何看待吕相的《吕氏春秋》?"

又是出其不意的一句,语气至清至浅。昌平君心中,却是猛然一跳。

"微臣觉《吕氏春秋》兼容并蓄,若为治学之书自是大哉。然而……"他心头已有决断,索性一口气说了下去,"若为治国之策,大谬也!商君冀阙还立在章台宫外，我大秦治国之道，唯有秦法！以德化秦？荒谬不堪！"

已过中年的昌平君难得如此激越，几句话出口，一阵心悸如若击鼓。还不曾抬头，就听闻君王爽朗清越的笑声。

"叔父如此，政心甚慰。"秦王政笑道，"吕相持国期间，联通三晋走廊，力破六国合纵，是大秦功臣也。然而仲父固有千好万好，唯有治国之策竟背离秦法大道。其人持国多年，朝中为其鼓呼者众，所幸还有叔父不惧相邦强权，愿意一心护法。"

昌平君稽首再拜："君上，国之重器，岂容一丝一毫之私也？启愿为护国、护法肝脑涂地。"

秦王政亲自上前将他扶起："叔父不是外人，自是一家人不说两家话。不过，毕竟叔父与吕相互为左右，若是牵涉此局过甚，恐难防悠悠众口，此事虽重，却也不必事事躬亲。"他说着，越发亲切："说来许久不曾见过伯母了，不知府中伯兄可还安好？所幸良人嫯与伯母熟稔，不然寡人，竟都不知伯兄入九原大营之事。"

闻听君上关心长子，昌平君也不由笑道："年轻后生入伍从军，也是该他历练，岂敢叨扰君上？倒是君上这边，我大秦宗子何时出生？这可是朝堂上下一片瞩目啊。"

年轻的君王闻言一愣，竟是张口结舌："此事如何急来？"昌平君大笑道："事关邦国社稷也，岂能不急？君上应当勤耕才是啊。"秦王政难得脸红："这……怎么最近母后催，仲父催，蒙恬催，叔父今日也来催？莫不是约好了来为难寡人？"

二人相视大笑，阳光漫漫浸没入殿中，和风熏暖，扬起一室天家少见的温馨和乐。

不觉间，夕晖渐收。

缓缓上升的月色，给咸阳王城披上了一层柔和蒙昽的轻纱，使得森严的九重宫阙平生几许温情。芈凫独自走在阁道之中，白日里李斯的话，再次萦绕耳际。

"王以千乘之尊,万里之奉,贵其冠履,则必承其重。"

缓步走在绵延弯曲的宫城阁道上,杨柳风吹面不寒,如轻柔的手抚慰周身。回想这一天陌生又新奇的经历,芈虿内心感慨万分。

熙攘的坊市,喧嚣的里巷,林立的官署,忙碌的吏员……一个井然有序又繁丽鲜活的大秦,像是一幅徐徐绵长的绘卷,它在渭水之畔迎着霞光,渐渐地在芈虿眼前展开,带给她的,是瑰丽却又奇异的感触。这种感触不仅是对这座陌生又熟悉的城市而言,更多的是对于她身边的这位庄肃又热烈,冷酷又温情的君王而言。

芈虿抬头,却是乍然愣住。原来不知不觉之间,她竟是信步来到了长安宫外。

宫中诸人提到他病了,她心中终究还是在意的吧。又或是廷尉府的诸般,让芈虿感到,她终于开始一步步接近那个人的内心。若说过去还可以装作不知他在肩负着什么,但是现在,她再难做到视而不见。总是如张扬的利剑一般犀利明锐,但这样的人,是否也会感觉疲累?

含章殿外,树树海棠花期正盛,叶片簇簇浓密遮蔽了天际蔚色。竹摇清影的幽窗外红云散漫,开出漫天的芳云暧韑。芈虿静立在树下,有些愣怔。

离得那人近了,内心竟然不受控制地想要退却。曾经是那样的亲密,然而是何时开始,竟变得这样疏远? 就在她几乎忍不住落荒而逃的冲动时,一阵低沉又压抑的咳嗽声骤然从正寝传出,刺破了宁谧的黄昏。

恍惚间,少年时的一幕浮上心海。彼时的他,手臂上还缠着为护她而伤的药布,当日他也是这样忍不住地轻咳,而她为着他的伤,在长安宫中跑前跑后。那时的她,年少,张扬,肆无忌惮。

回忆如同柔和的轻雾在心间拂过,带来微微的酸涩,却又带着被回忆染过暖色的柔和。洵美且武,子之谓也,那人伏案的身影透过层层卷帷映在窗棂,颀然轻举,萧萧朗朗,居然病了,还在奋笔疾书。

真是让人看不下去了。怎么如此不爱惜身体呢? 你,可是这大秦之王啊……

芈兔有些懊恼。早知如此，不该空手来的。来前煮些枇杷水，或是茱萸水，分明也不费什么事啊。

已然迈出的脚步，却蓦然被斜里幽幽走过的一个明黄身影阻滞，还未及反应，那飘过的人影已是带起一阵香雾散在风中。

"中车府令，君上在内吧？"眼见佳人笑得热切，赵高一愣："芈良人？"

芈嫚面上堆着笑，却扬了扬怀中的陶罐："妾不会打扰君上的。只是问了疾医，温了些清米酒来，最能发汗止咳了。"见赵高不语，芈嫚又道："君上批阅竹简有一个时辰了吧，也该进些汤水呀。"赵高沉吟片刻，终是笑了："自然，不过还请良人举动稍轻。君上耽于公务时，总是急些。"芈嫚连声应了。一袭楚腰轻移，纤细秀丽的身影一闪，就消失在含章殿内。

霞光笼罩的琼楼万物静默，仿佛什么也不曾发生。然而芈兔却是真真切切地目睹了这一切，原本已经走出浓浓树荫的娇小身躯，又在静寂中，渐渐退回层叠的阴影之中。

经冬复历春，三月音书断。

然而此间从不会缺少宫闱秘闻。芈嫚娇软可人更得君心，君王喜其颜色数般传召，诸如此类董声渐起。传闻可真，芈兔并不知。她只知他，已是数久不曾来过兴乐了。

难道不是自己一手将君上推得远去了吗？元后之责也好，曲折参商也罢，一步错，步步错，本道皆是此身应得。然而却从未有人告诉过她，眼见一切就此发生，自己的心，竟会这样的疼。

如何竟忘了？他是何等从不缠夹的性子。若当真想要见她，又有何人能牵绊他的脚步。也许独有芈兔还停留在原地。他，早就大步向前了。

芈嫚捧着热气腾腾的陶罐进了含章殿内，旋即便小心侍立一旁，肃敛了眉目，大气也不敢多喘。满室只有笔落竹简的沙沙，君王偶尔会轻咳两声。芈嫚垂头静立一阵，又忍不住偏过头去偷瞄。

烛火鎏金，飘摇明灭，玄纱外袍上的金枝龙纹透出细碎的光影。君王不疾不徐地批着如山的竹卷，一双幽潭明眸在灯火下，时而沉浮，时而璀璨。

终于发现来人，秦王政不由皱眉。

明明是一弯含笑的唇，眉眼浓墨重彩。隐隐上挑的眼尾，若有若无似是有情，独是那眼中百尺寒潭，疏离冷漠，却又无情到了极点。

"何事？"

芈婞趋前："君上，妾温了清米酒给君上送来。早春天寒，可以暖身。"

"含章殿无诏严禁擅入，你不知？"低沉的嗓音藏着浓浓的不耐。

君王一句还未说完，芈婞已经惊慌失措地跪在了地上："妾死罪！妾只是听了疾医说的，担心君上寒疾久拖不愈……"美人双手还紧抱着陶罐不放，一双雪白素手一路行来烫得通红，清晰可见。秦王政皱了皱眉："来都来了，罢了。"

芈婞忙连声应了，又趋前至王案一侧。从陶罐的封口上取下覆碗，斟了大半斛米酒进去。

"君上……"

绵延的热雾，混着清甜的酒香腾起一室。美人纤细的素腕高高举着，清冽的米酒在掌间冒着热气，君王却并不动作，只平淡而冷然地注视着。

芈婞有些慌，待那双手臂已经抬得酸痛难支之时，他终究是接下了。就着热气浅尝一口，却是挑眉："这不是秦酒。"

芈婞欣喜道："君上竟尝得出来？这是上卿甘罗使赵，专程带回孝敬王太后的赵酒。赵酒性烈，对于驱寒更有助益。"她说着，又有些紧张："王太后惦念君上，妾就……"

"你倒是有心。"冠玉面容看不出半分情绪，秦王点一点头，却是微微笑了一下，"寡人喝着，确觉温暖。"芈婞听了，霎时雀跃："那妾身再……"秦王却道："罢了，太甜。"芈婞点点头，又道："那请君上把剩下的赐给妾身吧。妾拿回去饮了，就能把君上身上的病气过给自己，君上也就能早些好了。"

君王顿了一顿，却是好笑一般摇了摇头，把掌中人墨管静静放下了。芈婞殷勤上前："君上竹简批阅完了吗？不如妾身帮君上将这些……"说着抬手，似是想帮君王整理案上简牍。秦王面色一沉："公务简牍小高来就可，你不要碰。"芈婞又道："那妾身看天色也晚了，君上劳累许久，不如妾服侍君上回燕寝吧。"说着，却是面颊绯红。

秦王政瞥了她一眼："你退下吧。"

芈婑的身影映在层叠的窗帷之上，渐渐远去了。秦王冷眼瞧着，目光深处是难以窥测的幽冷。

赵高悄无声息地近前。秦王淡然道："含章殿今后，不必让她进来。"赵高连忙应了。一阵难耐的沉默，望着君王又是嫌弃又是不耐的神情，赵高不由叹息，却听秦王政又开口了。

"她，在廷尉署如何？"

赵高一愣，旋即心领神会："一切妥帖，君上放心。"君王紧锁的眉头皱得更深："着铁鹰卫谨慎些。"赵高忙又应下了。

又是一阵尴尬的沉默。

清冷月色绕过窗棂投入室内，洒下一室银辉。看着自家君上这别扭的神情，赵高擦了擦脖子上的汗，不由得轻声道："若君上牵念，不妨诏少君侍笔。"

"阖宫皆知秦王在含章。"君王偏过头去，又执起大笔，"她若想见寡人，又有何人阻得了她？"

咸阳宫中，晚风拂过夜间的宫墙，仍带着些微冷意。芈婑捧着陶罐面色沉郁，独行于阁道之上。

女使近前："良人，王太后并未让您送酒给君上啊。反倒偶然提及君上当年在赵之事，太后讳莫如深。我们为何要去送这赵酒呢？"一阵死寂般的沉默弥散升腾，凄凉月色下，芈婑的面色阴沉得仿佛滴出水来。女使一愣，不敢再言。

芈婑默然无语。

临行前夜，父王的嘱托犹在耳边："婑儿入秦，可为楚谋。或扶持伯姊，姐妹同心，早日诞下带有大楚血脉的一儿半女；或多吹吹枕边风，让秦王依旧遵循着吕相近年来的邦交之策，联赵远齐，为我大楚多多谋利……"

这是公父的意思，更是昭氏一族的凤愿。芈婑心头想着，当日却是不知，这夙愿竟是重逾千斤，几近将女子的肩头压垮。

若是婴无能，竟做不到……

与父王的身影渐渐重叠、虚幻，她又想起秦王政的身影。明明是独自一人在宽大的正寝，他周身散发的气场却如此凛冽，令人无法忽视。

恍然又念及初相见，五彩流灯的楼船之上，那人一袭玄衣静立其间，雍雅绝艳，慵懒淡漠。就像高高在上不可企及的东君，孤绝独立却又鲜明夺目，又如蒹葭倚玉树，玉砌般的枝头积聚着春雪，又是极美，又是极冷。

另一侧，咸阳宫中。

最后一缕霞光隐于天际，夜色渐渐升起在这宫闱春深之中。芈凫如幽魂纵行无忌，心头空茫，却不知此刻游于何处。飞檐下拂柳如烟，惠风和煦掠过满园芳丛，却是勾勒出湖畔一道倩影影影绰绰。

"那是……"

惊讶抬眸，却见紫衣佳人长身而立，剑舞龙吟之间，衣裾翩飞。一时恍若青山低头、风云变色；一时恍若矫如龙翔、光曜九日。

此剑之美，却教芈凫不由怔住。

在芈凫心中，若论剑势起落挥洒之美，莫过于楚之《湘君》。剑锋扫过，只见无边落木，萧然岑寂，滔滔江水，秋声无际。却不想燕姬之剑，如北国霜雪，如天间银辉，清冷高绝。

神思飘转之间，佳人一套剑法舞罢，尾势渐收。回首间只见皓腕映锋刃，如凝冰霜雪，她收起剑势，操起一旁酒坛便是一阵豪饮。此时芈凫才看到，燕姬身侧早倾了数个小小的酒坛，想是此前就饮了不少。

一阵青竹萧萧如同雨落，却见一只通体无一丝杂色的纯白银狐自翩飞竹叶中跃下，却在燕姬身侧蹭个不停。

"你也谗酒？"燕姬捏起那畜生的脸。谁知那银狐更是拱着她，嘴里还"啾咪啾咪"哼个不停。燕姬无奈道："去去去，这半坛给你，那边喝去，少来吵我。"她说着，就把手中酒坛掷到一边，那小狐狸兴奋地尖叫一声，飞速追了过去。

"扑哧……"

这畜生也未免太通人性了吧，芈凫啧啧称奇，不觉竟笑出了声。燕姬立时警觉，一双清冷瞳眸早看了过来。

这下，却见月下两位美人，你看看我，我看看你，一阵呆愣。

片刻后，还是燕姬木着脸道："少君长乐无极。"芈凫尴尬："勿要多礼，反倒是我，叨扰了妹妹雅兴。"燕姬咳嗽两声："这，不是……"

两相对视，相顾无言，大眼小眼，十分尴尬。

"不然，喝点儿？"

芈凫呆呆地看着燕姬。恍然觉出她是在示意自己要不要也来两坛，当下哭笑不得，连忙摇头。而燕姬倒也不以为意，见来人无离去之意，索性邀其廊下同坐。

"金台……就是那只雪狐，是离燕时兄长送我的礼物。畜生颇有灵性，平时也不见，闻到酒气就撒着欢来了。"她说着，又抿了一口酒，"呃？少君做甚这么盯着姝看？是泠鸢脸上有什么东西吗？"

芈凫扑哧笑了："原来你叫泠鸢？"

"姬泠鸢。"

芈凫点点头："我只是觉得，你很特别。和我曾经见过的任何一位宫闱女子都不一样。"

燕姬闻言目光一闪，在渐渐浓厚的夜色中，芈凫却觉得，那一双瞳眸晶晶亮亮。

"少君恕罪，只是宫闱女子，便生来该是注定的模样吗？"

面对此问，芈凫却是始料未及，一时不知如何做答。却是燕姬又道："生为公族之女，联姻游走于七国王室之中，若这就是女子的宿命，泠鸢不服。"

见芈凫久久不语，她似是突然反应过来，连忙抱拳："姝胡言乱语了，少君勿怪。"

芈凫见状，脸红一笑："妹妹无须时时将我当作少君。我也不过世间女子，在这深宫之中，从未有过年龄相仿的友人可以说个二三。若泠鸢心中有何，大可对我畅所欲言。"

却不曾想，一句"友人"出口，对面的女子面上掠过一丝错愕，却又很快缓和了面色，她望着芈㒸，轻轻一笑。

"既是如此，那么少君可知，何谓'侠'？"

"呃？"这猝不及防的转弯让芈㒸直接懵了。

"侠？游侠？这……这我从未想过……"可怜芈㒸搜肠刮肚想了半天，憋得俏脸通红，"只是韩国谱本有《广陵散》，传为聂政尝所奏，肃杀如剑，又让人黯然神伤。"燕姬叹道："为国为民，慨然赴死也！"芈㒸也不由轻叹："如此义举，岂不令人感佩？"

燕姬听了，久久沉默。

"春有百花，秋有竹月，夏有凉风，冬有轻雪。男儿爱这天下，女儿为何就要囿于高墙？泠鸢也想做一代侠士，仗剑酬知己，谈笑轻生死，千金承一诺。"

芈㒸完全被这番离经叛道的话惊得呆了，竟是一时忘了接茬。不知该赞成还是反对，倒不如说，燕姬的话，根本超出了她的平生认知。

"这……"

燕姬却是回眸望她，面上笑意更大："少君真的不来一坛？"芈㒸愣住，却见她又道："虽然不知道少君在伤心什么，只是方才那样的表情，可是连姎都忍不住要怜香惜玉了。"

芈㒸闻此，俏脸忽而通红。燕姬循循善诱："借酒浇愁，少君听过没？不试试？"

"那……就试试？"

试试就试试。

燕酒入喉，清冽中带着一丝甘苦，在喉间荡漾开去，却又仿佛在胸中燃起了一团焰火，暖暖地升腾开去。芈㒸细细品着，一时无话。燕姬轻轻一笑，回过头去遥望天间月色，又将掌中佳酿送入喉间。

这大约是芈㒸人生中最奇异的经历了，清幽月色下与一位女子共饮，初初相识，一见如故，无言对酌却丝毫不觉尴尬。

月下，那女子望天而叹，却面露不甘。

"这是男人的时代,但谁说女子,就注定困于四角囚笼?"她摇了摇头,目光清亮,"泠鸢,只想为自己活一回。"

十年,相国吕不韦坐嫪毐免。桓齮为将军,齐、赵来置酒。

——《史记·秦始皇本纪》

梦境十二 莲灿

览冀州兮有余，横四海兮焉穷。

思夫君兮太息，极劳心兮忡忡。

——《九歌·云中君》

秦王政十年，廷尉府——

这日夙食方至，芈凫便来到廷尉府了。刚理出今日用来誊抄的法条，就见李斯一身肃正衿玄，施施然走了进来。

"白兄弟今日好早呀。"

听见李斯招呼，芈凫笑得像一只餍足的猫儿："学生去国市用了些藿菜豆羹，这早春藿菜可是应季时鲜，自然要赶早了。"

特意起了个大早夫逛早市，眼见琳琅满目的鱼羹、葵菜淳熬、梅了馅饼、醢脯黍饭……芈凫不由得庆幸，幸好晨起耐住了诱惑，谢绝了洒尘精心准备的晨食，不曾想，倒是可以留出肚子来享用这民间风味了。

说来芈凫化名"白紫"，任职廷尉府史子已有半月，半月来深感在秦为吏,待遇不可谓不优厚。比如官员当值日可在官署食室用餐;下行乡公干会配给随从、膳夫、车马,按照爵级供给饭食;吏员五日一休沐,归谒亲……种种福利,不胜枚举。而官员待遇亦是不差,以芈凫为例,虽只是史子也有年轶斗食、终岁近五十石的俸禄,要知普通国民一年不过二十石口粮,而今她不过少吏,俸禄却也超出普通国人两倍不止了。

李斯见芈凫在旁备下厚厚一叠法条准备誊抄,便道:"紫,今日不必急着抄法条了,专心做答问记录吧。"芈凫抬头:"为何? 在法官室几日了,来咨询法令者并不多。"李斯却笑道:"你看看日书,今天是什么日子?"

一脸疑惑地拿起案上的日书,却见赫然几个大字:定日。为官府、室祠,宜见吏。芈凫恍然大悟,都说秦人无论做何都要翻日书问鬼神,果然,咨询法条也要看看是不是吉利。她正心中暗笑,就听门外一阵喧闹,这就有人上门了。

"法官大人,我乃咸阳外市魏风古寓的掌事,我叫夫。"进门的是一个黑脸大汉,一手还扭着个少年,"今晨我们抓到了一个窃贼!"说罢将手中少年狠狠一推,少年惊呼倒地,观之身形瘦弱,灰头土脸,只一双大眼睛透亮。

依照秦律,盗窃为重罪,既是窃贼,可直接寻执法吏提出起诉。然而这位掌事却来咨询,定是有所疑惑。果不其然,掌事夫道:"此子年龄不明,我不知其是否算作盗窃罪,故来求问。"李斯颔首:"原来如此,你是来求问此子不明年龄几何的情况下,是否适用于盗窃罪。"说罢凝视那少年:"你几岁?"少年摇头道:"我未见过父母,不知!"李斯听了,便吩咐执法吏带少年去测量身长。

待执法吏离去的间隙,李斯解释道:"秦律云:非重罪,未盈六尺者,不当论。此子盗窃之财物价值几何? 可值六百六十钱否?"掌事夫摇头:"却也不值钱,不过后厨偷吃了个饼。"此时测身长的狱史回返了,言此子身长不过五尺余。

"此子未成年且罪行尚轻,可教而不论罪。"李斯向掌事夫道:"你可去寻秦市当值的里长,自有国府吏负责教化,被窃之物,国府一应代其赔偿。另外,此子似是流浪孤儿,国府亦应登记收容,请一并告知里长。"

掌事夫谢过李斯，便带着少年离去了。芈虺一边整理答问记录，一边问道："大人，秦法对于未成年如何界定？"李斯道："年满十五者成年。具体判例中不能明确年龄者，取身长量刑，身长盈六尺与否，是为判断标准。"芈虺又问："早闻秦法处置盗窃极是严厉，究竟如何量刑？"李斯道："六百六十钱是为量刑关键，成年男子盗窃财物超过六百六十者，黥劓为城旦。"

芈虺不由吓了一大跳。不想秦法对于盗窃竟如此严厉，六百六十钱就要刺字割鼻、城旦劳教，当真是严苛至极！

白蒙私房注笺之一：

一、秦法对于犯罪人员成年与否的区分甚大，基本上未成年犯罪都能从轻或是免除处罚。

二、成年的界定除了年龄外，对于年龄难以辨别的，身高是否"盈六尺"是重要判定依据。

三、身高不盈六尺，但相差不远之人犯重罪，可能会关押一年看身高是否到达标准，一年后到达六尺的，按成人犯罪完刑。

四、六百六十钱是秦法盗窃罪是否严判的重要界限。

芈虺刚将抄录好的答问整理完备，就见一名容貌清俊却满脸煞气的男子闯进了法官室，紧随其后的是位满面愁苦的华服女子，臂弯里还抱着个孩子。男子入得室内，便一手指着婴儿道："法官大人，小民想问，可否奏请国府谒杀此子！"

谒杀？！芈虺大惊，而那女子更是抽泣起来。

李斯皱眉："父告子不孝，主告奴不忠，可求官府谒杀。但此子是无行为能力的襁褓婴儿，幼子无辜，不得谒杀。"男子没好气道："幼子无辜？大人不妨看看那是什么孩子！"

抱孩子的女子忽而瑟缩，似是要掩饰什么。芈虺上前查看，孰料一看就是一惊——婴孩之手，赫然六指。见那女子连声哭求，芈虺心中不忍，再看那婴儿虽是六指却活泼可爱，分明与常人无异。正想求情，李斯冷酷的声音已经响起："其子新生而有怪象，其身不全而杀之，无罪。"

女子一听，放声大哭："大人开恩啊！良人他本是……"她说着，有些恐惧地瞟一眼那男子："他早些年入赘我家，我多年不育，良人对我很是不满……"女子说着，无意中牵动手臂，露出的臂膀上竟是布满了伤痕。

"赘婿？"李斯惊讶，一贯波澜不惊的眼中也露出一丝鄙夷。再看芈枲，已是气不打一处来。

女子说着又是痛哭流涕："良人自从在外面有了、有了别的……我好不容易才有了这个孩子！我生不出孩子，生了孩子还生不出正常孩子，都是我的错，大人，求您开恩！"

芈枲被这出家庭年度苦情大戏"我的赘婿我的儿"气到头昏，不由怒瞪那男子："不管是不是赘婿，若是有人殴打妻子或是婚外私通，秦法是要严惩的！"

没错，她芈枲抄法条别的不论，先把家庭伦理相关抄了一遍。秦律禁私通不伦，就是秦王辩护，她也要伸张正义！芈枲当即义正词严道："你可是受了虐待？他可是婚外私通？你且说吧，我给你做主！"谁知女子连连摇头："不不，我没受到虐待，我们是真心相爱的！"无视芈枲石化的表情，她又说："我只想问，有没有办法可以保住奴家这苦命的孩子？"

"他是孩子父亲，依律可杀畸形的幼子。你想保住孩子，一是让他主动放弃杀子的想法……"李斯瞟了一眼那男子，却见那人冷笑连连，便又道，"二是与他和离，自己抚养孩子。我看你身上有伤，若是丈夫打骂所致，可向官府提出起诉；或是若他真婚外私通，秦法严惩不伦，你也可提请官府捉奸论罪，凡此二者皆可依法和离。只是，你可愿起诉于他？"

男子到此方知自己竟已触犯秦律，哪还敢有半分跋扈，那女子却是沉默不语，竟一时无所适从。李斯冷道："官府相帮，唯有如此，你多思量吧。"

眼看那对夫妻的身影消失在门外，渐渐溶于茫茫人海，一种强烈的不甘涌上芈枲心间："大人，那女子分明是受了虐待啊！这是什么男人啊？软饭硬吃、婚外私通、殴打妻子、丧心病狂……我们廷尉府竟不能对这样的恶人直接拘之，下狱勘问吗！"

"阿紫，法不诛心。"李斯皱眉道，"当事人不告，这一切，都只是你的想象。"芈枲义愤填膺还待再辩，李斯肃然喝止："史子紫！我们只是执法吏，并非判定善恶的神祇。你，不要忘了自己的身份。"

细指在竹管上攥出了深痕，芈凫复又抬笔，终归无话。

白蒙私房注笺之二

一、秦法规定，家庭内部地位高的人可以请官府处死地位较低的人，称为谒杀。如父亲谒杀儿子、主人谒杀奴仆，所谓"父让子死，子安复请。"

二、父亲杀死无行为能力的幼子不属于谒杀，而是犯了杀子罪，但如果孩子先天畸形，就不受秦法保护。

三、东周时代歧视上门女婿不只是秦人的传统，更是汉人的传统。魏王曾令从军者，赘婿身份的军人，口粮只有普通士兵的三分之一；在秦国，往往最苦的徭役，也都是令流亡刑徒和赘婿应征。

四、秦法中保护妇女的条例，现在看来依旧十分先进：秦法明确禁止家庭暴力、禁止婚外通奸，只要条件正当、手续齐全，法律支持和离。

下一个来法官室咨询的是位女子。芈凫才整理好刚才的答问记录，她就一脸忧愁地独自入内了。

"大人，民妇名孟姜女，家住云阳县，务农为生，我家良人叫万喜良。此次前来，想求大人释疑。"

"孟姜女？你是齐人？"听闻她乃姜姓，芈凫不由问道。孟姜女颔首道："民妇来自齐国，已在国府办了新秦人户籍。昨日里典找上门，说按乡里的为役先后次序，轮到我家良人服徭役了。说是要去参加朝廷的御征，在骊山修筑王家工事。"

见她忧心忡忡，李斯面露不解："按照《徭律》，服役是国中所有成年男子的义务。被分到御征，修筑王家工事的待遇还不错，后续自有里典、伍老安排，你有何疑问？"谁知孟姜女突然号啕大哭："我家良人会不会无法活着回来啊？会不会饿死在路上？会不会被万恶的司空鞭打致死？会不会被直接砌进城墙啊？"

李斯大惊失色："这位女子，你何出此言？砌进城墙可是非同小可，要如你所说，秦人谁还敢去服徭役啊？"

"我与良人本是齐国农人。"孟姜女抽噎道，"听说秦法可以授田，种地种的好还可以授爵，于是就举家于三年前投秦。如今三年过去，轮到我家良人服徭役了……"她说着，突然又崩溃了："要是良人有什么三长两短，我就哭倒你们廷尉府门口的法兽！"

李斯一阵无语："这位女子你是不是想太多了，你家良人只要按律修足本次工期的徭役即可，主要工作内容可能就是夯土。不会累死在路上，更不会被砌在墙里，话说你到底要来问什么……"

孟姜女道："能否详细介绍下秦律对于徭役的规定？"

"徭役，是面向需要劳力的各种工程，征发国中适龄男子、士兵或是刑徒人员参与工事的行为。万喜良参加的是征发普通国人的徭役，相对于军人和刑徒，一般是比较宽松的，为期一般是三个月。"李斯详细解释道，"参加徭役有官府统一配送饭食服装，还有比较少的工钱。徭役期间逃跑、失期、损害公物、工程质量差的，若有发现会被惩罚，一般是鞭笞或返工，但笞打一般不能超过二十。若有人在服役期间身亡，更是重大事故，御史会来详查死因，司空会被追究责任。"

"原来如此。"孟姜女听罢，显然松了口气。李斯笑笑，语重心长："快去为你的良人收拾行李吧，大概三个月左右，他就会回来与你团聚了。"

白蒙私房注笺之三

一、在秦国，响应徭役做工是国中所有成年男子的义务。秦国的徭役确实很重，但却有一整套配套管理制度，虽然辛苦，却并非没有人权。

二、徭役期间发生了逃跑、失期、质量差等问题，监督的秦吏会受到比服役人员更严厉的处罚。

华雍断章

注释

孟姜女真的哭倒了秦长城吗？

"孟姜女哭长城"的传说经历了好几个版本的演变，它的原型见于《左传·襄公二十三年》"杞梁妻"，讲述齐人杞梁战死异乡，杞梁妻不满齐王郊外吊唁之事；战国儒家名士进行了演绎：《礼记·檀弓》记杞梁妻"哭之哀"，《孟子》记"杞梁之妻善哭其夫而变国俗"；西汉时期，刘向《说苑》添加因悲哭而"崩城"；到了唐朝，贯休在《杞梁妻》一诗中，将此事附会成了秦时之事："秦之无道兮四海枯，筑长城兮遮北胡。筑人筑土一万里，杞梁贞妇啼呜呜。"我们耳熟能详的"孟姜女哭长城"到此基本定型。

其实，"孟姜"是典型的三代时女子姓名，简单解释即"某姜姓家族长女"（三代以来姓氏分流，男子称氏，女子称姓），而"姜"之一姓，在东周大国中是齐国国姓，所以孟姜女的"国籍"还是很容易辨别的。

三、完成一次徭役后，官府会发放证明——致书，凭致书，就可以几年（一般是三年左右）不再服徭役。一般一户人家，不会同时征发两名男子服徭役。

不觉天光大盛，已经从凤时忙到了日中。芈鸟刚想松一口气，却听门前一片嘈杂喧嚣，抬头一看，竟洋洋洒洒来了一大片人，这些人穿红着绿洋洋壮观，很快，就把并不宽敞的法官室挤得严严实实。

"这打扮是……"

为首老丈近前行礼："大人勿怪，我等俱是内史郡农人。今日如此打扮，是因为我们来前正在祭祀。"

芈鸟闻言释然，原是祭祀，怪不得穿成此状。而这厢，农人们已叽叽喳喳地嚷起来了。

前排的少女抢道："乡里乡亲们听说，王城里的君上得了寒疾，少君似乎也贵体有恙！"另一人也急着插话："君上是大秦之主，又正值茂年，他此番病而不愈，老秦人岂不就像病在自己身上？"众人纷纷附和："所以我们就家家户户凑钱买牛来祭祀，我们是自愿为君上和少君祈祷，大家还请学室的师长写了祷文呢！"

"大人明鉴哪！"老丈挥一挥手，止住众人喧嚣，"众乡老并不想惊动任何人，就是担心君上御体，爱戴我们的君上……"

芈鸟至此明白了七七八八，原来是秦王有疾，乡里农人闻之忧心，便自发为君王祭祀祈福。她不觉有些感动，君上辛苦她自是耳闻目睹，百姓如此爱戴，出乎意料，却也在情理之中。

老丈却是深深一叹："可是监御史发现了我们自发祭祀，将此事禀报了国府。国府不敢轻易定夺，便又呈报给了君上。"芈鸟心中一跳，正想若是那人知晓想必也会欣慰，却听老丈叹道："君上闻之大怒，传王令斥责了我们，说我们犯了'非所宜言罪'，不仅罚每人赀二甲，还将参与祈祷的亭长和学室的师长从重处罚了！"

"啊？怎会如此？"

"君上斥责我们未经允许擅自祭祀，歌功颂德合该受罚。"老丈掩面哭诉，众人皆是不平："但我们此举，完全是出自对君上的爱戴！国人敬重君上，何罪之有？"

芈凫陷入沉思。就算是未经允许擅自祭祀触犯秦律，但乡亲们确实是出自对君上的爱戴，如此重罚，岂非太不近人情？正想安慰众人几句，却见李斯怒而起身，直斥道："尔等之言，大谬也！"

"秦法禁拉帮结派，禁结党营私，诽谤他人者罪，歌功颂德者亦罪。君上只罚你们赀二甲已是留情，可知当年商君曾判颂德之人'乱化之民，迁之边城'？君上知你们有爱戴之心，却不因爱戴而乱法，你们有何不平？"

众人瞠目结舌，不知如何应对。

李斯却仍意犹未尽："若君上开了这个口子，以后官吏依法办事，是不是百姓们也要歌功颂德，乃至不歌功颂德，就不办事？是不是因为你们歌颂得多，就偏私？若大小官吏皆是如此，秦法何在？对百姓又有何益？"

众人想了许久，皆面露惭色，而芈凫更是心中大震。

那一群人喧闹着来，却寂静地走了，很快消失在门外遥不可见。芈凫却还沉浸在深深的震撼之中。见她恍神，李斯不由轻叹："君上此举，大哉！商君曰：有道之国，治不听君，民不从官。秦以法为尊，吏者，不过执法之公器为民办事，是法护国护民，非人护国护民。民畏人敬人，便不敬法，今为君颂德，明便为官吏鼓呼，如此一来，举国上下，风气不正。"

芈凫心悦诚服，深深一拜："白萦受教了。"

白萦私房注笺之四

一、秦朝官府"冷面无情"，不但批评不允许，夸奖也不允许。商君言歌功颂德是"乱化"之为，是不良风气。

注释 本案例原型发生于秦昭襄王时期，为科普方便化用于此，敬请周知。

二、"非所宣言罪"是秦律中关于思想言论的一项重罪，是一条"舆论管控"的条例，它的意思是"说了不该说的话"。

一席言罢，李斯起身，只道有些内务去去就回。芈凫独坐室中，有些无聊地整理着一上午的法律答问。

没想到一个上午的答问，较之平时枯燥的抄法条，带给人的震撼远超平时。无怪乎李斯说此间工作可以迅速了解秦法民生,诚不欺我也。而秦律,也实实在在迥异于六国,秦之民风与六国截然不同,今日始知是秦法之功。却不知千秋万代之后,世人可还知秦法之大哉?

正感慨之际,突然从外间进来了一对男女,女子看来似是腿脚不便,由男子推着进了法官室。男子怜爱体贴,女子娇羞柔情,左看右看都是一对恩爱有情人。芈岂见李斯外出未归,便招呼二人室中稍待。二人安顿下来,竟向芈岂齐声道:"大人,我们是真心相爱的!"

芈岂笑道:"看出来了,今日来此,莫不是问姻亲户籍?"男子颔首,赧然一笑:"其实,我和她的情况有些特殊……"他踌躇片刻,又道:"我们,其实是同母异父兄妹。"

芈岂一愣,那对小情侣已是双双跪下:"大人,我们是真心相爱的!我们也已经有了夫妻之实了!"那男子道:"大人,为何有情人不能结一生之好?我们虽是兄妹,却也不曾危害别人,只想与此生挚爱长相厮守,难道就有错了吗!"

芈岂被问得瞠口结舌、三观尽裂,也觉荒谬不堪,伦常大纲岂可废之?然而,望着二人殷切的目光,却也实在难以拒绝。她不忍见他们失望,不由胡言乱语道:"你们自己同意,大概也许,我想应该可……"

还未说完,一个急匆匆的黑影卷进了法官室。来人疾步如飞,对着芈岂的头就是狠狠一竹牒抽了下去!

芈岂犹自惨叫,李斯已是大怒:"你们是亲兄妹? 还有了夫妻之实? 执法吏何在? 此二人悖论大罪,着狱史勘问! 带下去!"芈岂张口结舌,眼睁睁看着二人被带走了。而李斯在一旁脸色黑如釜底,整个人少见地浑身上下含着一层怒气。

"史子萦! 谁让你胡乱开口答疑的?"

芈岂吓得一震:"我、我不知,我就是随口一说……"李斯气极:"糊涂!你身在廷尉署法官室,是国府备案的吏员! 你可知,方才若是我不及时出现,会有何种后果?"

芈岂支吾不言,心道就算答错,只要改过不就好了? 为何李大人竟会如此震怒？却听李斯肃然道："秦律规定，法律答问答错的法官，会被处以他所答错的那条罪状之刑罚。"

一时被绕得没听明白，芈凫迷惑地望着李斯。李斯道："你可知兄妹相奸者，依照秦律，该当何罪？"

芈凫摇头。

"同母异父相与奸，何论？弃市。而你方才却回答他们'无罪'。"望着芈凫瞬间煞白的脸庞，李斯沉声道，"若那二人离去，当真找到国府要求结姻，最后被国府发现你竟如此答问，你，会被斩首之后，弃市。"

瞬间被惊出了一身冷汗，芈凫难以置信地抬头。

"阿萦，我问你，为秦吏者，俸禄可高？福利可好？可为人尊？你以为这一切，皆是白得？可还记得你初来之日，我曾对你言：王以千乘之尊，万里之奉，贵其冠履，则必承其重。然则要承其重者不止君上，还有一国上下，大小吏员！"李斯说着，渐渐激越，"全国上下每桩罪案刑狱，几乎都有官吏被追究失职重罪。手工器物者，监吏有责；农人劳作者，田吏有责；户籍乡里者，府吏有责。更不必提执法吏手握国法重器，失职之罪追究起来，更是前所未有的严厉！你既入廷尉府，就不能不对秦法心生敬畏，你可明白？"

芈凫早已满面羞愧："大人，白萦知错了，请大人责罚。"李斯被气得不轻，连声斥道："当真是不知轻重！念你初犯，罚抄《法经》，抄不完，不许回去！"

被痛骂一顿，芈凫脸颊烫如火烧，连声称是。而廷尉府法官室惊心动魄的一天，就在大秦少君火热的罚抄中渐渐落幕了。

数日后，咸阳王城
兴乐宫——

三月三，兴蚕事。

宫中岁月不居，时节如流，不觉间时序流转暮春已至。这日芈凫难得闲暇，午后小憩刚起，却见洒尘手捧漆盒入内。盒中是今春内史郡中，女子时兴的几样蚕丝。

芈怘掀开盒盖，拣出几束茧丝细细端详："听闻民间女子以此丝糅以麻线织成葛布，格外坚韧。更有墨家弟子发明新型织机，轻便快捷，我欲请奏君上一举推及民间。农桑，国之本也，明日吾要率六宫季春采桑，拜祭春蚕女君。"

洒尘闻言而喜："少君贤德，此乃惠民之福也！"芈怘却是面露愧色："如今我出入廷尉府修习秦法，虽是君上默许，却两难兼顾，有失少君之本分。"

洒尘道："少君不必自责。春耕大典以来，宫中您主事的各类事项，并未有分毫错漏。君上也已晓谕六宫，言今岁以来关中旱情渐趋峻急，少君需不时赴甘泉宫主持祈雨郊祀，却是为您不时出宫寻了说辞呢。君上对少君之事，是件件记挂在心的。"

芈怘幽幽一叹，尽管那人事无巨细，然而入宫十年，这还是第一次与他疏离至此。她已是算不得，究竟有多少日不曾见他了。

洒尘见她沉默，正待再说些什么，忽闻一阵细碎脚步声自远而近。抬头一看，却是个甚面生的女使，自称是中太卜处的宫人，见了芈怘，倒头便拜。

"君上令芈良人协助少君灵台求雨之事。但芈良人吩咐的祭礼，与少君早先吩咐的多有不同。"宫人说着，小心窥着芈怘脸色，"奴婢们惶恐，请少君定夺。"

芈怘挑眉："有此事？"

"千真万确！"宫人说着，突然伏跪在地，"奴婢们恳请少君，万不可再放纵芈良人了！"芈怘讶然抬眸，宫人又哭诉道："灵台求雨本是少君主持，以芈良人之身份，本就僭越了。自打领了其职，便对少君早先的安排指手画脚，刁难下人为乐。前日宫道上又当众发落郑八子之媵婢，如今阖宫人心惶惶，求少君为奴婢们做主啊！"

"放肆！"听到此处，芈怘骤然冷厉，"芈良人从旁协助祈雨，乃是君上的决定。若她的安排与吾不同，可再斟酌；若她当真僭越，主君自会处罚。谁给你的胆子敢在吾面前摇唇鼓舌、妄生是非？"

少君素来宽和，宫人何曾见过如此，当下唬得稽首在地，连声请罪。芈凫却是挥手："着小宰从重处罚！"

少君少见的震怒使得兴乐宫内外一片肃杀，唯有被拖下的宫人哭号渐渐远去了。洒尘上前宽慰："少君用些蜜水，莫为轻狂小婢气坏了身子。"芈凫却道："芈婹当众发落郑姬媵婢之事，细说与我听。"

原来君上前日提拔了郑姬宫中陪嫁媵女，封为内嬖。芈婹便在宫道之中寻故责打嬖女，又当众羞辱郑姬。恰逢君上经过，听闻前因后果竟维护芈婹，更是直接将那位嬖女打发出宫了。

"君上撑腰，芈良人更是横行。"见芈凫沉默，洒尘叹道，"您因郊庙求雨之事免了阖宫的晨定，婢子听闻，一早去她宫中拜见之人却也大有人在，而她竟也毫不避嫌。"芈凫摇摇头："如此气盛，是真不为自己留条后路了。"洒尘道："少君要惩戒芈良人吗？"

薄薄的天光金黄，拢着俏丽如花的玉颜，玲珑精致。洒尘却觉得，这一刻的芈凫，微微冷意似不见底。

"惩戒？"芈凫点着掌中海棠花露，缓缓轻笑："何必急于一时。"

还未来得及深谈，却见玄云拂着一身宫外的桃花瓣笑着近前，却是带回了祖太后的传召。芈凫听罢，眼前一亮，虽是依着祖太后吩咐，然而数个七曜过去，她也确实思念祖母了。

入得华阳宫时，辟芷正将那博山炉中添了一注不知是何的暖香，闻之暖甜扑鼻，沁人心脾。

"自江蓠过世，就无人能将这辛夷合香调得十分合宜了。"见芈凫面露疑惑，祖太后笑道。

"江蓠？"芈凫怔住，却是喃喃吟诵，"扈江离与辟芷兮，纫秋兰以为佩。"辟芷姑姑颔首："正是与奴婢一同自楚地就侍奉在祖太后身边的姊妹，只是……"华阳太后接道："只是，当年在安国君府中，那孩子一心护我，却死于非命。"

芈凫这才明白，为何祖母身边长年只有一位掌事姑姑。

"孝文王独宠祖母天下皆知，祖母在后宫，竟还有过如此窘迫之时吗？"

华阳不由得一笑，像是在笑这问题，又像是在笑芈凫："桂栋兮兰橑，辛夷楣兮药房。孩子,这辛夷是闺情罗帷之香,你可知道?"

芈凫抬眸,不由一颤:"祖母,您都知道了?"华阳太后叹道:"祖母虽老迈昏聩,却又不是泥塑木雕,事已至此,还想瞒着祖母?"

芈凫脸颊火烫,忙起身请罪。华阳太后叹了口气,却是亲手将她扶起:"自那年寒冬罚你跪得久了,便落下了病根吧!还不起来。"见她烟眉深蹙,不由笑道:"吾的凫儿受委屈了。瞧瞧,就连赵姬都看不过去了,前些日来,还说要为你教训政儿呢。"

芈凫大为惊讶。却是辟芷接道:"王太后本是来说关中大旱、归雍祈雨之事,却不想好生抱怨了一顿,直说这样折腾,何时才抱得上王孙哟。"芈凫不由脸红:"母后可是怪罪了?"华阳太后淡淡一笑:"赵姬来,原也不为此。"

芈凫一愣,心中却是疑惑。要知嫪毒之乱后,赵姬见祖太后多少还是有些尴尬的,这般平白来寒暄之谊,竟是颇显突兀。心思不过一转,却见祖母一双眼睛平静地望着自己:"赵姬数落政儿,祖母也不得不多说你几句。身为嫡后冢妇,你安排后宫却也本分,只是吾不知竟是虚鸾假凤、李代桃僵。凫儿,你这是避宠,还是与君上置气?"

芈凫眼皮一跳,观之她相送黄脩之事,诸位长辈并不知晓,想来此事竟是密不透风。遂垂眸道:"阿凫知错。"祖太后似笑非笑:"傻孩子,风口浪尖,你欲抽身而退,可是如此?"

芈凫沉默几许,终于开口:"祖母常说,飓风过境,万物蛰伏。"华阳点点头,沉声道:"凫儿再说。"

"帝王术,制衡也。"芈凫低声道,"今朝局之中,君上、吕相大道两分,貌合神离,祖母不会不知吧。"华阳回眸轻叹:"今岁天象迥异,彗出西北,时序颠倒。岂非大道不行,天以异象示警?"

"相邦摄政十载,军政大权尽在其手,君王亲政必以收回权柄为重,然而历经嫪毒之乱,我王却赦其连坐之罪,仍以仲父之礼尊奉之。试问,君王忍常人之不能忍,所为何?"芈凫说到此,摇头叹息,"吕相辅政十载,与秦大功。无大过而废之,君王顾忌声名也!"

华阳太后叹道:"凫儿倒是看得通透。"

芈凫又道:"昌平君今为左相,吕不韦一人之下,吕不韦若倒台,叔父位极人臣也。权柄交替之际,风雨欲来,阿凫身侍君王,又为楚系,岂敢不避!"

一席言罢,久久沉默。

她阖上双眼,章台宫冀阙下的鲜血惨呼,堆积的人尸……旁人都道嬴政天之骄子,从成蟜到嫪毐,再到如今的吕不韦,他一步步站在权力的顶端,看似云淡风轻,唾手可得;独她亲眼所见他的压抑忍耐,以及忍耐过后,那一朝伸展便如飓风过境、万物蛰伏的暴烈。

知其太深,视其太重,故而踯躅不前。

"祖太后,或是昌平君?"

王权之下,一切恩情皆虚幻。那夜他的怒火,那些染血的惨痛,岂非都是小女儿的任性、年少的承诺,撞上铁血王权后,余下的灰烬梦影。

还是华阳太后幽幽的声音,恍然惊破此间迷思。

"君王,顾忌声名,没有真凭实据,不得不父慈子孝;不韦倒台,世人皆知其昌平君之利,不得不幕后斡旋。"祖太后以手撩水拂于花上,似是漫不经心,"其间,岂无人穿针引线乎?"

"早闻嫚妹与姊母熟稔,以一己之力联结秦宫与昌平君府。"芈凫摇头叹道,"如此说来,凫儿不如芈嫚。"

"世间万物,皆有其道。你是芈凫,她是芈嫚,如何比较?"华后冷然一笑,"只是嫚儿借赵姬母国合纵,在君上面前旁敲侧击,言盟赵盟楚,为楚争利,真真是熊悍教出的好女。"

芈凫闻言,惊讶抬眸。

她知芈嫚越界,却不想竟越界至此——在君上面前,打着王太后旗号意图影响朝政,无怪乎赵姬会来拜会华阳太后。然而,其人以一己之身为母国、为君上以驱驰,于是君上报之以君恩盛宠,母国许之以公族荣耀,虽然冷血薄凉,却也是宫中最适合的生存之道吧。

芈凫微微一笑,终究释然。

"阿凫避宠,祖母不责。只如今数个七曜过了竟还冷着,绝非合宜。"华

华雍断章

阳太后叹道，"秦王何其刚毅心志，凫儿与他要强，岂非可笑？"芈凫一窒，低声道："非与他要强。君上若想见我，自然会来。"

深深注视芈凫数久，华阳太后不觉莞尔。

"看来，你是不罚不行。"太后又笑又叹，"恰逢开春，你这少君也该行蚕事了吧？就罚你亲手为君上缝制寝衣。"

"祖母！"芈凫忽而傻了眼，"怎地罚些这样奇怪的物事？"想想寝衣是为何物，却是骤然扭捏起来。华阳太后却道："怎就奇怪了？春行蚕事，你为少君，自是该亲自分茧称丝，为君上制衣。郊庙之服做得，寝衣怎就做不得了？"

芈凫默默，终究还是应承了事。

自长信殿拜别祖太后，一轮残阳如血。漫天晚霞染红了辽远的天际，一种有些沉重却又有些释然的心情，在芈凫心头萦绕不去。

忽而肩舆却是停了。伴着谒者"警"的高呼，只见长长仪仗自辇道远远行来，左右侍从打起旗帜肃肃，被护在正中的是君王的龙辇，徐徐游步。

"是君上。随侍其后的，似乎是……"洒尘上前打起纱帷，担忧地瞥了芈凫一眼。

两侧抬着凤辇的宫人早闻声避在一旁，芈凫被扶着下了辇，眼见君王的仪仗徐徐近前，在她面前停了下来。芈凫屈膝垂目："君上长乐无极。"

天光悠悠地洒落，那人的身影高高在上，龙章凤姿，挺拔如玉。"王后可好？"君上问着，话语中却无起伏。他平视前方并未看她，素来锐利的目光只余平静。

"劳君上牵念，妾一切安好。"

雍雅的侧颜琳琅美玉般无瑕，闻听她客套的言语，薄薄的唇侧却勾起一抹笑来。

"走吧。"

两侧内侍应着起驾，龙辇复又向前行去。芈凫望着那两列仪仗渐行渐远，怔了半响，待洒尘提醒才起了身。却见前呼后拥的一个宫装贵人来到了面前,一身明黄丝罗三重锦缎流光溢彩,却是芈婐。

芈婐半跪作礼:"妾给王后请安。"她的身后还围着两三个媵妾、四五个侍女,远远望去,竟比芈凫这王后排场大得多了。

芈婐笑道:"妾有罪,如今君上事事要妾操持,一时懈怠,竟是去伯姊处请安的次数也少了。"芈凫不语,这话本就毫无诚意,芈婐掌中甚至还逗着一只憨态可掬的金雀。却见那雀儿生得圆胖,乖巧稚拙,仿佛一不小心,就会被缠绕指间的锐利金石划伤一般。

"今日难得见到伯姊,可是君上他……"见她作态,芈凫淡淡一笑:"君上传召,你便去吧。摆驾。"

肩舆之中,一时寂然无声。

玄云没话找话:"听公父说,当日楚王在公族中为少君挑选大婚媵妾,可是下了一番苦心的。奴婢看着,她的模样果真是一众媵妾中最为神似王后的。"芈凫未作言,却是洒尘轻声阻止:"区区一个媵妾,怎敢比拟王后?"玄云也自觉失言,不由懊恼不已。

芈凫摇摇头,并未多言。如此则一路无话。

回宫用罢暮食,仍不免思量白日之事,芈凫索性屏退下人独往梅岭而去。兜转几回正欲回返,却见前处花雨纷飞,依稀一阵铃声清越,悠然传来。

芈凫循声而去,却隐约可见亭台一角,有红衣少女衣袂一曳,如若火焰奔放,宛如静水灵动,舞雩于天地之间。芈凫心念一动,梅岭角门毗邻望夷宫东北缘,而望夷一宫,正是她早先吩咐安置卫姬之所在。

少女的舞姿奇幻却又轻灵,绝非常见的娱人之舞。芈凫一时好奇,不由得驻足观看。眼前少女神情庄严,身若玄灵,如事无形而舞降神,翩然而俱神巫之意,直教来人看得入了迷。直至卫姬一曲舞罢,终于发现身侧响动,猝不及防竟见芈凫,连忙唤着"王后阿姊"匆匆行礼。

二人见居宫竟有角门联通,皆意外且喜。芈凫忙将卫姬扶起,问起她是在做何,自己可是打扰。

“巫舞以舞降神，一心沉浸，本不会察觉外务。”卫姬天真烂漫，“正好一舞即毕，阿姊来了。”芈凫听此更奇：“巫舞？”卫姬便道，此舞乃卫人颂歌也，正是祭祀神巫之舞。

芈凫道：“早闻卫人多殷商子民，将祀巫之道记于卜辞，晦涩难懂。如今一看十分神异，果真与周人祭祀大为不同。”卫姬却是小嘴一噘：“哪有阿姊说得这么厉害？其实是我阿兄说，我自小贪吃，吃得太多，就让我每天暮食后，务必跳一套《颂歌》才可睡觉。”

芈凫忍俊不禁。眼看这卫姬，虽比自己当年入秦时略大些，却终究不过是个孩子，今听她提及卫君，岂无思乡之情？当下便道：“你小小年纪，离开故乡，离开阿兄，可会寂寞？”

卫姬惊讶抬眸，过了一阵，水漾大眼渐渐蒙上一层泪光。不曾想她竟是要哭了，芈凫忙将她搂入怀中：“痴儿，我记得中原各国谗诬大秦为虎狼之邦吧？其实，那大都不可信的……”她本欲为这三晋口中的“虎狼暴秦”辩驳几句，顺带开解下这少不更事的少女，谁知卫姬却突然抬起头来，大眼睛扑闪了几下，认真道：“阿姊，卫人不恨秦。世人痴愚，笑阿兄是无胆鼠辈，但其实朝歌归秦，不过天命。”

“天命？”芈凫不觉惊讶。

卫姬道：“想我卫国多是殷商子民，卫都朝歌，也曾经是殷商的旧王都，卫国公室，正是文王嫡子与殷商王族共同的血脉。天命玄鸟，降而生商，帝辛纵开疆拓土，勇武拔绝，天命却不再站在殷商。周兴商亡，就是天命。”芈凫惊讶抬眸，却听卫姬继续道：“然而秦之缘起竟与殷商如出一辙，天命玄鸟帝女脩，这是不是一种冥冥注定呢？秦为西戎蛮荒，却灭了周王室，天道好轮回，我卫人，为何要恨秦？”

卫姬一席话，带着远不符其年龄的淡漠沧桑。她本是髫龄幼女，此语闻之，却似是出自知天命的半百之人。芈凫正觉惊奇，卫姬却又眨眨眼：“少君阿姊，我只和你说这些，因为只有你给我好吃的糕饼，我最喜欢阿姊啦。”

芈凫不由莞尔，卫姬却似忽然想起了什么，一时噤若寒蝉：“不过，虽然卫人不恨秦，但是姎怕君上啊！阿姊可怜我，不要让我侍奉君上！”芈凫始料未及,一时哭笑不得,便打趣她当真这样可怕?卫姬哭丧着脸:"要娥看来,君上就像我们卫公族那位公孙鞅一样,这样的人,仿佛天上的神,再美,也让人害怕。"

听她说到商鞅,芈虿也来了几分兴趣:"始知秦律,方知商君之伟也!这样厉害的公孙鞅,原是出身卫国公族。"说着却又打趣道:"不过公孙鞅如此厉害,他怎不帮卫国变法?"

"因为大父怕麻烦。"卫姬一脸神秘,"阿兄也说,法是一剂良药,更是一剂猛药,一不留神,亡国灭种。卫公室无不摇盆鼓瑟欢送公孙鞅快走,让他找个经得起折腾的国家变法,千万不要来祸害卫国。"

那句"然后他就去了秦国"还未说完,芈虿已经笑得惊天动地,卫姬则拉着她的手,一会儿央着"不要侍奉君上",一会儿撒娇"以后要从角门来找阿姊玩",闹得芈虿哭笑不得,却又如何不怜爱之,最终——允诺了事。

次日,晨起——

"要迟了,要迟了!"

金灿灿的晨曦之下,一个娇小身影匆匆奔在西秦市中,正是芈虿。抑或说,正是前往廷尉府当值,马上就要迟到的芈虿。天光大盛,只瞧她跑得一身热汗,好不狼狈。

话要说回今晨平旦之时。芈虿晨起盥洗妆点,欲往廷尉府当值。谁知洒尘查了日书,猝不及防看到《秦除》里说,之于己亥日生于南方之人,今日是破日。要知道日书的《秦除》乃是秦人居家旅行的必备,只要是秦人,出门办事都少不得翻一翻日书。而"破日",乃是有名的大凶之日,所谓破日出行,阴阳颠倒,必有血光之灾。

简言之,就是不要出门。

而很不幸,这个己亥日生于南方之人,很显然,就是芈虿自己。但问题是,今日她不能不出门啊!今日,是"白萦"升职加薪、除为吏的日子。所谓"除为吏",意味着今日起,白萦就从史子上升一层,成为官府承认的正式法吏了。而若今日缺勤,万一被罚回史子从头开始,岂不冤枉?

"这绝对不行! 少君您是楚人,您不知《秦除》的厉害!"见芈凫犹豫不决,洒尘惊恐地翻着日书:"您今日出门,会见鬼! 会遇见一个赤身裸体、连行骑立的丘鬼!"

不穿衣服、还单腿跳着走的鬼?

心道这鬼造型未免奇特,芈凫坚定摇头:"你让开,今天是我的大日子,天上下刀我也要去!"说罢又是哀求:"洒尘、玄云,你们行行好吧,要说不吉利,我发誓今天出门不回头! 我走路都走右侧! 我绕到城西,选人气最旺的外市绕一趟沾阳气,总行了吧?"

面对洒尘怀疑的眼神,芈凫心里一横:"你们等着!"

在两位内小臣,以及一众兴乐宫人目光炯炯的注视下,芈凫来到兴乐宫外,完全不顾形象地两脚交叉,像鸭子一样按照北斗七星的形状在阙下扭着身子走了三趟,边走,嘴里还边念念有词。

"皋! 某女子斗胆敬告! 保佑我出行平安,请求先为大禹清除道路!"

洒尘一脸虔诚,一丝不苟。眼看芈凫鸭行鹤步,连走三个禹步,又画了五个桃符,达到众詹事口中"大禹护体,自带结界"之境后,这才许她出门。出门后又为了趋吉避凶特意绕道外市,这不,原本充裕的时间,如今眼看就要迟了。

梦境十二 莲灿

芈凫在秦市中东挑西选,终是找了一处距离旗亭不远的繁华之地。按照洒尘的交代,再在此处走三个禹步,她今天一定能逢凶化吉,凶运大破。都是该死的丘鬼作祟,难得升职偏遇破日,芈凫只能自认倒霉。强打精神选定方位,就扯起破锣嗓子喊了起来:"嗷! 小女子芈凫斗胆相告……"

谁知这倒霉禹步的祷辞才念了一半,突然从天而降一个黑影,竟是直撞在了芈凫身上,几乎没把她撞得背过气去。缓了许久,爬起来眼冒金星地一看,谁知不看不打紧,一看,吓得她大叫起来!

"鬼啊!"

光天化日,熙熙攘攘,市井喧嚣。就在芈凫的身边、眼前,竟凭空真的出现了一个裸男……不,裸鬼! 此时,这鬼也哎哟哎哟着爬了起来,似乎也被摔得眼冒金星。

芈凫连声佩服。不愧是日书,青天白日,众目睽睽,还真叫她遇到了一个赤身裸体、连行骑立,还是从天而降的丘鬼! 这鬼看上去大约而立之年,相貌极是英俊风流,却是白长了一副好皮囊。

思量间只听那丘鬼嘟囔着:"哎哟,摔死某了!"芈凫连连后退,那鬼却是看她一眼:"抱歉啊小兄弟……"突然,它似是感知到了什么,忽而问道:"有钱吗?"

哈? 这又是个什么套路?

"看你穿着不凡,有钱吗? 有就快给我!"那鬼急道。

临行前洒尘的话拂过耳际:"如果遇到丘鬼,切记他若开口提要求,能满足的,千万不要拒绝! 不然你就被他缠上了! 你这一户的炉灶,就再也点不着火了!"

咸阳宫的膳房点不着火,那可不是闹着玩的! 于是在那丘鬼触目惊心的注视下,芈凫只能伸出手,下意识地掏出了自己的钱袋子。天可怜见,她的轶钱啊! 昨日刚进账的,有生之年第一笔轶钱啊! 可那丘鬼毫不客气,残忍地一把抢过了芈凫有生之年第一笔的俸禄袋子。刚拿在手里,就看前方一座商坊里冲出了几个彪形大汉,拿着棍子就包围了二人。

芈凫呆住。怎么给了钱,局面好像更混乱了?

为首老妇浓妆艳抹,一看就不像良家妇女。见那丘鬼,当即冲上:"你这人怎么回事? 居然白睡我们伶女? 还不给钱就想溜? 信不信仅存的胫衣我也给你扒了?"

白睡、他们家的、伶女?

老鸨直撸袖子:"白姑娘本是小店头牌的伶女,素来高傲卖艺不卖身,谁知道这个不知哪里来的该死白身,油腔滑调,不过听了两首歌,竟将姑娘骗到了床上。骗就骗了,居然睡完就跑,大家听听,这是人干的事儿吗?"

在一阵高过一阵的喧嚣声中,围观群众渐渐增多。

某乡老:"啊,这人去雪香坊白嫖,不给钱的?"

某走士:"什么,这人把白姑娘睡了? 看着人模狗样,居然、居然把咸阳第一美人白姑娘给……"

某士子："我的白姑娘！还我冰清玉洁的白姑娘！我不活了，跟他拼了！"

某士伍："太难看了吧，怪不得大白天的光着被扔出来！快去旗亭报官！就不信还没人管了！"

这下，芈凫听明白了。

她真见了鬼了，毫无疑问见的不是什么丘鬼，而是一个白嫖姑娘的、不要脸的风流鬼！

"谁白嫖了？"某风流鬼道，"昨日混得开心，身上的半两正好赏酒了，我不是给你韩币了吗！是你不收……"不容他说完，老鸨已经冲过来撕扯："秦市，这里是秦市！商鞅变法多少年了？谁要你韩币啊？我们只认半两、上金或是荆券！给我打！"

某风流鬼见状大急，连声高呼："别打别打，要钱给你。"而芈凫显然比他更急，然而她还没来得及阻止，就眼睁睁看着自己无辜的、干净的、平生第一次的、浸透着汗水和理想的血汗钱，被这个色狼给送出去了。那老鸨收了钱，看了看欲哭无泪的芈凫，丢下一句："小白脸，教教你这狐朋狗友怎么做人！"言罢扬长而去。

小白脸？

芈凫还在思考这个"小白脸"指的是谁，就见围观群众纷纷喊着"散了散了"，离去前还不约而同地用一种唾弃的眼神看她两眼，时不时伴以一两个"呸"。

好吧，不用疑惑，在咸阳国人眼里，她芈凫，现在无疑是和白嫖色狼沆瀣一气的渣男小白脸。

"这位仁兄？"某风流鬼观察着芈凫的脸色，上前讪笑道，"既然有缘不如认识一下？我姓郑……"

芈凫忽而暴起："给！我！去！死！"

一记重拳打了那个不知死活的色狼之后，衰神附体的芈凫终于一路小跑来到了廷尉府，当然不出意料地迟了。

"法吏萦,你怎么才来?"门前偶遇李斯,见芈凫急道,"快些更衣去询狱堂,有案子! 我主审,令史苍和狱史余为辅审,你身为执法吏,来写爰书!"

半刻后,询狱堂——

第一环节　告诉篇
告诉:据睡虎地秦简《封诊式》,告官、起诉也。

注释　此案源自张家山汉简"不知何人刺女子婢最里中"案,结合张不叁《秦朝穿越指南》的解读,合并改编而来。旨在通过本场断案,对读者了解秦时询狱论罪的基本程序有所助益。

询狱堂下,两名女子颤巍巍地跪着。

为首女子,是家住咸阳里巷的商女虬。据其供述,她家在国市经营小本买卖,每日去往国市时,必经一条幽僻小巷,谁知今晨路过时竟在巷内发现了凶案。当时受害人扑倒在地,身上插着一把笄刀,还在出血。商女虬大惊,忙去旗亭找里典求助。

里典负责秦市治安,据他回忆,夙食刚至,商女虬前来报案。前往案发现场后,见婢面朝下倒在血泊中,刀伤在肩部,人尚有气,随即叫来国府吏封住现场,他便带二人来廷尉署报官。

跪在商女虬一侧的女子就是受害人婢,据其人供述,她本是秦后子府隶臣妾,今晨遵主人吩咐去西秦市采买入夏物资。采购罢回府途经暗巷时,突然有人自背后捂住其口,婢挣扎间觉肩头剧痛,便失去知觉。

听了一番供述,李斯皱眉道:"除受伤外,可有财物损失?"婢掩面大哭:"主人给了奴一千六百钱置办物品,除去花费的一百多钱,还余一千四百钱,全部不见了!"

张苍闻言,惊讶地与李斯对视,芈凫也不由得倒吸一口凉气:一千四百钱,这可是一笔巨款。狱史余问道:"你去采买入夏女眷物资,怎会带如此多的钱在身上?"

婢抹泪道："大人有所不知,前一阵子君上赐给少君蜀贡的缯布,由宫中司服为少君制以入夏常衣,少君主持春日宫祭时,被广为称颂。咸阳贵女中早就传开了,若是穿了和少君一样的常衣,定也能如她般,得到夫君宠爱。故而众人趋之若鹜,那蜀贡缯布价格越发昂贵,主人为家中女眷制备,一千六百钱还不见得够呢!"

芈凫猝不及防被一句"得到夫君宠爱"堵了心,众人则在一旁问起凶人样貌、过往来客诸事来。然而凶手自后偷袭,未曾被窥见面貌;案发巷子幽僻,现场并无他人;婢从市集回来不曾留意什么可疑人等,平日也从不与人结仇滋事……一项项问下来,此案除了疑似抢劫伤人,竟是再无线索可寻。

李斯无奈,只得吩咐隶臣检查婢的伤口,又叮嘱芈凫记录。时人禁忌繁多,伤口与尸体为大不祥之物,故而国府吏不会直接接触,而是由奴籍的隶臣查验。芈凫掏出笔,待隶臣通报婢的伤口情况后,便一一录之:伤者为隶臣妾婢,肤色白皙,身高七尺一寸。左肩处刀伤长一寸、宽两分,伤口中间陷下,伤者身穿布裈、裙……

在芈凫记录爰书的同时,众人又商议一巡。张苍提议往诊,众人纷纷称是。

第二环节　往诊篇

往诊:据睡虎地秦简《封诊式》,指法吏、隶臣前往现场调查。

众人议定往诊由张苍与白萦主事,二人便一同乘车前往现场查探。

现场是一条幽暗僻静的暗巷,此时已被国府戒严。二人入内,只见地上散落的物证仍保持着案发时的形态,依稀可辨有血迹、梅花漆盒、缯布妆粉等。

张苍主查物证,芈凫则记录爰书:"血迹位于暗巷南侧,距秦市旗亭二百步。婢被刺后,呈俯身躺卧,伤口在左肩上方,除此外并无其他血迹,也无凶手脚印……血迹侧后几步,路中见一枚笄刀。刀柄环状,长九寸,刃宽三分。与婢肩上刀伤吻合,疑为凶器……现场有漆盒,其上纹以梅花标记,漆盒附近,散落可见妆粉、缯布等,应是婢采买之物……"

芈凫殷殷记述,一丝不苟,很快就将现场物证录了个仔细。一番辛劳,不觉已是日暮之交,金灿灿的阳光探出里巷的矮墙,洒落一地碎金。突然,角落里一个奇怪的青色物件泛着光,闯入了芈凫的眼帘。

"这是……"芈凫上前捡起,入眼那物色青似尺,长约一尺半,边缘还有参差不齐的锯齿状刻痕。"这是何物?这刻痕,像是计数之用?"张苍上前接过那枚物事,显然此物也引起了他的好奇。沉思片刻,答道:"这是用来表示货物价值的有价凭证,荆券。"

"荆券?"芈凫疑惑,听来只知似是货币,却不甚了了,"难道,这也是婢留下的?"

张苍皱眉,沉吟不语。

第三环节　定名篇
定名:一作定"名事里"。据睡虎地秦简《封诊式》,指根据前期告诉及往诊证据,确定案情大致情况。

婢一见,就否认了荆券出自她处。

原来,婢出身秦后子府,家族图腾为梅花。三代以来,氏族公卿皆有家族图腾,如殷商之玄鸟,楚王室之丹凤,秦王室之虎噬羊,皆是此类。据婢交代,秦后子以梅花为图腾,府中一应物事皆黥以梅花印记,是故现场漆盒之上亦有梅花,然而这枚荆券上,却并无梅花。

除荆券外,散落现场的漆盒、缯布、布帕等物,婢都已指认,为案发时自己携带之物。盘查下来,唯笄刀和荆券不明来历。然而笄刀民间盛行,极难追查,如此一看,却是荆券稀有,更具线索价值了。

李斯正率众狱史推论,却是秦市里典偶然瞥见,一语道出来历。

"这是布商贩售缯布的荆券,缯布我知道!最近特别受公族贵女的追捧。你们看,它的价值在这里!"在诸人目光炯炯的注视下,里典手指向荆券一侧的刻齿道:"这里是物品名称和单价,竖的刻痕表示数量,最下是总额。也就是说,这份荆券表示客人购买缯布百一十尺,每尺百八十钱。此处刻着的,是交易金额,你们看,共是一千九百八十钱。"

张苍闻言,眉头陡然一皱:"一千九百八十钱?"

芈㛮一旁听得明白,不由怦然心跳。现场最有价值的证物是秦市布商的荆券,那么凶手,自然要从布商查起,更说不定,那布商就是凶手!她还未将心中判断说出口,两旁令史、法吏已是议论纷纷,皆言此案证据明显,凶手十有八九是秦市布商,更有甚者,摩拳擦掌只问何时拘捕。

人生第一桩刑狱案如此顺利即将结案,芈㛮不由得一阵痛快。偶一回神,却见张苍一脸凝重,恍恍惚惚,神游六合之外。

"……一千九百八十钱?"

芈㛮见之诧异,正待问他,谁知张苍骤然起身,向李斯深深一拜:"师兄,苍以为不能结案,凶手另有他人。"

话音一落,询狱堂内顿时腾起一片议论声。众人面面相觑,只是看他,李斯也不由抬头,问他何意。张苍却严肃道:"难道你们都不曾发现证物中的疑点?缯布单价一百八十钱,今购买一百一十尺,总价当是何?"芈㛮迷惑道:"总价?自然是一千九百……"话说了一半,却是如梦方醒:"不对!应该是一万九千八百钱!少了一个零!"

众人哗然。

狱史余道:"许是商人大意,少刻了一个零?"张苍怒瞪:"大意?这是侮辱算术!身为布商,一个时刻与数字打交道的人,处理这等大宗款项,岂会如此轻率地多刻少刻?某看来,这就是疑点!"

芈㛮直摇头:"又不是稚子学九章算术,犯得着这么较真儿吗?"张苍冷哼:"不好意思,不才正是九章算术的作者。学了不才九章算术的,哪怕是稚子,也绝不会犯如此低级的错误。"言罢向李斯道:"大人,卑职认为,就此认定布商为凶手,证据不足。卑职奏请进一步扩大嫌疑人搜查范围,开展广泛摸排。"

狱史余当即反对:"卑职不同意! 这荆券是唯一最具指向性的证物,证据在眼前,张苍却偏不认。此案已经审了一天,再摸排怎么也需要一天,两日内对嫌疑人毫无头绪,依据《秦律》……"

说到此,狱史余看了李斯一眼。

李斯却是打断他:"不必多说。"他忽而站起身来,一扫方才沉默思考之态:"传我政令,明日起府中执法吏,一分为三。其一前往国府户籍室,盘查梅花图腾,以及秦后子府社会关系,判定有无寻仇滋事可能;其二前往暗巷,排查附近臣仆、商人、舍人、外乡人、浪客及其他形迹可疑之人;其三前往秦市,找商人复查荆券用途,盘查嫌疑人等。"狱史余急道:"可是!"李斯沉声道:"我意已决。"

见此,狱史余愤然无话,张苍却是面露欣慰。李斯又思虑片刻:"说来,除了盘查这三种,还有……"

"还有?"

听了一番部署安排,芈凫心中已是佩服得五体投地,李斯看似沉默寡言,却始终心如明镜,缜密周全。没想到这样天衣无缝的布置,他竟还能想到疏漏。

李斯却是莞尔:"左右累了一日了,先不提。诸位去膳堂用暮食吧,然后回家好好休息。此案,自然大有可为。"

天光西坠,花影徘徊。

不知不觉竟忙到了这个时辰,芈凫走在官署廊苑之中,心中正叹案件胶着,无甚进展,却听前方一阵窃语之声。

"真不知廷尉正在想什么!"

芈凫一惊,却见狱史余并两三法吏,正忿忿不平私下议论。还不及躲避,就听狱史余道:"这般摸排,没有数日岂能有所收获?"一旁法吏也说:"是啊! 小人看来,明明已经可以结案,那张苍非要劳民伤财,大动干戈,还不是为了自己!"众人纷纷附和:"只为自己也罢,怕是因得他一人,要将我所有人置于问责之境!"

"依据秦律,狱案侦办三日内无有明显进展者,视为办案不力。"狱史余长叹,面露忧虑之色:"到时主审撤换,主、副审官都要问罪,这个张苍!"

芈凫吓了一跳,原来秦律对于刑狱官员断案效率的问责,竟也如此严格!那若这样说来,李斯他……

几人满心怨愤,边说边走,很快就远去不见了。许久后,一个身影却在树下渐渐显出形貌,满天红霞落下天际,衬得那身影几许单薄。

那却是张苍。然而他只是沉默了片刻,便大步流星向李斯的文书室而去。芈凫思量一瞬,只怕那二人平白又起争执,也连忙拔腿跟上。

张苍来到法官室,却见李斯独坐在那张大大的书案之前,掌中握着刀笔,他的面前是摊开的长长卷轴,在他身旁,则码好了一卷卷竹简,用赭色的麻绳扎得严严实实。与平日公文常用的玄色麻绳不同,这几卷竹简放在一侧,十分整齐光洁。闻听响动,他头也不抬:"青之来了? 快坐。"

"这是韩师兄的新作?"张苍近前,默然跪坐,"师兄,您仍如兰陵之时,闲时便誊抄韩师兄的著述吗?"李斯笑道:"不过闲暇无事罢了。"

"师兄常说韩非师兄集法之大成,他的著作,留多少都不嫌多,所以一有闲暇,你就誊抄。"说到此,张苍停了片刻,"但您也说,您毕生心愿,是践行师尊学说,是为政出世。师兄,苍今日的作为,是不是……"

李斯手中大笔顿了一顿,却打断了张苍的话:"青之,你看看韩师弟这句话,可谓直击吾心也!"张苍无语,却是接过竹简,一字一句读道:"智术之士,必远见而明察,不明察,不能烛私;能法之士,必强毅而劲直,不劲直,不能矫奸。"李斯点点头,接过话来:"法贵无私,明知不可为而为之也。"

张苍长跪,一揖至地:"师兄,苍谨受教了。"

二人相视而笑,几多默契,尽在不言中。然而二人皆不曾留意的,是此刻客室之外,芈凫正隐于帘中,眼见此情此景心头一松,不由喟然而叹。

张苍,李斯……韩非。

待回到宫中,已过夙暮相交。

案情胶着,人心浮动,芈凫心头亦是焦躁难安。坐在廊下,眼看乌沉沉的积云渐渐压在了天边,白日奔波忙碌倒是不觉,闲暇下来,只觉晚风扑面竟有些寒意，看这浓云，却好像是要变天了。

一阵天末凉风掀起了寝殿的纱幔，见这猝不及防的时序倒置，洒尘却欣喜起来："要下雨了吗？旱了这么久，终于要下雨了？今岁天时倒悬，四象颠倒，婢子瞧着竟有些倒春寒的感觉。"

夜风劲急，夹杂着丝丝冷意，扫落了枝头初绽的繁花。玄云一边笑着，一边钩起了层层翻飞的纱帷："都要初夏了，哪来的倒春寒啊？傻丫头！"

芈凫却似是突然想起了什么："今日，是什么日子？"洒尘道："今日？是十五吧？"她说着，突然意识到了什么："少君！"

果真是十五。

《月令》有载，王逢初一、十五宿于元后宫中。可是……

玄云一拍脑袋："啊！瞧我这脑子，今日原是十五了！少君，婢子去知会一下庖人吧，为君上备些宵夜？"芈凫摇了摇头："已过掌灯时分，却并不见长安宫寺人来通传，君上今日不会来了。"

洒尘并不死心："这才不过夜未时分，君上大抵还在正寝批阅国是。"玄云也道："少君自己都说，君上耽于国事乃是天塌也不觉得，定是还未来得及遣人通报。"芈凫听了，只是微微一笑："这也非第一个十五不宿在我处，你们又何必安慰我呢。"

此言一出，忽而一片死寂。

日居月诸，照临下土。乃如之人兮，逝不古处？其人如火，也如冰，想来君恩便是如此吧，宁不我顾，俾也可忘。

芈凫心头想着，忽而道："我要外出。"二女面面相觑，正待劝阻，芈凫却道："终究已是仲春，方才我也看了，云还高着，雨下不来。"说着已是起了身。洒尘与玄云对视一眼，执起风披就追了出去。

天光坠落，夜幕降临，夜风愈发峻厉。那阵朔风已全然没了白日伪装的温和，带着丝丝寒意卷过宫墙，掀起阵阵乱红。万物静默，一前一后，主仆二人行在阁道之上。

"洒尘，你随侍我身旁，有几年了？"芈凫心头数过，叹道，"恍然竟也有十年了，我却仍对你一无所知，为何会入宫，家在哪里，人口几何……"洒尘忍俊不禁："少君怎如今秦法学得,如那国府老吏傅籍一般?"如此打着趣,却也说起了自家身世。

原来洒尘出身却也平常,她本是普普通通、土生土长的关中老秦人,其家在泾渭平原之上的陇县,以前曾是太后采邑。但近百年来,关中越是向南,土地越是贫瘠,因得土地太过瘠薄,实无余力贡粮,近百年来便只按律田赋了。

"如今生活可还温饱? 家中余人几何?"

听芈凫此问,洒尘却道："少君说笑了,婢子家中早就无人了。"见芈凫疑惑,她又轻叹："少君可还记得,当年君上还是公子之时,曾一路西行百里秦川?"

见芈凫目露了然,洒尘黯然长叹,忆起往事。

当年公子政入关中时,正逢大旱,那年便是春来无雨,就如今岁。那场旱灾蔓延至整个关中,但见漫山遍野,黄沙蔽日,山野饿殍,易子而食,惨象令人不忍闻听。当时公子政经行陇县,偶遇一处村落,见全村皆饿死,唯余四名女眷,便将四人救下,托付给陇西郡救灾官吏,四人才得以存活。这其中一人,便是洒尘。

"一村之人,仅活下来四名女眷?"芈凫闻之,又惊又痛,"秦川明明是水源丰饶之地啊,怎会如此?"洒尘却是摇头："小君不知,泾渭平原水丰,关中却地势低洼,乃是望水而旱,多盐滩恶泽。"芈凫问道："那可有修建水渠缓解灾情?"洒尘苦笑："关中受灾最重者,前后二十三县,不只数百里也。若筑水渠,岂是一朝一夕之功? 秦连年征战,人力物力皆用于战事,就算知道只能靠天吃饭,各郡县所有的,也不过几条毛渠罢了!"

洒尘眼前,浮现当年的场景。

那年关中大旱,又逢六国合纵攻秦,内忧外患。若非后来偷听到那人交代郡县赈灾,幼小的她怎么也想不到,那位与农人同出同食、勘察旱情的大兄,竟就是大秦的长公子。世人皆知秦王政铁血而尚武,飓风酷烈,然而她却亲眼见过他流泪。那便是那次在陇县她亲眼所见,他面对山野饿殍,双眼含泪,难以抑制。

摇一摇头，洒尘拂过心头如烟的思绪："婢子那时还小，十分懵懂，却觉这位公子能给老秦人一个更好的大秦，故而忍不住就想追随。所以临行前央了公子，求问如何可入宫中。结果，少君猜君上如何回答？"

"这……"芈凫沉吟片刻，蓦然笑了，"他的话，定是给你一个传，然后让你去永巷参加宫人考校。"洒尘也不禁笑了："果然不愧是少君啊！君上当真给了婢子一套符验，让婢子自己去参加选拔。"

主仆对视，一言难尽，那人，果真不愧是铁血君王不近人情。洒尘思量旧事，不觉莞尔："君上为人，向来顾法不顾亲，哪一次不是如此？唯有对少君，却是例外。"

芈凫惊讶回眸："对我？"

"唯有少君是君上的例外，普天之下，独少君一人。"洒尘回眸而笑，"少君，婢子当真感谢天命，让婢子侍奉少君。以敬重君上之心，侍奉君上心上之人。"

芈凫始料未及，一时竟是鼻酸："时至今日，过往种种，已成梦幻。君上对我，他对我已经……"洒尘却道："少君，君上伤了您，您就不惦念他了吗？难道在意一个人，不就是天理了吗？难道受了伤，就能不在意了吗？"

芈凫无言以对。不知不觉，一层薄雾涌上眼眶。

"洒尘，其实……我真的很想要个孩子，我和阿政的孩子。"

言罢终复沉默前行。有些东西在心头流淌而过，偶被提及的一段过往，却又辉映那人旧时风姿。她恍然觉得，明明这是第一次，终于感觉与那人之间更进一步，却又如此咫尺天涯。

最近一段时间里，芈凫一直在听。各种人、各种事、各种场景，与那人息息相关，在过去那样多懵懂无觉的岁月里，她从未想过，司命的覆雨翻云手，竟将自己带到了这样一位天选之子的身边。

无疑那个人，是天选之子。在他身边，注定起伏跌宕，注定大开大阖，也注定难以离舍。生平第一次，她如此倾尽全力想要追赶一个人的脚步，须知追赶他，那是怎样的难事，需要何等执着的孤勇，然而她还未及细想，就已经披坚执锐，一往无前。

这般执念,究竟是一生之宿幸,抑或一生之劫难?

须臾一阵朔风北回,寒意更甚。芈兔也不由得紧了紧身上的风披,双膝上传来隐约的刺痛。洒尘心忧道:"少君,似乎真的变天了,您的身子……"

"我,想去芳洲看一眼。"芈兔骤然言道,却对上洒尘惊讶的双眸,"犹记得少时那年,与君上置气磕绊,那一夜深秋萧瑟,也是如此的寒凉。我独坐在芳洲的廊下,思绪空茫,而他就来了,后来似是发生了好多事,我与他争执,被祖母罚跪,又被他抱回芳洲……我不知,大约就是那时动的心。"

"洒尘,我好想他。"她苦笑起来,"我撑不住地想见他,却又不愿再去长安宫。也许这世间唯有一个地方,独属于芈兔和秦政,那便只能是芳洲。"

"到此始知相思苦也,"洒尘阖目长叹,"少君,婢子明白了,婢子陪您去。"

到了东宫地界,天边竟真的飘起了一粒粒的冰簇,月色彻底消弭,天际变得乌沉,一丝星子也不见了。回望六合,阴云无际,洒尘亦不由得惊了:"这下的不是雨,这是雹啊!"诡异的天象让她陡然变了脸色:"本以为天降春霖,谁知竟是这般灾情。如此,岂非雪上加霜?"

一个恍神,却见芈兔步子如飞。洒尘手执风披为她遮挡那灾异的冰雹,一时脚步都赶得凌乱:"少君慢些! 今日春寒来得诡异,婢子记得自那年雪夜罚跪后,每逢苦寒之日,您的膝伤总会复发……"

芈兔只一言不发。

其实洒尘说得不错。自昏时起,明明当时天间风力还不甚,双膝上就在隐约痛麻,自方才沉沉寒夜来袭,愈演愈烈。只是心中空茫却无谓的执念在驱使,被她刻意忽视罢了。

芳洲之中淡草花树,一如旧时。庇檐下芈兔终于停住了脚步,雨雹如雾而下,夜间寒气翻转上腾,凄迷如梦。脚步踏上熟悉的廊苑、汀州、寝居,步步重温,天地静默无语,而女子骤然长叹。

洒尘道:"少君,您还好吗?"芈兔却道:"有何不好? 我想来,来了,看到了,也该回去了。"

洒尘不语,只担忧地看她。

芈凫轻声道:"这些日总听旁人提起各种各样的他,竟是忍不住想,若是我也如他那般,行一遍那人行过的路,读一遍那人读过的书,或是也去亲自做做,那人正在做的事……"洒尘听得目瞪口呆:"少君岂会有如此荒唐的想法? 君上是男子,女子岂可能如男儿一般?"芈凫摇头苦笑:"是啊。女子,怎可能如男儿一般? 我所能做的,不过就是回到这芳洲罢了。"

诡异的灾象似是天公的预警,膝下渐渐深重的刺痛和天间如豆洒下的雨雹两相缠绕,终至难支之境。芈凫终于道:"心愿已了,回吧。"

洒尘松了口气,掌间纱笼灯在氤氲中一闪而过,又被寒雾映得昏黄。寂寂的脚步声轻叩在廊下,静谧成谜,带雨的屋檐下晚来风急,在廊下的转角,芈凫微微一怔。

余光分明瞥见那个修长的身影,他静静站在那里,雪色的中衣被夜风吹得飘飞,墨染般的长发仿佛溶于夜色。

"君上?"她失声呼唤。

不过一个转瞬,那寂寂长廊唯余雪落。如同来时一样,氤氲如梦,空无一人。

回到兴乐宫,已觉腿痛得起不了身。为了不惹得内小臣们忧心,芈凫只照旧敷了些药酒便借口躺下,早早打发了二人寝殿之外侍奉。

夜深漏尽更阑,帘外雹大如斗,待到中夜过半,突兀乍起的惊雷闪电映得轩窗凄厉惨白。芈凫默默蜷缩在衾被之间,只觉寝殿内翻转上浮的寒气渐浓,刺入肌骨,也刺进了心里。又是一记惊雷当空劈下,豆大的汗珠凝在额角,她咬着嘴唇,一言不发。

就在此时,殿门忽而洞开。映在寝殿门侧的身影颀长伟岸,身上却薄薄地拢了一层寒气,衬得那身影,几许虚幻。

芈凫惊觉抬头:"何人?"

那人沉默着,一时未动。但此时寝殿漫涌而上的,分明是她最熟悉的那味冷然的梅香。少顷,那人沉默着大步来到榻间,芈凫心中一震,却觉一双铁臂自后将她牢牢锁住。

忽而一阵心悸，她哽咽着整个人蜷了起来。"腿又痛吗?"他的声音低沉沙哑，轻轻浮在耳畔，而她依旧低低地小声哭着，不愿理他。感受到指间冰冰凉凉的眼泪，他微微一僵。

"别哭。知你不愿侍寝，寡人不碰你。只是……"许久他才闷声道，"漫漫长夜，不愿你一人在此捱痛而已。"

心里忽而"咯噔"一声，芈㚣终于明白，自那夜以来，她心头一直隐约的抑郁不安来自哪里。

仿佛一根弦骤然崩断了，她突然哭着挣扎起来，甚至是捶打着他，不计后果地全然发泄着心中的委屈怨怼，但却丝毫无法撼动他的怀抱哪怕半分。

"你、你放开我!"她哭着挣扎，"谁不愿侍寝了? 谁不愿侍寝了? 君上为何一直污人清白，夜夜宿在芈㚣处的，不是君上吗?"身后的人闻言愣住了，许久不曾说话。而她急怒时，竟说出了这般有悖少君之责的僭越之语，便也住了嘴，僵住了。

"今后，不准再想别人。"

她又瞬间挣扎起来:"哪有什么别人?"他顿住，有一丝迟疑:"你心中，不曾有过旁人?"

"什么旁人?"她被他气得直掉眼泪，"始终，只有你啊……"

最后一缕话音细如发丝，她红着眼眶好歹说了出来，就把整张脸蒙进了被子里。

"寡人在，睡吧。"仍是紧紧将她搂在怀中。

夜早已深，渐起的疲倦和针扎的刺痛，终于将芈㚣耗得筋疲力尽。帘外冰雨来急，夜风呼啸，但那宽厚的胸膛始终紧紧环抱着她，将这一切隔在了极远的地方。

许多年后，嬴政也会偶尔想到这个春夜。

风雨如晦，黑云压境，寝殿之中，那小小的身影被自己紧紧拥在怀中，纤细柔弱，不盈一握。冰雪交加的深夜，闪电惊雷，只是为何回忆竟被岁月柔软至此,以至于多年之后回想起来……

犹觉当时明月在,曾照彩云归。

次日,清晨——

唔?!

陡然清醒的芈凫,望着身旁人沉睡的侧颜,骤然一个激灵。蹑手蹑脚放轻了呼吸,细细端详许久,一丝飞红却染上面颊。

居然这个时辰还未醒? 当真不太像他! 她在心里默默念着,却是忽然福灵骤至,突然似是想起了什么。

对啊,机会来了!

伸出罪恶的双手,她开始在他身上摸来摸去。

诸君可别误会。还记得祖太后那个难为人的"惩罚"吗? 没错,为君上做一件寝衣。只是少君遣人来问君上寝衣的尺寸,这种事若是教中司服诸人知晓,那还了得,怕是不久后阖宫皆会传遍"少君热情,干柴烈火"的无稽传闻了。

不能去找中司服,就只能自己动手了。所以真的勿要想歪,她芈凫就是无比纯洁地在摸他……呸,在给他量尺寸。

忍不住伸手去戳,芈凫不由笑得奸诈。要说熟睡的秦王哪还有一点平日里的虎狼之气? 分明就无害得仿佛一只大猫。她忽而起了坏心,捏他! 此时不捏,更待何时!

骤然一阵不明寒意袭来,芈凫无来由地浑身一抖,赫然发现眼前的人不知何时早睁开了眼睛,正疑惑地看着自己。见她惊慌呼叫,秦王不由皱眉:"你在干什么?"芈凫只得讪笑:"君上醒了? 妾只是想叫醒君上,别误会别误会别误会。"

他倒也不缠夹,只是看她,神色颇有些古怪。她也回望着他,一时无话。默契地不去提昨夜,然而终究是僵了这么久的时日,如今相顾无言,一时颇

华雍断章

256

觉尴尬。终于待君上起身,坐在殿内慢条斯理用起夙食的时候,新仇旧恨先搁一边,起码眼下芈凫知道,她的机会又来了。

"君上,妾服侍您用些葵菜热汤吧!"拿着热汤徐徐靠近,芈凫一脸奸笑。

若论芈凫内心,自是泼他一身汤,其后服侍他更衣,再其后顺理成章留下旧的,于是寝衣尺寸尽入掌中,顺便烫烫这个恶人。听听,可不是机智的小女子的计谋。

然而天不遂人愿,就在她心狠手辣泼汤的一瞬,眼前似有虚影一晃,再看那虎狼之君竟是以极快的速度,瞬间闪身避过了这蓄谋已久的一泼。

芈凫顿时傻眼。

他什么时候功夫这么好了?她还兀自端着剩下的半碗汤愣着,就听那人凉凉地说道:"芈凫,你脑子有疾?"

于是芈凫只能殷勤地拿出绣帕,在他身上擦拭那并不存在的汤渍——虎狼之君,要不是尺寸已经摸的差不多了,她才不会理他。秦王政沉默片刻,忽而似是恍然大悟,一把抓住她的手腕:"你这是在引诱寡人?"

"是祖太后!是祖太后……"急匆匆辩白到一半,她忽而惊恐地瞪大双眼,"君上做何?"

"宽衣。"

芈凫一边捂脸,一边石化:"宽衣?宽衣做甚?是祖太后让我做寝衣!我不是,我没有……"秦王政直接将寝衣丢给正从指缝里偷窥的芈凫,脸上极度鄙夷:"你在想什么,寡人是让你按这件尺寸做。"

……呃?

这一番折腾,倒是苦了奔波送寝衣的长安宫人,待君后二人终于衣冠齐整、琴瑟和谐地再次坐在食案用上夙食,大概又过去了两刻钟。

秦王不语,芈凫尴尬。

"这几日法吏做得如何?"他夹了一箸豉油豚拍入口,却是忽而问道。

芈凫却是骤然睁大了眼睛。

"君上也知道我升职啦?"她忽而眉飞色舞,"我知道冀阙了,商君的冀阙！我还知道大咸阳的秦市十分繁华热闹。我抄了好些日的法条，君上要不要考考我？说来君上，那些为你祈祷的良民，你却那样重罚，真的太过分了！关中大旱，农人的生活很是不易……"

那人偏过头来看她，如此的絮絮叨叨、眉飞色舞，素来冷沉的眼中也不由得含了几许笑意。

芈凫咬住下唇，却似是忽而下定决心："君上，经历这些日的一切，妾愿意守法遵法。妾以后不会收大臣们送来的锦缎，也请君上，不要赐给妾身布匹了。"秦王政抬眸讶然，芈凫不待他问，便道："因得君上赐的云纹锦，咸阳缯布的价格都上浮了，君上可知昨日妾遇到的案子吗？"秦王轻嗤道："那寡人就下旨，那缯缎只你可穿，旁人不许碰。"

芈凫哑口无言，心道这个时候的标准答案不是应该想办法平衡物价吗？不由得叹气："也罢，那个案子还在胶着中，妾今日……"秦王政突然打断："今日不许去，给寡人在宫里好好养腿。"芈凫一愣，却听他又道："凫儿知我大秦立身之本，法度也，寡人甚慰。但也不能不顾身子，你又不是真的男子。"他说到此，停顿片刻："知你这些日来辛苦，故而让你那族妹助你春祭礼器之事。"

他这语气，却分明是在向她解释了。芈凫心头一热，不由微笑："君上体恤，那索性给芈嫘再升个位份，祭祀什么的干脆都让给她好了！"

谁知话音一出，殿中空气顿时冷了三分。

"……你倒是大度。"秦王政起身，"差不多也到了月旦小朝之时，摆驾吧。"

望着他一言不发拂袖而去的背影，不晓得又哪里戳到逆鳞的芈凫，满心莫名其妙。她这样说，还不是替他拉拢芈嫘更尽心尽力吗？难得她一代贤后如此豁达，而他竟不领情，这虎狼之君的无名火来得就是喜怒无常、不讲道理。

一日后

廷尉府,询狱堂——

第四环节　询狱篇

询狱:据睡虎地秦简《封诊式》,举证、问询也。

就在芈凫依照王令宫中将养的同时,三队执法吏依李斯指示穿街走巷奔波一日,终于在她回归这天,将嫌犯锁定在了以下这四个人中。

嫌犯一:商人间

身份:秦市布商

商人间在秦市经营布店,是附近唯一贩售缯布的商人,故而嫌疑最大。据其回忆,婢那日平旦就到店中,说要些时兴的缯布裁衣。但他并不识得那笄刀,更否认了荆券来历。

商人间着急分辨:"小人的布店不大,平日里多经营些小本买卖,如平价的葛布、苎麻等,店里交易大额需要用到荆券的寥寥无几,更不必说这样的巨款定会妥善收存,岂会随意遗失啊!"

里典也道:"附近的乡里都爱来他店里买布,他头脑机灵,常常让利,算账又快又好,是出了名的。"

嫌犯二:农人辛

身份:频阳县农民

农人辛近期入咸阳秦市购置大量红缯,故也被列为嫌疑人。

"大人明鉴,小人购买红缯,是用来装扮耕牛的!"农人辛供述道,"小人所在的甘泉乡,是百里秦川最擅养牛的。春耕大典后,县府依秦律对每户耕牛进行品评,小人的牛评为最优,其后关中十三郡综合品评,我们乡十二头牛又拔得头筹。"

国府吏上堂佐证:"其言是真。今年苦旱,国府对春耕极为重视,甘泉乡的牛膘肥体壮,便禀报相邦申请嘉奖。前些日获批了,一应农户每人晋爵一级。"农人辛也道："是故小人至咸阳专程来谢恩,顺道买些红缯,回去装扮那些受奖耕牛,乡里乡亲也热闹一番嘛!"

众人听罢,互相对视不语。却是李斯取出笄刀来,农人辛仔细看了,道："这是笄刀吧?我们农人用不得这样好的刀,这把刀不是小人的。"

嫌犯三:士伍奋
身份:存疑

据秦市里典报备,士伍奋一连几日在布店附近徘徊,形迹可疑。

"小人是黔首,徘徊秦市并无他意,更不欲购买缯布。您说的笄刀,更不是小人的。"询狱堂上,士伍奋无精打采地说。

"大胆!"张苍厉声斥道,"调阅你户籍传册,你分明出身行伍,三年前还在骊山大营服役,爵至左更长。你说不欲买布,却又分明有人看见你一直从旁问价。你遮遮掩掩,前言不搭后语,是何居心?"

芈凫亦是皱眉,此人拒不配合,行迹又委实可疑。张苍审了半日毫无进展,不觉大怒:"欺上瞒下,欺骗官府,拖下去,笞掠!"

一听笞掠,士伍奋神色大变:"勿要动刑,小人招了!小人确实出身行伍,如今也确实是黔首。"他认命叹道:"年前,小人奉命参与蒲阳之战,被派为短兵。"

"短兵?"李斯惊讶道,"短兵是专司护卫将军的精锐,一支短兵二十人,皆是精挑细选出的勇猛之士,你的军衔不低啊。"言及此,他忽而大皱眉头:"不对,蒲阳之战……"

士伍奋苦笑起来:"大人想必也想起来了。蒲阳之战极为惨烈,纵然众人拼死杀敌,我们护卫的将军却中流矢而亡。"

众执法吏闻言,皆不由交换惊讶神色。芈凫也是一惊,须知依据秦法,将军死视为短兵不力,按军规须全部处死。

"那,你怎么还活着?难道你是逃兵?"面对众人之问,士伍奋掩面而叹:"吾弟也在那场战中,他豁出性命击杀魏军千夫长,本应直晋大夫。他自愿放弃封爵,只求换我一命。"

原来战功可封爵,亦可抵亲族之罪,是故士伍奋得以免死,却爵位被夺,成了黔首庶民。

"将军中流矢而亡,我们发现已来不及。即便自知必死,也无一人逃秦,皆死战至收兵!作战不力不可掩埋,军规如铁我无话可说,但他们都是我的生死兄弟,是为我大秦搏杀疆场的精锐!然而今日,他们仍然暴尸荒野!"

士伍奋堂堂七尺男儿,说到此竟号啕大哭,众人皆耸然动容。

"在民间时,我偶然听闻红缯可以超度亡魂,这才下定决心要回去蒲阳,寻找战死兄弟们的尸首。我想以红缯覆其骨灰,护灵回到故土,但又不知此举是不是犯法,我……"

一片沉默下,国府吏上前,默默将怀中布帕递给了士伍奋。

终究还是李斯打破此间沉寂:"如今你已是黔首,你要去往何处、做何事、访何友人,并不违反秦律。"士伍奋听了,猛然抬头:"当真?我可以正大光明地去买缯布,正大光明地去为他们护灵了?"

李斯望着他,郑重点头。而芈㠯笔尖一颤,虽未言语,却觉满心的酸楚中,渐渐流出一丝暖意。

嫌犯四:公士孔

身份:走士

公士孔是百姓举发,言其连续数日在案发现场附近,形迹可疑。据了解他的百姓说,他的腰间平日总悬着一把刀,这几日却不知为何不见了。

"大人这么说就是含血喷人了啊。"公士孔道,"我本就是当差的公士,四处了解民情本就是我的工作。至于配刀,什么刀?我从来就没配过带鞘的刀,你们怎么能凭一面之词就抓人?"

此后,不论众人如何再问,他都是一副爱理不理的样子。

四人审罢,李斯拟再聚议细节,便令闲杂人等退堂。芈㠯却急匆匆放下手中刀笔:"大人且慢!今晨与令史苍执勤,卑职发现,还有一名嫌疑男子!"

迎着众人疑惑的目光,我们话分两头,先把时间推回到一个时辰前,也就是今晨的暮食时分。

其时，迎着灿烂的朝霞，案发现场的暗巷中，两个穿红戴绿的妙龄女子独行巷内。

"我说……"走在前面那个人高马大的"女子"道，"就算是当值公务，可是我们，有必要打扮成如此吗?!"话音刚落，另一位终于破功，大笑不止。再一看，好家伙，这不是我们白蒙吗？难得今日竟穿回了女装。而她身边那位……

张苍扯着头上的绢花，愤愤不平："师兄明明已派出了三队执法吏，将秦市、里巷、暗巷围得铁桶一般，竟还觉得不够，非说什么百密一疏，竟忘了排查劫色之徒?!"

芈凫点头："婢毕竟是个妙龄少女，劫色倒也不是没有可能。不过……"她想了想，憋得神情古怪，终究没说出来。张苍没好气地接道："不过，居然让国府官吏穿成这样，实在是有辱斯文！"芈凫连连点头："其实我一直在想，李大人这百密一疏，是真的没想到，还是……"张苍当即抓狂："他就是故意的！他故意的！他报复我耽误他结案！荀派第一黑就是他了！"

没错，李斯居然以府中狱史全部外出为由，勒令白蒙和张苍男扮女装，伪装成隶臣妾在案发现场附近转悠，美其名曰守株待兔引诱嫌犯——是的，这就是李大人的风格，听来十分正当无可辩驳，细细想来却十分恶趣味。端详张苍数久，芈凫憋不住笑，心道穿成这样真不会吓走嫌犯吗，再看张苍已是勃然大怒。

"这是尊严问题，尊严！是我六国布衣、诸子百家的尊严问题！"盯着芈凫的脸看了一阵，张苍愣了愣："平日只觉你身为男子却颇清秀，不想女装竟还有几分姿色。"芈凫一个激灵，张大人居然夸人了，失敬失敬。不想张苍又道："所以能者多劳，你就在此地专心引诱，身为有尊严的公职人员，我还有更重要的使命，比如，调查侮辱算术的败类。"

张苍话音一落，丢下同僚，一溜烟直向秦市旗亭的方向去了。很显然，比起引诱劫色之徒，张大人明显更关心到底是谁侮辱了算术。

白蒙无语问苍天，心道这都哪门子的不靠谱同僚，再看这幽暗小巷，毫无人气，当下就要鸣锣收兵打道回府，忽然，一个声音自身后阴恻恻地响起。

"这位女郎，某见你独在此徘徊好久了……"

一瞬间，汗毛乍立！这声音幽幽沉沉，还有一丝喑哑，简直像是从地底传出来的！芈鸢一凛，枯寂的内心燃起一丝希望——莫非，真是好色之徒上钩了？

身后，那个声音还在继续："可有某能够效力之处……嗯？"看到芈鸢渐渐回头的脸，眼前的男人也突然愣住了，一朵充满自信的标准如花笑容一下僵在了脸上。

"你你你，怎是你？"

"你你你，就是你！"

眼前这个人别看他衣冠楚楚，脱了外衣她也认得，这不就是那个破日从天而降讹了她血汗钱的丘鬼吗？芈鸢看着他，眉心抽搐："我就说嘛，什么鬼？你果然是人！"那人眉毛一跳："对不起，某当然是人。"芈鸢柳眉倒竖："是人就对了，来人！"眼见不对，那人慌忙阻止："喂！姑娘误会了，我只是……"

根本懒得等他一句话说完，白紫一声令下，早从暗巷四角冲出一排执法吏，将那名不要命的登徒子押了起来。

事情的经过，就是如此。

在李斯惊讶的注视下，芈鸢眉飞色舞地讲述了自己乔装打扮半日，这唯一上钩的登徒子的恶行，当然还包括他白嫖姑娘，讹人钱财的斑斑劣迹。

"就是如此。"芈鸢滔滔不绝，浑然忘我，"卑职认为，此人绝对有问题，卑职认为，他说不定就是……呃？"她还未说完，李斯已经走到了那人身边，一把将人拉起："郑国兄？"

芈鸢猛一哆嗦，这是什么走向？

李斯拉着那位"郑国兄"，激动得浑身颤抖。张苍也上前一步满脸喜色："郑国兄，你去陇西勘水回来了？你我有多久不见了？"他似是十分感慨，回头瞪了芈鸢一眼："放肆，快帮大人松绑！"

芈鸢还没来得及调整自己的表情，倒是郑国道："无碍，某只是路过，这位法吏大人并未刁难于我。"张苍向芈鸢道："这位是监御史郑国，相府舍人，得文信侯力荐任职。你这个糊涂蛋，怎么把监御史大人拘起来了？"芈鸢讪笑:"呃？我还以为是嫌犯？"张苍斥道:"糊涂！郑大人是相邦举荐的士子,是有相邦一力担保的！"

又听李斯也道:"何须相邦担保,我等都可担保兄的人品。"言罢向郑国道:"兰陵一别,十载不见,某有万千话不吐不快。兄稍坐,待夙食至,斯定要与兄一醉方休！"

这下芈㠇彻底傻眼。

好吧,既然这么多人为他作保,她就暂时放过这个郑国。那么还余四名疑犯——秦市布商间、耕牛农人辛、退役士兵奋,以及公士孔。抚摸着墨迹未干的爱书,方才询狱的一幕幕又掠过心海,芈㠇一时若有所思。身后,李斯目光炯炯:"方才询狱的结果,各位怎么看？"张苍笑道:"苍心中已有人选。阿綮呢？"芈㠇点头,但笑不语。

"哦？"李斯挑眉,"却不知与斯心中所选,可是一人？"

相视而笑。

次日,李斯便命执法吏在秦市贴满布告,言但凡收受过公士孔衣物钱财之人,须向官府报告,不报告者,连坐问罪。

布告一出,立竿见影。随后几日,孔的家人、朋友陆续前来告罪。现供职国府走马的爵士仆,是为公士孔同僚,他供述了孔赠与之物:一柄玄色皮革刀鞘,经过比对,这刀鞘与案发现场的凶器"笄刀"确为一对。孔的妻女也来投案,言及孔近年来确实常配笄刀在身,但最近几日,笄刀却不见去向。

就这样,在"连坐"的巨大威力下,面对铁证如山,公士孔终于伏法认罪。

第五环节　读鞫与论罪篇

读鞫与论罪:据睡虎地秦简《封诊式》,鞫,音"居",判决书也。读鞫指宣读罪名,论罪为确定判罚。

询狱堂中,李斯肃然读鞫。

"孔,供职于国府,任公士。其人出身尚佳,平日素爱佩刀,曾将常配笄刀的刀鞘赠送同僚爵士仆。十年七月丙子朔甲午平旦时分,孔于秦市见婢购买缯布,见其怀揣巨款,心生贪念,遂尾随婢至暗巷,用随身携带的笄刀刺之,趁她昏迷,抢劫了她身上的一千四百钱。"李斯读到此,抬首询问嫌犯,"以上鞫文你可认?"

公士孔沉默数久,终道:"我只想知道,嫌疑人之中,唯我既不是商人,也没接触过缯布,你们为何会怀疑上我?"

"因为你说了一句话。"张苍道。见公士孔面露惊讶。芈凫冷然接上:"那句话就是:'什么刀? 我从来就没配过带鞘的刀。'试问,我等不曾在你面前出示过凶器,你为何知道笄刀有鞘? 若你不记得曾说过这句话,我的爰书上,可都替你记得一清二楚。"

公士孔闻言,颓然瘫倒。

"怎会如此? 当真是百密一疏! 我还专门伪造了那枚荆券放在现场,就是为了误导你们,想让你们把注意力转到秦市的布商,或是买卖缯布之人,而你们竟不曾上当!"

张苍闻言冷笑:"秦川春季耕牛赛事与退伍军人档案,都是国府有案可查之事,而伪装布商你更是连总价都算错了。根据里典的证词,商人间公认的'头脑机灵,算账又快又好',其人头脑灵活,一日计算无数,遇到总价上万之大买卖,岂会不尽心对待? 而走士并非正式国府官吏,不曾经过学室教育,不通术数。你连布匹总价都算不清楚,刻意丢下的荆券,反倒让我怀疑这是嫁祸!"

公士孔闻言,良久无话可说,终认罪伏法。

第二日,廷尉府张榜告之:公士孔刺婢最里中案,七月丙子,丞斯、史苍余论:黥为城旦。不知何人刺女子婢于里中一案,就此告破。

芈凫整束行装踏出廷尉府时,薄云向空,一轮明月朗照天间。

不知不觉,已过了日西则。月下的国都分外宁谧,临近宵禁的时分,官署区两侧人影稀疏。一缕笛音清亮,在这春风拂过的夜晚升腾而起,点点沁入心中,那笛音袅袅,仿若幽泉划心,竟似是与她同行一般。

来到熟悉的街角,芈凫却是愣了,本该候在此处的私官青帘辎车,却换作了一架朱班重牙的玄底乘舆。乘舆四围,六名修长矫健的玄服锐士肃立如剑。笛音戛然而止,如玉的长指撩开了绉纱车帘,碧色的扳指映着一水的青色玉笛,衬得指色越发莹白。月光渐渐拢入帘中,一张棱角分明的脸庞也露了七八分。

芈凫惊了:"君上? 怎在此?"

"寡人路过。"那人木着脸道。

"……哦。"怪不得,方才觉得那笛声有些耳熟。她有些迷惑地看着他,"此非当值之时也,内城也即将宵禁,君上不在宫中,却在这廷尉府门前……恰好路过?"

更不必说,居然还有闲情在此处吹笛?

望着芈凫迷茫的神色,眼前的人不觉莞尔。他向她,伸出一只手:"上车吧。"

她乖乖随他上了车,落座不久,乘舆应声而动。不愧是御术冠绝中车府的赵高,闻听着车辙声响,芈凫只觉内中极稳,帘外景色已如流水春风,飞掠而过。

"寡人是想看看,这廷尉府门前的月色与咸阳宫中,有无不同。"

那人出神地望着窗外,芈凫不由也随之观望,只见清风明月,高悬天际,便笑道:"都是大秦的明月啊,君上。无论千里江山,百年流逝,这明明如月,或许都将如今日这般朗朗照之吧。"

秦王政回首:"即便我在宫中,你在府外?"目光迎上,眼前女子眉眼弯弯:"即便凫儿在府外,君上在宫中,笼罩你我的明月,都是同一啊。"秦王颔首:"那么今日,就与寡人同赏这月色吧。"话音刚落,却听芈凫道:"所以,君上真的只是路过吗?"

眼前的女子突然笑得如若小猫般促狭。秦王政沉默,突然坏心地用力捏了捏她的鼻尖,见人吃痛惊呼,不由忍俊不禁。

"寡人,来接寡人的王后回宫。有人得了机会,便似云中轻雀振翅高飞,竟至彻夜不归。寡人心中忧烦,不知那人是厌弃了寡人的宫阙金屋,还是索性厌弃了寡人?"

天青的绉纱被翟喙金钩拢起悬在一侧，柔雾般月色就这样洒落在方寸间的金根之内，衬着那人的神情，柔柔如月。始料未及红了脸，芈凫偷偷看了那人一眼，却见一双清冷月眸也一眨不眨，正凝视着自己。

芈凫忽而道："君上从前可见过这国都的月色？"秦王点头："自然见过。尝国府议政，或学宫阅书，或断狱问法，无不至夙夜也。"

"所以就是如此啊。"她轻笑着，"君上走过的路，虽不能至，心向往之。我只是心向往之，故察其行，行其路。"秦王闻言，有些惊讶："行其路，却如何？"

"行其路，解其道，感其心，虽不可时时在一处，却觉内心仿佛更近。"她望着他，真切地说道。彼岸的黑眸洞若星河，那里隐藏的情绪深沉如海，君王回眸笑斥："区区女子，敢学旁人揣摩上意？可知为死罪耶？"芈凫不由瞪他："君上明明知道我的意思！却还……"

素来映丽的容颜似是染了一层暖色，他不待她说完，就径自打断道："从史子至法吏，经手各类案件陆拾一项，誊抄法条一百三十三卷，师长批语为'敦直勤勉'。"见芈凫惊讶的神色，秦王摇了摇头："虽仍有不足，但这宫外的课业也该告一段落了。这个七曜过了，你便回吧。"

"啊？可是君上……"

那人轻轻一笑，却打断了她的话。

"凫儿，听我说完。"他柔声道，"回宫后，寡人准你入含章，许你旁听月旦朔朝，许你御前直谏。法吏萦，如今你得君王一手拔擢直至天听，还不够？"

芈凫睁大了眼睛："我，真的可以？"

"可不可以，一试便知。只是……"他上下打量着她，脸上却是笑意更大，"却不想凫儿身着这宽大袚玄，竟也别有一番风韵，随侍寡人正寝，若是惹得寡人心猿意马、无心国事，算谁之过呢？"

她无语绝倒，心道这人怎么如此，总是说着说着就没个正经。但他却只含着笑，看着她，一言不发。

这下芈凫更不自在了。

这眼神？怎么这么像她在膳房等刚出炉的桂花饼饵、野蜜烤羊的眼神？

如今她算是知道那被自己盯上的野蜜烤羊的心情了，被这样的眼神笑吟吟注视着，还真叫人如芒在背。

"君上……"

"凫儿……"

她错愕地抬头，却见秦王扬起了眉，如水的目光凝视着自己，片刻也不离。正想说些什么，谁知一阵尴尬的响声，却先人一步地响起在这不甚宽广的舆驾之内——

"咕噜"。

糟，那人脸上的笑意更大了。芈凫脸颊火辣辣的，却听他温声道："饿了？小高快些。"

清朗的月色下，阁道内外来往的宫人驻足观望，君王的銮舆在宫道之上旁若无人，长驱直入少君的兴乐宫内。

"喔……好香！"

伴着芈凫的惊叹声，却见宫人早在廊下打起了纱帐，各式各样的点心铺满了食案，琳琅满目：捏作白兔儿一般的蜜饼，内里裹着酸梅制成的酱，入口即化。烤制的豚脯切得轻薄如绢，撒上了花椒和茱萸。蘸汤汁而食的蹄髈，肥而不腻……

"一早吩咐了寺人，给你自秦市带了些六国时兴的果子回来，不知你偏好，便索性每样都买了些。"芈凫一样样看过去，忽而促狭一笑："所以今日君上偶然路过廷尉府，还碰巧去国市买了果子？"

噗。御前侍奉的赵大人的笑声都憋不住了。

西市鱼脍是十里八乡最负盛名的，佐以韭葱醯油提鲜，君王是知她素不喜麦饭的，便从国市买了些糯米蒸制的甑糕来。淡淡的蜜酒带着醇厚的果香，洒尘早已贴心地从凌阴取来了冰，加上少许牛乳冰碎入肚，当真舒爽极了。

"君上怎么不吃？"默默看着芈凫往嘴里送甑糕，秦王政摇头道："寡人不喜甜，吃些蒸饭便可。"然而她却笑："但是凫儿想和君上一起吃这块甑糕。"

他有些无奈地张开嘴，皱着眉头，好歹吃下了送到嘴边的甑糕，却见眼前之人笑意更大："如何?"

"……却也不差。"

芈茾边吃边含糊着道："今日当值得晚,和张狱史足足奔波了一日,肚子都要饿瘪了。李大人怜恤,本交代了膳堂留食,但我还是想着,已过昳时应早些回宫才是。没想到却有这样的惊喜。"

秦王政闻言不语,环顾四周,竟微微有些怔忡："你这宫中淡草花树,一季繁盛更甚一季,寡人却看这景貌与旧时不同。"

"是有些新鲜景儿。我带君上看呀!"芈茾说着,抬手指去,"那边的竹台是新扎的,卫姬得空,就来传授姊妹们卫国独有的导引术。那丛棠梨的种子是郑姬给的,刚刚发了幼苗,待明年春日,此间就会一树棠梨煎雪,美不胜收。那边是剑阁,种了些斑竹,清风明月,我在此抚琴,便唯有燕姬的剑舞,最是相得益彰。"

君上目光流连于那小亭："剑阁……"

芈茾回首,脸上笑意更深："君上也觉那两个字写得好吧? 那是茾儿央李大人专程为我写的。"

君上闻言,脸色却黑了一黑,神情颇有些复杂地看了她一眼："看来寡人不在这些日子,茾儿过得很是自在啊。"

咦? 这突然凉凉的感觉是怎么回事? 莫不是牛乳里的碎冰,放得多了些?

秦王黯然神伤："与寡人对坐,茾儿提了几次别的男子了? 还在这禁宫之中,堂而皇之悬挂别的男子赠送的物品?"

别的男子……难道是指李斯?

芈茾恍然笑出了声："君上,李大人年长您二十载,年长茾儿近三十载,面对茾儿的师长,您这是在担忧什么啊?"秦王轻叹,怅然若失:"你这碎女子,贸然放出宫去,却是再难管束了。"芈茾却认真道:"说到这里,妾还一直未来得及谢谢君上。没有君上一时之念,妾儿近与这煌煌秦风擦肩而过。"

秦王政不由失笑："煌煌秦风,是为何? 茾儿解于我听。"

那人的笑容朝阳般绚烂,看在眼中,方才饮下的蜜酒似是有些上头。芈凫忙了一日,又饮了酒,早困得打跌。然而一旬来难得的心意相通,却使得她无论如何也想对着这人,将这些日来心中的所闻所感尽数吐出。

"君上,凫儿在廷尉府观之,只觉秦之精魂,秦之大者,在秦法也。"芈凫望着嬴政,说得诚恳又热切,"如荀卿之言,吾观秦吏,百吏肃然,恭俭敦敬,忠信而不骄;吾观秦士,出于公门,入于公门,无有私事也;秦之朝事,自上而下,佚而治,约而详,不烦而功。故变法以来,四世有胜,非幸也,数也。君上,大秦要兴,法不可废。"

凝视眼前美人许久,秦王政叹道:"治世不一道,便国不法古。寡人一向对礼教古法嗤之以鼻,然而贸然送你入廷尉府,却仍不免有所疑虑。如今一看,却是颇为值得。难得小女子伶俐,晓得取悦寡人了。"

芈凫笑着嗔他:"此非鼓吹之言也,乃是凫儿亲历法官答问,眼观吏治百态,有感而发。"秦王却是挑眉:"那么,如今凫儿也可做个法官了?"芈凫挺胸抬头,颇为自豪:"就是君上问起,也是不怕的!"秦王颔首,正色道:"那寡人问了。"

诶? 他还真要问? 这下轮到芈凫傻眼了——答不出来,不会被处置吧?

观佳人神色变化,秦王政眼中笑意渐深:"凫儿且告诉寡人,若有人一时不察,竟冤屈误伤了心爱之人,令其痛楚惧怕,当如何罪之?"芈凫闻言,蓦然睁大了眼睛。一时脑子如坠云雾浮沉,身子蓦然凌空,那人横抱起她,根本不顾旁人的注视,只附身在她的耳际低语道:"告诉寡人,如何,才可求回美人之心?"

"何人、何人敢记恨君上,唔……"

将人小心翼翼地安放在衾被之中,他又俯身而下,炙热缱绻的吻细细密密地落下,缠绵悱恻,万千柔情,如若要将她溺亡在这无尽的温柔幻梦之中。

"凫儿,寡人之罪,令你委屈了。"

"……凫儿?"

沉沉的呼吸声从锦衾间升起,娇柔的红颜上还染着方才醉酒后的两抹酡红。鸦羽般的长睫在掌心如蝴蝶振翼,搔得君上心痒难耐,却只得无奈地叹气。

"阿凫,寡人要幸你咯?"

自是等不到回应,君上犹自苦笑:"怕是整个咸阳宫,唯你一人,是寡人要为你侍寝。"长指牵过一旁的衾被将人儿裹了个严实,君王在阿岛的眉心,印下轻轻一吻。

彗星见西方,又见北方,从斗以南八十日。

十年,相国吕不韦坐嫪毐免。桓齮为将军。齐、赵来置酒。

——《史记·秦始皇本纪》

華雍新章

秦帝国旧闻录 下

泗水吟歌 著

郑州大学出版社

图书在版编目(CIP)数据

华雍断章:上下册 / 泗水吟歌著. —郑州:郑州大学出版社,2022.3
(2023.7 重印)
ISBN 978-7-5645-8561-7

Ⅰ. ①华… Ⅱ. ①泗… Ⅲ. ①长篇历史小说-中国-当代
Ⅳ. ①I247.5

中国版本图书馆 CIP 数据核字(2022)第 034290 号

华雍断章

HUA YONG DUAN ZHANG

选题策划	宋妍妍	封面设计	脑洞中枢设计
责任编辑	胡佩佩	版式设计	苏永生
责任校对	宋妍妍	责任监制	凌 青　李瑞卿
出版发行	郑州大学出版社	地　址	郑州市大学路 40 号(450052)
出版人	孙保营	网　址	http://www.zzup.cn
经　销	全国新华书店	发行电话	0371－66966070
印　刷	永清县晔盛亚胶印有限公司		
开　本	710 mm×1 010 mm　1/16		
总印张	33.25	总字数	494 千字
版　次	2022 年 3 月第 1 版	印　次	2023 年 7 月第 2 次印刷
书　号	ISBN 978-7-5645-8561-7	总定价	88.00 元(上下册)

本书如有印装质量问题,请与本社调换

目 录

下

梦境十三　荷月

惜往日之曾信兮，受命诏以昭诗。

国富强而法立兮，属贞臣而日娭。

——《九章·惜往日》

数日后，时序已入立夏，天气愈发干燥炎热。这日，曙光初露时分，九重宫阙尚在红光紫雾中望向尘寰众生，就见今日的大咸阳，已在一片燥热中苏醒过来。忽而几声清亮的童音夹杂着呼哨，打破了渭水北岸宁静而有序铺开的早市。

"横桥之下，相府大书！"

"悬赏勘校，一字千金！"

一水玄色布衣的童仆操着清亮的脆嗓，在坊市中、长街旁、里巷外飞奔而过，边奔边高唱不已，引得国人驻足，议论纷纷。

一个黝黑后生道："相府大书？那是什么？"一旁士伍道："你还不知？大书，就是那《吕氏春秋》啊。在横桥之下悬赏，一字千金，好几日了！"一旁挑担货郎也道："只听过商君徙木立信，这一字千金却又是什么？难道吕相要比肩商君了？"后生更是疑惑："那不能的吧？冀阙现在还在咸阳宫外立着，难道君上会背誓？"众人正莫衷一是，却是一个布衣士子道："光在此议论又有何用？究竟是哗众取宠，还是真值千金，一看便知！"众人一听连声附和，左右横桥也不远，那便看看去！

咸阳南门东侧的横桥之下，早被清出了足有两箭的空地，待众人到时，早围了人山人海。只见桥下高高的玄色石墙上，赫然悬着斗大的四个秦篆"吕氏春秋"，先声夺人。

"诸位父老国人容禀——"

高台之上，一位相府舍人朗声道："文信侯修博士学宫，集三百博士之功，历时三载、披阅数十次修成此书——《吕氏春秋》。今公告于南门，邀国都秦人同观，求天下学子斧正。无论何人，能改大书一字者，立赏千金！"

此言一出，人群中立刻爆发出一阵"彩"声。高台之下，早有山东士子激赏道："改一字者千金，大哉文信侯！""此举确实一扫雍州文华枯竭之象，是为山东表率！"说着，已是有人跃跃欲试："既是如此，我等便来一观！"

几位游学士子话音一落，人群中又是一阵"妙哉""大书万岁"的喝彩，早有一些性急的士子已经大步来到竹台之上，开始翻阅誊抄好的几部样书了。

"前日听得稷下学友说起此书，如今一看，洋洋洒洒，果真神妙！"

"若秦君真以此书之道治国，则宽仁矣！"

"难道秦君当真愿舍弃商鞅之法？如此天下不必苦秦，世间再无暴秦也！"

"大哉，文信侯得天下之心也！"

随着品评声阵阵，围观台下的众人也心痒难耐纷纷上前。一时议论四起，却也当真无人能修得只言片语，反倒是说到这大书的妙处，少不得品评议论一番。一来二去讨论学问声、啧啧赞叹声、辩合争议声，不绝于耳，煞是热闹。

时间过得飞快，转眼到了赤乌当头之时。一轮火伞当空，铄石流金，无半丝云翳，这般燥热难耐之下，平日里人来人往的南门，仍是围得水泄不通。将至正午之际，人山人海中，却不知谁惊呼了一声。

众人一怔，却见一队玄铁甲士从正阳大街策马长驱，护着一辆纹绘着秦嬴虎噬羊图腾的硕大五色根车，直直驰入南门箭楼之下。国人议论纷纷，瞧这五色根车，再看那卤薄仪仗，莫不是王驾？可若是王上坐此车，却也似乎哪里不对……鹊起的议论还未铺开，却见领队的一位青年将领翻身下马，傲然道："吾乃内史恬，今与廷尉府合署，告咸阳国人！"

话音甫毕，李斯即更接上："吾乃廷尉正李斯。"言罢看了芈凫一眼，芈凫心领神会："吾乃廷尉府令史白萦，今我二人见证，请内史宣告国书！"

蒙恬朗声道："《吕氏春秋》悬赏数日，堵塞道路，人车争行，扰我咸阳治安。今与廷尉府合议，罢去南门悬赏，一应物事限一个时辰内撤回，否则严惩不贷！"李斯即道："内史此举，合乎秦律！立即执行！"蒙恬复又扫视人群："依君上诏令，今在南门立法兽石像，昭秦法万世之功！"

那队甲士掀开五色根车的青青布帘，齐心协力自内抬下一物，而在场众人瞪圆了眼睛，无不注视着那沉重物事。撤去覆身的红缯一瞧，那青铜神兽毛青独角，果真是法兽獬豸，而那方才还神气活现的相府舍人，到此已是面色大变。这厢里安置好法兽，蒙恬也不与那相府门客多言，头也不回地领兵而去了，直留一大批国人士子僵在原地窃窃私语。

两队官署车马行至岔路，蒙恬这才调转马头，与李斯寒暄了几句。临行却又停下，纵马堪堪几步，却是在芈凫身旁驻了足。

"你，就是白萦？"

芈凫额首："内史大人。"俊朗的年轻将领周身散发着明锐英气，漆黑晶亮的双瞳透出了然笑意。芈凫回望，笑以一礼："多谢大人举荐。"蒙恬一拱手："哪里。保重！"

蒙恬调转马头，策马扬鞭。望着那队玄衣甲士护着五色根车渐渐远去，芈凫极目远送，却听李斯的轻叹在身后响起。

"这咸阳……是要变天了吧。"

回到廷尉府，李斯似还身怀要务，交代几句就匆匆离开。芈凫独自来到廷尉府后堂，回到自己那小小的书室中，只见灿烂阳光洒落一室。说来也奇,临近日中,从询狱堂一路走到后堂,竟连一个人也不见,恰似天下无不散的宴席。

依照君上吩咐,今日,她终于要收拾一应物事,与众人辞行了。芈凫心里,还真是很不舍得,独坐内室收拾着单薄的行囊,都是这些日当值积下的物事:李斯偶然的留书,张苍亲笔的算经,还有那一卷初来时所得的《除吏律》……正追思缅怀之际,前庭却突然传来交谈的人声,打断了此间流淌的思绪。

"你听说了吗?下行乡数月的隗大人回了!"

"廷尉隗状大人?怪不得!刚才全体令史以上的官员都去了论告阁,似有大事……"

芈凫停下动作,听他们的意思,原是素未谋面的廷尉府一把手,九卿之一的廷尉隗状大人下行乡公干归来了。如此说来,怪不得李斯形迹匆匆,也不见张苍等人了。她转念一想,若是这样,倒不如就在论告阁外等他们散会,再向老师他们告别就是了。

芈凫来到论告阁前,白玉般的石台一尘不染,难得的闲暇竟是使人一时无所适从。芈凫索性坐了下来,数着天上的云一片片飘过头顶,坐了一会儿,却听阁内人声骤然拔高,涌入耳际。

"此案事关少君和祖太后,若是深究,或许甚至……"

芈凫猝不及防,陡然一震——事关少君和祖太后?一扫庭前独坐的寂寞无聊,她一下子打起了十二分的精神。然而,很快内里的声音低了下来,说什么,也再听不到了。

半个时辰后,张苍理着文书步出论告阁,抬头就见芈凫,了然一笑:"阿紫?正巧,天色不早了,暮食就在官署膳堂用吧,我亲自下厨。"见他颇自得的神色,芈凫面露怀疑:"你?亲自下厨?"

张苍却是冷哼:"可不是为了给你践行,我是为了感谢师兄!"芈凫笑道:"说的也是。我也该好好感谢一下老师。"原来,张苍察微证而一举勘破婢被刺案,身为主审廷尉正的李斯向君上奏请了彰奖,于是张苍由令史升为令丞,而白紫则擢升为令史了。张苍叹道:"师兄明明才是此案的主审,却在奏表中丝毫不曾谈及自己……"未及说完，李斯却突然冒出来："你若不是整日游手好闲，早就不只是令史了。"

张苍吓了一跳，当即撸袖子道："下厨，亲自下厨，你们都不许走，我今天要下厨酬知己！"

芈凫心道也好，君上说过，最后一日便不对她宫禁了，正巧借此打听一下，方才到底是什么案子竟与少君和祖太后有关。

众人来到膳堂，就见张苍那竹青色的身影一闪，人已经消失在后厨。一时膳堂内只余芈凫与李斯对坐，她便见缝插针："老师，方才在论告阁，说的究竟是什么案子啊？"李斯却也不避讳，便向她和盘托出——原来廷尉大人追查半载，带回了一个疑案。

半年前，有人匿名状至廷尉府，言内史郡上雒县连年申领救济，且赈灾款去向成谜，状告当地官员懒政不作为，贪污救灾款。接到状告后，国府派出监御史探查，却一无所获。借五月大忙督农之事，廷尉大人又亲自前往探查，细查下来果然疑点重重，这便匆匆回都，欲往国府问籍。

"国府问籍？"芈凫迷惑道，"专程去国府调阅那县令的籍册档案？若真有疑点，何不直接拘之勘问？"

李斯沉默片刻："因为上雒县令的身份，为尊者讳。"迎上芈凫惊疑的目光，李斯一字一句道："上雒县令孟冉，自称出身祖太后一族，是当今少君的甥孙。"

什么？

芈凫心中震惊了！她今年不过二八余一，从哪里冒出了一个甥孙，居然成了别人的祖母了？

正待追问，却听一阵钟鼎食器碰撞的清脆，几名隶臣妾自后厨而来，穿梭于膳堂中，一游一走间，炊饭香气腾起一室。李斯不由笑道："美食当前，是要闲话休提了。"李斯既然言此，芈凫只得暂时按卜心头疑惑。却也别说，谁曾想这张苍烹饪的膳食，其香直冲天际，闻上去瞬间让人失去思考能力。

芈凫惊了。好香！这么香的饭菜，居然是张苍做的？再看张苍，早已神气活现地从膳房走了出来，拿起竹箸就对着食案指点江山："最左这三品开胃汤食,乃是大羹、和羹和硎羹,硎羹乃是初采新葵所制,此节候最是鲜嫩。三羹之侧是四碟凡时小菜,或菖蒲菹,或羊枣,或菱芰,或豚拍。而这中间三道,乃是吾费心烹制之主菜:头一道脂玉鱼酢,须得选取渭水活鲤生而片之,脂油入鼎熬沸而激之,辅以椒蔱辛料增鲜;第二道蜜饴烤兔,是以烤兔肉之时,时时以兰蜜和柘浆淋之,则兔肉香甜无比,不硬不柴。再佐以本官随身携带、亲手酿造的醯酱盐浆,要知道秦市售卖的粗糙酱料,某这样的斯文人是从来不用的。"

满意地见到芈凫目瞪口呆,张苍得意非凡地继续道:"这一鼎乃是莼菜炙羊腿,细密熬了数个时辰直至羔羊酥烂,汤浓肉美,再辅以今夏新生的郊野莼菜……"他说着,得意得胡子直翘:"这可是今晨某特意吩咐了十个隶臣妾在郊外,趁着露水未下时采摘的。"

芈凫说道:"这年头为什么会有人当值还想着摘菜,还随身携带醯酱盐浆?这算是以公谋私吗?"张苍斥道:"放肆!本丞精通秦法,雇人是闲时且付钱的,何人敢有质疑?"他一边豪气干云地说着,一边从手中的食篚下层抽出几只烤得酥脆的大锅盔甩在众人面前:"你爱吃不吃!"

一时焦香四溢。而芈凫已是垂涎欲滴:"我吃,我吃!"

正说着,突然听到身后有人"哎呦"了一声:"某来得晚了,罪过罪过。"芈凫连忙回过头去,却是意料之外,情理之中地看到了一个毫不期待的身影——郑国。

"哈,蹭我张苍的饭还迟到的,怕是只你一人。"张苍笑道,李斯却是介绍:"阿紫,这是我们在楚的旧识,曾游学兰陵的墨家士子,文信侯门下郑国。"

二人对视片刻,干笑数声,很默契地都没提这些日的恩怨。

却听李斯道:"来得这么晚,又被西市的好女缠上了?"见郑国笑而不语,张苍道:"哦?难道你已经开始招惹良家妇女了?"

就见那郑国笑逐颜开:"天下女子如百花绚烂,某一个都不愿放弃。若说这世上最宜人快慰之事,必然就是青之亲手片下的鱼酢,佐以兰陵的美酒,腰悬燕赵的宝剑,壁挂东海的明珠,怀中,还要抱着郑卫的佳人。"郑国一边陶醉地说着，一边提起手中的几壶酒来："兰陵醉。今日，你我当浮一大白！"

芈凫听得眉心抽搐，一旁张苍早已哈哈大笑，连道"不愧是你"。谈笑间，不觉帘外早已红霓满天，廷尉府膳堂中，几人对坐饮酒，言笑晏晏。

张苍道："郑国兄，此别又是半载，你在陇西可有所得？"郑国缓缓摇头："秦川地形，遍寻九州而殊异。今岁大旱不提，其实这秦川，十年有八年小旱，年年靠天吃饭。"芈凫骤然想起酒尘曾言，心知他说得不差。却听郑国又道："然而这里，却是天下唯一一处可行水工的地方。"李斯喜道："如此说来，那件大事有望？"郑国却是摇头："还有几处，须得反复斟酌。"

几句话又听得云山雾罩，却是张苍笑道："墨家工门之首都出手了，还有难解之事？"

几人一起大笑。

"说来你们可知，那燕太子丹入秦了！"听张苍之言，李斯挑眉："哦？燕以太子为质，又嫁公主于秦，这怕是邦交纵横之道。"郑国颔首道："秦自文信侯当政，外交卜早奉行远交近攻之策，却在对待故国赵国时，纵赵攻燕，独行近交远攻。如今秦王置酒，燕使来朝，秦似是要一改过去的邦交策略了。"

芈凫终于忍不住发问："纵横之道，是什么意思呀？"

张苍啼笑皆非，看她的眼神就像看三岁小儿："举个例子，白蓁，你有两个邻居都很强大，你们三人彼此相争，此消彼长。其中某甲紧挨着你，某乙紧挨某甲却离你较远，你当如何？"芈凫迟疑一阵："那我就和某甲搞好关系，免得他打我？"

张苍笑斥道："鼠目寸光也！你与某甲同盟，某甲无后顾之忧，终于打死了某乙。待他侵吞了某乙的家产，回头再来打你，你当如何！"芈凫这才反应过来，不由大窘，而张苍微微一笑："所以正确的做法是联合某乙、削弱某甲、壮大自己，此谓，远交近攻也！"芈凫终于顿悟："某甲是赵，某乙就是燕。这，就是远交近攻啊！"

心头灵光一现——同样的道理，某甲是楚，某乙，就是齐！刹那间，几缕往事浮上心间，过往一些似是而非的痕迹，在心头骤然清晰。

李斯道:"秦王真纳顿弱、姚贾之策,盟燕联齐远交近攻,长远来看,更合邦交之道。"郑国却道:"但如此一来,秦王是要与吕相此前的邦交策略背道而驰了?"见李斯眉头深皱,郑国又道:"何止是邦交之道? 吕相以一字千金试国人,却也未尝不是在试秦王;而秦王也借南门獬豸之事,昭告天下其护法之志,坚如磐石。自此,君臣的对抗,终究是摆到了明面之上。"

郑国一番话有条不紊,明晰透彻。张苍听罢,面露喜色:"师兄,秦王一心护法,则你我所学,终可践行了!"李斯却摇头道:"只可惜值此用人之际,非师弟却……"

"非师弟?"芈凫终于接上话来,"莫不是上次偶见李大人所书《孤愤》的作者,韩非?"

李斯讶然:"阿縈也知道他?"芈凫道:"那可是当世大才,也是人称兰陵荀派'风云三才'之一的韩非呀,这样一说确实可惜,如今三缺其一。为何,韩子却不入秦呢?"张苍扑哧一声:"你这小子,巴不得天下贤才都入你秦?"芈凫忙道:"非也,我就是隐约觉得,荀派之学,非常适合秦之为政。"

不料,话音一落,三人相视而笑。

"白兄弟此言却是说到了点子上。"李斯敛起笑容,却叹道,"不过,就算说到了点子上,那人毕竟姓韩。"

芈凫一愣,姓韩? 莫不是是韩公族? 却听郑国道:"他是如假包换的韩王子哦。"张苍亦是凑近:"再说,你那么期盼他来做何? 他脾气坏得很! 他若在这廷尉府,就你这些日的作为,怕是会被他罚死吧?"

芈凫不以为然。却是过往与郑姬所言,掠过心海,激起点点涟漪。

"韩子以法家之学闻名天下,世人皆言他冷峻凌厉。"芈凫思量着,"然而那日偶见《孤愤》,读到'与死人同病者,不可生也;与亡国同事者,不可存也'之句,却觉韩子实则藏着一颗悲悯的儒者之心,其言之于法家之士,岂止是振聋发聩、字字血泪乎?"

郑国惊讶:"白兄弟,你可谓知法家之士也!"芈凫得其夸赞,却是赧然:"是友人之论,非我所创也。"李斯突然望向她,道:"阿縈,在廷尉府这些时日,你如何看待秦之法度?"芈凫思量片刻,郑重答道:"学生修习日浅,不敢言法,但学生愿守护君上守护的国土,拥护君上拥护的正道。"

望着竹帘之外天边的赤赤日色,烁然鎏金,李斯喟然长叹:"大道不二出,国法不两立。谋国之道,岂能南辕北辙?"

"老师?"芈凫眉头浅浅蹙起,"您并无犹疑,可为何您的表情,却如此哀伤呢?"见李斯沉默不语,她叹息道:"听闻您曾经也是相府郎官,还曾主持编纂大书,可是今日,您却不得不亲自前往南门阻止大书的悬赏。您……"

李斯须臾长叹,却不欲她再说:"吕相矜持洁身,大功于秦,斯钦佩其人,敬服其行。但斯心中大道,终究是商君之法、荀卿之法,是奉行法度的大一统帝国。大道,不因私情而违。任何人,任何事,在斯心中大道面前,都要让步。"

芈凫闻言,肃然起敬。然而更多的,是一种直达内心的触动。为何这种感觉,似曾相识——是啊,这个人和君上,何其相似!

李斯道:"阿萦,你的调令这二日就会下达了吧?你我相处时日本就不多,却又离别在即。愿你将来不论供职何地,勿忘秦法之重,勿弃敬畏之心。"芈凫肃敛眉目,深深一拜:"谢谢老师。学生定谨记在心。"

寥寥数语,席间竟多了几许惜别的感伤之意。望着众人神情郁郁,芈凫不由得举起手中铜爵:"临别在即,却闻众人护国护法之心,甚为激励。天下同归而殊途,一致而百虑,即便今后不在一处,山水有相逢,未来,仍然可期啊。"

"彩!"李斯、郑国皆颔首,张苍举杯笑道:"为这句山水有相逢,今日,不醉不归!"

一个时辰后,已过日失。酒足饭饱离开廷尉府的芈凫,望着身边意态悠闲,甚至口中还吹着小调的郑国,不由抓狂。

司命在上,当真是冤家路窄,他们竟让这家伙送她!

"喂,我说……"芈凫横眉冷对,"那天早晨,为何要我出钱?"郑国却是不语,三步并作两步竟是凑近了她。芈凫瞬间头皮炸了:"你要做何!"郑国沉默许久,忽而深吸口气:"因为你身上,有隐约的龙涎与沉香之氛,用得起如此名贵香料之人,非富即贵。"

言下之意,不找你要钱,找谁?

芈凫被这歪理气得头发倒竖:"轻薄狂徒! 不过,你竟能识得龙涎?"

郑国却凝视她半晌,忽而面露惊讶:"你脸红了? 这么纯情? 居然被男人闻了会害羞?"他怔忡片刻,目露疑惑:"不过昨日见你女装竟也有三分姿色,难道你……"

芈凫大惊失色,司命在上,难道他猜出她是……

郑国郑重其事地看着她,许久才惊疑不定地说:"你,莫不是有龙阳之癖?"许久不见答言,郑国松了口气,凑近芈凫笑道:"不必紧张,告诉你一个秘密,只要是美人,我都可的。"

"你……"

芈凫再次暴起。

"给! 我! 去! 死!"

翌日,含章殿外。

大秦少君一字一顿:"我、要、见、君、上!"

赵高为难搓手:"少君,今日奴是真的不能让您入内。此次朔朝兹事体大,君上吩咐过,便是王太后来了,也是不得入内的。"

芈凫沉默对峙。

其实,还真不是她恃宠而骄,有意为难赵高。要知道,廷尉府那即将前往上雒调查她那"甥孙"的传车,一个时辰后,就要上路了! 那日听李斯解说完案情,她回到宫中翻来覆去想到半夜,越想越是觉得心中烦闷,气恼至极。芈凫是当真不知,更是越想越荒唐,如今芳龄二八的自己,哪里冒出来一个关中懒政、终岁吃救济的甥孙子?

有鬼! 这里一定有鬼!

"中车府令,其实……"一句话还未说完,却猝不及防听到内里一声突兀刺耳的娇笑。

佳人笑语柔媚如若晨雾萦绕,只是在这日升时分,正寝殿外,未免就太

华雍断章

不合时宜。庭间顿时一片死寂,赵高冷汗涔涔如若雨下,一边偷瞄少君,一边讪笑着道:"少君,这……其实……"

芈凫不语,直怒视着他,堂堂玄虎令卒史竟是被她这炙热的目光烫得一抖。赵高还待说些什么,却见眼前之人抿紧了下唇,不发一言转头就走。赵高心道不好,连连擦汗:"少君!少君万万不可冲动啊!"

一个时辰后。

"我说,你,不是调职了吗?"

张苍那张放大的带着疑惑的脸,倒映着上郡官道飞速后退的景物,本来是极具喜感的。可惜的是,这驾官府配给的传车内里,现时的气氛是当真诡异。

"为什么变成了本令丞又是要和你这脑子如虿的人一起下行乡公干?"张苍说着,连连抓狂,"说好的得力助手呢?在哪里?"

芈凫没好气道:"我离职原是这个七曜之内,却突然曝出这样关系主君声誉的大案,本令史自然是责无旁贷。如今本官身居令史要职,配合张大人用事怎么就委屈你了?"

司命在上,亏得张苍也有噎得说不出话的时候。而芈凫偏过头去,冷笑道:"说来,为什么连你也来了?"

此刻坐在车厢一侧慢条斯理好整以暇围观他俩唇枪舌剑的,正是传说中的"新郑一匹狼"郑国。郑国闻声抬头,一本正经:"本官奉吕相之令,领监御史之职前往上雒督职。论官职,本官可是在二位之上,所以白大人面对上级还是请适当些。"

真是没天理了!郑国和他们一起下行乡,还成了监御史了!

看她周身黑云压境的气场,张苍、郑国默契地对视一眼,便索性将她直接排除在外,一旁高谈美酒佳人,不亦乐乎。独余芈凫望着窗外的景物,怔怔地出神。

口口声声朔朝密议,她可是半个字都不信。适才亲耳听之,分明是和芈嫽在里面,白日宣淫!为上者不尊在前,就勿怪她狂悖僭越了,至少比起他来，她，还一心一意念着他的江山功业，民望口碑！

唉……却不知她留下的信，他，可曾看到？

话表两枝，说回一个时辰前的咸阳王城。

此时的含章殿一地严霜，秦王政坐在高高的王案内侧，左右是内史蒙恬、廷尉隗状，大殿之下却伏跪着一个人。

秦王政目光凌厉，刺向那人："一切，可当真？"

伏跪之人嘶声道："小人万死，不敢对王上口出诳言！"

"为何找到芈良人？"

"相邦党羽遍地，权势滔天，小人不知如何呈供，更不敢贸信任何人。今晨在正阳大街偶见芈良人车驾，知其是王上枕边人，便拼死拦车，求她引荐。"

秦王政冷哼，翻阅案头证物："这身契上说，嫪毐本出身文信侯府，是由文信侯主事，以假阉宦身份入宫侍奉太后。可真？"

蒙恬、隗状肃立阶下，闻此言，皆暗自交换震惊之色。

"小人岂敢欺君！"那人砰砰叩首于地，"嫪毐在文信侯府的传符、契书已经呈给君上，那印信，做不得假啊！"

秦王政半晌无语，却是面露厌憎。

"君上！"那证人忽而仰天悲呼，"嫪毐之乱后，君上宽宥文信侯，不以失职论罪。小人本是文信侯府舍人，却也是关中老秦人，实在不忍君上被如此愚弄蒙蔽，故而冒死举发！今日证供呈上，小人就是立刻死，也无憾了！"

"如此证据确凿，夫复何言。"年轻的秦王冷冷一言，却是猛然间怒拍王案！

"文信侯弃寡人，弃先王！不可忍也！隗状！"

隗状一凛："臣在！"秦王政毫不犹豫："着廷尉令会同咸阳令、国狱令勘问严查！此案蒙恬一道主事，赐小豹符，必要时，咸阳铁鹰卫随你调遣！"蒙恬、隗状听此，连忙齐声道："臣等领命，君上圣明！"秦王政怒意不减，又道："庭审一有结果，即召臣工朔朝廷议！"

华雍断章

"诺！"

蒙恬、隗状领命，便带着司王城禁军的小豹符和那人证大步离去了。大殿中，唯余君王鹰隼般的双眸注视着二人离去的背影，沉默中形成无声的威压。

"君上……"

隐在堆叠的洒金帷帐之后的身影袅袅娜娜，所到之处，荡漾开去一阵香风。秦王政眸光不移，唇角微扬："做得不错。"

芈婂回眸娇笑："妾此番得以为君上分忧，死而无憾。"佳人莲步摇曳生姿，上前为君王轻轻揉捏着肩头："君上伏案太久，还会肩痛吗？妾为君上揉揉吧。"秦王政阖目，却微微偏头："美人立此大功，可有所求？"芈婂柔声道："得君上恩宠，妾别无所求。再说君上已许了，今后大秦会更亲近母国大楚，妾还能有何奢求呢！"

秦王政闻言，浅笑不语。

许久后，阔大的含章殿中，白日的喧闹复归静寂，那袅娜的佳人亦已不知去向。此刻挥退了旁人的秦王政神色难辨，深沉的瞳眸如兰池不可测。

指尖，拂过掌中沉甸甸的竹简："妾不告而别，非任性妄为，乃法贵无私，明知不可为而为之。然妾虽去，终有二事不得不谏于君前：秦之大道，法也。法不可废，此其一也；远交近攻，合纵连横，不可因赵、楚之利而废秦，此其二也。此次前往关中，妾愿如君上当年，亲历百姓之疾苦……"

"胡闹！法贵无私？明知不可为而为之？"再也看不下去的秦王政怒极反笑，"巧言令色！寡人是不是倒该谢谢她了！"

手中竹简怒掷于王案，在静寂的殿中惊天动地地炸响。左右宫人惊惧地交换着眼神，而代为呈上这大逆不道书信的中车府令赵高，早精灵一般退得无声无息、无影无踪。

攥紧的竹片锋锐，硌得修长指尖都退了血色，秦王政神情难辨，几许压抑，又几许恼怒。终究君王深深一叹，红烛摇曳，一切又复归平静。

"……小高。"

赵高静默上前，只听秦王问道："山东六国与关中世族，动向如何？"

"秦与燕齐连横之势渐成，赵苦于两方奔走，无暇他顾。而国中老秦世族不满文信侯久矣，正是墙倒众人推。君上，已至收网之时。"

"消息确凿？"

"君上放心！"赵高却是急切，"君上还不信我玄虎令剑士吗？"

"其疾如风，其徐如林，稳妥些总是无差。"年轻的君王说出此句，不待赵高回应，就再度陷入了凝滞的沉默之中。料到此时自家君上的脑内该是何等的千钧之重、毫发之细，赵高也从善如流，悄无声息静静退至帷帘之外。

夜幕降临，宫中某处。

那高飞的圆胖翎雀一声清脆的啼鸣，便傲然跃入云端深处，再也难觅其踪。女使上前为那单薄美人披上风披，一旁絮絮道："良人，仔细晚上天凉。"芈婴却久久凝立苑中，一动不动任其动作，仿若一具雕像毫无起伏。

"良人此番大功也！"女使回眸间满面喜色，"您豢养的翎雀还是这般乖顺，想来不出一个七曜，我王便能收到消息了吧！"

又是一阵久久的沉默，芈婴忽而一叹。

"公父，必会心悦吧。"

另一侧，上郡官道途中。

一路行来，越见北上，越是天干物燥，流火铄金。天空热得发烫，大地皴裂，万物焦枯，一团团散发着死气的滚烫红霾，笼罩着无际的灰黄旷野。

郑国收回视线，神情凝重："时至今日，听说旱灾早非秦一国之难，而是蔓延九州华夏。"张苍凝视官道两侧原野，亦是眉心深锁："六国灾民西入函谷涌入关中，但关中平原的灾情，更是令人心魂俱灭。"

入目的景象令芈凫心中悲哀，言语竟不能尽数。不出国都，尚不知灾情之峻厉，沿途所见一批批流民散落于乡野，乌鸦群飞，时有饿殍，不时传来的哀哭令人心惊。

"事已至此。诸位，还是想想正事吧。"强迫自己将目光收回车内，耳畔，是张苍压抑的声音。三人纷纷收敛心神，讨论起此行案件来。

众人此行的目的地是上雒县。上雒北邻泾水，位于泾渭平原内史郡北，属关中二十三县。上雒是本次关中大旱受灾最严重的辖县之一，故向国府申请了救济抚恤，然而国府梳理账目时，却发现近三年来上雒申请救济补助的份额，是周边各县的两到三倍。

如此看来，这是一个非常贫困、家家户户吃救济才能活的县。然而，此案疑点也正是在此。

上雒位于内史郡咸阳王城正北，属少君采邑，按常理来说，其土地并不贫瘠，如今靠朝廷救济度日，倒是颇不寻常。国府也曾怀疑莫不是县府懒政不作为，导致一县不事生产吃救济？或是当地水土发生了异变？故而春来大忙督农，国府会同廷尉署巡视关中各郡，特意对此地留心，谁料追查下去，发现县令竟自称背靠本朝少君，甚至是华阳太后。

此案牵涉甚重，案情错综复杂，众人讨论一阵皆是凝重。最终还是张苍下了结论："来前隗大人交代，为了便宜行事，我等此行先以慰问困难各县、督职赈灾事项之名而来，我与郑兄先入县署，盘查户籍账本诸般事宜；阿萦对盘查账册无甚经验，应灵活行事，必要时，可微服暗访。"

芈凫听罢，重重点头。

在泾渭平原上又疾驰了一日半，上雒县城高高的城门箭楼终于出现在众人的视野里。车速甫一放缓，就见城门之下，一位玄冠博带的官员率着两列玄衣的国府吏候在门外，见传车靠近，忙大步迎上。

"几位大人可是国都来的御史？下官是上雒县令孟冉。"说话的官员肥头大耳，生得白胖如瓠，却是笑眯眯的，十分和善："前日置啬夫送来公文，得知贵驾今日到达。有失远迎有失远迎！"张苍下了传车，微微一笑："本人御史苍，这是御史国，这是令史萦。"县令冉殷勤道："一路奔波，请进县署说话。"

众人随县令入城。刚过日中，街上干燥炎热人影稀疏，偶尔行来几个农人，衣衫褴褛、形容空洞，呆滞地行进着。而城外连绵的农田被腾起的红霾覆盖着，远远的，望不真切。

果然是贫瘠苦旱之象，芈凫不觉触目惊心，一旁郑国轻轻呼出一问："那是?"随着他的视线看去,远处县府一侧的桓门下搭着凉棚,墙上张着高高的红榜,两侧人头攒动,正中的府吏正在核对派发着什么。见众人注目而视,一旁令曹心领神会,连忙解释道:"回禀监御史大人,本县奉县令之命,在县府外张榜,公开发放赈灾粮。"

"公开发放?"张苍沉吟。那令曹笑道:"听闻御史此来上雒正是督职赈灾事项,大人也看见了,上雒是公开公正发粮,县令大人一颗公心,绝无徇私贪墨。"张苍挑眉:"哦?大人真是爱民如子啊。"县令冉哈哈一笑:"不敢不敢,商君都说农战国之本,就算我们这些官员缺衣少食,也不能苦了黔首百姓嘛。"

说话间已至县署。绕过厚厚的罘罳屏,众人便进了议事中庭。

"关中大旱,国人震恐,君上亦忧心如焚。本御史来此,主要是为了督农,并查各县赈灾举措是否得力。"张苍说罢,淡淡扫了芈凫一眼,芈凫忙将国书递给了毕恭毕敬垂立下首的县令。

一脸堆笑收下国书,县令冉点头哈腰:"大人远道而来,奔波劳碌,下官惶恐!敝县的户籍名册、赈贷账簿都理好了放在别议廷,大人现在可要垂视?"张苍笑道:"县令果真是个爽快人。既来此,那不如先在别议廷小坐,一听大人叙职吧。"他顿了一顿,又亲切道:"早闻上雒县令年少英才,既为同僚,也不必拘束。"

县令冉听了,一脸堆笑,忙不迭将三人往一侧的别议廷迎。见张苍、郑国昂首在前,芈凫却是脚下不急,眼看众人入内,她脚步一缓,便回身向着县署内侧去了。说来也巧,刚去到一处院中,就听两个府吏模样的人正一侧闲谈。

"说来孟大人任职上雒县令,好像有两三年了吧?"两个府吏正自传车上卸下郡县送来的公文,公文卸下须得拆封、分类、记档,甚是无趣,这便有一搭无一搭地闲聊起来。另一人应道:"三年前,孟大人才刚及冠,这就被委以内史重县的县令之职了。"

芈凫只觉此音甚熟,原是方才那随行令曹。

那府吏听了,不由咋舌:"委实厉害。要知道上雒这周边十县,可都是当今少君的采邑呢！过往县令，不都是千挑万选的才予以重任吗？"令曹嗤道："你懂甚，正因得是少君的采邑，这才……"说到一半，却陡然看到芈凫站在廊下，当即眉头一皱，住了口。

见被发现，芈凫索性上前，讪笑道："兄台在此啊。听闻这上雒连续两年申请救济，可是有何隐情？"府吏冷笑不语，那令曹却是黑了脸："申请救济，当然是因为县令大人英明决策，爱民如子。"说罢闭了嘴头一偏，摆明了赶客，芈凫只得悻悻离去。

不知不觉红日西坠，芈凫又在这县署四围转了个遍，也不曾再打听出什么有用的信息，悄悄溜回庭间，却见内中诸人一副相谈甚欢的样子也起了身。那县令冉笑道："已经这么晚了？诸位大人也累了吧，下官在潇湘坊设了小宴为大人接风。"

芈凫嗤之以鼻。此时她的脑内，时而是张苍高端大气："本官堂堂御史，吃什么外食，有辱斯文！"时而是郑国义正辞严："我等是国府在册的朝中吏员，下行乡公干自有配给，不劳你这贪官污吏费心！"

正沉浸在国府官吏刚正不阿的自豪感中，却见郑国满面春风："却之不恭，这上雒第一青年才俊的晚宴，某是忍不住要去试试了。"芈凫怔住，再看张苍竟也热情熟络："郑大人说的是，难得和孟大人一见如故，某也迫不及待了。"

芈凫眼前一黑，连道世风日下人心不古，难不成只有她一人在认真查案？然而胳膊拗不过大腿，在座的各位都是上峰，她也只得跟着出了县署，上了马车。

县令冉安排"接风洗尘"的潇湘坊，驾车不过半刻就到了。但一路行来七拐八绕，位置极是隐蔽。芈凫晕乎乎跟着入了内里，却见别有洞天，满目琳琅奢华，竟是晃了几位"国都大员"的眼。然而比起晃眼更可怕的是，此刻坐在雅室的主客，皆人手标配一个艺伎！

芈凫堪堪坐下，陪酒优伶早已凑近："大人你身上好香，奴家闻着心都酥了……"阵阵脂粉香气熏得她两眼发花，要不是心知肚明外面在闹旱灾，差不多就要以为这里是纸醉金迷的齐都临淄。正想着，那优伶已是扭着腰贴上："大人，来嘛，奴家嘴对嘴地喂您可好？"

芈凫大惊失色："不，你不要过来！"

比起张苍、郑国，尤其是郑国乐此不疲此中高手的从容不迫，芈凫拼命想把腻在胸前蹭个不停的优伶扯开，但后者训练有素显然不想如她的愿，就这样，她终于在两厢撕扯的空隙中听到……

县令冉语带微醺："说来三位兄弟不知，今日不才刚送走姨大母的使者。"张苍面露惊讶："孟兄弟的姨大母？莫不就是下午提到的，当今的……"他说着，举动夸张地向上指了指。一旁令曹笑道："大人有所不知，当今君上的嫡妻，大秦的少君，就是我们县令大人的姨大母。"

芈凫一口茶喷了出来。

县令冉连忙安抚："白大人莫怕，姨大母虽然贵为一国少君，但素来善待下官的同僚。"郑国也吹捧道："兄台真是厉害！说来少君似是楚人吧？你姓孟……"

"下官之母，本是华阳太后之弟阳泉君夫人族中姊妹之兄弟之外甥之堂兄之后，下官尊奉少君一声姨奶奶，尊华阳太后一声老族奶，也是应尽之分。"县令冉说得颇为动情，肥膘直颤："族中后生属我最不争气，但架不住姨大母、老族奶疼爱垂怜啊！"那狗腿令曹听了，马屁连连："我们孟大人就是谦虚，听说当年举荐大人内史郡为官的任子状，还是少君亲笔撰写的呢！"

芈凫听得仿若雷劈一般，县令冉却又掏出手帕拭泪："每次看到姨大母的风姿，只觉与我死去的母亲何其相像。只要想到，就忍不住深夜垂泪直到天明……"张苍在旁亦是潸然泪下："大人这么一说，我也不禁想到了死去的母亲，真是太感人了！"

一旁察言观色，那令曹道："上雒是少君采邑，这些年却天不遂人愿，年年庄稼歉收，我们县令大人是真难。大人们账册也看了，上雒之困，是绝无瞒报。"县令冉也道："为了供奉姨大母和老族奶，下官也经营了些田庄，今年旱情峻急，下官还用自己庄子的佃租贴补县里的受灾农民呢！"

"大人当真是爱民如子啊！"见郑国一脸感动，县令冉笑道："御史大人回国都，还请代为美言几句。下官必定没齿不忘大人们的恩德，至于下官背后之人,姨大母如此疼爱,君上又岂能不知?"郑国从善如流,搂紧美女连连点头:"自然。今后还要与大人互相提携,今日和大人一见如故,就连爱好都如此相似,喝酒!"

面对恐怖如斯的场景,此后除了喝酒,芈凫也确实不知道自己还能做什么了,只记得后来舞姬又劝了三回,众人酒酣耳热,舞得尽兴,她就连最终如何回了居处,都是茫然不知。

一夜睡得人事不省,一觉醒来已是日上三竿。从昨夜可怕的宿醉中清醒的芈凫,回望四合已是空无一人,想起张苍、郑国吩咐自己的"特殊使命",匆匆找了一件寻常百姓女子的衣服,就变装出门了。

不错,芈凫今日的任务,就是被张苍美其名曰"发挥特长"的微服私访。而张、郑二人,自然是身为安抚救济的中央大员,早早便去往县府督查事项、听取述职了。

芈凫来到大街上,天气依旧炎热,仿佛空气都胶着得黏稠。说是查案,她心中却是几无头绪,信步游荡了不知多久,只听不远处传来一阵喧闹,一抬眼竟就看到县寺外高高的桓门。箭楼上还依稀可见发放赈灾粮款的红榜,又是一阵嘈杂扰攘传来,芈凫还未来得及凑到近处,就听一声厉喝。

"我都说了,你快滚!"

这不是昨日的令曹吗?芈凫放缓脚步,却听下首一人道:"拿不到救济粮,我不会走的!"

说话的是一位白衣青年,衣着甚是朴素,眉宇间却隐有一种沉稳静气,此时他直视着那张牙舞爪的令曹,眼中却毫无畏惧之色。

那令曹怒斥道:"你有完没完!别以为我们不知道,你一直在做什么!大人免了你的官,你还要多管闲事,你领了救济粮是打算送去'那里'吧?"

那里?芈凫不由更奇,那里是哪里?

白衣青年沉默片刻:"如果我不这样做,难道放着那边的人等死吗?"令曹怒道:"放肆!竟敢满口胡言乱语!你可知眼下何人在县寺之中?"

"今天我一定要拿到粮食,不然他们都得死。"白衣青年一时激愤,却还是强忍着压低声音:"你我都知眼下何人在县寺之中,把救济粮给我,我绝无二话。"那令曹大怒："李洵,你敢威胁我?!"

那位"李洵"沉默对峙,却是丝毫不让。眼见此情此景,原本沉默麻木地行进着,机械地领取救济粮的灾民,议论之声渐起。

"李大人终究为他们出面了。"一旁的老吏叹道,"除了李大人,这县署还有何人把黔首百姓当人?"一侧农人也道:"如此灾年,田里本就颗粒无收,没有救济,那些人必死无疑!"一旁乞丐哼道:"还提什么田,如今这上雒哪还有人种田?"那农人却是激愤起来:"上雒怎么了? 这里也曾是土地肥沃的关中沃野!"乞丐冷笑道:"光有沃野有什么用? 你种得起地吗?"

芈凫听到此,大为讶异。

须知秦律护农,身为农民,几乎所有农耕物资都可以向国府无偿领取,种不起地,怎么可能? 她未及细想,就听那农人愤恨道:"都是那个楚国女人……"此言一出,乞丐大惊,一把捂住他的嘴:"你不要命了!"

一旁农妇也道:"前日听说朝廷下诏赈灾,还以为朝廷总是体恤我们百姓的,谁知……"老吏仰天长叹:"赈灾? 事到如今,你还愿相信这官署,这朝廷吗?"农人一把甩开乞丐,满脸通红道:"关中大旱,草木成灰,这是老天怒了! 官府的眼瞎了,这么大的异象他们要视而不见吗?"听闻此言,众人纷纷附和:"就是啊! 堵上悠悠众口,难道旱灾就可以当不存在了吗?"

令曹闻听这厢动静愈大,伸头怒斥:"你们知道这是什么地界,还敢聚众滋事! 不想问问我手中长刀,就给我闭嘴!"

众人一时沉默。然而民众此刻的沉默,却像是快要鼎沸的锅,瓦釜雷鸣,天灾人怒,民不敢言,然而民众之怒,却在心底滋生蔓延。一注注仿佛燃烧着烈火的眼神,投注在那令曹身上,亏他初时还"何人敢藐视国府官吏"的虚张声势,很快,也被民众沉默的凝视看得心里发毛。僵持片刻,那令曹终向李洵道:"好,粮食给你。只是你不在榜上,不能在此处,你随我来。"

众人一听,哪里肯应?

"大人,您不能去啊!"老吏第一个高呼,农人也道:"李大人,那令曹阴毒,您不能去!"

李洵却是一笑:"各位乡老勿要担心我,他们,还在等着我。"青年的声音

华雍断章

自始至终毫不宏大,却仿佛有一种直达内心的力量,终究,他还是在众人担忧的目光中,匆匆离去了。

望着李洵的背影,芈彘心道这个上雒果然处处透着可疑!她当下打定主意,拔腿便跟了过去,不料李洵脚程极快,竟是跟过县寺桓门的转弯就不见人了,芈彘大急,转来转去摸到县署后门暗巷,却闻听前方隐约传来一阵压抑的击打声。

"给我往死里打!"

随着一声断喝,就见暗巷正中,几名穷凶极恶的狱吏围着一个毫无招架能力的人,棍棒不容分说如雨点纷至。再一看,那被围在其中惨遭毒打的,正是李洵。然而芈彘也只能焦灼地看着,眼看李洵寡不敌众,染血的身躯渐渐坠落倒地。倏忽天地复归静寂,令曹冷笑地踢了踢地上已经不动的人:"传车要走了吧?把他也拖上去!"

这时芈彘才注意到,这条暗巷背靠县署,直通上雒城的南门,而她来之前,巷子一角早停了数辆青辎布厚厚覆盖的大木板车。府吏们闻听号令,七手八脚就将半死不活的李洵丢进了最近的辎车里面。令曹在旁狞笑:"李洵,你是活该!大人本就不欲你胡言乱语,你倒来自找不痛快。去齐整邮人,准时发车!"

眼看一队吏员鱼贯撤出暗巷,芈彘悄然现身,顺手扛起角落里几袋赈灾粮,她一把拉开覆车的辎布,也爬上了传车。不知过了多久,外间传来桀桀的脚步声,芈彘大气不敢喘,所幸覆着车身的辎布帘甚是厚重,她侧着身躺在车里,全然看不见外间的动态。不久后车辙声响了起来,狭窄的空间里,憋闷的空气中有草料的味道,令人烦恶的霉味,甚至还有血的腥气。稀少的空气伴以无休止的颠簸,这段路程似乎无穷无尽,而她的眼皮也渐渐沉重。

话说两头。章台宫宣室殿中,正行夏宗大朝。文武众臣肃敛形容,屏神静气,凝视着正奏报关中旱情的治粟内史冯去疾。

冯去疾道:"今岁初上,关中各地苦旱大灾,异象频仍。治粟署据各郡县上报灾情,拟再次拨款六百万金,求君上定夺。"

时至今日，旱灾已非关中之灾，而是蔓延遍布六国，三晋灾民纷纷过函谷而涌入关中，各县早不堪重负。为大旱赈灾，秦庭已先后划拨国府库存上金千万，存粮更是不可计数。秦王政虽是允了拨款，却也浓眉深锁："关中地形使然，临水而旱，国库不丰。此局一日不能缓解，寡人一日坐卧难安！"

昌平君出列："灾情引发系列后续，君上之忧，臣下感同身受。但论长久之计，臣以为文信侯当政时主持的泾水工程，犹不可废也。"秦王政沉吟片刻，却唤廷尉："吕不韦坐嫪毐之案，进展如何？"

廷尉隗状躬身："君上，相府中搜出嫪毐之卖身契，及当年安排嫪毐入宫诸事密信等，文信侯皆供认不讳。"秦王又问，此罪当何，隗状毫不迟疑："欺君罔上，其罪当诛！"

"他终究是仲父。且有定秦护秦之大功，寡人不忍。夺其职爵，流之河南封地。"秦王政沉吟片刻，"时岁艰难，叔父独领相邦，怕是孤木难支。今升昌平君为代右相，隗状为代左相，开宰辅会议，领开府相邦之事。吕不韦坐嫪毐之案仍由隗卿主事，其余一应公务，早日交接。"

昌平君、隗状俱是一惊，慌忙跪谢。

此事方落幕，却是顿弱出列："启奏君上，燕太子丹入秦，已安置在咸阳官驿。只是……"

顿弱入秦说秦王，被委以典客之职，司邦交纵横策略。他沉默片刻，面露笑意："他日日吵着要见君上，说与君上幼年邯郸相交，感情甚笃……"秦王打断道："不见。国礼招待着，吃穿用度，不可短少。"

顿弱领命，却听内史腾也道："我王，日前赵王偃也遣嫡公主入秦了。昨日方入咸阳，便被王太后的贴身侍女迎进了甘泉宫。"秦王犹自沉默不语，左庶长王龁道："秦今岁以来与燕频繁走动，嫁女入质、重修旧好，连横之势渐显。赵王偃果真坐不住了，这些日来动作频频。"昌平君亦不由打趣："大庶长说得是，不惜血本送七国第一美人的嫡王姬入秦为妾，赵王偃这是下足了本钱啊。"

闻此，朝堂上一片哄笑之声，一阵"君上艳福不浅"的议论弥散开去，而秦王政高坐王座，神情若明若暗，却也缓缓绽开一丝笑意："赵王送这等大礼于寡人,寡人岂不感动?为了回报,我大秦定要回赠一份大礼给他。"言罢,秦王政骤然敛去笑容:"太尉何在?"

桓齮连忙出列。

秦王政道:"秦晋之形胜要地,河东,上党,多年来为赵所占。此次大旱波及天下,赵受灾亦深,今嫡公主联姻入秦,赵国上下必心生松懈,吾欲趁大旱之际,遣大军秘出河东,攻他个猝不及防!就此一举下平阳,收复河东郡,在函谷关立起屏障以震慑三晋,太尉,觉得可否?"

此言一出,满座皆惊,桓齮也不由惊叹:"君上当真不按常理出牌,只是此等大旱,人财均是吃紧,若能确保军备粮草,倒确实是收复河东的难得良机。"

秦王政微微一笑:"寡人前一阵子即传令国府傅籍。治粟内史说说,怎么样了?"冯去疾昂然一笑:"粮草之事,诸君不必忧虑。"众将闻言,精神大振,那桓齮更是自请带兵,信誓旦旦此番定要一举下河东!

大朝散罢已近日中,秦王刚回到长安宫外的廊苑,却听赵高密报隗状在外求见。

秦王政良久不言,终于道:"右相既来此,他……可是有书信遗于寡人?"隗状进前道:"吕不韦托臣八字转告君上,不过今日朝议过后,臣却觉不必说了,都在君上心中了。"秦王不由长叹:"仲父可是说,勿忘收复河东?"

隗状深深一拜:"回君上,吕不韦说,请君上务必留意收复河东、泾水大渠。二事若成,老相死而无憾矣。"

秦王政久久不言,阖目长叹,六合极静。看在隗状眼中,只觉眼前的君王入骨的清绝孤冷,那如九重冰雪的无波面庞,让人难以分辨他的心中此刻究竟做何感想。赵高沉默地游了上来,悄悄将隗状领了出去,独留内寝之中君上一人独坐静思。

一时间万籁俱寂不闻人声,镂空的紫檀月门下,只闻风抚檐铃的轻响。

另一侧,上雒。

"……萦……"

"阿萦……"

"快醒醒,白萦!"

芈凫猛地从黑甜乡惊醒,恢复意识的一瞬间,耀眼天光刺得两眼发痛,待眼前恢复清明,却见郑国一张放大的脸正暗含关切,望着自己。

"终于醒了?"郑国明显松了口气,却仍不忘调侃,"堂堂国府大员,在查案的过程中竟睡得死猪一般。"芈凫惊讶,想不通他为何在此,略一思忖则更觉不对——他在此,此处究竟为何?而来前那些官府恶吏,又在何处?

郑国敛去嬉笑之色,目光却是陡然肃沉:"尾随而至,闲事休提。快起来吧,此行真正的目的地,到了。"

芈凫环视四围,双目所及之处,早无什么县署恶吏,眼前是一座与世隔绝、穷山恶水的封闭村落,而如今她双脚所踏,已是村中土地。放眼望去,低矮的村口柴扉紧闭,其上是官府的封禁和青铜的锁链,已是满布斑斑铜绿。小小的村落较之外间山野阔大,尤显拥挤。黑色蓬帷支起惨淡破落的窝棚绵延,其间老幼相携或卧或躺,皆胧在山野间浓重的红霾之中。

郑国拍拍她的肩膀:"这里就是被隐藏的村落,中山村。"

"竟会是如此的惨象……"

长天无翳,山野无风,万籁死寂玉宇黑。饿困无力的饥民身体浮肿,僵卧在地心魂已失,只有天空不时传来扑棱棱振翅的老鸦哑声大叫,成群啄食不远处堆叠的饿毙人尸,刺破此间蔓延开去、惊心动魄的死声。见芈凫完全被眼前的惨景震住,郑国摇头道:"此处横竖就是如此。不过现在,我们是不是该先去看看那边那位?"

随着郑国目光所及,芈凫这才看到,原来郑国已经将那奄奄一息的李洵,抬到了为饥民搭起的长棚尽头的一处架子上。芈凫上前试他额头,登时眉头大皱,早先被恶吏殴打的伤口已经化脓,眼下他意识迷蒙,烧得滚烫。芈凫心急如焚,他虚弱至此,若再不进些米水,怕是不堪设想。

说到米水……

不幸中的万幸,芈凫想起早先在暗巷顺走的赈灾粮来。幸得郑国在传车离去前悄悄卸下,她便寻了村中唯一一个有大釜的破旧膳房,招呼几名饥民妇女一同,熬了一大锅热腾腾的粥。

待李洵饮下薄粥,恢复了三四分气力,几人早忙得一头大汗。李洵勉力支起身子,连道救命之恩无以为报,这厢芈凫忙着为灾民们分粥,只说不必客气。却是李洵道:"瞧姑娘面生得很,你们究竟是什么人? 为何会来此?"

郑国与芈凫对视一眼:"我与族妹是外乡流民,那日无意路过,却撞破令曹率众打人。"芈凫从旁附和:"我一时义愤就跟着上了车,大兄,此地究竟是何地?"李洵站起身来:"此处隐于泾水南岸的莽苍大山之中,故名中山村。此间安置的,都是被县署放置等死的老弱病残。"芈凫惊得一震,郑国也觉意外:"何谓放置等死? 那些官府恶吏呢? 难道在村外把守?"

李洵有气无力地摇摇头:"此处无县署的恶吏,且不说此处七转八绕极为难寻,逢此灾年,霾笼山野,逢上潮湿沴气便蒸成时疫。那些人唯恐病气不祥,就算偶尔派传车到此,亦会匆匆离开,不会逗留片刻。"

芈凫只觉此间种种根本超出预想,乃至一时不能消化。李洵望着她的表情,摇头深叹:"我一人之口,岂如悠悠众口也? 想知道这是何地,发生何事,姑娘不妨亲眼去看,亲耳去听吧。"

离开长棚来到村中空地,芈凫满目所及皆是断壁残垣。破旧的茅屋中,饿得面黄肌瘦的饥民们不断地呻吟着,再看那些人大多全身浮肿,早就患上饥疫。

村民们见了芈凫纷纷称谢,她带来的赈灾粮纵然杯水车薪,却也稍缓了众人的饿困。见她询问此处由来,众人越说,越是激愤。

原来上雒灾情甚重,灾民遍地,县令冉怕瘟疫蔓延,便想了一个阴毒法子,竟将得了饥疫的老弱送来这深山老林的荒村。随着灾情蔓延,此处人越来越多,有时更是一人得病,就不由分说将全家弃置此处,再用锁链封上村门,让这些老弱病残在此等死。

"上雒为何饥荒至此? 即便今年大旱,难道你们都毫无存粮吗?"芈凫不由疑问。

"姑娘不知,非上雒百姓不事生产,而是有那县令冉在,生产也没有指望!"

农人们一拥而上,七嘴八舌义愤填膺。芈岂这才得知,原来那县令冉当真禄蠹毒瘤,秦法护农的利好,拨款的农田赈贷、禾苗耕牛等,都被他私自扣下归入自己的田庄。不只是农耕物资,就连百姓的救济粮也被其吞去六成,只余最瘠薄的分给农人,以求饿而不死供他来年再申领救济。

县令冉倒行逆施,也有人仗义出手,便是那李洵。李洵本来也是国府官员,任职上雒县丞已有五年,却不及那孟冉手眼通天。李洵在职时就处处为黔首百姓争利,不受孟冉待见,后来孟冉继任县令,更是将其革职逐出。若是无他一直暗中接济,这些中山村民,怕是早就骸骨无人收了。

芈岂听罢,又惊又怒:"县令冉岂能如此一手遮天?他这样不停申请救济,难道上级官员不巡查,不督职吗?难道强如秦法,竟不能奈何他?"一旁农妇怒道:"他背靠当今的少君!那个楚国女人!"芈岂陡然一愣,却听一旁灾民们纷纷怒骂。

"楚国女人怎会为秦人之母?有这样的人在君上身边,才会有如此灾异!"

"高岸为谷,深谷为陵。那宫中养尊处优的外姓女子,又怎会体恤我大秦子民?"

耀目的阳光下,芈岂急怒攻心、百口莫辩,眼前竟是一阵眩晕。就在此时,一双手自后抚上了她的肩头,正是满脸红肿瘀青却还是撑着走出来的李洵。他一双眼睛平静如水,凝视着她。

"就是你看到的这般。狗彘不食的县令,因是当今少君的远亲便贪墨懒政,无恶不作,秦律鼓励耕战的利好政策,赈贷、耕牛,都被他中饱私囊,收入自己的田庄,再借口农耕不振申请救济,就连救济款,都被他贪墨。"李洵深吸口气,"知他头顶青天,郡县之中官官相护,农人投诉无门,求死不得。今岁旱灾,他唯恐老弱病者暴发瘟疫,便索性将人扔进中山村,锁了村门等死。本是关中沃野的少君采邑,如今沦为领救济求存的贫弱之县,一县农人,只能自生自灭!"

随着越发激昂愤慨的言语,一旁灾民恨声应道:"三代弱王,秦法无力,佞幸滋生!宫中妇人不恤百姓,君上昏庸不辨忠奸,上雒才会从关中沃土变成这样的死地！王不恤民,此乃天亡我大秦!"

芈凫见此,惶然更巨,不住摇头。但是在一片压抑着愤怒的附和之中,她那一声声反驳,是如此微弱。

"可怜我大秦,瓦釜雷鸣!"李洵怒道,"冰炭不可同器,李洵宁死不愿与禄蠹为伍!"灾民们亦纷纷附和:"天以红霾大旱,异象示警,难道君上还不反思？那楚国女人在一天,秦人就无有安宁的一天!"

"赈灾赈灾,都是骗人鬼话,都是为了让贪官污吏中饱私囊! 什么秦律？商君都死了多少年了,现在当政的是文信侯,早就没人提什么秦律了!"

芈凫终于再也听不下去,急道:"你们怎能如此说？如今国府是守法遵法的,是尊崇秦律的!"李洵沉声道:"秦律？当今相邦张口闭口以德化民,君上刚刚亲政,又可知秦律？可知商君说过法治之难,不在治善而在治奸,唯有惩恶,才能扬善!"芈凫涨红了脸,急急辩道:"君上一心护法,他不是你想的那样!"李洵却是冷笑:"我想的是怎样？那九重宫阙高高在上的人我不认识,我认识的饥民、百姓,都恨死了王上和那来自楚国的王后!"

芈凫后退半步,身子一阵摇晃。身旁灾民冰冷仇恨的眼神,深深刺痛了她的心。

"你们不要再说了!"心中炙热如焚,她终是忍不住上前,"国府确实是在赈灾,秦法也绝非一纸空文! 君上他更是从未忘却过秦人之志,我真的没有骗你们! 因为、因为,我……其实,我就是王后!"

……

四周忽而一片死寂,诡异的寂静,在热浪腾起的空气中迅速蔓延。突然反应过来自己刚才说了什么,芈凫一时心中剧震,惶然退后。

"不是的,我……"

一句话还未说完,四周骤然爆发出一阵惊天动地的大笑。

"哈哈哈,这个碎女子,她说她是王后! 我还是秦穆公呢!"遑论灾民们,此刻无论是郑国抑或是李洵,都用一种极其复杂的眼神望着芈凫。一阵热汗狂飙,芈凫未急解释,却见一旁的分粥小妹笑得弯下了腰。

"阿姊,谢谢你,我十年不曾这样笑过了。"小妹说,"未来一岁,我就靠这个活着了。"

"……"

于是这混乱又惊心的一日，就在众人的哄堂大笑中落下了帷幕。

经过一日的疲惫、震惊和混乱，这夜芈凫倒是睡得格外沉实。但是过分的燥热难耐，使得天光未明的平旦之时，她就又清醒了，醒后只觉浑身热汗相蒸，分外不爽利。

意识仍是有些迷蒙，芈凫信步走出棚外，本该凉爽的清晨，原野之上不祥的红霾却一动不动，密密的云彩似火炎炎，无一丝雨泽。

一个熟悉的身影，乍然映入眼帘，金灿灿的晨曦中，却是郑国随意披了件里衣，独立在霞光之中。他手持长杖时而停顿，时而走动，似是在反复推敲丈量着什么，芈凫上前问起晨安，郑国却是沉默，对她的招呼充耳不闻。

芈凫不由疑惑，这一大早上的，他在这里鼓弄什么？

郑国拎在手上的，是个她从没见过的青金物事。此物以青铜制成，长三尺余，手握之处有横柄，另一端细长如棱柱，无尖无刃。若说是铁尺却也不对，因得这铁尺上面，赫然还有刻度。

郑国并不搭理芈凫，只是不停地走来走去，不时以掌中铁尺点戳地面，时而走动查探，时而蹲下静听。仿佛被一种未知力量驱使，芈凫也突然安静下来，只注视着郑国，竟一时目不转睛。此刻全神贯注的郑国，不过身披一件旧衣，汗湿的额发只随意一束，然而却是从未有过的肃敛郑重，甚至周身隐散威压之意。一瞬间只觉他仿佛变了个人一般，令人不仅不敢近前，甚至大气都不敢出一口，唯恐打扰了他。

芈凫心道，怎么突然觉得，郑国整个人都不太一样了？不过事到如今，还是先不要去打扰他为好，反倒昨日的粮食还剩下少许，横竖也睡不着了，不如去给众人做些夙食吧。

说做就做。她刚来到村口的破旧膳房，迎面就见小妹正看着自己笑："王后阿姊，你来啦？"

芈凫可是完全笑不出来。经历了昨日的乌龙事件，她的名声算是毁了，直接沦为中山村笑柄。不过也因祸得福，村里的姑娘们倒是和她不再生分，一来二去却也和众人打成了一片。就见一位姑娘在一旁熬粥，也忍不住笑："别这样害臊嘛！其实民间都流传咱们君上生得俊俏，人又年轻，关中女子似你这般百日发梦的，又不是少数。"芈鬼不由瞪她："你还说！"那姑娘哈哈大笑。

和村中女眷们一同添柴生火，熬上稀薄的粟黍淳熬，望着清亮亮几近倒映人影的清粥，姑娘们也一起发了愁。小妹先盛了一碗递给芈鬼，她却摇头，其实最近一直无甚胃口，总觉胸中翻腾欲呕，粮食金贵，还是不要浪费为上。

熬粥的妹子也发起愁来："白姑娘带回的赈灾粮虽然还有余，但架不住人多啊！"芈鬼也是眉头紧皱："眼下怕还不只粮食的问题，我更担心……"一句话未得说完，却听身后一阵如风的脚步声，原来是郑国和李洵踩着霞光来了。

李洵道："白姑娘昨夜未曾睡好吧？眼角之下都有乌青了。"郑国也笑道："不愧是'王后'，如此勤劳呀。"一口老血还未喷出，郑国又悄声凑近："不曾想白兄弟身为男子，竟对君上抱有这样的情愫，失敬失敬。"

芈鬼大怒，还有完没完了！这个郑国，亏得刚才看他一本正经，鬼使神差竟是觉得他凛然不容侵犯。这便瞪他："倒是你，方才在做何？喊你也不应。眼下粮食无多，此间景况怕是不容乐观。"郑国也不由叹息："这中山村狭窄逼仄，饥民挤在一处，缺衣少食，逢上旱情，老弱病者，便容易染上饥疫。"

此言一出，一旁的小妹急了："饥疫？大兄是说那些全身干瘦，却腹胀如斗的饥民，那些症状便是饥疫？"见郑国点头，小妹吓得直哭，直道阿爷便是如此症状。而芈鬼亦是大急，殊不知不止小妹家眷，如今村中的饥民，已是十有八九都出现了类似的症状。

郑国面色沉重，皱眉道："饥疫因饥荒而起，此村本就聚集着饿困的灾民，饥疫者众却也在我意料之中。饥疫有粮食饮水便可缓解，它不是最可怕的，可怕的是干旱缺水、通风不畅，疫者拥挤于一处，时日若长，必定引发瘟疫！"

芈凫心头一震,她也正想说这个,比起缺粮,滞闷缺水更是可怕百倍,而李洵亦是眉头紧皱:"县令冉也是惧怕暴发瘟疫不可收拾,便将出现饥疫症状者、老弱病残体质不佳者,都投入这大山之中的隐村等死。"随着李洵的目光,众人放眼向外望去,连绵的草棚篷布之下尽是身困腹饥之人,不要说粮食,就连村口的几株老榆也被剥尽树皮,早成死树。而村头唯一的一口水井,在无情的天灾中,早就干涸得几近见底了。

"别怕。"郑国轻声道,"旱灾饥荒引起的饥疫,有水就自然缓解。"芈凫关心则乱,不由急道:"有水? 你说得倒是轻松,哪里有水?"

郑国并不回答,却是扬了扬手中那柄古怪的青金铁尺,芈凫一头雾水,只能迷惑地望着郑国。却是李洵道:"不想在此处能见到这个物事,白姑娘,郑兄拿的是勘水铁尺。"

"勘水铁尺?"芈凫不明就里,郑国却突然望向李洵:"李兄,你可信我?"迎上李洵疑问的目光,郑国又道:"你若信得过我,就找几个精干的年轻人来,我郑国承诺,定带你们找到水。"

芈凫听了这话,更觉匪夷所思,忍不住像看傻子一样瞪着郑国。如此干旱饥荒,找水谈何容易? 而中山村都是些老弱病残,若是白折腾一趟却无用功,只会让事态更糟,那李洵怎可能答应! 谁知李洵沉默许久,眼中竟是散发出不一样的精芒来:"郑国兄,我信你。我这就去找人。"

说完,他就大步离开了。

芈凫简直无言以对,急匆匆把郑国拉到一旁:"郑国,你真做得到? 你能让老天下雨? 这不可能啊……"

望着李洵的背影渐渐消失在远处,郑国望向芈凫,眼中却有几许凝重:"比起这个,我今晨以渡鸦向张苍传递了信息,希望他早日接到,快些赶来营救我们。在此之前,你什么也不要做,就在这里休息。"

芈凫一听就急了:"什么也不要做? 那怎么行!"郑国却道:"你肩不能挑,手不能提,你要做何,你能做何? 如今你我身在随时可能暴发瘟疫的破旧村落,就算国都御史也无处可以依凭。存粮有限,切记精打细算,切勿贸然行事让自己陷入危险,你可懂了?"

见芈尭沉默，郑国霎时严肃："令史萦，我是监御史，我的职级在你之上！我命令你不得轻举妄动，照顾好自己的安全。"凝视她许久，他终究放柔了声音："你且信我，好吗？"

看着李洵带着几个不甚精壮的男丁随郑国渐渐远去了，芈尭立即一跃而起，见她神情凝重来到院中，众姐妹也纷纷跟了出来。

"白姑娘，你这急匆匆的，是要做甚？"

芈尭站在人群中央，朗声道："姊妹们，你们听我说，我们不能在这里坐以待毙！"众人面面相觑。却是那分粥小妹道："阿姊，你要做什么，我跟着你！"

芈尭闻言大喜，却听小妹道："若不是你带来的两袋粮食，我阿爷和阿兄昨日就饿死了，你是我的恩人啊！"话音刚落，一旁的姑娘也说："白姑娘，老秦人知恩是图报的。其实大家都肯听你的，不信，你问问大伙儿！"

"白姑娘，你说吧，能帮的，我们一定帮你！"不知何时，内外早已聚集了许多人。芈尭大受鼓舞，高声道："大家听我说，这么多染了饥疫的人拥挤在窝棚内，眼下又缺水，又不通风，时间长了会暴发瘟疫的！眼下，我们就是在和瘟疫趋跑！必须将人从不透风的窝棚里抬出分散，对病重的独户也要有所看护，防止酿成疫情。还有那些病死的人尸，离人居之地太近了，不安全！"

"但是阿姊，我们没有那么大的地方！"小妹率先质疑，旁人也纷纷点头："是啊，这中山村本就是个荒陌小村，十分狭窄，将病人都抬到村中空地上，也还是人挤人，分散不开啊！"

芈尭沉默片刻，忽而下定决心："你们随我来。"

一步一步，众人来到了村口的柴扉之下，凝视着门扉之上锈迹斑驳的锁链，芈尭陷入了沉思。却是一旁小妹看透了她所想，不由惊呼："阿姊，你要做甚？你要把这锁链……"

芈尭缓缓摇头："此处不过是一架柴扉，就算其上有锁链，也不过是铜绿斑斑。这样的锁链，就能困住我们吗？"小妹急道："可这毕竟是官府锁上的，还有官府的印信呢！根据秦法，若是破坏官府封禁，就是死罪啊！"

芈凫沉默了片刻，却突然抬起头来，直视眼前焦虑惊慌的众人："秦法的存在，不是为了困住百姓，不是为了庇护恶徒！今日，我要……"

"白萦！你在做什么？"一声怒喝从天而降，骤然打断了此间的激昂急切。回眸只见郑国匆匆赶来，"我不是让你什么也不要做吗？阿萦，个人的能力是有限的，我理解你的心情，但莽撞行事并不能有所助益。回去吧，回去等……"

"你让我等？"芈凫说着，骤然大怒，"你让我坐视百姓痛楚挣扎，坐视人尸堆积，坐视疫气熏蒸，而你要我什么都不做！仅仅是等？"

深吸一口气，芈凫一把推开了郑国！

抽出始终悬在腰间的虎噬羊错金剑，众人还来不及反应，只闻一声清脆龙吟，拼尽全力的她，掌心被震出了汩汩鲜血而不自知。唯见手起刀落，两扇柴扉之间，锈迹斑斑的锁链应声倒地。就在那沉重的锁链坠地的同时，就听轰的一声，两扇腐朽多时的柴门，直接轰然倒塌了！

郑国见状，又急又怒："阿萦，你！"然而他始料未及的是，随着那扇朽门的倒塌，小村内久病麻木的村民们，却骤然爆发出一阵欢呼声。

"碎女子做得好！"

"我们早就想这么干了！"

破旧的柴扉倒下后，村民已是一拥而上将村口藩篱尽数拆除。芈凫上前一步，直视郑国眼底："郑兄，将此处交给我们，你只管带男人们去勘水。我们自会分配粮食，分散病者，且去村外寻觅秕草树皮，充粮糊口。"见郑国犹是皱眉，一旁姑娘也上前："男人们且去吧，难道女子便是拖累？若是自己想死，便是老天显灵，也救不了！"小妹擦泪道："阿姊说得对，今日，就让我们也为自己拼命一回！"

郑国望着眼前一切，一脸不可思议。

"郑兄。"芈凫回眸望他，微微一笑，"白萦不会等，不会什么都不做。最重要的，我不打算做任何人的负累。"郑国颔首，忽而郑重道："拜托了，保重。"一句言罢，他大步而去。

这厢说干就干，芈凫与众人选取空旷通风之处，搭建临时疠迁所，将病人与一般饥民隔离开去;女眷们踏过被砍落的藩篱,一起进入山野寻觅野菜茅根;或是在旷野远处搭起都厕,隔绝污水瘴痢……在芈㲧的分工调配下,搭建迁所的、分离病人的、清除路障的、清点余粮的……渐渐地,这原本死气沉沉的村落,难得一见地悦动起来,仿佛一瞬间有了生命。

山野无声,挥汗如雨,不知不觉半日已过。待夕照的微光从疠迁所两侧弯弯曲曲的木梁中懒懒地透下,芈㲧长舒了一口气,心中的满足感,更是难以言喻。

"一切顺利!"她一屁股坐在地上,累得几乎脱力,"现在……只差水了。"

是的,只要有水,能确保水源清洁和日常清洗,会好的,一切都会好起来的。仿佛看透了她的心思,方才并肩战斗的姊妹们不约而同地围坐下来,有的姑娘她尚叫不出名字,却带着笑意拍了拍她的手。

"我们尽力啦。接下来,就看皇天保佑了。"

就似响应她们内心的祷告,不远处蓦然传来一阵响亮的欢呼声,瞬间大家都驻足而望,只见一个后生浑身是泥地狂喜奔来:"有水了! 有水了! 那郑大兄,真的带着大伙找到了水!"

随着他的奔走呼告,捷报如若惊雷炸起,众人几乎是未及反应,便纷纷一跃而起,随着那后生奔了过去。

"……井水?"

片刻之后,瞪着一双难以置信的大眼睛的芈㲧,与里三层外三层同样瞪着难以置信大眼睛的灾民们一起,注视着人群正中刚刚被挖出的水井。而此时从地下不断涌出的冰凉甘甜的井水,让整个村落都沸腾了。

"神了! 他真的神了!"村民们七嘴八舌,"我们为了找水,在此地反复挖过多少次,可却从未发现此处山下有泉! 而他,竟就用那把尺子这里点点,那里戳戳,就带大家凿出了伏泉!"郑国始终全神贯注在前探那水口,听众人议论,只不以为意地笑笑:"此地伏流甚深,且这中山是为石山,极为难采。我猜你们过去也挖过,却十有八九挖得不够深,抑或是遇到岩石,便主动放弃了。"

闻听此言,村民们越发五体投地:"郑大兄,你当真是料事如神哪! 过去我们挖过数次,确都如你所说。"芈㲧也赞叹道:"郑国,你真是绝了,你好厉害啊!"却见李洵在旁,心事重重欲言又止。

"李兄,我知你心中疑问。"郑国回头看他,眼中却是了然,"阿綮,李兄,随我来。有些事,也是时候向你们坦诚了。"

李洵闻此言即大步跟上,却是芈凫心中疑惑,见那二人已渐渐走远,连忙也跟了上去。来到村角僻静处,只见郑国神情凝重:"李兄弟,阿綮,你们有所不知,我其实是个水工。"

芈凫听得一愣:"水工?"水工又是什么?他郑国,不是相邦遣来的御史吗?正在惊疑不定,却听郑国向李洵道:"想必兄台已经察觉,我与白綮并非一族兄妹,我们的真实身份,乃是国都而来的御史。"

李洵神情一肃,却并不意外:"果然如此。那你们到此,是为了查上雒县府懒政之事?"

"李兄猜对了一半。"郑国道,"然而郑国到此,却独不为上雒官员渎职之事。我来此,是因关中大旱,文信侯重提泾水大渠之事。"李洵浑身一震:"泾水大渠?"说着却又摇头:"此渠成渠难如登天,非一般水工所能为之也!"郑国淡淡扫他一眼:"我出身墨家,以工门之首领墨云集,原为子门弟子。"李洵更是惊讶:"子门弟子?郑兄,你竟……"

郑国微笑颔首。

这厢芈凫早已莫名惊诧。要知道墨家,乃是战国末年隐于崤山的神秘学派,创于大师墨翟之手,墨家以兼爱非攻为道义,机关工门为专长,独树一帜,誉满天下。墨家弟子以兄弟姊妹相称,一门之首称"巨子",同"墨云集"一起统领门派事务。墨家弟子以其资质所长入武门、工门、理门等门下传习学业,然而唯有墨家巨子亲传弟子,才得以入子门。也就是说,这个郑国,不仅是巨子的亲传弟子,还是墨家工门之首,更是墨云集学长!

"引漳十二渠,吾成后三渠;鸿沟东支狼汤渠入泗、邗沟改道入淮水……山东六国无水可治,我郑国才入秦。"

这一回,芈凫是真真切切地听呆了。没想到这不靠谱的郑国,居然几乎参与了当世所有叫得上名的治水工程!这样说来,也怪不得独他能挖出伏泉了。彼端郑国轻叹一声,似也陷入回忆:"过去五年我踏遍关中二十三县,在许多地区反复测绘推敲，终成关中大渠三百里干渠图谱，却始终无法定下这大渠最关键的一点。"

"是什么？"芈㿟小心翼翼地问道。

"泾水大渠者，引泾入渭也。"郑国道，"从何处引？这引水之口，是成渠关键。然而吾遍寻关中，始终无十成把握，此番来到上雒也是因为此地背靠泾水，或有所得也不一定。"

到此，芈㿟终于恍然大悟，原来郑国以监御史身份来此，其真实目的，本就是那泾水大渠。

"郑兄，你的勘水铁尺，能否叫我看看？"

自从郑国提到自己出身墨家，李洵就始终神情凝重地坐在一旁，甚少说话。此时他突然开口，声音干涩嘶哑，竟是叫芈㿟吓了一跳。郑国眉宇间闪过一丝疑惑，却还是拿出怀中的那把黑黝黝的勘水铁尺，递给了他。而李洵接过，反复摩挲那铁尺光华铮亮的表面，一时失神。

"郑国兄，你们随我来。"许久后李洵忽而抬头，目光炯炯，"你要找的引水之口，或许就在这中山之中。"

李洵带着芈㿟与郑国离开了中山村，又向山中走了长长的一段山路，那山路甚至不可称为路，九曲八弯，极是难寻，若非久居山中之人，根本发现不了。芈㿟满心疑惑地跟着李洵，却见郑国初时似也存疑，途中却渐渐释然，经行数百步，越发悠闲坦荡，甚至口中又吹起了他常吹的那曲小调。

"常棣之华，鄂不韡韡。凡今之人，莫如兄弟……"

许是被他的悠闲自在所感染，芈㿟静听那足踏落叶的沙沙声，伴着棠棣的雅致之调，脚步竟也轻快了几分。就这样大约走了半个时辰，绕过一个转弯，三人眼前豁然开朗。

"就是此处了。"李洵停下脚步。

二人上前细看，此处原是一处视野颇高的峰顶，正可窥见整座中山山腹的全貌：这是一座不为人知的峡谷，穿过高高的青山，李洵以手中树枝指向那山谷东侧："上雒是关中二十三县之一，某没猜错的话，郑国兄设想的干渠，应该正流经此地。"

郑国点头,赞许道:"不错。"李洵又道:"中山西侧就是泾水。打通这中山,引泾水入峡谷,便可由峡谷引流而进入干渠。而此处瓠口,便是打通中山的形胜要地所在。"李洵说到此,从怀中取出一张羊皮卷递与郑国:"三十里瓠口图卷乃是先人所绘,小弟时时揣在身上。未曾想有生之年,竟真有将它交给似兄这般当世一流水工的一天。"他言罢,深深一叹:"先人曾言,此地山脉岩石成体,如若铁板一块,极难开凿,或可火烧、醋激、滚木礌石,须得下一番功夫。然而一旦凿开便是天然的石渠,这样的质地,可历经千年而不损。"

郑国接过皮卷,他的手竟有些隐隐颤抖:"李兄,你这位先人,他、他莫非是……?"

李洵回眸,微微一笑:"家父是墨家工门弟子,都江堰水工,李冰。"郑国大震,眼中却腾起薄雾:"果真是李冰师兄。那你、你就是?"李洵向着郑国,灿灿一笑:"郑兄,我就是当年追随父亲开凿都江堰的李家二郎啊。"

原来当年郑国投身墨家,李冰已经离开崤山总院,奔走六国,行利国利民之盖世工程,郑国听闻其人,不过师兄弟之间口耳相传,虽未得见,却是倾慕已久。其后李冰父子开凿都江堰,名动天下,后十年,李冰身故于蜀地,离世前,犹念念不忘关中临水而旱之难。然而李冰亦尝言,以他一人之能,亦无力成关中大渠,引为毕生憾事。

李洵追忆往昔,不胜感慨:"家父曾言,若有人能成大渠,定是老墨子那位关门弟子,一位姓郑的后生。那人想必就是你吧,郑兄!"郑国听此,早已热泪盈眶:"吾一生心愿,便是与天下第一的水工,携手开凿天险之大工程,今得李冰师兄之瓠口绘卷,天已全我,郑国夫复何求?"

李洵叹道:"只是瓠口入渠,与兄台之三百里干渠图纸,须得精确吻合。开工之前要确保全部预先成图演算,重新踏勘的同时,还需要海量术数运算。"他思量及此,面露难色:"怕是,除非《九章算术》的作者在此,否则没有一年半载不能成事。只是关中大旱,百姓还能等这一年吗?"

此言一出,忽而一阵沉默。郑国看看芈凫,芈凫又看看郑国,须臾,相视大笑。

"李洵兄，实不相瞒，《九章算术》的作者，他还真的就在此地。"

这是如此奇异却又和谐的一幕。夕阳西下，夕晖如金纱笼罩山间，幽幽山谷中，晚霞映照着远处田野腾起的红霾。峰顶的三人，围着那卷灰黄的羊皮卷，侃侃而谈，不知疲倦，直至日薄西山方才作休。

待芈凫等人绕过野草丛生的坡道，回到中山村时，距离出来时已过去了半日。

随着错落的脚步声，芈凫抬眼望去，小村的轮廓渐渐出现在视野中，却没有意料之中的忙碌热切之声。遥望四合，唯有笼罩原野经久不散的红霾遮住了眼前的山野，渺茫茫兮不得真切，单留下一片令人生疑的枯寂。

心中陡然腾起的一丝异样，尚未及划过心头，突然，几声嘈杂刺耳的金戈之声破空响起，数列穷凶极恶的黑衣甲士自两侧山道闪电般奔出，直向三人袭来！

芈凫惊呼一声，匆忙欲闪。却见势若奔雷，不及反应，为首的几人已然杀到眼前。

玄衣、黑甲？

在这个事实映入眼帘之时，芈凫竟是整个人都愣住了——这些埋伏已久突然袭击他们的甲士，观其服饰，竟赫然是秦官府的狱史着装。而郑国、李洵对视一眼，皆眉头大皱，众人步步皆退，终至无处可避，面对数倍于自己且训练有素的国府狱掾，几乎不出片刻，三人就束手就擒，被捆了个严严实实。

"带回去，向大人复命！"

被推搡着再回中山村时，里三层外三层的狱吏，早将这山中小村围得铁桶一般，而为首的正是县令冉，此刻他见三人五花大绑，一张肥白大脸上，透着些许阴狠。而另一端，才因伏泉出水、打破藩篱而雀跃不过半日的百姓，此刻互相依偎瑟缩一旁，惶惶不可终日。

"大人不识得郑某？如此何故？"郑国皱眉凝视县令冉，气势不减。

"识得？本官就是太识得你们了！"县令冉一甩袖子，"本县已经查明，此二人伪装国都御史，实为六国奸细！"

听此言，百姓们又惊又疑，阵阵窃窃私语。

芈炅又惊又怒："你含血喷人，我等本就是国都御史！"县令冉狞笑道："国都御史？哪来的国都御史如你们这般偷偷摸摸，如丧家之犬！"芈炅怒极："我等若不乔装改扮，岂知你这禄蠹狗彘不食，不配为人！"

"无视国府封禁，擅开瘴痢之门，私自挖掘伏泉……"县令冉高声怒骂，"更不必说你们里应外合，密探中山，不过就是为了绘制我秦川地形，卖给山东六国！李洵，你心心念念，时刻揣在怀里的中山绘卷，就是证据！"

听他颠倒黑白，李洵怒斥道："狗官！你不过是怕罪行败露，就狗急跳墙，污蔑我们！"

县令冉凑近李洵，冷笑道："就算如此，又如何？"言罢扬声喝道，"六国奸细趁灾混入关中，妖言惑众，不知死活！来人，给我填塞水井，封闭疫村，将这三个里通外国的奸贼就地处死！敢为他们说话的，统统连坐！"

眼见此情此景，本瑟缩一旁惶然无极的百姓们议论之声渐起。

"怎可能，白姑娘和郑兄他们，是国都御史？县令又说，他们是六国奸细？"

"连坐？我只知道，县令放我们在此地等死，是李大人一直暗中接济我等，是白姑娘带着大家搭建迁痢所，是郑兄弟帮着大伙挖出了伏泉！"

"官府平日不管我们的死活，今日一来就要锁村，就要填了好不容易挖出的水井？这还有天理王法吗？"

闻听众人议论，县令冉连声呵斥："大胆贱民，藐视秦法，胡言乱语！我看你们真是活够了！"不想农人们竟是横眉怒对："狗官，根本不把我们当人看！就算是官员，就可以伤天害理了吗？"

始料未及贱民们竟不服管教，县令冉勃然大怒："本官是国府官吏，不容亵渎！岂容汝等贱民缠闹不休？"李洵见此，急道："孟大人，不可冲动！"那县令冉骄横惯了，哪里理他，只大叫道："来人，快来人！将这些妖言惑众的贱民狠狠笞掠，以儆效尤！"

听闻号令，两列狱吏从两侧闪电般奔出，顷刻间涌入争执不休的愤怒百姓之中，不容分说棍棒如雨点纷至。一时间老弱哭号之声、怒吼之声、训斥之声,其声阵阵,不绝于耳。

"怎么会这样?"芈㠓震惊了,"他们本就病弱,他们是灾民啊!住手,你们快住手啊!"

然而,这微弱的呼喊,挡不住残虐的施暴者,更挡不住渐趋鼎沸的民怨。

"反了!国府赶尽杀绝,我们和他们拼了!"

"对!横竖是个死,豁出这条命,拼了!"

"杀!瘟疫暴民,杀光他们!"

"住手,快住手!"芈㠓呼喊着,挣扎着,却被牢牢绑缚,哪里挪动得了分毫。却是那县令冉回过头来:"你还有空担心别人?来人,将这三个六国奸细,立即处死!"

踩踏声,怒吼声,拥挤声,哭喊声。望着利器之上的刺目寒光不断逼近,眼睁睁看着事态竟至覆水难收,芈㠓带着哭腔的呼喊在鼎沸的人群中,虚软无力,就如若蚊蚋般弱小,根本无人可以听闻。

冰冷的寒意带着扑面而来的劲风,顷刻而至。突兀之间,那锐利的刀锋却不知被何所阻,在睁开双眼之前,芈㠓只感觉到一滴一滴的温热,自上而下,坠落于肌肤之上。

……血?

她骤然心慌。谁、谁的血?

映入眼帘的侧颜如若霜雪凌厉。被赤手接住的刀锋之上,鲜血如雪地寒梅红艳艳地绽放。望着眼前乍然冻结的混乱,眼前之人出口的话,如同面色般冰霜骤结。

"上雒令要处死何人?"他冷然道。

芈㠓惊得睁大了双眼,更捂住了嘴。

县令冉方才反应过来:"大胆!"怒斥之语还未及出口,却赫然窥见来人身后浩浩荡荡绵延开去的仪仗,只见两列铁鹰锐士执旗开道,被护在正中的车乘金根为饰,黑旗皂毓,日月升龙,驾马为六——可御此等卤薄仪仗者,在如今的大秦,唯有一人。

"这、这不可能!"一时间,县令冉神色大变,脸色青白,更觉不敢置信。

骤然间突兀出鞘的太阿长剑刺破此间混乱，那凛然如北国霜雪的剑气，仿佛能瞬间冻结空气一般，力透千钧！而此刻，那闪耀着玄色寒芒的剑尖，距离县令冉脖颈，仅余半寸。

"寡人再问一遍。"秦王政道，"上雒令，要处死何人？"

县令冉此刻一扫方才的蛮狠，惊恐地看着眼前的长剑，吓得说不出完整的话。再抬头却见随从中一片乌泱泱衿玄，依稀认得似有内史郡守、廷尉正等人鱼贯而至，特别是那个数日来与他在县署"相谈甚欢"的张苍，此时一袭竹青肃立君王身后，正皱眉冷冷望着自己。

县令冉心中大骇，慌忙伏地顿首："臣，参见君上！参见御史大人！"

民众们惊疑不定，不由怀疑自己听错了，面面相觑。与民众间渐起的窃窃私语议论纷纷相比，芈凫却是心中一突，竟说不清此时此刻，心中千般滋味。

"君上……"她小声说。

她想看看他的伤。那毕竟是为了护她才伤得这般重，眼看着那些血迹鲜红刺目，她的心里也一抽一抽地疼。但是他此刻是那么冷，勿要说回应，更是连看都不曾多看她一眼。然而尽管如此，他来了，此刻离她这样近，方才的种种惶怒惊惧，从再见他的一瞬终归消弭，一时间唯余鼻酸。

李斯冷笑："君上不出来走动，竟不知上雒令这般大的官威。竟是连君上御体，你们也敢伤？"县令冉冷汗如若瀑布："大人误会了，属下……"实在无从分辨，他竟又向百姓发起淫威来："豕心作死的贱民！君上驾临，还不跪拜！"

秦王政缓步踱去，玄朱的广袖之上，是为君者才可配饰的日月苍龙，在这混乱情境中更是卓然。而他一如既往的眹美孤冷，周身散发的是上位者的威压，民众纷纷僵在原地不再喧哗，一双双眼睛想要看他，却竟是不敢直视。

"天也，当真是君上吗？"人群中不知谁轻呼一声，旋即附身而拜，"君上万年！"

"真是君上！君上万年！"

不过瞬间，无论是郑国李洵、县署官僚抑或四围农人，竟是跪了一地，倒是芈凫一愣，赫然发现自己竟还后知后觉傻站在众人之前，慌忙也跟着农民们的动作跪下身来。

"大胆贱民，东张西望，敢不稽首！"许是她跪拜的姿势实在不够恭敬，一旁的令曹怒吼着，竟直接扣住她的肩膀，将人强按在地。

芈凫狠狠一震。民见诸侯须以周身伏跪，以首触地不得直视，谓之稽首。但她却从来不知，这种感受竟是如此屈辱，如此令人五内鼎沸一般的愤怒！

"……"

淡得一丝波澜也无的眼眸，平静如水却深邃如潭，他一步一步，仿佛踏在她的心上。

"阿凫。"那双手一如既往宽厚有力，将芈凫自泥沼中拉起，一把扯到身前，"寡人的王后，最近真是活跃得让寡人头疼。"

聆听他有力的心跳，芈凫身躯有一瞬间的紧绷。而与她此刻百感交集相对的，却是四周的民众仿佛一瞬间被秦王政的举动震碎三观。

"王、王后？白姑娘？"

众人震惊了！

"王后不是那个宫中迫害我们秦人的楚国女人吗？"

"你们还记得吗？那天白阿姊她好像说过自己是王后？"倒是小妹弱弱提醒道，众人更是崩溃："不对！如果白姑娘真的是王后，那，那个迫害我们的楚国女人又是谁？"

秦王政忽而冷笑："寡人听说此地，有人自称少君甥孙？少君就在此地，还不出来相认？"再看那县令冉早已吓瘫，一时涕泗横流、丑态百出："王上，微臣认罪，求王上开恩……"

然而，他甚至根本来不及惨叫。众目睽睽之下，秦王政反手一挥太阿出鞘，冉冉尚不及出声，便已被斩为两段。

刺目的深红烧灼了芈凫的双眼，扑鼻的血腥更是令她翻腾欲呕。此刻君上仿佛周身都散着寒气，千年寒冰般生人勿近。

"众位乡老请起。"秦王政斩杀孟冉,徐徐行至众人之中:"上雒令孟冉冒秦嬴王族之名,渎职懒政,贪墨害民,其心可诛,其罪当死,少君闻此案累及自身,亲赴上雒问案。一应详情,已由御史查清论罪,今寡人当众处决,以告父老。"

众人眼见地上残尸,惊惧地交换眼神。

秦王政面色如霜:"关中大旱,天降异象,是寡人为政之失,罪当吾躬,弗敢自赦。政今日向关中父老赔罪,今后必当惕励自省,灾情之弊,事事躬亲,早日缓我关中水旱之难。"

众人这才自震惊中略略缓过神来:"君上竟罪己了? 还当众处决那狗官? ……而这些日,与我等共渡难关的,其实是得知自己被冒名,故而亲赴上雒问案的少君?"本是惶惶不可终日的民众,面对骤然拨乱反正的局面,一时唯余震惊。

秦王政肃然道:"传寡人王令,关中二十三县民众,论受灾程度减免田赋徭役。包括上雒在内的内史六县受灾最重,当年田租免征,免除徭役,划拨赈灾款项——李洵。"

李洵慌忙上前:"草民在!"

秦王政道:"着李洵代行县令之职,主事上雒赈灾济民、重启农耕之事,领政后当依法肃清弊政,整肃官吏,还利于民。中山村灾民,县府当一视同仁,抚恤照应。"李洵闻言,精神大振:"臣敢不鞠躬尽瘁!"

民众愣怔片刻,随即爆发出一阵"万岁"的欢呼,在一片狂喜中,众人纷纷跪拜稽首,方才一触即发的局势,竟也就这般转瞬间化解了。而芈凫始终悬在嗓子眼的一刻心,也终于在听闻这一番后,彻底落下了地。

他是君上。仿佛淡淡一句,就可抵过千军万马之势。她在心里想着,终究是唯有君上,才能够如此啊……

"政此来上雒另有公务,本不欲叨扰父老百姓。孰料竟遇此等胆大包天、匪夷所思的劣蠹大案,念及百姓之痛,寡人心中难以平息。今主犯从死,上下连坐之责,亦会依法追责到底,寡人绝不姑息。"秦王政言罢,冷冷望向李斯,"斯卿主事。"

李斯连忙上前，恭敬领事。而秦王政上前一步，望向郑国："先生，泾水大渠之事，就要劳烦先生解说了。"

自方才以来，郑国始终独立一旁，神情复杂。此刻见秦王之言，躬身拜下。

"诺。"

翌日，上雒县署，别议廷。

不甚宽广的别议廷中烛火明灭，淡淡的药气升腾一室。书案上，隐约可见连绵不绝的羊皮绘卷、刀刻图版，以及厚厚的一卷卷文书，秦王政高大的身影端坐在主位，此刻他的右掌缠着厚厚的药布，举动不甚方便。

而芈扅依旧一身绐玄官服，侍立在君王一侧，时不时俯身为他展开面前的图卷，仔细一看，君王正凝神细读的书卷封口处，均刻着三个大字"河渠书"。而芈扅任劳任怨、无怨无悔，俯着身子偷瞄着那人目光，确保图卷寸寸展开方便观看，这份耐心和周到，堪称模范。

这般看了半刻，就见赵高捧着儿卷刑狱爱书匆匆走了进来。

"君上。"赵高上前道，"原上雒县令孟冉借祖太后、少君之名，渎职懒政之案，涉案者数十，罪死者七人，廷尉正领玄虎令已勘问完毕。此为狱案爱书，请问君上，罪死者当如何？"

嬴政冷冷扫视一眼，将书简掷于王案："灾情之下以军法论罪，全部坑之。"芈扅心中一惊，忍不住偷偷瞄他，只见其人面色如冰。却是寺人乐闪身入内："君上，那三位大人到了。"

随着这一声通告，仿佛春风吹进寒冬，一脸沉寒肃杀的君上，面色也不由得松动了几分。

大厅之中火烛不息，摇曳的烛火中几人相对而坐，围绕那十卷《河渠书》侃侃而谈。一桩经年叙说，却提起了众人不曾知晓的帝国往事。

"六年前，臣辞别巨子师兄，离开墨家总院西进入秦。"郑国跪坐在中，侃侃而谈，"得文信侯器重，诏臣入府问策。其问曰：泾渭平原临水而旱，良田荒芜，盐滩遍地，如何可解？"

"何谓望水而旱,盐滩遍地?"芈虿不由问道。

郑国望她一眼,神情颇有些复杂。秦王政笑道:"既着官服,便是令史白萦,郑卿勿起嫌隙。"郑国点头,忽而释然一笑,便谈起关中地势来。

原来秦川逐年有旱,但这秦川,其实并不缺水,相反,关中平原坐拥九水十八池,人称"陆海"。然而泾渭平原自南向北,地势迭次升高,土地沟壑纵横,其中人口密集、地势最低的渭北平原,土地终年浸水,久湿成卤,便成盐滩,这种盐滩,是寸草不生的恶土。而盐碱地不可种田,真的农田却又碍于沟壑纵横的地貌,远看三五里就有水系,却无法引水灌溉,只能望水而旱。

"秦川坐拥沃水丰田,却连年为旱灾所扰。"郑国说到此,不由长叹,"天意乎?人力乎?"

秦王政沉吟,问道:"既如此,秦川之旱,如何可解?"

"为答此问,五年来臣踏遍关中、陇西、北地,尤其在关中二十三县反复踏勘,以臣之见,唯有引泾入渭,凿一条长渠横贯东西,则水旱可解,盐碱可消。"

秦王政又问:"横贯东西长渠,渠长几何?人力几何?"

郑国以勘水铁尺精确点住大案正中那张羊皮图卷:"君上请看,干渠之长,东西四百余里,瓠口之长,南北三十里。需百六十斗门,三十渡槽,四十沙渠,征发民力百万,工期一年,方可得之!"

秦王政听了,皱眉沉默。李斯、张苍对视一眼,皆是惊讶:"此为百年不遇之大工也!"

"关中临水而旱,盐滩瘠薄,为秦之大患非一日也。"郑国沉声道,"昔惠文之相张仪,昭襄之相范雎,孝文之相蔡泽,乃至今上之相吕不韦,代代献策治水,却一拖至今,臣敢问君上,何也?"

秦王政缓缓点头:"民力征发之难,款项筹措之难,外战频频之难,主事难遇之难,大渠,难哉!"

"商鞅变法以来,秦渐强盛,却仍无余力修筑大渠引水。"郑国道,"各郡县忙于征发战事,对于农耕灌溉,只有仰仗十里毛渠,靠天吃饭。"秦王政眉头紧皱:"大渠若成,则何也?"

"昔孝文王在世时，纲成君蔡泽曾考察关中，曰渭北之地，临水旱田四万余顷，白毛碱滩二万余顷，过关中平原之半数。若大渠修成，引泾出山，居高临下南灌关中，六万余顷旱田碱滩，可成沃野良田。适时秦川沃野千里，民生积累，陛下……"郑国面向秦王，深深一拜："大秦十年生聚，则东出有望。"

猎猎的烛火摇曳，映衬着年轻君王沉默而素正的侧颜，忽明忽暗。一阵胶着难耐的沉默后，猛然听得秦王忽地一拍大案。

"先生！"秦王政向着郑国，深深对拜，"政，决意修渠！"

君臣几人兴致勃勃，从日升谈到日落。

芈凫也被这三百里干渠的惊世大工激荡得心潮澎湃，央了君上随侍一侧，但过了最初的激奋，众人细议起郡县征发、河渠派工、衣食住行、官署周旋的细则来，她渐觉跟上吃力。一股困倦渐渐袭来，不知不觉，就在君上身后打起了盹儿。

"凫儿？"朦朦胧胧之间，似是有人在唤着自己。她费力地抬起眼来，却见那人微微皱眉的俊颜。

"大渠万岁！"芈凫猛地一下清醒，"凫儿也要去河渠幕府！"

忽明忽暗的烛火中，君上的神情一言难尽，再看帘外早已日暮西山，此间议事的众人早不知何时都退出了。

"你？"嬴政打量她，不住皱眉，"去河渠幕府？"芈凫噘嘴："凫儿也是可以为国效力的，经了此行，君上难道还不信？"

嬴政一反常态，只一双黑瞳牢牢盯紧了她，一言不发。芈凫道是他心中在衡量，忙道："凫儿潜入中山村，才能发现这惊天冤案！凫儿一心所系秦川百姓，君上如今还不信吗？再说最初发现李洵的，也是凫儿啊！君上，凫儿还用那虎噬羊错金剑……"

他与她离得如此之近，以至于那人微微倾身，那带着些凉意的唇，就覆在了她还一开一合说个不停的小嘴上。

"寡人不准。"有些含糊地说了一句，他一手揽住她的后脑吻了下去，仿佛有意夺走她的呼吸一般，他攻城略地一般侵入，根本不给人喘息的机会，芈凫还来不及推拒，就被他的举动惊得呆了。

这可是在白日！县署！

许久他才放开了她，二指却牢牢钳制小巧的下颚，迫使她与他对视。与他的从容截然相反，被迫望向那深不见底的黑眸，芈茕脸颊潮红如桃华夭夭，惶然得气息都不稳了。

"君上！"她眼中氤氲如雾，"君上做甚？"

"找你算账。"惊呼甚至还未来得及发出，突兀一阵天旋地转，这虎狼之君竟一把将她扛在了肩上，就大步向外走去。芈茕心中大惊，当即挣扎扭动个不住。却听那人冷声道："乖些。或是你想光天化日下，被当众教训？"当即脑中"嗡"的一声，只觉全身的血气都冲到了脸上，火辣辣地烧了起来，她乖乖伏在君上肩头，吓得不敢再动。

天光渐渐熹微，灿灿红霞染遍两侧廊道，洒落下参差的光影细碎温暖。君上行营设在此处，许是已经戒严了，一路走过，当真空无一人。芈茕却如何能适应这般的孟浪，只能一路僵着身子，直到他来到县署后庭临时设置的寝室，才将她放了下来。她红着脸蜷在书案内里，一动也不动，他却欺身而上，双眸沉沉凝视着她："可知错在何处？"

芈茕抬头，难以置信地看他。经历了这样的惊心动魄、生死一线，久别重逢，他想的，竟是问她错在何处。她一时委屈至极："君上兴师问罪，茕儿不服！"见他皱眉，她又分辩道："不就是不告而别，触犯了君上威严？但是，此行茕儿难道不是有功在先？要说有错，大可将功抵过！"

嬴政听了，面沉如水："你当真以为，寡人是为了所谓的君上威严，才发怒的？"芈茕躲开他的目光："咸阳宫的灵台暖响，梳鬟晓鬟，不都是为了衬托君上的威严而存？君上高高在上，茕儿独在其间，又与他人有何不同！"她忍了几番，眼泪却在眼眶打转："却是在廷尉府，在中山村，方觉此身竟有了些许用处。"

看她娇嗔怨怒，雄辩滔滔，他一时怔住，沉默好生一阵。凝她片刻，却是轻轻一叹，那素来难窥喜怒的脸上，竟也显出了几分无奈来。

"茕儿，你髫龄之时，寡人就带你读过孟夫子。你答寡人，《尽心》其二，是何？"芈茕有些诧异，却也老实答道："莫非命也，顺受其正。……是故知命者，不立乎岩墙之下。……尽其道而死者，正命也。……桎梏死者，非正命也。”言及此处，若有所思。却听嬴政又道：“此句何解？”她想了一想，答道：“是说防祸于先，而不至于后伤情。知而慎行，是故君子不立于危墙之下……”

芈凫心中有悟，音量也渐渐放低，初来声如蚊蚋，其后索性一片死寂。忽而，她又有些不敢看他了。

头顶却又传来低沉的声音：“对你，我不会因威严触犯而怒，但你身为一国少君，放任此身于危险之境，暴露于疫病之村，甚至千钧人命系于毫发，你可曾明白，自己之于大秦是何人，之于寡人是何人？”那人说着，已然压着怒火：“我与他人，有何不同——芈凫，这是身为寡人元后的你，该说的话吗？”

芈凫愣了，哑口无言。偷偷地抬头看他，不似往日怒火炎炎，他的神情却是前所未有的冰冷峻厉。不想此番他竟不是为了君王的威严被冒犯而怒，却是实实在在地为着她的安危，动了真怒。

“妾当时，本也想禀明去处再辞行的。”芈凫小声辩解，顷刻间矮了半头，“但是君上在含章殿，说是议事，正寝里却还有别的女人……”偷瞄过去，却看他不发一言，神情冷沉。芈凫顿觉委屈，又添了三分没趣：“无论如何，那樊笼似的北宫妾横竖不想回去了，反正有芈婴在侧，君上还管凫儿做甚？”

忍无可忍，那人猛地站了起来，径直走到她的面前。芈凫一愣，就猝不及防看到君上的脸色已经黑如锅底。

“伸出手来。”他居高临下，手中却不知何时从书案上拿了一把木制的笞条来，此刻被他执在手中，乌乌沉沉，唬人极了。“如此狂悖无极，单是和你讲道理，你不会长记性。”

芈凫大惊。那笞条的厉害她怎会不知？但豆蔻之龄过后，她终究从黄口小儿长成了窈窕淑女，而他，也就甚少再用这师长惩罚顽劣稚子的手段对付她了。把一双小手紧紧背在身后，芈凫大丈夫能屈能伸：“君上海纳百川，岂能对女子动手啊？”

“呵，难为你还记得自己是女子。”他步步逼近，寸步不让，“任性蛮干、立足危墙之下，可冤枉了你？再不领罚，你敢违抗王命？”

虎狼之君，居然拿君上身份压人！

但她怂,抗命的胆子她真的没有。又或是方才,一闪而过看到了他手上尚未撤去的药布,而她一时竟是愧疚了,终究鬼使神差慢慢伸出了手。他只瞥她一眼,便冷冷扬起手来,芈凫吓得闭紧双眼,连声惨叫。嬴政顿住,直接被她气笑了:"寡人还没打呢,喊什么?"

呃?还没打吗……

一个愣神,忽而一下极是狠厉的抽打,带着劲风,毫不留情落在白嫩的掌心。

"啊疼!"芈凫猝不及防,"疼!好疼!"

打定主意要实打实地教训她,这心黑手狠的虎狼之君下手竟是全不曾留情。尖锐的痛在脑中炸响,呼痛的声音还未来得及出口,芈凫只觉脑中一阵眩晕、脱力……

怎么回事?

那张素来平静无波的面庞,在眼前突兀放大。她仿佛都看到了,那里似是荡开去一丝慌乱失据的裂痕,然而,在感受到那人臂弯的力度之前,黑暗已经猝不及防,漫卷而上。

不晓得过去了多久……

"你再说一遍?"

县署内寝中,芈凫倚在床榻之间,整个人被衾被裹得严严实实,却是睁圆了眼睛,一脸不可置信:"我,如何了?"

迥异于平日杀伐决断的果决,一直守在榻前,此时正亲手喂着佳人服药的君上,脸上神情有些迟疑,有些欣喜,却始终紧紧握着她的手。

嬴政点头示意,医官躬身道:"恭喜王上,恭喜王后,王后有妊月矣。"将芈凫不敢置信的目光收入眼中,医官笑道:"王后腹中胎儿已有数月,脉象稳固。或偶有脾胃失调,不过女子妊娠寻常反应,臣自会开具调理医方,不必太过担忧。"

他说罢,亦面带欣喜连连恭贺。

芈凫惊疑不定地回头,这还是首次,她在嬴政的脸上见到这种孩子似的、仿佛不知所措的表情,心中似有什么东西悄然溢出,填平了绵延数月的隔阂不安。她的脸上不由自主便浮上笑意,眼神也变得温柔,却听嬴政轻声道:"凫儿,你有了寡人的孩子。我大秦的宗子,就要出生了。"

芈凫此时仍不敢置信,一时无言。君上执起她手,轻抚掌心:"还疼吗?"

微红发热的掌心,被粗粝的大手摩挲得一颤。芈凫闻言面如火烧,只顾伏在他怀中,不住点头。君上见此不由发笑:"都要做母亲的人了,还这样娇气?"

嘴上虽这么说,但不待她回答,他突然极是轻柔地吻上她的双唇,全然不顾还有旁人在场。轻轻挣扎却是无用,将她的娇羞不安看在眼里,他低低一笑,广袖一挥,满室随侍静静撤出。天地间,须臾只余她和他。

他给的吻极尽缠绵,却带着甚为少见的轻柔,极是呵护,生怕一不留神伤了她一般。芈凫脸红心跳,倚在他的怀中不敢抬头,只低声道:"君上,给这个孩子,赐个名吧。"

他几乎不假思索道:"扶苏。"芈凫不由失笑:"山有扶苏,隰有荷华?"见他点头,又嗔道:"只是,君上怎就知,这一定是个男子啦?"嬴政笑道:"若是男子,就叫扶苏,若为女子,便是荷华。"芈凫道:"君上还真是长情,过往经年,却犹喜郑声。"

嬴政却是挑起她一缕鬓发把玩,笑道:"曾是何人,在含章殿抱怨寡人狂且的? 寡人长情,凫儿不愿?"见怀中佳人又羞红了脸,嬴政道:"周易五德,大雅鸿篇,倒不如兴之所至,心头丹砂。寡人早就想好了,扶苏者,嘉木也,枝繁叶茂,生生不息,是为大秦之宗长。"

"山有扶苏,隰有荷华。"芈凫复又沉吟,须臾笑道,"妾也心悦这个名字。"嬴政轻声道:"你心悦便好。"

"君上!"似是突然想起了什么,芈凫的眉头却又皱了起来:"临别之日,君上可收到了妾的帛书? 君上与吕相政见不合,君上在外,朝中可如何是好?"嬴政挑眉笑道:"寡人爱妻受困于此,岂能坐视?"芈凫轻嗔:"君上,妾莽撞,已是知错了,可这是国事!"

"乖。"指尖轻点美人眉心,嬴政轻笑,"此处消息闭塞,凫儿恐还不知,经人举发,吕不韦坐嫪毐之事证据确凿,已被寡人罢黜,迁于河南封地。今昌平君拔为右相,行宰辅会议领咸阳国政,凫儿可觉心中稍安?"

芈凫骤然变色:"君上,是何时?"

嬴政回眸,笑而不答。

"那芈嫚……"她小声道。却见嬴政忽而看向她,促狭道:"凫儿格外在意芈嫚?"芈凫咬了咬唇,却是目光灼灼:"身为秦王后,自不应在乎区区内嬖媵女。毕竟操持后宫,开枝散叶,才是嫡妻冢妇的本分。"嬴政眸光深沉,回望着眼前之人。却见一双柔荑牵起他广袖的一角,她沉默片刻,似是下了极大决心:"但是,身为芈凫,我,当真是嫉妒得发疯!"

言罢,她一下扑进他的怀中,再看那娇柔白皙的脖颈上,都染了一层桃花红粉。温热大掌轻抚柔云般的鬓发,她只听头顶之上传来君王低低的轻笑。

"寡人明白。"他说,"就如寡人得知,你心系黄脩那般。"

她心中很是惊讶,正待说些什么,他却是打定主意不再让她继续劳神了:"如此刺心,必不忍凫儿再度领受。"不待回答就缓缓低头,又再续上方才缱绻的细吻。他极尽温柔,仿佛不叫她迷醉沉沦其中,便不罢休。

数日后——

车辙声声,官道两侧的景物飞速后退。鹤鸣九皋,声闻于天,上雒之行,终于在少君有孕阖宫欢庆,与君上同乘那金薄缪龙的五色根车摆驾回宫,得以圆满收尾。

官道两侧,旷野上遮天蔽日的红霾仍未散去,但芈凫心中,早已不似来时极劳心兮冲冲。连日来,道道王令闪电般颁出,坐落在中山深处的泾水大营并河渠幕府,已经轰轰烈烈地上马了。

当日秦王政入泾水大营,亲自颁布王命:

"着李斯任客卿,总览各方统筹。郑国任河渠令,李洵任河渠丞,张苍任治粟御史,组建河渠幕府,统领施工大略。内史蒙恬统领关中民力征发,五大夫王贲统领渭南、骊山、北原三大营军队驰援。寡人行营常驻瓠口，一应赏罚，亲力亲为。"俯视眼前的莽苍大山，秦王政目光沉沉，"今我秦人与天争路，寡人誓与官民一同，大决泾水！"

"众位大秦父老、将士们！"郑国一马当先，当仁不让，"君上以举国之重任托于我等，敢不死战报国？郑国当倾尽毕生所学，纵九死，不负君上所托！"

李斯犹是沉稳本色："河渠幕府总览施工大略，大渠绘卷、工匠事项；治粟御史领经济十署，合议财货补给事项；内史郡会关中二十三县，合议民力征发、义工事项；五大夫会渭南、骊山、北原三营，合议秦军驰援事项。日升之前，四署回营，大决泾水，决战开启！"

自那日始，在静悄悄的中山深处，泾水工程全面开战了。众人各司其职，各展其长，百万人抢工奋斗，秩序井然分毫不乱。然而更令人惊喜的，是总览各方、统筹大才初现的李斯。未来帝国道路上，数个足以闪耀于历史天空的熠星冉冉升起，只是，这也许是很久很久以后，才会为人们所熟知的事了。

韩闻秦之好兴事，欲罢之，毋令东伐，及使水工郑国间说秦，令凿泾水自中山西邸瓠口渠，并北山东注洛三百余里，欲以溉田。中作而觉，秦欲杀郑国。郑国曰："始臣为间，然渠成亦秦之利也。"秦以为然，卒使就渠。渠就，用注填阏之水，溉泽卤之地四万余顷，收皆亩一钟。于是关中为沃野，无凶年，秦以富强，卒并诸侯，因命曰郑国渠。

——《史记·河渠书》

梦境十四 阑秋

后皇嘉树,橘徕服兮。

受命不迁,生南国兮。

深固难徙,更壹志兮。

——《九章·橘颂》

秦王政十年,朱雀季

咸阳王城兴乐宫——

许久不曾见到卫姬撒着欢奔进兴乐宫的悦动景象了,一大早,见她唤着
"少君阿姊"飞进了殿,众人皆忍俊不禁。詹事们还未奉上茶食,就见郑姬、
燕姬也一前一后入了殿,卫姬只黏着芈凫,自顾撒娇。

"许久不见阿姊,我也瞧瞧怀了宝宝的女子是何模样?清欢也是要做姨
母了吗?"

燕姬打量芈凫半刻:"还未来得及恭喜少君,怎瞧着人却反倒瘦了,果真
雍城斋戒的膳食不甚滋补吗?"郑姬亦是点头:"本应由王太后亲自主持的雍

城太庙致斋祈雨,因得太后突然告病,不得不改为少君主持。瞧着少君清瘦的模样,果真致斋大礼逢上旱情,少君苦其身了。"

闻听众人之言,芈兔恍然大悟。原来君上是以代王太后赴雍祈雨为由,搪塞了此番的不告而别,不由笑道:"母后身子如何了?"郑姬迟疑道:"依旧是告病不出,也甚少允许我等晨省。怕是为了文信侯之事,避讳是真。"芈兔心头一跳,却听燕姬道:"少君不在这半月,国中发生了两件大事,少君致斋封闭,可有耳闻?"见芈兔目露疑惑,便俯身耳畔,低声说了几句。

"嫪毐,是文信侯引荐之人?"芈兔听罢,大为惊讶,"君上确曾提起文信侯之事,但并未提到如此惊天的内情呀!"燕姬点头叹道:"勿要说少君不信,我等亦是难以置信。文信侯与王太后,岂非……"她终是未将那宫闱秘闻宣之于口,然而,王太后嫁与先王前曾为文信侯爱妾的传闻,却也早非什么秘密了。

芈兔不由皱眉:"可确凿?"燕姬道:"文信侯府舍人举发,玄虎令锐士亲获,嫪毐当年的卖身符契还藏在侯府呢。"郑姬也道:"关中大旱本就闹心,君上岂不震怒?听闻夏宗大朝上,君上当众怒斥文信侯失德弊政呢。"

一席话更是惊心动魄。虽说朝会常有,但能称得上"大朝"的,一年也不过春朝、夏宗、秋觐、冬遇四回。故而当逢大朝,举国郡之上官员须得悉数前来,所议者亦是国之重器。芈兔心头暗叹,君上在夏宗大朝之上怒斥文信侯,岂非是一丝一毫的情分也不顾及了?

"如此不过开端而已。"郑姬又道,"自大朝后,君上几乎每逢月旦小朝皆斥相邦失政,一时相邦党羽秋风萧瑟,如履薄冰,所谓广厦将倾,不过如此耳!今岁入暑,君上终将文信侯罢相归国了。"

"文信侯封地远在河南,君上此举,或欲其去政归国还政于王,也未可知。"芈兔沉吟几许,"文信侯若可就此远离尘嚣,颐养天年,也不失为美事一桩。只是……"

她欲言又止,一丝淡淡的忧虑不知从何而起,悄然浮上心间。却是燕姬摇头接道:"只是文信侯誉满天下,门客众多。这位一呼百应的文信侯,当真能够去政归国、颐养天年吗?"

几人对视，皆是沉默。良久后，却还是卫姬笑嘻嘻打破了此间凝重："阿姊们怎么只说前朝老头子之事？真是一丝趣味也无。"她娇嗔道，犹是天真烂漫之态："清欢就觉得，分明是那才被送来的七国第一绝美，更令人好奇嘛。"

众人哑然失笑，却是卫姬兴致勃勃说起前因后果。原来秦王亲政后，奉行远交近攻之策，与燕多番亲近。燕王亦投桃报李，太子质秦，嫁女入宫，结百年之好。秦燕联盟本不利于赵，秦王又扫清内政，接连罢黜吕不韦、甘罗等人，皆是朝中主秦赵盟好之重臣，如此一来，赵王偃如何坐得住？便也如燕王一般嫁来赵女。而赵王偃送来秦国的，正是赵国嫡公主清扬公主，素以绝美出尘艳冠六国。

"清扬公主？"往昔记忆中不太喜人的一幕掠过心海，芈凫不由问道，"那么君上如何？难道会改弦更张？"

"若真是那样，就不是咱们这位君上了。"郑姬道，"君上收下美人置于后宫，趁赵松懈不防、六国苦旱无力之际，派桓齮为将闪电奔袭直下函谷，一举收复河东！"

此举出人意料，芈凫亦是惊诧万分："女子何辜！那赵姬未免可怜。"燕姬冷笑："君上借她兴师攻赵，悬而不置，得太后做主才被册为夫人。入宫至今，更不曾得君一顾。如今世人皆知赵女入宫，却换来十万秦军奔袭河东的笑谈。"郑姬也叹道："幸而太后怜恤，言其心力交瘁热症不愈，赐入甘泉偏殿静养不出，否则她的日子，怕是不会好过。毕竟这宫中，从来不乏捧高踩低之辈。"芈凫听了，了然道："我不在之时，可有人为难于她？芈嫈如何？"

不料三人听此言，却是不约而同地愣了一下，一时间，竟是诡异地无人接话。

却是卫姬道："那赵姬原也是赵王偃故去元妻的嫡女，太子嘉胞妹。谁知赵王偃鬼迷心窍，迎娶倡优为后，废黜太子嘉，另立公子迁。此次更是在危难之际推出王女，本想换得数岁的太平，殊不知我们这位君上，本就是不按常理出牌的虎狼之君。"清欢说这些话的时候，丝毫不见平日的不谙世事，那张一贯嬉笑灵动的笑靥上，浮现出淡淡的悲哀："如今天下，有人笑赵王与虎谋皮愚不可及,有人叹秦王剑走偏锋狠厉如斯,世人传诵的,永远是男子的功业。只是那被当作美器货物送来送去谋求利益的女子们的命运,又有何人会记起?"

一席话说得三人俱是沉默。卫姬所言,分明就不仅是赵姬的命运,而是春秋战国大争之世,列国公族贵女们绵延数百年的共同命运。

燕姬攥紧双拳,恨声道:"故而我总希望有人能终结这丑恶的世道,若有此人,哪怕我本不喜其为人,哪怕他狡诈狠毒、以战止战,我亦会……"她说到此,隐忍不发。芈凫亦觉大悲:"至少在此处,在这秦宫,吾会竭尽全力守护大家,守护这宫中每一位不由自主的苦命女子。"

众人到此皆有戚戚之色,最终还是郑姬强打笑脸:"姐姐还有身孕,勿要感怀过甚。所幸王太后怜恤赵姬,不仅封她为夫人,亦常诏她入甘泉宫叙话。"芈凫应道:"吾既回宫,亦会过问赵姬之事。至少芈嫕……"她说到此,却又愣了一愣:"对了,为何回宫数日,不见芈嫕?她,最近如何了?"

突兀而来又是一阵尴尬的沉默。心中的疑问、不安渐渐升腾,芈凫不由皱眉:"你们怎不回话?芈嫕呢?莫不是又惹了何事?"

"姐姐,您说芈嫕……"

卫姬忽而回首,神情古怪:"那是何人?这秦宫中,并无此人的存在啊。"

在咸阳王城北端的宜春苑远眺咸阳塬,清晨清风徐来,只觉郁郁菲菲。

"少君,该回了。"洒尘自远而近,扬起怀中的一丛瞿麦,"今日是初一,祖太后抱病且不论,早膳后却还得去向王太后问安呢。"

芈凫只是叹气。她回宫已逾一个七曜,这些日来,祖太后身体不虞,早已闭门谢客;向甘泉宫晨省,见王太后虽复居咸阳,却也郁郁不乐。嫪毐之乱好容易平复,文信侯之事又老调重弹,如今国都内外,正是多事之秋。

池畔荷风送来阵阵香气,却不能抚平芈凫深皱的眉心。洒尘看在眼里,急在心头:"少君如今已经显怀,成日里,切莫忧思纠结太过深重啊。"

"洒尘,我想不通。"芈凫终究忍不住,"为何她们都说,没有芈嫕这个人?除非是我痴了,或是这秦宫中人全都疯了……还有玄云,我问她芈嫕如何,她竟答：'父亲与玄云只知宫中有王后，不知有旁人！'洒尘眉头深皱，不敢直视，芈戺却步步逼近："洒尘，你告诉我，君上对芈婺做了什么？"

"少君是君上心头之人。"洒尘终究长叹，"既是心头之人，必不容一丝一毫污名沾染其身。自始至终，咸阳宫中其言只余一也，那就是君上的意志。少君，您可明白？"

"君上的意志？"芈戺喃喃道，"你是说，众口一词没有此人，这是君上的意志？"

"若有枝叶竟玷污君上心爱的苗木，敢问少君，君上当如何？奴婢冒死揣测，或许君上的意志会是将其剪除，抹消其存留于世间的痕迹，也未可知。"

芈戺突然之间遍体生寒。

"洒尘，你可知你在说什么？那是一个活生生存在过的人啊！就算其人有罪，也应勘问查明，当众论罪才是！"

洒尘直视芈戺，摇头道："那人是少君的媵妾，背靠少君的母国，其人因母国之利而损秦，按律为叛国当死之重罪，敢问此举昭告天下，岂非累及贵人之声誉？而唯有从不曾存在过之物，才不会玷污少君的声名。"

芈戺说不出话来。而洒尘上前一步，握住她冰凉的手。

"君上将一切打理干净，是希望少君远离烦恼，置您于羽翼庇护之下。而今少君却如此忧虑，岂非辜负了君上的苦心？"

"可是，"芈戺低声道，"我不喜欢君上这样。"

何止是不喜，君王的手段太过于苛厉恐怖，已经超出她的想象。而这些，都是置身于他温柔爱意之中的她始料未及，也不愿知晓的。是不是就此置身于其人羽翼之下，对一切权谋机心懵懂无觉，才是最好的归宿？

她只觉并无答案。

秦王政十年，深秋的咸阳秋气高远，天高云淡。静养安胎的日子过得飞快，不觉就过了两季。

眼看临盆日近，芈戺只觉身子日渐沉重。遵从医官叮嘱，她每日夙食后便在梅岭散步,这日亦是如常。方走了半刻,就见一个明黄身影突兀地奔入内苑,一身惶急跌跌撞撞,见她倒头就拜。

"郑姬?"见是郑姬,芈凫这一惊非同小可。再看郑姬哭红了双眼,哪还有半分素日端持之状,忙问道:"这是怎了?"

郑姬周身颤抖:"王后,求您救救妾的阿兄!"芈凫惊得一怔。又听郑姬哭道:"妾的阿兄乃是今之河渠令,郑国。因得关中大渠之事君上震怒,不仅将阿兄下了云阳国狱,更是下诏大索、逐六国之客啊!"

芈凫一时震惊:"郑国被下云阳国狱?君上下诏逐六国之客?怎会?"而郑姬早已泣不成声:"姐姐,你可知关中大渠之事?"

芈凫收敛心绪,斟酌道:"墨家弟子郑国主事修筑关中大渠,此为国之重事,吾岂能不知?听闻那大渠已成三百里干渠,君上亦是大喜,拟通水之日赐名郑国渠,万古流芳。如今你说,这郑国是你的阿兄?你出身韩国公族,而郑国,他不是六国布衣吗?"

"郑国,并非六国布衣。"郑姬缓缓摇头,神情哀切至极,"棠棣之华,鄂不韡韡,凡今之人,莫如兄弟。姐姐,妾小字漪雪,就是出自这曲《棠棣》啊。"

"漪雪?……这!"芈凫勃然变色,脑中却蓦然浮现昔日国都月下,郑国常吹的那曲小调来。

"阿兄与妾,实为故郑王室仅存的后裔。"郑姬凄然道,"母亲为我取此小字,是提醒我二人家国血脉,不可或忘。郑为韩所灭,我与阿兄被纳入韩国公族,名为公族,实不过质子罢了。韩王安处心积虑,他派阿兄以布衣身份入秦,是为了水工疲秦!"

"水工疲秦?"见芈凫面露疑惑,郑姬苦笑:"借凿渠之名,大举修筑工程,耗尽秦国国力,谓之水工疲秦。"

不想那韩安一国之君竟出如此劣蠹手段,芈凫与洒尘对视,皆觉惊怒交加。而郑姬垂泪道:"韩公族与阿兄往来的密信被玄虎令截获,君上震怒不已。甚至颁布了逐客令,尽逐六国布衣之士……"

至此,逐客一事前因后果皆已明了,芈凫沉吟不语,心头却是几许思量。今上刚毅戾深,极恶奸佞劣蠹,既令大索逐客,那么不仅郑国,就连李斯、张苍乃至六国布衣怕也难以幸免了。只是商君曾言法不诛心，法贵求实，数百咸阳工匠众目睽睽，三百里干渠已成，那泾水大渠做不得假。既如此，仅凭几封密信，就能给郑国定罪，就能给六国布衣定罪吗？

郑姬见芈戉不语，一时急道："韩王如此行事，令人不堪，但郑国毕竟是妾的兄长啊！"芈戉轻叹一声，抬眸道："你曾提及那位与你同游楚地的兄长，便是郑国？"

"是他。吾兄是墨家弟子，虽出身王族，却素不喜权谋朝堂之争。韩王安以一族性命威胁阿兄，逼他行水工疲秦之策，故郑王族一脉尽在其肩，他是别无选择啊！"郑姬说到伤心处，不由痛哭，"阿兄精于墨家工门之术，毕生以山川河海为家。五年间踏勘关中数十次，他早就将一世的心血，扑在了这泾水大渠之上啊！阿姊，求您救他！"

往日种种，随着郑姬的叙说，再次浮上心间。一时芈戉心头浮现出多个不一样的郑国，玩世不恭的、认真凝重的、谈笑豪爽的、激励振奋的……然而，究竟哪一个，才是真的他？

芈戉摇摇头，拂去满脑思绪。她上前一步，执起郑姬冰凉的手："为你，吾自当勉力一试。"

风云流转。

三日后又至金曜日。这正是芈戉孕前，常至离宫为君上侍笔的日子。她独立廊下，只见午后耀目的阳光下，廊下天女木兰夺目灿烂，天光云影，为巍峨壮丽的宫阙勾上一层鎏金的描边。

国事当头，逐客令更是世人皆知，此行之难，芈戉不是不明。然而此身渺渺，家国何大，个人进退较之公理法义，终是使得她许下了当日的慨然一诺。

深吸一口含着木兰芳香的空气，芈戉徐徐步入含章殿中。数月不来，一时竟觉几许陌生，少不得偷瞄几眼，却见王案前那人依旧躬操文墨，平静的面容看不出喜怒，只一如既往的龙章凤姿，气度高华。

侧颜却是硬朗三分。削薄的唇，高挺的鼻梁，一双上挑的凤目如昔年的王太后般绝美倾城。只是这般女子的冶丽，长在秦王这魁伟英武的男子脸上,竟也如此奇妙的合宜。

不知何时,君上已是抬眸看她:"凫儿可是累了？你身子沉重,若有不适,不必此间侍奉。"芈凫自知失仪,颇为赧然,忙行至王案一侧,素手握牢兽足,就研起君上惯用的那方望山石砚中的墨丸来。嬴政默默注视了她一会儿,忽而发笑。

芈凫本还为逐客之事而惴惴,见此不由疑惑。嬴政却道:"想你初入秦那些年,每次在祖母处为寡人研墨,都是一脸心不甘情不愿的样子。如今,当初不甚了了之事,却也桩桩件件做得得体了。"往事流入脑海,芈凫也不禁莞尔:"如此经年,却也感谢君上。"

佳人笑靥如花,君王一时有些失神,芈凫也不再言语,只低头默默轻研那墨丸。嬴政却彻底放下了竹简,忽而道:"心中之事,却还不肯说吗？"她心中一惊,抬眸却撞上一双带着笑意的漆黑深瞳:"寡人倒要问,少君还要忍到何时？"

芈凫沉默片刻,轻道:"既为少君,为了大秦,为了君上,妾总归是要说的。"嬴政笑意更甚,却将她纠结数日的心事直接点出:"来为河渠令说情？"芈凫抬眸看他,决然道:"君上,河渠令无罪。"

嬴政不由皱眉:"里通外国,叛国罪也！少君却说其人无罪？"芈凫却是摇头:"妾问君上,泾水大渠的三百里干渠,成了否？"嬴政道:"寡人行营就在瓠口,自是亲眼看到干渠已成。"芈凫又道:"一应花销经费,可有治粟署监管？"嬴政轻唬:"没有监管,任他乱花不成？御史张苍专司监管之事,一应花销皆有条目。"

"既是如此,"芈凫目光炯炯,"河渠令之功,是为大渠一条。凭此渠,来日可联通二十三县而得甘泉,自此关中沃野千里,没有灾年;河渠令之过,是与韩王书信往来,言水工疲秦。妾敢问君上,秦因泾水大渠而疲否？"

望她半晌,嬴政终究颔首:"若大渠得成,其大功也。功大于过,实也。"芈凫轻抬双眸:"商君书云,法不诛心,此其一也。"嬴政不觉发笑:"小女子还有其二？"芈凫却是回望他:"有也！君上敢不敢听？"见那人已是彻底被激起了好奇心,芈凫又道:"这其二,在妾看来,河渠令就算有罪,其罪,大不过君上！"

嬴政一愣，不由沉下脸来。芈苪却是慨然无惧："河渠令怀疲秦之策入秦，但令其挖渠者，君上也！君上用郑国，是因关中大旱民不聊生，开凿大渠，是君上和国人共同的愿望。若无君上之令、万民之请，河渠令从何挖渠？要说有罪，君上和关中百姓之罪，岂不更大？"

　　嬴政一时无言以对。而眼前女子直视着他，眸中似有火焰腾起："昔穆公用百里大夫而称霸，孝公以商君立法而图强，一代代为大秦谋国的名士，多为六国士子。君上庙堂，亦是如此！今河渠令受韩王安胁迫而入秦，那韩王玩弄权术，苟待名士，天下士子为之不齿！若君上善待河渠令，岂非暖天下士子之心？如今君上却逐六国之客，岂非自毁长城？"

　　嬴政沉默。却是芈苪长长说了一篇，到此才惊觉自己是何等僭越，如今一片沉寂，方后知后觉矮了三分。忽闻"啪"的一声轻响，只见那人已将手边一卷竹简掷到了自己身侧。

　　"《谏逐客书》？"

　　芈苪看了看秦王，秦王却在王案前，一双凤眸似笑非笑看着她。她立刻一目十行地读了下去，然而很快，就见她颓丧地将竹简抛在了王案之上。

060

　　"妾今日，就不该来。"芈苪说着，萎靡至极，"想不到要说的早被人说过了，还比妾说得好。"君王闻言而笑："阿苪气势，却也不差。"

　　到此，君王缓缓起身，方将一切因由娓娓道来。

　　"接玄虎令秘报时，寡人既怒且疑，便遣小高驾车亲赴瓠口巡视。却见那三百里干渠落成，刚通过国府的监理查验，再看郑国并一众后生皆是数日未眠，累得黑瘦如柴。"嬴政忆起前日之事，不觉感慨："郑国修渠，背靠百万关中百姓，众目睽睽，如何做假？当即寡人便有定论。其后又见河渠令，允其自辩。其人言：始臣为间，然渠成亦秦之利也。寡人亦以为然，故使其就渠，不欲再提水工疲秦之事。"

　　这下芈苪却是始料未及："这么说来，君上那时就已经认同郑国无罪？但是……"君上并未答言，三分凌厉的目光却落到了王案一侧，那堆叠散落的几卷竹简上。

　　芈苪心领神会，便翻开那些竹简来看："诸侯人来事秦者，岂可与秦一心乎？大抵为其主游间于秦耳，岂如秦人生于秦长于秦，一心为秦。今郑国不过万中其一，六国之人皆劣蠹也！请一切……逐客？"芈凫读到此，惊疑抬头："这些是？"

"寡人恕郑国间秦之罪，谁知回到咸阳，卿族得知此事，借题发挥，咬住不放。"嬴政说到此，不由冷哼，"秦自商鞅变法而始强，历代先王重用六国布衣，寡人亦是如此。然而六国之人用于秦，却不免荡关中老世族的利益。"

芈凫恍然大悟："所以，老世族借郑国间秦之事大做文章，目的是欲与六国布衣朝堂争权？"忽而悟到了什么，她惊呼道："那君上雷霆震怒，举国大索，难道是……"

见芈凫明锐，嬴政欣然一笑："卿族要闹，寡人索性借坡下驴，助其满城风雨。如今天下侧目而非秦，那始作俑者早躲在幕后，不敢作声了。"芈凫不由皱眉："但是君上的声名，岂非因此而受累？"

"为君之道，尽在权衡。关中世族、六国布衣乃至天下，皆在君王心头衡量，以谋国之重，一时声名，岂有不可轻之者？"说到此，君王长眉一挑，"只是要委屈河渠令在云阳国狱多受几日的刑了，反正他皮糙肉厚，估计也不会伤及根本。"

芈凫思量前后，也不由苦笑："君上亲政，局面委实难收。清除了嫪毐，牵扯出吕相，罢黜了吕相，又来了郑国。水工之事本欲平息，卿族又集体发难……妾知君上心中窝火，却不知这火几时能熄？"

嬴政摇头叹道："这把火，也确不可再燃了。逐客之举，本末倒置，毕竟大谬也。不过，李斯在离去之际尚以诚待寡人，寡人必以国士报之！"芈凫闻言，含笑点头："老师统筹大才，洞察明锐，文章写得还好，如此名士，值得君上国士以待。您看这句：要逐六国之客，有本事，您别纳郑卫之女充后宫啊……"

看着秦王政瞬间噎住的神情，芈凫忍俊不禁。一瞬间仿佛回到了少女时代的芳洲，少年总是不符年龄的沉稳肃敛，而她却从不服他，总变着花样地气他，想他那完美的面具何时能不复存，能真的似一个少年。

"不想阿凫，竟是个妒妇呢。"

君王眉眼含笑，摇头揶揄，于是又一次，芈茾的打趣毫无效果。他一手支颐看她许久，忽而道："以后有话就说，不可再畏畏缩缩惧怕寡人。"芈茾惊讶抬眸，惊觉自己是否听错了什么，却见他竟是三分迟疑："阿茾可也觉得寡人过于激烈褊狭，故而畏惧不敢直言？"

芈茾愣了数久。

眼前忽而浮现当年嫪毒之事，君王那烧灼的怒火。或许嬴政也终于意识到，有时他就是一团燃烧的火焰，那火焰烧灼不计后果，代价惨烈，直至焚毁一切方能作休。或许祖母、母后，也都希望有那样一个人，能在火风燎原之际，止住这令人畏惧的奔腾烈焰。

而今他就在她面前，已经成年的君王锋锐毕现，铁血酷烈威震天下。然而她看着他，却仿佛又回到了两小无猜的年少时光，似是记忆中的少年面对着她，他总是那样倔强的神情，却又轻轻皱着眉头。

回忆与现实，恍然交叠。

"妾尝闻君上昔年之事，也曾担心君上会成为激烈褊狭之人，然而君上纵经历昔年之事，却仍能光明磊落，常思己身，擅言纳谏。意志强韧犹如君上，又时常惕励自省，甚至不惜委屈自己声名成就国家利益，又岂会激烈褊狭？君上定会成为世间最好的王，但阿茾，实则并不在乎这些。"迎上君王有些惊讶的目光，芈茾的微笑几许羞涩："做王已是如此辛苦，就算心志坚毅如君上，又岂能过于强求自我？阿茾，只觉得心疼君上啊……"

"至少有你在。"他目光深深回望着她，"再有如此的时刻，阿茾记得要陪在寡人身旁，劝阻寡人的过失。"

感受到他的目光，她也勇敢抬眸，望进那自少年时就深邃得让她难以捉摸的眸光深处。她总能感知他的喜怒、他的悲欢，却从不愿揣测君王的心思，曾经如此努力追寻的高大背影，此时此刻却觉得离她很近，近到终于可以此生携手共度。

"君上，阿茾不会离开。"

话表两枝。就在含章殿中君后心意相通、情谊更浓之时，殿外，一如既往守在君上御前的玄虎令卒史赵高，听着殿中的蜜里调油互诉衷肠，脸上是大写的一言难尽。

男人的嘴，骗人的鬼。要知道，君上为了水工疲秦掀桌暴怒一发不可收拾的幕后真相，其实是……

让我们进入赵高的回忆。

那是半月前的长安宫中，紧闭大门的含章殿内，满打满算只有秦王政、赵高和斥候锐士三人，端跪殿中的玄虎令锐士迎上君王幽深冷沉的目光，一脸茫然。

"再度报告河渠令与白大人的行踪？专门选不太寻常的？"锐士费力回忆了一阵，正色道："启禀君上，河渠令第一次出现在白大人面前时是只穿了胫衣的。"

赵高瑟瑟发抖。

锐士浑然不觉，犹自继续："他还对白大人说过，只要是美人，他都喜欢。如果白大人好男风，他也是可以的，好像还问过白大人要不要去男风馆？哦对，郑大人、张大人还有那个肥头大耳的孟冉还带着白大人在上雒一起召妓……"

突兀一声惊天动地的巨响让训练有素的铁鹰锐士都一愣，忍不住以为是不是地动了。再一看原来方才叙述得太投入，以至于完全忽略了赵卒史的频频使眼色和君上愈加黑如锅底的脸色，此刻，怒拍王案的君上看上去简直要掀桌了。

秦王政暴怒喝道："狗彘不食的东西！亏得寡人还想孤身顶住老世族的压力保他，传寡人的王令，大索，逐客！"赵高唬得一跳，忙不迭应了，拽着一脸懵的锐士赶在君上将王案砸向自己前躲出了殿外。

锐士被拖出殿外犹自一脸茫然："卒史，君上这是？"赵高忍无可忍："这些事，此前为什么不报告？"锐士抬头望天："不是君上说的不要影响白大人，除非生命危险不必出手吗？再说属下刚才说的，不就是男人之间正常的交往吗？"赵高炸毛："生命危险也没见你出手吧，以及你对男人之间的正常交往到底有什么误解？"

"卒史，讲讲道理好吗？"锐士眨巴一下大眼睛，极是无辜，"属下还不明白呢，为何派小人去盯这样一个普通男子，属下可是放下了手上的河东军情回来的。并且河渠令在一个男子面前裸体，不是他更亏吗？"

看着下属纯良无邪的眼神，赵卒史只觉人生灰暗，秋风萧瑟。

于是震撼国中的逐客令几日后横空出世，朝堂内外风云变色一发不可收拾，而郑国不出所料地云阳国狱几日游，出来时精神饱满、状态稳定，历史的真相就是如此，一般人我不告诉他。

闲话打住，话说回头。

正如那日殿中所言，那人是注定不负天下的最好的王，而少君与君上雪化冰消，蜜里调油，形影不离……那是不可能的，那人，注定不是一个值得女子期待的最好的夫君。

小公子的到来十分突然。大雪纷纷的玄武季，芈凫午后小睡而起突觉腹中饥饿，一时贪嘴多吃了几口滚热的肥羊炖，谁知到了暮末，整个人就瘫在了榻上。

"阿政，阿政呢……"

侧室之中，除了玄云、洒尘并医官女使，就连郑燕卫三姬皆随侍在侧，眼见人痛得满脸是汗，也只能连连呼唤"少君撑住"。忽而被这一声声"阿政"吓白了脸，许久才反应过来，说的竟是君上，众人面面相觑一阵，终究还是郑姬上前："阿姊，君上他……"

然而之后的话芈凫已经听不进了，三天三夜的阵痛已经耗尽了她全部的气力，尽管有洒尘和私官疾医合力调配的药吊着一口气，那一声"阿政"之后，她已是油尽灯枯。

见人眸光涣散，洒尘大急："不行，这样下去不行！奴婢也……"一句未完，却是突兀停住。

芈凫犹在恍惚间，却见一张绝美的女子容颜出现在面前，温柔又暖热的素手，拭去了她额上的汗水。指尖微凉搭上脉息，带有些许惊讶的声音随之响起："这难道是……孪子？"

华雍断章

"赵夫人？"不知何人惊呼一声，那个温柔的声音又道："妾是医家，让妾身来。"

语声渐渐幽微，芈凫一颗心似是忽而提了上来，又坠落了下去，她终于沉入了无尽的黑暗。

事后方知晓，就在少君十月怀胎一朝分娩之际，秦赵河东之争兵燹再起，桓齮攻赵平阳，杀赵将扈辄，斩首十万，于是王之河南，一耀大秦军威。而举国欢庆更添一喜的，是元后为大秦诞下了一双孪子——嫡长扶苏，嫡女荷华。

而多事之秋不过如此，另一面，却是文信侯吕不韦的流刑，也终止于这个大雪纷飞的冬日。新生的骤临与故人的哀逝交替传来，缠绕交织，当真是明月清风此夜，人世几欢哀。

所幸赵姬竟真是医家妙手，身怀扁鹊文挚之能，在她与洒尘的精心调理下，芈凫与一双幼子均安。如今不仅郑、卫、燕三姬，赵姬也日日来兴乐宫探望，前朝境况、列国纵横却也随着诸人到访，一一流入芈凫耳中。

"文信侯昔日门客为其鸣冤鼓呼，乃至朝野震荡，六国议论？"芈凫惊讶道。

郑姬一手逗着襁褓中的婴孩："其实今岁夏宗大朝，君上将文信侯罢相归国之际，便有数千门客为其鸣冤，言其大功于秦，君上此举实为苛待功臣。若是党羽少些却罢了，偏偏文信侯誉满天下，一来二去，此般言论喧嚣尘上，久不能平息。"

芈凫闻此，却是面如沉潭："如此，恐置文信侯于死地矣！"

"真王后也。"赵姬深深一叹，"君上果真愈发震怒，将文信侯全家贬至蜀地，数万人连坐鬼薪。如此犹不解恨，妾听说，君上遣使上门斥之曰：君何功于秦，秦封君河南，食十万户；君何亲于秦，号称仲父？而文信侯观君上手书，不辩一言，饮鸩自尽。"

芈凫久默无语。良久方道："文信侯全大秦而自决，令人情何以堪！"

"情何以堪？"燕姬闻言，苍白的脸上却浮现一丝冷意，"君上面对国事，一向冷心冷情。对待前朝重臣、护国仲父尚且如此，君上待后宫之人，究竟又能有几分真情呢?"

待她说完,整殿陷入了难耐的沉默。似乎众人都有些一言难尽,却又不知从何说起。唯有芈凫却在心头想道,无论有意为之抑或迫不得已,又一个自幼陪伴阿政的、如师如父之人,离他而去了。

待君上班师回朝,终于来看一双小儿女的时候,岁节已流至初冬的一个午后。

正午阳光晴好,暖阳铺洒了一室。芈凫懒懒倚在榻上,看着那人有些笨拙地抱着孩子,小小的荷华却也奇怪,直望着自己的公父,咯咯直笑。

倒是赵高喜得眼角眉梢都泛着光:"当真是皇天上帝佑我大秦,此番少君竟诞下一双儿女!可知大王在河东接到奏报,喜得一夜未眠……啊呀!"他忽而惊呼:"瞧小公主!竟一把抓住了大王的剑穗,那可是太阿的剑穗啊!"

众人回望,只见小女娃胖墩墩的肉手,正紧攥着太阿青青的剑穗,一双乌溜溜的大眼睛还含着笑,直望着面前六国为之震颤的君王。而君王显是乐昏了头,竟一把解下剑穗,二话不说赐给了这少不更事的幼童。

太阿剑穗岂是凡俗之物,众人皆晓得不敢作声。芈凫回眸笑嗔:"君上,这样是要把荷华惯坏的!"却见荷华攥着剑穗咯咯直笑,反倒秦王开心得似个孩童:"女儿好!却似寡人。"

忽而,雍床中传来两声不甘寂寞的嘹亮哭声,终是引得大秦之君转过身来,将心思放回长公子的身上。君上俯下身,抱着那小儿反复端详,漆黑的双瞳熠熠发亮:"公子扶苏,太子扶苏,秦王扶苏……阿凫,吾儿听上去,如何?"心道扶苏还不足一月,芈凫哭笑不得,却听赵高又是一阵惊呼。慌忙抬头只见秦王一脸无奈,再看这大秦宗子当真不客气,对着初次抱他的公父,竟是直接尿其一身。

芈凫"扑哧"就笑出了声。

经了这样一番折腾,乳母终于将两个冤家抱走了事。君上由着女使来更了衣,复又回到榻前:"凫儿此番大功,当真辛苦了。"芈凫闻言,不由笑道:"这岂非妾之本分?君上怎与妾客气起来?"

"河东之战秦军连胜,赵王大恐,自北疆调回老将李牧,大克秦军。桓齮大败畏罪,竟改名换姓逃奔燕国。"嬴政深深一叹,漆黑的眼底浮上淡淡的心疼,"秦军大乱,纵接子在即,寡人不得不亲之河南稳定军心,竟就这般错过。芈茓儿,寡人有负于你,有负于苏儿。"

"小子性急,岂是君上所能预见?"芈茓轻笑摇头,"妾甫入侧室,君上日日问候,班师回朝后,又亲自为扶苏行了隆重百倍的负子之礼,你我夫妻,谈何负之?"

芈茓说着,只觉心头洋洋暖意。王之河南,是为王战,而她在咸阳诞育宗子,又何尝不是女子之战? 在大秦少君心中,并无与君王并肩作战更高的荣誉,但是此刻,那人隐忍的沉默分明昭告着某种压抑的情绪,芈茓斟酌再三,终道:"秦赵之战,王之河南,而封于河南的故人,早已离去。故人远行,王上可觉孤单?"

始料未及地迎上她平静如水的双眸,这个任何旁人问起,都会令其勃然大怒的问题,此时此刻,君王却没有动怒。

"那人曾是寡人的仲父。然而如今,寡人已经长大成人,不再需要仲父了。"

那是最平淡的语气,却仿佛说着世间最伤感的话。芈茓恍然了悟,帝国的至高权力不容分享,少年已经长成了顶天立地的王,无须再仰视任何人,然而,却又如此孤独。

她的心中,顿时酸楚莫名:"君上,无论发生何事,至少阿茓不会离开。"在神思回还之际,她已经紧紧抱住了他,尽管他总是如此坚毅、如此刚强甚至令人恐惧,可是,这世间也许唯有她始终觉得,他竟是这般令她心疼。

"茓儿,若未来,当真……"他的话语萦绕在耳际,仿佛一声极轻的叹息,又似午夜梦回最荒诞的梦境:"寡人宁可让你独处幽篁终不见天,也决不会许你离开。"

而芈茓抬眸望去:"君上,阿茓不会离开。"

那声承诺轻细如鸿毛,又沉重逾千钧,交织入风雪,被卷入九重天际的上空，又被北回的朔风，带至王城中不知名的荒草角落。

那是九重宫阙破败灰暗、不为人知的另一面，白茫茫的雪风掩盖下，依稀传来隐约的呼号：

"放我出去，快放我出去！我乃君上宠妾，你们不能这样对我！君上许我的，他许我盟好母国，许我一世荣宠富贵……"声声哭号凄厉哀怨，阴森森如若鬼哭，"伯姊，我要见我伯姊！伯姊，你救救我啊！"

一声银铃般清脆的笑声忽而腾起："你还好意思提你的伯姊啊，芈嫈。"

惊恐地睁大带了些许疯癫的浑浊瞳眸，破落殿中披头散发的女子，正是芈嫈。而那积了厚厚灰尘的门框一侧，却是卫姬正似笑非笑地倚着，一双大而清澈的眼睛看着芈嫈，仿佛正看着什么有趣事物。

"是你？你来干什么？"

"我来帮你呀。这可是我专门向中车府令央来的，花了我好几块点心呢。"卫姬笑着，大眼睛一闪一闪的，看上去天真无邪极了，"芈嫈，我专门来告诉你，少君生了嫡子，已经满月了哦。阿姊儿女双全，君上亲自赐名公子扶苏，公主荷华。你听这名字，是不是充满了爱意？——是你永远都求不得的君上的爱意呢。"

"你！"顷刻间目眦欲裂的疯妇整张面孔都狰狞了起来。然而卫姬看看她，越发笑得停不下来："我的天，这张脸好丑啊！怪不得阿兄说，求而不得的女人最容易变丑了！"

芈嫈的身躯剧烈起伏起来，忽而一阵剧烈咳嗽，直到咳出了血。她抬手欲牵卫姬的袖子："我要见伯姊……"卫姬退后半步，嫌弃地避开："你配提我阿姊？阿姊在做我最爱的朱果蜜饵，才没空管你呢！"

芈嫈猛然回头："不可能，难道！你们瞒着她……"

卫姬又笑起来。

"不是我们，是你最爱的君上哦。中车府令说，君上的意思怕是要你灰飞烟灭，连存在过的灰都不许留下。其实清欢一直都很怕君上，但闻听此举，却也忍不住赞一句妙思奇绝呢。"

"你为什么……这样恨我？"

仿佛瞬间脱了力，芈嫈眼中最后一丝光芒也熄灭了，唯余一具空虚的躯壳犹在喘息不停。而卫姬沉默了片刻，帘外大雪纷飞，四宇昏暗，衬着她的笑意分外诡谲灵异。

"因为你居然敢伤害我阿姊啊，害得我阿姊那么伤心。"

鲜红的血，突然就在芈嫈眼前迸裂开去。弥漫开去的血雾，遮住了四围的灰暗天空，遮住了卫姬轻蔑的诡异笑容，那不断涌入四肢百骸的幽深寒气，也渐渐感受不到了。

回首一生，终是乱。恍然想起初见那日，那座劫数般的楼船，少年君王洁白的指端，轻抚着红宝石镶就的金剑虎眼，红艳灿烂，一如此刻血的颜色。也是许久之后又在伯姊袖间所见，那熠熠闪亮的虎噬羊错金剑的颜色，只是那时它的主人，轻抚着它的人，已经变成了伯姊。

那一刻，烈焰灼身，异鬼暗生。

生而为人，绕不开的家国大义，理不清的机心权衡，昔日初心早已失落不知何处，到如今也终究两清。若说此身抉择，直至今日，她芈嫈，从不曾后悔。

最后的瞬间，终于还是看到了他。那是足以令天地为之黯淡的绝色，张扬到了极致，一瞬间，便觉自己渺若尘埃。

君上……

秦王政十年，后宫风平浪静，现世安稳。

世上不存芈嫈此人。所有存在过的痕迹皆被抹消，一切，被严严实实地掩埋于秦王政十年冬日那场大雪之中。少君芈凫，终究未曾亲口问过君上，从妹芈嫈究竟去了何处。咸阳宫中，只要有君上不欲其知事之人，那么此人便真如山鬼之言，如处幽篁兮终不见天。

然而无论如何，顷刻抹消一人所有存在于世的痕迹，实在过于诡谲惊心，也真真切切刺痛了后宫众人的双眼。自此之后，秦咸阳宫，再无一人敢兴风作浪。

而逐客令后秦王政追回李斯，复重用其人，又将郑国无罪释放，令其全力就渠，大渠成后赐名"郑国渠"，郑国擢升大田令，司掌农林水利。如今，天下皆知秦王政求才若渴，善用布衣，六国士子纷纷来投，朝堂内外一派欣欣向荣之貌。

天行健，君子以自强不息。大秦上下，君臣宵衣旰食六国纷纷来朝，要说这期间的趣事，自然是也少不了。

就比如……

"那个顿弱说什么来着？臣之义就不拜？大王要是让臣拜，臣就不来了？"见君王哑口无言，芈皂大笑，"然后大王居然真就不让他拜了！"

入夜后的湄池烟气氤氲，紫铜仙鹤的灯奴上，青烟幽袅腾起一室兰馥。此时此刻，佳人笑靥被热雾染上一层桃粉，美目顾盼神飞，小嘴一刻也不肯饶人。

"还有那个唐雎，大王说：公尝闻天子之怒乎？流血漂橹，伏尸百万，当真是虎狼之君威武雄壮。结果那唐雎真乃人才也，居然当场对曰：'大王可尝闻布衣之怒？布衣之怒，血溅五步，天下缟素！'妾真敬他是条汉子，大王被他怼得都退兵了……"

此时秦王政姿态慵然倾身池面，一身绣四爪金龙的玄色寝衣，更显嫚姿稠艳。他含笑倾听，一言不发。

"不过妾最欣赏的人才，莫过于大王新任命的国尉缭了。他是怎么说的？蜂准，长目，挚鸟膺，豺声，少恩而虎狼心。少司命在上，这形容……"少君笑得差点滚进池中，"而大王听了居然龙颜大悦，还每日衣服饮食与他一模一样，妾简直……"

嬴政忽而睁开双眼，挑眉道："王后可知寡人为何如此？"芈皂想了一想："为了让六国看到君上惜才爱才之心？"

"不。"嬴政白璧无瑕的脸上，渐渐浮现出一丝诡谲难测的笑意，"寡人就是要国尉亲眼看看，穿上一样的衣服，他的为人，还不如他口中的蜂准，长目，挚鸟膺，豺声，少恩而虎狼心。"

芈皂噎住，一时哭笑不得："无怪乎六国说秦王是虎狼之君，君上当真神人！"却听嬴政笑道："寡人不虎狼之君，怎衬得王后慈如湘夫人呢？"

芈凫不由嗔他："君上还说？每日哭诉之人踏破门槛，妾这兴乐宫就如城南坊市一般热闹。"她义正辞严地控诉："每日妾身宫里，都有哭诉王上翻脸无情，分不出谁是谁的；惊恐王上雷霆之怒的，畏惧王上不苟言笑的，更有被王上看了一眼，吓得抖如筛糠失声痛哭的……王上说说，这到底是为何！"

"大概……"嬴政颇为认真地思考了一阵，"是因为寡人蜂准，长目，挚鸟膺，豺声，少恩而虎狼心。"

他扬唇而笑，忽而揽住纤腰将人带入池中，倏忽满池碧波荡漾，阵阵水花溅如碎玉，他的轻吻带着温柔的挑逗，掩住了佳人惊起的娇呼。毕竟，属于君上与少君的春夜，还很漫长。

同样，无论秦王政其人，是否当真蜂准、长目、挚鸟膺、豺声，少恩而虎狼心，无怪乎六宫众女将芈凫视若神祇纷纷投奔。长安君枭首，成信侯车裂，文信侯自裁，咸阳宫高天的流云飘了悠悠十数载，唯有华阳太后的十里宫阙，仍伫立在咸阳王城的东方，日出皎兮，屹立不倒。

文信侯既倒，昌平君为相，行宰辅会议领咸阳国政，位极人臣，风光无限。长公子扶苏，生而为大秦之宗子，抱持国之厚望，璀璨光华，世无其二。而君王夜夜留宿兴乐宫，王与后恩爱非常。楚外戚之隆宠日盛，堪比昭王时宣太后主政，一时咸阳莫敢与之比肩者。

时秦王政十年，嬴政二十三岁，芈凫十七岁。春风秋月等闲度，三五载一晃而过。

注释

据史料记载，十一年，桓齮攻赵，十三年，王之河南。本书将攻赵与王之河南合并，且为叙事方便，将其调至十年。另，十二年，吕不韦自尽于河南，此处亦将自尽与罢相合并，设为十年。

不韦迁蜀篇　终

光阴荏苒，三载流逝。

又是一年渚清沙白、风烟俱净之时，秦王政十三年，宫中一夜之间，传遍了来自韩国的当世大贤入秦为质的消息。

兴乐宫中，卫姬正绘声绘色地说起此事："君上偶然读到韩子的策论，拍案叫绝。君上还言：'寡人能得见其人与之同游，死而无憾矣！'"赵姬也道："君上博览群书、天分极高，能得君上引为知己者，实不多见。"郑姬闻言浅笑："阿姊不知，还不止如此呢。那位作《谏逐客书》的长史李斯见其书，便向君上举荐韩非。当年妾与兄长游学齐都临淄，曾在稷下学宫偶遇荀子大师，李斯正是韩非师兄。后应春申君之邀，荀子一脉迁至楚地的兰陵学馆，方是后话了。"

"天下间竟有如此巧事？"卫姬睁大眼睛，"如此说来，郑阿姊岂非故人重逢了？怪不得一大早就十分高兴。"郑姬一愣，面颊绯红道："妾居于深宫，所谓故人不过缥缈浮云。只是……"她说着，却流出一丝疑惑，"念及公子非生平为人，竟愿入秦？"

"韩子，哪里是自愿入秦？"

清冷的嗓音幽响，如若清风掀动罗帷，却是燕姬："君上得知此策为韩子所作，便派蒙武将军率十万大军兵临函谷，威逼韩王安遣韩子质秦。"

此言一出，犹如投石入水，众人皆觉惊骇。还未及反应，忽闻清脆一声，郑姬陡然起身，掌中玉杯应声落地。见她反应如此强烈，众人未免惊怔。郑姬却浑然不觉，复又颓然跌坐："如此，却也说得通了……"

见她周身颤抖，哀戚至极，芈凫正待询问，却见洒尘闪身入内，通报已至昳时，只得先遣散众人，暂且将此事按下不提。

芈凫却是携了扶苏摆驾华阳宫。原来今岁以来，祖太后身体常有不虞，当今君上尊法却也重儒，少君主持后宫自然同心，为了祖母能多进些饮食，平日只要得空，她便带一双小儿女在暮食时至华阳宫劝膳，以尽孝道。

今日拜见，祖太后问起荷华。原是合宫皆传，今晨长公主又把尚坊教习织布的第十九个师长气得举身赴葭池了。师长斥其顽劣，那女娃却振振有词："公父当年修习儒学，不也强拉博士辩合，气得师长几欲自尽？"且不说此等密辛她是从何而知，就说秦嬴长公主整日舞刀弄棒，小小年纪不习女工却读起春秋三传来，如何不令尊长烦忧？

正叹小儿无赖，忽闻一阵细碎脚步，一个小小人影闪进内殿，众人眼前

华雍断章

皆是一亮。与众人口中混世魔王的长公主鲜明对比，正徐徐步入内中的长公子行礼持正，举手投足莫不雍雅从容。

"扶苏问高祖母安。"小儿近前，脆生生问道，"敢问高祖母，扶苏可否看看高大父的弓箭？"见了重孙，华阳太后笑意连连，哪有不允之理。得高祖母允诺，扶苏幼嫩小脸上也绽开笑意，长身一拜大步流星，唬得辟芷姑姑"小殿下可仔细些，莫要摔了"喊个不住。

复归祖孙对坐，终说起韩非之事。闻君上惊世之举，华阳太后毫不意外："秦嬴的孩子岂非皆是如此？一旦认准之事，便是不达目的，绝不干休。"芈凫不语，却有一丝隐虑浮上心头，要说这世间唯一不可强求之事，便是人心，君王如此强势凌于人心，恐有过刚易折之失。正沉吟间，华阳太后却叹道："秦嬴历代君王的血脉，终究在政儿心中种下了一颗王心。"

"高祖母，何为王？"

稚嫩的清脆划过空气，却是扶苏自偏殿寻来那柄祖传的德公箭，甫入殿中得闻此言，却是骤然发问。华阳太后听得，却肃然道："扶苏，你将来也是要做王的。王者上承天命，下托国格，舍弃的，将是旁人所不能够舍弃的，因为王者心怀的，唯有天下。你可记住了？"

扶苏听了，懵懵懂懂地点头："高祖母，扶苏懂了，王者当心怀天下。"华阳太后慈爱地轻抚小儿发顶："这孩子，何其聪慧啊！"扶苏得了祖太后夸奖，却无骄矜之色，只正色道："高祖母，扶苏刚张了高祖父的弓，试着顺手。孩儿这就去给您射一对大雁回来！"话音未落，人已走远。

"凫儿。"遥望扶苏的身影远去，祖太后却是沉默许久。她看了芈凫一眼，似是有些踌躇："昨日寿春来信，阿悍，崩了。"芈凫猛然僵住，一时竟无反应。华阳太后凝视着她，眉心微皱："阿凫，你父楚幽王悍，驾崩了。遗诏传位于你的叔父。"

"什么？"芈凫倏地立起，脑中"嗡"的一声，"怎会？父亲还正值壮年！"

然而，记忆中正值壮年的父亲，他的音容笑貌何其模糊。她在脑海中努力地搜寻、研磨，却如烟云旧梦，遍寻无痕。

只是为何，眼泪却还会忍不住落下？

"阿元在位时楚便益弱,崩逝后,国力更是江河日下。阿悍在位十年,虽有心力挽狂澜,孰料各种不堪传闻却甚嚣尘上,李代春申,政变迭出,抚平内政都捉襟见肘,又何来余力重振朝纲?最终郁郁而亡,平生志向不得伸展啊。"

芈凫仍僵在原地,白日却如置身梦中。祖母正说着的话,似耳中隔着一层帛纱听不真切;但祖母说的这些,她纵是幼年赴秦,内心深处实则并非全无知觉。

当年考烈王受春申君之助逃秦归国,即位后,便与春申君共持朝政。考烈王无子,春申君以门人李园之妹献之,立为后,生二子,芈凫之父熊悍是长子。熊悍位列太子时,便倚重母家外戚李氏一族,考烈王病重之际,李园计杀春申君,屠灭黄氏满门,更在幽王一朝把持朝政。然而自幽王一朝始,春申君献李园妹之谣言便如空穴来风屡禁不止,其中不堪之处,直指楚王悍非考烈王亲生,而是春申君私生子。一国之君血统存疑,渐渐楚国上下公族纷争四起,豢养私兵成风。这不知从何而起的、险恶至极的谣言,最终毁了父亲,也毁了母国。

一时芈凫心头,悲哀而又嘲讽。

父亲,这就是您宠幸的、依仗的李氏!妄信小人苛待功臣,您一直都是如此软弱无能。西有大秦如日方升,而昔日强盛的楚国,经您一朝之功,却是离心离德,风雨飘摇。芈凫不忠不孝,不欲与弃我之人同留,不愿为必亡之邦殉葬,只是……

"君上亲政后,重盘邦交之策,以纵横策士奔走山东六国。楚秦毗邻而立,皆为当世强国。而今不过数年,楚内政骤然紊乱至此……"华阳太后言此,眸间忽而精光一闪。回首见芈凫犹自浸于哀切,骤然打住话头。

"祖母,我只想知道,我母亲如何了?"芈凫的声音早已哽咽,艰难地开口问道。而祖太后早已隐去了所有的情绪,她深深注视着芈凫,叹道:"凫儿,故幽王后有一句话是带给你的——吾去无悔矣。愿吾儿从此心无挂碍,翱翔天地。"

芈凫一时浑身战栗,她心中已知母亲的选择,但巨大的哀伤还是几乎瞬间将她压垮。华阳太后深深叹了口气，一把将她揽入怀中："孩子，你还有祖母，还有阿政。"

泪水再次难以抑制，万千过往涌入脑海。芈夵攥紧了掌心的龙凤青玉佩，繁美的谷纹回路，却硌得掌间血痕深深。那是昔年母亲留下的唯一念想，而今她予她的，竟也只余这样一句了——

"愿吾儿从此心无挂碍，翱翔天地。"

大殿的烛火须臾明灭，再度醒来之际，已是黄昏暮色洒金之时。

芈夵是被辟芷姑姑温柔的吴语唤醒的："小公主，您还好吗？"这些年来，辟芷姑姑叫小公主叫得习惯，竟是时常改不过来："祖太后到了服药时间了。"

惊觉方才竟悲至心魂丧失，芈夵勉力起身："是阿夵不孝，竟在祖母面前不知克制。祖母，让阿夵服侍您服药吧。"说着便从姑姑手中接过鐎斗来。华阳太后凝视她数久："祖母年岁至此，万事岂可强求？只是担心吾的夵儿，吾的王孙。"芈夵心头一酸："阿夵命中亲缘淡薄，自幼背井离乡，如今更是……祖母可知？在阿夵心中，您与叔父，早就是我最重要的亲人了。"言此，她不禁又流下泪来。

"孩子。"华阳太后缓缓摇头，"如今昌平、昌文如日中天，就如彼时考烈王倚重春申君。然而朝局政权，帝王机心，瞬息万变。你与扶苏切不可与熊启诸人过从甚密，可知道了，阿夵！"

祖母一向温和淡然，生平从未如此疾言厉色、再三反复地叮嘱同一件事，芈夵正色，重重点头道："阿夵谨记在心。"

"祖母一生都在算计权衡，唯有你，仿佛在你身上看到了过往的自己，竟是心存不甘。不甘那身为女子的痴心，望拼尽全力，为你留得一分君王之爱。"望着芈夵惊讶的目光，祖太后苦涩一笑："纵然君王之爱如若指间流沙、如若石中之火、白驹过隙，却正因其万难求得，脆弱易逝，才令人得窥一分，终成毕生执念。"

当日祖太后言罢此句，便陷入长久的过往思绪中，久久再未回神。沉默着被辟芷姑姑引出正殿，芈夵回望了一眼，白日里富丽辉煌的华阳宫夜间灯火稀疏,几许孤寂被夜色洗出一层薤白,月色下轻盈如雾的,是一种无可挽回的甘棠落花飘逝之美。

骤然间,她又想起已然行过的半生。远渡涉江,孤身入秦,至亲生离死别;背井离乡,懵懂稚龄,少年少女初逢。朝朝夕夕陪伴,点点滴滴过往,人道是命中注定,却不知祖母她,究竟深埋了怎样的心思?

可是,到如今,过往对错,真假虚幻,芈凫也早已不能分清。

少君母族大丧,王令阖宫停止筵宴以表哀思,兴乐缟素致哀,宫阙内外祝祷之声不断。这个冬月就在这样的凝重滞缓中渐渐走向岁末。

终究新元更始,冬去春来。

时节来到秦王政十四年的青龙季上,新芽萌绿,雪化冰消。憋闷了一个冬岁的玄云,这日终于向中车府央来了青纱銮车,载芈凫至上林苑一踏芳林。

此时仍是早春,万物萌动,流水潺潺,虽还余三分寒意料峭,然而行至山中,已是一派春意盎然之色。芈凫且看女使们在林中捉戏,嬉笑悦动,却也一吐凝冬滞闷之气。

心中悦动,脚下便疾行数步,转了几弯,詹事们纷纷被甩在了身后。芈凫却也不急,只自悠然闲转,忽闻"啾咪"一声,一个毛茸茸的物事蹭至脚下。低头一看通体如雪,恍然认出,这正是燕姬那只名唤"金台"的雪狐。

芈凫俯下身去,抬手欲抚摸金台。那灵狐却通人性,忽而前行几步,就停在不远处,一双乌溜溜的黑眼睛直望着她。芈凫忍俊不禁,觉它似在为她引路一般,便随它朝着林木深处前行。山间雾霭轻腾,渺渺茫茫。芈凫跟着小狐忽而上下,转了半刻寻至一处溪流侧上,正唤金台而不得,却听闻溪水下游之处隐约传来了人声。

"秦王政当真如此无情无义?"

其声冷如冰泉。芈凫霎时脚步顿住,此声分明是燕姬!连忙悄然望去,却见燕姬对面还站了一名男子,那人面色苍白,身形高大,魁梧英伟。芈凫不由怔住,一时反应不及——这男子是何人?燕姬身为后宫嫔妃,又怎会在上林苑私会男子？

燕姬骤然开口，神情黯淡："兄长大人与秦王政同为质赵公子，当年他母子孤苦，生活窘迫，是兄长多次接济于他。"那男子皱眉不语，燕姬又道："昔年他得以研学百家之理论，更是始于兄长看他渴求典论，便主动与他同出同入，为他在邯郸学宫争得一席之地。见他求知若渴，兄长便主动邀请他一同受教于学宫博士。兄长待他犹如自家兄弟一般，不是吗？"

"如今提这些往事，又有何用？我已数次上书于他，望他念及邯郸少时之情，放我归燕。"陌生男子叹道，"只如今时移事易，他为上者，得以归秦还继承了王位，我这空有名头的太子却仍然流落在外，偏偏还流落在了秦！"说到平生痛处，男子显出一丝怒意，燕姬也激起三分不平："于情于理，秦王该放兄长归燕！"

男子沉默半晌，却自袖中缓缓抽出一卷竹简递与燕姬。燕姬立时展开竹简，读了片刻，双手却颤抖起来。

"乌头白，马生角，天雨粟，子方可归燕？"燕姬难以置信地抬头，"秦王岂可如此羞辱于你！"男子神色颓然，摇头道："罢了，是我寄人篱下，终究无能。"

"请兄长大人万勿露此颓丧之象！"燕姬骤然激越，"小娣在秦数载，虽不认同那暴君为人，却也觉秦法乃是强秦之根本。兄长亦在秦数久，岂无知觉乎？在变法图强上，燕国已是落后太远……"

"你是女子，懂何家国大事？"不曾意料她突然言此，那男子有些莫名，"便知燕政多弊，我空有此身抱负，那虎狼之君不放我归燕，雄心壮志终成泡影！燕丹此生怕是归国无望，要一辈子困死在这异国他乡了！"

听至此处，芈凫方才确信，这一脸颓唐的英俊男子，就是燕王喜长子，燕姬之长兄，燕太子丹。

燕姬闻言，神色渐渐平静。她沉默片刻，决然道："泠鸢会为兄长大人筹谋的。"燕丹一震，面露迟疑之色，燕姬却不等他开口："兄长，你先回去，把一切交给泠鸢吧。"言罢便背过身去，不再多言了。

眸间闪过一瞬不忍，燕丹停顿片刻，终究匆匆离去。芈凫遥望那燕国太子,一瞬间如若飞鹏遁入高天远去,再看留在原地的燕姬,却似是背负千斤巨石,几近要将这清冷出尘的女子压垮。

"泠鸢。"两字轻轻出口,燕姬却仿佛被灼烫一般,几近跳了起来。见到来人是芈凫,她的眼神深处却是一暖。芈凫道:"你要助那太子丹归燕?"

"上林苑人迹罕至,竟也被阿姊撞破。岂非天意乎!"燕姬沉默一瞬,伏跪在地,"阿姊亲耳所闻,我无话可说。"

芈凫一时又急又气,不由苦口婆心相劝。她熟读秦律,岂不知此事若成即为叛国重罪,说到严重之处也不由渐渐急厉,然而这素来英武飒爽的女子却难得沉默,许久,长长一叹。

"阿姊可还记得,我曾问阿姊,何为侠? 泠鸢心中一位真正的侠者曾言:道之所在,虽千万人吾往矣,便是侠。大道在前,毫发常重泰山轻,区区个人荣辱生死,不值一提。"

"孰轻孰重,你心中既有定论,吾亦不便多言。"芈凫急道,"但是,人的性命就不贵重吗? 你的性命,就不贵重吗?"

燕姬苦笑,幽然长叹:"燕赵悲歌,霜雪千里,那冰封三尺的极北苦寒之地,也终是吾乡,那人再流落辗转,也终究是吾之兄弟。阿姊,父王已是垂垂老矣,唯有兄长,他是燕国万千子民唯一的希望。"

见她神色,芈凫已知再劝亦是无用。今日看得真切,那太子丹去意已决,只是他竟忍心将无辜幼妹拉下水,其心如冰也。她沉思片刻,冷下脸来:"燕姬禁足梁山宫,三月不得外出。我绝不许你做出此等傻事。燕丹当真逃秦,你以为,你就能独善其身?"

离离的白茅丛中,透过池畔层层叠叠的卫矛树,燕姬只是轻轻一笑,无比的凄清。

她向着芈凫,深深一拜。

却说咸阳宫中,王驾来到虢宫的冬暖墅外已是日暮时分,夜色沉沉如墨,压住了天际最后一抹灿金,牛毛一般的春霖在寒夜中扑簌落下。

大殿之中空空如也,唯有铜炉中的金丝热碳噼啪作响。身形高大的男人缓缓步向堆满了竹简的书案,此中人离去时写到一半的墨迹还未干,那赫然是半段《法经》。忽而庇檐之下天风骤降,一阵凉意涌入殿中,直吹得桁上游龙回纹的龙氅上下翻飞。闻听一阵悦动脚步自远而近,嬴政也不回头:"两个小子,可知道回来了?"

雨中匆匆步入殿内的,果真是扶苏和王离。

王离,频阳王氏长孙,骊山大营主将王贲独子,比扶苏年长一岁,自幼入宫为长公子伴读。王离近前,长身一拜:"参见君上!"

秦王政长袖一挥,免了诸人之礼,二位公子身后的优旃恭恭敬敬撤了伞,侍立大殿之侧。再看扶苏,一边由着侍女解下风披,一边笑着步入殿中,一双流光瞳眸须臾不停注视着公父。

"公父来啦?"扶苏眉开眼笑,"孩儿读了会儿书,颇觉头脑昏沉,便与阿离去廊下舒活筋骨。这套用刀的功夫还是蒙族叔教的,公父看了不也说好?只是天下了雨,也已近暮时,便只能回返了。"

嬴政瞥他一眼,扶苏早轻车熟路在父亲身后站了,笑得一脸促狭:"暮食刚至,公父又来抢苏儿的肥羊炖?"嬴政白他一眼:"你父来了,还能少你的?"扶苏委屈道:"阿离日夜蹭饭也就罢了,公父也来。那刀法虎虎生风,一套下来,饿得很呢。"嬴政笑道:"小子身形尚短,何要得刀乎?"

宫人见这天家父子温馨和乐的斗嘴,不由窃笑,忙一道道传上鼎食。扶苏招呼着王离大大咧咧在公父下首坐了,看着热气腾腾的肥羊炖,嘴倒是不停:"阿离啊,公父嫌弃扶苏,竟说我短小。"

王离心领神会,故作惊讶状:"这会儿君上说你,又不乐意了? 方才你见武士立于庭中,不还说,短小有短小的好处吗?"却是嬴政扬眉道:"哦? 是何好处?"扶苏笑道:"公父,孩儿方才见武士被楯立于庭中,天寒雨甚,却只能任由风雨吹打。扶苏读秦律,知秦法重,非有诏,武士不可移足。当时优旃也见此情此景,他是怎唱的?"

优旃闻言,便上前唱道:"被楯郎虽长,雨中立,我虽短,殿上幸无湿。"扶苏领首笑道:"短小可不是有短小的好处? 我等三人虽然短小,却有君上的怜恤嘛。"

嬴政听这三人一唱一和，颇摸不着头脑。到此豁然开朗，不由笑骂："贫嘴的小子！转弯抹角地求情，当父王听不出来？"扶苏却是敛肃颜色，长跪一拜："扶苏不敢乱法，但长夜天寒，求公父怜恤。"嬴政听了，向殿外道："传寡人王令，今夜寒雨，被楯郎徙于檐下。"

见父亲下诏，扶苏立刻笑得眉眼弯弯，又心满意足连啃三块羊骨。做父亲的却是盯着儿子，左看右看也看不够一般。想起王绾、淳于越两位当世大儒，不约而同认可此子"天资奇绝，更十分勤勉"，再看书案上摊开的半卷法经，心头又是一动。

扶苏蓦然抬头，嘿嘿一笑："公父做甚这样看着儿子？孩儿心里瘆得慌。"嬴政正色道："苏儿六典学得如何？不若今日就考考你。"孰料混小子听了，更是叫苦连天："我不干，公父的抽背忒刁钻，商君书扶苏这两日才开始看，父王就要抽背，还让不让人活了！"

嬴政忍俊不禁："苏儿欲学儒乎？欲学法乎？"扶苏却是思量许久："孩儿年幼愚钝，不敢偏专。愿儒法并举，后择其宗。"嬴政挑眉道："大秦以法立国，苏儿却要儒法并举？孺子好生放肆！"

"公父听孩儿说完。"扶苏道，"当世法家之大者，李斯韩非，其师兰陵荀子，出身芝罘山庄之儒学正宗；昔孙膑庞涓，用兵如神，苏秦张仪，纵横天下，而其师鬼谷先生之学，偏长于道家；大秦以法立国，公父不也尊学宫七十二儒生博士，负责教化？今扶苏不过学识粗浅之孺子，岂敢偏其一而废大道乎？"

嬴政闻听此言，沉默良久："吾儿既有此心，却也不差。索性送你二人去芝罘山庄，师从万章大师修学二年，看到时你还如何说！"

扶苏登时眉开眼笑："万章大师？孟子大师的亲传弟子，好也好也！"王离却即刻委顿万分："我也要去？君上，您真不考虑把我们送去学学兵法？儒家我是真……"扶苏瞥他一眼："我看荷华也可一同，她素日喜好就与别的女子不同，若问她，定是跳脚要去！"王离眼前一亮："荷华也去？"

忽听拍案一声，就听嬴政斥道："胡闹！哪有女儿家离开父母，外出游学的？不知所谓！"

华雍断章

"是,父王教训的是。"扶苏大眼一转,"不过,单是芝罘山庄,未免不全。扶苏回后,父王再送我们往兰陵学馆一叙怎样?也看看这法学正宗是个如何。还有阿离说的对,兵家也该学,云梦山也可一去。"王离一听,顿时来了精神:"清溪鬼谷乃兵家圣地,我心向往之!"扶苏也道:"就是,公父,那崤山墨家总院其实也不错……"这下嬴政直接给他气笑了:"竖子也太贪了,以为传膳呢,一道接一道?"

然而那无法无天的竖子就是吃定了父亲一般,拖着小胖腮浮想联翩、笑眼弯弯。秦王政毫无气势地瞪了瞪眼,瞪着瞪着,却也笑了。

再闻韩非消息,却是距离他为质入秦已然过去了一载,如今已是秦王政十四年的岁末。

芈凫独坐宫内,心思却早已飞至宫墙之外。一门之隔,郑姬在外哭得凄惨,知她为何求见,只是即便见了,又有何用?

前日玄武大朝上,韩非公然谗诬上卿姚贾,言其大梁盗徒出身,不配立于朝堂之上。秦臣多布衣之士,皆激愤不已,众人唇枪舌剑好不热闹,而众人不知的,还有不久前,那卷韩非进于君上的《存韩》。当日芈凫含章侍笔,恰逢君上看了那奏疏,动了好大的怒气。谁知《存韩》奏疏一波未平,朝堂谗诬一波又起,而这荒唐闹剧,终以君上将韩非下云阳国狱,交廷尉府勘问作结。

如今天下鼎沸也,一代大贤身陷牢狱的轰动,不亚于去年的十万大军兵临城下独求一人。芈凫在心头苦笑,若说还有更一言难尽的,大概是君上几乎恶意的、故意让身为执法吏的李斯,去负责他的师弟、故友韩非的案子吧。

"可怜郑美人哭得伤心,只是……"见芈凫忧思深重,玄云不由劝道,"何人又能救得了一心求死之人呢?"

芈凫摇头叹息,眼前却掠过数年前的那场不期而遇。

彼时那黄衫佳人一脸肃然,极是庄重。那树棠梨胜雪被她自枝头采撷,再一一扫拢至金纱织纹的雪罗帛袋之中,整套动作流水行云,烦琐却不紊乱。

当日其人之言，犹在耳边。

"姎，曾认识一位极自律之人。"郑姬说着这句时，那双温柔的美眸微微垂下，更显佳人多情，"其人曾言，欲成方圆而随其规矩，则万事之功形矣，所谓世间万物，皆有法式。如此境界，姎虽不能至，却心向往之。"

是故年年复年年，郑姬的棠梨清露皆以春分、惊蛰、雨水、樱时之日的露水、花时、正午、昏时各取三钱，复以棠梨为君，沉檀为臣，香茅为佐使，调制百八十日，方得大成。而她也每每会在繁露初成之时，携来姐妹共饮，同看这春醉花浓，只愿不负韶光。

"少君问那人？"佳人当日言语，掠过芈凫心头，犹自不可忘却："那是个很矛盾的人呢。时而沉默寡言，冷峻如剑，但笑起来的时候，却又温柔如桃李春风。"

回忆戛然而止，而芈凫黯然起身："走吧，随我去殿外。"望着女使们惊讶不解的目光，芈凫深深一叹："姐妹一场，纵不能改变什么，将人扶起安慰的心意，总归还是有的。"

这日入夜，满月清辉冷然播洒重重宫阙，中车府令赵高却亲自登门，带来君上传召芈凫含章侍笔的消息。于是，是夜明月清风，含章殿内外静悄悄，就见芈凫坐于殿中王案之前，不时探头探脑："君上要妾大晚上过来，就是为了……这个？"

"别动，就快好了。"

君王笑意疏淡，芈凫却无语。任谁也不会想到，一贯勤勉于政的秦王今夜以侍笔之名召她前来，实际上却是让她干坐着，一动不许动。

"寡人这还是第一次为凫儿作美人图吧？"隽雅的笔锋沙沙落在绢帛之上，远远的，看不真切。但这一幕饶得是任何人见了，怕是也难将眼前这描摹丹青的翩然君子，与六国闻风丧胆的虎狼之君联系在一起。

芈凫偷偷松动酸痛的肩膀，忍不住张望。

"不许偷看。"君上沉沉一句，也不抬头。点点疏朗的月光流入殿中，为这白日里肃穆庄严的所在笼上一层牛乳般的色泽。君上很快陷于沉默，流淌于此刻的是难言的静寂，虽在作画，心思却似浮于九霄云外，却是可怜芈凫坐得浑身僵硬,又无人说话,不觉打起盹来。

　　忽而周身一震,不觉惊跳。神魂复归之际,只见须臾明灭的烛火间,那人掌中大笔早已搁置。眼看她一脸迷蒙地惊醒,似是终究下了决心。

　　"凫儿,随寡人去雍城一趟。"

　　芈凫茫然抬头:"何时?"嬴政道:"明日清晨。"她始料未及:"如此急迫,所为何事?"他随口道:"夏日大祭。"芈凫怔住:"这……节候分明不对吧。君上。"

　　起身徐徐行至王案一侧,看着书案之上绘就的丹青帛画,她一下愣住。何来说好的美人图?入眼的,分明是树下一只肥兔!团团绒绒,人畜无害,软萌极了。芈凫当即柳眉倒竖,就要捶他。嬴政却笑:"这不活脱脱就是凫儿了?寡人描骨不描形。这画,就赐你了。"

　　她才不想要!

　　沉默一瞬,她直视着他:"君上今夜的心思不在断狱理书,也不在这丹青绘卷。妾倒是猜君上的心思,怕是一直在那云阳国狱之中吧。"

　　手中的墨管停滞了片刻,他这才从满室滞涩的沉寂中微微抬起头来。一双凌厉眉眼却是蘸了些许温柔,似笑非笑看着她:"我大秦少君又要做言官了?"

　　芈凫回望着他,深吸一口气道:"君上,你当真是心如铁石!"嬴政被她逗笑:"凫儿此言倒是有趣,寡人如何心如铁石了?"她微蹙起眉来:"君上不是将韩子引为知己吗?既是知己,又为何枉顾他人意愿,兵临城下迫其用秦?"

　　"罢了。"白玉般修长光洁的手指轻抚芈凫的脸,嬴政却敛去了笑容,"就让寡人告诉你,何为知己。韩非是韩公子,也是天下大贤。寡人是王,谋的是国,是故吾要得到韩非。"君王目沉如水,洞若观火,"然而其人宁可苟全于乌烟瘴气之邦,也不肯践行大道,与我大秦共建新法盛世。寡人的问策,韩子用他的《存韩》做了选择。"

　　"知己?"君王沉默一瞬,复归冷然,"与死国同事者,不可生也——他不是不知,正因有《孤愤》此篇,寡人才视他为知己。可如今,寡人要这样迂腐的知己何用?"

　　眼前之人凌厉乍现,威压顿生。一瞬间,他变作了高高在上的王,冷然

梦境十四　阑秋

绝情。芈凫却摇头，她温柔的目光透着不忍："然而韩子出身韩国，那是他的母国、他的公族。此为人情人性，君上难道就不能感同身受？就好比如今君上要去雍城，遗下如此难断之事，君上这是明确要长史大人做出选择啊！"

"此为昭襄王遗武安君之问策也。"嬴政回首，目光幽深，"只是，寡人不是昭襄王。若李斯如白起般谋国尽公不顾私，寡人一生，必不负之！"

"但是，韩国于韩非是家国父母之情，韩非于李斯是兄弟骨肉之情，使其人置身于如此两难之境，岂非过于残酷了？"

嬴政回头，忽而再次被她逗笑："凫儿当真可爱。寡人与你谈国事，你却与寡人谈感情。两难之境与寡人何干？"

芈凫一时说不出话。

曾几何时，那种深深的无力感再次漫涌而上，但她知道，这个时候的君上，不余任何怜悯和仁慈。而她唯一的选择，就是随君上去雍城，将这痛苦的选择留给身后的咸阳。

面对心中的知己，不为我所用者便决然舍弃；即便弃之，还不忘用他考验磋磨臣子的忠心。如此玩弄人心的残酷手段，无一不在提醒着芈凫，嬴政是君王，要的是绝对的臣服。凌驾于家国、手足、同窗、至交、爱人……凌驾于世间任何一种感情之上的毋庸置疑的臣服。芈凫心中苦笑，也许这便是帝王之心，舍弃常人所不能舍弃的，一时大爱，一时杀伐，一时冷血无情。身为帝王，岂非永远高高在上，倨傲地等待着众人的臣服？他要这臣服跨越国界，跨越私心，甚至跨越生死。

送走了君后的王都，往日的威严中掺杂了一丝不为人知的宁谧。整座咸阳王城似乎都因此间主人的暂别，而变得愈发宁静幽深。

日入时分，一双莲鹤云纹的锦履踏过北坂林地上绒软层叠的落英，来人步履匆匆，却是丝毫不惧云阳国狱的深圄之下那些层叠斑驳的污秽血迹。囚牢深处，青衣男子一身平静，容如月色，纵然一身赭衣囚服，却还是如若昔年，烨烨震电，明明如炬。款款靠近的人一袭风帽裹得严严实实，只隐约看出身量娇小，风姿流转。在警卫森严的云阳国狱，他一路行来竟是畅通无阻,入得囚室内,便径直来到囚者身侧。

"是我,公子非。"那人近前,动手脱下风帽,"您,还记得我吗?"

随着风帽徐徐落下青丝如瀑,郑姬容颜似棠梨如雪。神色平静的中年男子看得真切,古井无波的面容之上,也终究泛起一丝惊讶。

"……是你?"

月光的映照下,佳人微笑温雅恬淡,倾国倾城。"妾得贵人相帮,来见故人最后一面。"

同一时刻的雍城大郑宫中,芈凫猛然恍神,不由对月而叹,一缕惆怅入天风难寻。

数日后,韩非静悄悄地死在了云阳国狱之中。

自雍城太庙回归的君上,就如同庄公哭太叔段一般,充分表达了对一代大贤的怜惜追悔之情后,就将他忘到了九霄云外。而自那之后,来自楚地上蔡的布衣李斯青云直上,接连被委以重任,却又仿佛一夜间,霜雪白头。

而郑姬似乎平静地接受了韩非离去的事实,却又似乎有什么东西永远不一样了。仿佛随着韩非的逝去,承载了过往那一半鲜活的她也消失了,那种感觉很奇异,让人难以描述。

世间之痴情薄情,莫过于此。

从后三年,大秦邦交伐谋,东征西讨,国富民强。天下贤士云集咸阳,关中沃野良田万顷,黑甲秦军所向披靡,后宫繁花似锦,一片祥和,当真应了扶苏的名字——枝繁叶茂,生生不息。

如此数载生聚,大秦如若朝阳烁日,东出的时机已经成熟,一时朝堂呼声不断。然而君王就似捕食之前的猎豹,隐于暗处冷然屏息,却好像在静静地等待着什么。

他,究竟还在等待什么呢?

秦王政十六年，咸阳王城

午后，兴乐宫——

秦王政来到梅岭时，正是午后日光煦暖之时。灿灿天光淌若鎏金，长公子伏在廊下昏昏欲睡。却是倚在卷帷之下一脸了无生趣的荷华，回首见了父王，眼前一亮。

"阿母！公父果真来了！"

"知道啦。"芈凫捧着书阁中经年的旧字帖徐徐走出，"这不是将你娘珍藏的金文都为你翻出来了吗！"嬴政却是皱眉："这般粗活，凫儿怎亲力亲为？"芈凫笑道："君上亲口许诺督华儿的课，她念叨了三天三夜。我这个做阿母的怎能不尽力？这些，还都是当年君上与妾一起临过的旧帖呢。"嬴政上前，接过她手中字帖："那也不该如此搬动，仔细累着。"

荷华看得歪头直笑："公父，母后，这样当着旁人可好吗？不臊得慌。"嬴政轻哼："哦，原来此处还有旁人？"荷华睁大双眼："公父太过分了吧？"嬴政却是瞪眼："碎女子，有你说话的份？"

"还是勿要玩闹了。"芈凫佯嗔，一张桃花秀靥却是羞红。回头一看，却是奇道："苏儿怎睡在此了？仔细着凉。"嬴政道："扶苏堪堪习武，想来今晨在上林苑耍得尽兴。你且带他去偏殿小憩片刻，不可贪睡。"

芈凫应诺而退。嬴政则一言不发，背着手进到书阁内院之中，荷华一蹦一跳，也随着公父进了阁内："公父别只关心阿母和阿兄嘛，上午女儿也在上林苑啊，公父觉得孩儿的马骑得怎样？还有那蒙氏独传的马上飞剑，孩儿使得可好？"她不说马上飞剑还好，说了嬴政就一肚子气："可知有多危险？你不要命了！"荷华笑道："公父别气，且先品评一下啊！我觉得比扶苏使得好！"

"叫兄长。"嬴政冷哼，"蒙毅教你的？我看你天天缠着他！"小女娃却莫名沮丧起来："长史大人不肯教，说什么男女授受不亲，我是偷学的。但是女儿自己看来，游刃有余，天赋满满。公父说句公道话嘛，是不是比兄长还要厉害。"

"你给我住口！"嬴政脸都黑了，"一个女儿家，不修韶乐仪容，春蚕秋织，整日上蹿下跳，成什么体统？"荷华吐吐舌头："孩儿强身健体，怎么能叫上蹿下跳。再说，公父说要亲自督课孩儿习字，孩儿不也乖乖候着吗？"

小女娃说着，低下头装模作样地又描起眼前的字帖来。远远望去，花事写来两三句，一行东风慢，一行春日迟，若是不细看，还当真是这样的岁月静好。

嬴政被她气笑："顽劣稚子！为父就是要从习字开始，好好磨磨你的性子。你看看你兄……"荷华一把抓住父亲大袖："父王不说我还忘了，荷华有这个兄长实在是好惨啊！"嬴政一听，拍案怒道："什么？扶苏小子挤兑你了？"荷华哭诉道："咸阳宫上下，都说兄长大人灿若珠玉，温文仁厚，都说荷华礼崩乐坏，顽劣不堪。尚坊宫人看到荷华就浑身发抖，看到扶苏就笑脸相迎，公父，你说女儿惨不惨！"话音刚落，嬴政已是啼笑皆非，不由执起竹简敲她的头，那顽劣女娃犹自呼痛，却还不忘凑近了父亲："咦？君父看荷华习字，还要一边批阅竹简？"却听嬴政冷哂："小丫头练个字，还值得寡人一直盯着？"

"什么啊。"荷华噘嘴，"本想让公父借这个机会午后小憩的，结果父亲居然把竹简搬到梅岭来。"乌溜溜的大眼睛一转，便搁笔上前给秦王捏肩。那高大的身影一僵，片刻后，却也放松下来由她去了。

荷华边为父亲捏肩边道："父王，荷华这些日去鸿台书阁读荀子大师注释的《左传》抄撮，心中有所疑问。"见嬴政示意她继续，便斟酌着道："荷华研习的版本，是博士学宫的典藏原本。原著左丘明是鲁国人，是故书中左传正篇乃是鲁国语；左传抄撮的作者是楚人屈原，是故抄撮增补的部分，是为屈原所用之楚语；后来荀子大师再对此书加以注解，荀子大师是赵人，注释部分又是赵语。一书主体，竟用了三种语言！更不必说此书本是芝罘山庄藏的儒学典籍，多位儒学大师皆有注释，可谓一书百语。著者轻松，读者却吃力，至少荷华看来，十分艰涩困难。试问天下，如儒学博士般通晓多国语言的，又有几人呢？"

荷华言此，精巧的眉心轻轻蹙起："公父让女儿追随阿兄研习《左传》，女儿不敢不用心琢磨，研习多个版本，公认抄撮版最为上乘。但是荷华读来好生吃力，每每央求阿兄为我讲解，为他端茶倒水研墨，苦死我也！"小丫头说着委屈不已："女儿想，如此一书百语，是否大不利于传承呢？会否过了百年，因为渐渐无人读得懂，此书，就失传了呢？"

嬴政听罢这好长一篇，笑道："小女子学艺不精，却怪书不同文？如此说来，为何扶苏就能看懂？"荷华气呼呼一下重捏："又是扶苏，公父和外面的人一样偏心！"却听自家君父低声道："不过荷华此言，却也未必没有道理……"

君王说出这样一句，却似是沉入了某种幽深思绪，再不开口了。荷华又兀自按了许久，小心翼翼问道："父王觉得怎样？华儿手劲如何？"许久不见回话，悄悄一看竟已阖目入定。荷华见了，顿时喜形于色。

幼小的公主踮起脚尖，轻手轻脚地、吃力地为公父披上斗篷。灿灿阳光透过繁茂花枝洒落裙间，淡金色流光灼然。

半刻后，兴乐宫外。荷华绕过一片飞瀑之下的荷塘，却见那一抹玄色的修长身影，不期然地落入眼帘。

"长史大人？"一阵怦然心跳，少女的双眸掩不住惊喜，"来找公父？"

蒙毅回眸，三分惊讶："长公主怎在此？"说着俯身一拜："君上诏众臣廷议，微臣却有些事需率先奏报，故在此等候。"

"正好！"荷华点点头，笑得灿烂极了，"媃做了个礼物要送给长史大人，正烦恼要怎么给您。"蒙毅怔住："礼物？给微臣？"眼看荷华从袖子里抽出一样物件，不由迟疑道："这是墨管吗？"荷华笑得眉眼弯弯："是的，这是依循蒙恬大人之法制成的墨管，媃亲手做的。见内史大人惯用羊毫……"她说着，却是有些脸红："看您笔锋如峻，所以用了狼毫，更显锋刃，也更聚墨。"

蒙毅愣住，好一阵沉默："这，微臣何德何能，不敢领受。"

荷华霎时急了："怎不敢了？我……其实我是为了感谢大人教授马上飞剑之恩，请大人务必收下！"蒙毅迷惑道："教公主马上飞剑？微臣吗？这……以公主之尊，即便如此，男女有别岂能私相授受……哎？"

只见小公主红着脸，把那大墨管往蒙毅怀里一塞，扭头就跑。独留长史大人呆立原地，手里还拿着那柄带着小公主体温的大墨管，哭笑不得。

冬去春来，又是一年的青龙季。浮雪甘棠盛开的时节，华阳宫的祖太后，却病得无法走入庭间观赏她最爱的花树了。

为着祖太后的病情，合宫焚香祷告。就连重回甘泉宫就深居简出的王太后，也一日往华阳宫探了三趟，眼见王太后苍老许多，芈凫心头不由酸楚。

"母后，您也要多保重。"

王太后驻足，却是神情黯淡："扶苏可好？"芈凫心头一喜："扶苏甚好。母后若是有意，妾明日便带他去甘泉宫拜见。"

沉默片刻，王太后目光一黯："不了。吾，终究是……"

事实上，自嫪毐之乱时，被如狼似虎的铁鹰锐士架在一旁，亲眼见到囊扑被杀的幼儿后，王太后就再不能见幼子了。

"吾有些不适，便先回了。祖太后尊前，阿凫要多多照应。"

芈凫屈膝恭送。回首见赵姬随侍其后，欲言又止："祖太后的身子……阿姊，您多陪陪祖太后吧。"

那夜芈凫似幼年一般，任性地留宿在长信殿中，不愿归去。那夜的华阳太后却十分开怀，这些年来，平日见芈凫忍不住亲近，总是左不过要斥几句不知进退的。这夜她老人家却是一反常态，不仅精神大好，更是打开了数年不曾打开的话匣子。

她与芈凫说到孝文王，她回忆中的孝文王，似是总带着满树浮雪甘棠的甜香。又说到庄襄王子楚，说到昌平君启，说到昭襄王稷，又说到宣太后，那位同为芈姓血脉的一代传奇……

但最终话题回归之处，还是嬴政。

"凫儿，你可怨恨祖母？"迎上芈凫惊讶的目光，华阳太后叹道，"当年是祖母执意要你来到这里，这里，是前后二十一代芈姓熊氏之秦王后的宿命之地。祖母明明知道，却还是要你幼嫩稚龄，便孤身来到这里。"

这些话，在心头划起深深浅浅的刻痕。芈凫眸光不由一黯："但是祖母，若是没有您，凫儿就遇不到阿政了。"

祖太后微微抬起头来，苍老的眼神细细描绘眼前女子的眉眼，见她羞红了脸，不由笑道："如今，却又不气他、不怕他了？都是做母亲的人了，还是这样孩子气。"她静默许久,忽而叹息:"芈戎,吾,就把政儿托付给你了。"芈戎一怔,却听彼端华阳太后轻轻的叹息:"那孩子一路行来,何其难也,何其险也!背后,总是孤身无人。"

是啊。少年潦倒,生父早亡,故友反目,兄弟阋墙,母子恩断,仲父离心,他身边所有的人,几乎都背弃了他。于是他孤身一人只能前行,也再无畏惧。

"如今那孩子,终于长成了帝王。"华阳太后叹道,"无人再能够阻止那翱翔天际的羽翼了。"

芈戎沉默半晌,握住了祖太后的手:"祖母,您真的……"她没有多说,只是静静地凝视着祖母的眼睛。却见祖母缓缓摇头:"事到如今,楚或是秦,已是执念皆休。若说吾唯一放心不下的,不就是你们这对冤家?"她说着,回握芈戎掌心:"阿戎,从今而后,随心而行吧,政儿,他会明白。"

夜色如墨流淌。穿越三代沉默的凝视之中,时光似乎过了很久,又似乎只过了一瞬。

芈戎愣了愣,轻声道:"祖母,夜已深了,阿戎服侍您更衣吧。"华阳太后点了点头,笑意却缓缓浮上面颊:"女之耽兮,不可说也。戎儿,不要太爱一个君王。"芈戎又脸红了:"祖母,您又取笑戎儿。"

"祖母是怕你会伤心。但是,戎儿,和我有同样血脉的孩子……"华阳太后忽而抬起头,目光灼灼地凝视着她:"你,愿意守护我唯一的孙儿吗?"

芈戎沉默一瞬,终握住祖太后的手,重重点了点头:"祖母,戎儿,会守护阿政的。"

华阳太后薨于三日后的寅时,东方将明未明之际。华阳太后的丧礼在雍城秦太庙陵园举行,秦王主礼,一系列烦琐的致斋告天献祭入殓历时三月。

一时王都缟素,大秦国丧。

澄金柏木的棺椁置于太庙冰室正中,而芈戎着一身素白的孝服,机械地

华
雍
断
章

重复着烦琐的致祭之礼。眼泪凝结在脸上，不容落下，那压抑难平的情绪让她整个人都僵硬了。见少君守灵数宿不曾合眼，众人皆焦急莫名，然而芈凫却觉耳中似塞了丝帛，众人的劝慰之声似一丝丝薄雾，被隔绝在了渺远的天际。

唯有她心中清楚，自己还挺得住。有种哀伤绵长却深刻，点滴透入骨髓，却并不那么激烈。只是在心中，似乎有什么东西永远地失去了。

华阳太后，芈凫祖母，姑祖母，当年是以十三岁的少女之龄嫁入秦宫。那年初入秦，浮雪甘棠满树，漫天花雨之下惊鸿一瞥，就成君子心口朱砂。后来方得知，那人正是未来夫君，昭王膝下并不受宠的、身体最为羸弱的安国君，公子柱。

终究与君结发，琴瑟静好。背靠楚系，安国君得宣太后扶持晋为太子，命运却和少女开了一个恶意玩笑——数十载夫妻恩爱，宠冠后宫，却一无所出。后宫无出的宠妃，繁华如若朝露，朝夕倾颓，女子通透如镜，已知居安思危。于是峰回路转，邯郸来信，风云合同，远在赵国的公子异人，刚为她无望的后半生点亮了希望，谁知大君继位不过三日，又骤然崩逝。

转瞬红装成祭服。其后新王即位尊奉生母，两宫太后并立，在夏太后的干涉下，公子成蟜几承太子之位。赵氏母子归秦途中，被多少人追杀？个中因由，令人惊心而不敢深思。

芈凫阖目长叹，冰凉的泪水再次流下面颊。

二十年来，孤独的后宫女子，守护着并无血缘关系的幼孙，一次次踏过后宫的波谲云诡，看着他一步步长大成人，为君，称王。她以权力为盾，铸就坚硬的城，却又在那座孤城之中，最柔软地爱着那个孩子。

还有她，祖母是爱她的。她，从来都知。

君王来到冰室时已近中夜，停灵的七日夜，他与芈凫都坚持守灵，今日也是一样。入内后，嬴政屏退了所有下人，夫妻相对，同凝视着香盆中袅袅升腾的青烟，却久久沉默。飘忽间长夜漫漫，月色如银。

"君上……"

"阿凫……"

犹似昨日一般异口同声,唤着彼此的名字。终究是嬴政先开了口:"阿凫有话要对寡人讲?"芈凫轻声道:"有个问题,多年以来,始终萦绕妾心头。"

嬴政微微扬眉,却并未说什么,只示意她继续。

"那年嫪毐之乱,并非谋反篡权。君上,不可能不知吧。"芈凫抬起眼来,却见那双平静却幽深的黑瞳,正一瞬不眨注视着她。兰烛的光影在君王脸上投下错落的阴影,他望着她却并未作声。

"嫪毐乱党之目标本就并非君上,而是祖太后与文信侯。君上不会不知,对吧?"芈凫凝视着君王,目光灼然,"为何?十年饮冰,清算之日近在咫尺,此时只需放任自流,静待收网,便可普天之下,再无掣肘。但君上最终并未如此。为何?"

漆黑的双瞳泛起涟漪,自芈凫面上浅浅扫过,掠起一丝淡淡的波澜。

"因为见到阿凫,满身是血策马中夜地来求我,寡人一时心软,便救了。"

话音甫落,果不其然见到她恼怒的模样,嬴政轻声笑了。修长指端抚过她的面颊,如玉般冰凉滑润,他的目光如水温柔。

"痴儿。"缓缓收回了手,嬴政起了身。那脉熟悉的白梅香腾起上浮,他趋身徐徐上前,青烟一捧敬献于逝者的灵前。君王出口话语平静无波,却带着浅淡的追思。

"寡人初次见到祖太后,是十岁逃离邯郸、历尽艰辛归国那年。祖母高高在上、凛然不可亲近,却当着一众金尊玉贵的王子,步出殿外执我之手,她说寡人眉眼,最似高祖父昭襄王。"

嬴政剪了剪长明灯的烛芯,火光须臾一跃:"公父考校众子,唯寡人初归秦,九载邯郸流离,勿要说公服仪仗,就连最基本的王族礼仪也不过粗习而已。又是祖母遣人送来礼服,还使昌平君亲自登门对面传习。寡人少时埋没于市,归秦后求学似渴,慧眼独具将蒙恬、甘罗两位大才选为寡人伴读的,亦是祖母。"

他回头望了她一眼,而她听得正入神。

"公父归秦即位,后宫中,夏太后与祖太后分庭抗礼。夏太后是公父生母,绝爱成蟜,祖母厚待寡人,寡人不是不知为何。然而政之一生,少年磨难,亲近之人,大多背弃。唯有祖母与我全无血缘关系,却种种交织,倾尽全力护我护秦。"

长袖微动,嬴政自怀中取出一物。那是一枚错金铜符,其上是王族象征的虎噬羊纹饰。它,芈凫曾在华阳太后处见过。

"蓝田大营虎符。"

"今岁初始,祖母自觉病重难返,便将它交托与我。"修长双手轻轻一对,两枚错半铜符严丝合缝,就此静静躺在君王掌心:"祖母说,愿寡人再无掣肘,从此翱翔天地,并取天下。"

"纵是机心权谋,布局算计,然而祖母唯有我,我也唯有祖母。阿凫,你明白吗?"嬴政抬起头来,深邃的眸光此时却是十分柔和,只静静地看着她。

无端却又突然,芈凫的眼泪在这一刻夺眶而出。

她又怎能不明白呢……

楚宫生疏的父亲,卑怯的母亲,强悍凌人的考烈王后,楚太子府中骄横跋扈的李夫人……这些人的面影,早已依稀在模糊的岁月中;唯有祖母这些年来护她爱她,唯有这一切,方才如此真实。

一种强烈的酸楚涌上心头,芈凫骤然扑进嬴政怀中:"阿政,祖母走了,我再也无祖母了……"她难以自抑,早泣不成声。一声淡淡的叹息在耳畔飘过,君王将她揽入怀中。他的抚慰坚定、耐心而温柔。

这时的嬴政,与寻常女子之夫君并无不同,但芈凫却在他怀中哭得不知所措。他的怀抱一如往日有力而温柔,但今日的她,内心却觉恐惧无法言喻。只因她突然明白了,嬴政在等待什么。

也许这就是一位君王所能做到的,最大限度的温情。

她眼睁睁看着一个人,他的半身在难过,另一半却在欣慰。难过的一半在哀悼,哀悼这世上可能是唯一的、怜爱自己的长辈,去了;欣慰的一半,却是因为至此已经无人能够牵绊帝王的脚步,之于他,再也没有人,能够止住那翱翔天际的羽翼了。而他等这一天,已是等了很多年。

然而之于芈凫,秦宫中那棵多年来护佑她、护佑楚系的参天大树,如今已经倒了。她的夫君，终于长成了无人能够阻止、能够掣肘的真正的帝王。

以一己之身，行刀锋之路，斡旋平衡家国之势，以铁血之手段，铸权力之孤城，守护此身坚守之执念，仅凭她，自问还并不能做到。

远远不能。

秦王政十七年，嬴政三十岁、芈凫二十五岁这一年，地动，华阳太后薨。与故孝文王合葬于秦东陵，入土为安。

祖太后丧期甫过，朝堂终于定论，秦倾一国之力，大举东出。

"臣缭，启奏我王。"

秦王政十七年，春岁之首春遇大朝上，尉缭大袖一甩，大步出列。"臣奉我王之命，领监御史之责，察秦军政之利弊，议春岁之大策。今臣察情事毕，特请奏之。"

朝宫正殿之中，一列列头戴长板大冠、腰佩刀笔砥石，清一色纯黑钩玄的官员肃然凝立，居于其间的中年男子身量高大，其声浑厚。他，就是三年前自魏国投秦的兵家名士缭，今任秦之国尉，主军政大事。

年轻的君王凤眸微挑，俯视而下："如此国尉就说来，让众卿都听听吧。"尉缭闻言长揖，从容对曰："臣之见，天时已至，我大秦当一天下也！"

此言一出，如若投石入水，大朝之上顿时腾起一片压抑着紧张又兴奋的窃语之声。一天下？岂非百年来秦人最璀璨辉煌之梦，更是不敢提及且难以企及之梦？

尉缭徐徐扫视大殿，却是成竹在胸："我王亲政已有八载，三年不翅，将以长羽翼，八载不飞，将以观民则。大王文武并举，雷霆雨露，成八载之蓄。今，帝业可成！"

君王闻言，眸光骤然幽深："帝业？"

"是也！"尉缭居中侃侃而谈，"成帝业者，有文战之策，有吏治之功，有治兵之强，有农事之利。文战者，王用邦交大才如顿弱、姚贾，斡旋山东，结交权臣，使六国内政散乱，无暇合纵，无力争霸；吏治者，王用法学名士如隗状、李斯,盘整吏治,举国事有明断,不繁而功;治兵者,王用青年将士,佼佼者如蒙恬、王贲、冯劫、赵佗、羌瘣、辛胜、章邯等,新法治兵,军功晋爵,六大营气象一新;农事者,王用如大田令郑国、治粟史张苍,以泾水大渠为基,大兴农事,是以关中沃野千里,国库殷实。由此四者,问鼎天下帝业可成,天下将一,非秦所不能为之也!"一席话罢,大殿之上早已鸦雀无声。尉缭广袖一甩长揖至地:"臣,请我王东出!"

话音甫落,一种无言的激荡在官员中传递动荡开去。大殿之中,同样的声音如若潮水,一层层涌动震荡。

"臣,请我王东出!"

承载着光荣与伟业的一双双眼睛,都投注在了丹陛之上那年轻的秦王周身。秦王却似早已预料之中,平静深邃的双眸深处甚至无甚波动。

"则东出大事,首战者何也?"秦王政回眸轻笑,"不若今日,一并议了吧!"

仿佛龙吟自九天徐徐传来,因这简简单单一句,肃沉庄严的殿上却一夕间涌入悦动生机。满朝文武无不激昂振奋,如玄色的水流层层涨潮,众臣群情激奋,纷纷高呼:"东出万岁! 大秦万岁! 君上万岁!"

昌平君出列:"臣以为,韩国力最弱,且以韩一试天下也!"此言一出,众臣纷纷附和。尉缭亦颔首:"首战者,韩赵择一可也,还请我王决断。"

"寡人看,首战当为韩。"秦王政道,"韩为天下之中,国力积弱。且韩王苛待名士,天下皆知。不用韩非,密令弱秦致大才枉死,更因郑国渠一事,新郑屠尽大田令满门。如此行事,寡人东出首战,便是灭他!"

"君上!"郑国周身一震,长跪道,"治粟署上下,当为东出粮草、傅籍之事肝脑涂地!"

秦王政广袖一挥,又道:"大庶长怎么看?"

忽而被君上点名的老将王翦仍是沉稳本色,他沉思片刻:"臣同我王、诸君之策。唯有一言,臣以为灭韩无需我军主力,偏师则可。"

秦王微微点头,又道:"典客呢? 也来说说。"

顿弱忙近前道:"韩国内,自主战的韩相张平病死,臣以重金收买新相韩熙,如今新郑国中,多是言降之辈。"

"臣腾启奏我王。"嬴腾也出列道,"去岁韩献地于秦而置南阳郡,臣奉命为南阳郡守,治下丰饶,多练兵。臣自请从南阳郡率精锐闪电奔袭,不出三日,即可兵临新郑王城!"顿弱闻言,精神为之一振:"既如此,臣便从内部攻破,贿赂韩熙,使其劝说韩王降秦!"郑国也道:"攻韩之粮草钱财,治粟署一并许之,将军尽管放手!"

众臣你来我往,说得越发激昂,年轻的君上却稳坐高台,若泰山崩于顶而不变色。听闻一阵,忽而淡淡笑曰:"如此,韩若降我,当如何处置?"

闻听此言,鼎沸的大殿中却骤然沉默。韩为东出首国,如何处置关系重大,君上之问,却让众人不由各自思忖。

"臣建议效仿武王灭商。"出言之人为右相王绾,其人为博学大儒,素以博古通今闻名:"存社稷,收国土,在此天下观望之际,安定天下人之心。"昌平君听了,也不由颔首:"右相之言,善也……"

谁知破天荒地,就在昌平君一句话未说完之际,竟有一人不管不顾,自后大步出列,打断道:"我王恕罪,臣难以苟同右相之言!"左右众人皆是一惊,再看出言之人一身钧玄沉稳若海,正是廷尉李斯。

得秦王政首肯,李斯昂然道:"大秦之本,商君之法也!而商君立法之本,乃一天下,废分封,郡县制。今似武王灭商,存其社稷,封其后人,不出三年,裂土分封之制再起,则一天下之新法何在?大一统意义何在?"

蒙恬闻言心中激荡,不由出列:"王上,臣赞同廷尉观点!东出首战即废法,后患无穷,不可不察。"蒙毅亦慨然直言:"臣亦赞同!若一如旧日,不推秦法至天下,为大秦新法浴血奋战的军中将士,是为谁而战?"

李斯、蒙恬、蒙毅之言,如若洪钟震荡众人心中。昌平君眉头深皱,正待驳斥,却听丹陛上秦王之声徐徐传来,声量不大却不容置疑。

"寡人心意已决,秦一天下,大义已明。灭韩大计,不存王族社稷,不存国都宗庙,王迁之边城,以国土为郡。其余诸国,循此而定!"

昌平君心头忽而一跳。却闻四围众臣"我王明断"之声沉沉压来,既言到此,众人心中明明如炬,再无疑惑。料得下韩必速,一时振奋,特别是众武将，竟是议论起后续的灭国之战次序来，一个个吵着要挂帅出战。

众将之中，王贲最为激切："此番竟让内史腾抢了先，此东出大业，老将军们也该给年轻人一点机会嘛！"却是王翦直瞪王贲，直说住口就你话多。王贲只作视而不见："蒙兄，你懂我意思吧？"蒙恬亦是满脸喜色："贲弟，大秦终是要东出了！你我兄弟，定要携手大干一场！"

蒙恬正说着，闻听谒者高呼朝会毕，众人徐徐撤出。却见那御前侍奉的赵高，一溜烟小跑着来到了自己面前。

"大都尉，君上请至长安宫一叙。"

眼见赵高弓腰垂首，淡淡的疑惑自蒙恬心中升腾。然而闻听君王召唤，脚下自不犹豫，大步出殿。

却说时光荏苒，流光易抛，很快又是一年的岁首端月。清晨，玄云喜滋滋奔入长秋殿："少君，接到传书，大王已自颍川郡启程归国了。"

芈凫闻言，心知诸事安置妥当，不由满面喜色。却是洒尘一时反应不及："颍川郡？大秦何时有了颍川郡了？"玄云"扑哧"笑道："你这碎女子不问世事的吗？"

"碎女子？"洒尘睁大双眼，"玄云阿姊，你这楚人，怎也说起我秦人的方言来了？"芈凫忍不住笑："快别闹了。今岁内史腾率兵马三万入韩，韩上下震恐不能迎战，最终降秦。君上将韩王安迁至郢陈，置韩地为颍川郡了。"

"三万？"洒尘惊讶不已，"只三万便不能迎战了？"玄云笑道："怕是见秦军来势汹汹，先吓破了胆吧！不过，大王亲自巡幸颍川，也真是事事躬亲呢。"

芈凫不由摇头，韩地初降，依据秦法迁王于边，置地为郡，不存宗庙社稷，实为大争以来前所未有的严厉之策。是故君上亲临，一则震慑老世族，一则安抚新国人，恐怕如此，才是君上亲巡的深层原因罢。思量及此，她却也心中感慨："说来今日，便是韩王安举族迁至郢陈之日了。"

仿佛应和着什么，话音方落就听外殿一阵喧闹，只见一个下等宫人跌跌撞撞哭喊着冲进。玄云吓了一跳，连声怒斥，那宫人却连滚带爬进了殿内，哭喊道："王后不好了！郑美人她……"

芈凫神色一变，凛然立起："快！随我去宜春宫！"

宜春宫寝殿内，漫漫腾起的青烟蒸得整座宫阙苦意绵延。郑姬恹恹窝在锦衾中，全无血色。

"妹妹何其糊涂，竟至如此？"芈凫语声微颤，不觉哽咽，"就算你不愿再侍奉君上，总有应对之法，为何要行此决绝之策？身体发肤受之父母，如此举动，岂非无念尔祖，耗损庇荫乎？"

"妹妹今日拜别阿姊。"郑姬微微一笑，神情无一丝波澜，犹如千年的枯井。

"妾之母国早为韩所灭，郑国渠修成之际，举族尽受韩王安屠戮。此身如浮萍，飘零辗转，从不曾蒙祖荫庇佑。非死于秦，韩灭于秦，一为不堪回首之深恨，一为血仇得报之大恩。如今，恩仇皆散。"郑姬抬眼，喟然长叹，"宜春宫此后为冷宫也。此乃不祥之地，阿姊莫再踏入。"

芈凫潸然泪下："你如此说，可曾想过我当如何自处？我只恨此身无用，竟什么也做不了……"

"妹妹早无生志，不过求仁得仁。"郑姬道，"今幼子高托于阿姊，昔年应承阿姊的棠梨花露已成，一并奉于阿姊，吾夙愿已了。只是……"

轻移的广袖拂过榻前小几，却是齐整整一摞书简，擦拭得光滑锃亮。芈凫一眼辨出，最上那卷正是早前在李斯处见过的，韩非的《孤愤》。

"只是吾不曾想，那人对我绝情至此，竟想得出将此卷托付于我。呵……"郑姬默然良久，忽而苦笑，"他，竟连寻死的机会都不愿给我。"

宜春宫的大门就此紧闭了，郑姬未再出现在人们的视野中，寂静的宫宇静默无声，她就这样静悄悄地与世隔绝了。其所有言语，都化在那精心校注的二十卷《韩非子》中，流于百年后，供后人参详。

此后数月，大秦耽于东出大事。

前朝沸反盈天，后宫却荒寂得仿佛腐草敝室。含章殿作为君王正寝，堆满文献卷宗图册,每日官员进出络绎不绝,君王接见自早到晚不得停歇。而芈兔这徒有虚名的侍笔亦是多有不便,早许久不去了。

所以当月上枝头,玄云通报王上已至兴乐宫时,芈兔反倒是有些错愕。

"寡人数日不来兴乐宫用膳,阿兔竟是生疏了不成?"君王今日倒是好兴致,只随意地披了一身雪色游龙常衣,一阵风似的飘进了殿中,"亏得寡人忍饥挨饿到这般时辰,就是为了和阿兔一起过千秋。"

"君上还记得今日是……"

见她愣愣的,嬴政不觉发笑:"秦人并无过千秋之俗,至今犹记得,寡人第一次听兔儿说起,也是啧啧称奇。"芈兔恍然而笑:"记得君上当时还曾抱怨……"她顿了顿,学着他年少傲娇的语气:"寡人生于端月,适逢春朝大祭,祝礼祭祀本就折腾死人,哪来过千秋的命?"

"是故当日阿兔如何作言?"迎着他含笑的眼眸,芈兔赧然笑言,"当日妾说,余生妾之生辰,便分给君上一半。"

见他确实饿得狠了,芈兔说话间就去了私厨,亲自给他盛了满满一鼎炙肥羊,又架起食儿殷勤布下一桌鼎食,配上热腾腾的淳熬,当然那楚人千秋必饮的兕觥桂酒,她也早已备下了。

又哪里真的会不记得呢?

夫妻对坐,旨酒思柔,不觉心中也暖意漫涌。饭食腾起的袅袅热雾中,芈兔轻声道:"君上,扶苏这几日为何总是一身伤?君上可在教他习武?"嬴政看她一眼,轻轻一笑:"寡人将扶苏交给了左庶长蒙武。"

"蒙武将军?蒙氏之家主,玄虎令之首座?"芈兔惊道,嬴政傲然大笑:"寡人特意为此事置酒六英宫,为扶苏行了拜师大礼。得师如此,吾儿必一身是胆!"

眼见芈兔心神不定,嬴政不由笑道:"怎么,兔儿心疼了?"芈兔黯然道:"扶苏还小啊。君上总亲自考校他的学问,他又是个心思重的孩子,为了不辜负君上期待,总是挑灯至深夜。如今又要如此摔打……"嬴政听了,不由笑道:"阿兔,父母之爱子,必授之以义方,计之以深远。"

她黯然失神,一时无话。那双傲然却带着笑意的眸子,望着她时仍如初见般,洞悉明澈。但那少年时还有些柔和的侧颜,如今久居上位,只余成年男子的锋芒。

他言出必行,她如何不知?只能将一腔慈母心思尽数按下。嬴政观她半晌,却忽而道:"其实这六英宫置酒,除了苏儿拜师一事,还有一事,乃是为蒙恬践行。"芈凫惊讶抬头:"可是去岁被君上调职,主事九原大营的原内史蒙恬吗?"

"寡人九岁那年自邯郸归秦,在函谷关外迎接的少年,就是蒙恬。从公子到太子,四载时光,他始终伴我身侧,此间躬操文墨,习武射御,甚至受我之托远渡沂水为国访贤。蒙恬为人,寡人再清楚不过,只是……"说到此处,青年君王那如山的眉峰却是微微蹙起,语气竟也有些迟疑了。

芈凫不由好奇:"只是什么?"

嬴政道:"阿凫可知身为武将,一生最大的荣耀,是何?"见她茫然摇头,他昂然一笑:"是东出,是天下。但是,在此举国东出之际,寡人却独让蒙恬去了九原。"

"九原远在云中,是我大秦北方最后的屏障。匈奴每每犯我国界,杀我子民,若不能守住九原,大秦东出一统天下,终是一场幻梦。"君王说着,眉头轻皱,"非毕生之至交,非沙场之精锐,非同仇之知己,非心地宽厚不计得失之士,不足以托付。所以……"君上踌躇不言,芈凫恍然大悟:"所以,君上便将这平生万难之事,托付给了蒙将军?"

年轻的君王黯然轻叹:"眼观天下大争而我独不得出,之于武将是何等残忍之事?然而蒙恬闻听王令唯有一句:粉身碎骨,永不相负。"

芈凫闻此,肃然起敬:"蒙将军大哉!"

"何止蒙恬如此耶?"嬴政道,"灭韩以来,朝廷众议兴兵攻赵,上将军王翦高龄病体,接王令即出井陉将上地。大庶长杨端和,左庶长羌瘣,猎猎王师奔袭于邯郸、上地、井陉、河内。赵国于寡人,如在掌中耳!凫儿,你可知,何为大秦?"

迎着他不再平静的语气,芈凫不由抬头,凝视那如墨玉一般的瞳眸。

"大秦是百代先祖之荣耀,万千子民之热血。"嬴政抬眼,眸光灿若寒星,"是道阻且长,是筚路蓝缕,是近山拟志;是龙潜在渊,是壁立千仞,是徐徐东进;是岂曰无衣,是旌旗猎猎,是马革裹尸。是辉煌是壮志,更是万千如蒙恬王翦一般秦人的牺牲。得臣如此,你告诉寡人,大秦的长公子,当为何?"

一瞬间,芈宛耸然动容。

"宗子,国之舜英也。"嬴政道,"大秦,江山——寡人的一切,都将是他的。而得到这一切,需得负重前行,自立炭火,需得日日夜夜,如临深渊。"

芈宛回望着他。

心中骤然一片激荡,她的手指握上男人宽厚的大掌,方才的沉默隔阂也终于在此刻烟消云散。感应到她的动容,眼前之人淡淡笑了,他指尖微凉,安抚般拂过她的长发,予以她这世间最铁血强硬之人从不曾示人的温柔。

然而那晚,她却是第一次做了噩梦。事后想来,往后夜间那些常常缠身挥之不去的梦魇,似乎就是以此开端。

梦境中是秦宫曲折反复的黛青色阁道,而她在无尽的宫道中奔跑。含章殿外的九曲回廊,老梅寒庭,小径尽头的,却不是当年那明丽疏淡、琉璃世界仿佛梅花一般美好的少年。

梅枝掩映间,是一位消瘦却目光锐利如剑的中年人。

"秦,东出之策?"

那人修眉上扬,神情极是冷淡。在他苍白的唇角,缓缓地绽开一个冰冷的笑意:"依臣之见,向南伐楚!昌平君觉得如何?"那人目光骤然一凝,倏忽如刀一般向她破空刺来:"秦王后,觉得如何?"

骤然间如若黄钟大吕在心头重击,在冰冷的梦境中骤然起身的芈宛,周身,早已汗湿衾被。

会韩人郑国来间秦,以作注溉渠,已而觉。秦宗室大臣皆言秦王曰:"诸侯人来事秦者,大抵为其主游间于秦耳,请一切逐客。"李斯亦在逐中。斯乃上书曰……秦王乃止逐客之令,复李斯官,卒用其计谋。官至廷尉。

——《史记·李斯列传》

秦王十年十月，免相吕不韦。……而出文信侯就国河南。

——《史记·秦始皇本纪》

十二年，文信侯不韦死，窃葬。……自今以来，操国事不道如嫪毐、不韦者籍其门，视此。

——《史记·吕不韦列传》

韩王始不用非，及急，乃遣非使秦。秦王悦之，未信用。……秦王以为然，下吏治非，李斯使人遗非药，使自杀。

——《史记·老子韩非列传》

十七年，内史腾攻韩，得韩王安，尽纳其地。以其地为郡，命曰颍川。地动。华阳太后卒。民大饥。

——《史记·秦始皇本纪》

梦境十五 霜序

惟天地之无穷兮，哀人生之长勤。

往者余弗及兮，来者吾不闻。

——《远游》

秦王政十九年，邯郸廓城——

澄洁的北方天宇高悬一轮皎洁圆月，柔和的月光铺洒。银辉笼罩脚下的邯郸廓城大地，无比祥和宁静。

芈凫抬首望月，不由轻叹。洒尘上前一步，温言相劝："少君，夜里风大，此处毕竟不是秦地，不如早回吧。"芈凫却只摇头。洒尘暗叹，只得向空中轻"嘘"一声，却见月光下一道极深的人影一闪，旋即融入茫茫夜色，再难寻觅。

自七岁那年离楚北上入秦，这还是芈凫第一次去国远行。虽有王族私属的玄虎令锐士随身护侍，然而面对此行，她却是全无半分雀跃之心。

"少君，赵国就这样灭了吗？"

洒尘的慨叹仍带着惶然。纵是秦人，此时她的眼神却如芈凫一般，很难说是单纯的欣喜雀跃。芈苪长叹一声，抬头眺望天间明月，于是去岁以来秦军奔袭赵地、势如破竹之势，就透过这凄凉月光，似阵阵燕赵悲歌浮掠心头。

王十七年，以三万兵马下新郑，得韩王安，置韩地为颍川郡，夺得东出首捷。

王十八年，秦朝野定论兴兵攻赵。君上亲自部署作战方略，虎狼之师兵分三路，王翦将上地，端和将河内，羌瘣围邯郸。赵王迁大恐，自北线召回上将军李牧，统全境赵军一力抗秦。

当是时，上将军王翦与赵大将李牧相峙于井陉。李牧率赵军死守离石要塞，秦军历时三月久攻不破。情急之下，秦上卿姚贾出反间计自赵内部突破，贿赂赵王迁宠臣郭开，设计谗杀李牧。李牧一死，赵军登时大溃。

王十九年，王翦、羌瘣两军会师于东阳，两军合围尽取赵地。岁末，秦军大破邯郸，掳赵王迁，王置赵地为代郡。

幕幕往事浮上芈苪心头，戎马倥偬终复乱世尘灰，而列王纷争的岁月，也如子在川上所见的逝者如斯不舍昼夜，再也一去不回。

"三家分晋，田氏代齐，列国大争由此开启。而今，三百年之赵氏，也终究灭亡。"燕赵深秋的朔风扑面终是寒凉，芈苪不由得紧了紧肩头雪色的银狐皮裘，眺望天边不变的圆月，神色怆然："也许，是又一个时代即将终结。"

那是终将蔓延天下的秦时明月。如此煌煌功业出自夫君之手，然而一种莫名的沧桑，却又难以抑制地涌上芈苪心头。恍然间，洒尘安慰的话语拂过耳际："君上亲自巡幸代郡，安抚新国人，难得少君陪同。"

芈苪沉默。自大秦东出，每下一国，君上必会亲临旧国都，扬大秦之国威，抚新进之国人，然而，这一次破天荒地少君也跟来了。此举本与周礼不符，然而若要溯其缘由，却还要从月前兴乐宫中赵姬的突然到访说起。

彼时还在荷月之末，王翦、羌瘣两军合围大破邯郸，赵王迁素衣袒缚出城而降。六国去其二，消息传回大秦，举国欢庆。

当日赵姬散发素衣入兴乐，一步一席见少君，言灭赵之事。初来芈苪还道她是要为母国求情，念及君王铁血，正待好言相劝。却见她伏跪稽首言赵国既灭，秦王将启程赴赵，只求少君随同巡幸邯郸，若少君不应，即长跪不起。

"大王幼时与其父母质于赵,尝居于邯郸廓城。妾年少时习于医家,尝微服入邯郸学宫,幸与大王一面之缘。长平一战势如破竹,秦坑赵卒四十万,赵境之内十年无男丁,赵人视秦如寇仇,非雷渊血海难以弥平。先王逃赵后,徒留大王母子于邯郸,整整六载,孤儿寡母备受欺凌,不堪回首,怕是常人难以想象。"当日赵姬声声凄凉,犹在耳际,"赵迁篡位代赵,亲近奸佞,欺我兄长,辱我骨肉,妹妹无情无义之人也,不愿为必亡之邦殉葬。然而,妹妹却终究不能不顾邯郸的万千赵人骨肉啊……"

事情至此芈茾方才明了,王幸邯郸,赵姬是恐君上故地重游,血气激愤怒而屠城,才有这散发素衣为邯郸国人请命之举。她心中思忖,秦王政心志极刚毅,秦律既言不杀降,必不致因一己之私而乱法。然而故地重游往事历历在目,便是君王,又岂非催人肝肠?遂求肯于秦王身侧,复请三昼夜,故得以允准随行。

邯郸深秋的朔风,吹浓了芈茾心头渐起的萧瑟,踏上这片陌生的土地,她终于呼吸到了那人出生成长之地的空气,得以探寻往日不为人知的、那人最不堪回首的过往。但是芈茾却永不会知晓,野有蔓草,零露瀼瀼,那早被尘封在二十年前的邯郸廓城中,赵嬴女儿不为人所知的隐秘情思。

当日赵姬离开兴乐宫时,就如来时孤身一人。云水绣金的锦履踏过寂寂无声的宫道,每一动,垂在烟霞帔上的八缕白玉禁步琳琅轻响,似故赵悲歌,哀哀如诉。

来往宫人交换着诧异的眼神,她浑然不觉,落入眼中的满园春色,像极了当日初逢。散乱的思绪中赵姬回过头去,殿宇深广寂静,玉声清越悠长。

献岁发,吾将行。春山茂,春日明。园中鸟,多嘉声。梅始发,桃始青……

"绢帕药布不敢私存,敢问贵女姓氏?"

当日莲池畔,少女素手折桂枝。初初走入视野的少年,一双厉眸凝着冰雪,与这灿灿春日大相径庭。

他的身上,总是带着伤。她心头想,这般瘀青师长讲过,当是习武跌的,或是与人斗狠，无怪乎女使们都说，那秦国的野小子，公女可千万离他远些。

是故当日忍不住伸出援手的她，终究摇头："不必劳烦。我家……住得偏远。"少年沉默一瞬，拱手道："既如此，拜谢贵女援手。"幼小的她，怔怔望着少年背影渐渐远去，忽而鬼使神差一般，她大声喊道："我的小字是清扬！"少年闻言立住："野有蔓草，零露溥兮。有美一人，清扬婉兮？"

也许就是那一瞬，后半生，皆已注定。

数日后，少年家人不知何处寻来，竟差舍人叩开东宫之门归还罗帕。也自那日起，她纵娇养深宫，偶闻得那困顿质子种种，却也心中河山几重。

须臾间时光荏苒，直至那年，少年之父即位为王的消息传回赵国。郭开、胡姬几多奔走，斡旋于君父面前。君父正是赵太子偃，本是最恶秦人，个中曲折自是不为人道。她只知，最终在君父的劝谏下，大父一改凌人旧态，重金车马送那对母子归国。

奏菜菱，歌鹿鸣。风微起，波微生。少年归国之日，她自不能相送，而内中几许悲欢，唯由心证。

一载后，大父赵王丹病逝，谥曰孝成。君父继位，为赵王偃，立胡姬为后。又二载后，秦庄襄王崩逝，再闻那少年时，他已成了少年即位、六国观望的新任秦君。胡后视她为眼中钉，遂巧语劝父王结盟于秦，以一国宗女之尊，衿以秦赵婚盟。

消息传来，阖宫为她捶胸不值。先王后忧惧而死，胡后狠毒如蝎，竟想出此等毒计。秦内政波谲云诡，韩楚林立，秦王尚不及弱冠，大权旁落，岂非任人宰割？任谁预想公主入秦，都无异于羊入虎口。而当日的她，却毅然在一片哀哭声中劝阻了掌事姑姑的死谏之策，也许唯有她自知，窃闻胡后之辱，自己内心的悸动纠结。

然而虎狼之国不通礼数，迟迟回应赵使几多轻慢。面对赵使婚盟，传回国的竟是毫不留情的拒绝。胡后笑得轻蔑，而她羞愤欲死。直至数年后，那在秦的赵太后差甘罗寻访故人，她仍不能直面旧事。由得恼怒的兄长从公族中胡乱寻了人充数，是生是死，懒得过问。

野有蔓草，零露瀼瀼。有美一人，婉如清扬。邂逅相遇，与子偕臧。

以为那样便可此生不见的自己，终究是天真。早该知道，那一双厉眸宛如冰雪的少年，是她命中劫数，逃不开，躲不过。

家国陷于烽火的今日，与五载前河东战事、献女入秦的那天，仿佛昨日重现。宫闱春深，洒金纹龙纱幔翻飞，伏跪稽首几许瑟缩，余光瞥见一身日月蛟龙缓步而来的秦王政峻拔无匹，丰神昳丽。

数载不见，记忆中的少年早就在识海中消弭无踪。眼前的男人昳美强大却全然陌生，他一次又一次，毫不留情碾碎了她的家国和尊严，那双冷厉的瞳眸深处并无丝毫她的存在。

"你是赵人？"

薄情的男人，早不记得眼前瑟瑟伏跪的女子，更不愿记起的，是早被深埋的不堪过往。她望着他，万千次梦境中预演的重逢，此刻却唯有战栗、心悸，极致到难以呼吸的惧意。

"那又如何。能护你万千邯郸国人的，唯有秦法。你心悦不心悦寡人……"他的眸光犹如斩冰积雪，"与吾何干。"

入莲池，折佳枝。芳袖动，芬叶披。终究是两相思……

两不知。

数百里外的邯郸廓城郊，一阵天风骤然而降，吹散了芈鸮幽冥的思绪。

她在心头暗叹，实则这一路来，赵姬担心之事并未发生。今时今日，陪同君上在此已过了一个七曜，受降抚民巡视仪仗，君王并无任何异于往日的举动。秦赵之世仇，个人之旧怨，其人却是思绪深沉令人难窥喜怒。

无怪乎世人皆言，君王的胸膛之中始终是一颗王心。他不会有一颗常人的心，即便是最痛的伤疤被血淋淋地撕开，常人根本难以承受的撕心裂肺，他也依旧无动于衷，大步向前，仿佛无坚不摧。这世间的一切，都要为他的铁血意志而让步，唯有如此，他才是足以横扫天下的帝王。

一阵骤然而至的脚步声突兀，将芈鸮从漫长的思绪中陡然惊醒。抬眸望去，却见玄云跌跌撞撞地赶来。

"王后不好了！"带着哭腔的声音夹杂着惶急，"斥候自咸阳传来急报，王上之母,王太后……崩了!"

眼前一黑,仿佛玄云的身影都有些虚。看着眼前的人仓皇失措几不成句,芈皃的身形亦是不由一晃,幸而洒尘眼疾手快,及时将人扶住。

平生从未如此焦虑失据。待匆匆回到秦王巡幸代郡所暂居的龙台,芈皃却见,赵高正一脸惊惶地从里面出来。即便如此,他的举动仍是悄无声息,仿若玄灵骤然而至。一眼看清来人,早一头栽倒在她脚下。

芈皃极力稳住心神,却是心头沉钟长鸣,心知此前竟是从未见过赵高失措成这个样子。赵高趋前压低声音:"赵公子嘉逃奔代地自立为王,大王震怒,三宿不得安眠。入夜方才小睡不过一个时辰,却又……"他强忍几许哭腔,方又道:"是咸阳传来的急报。王太后郁结数载,始终沉疴难愈,但谁想到,竟是如此突然!"

"吾知晓了。"芈皃说着,目光却始终注视着殿中。赵高沉默片刻,又劝道:"大王心中百般郁结难出,便是少君,此时还是……勿要进去吧!"说着,又抹起眼泪。

已然迈出的脚步缓了一瞬,芈皃摇一摇头,决然入内。

在踏进君上所处的龙台宫内殿中时,仿若窒息的沉闷瞬间侵蚀到芈皃周身。地砖上还残留着泼洒的粗茶暗色和打落的金盏,内侍们慌乱到甚至来不及收拾,就被王上怒斥着赶出了内殿。

内中的人影孑然凝立,纹丝不动,仿佛他整个人凝成了一块冻结的岩石一般。然而此时此刻,那具躯体周身散发的强烈又绝望的杀意,足以让人心魂俱碎。

"君上……"芈皃极力压制声音中的颤抖。然而等了好久,却只听得沉沉一句:"滚出去。"

他的声音,冷得像冰一样。

少时相识,相知相伴二十载,他从未用过这样的语气对她说过话。芈皃有一种强烈的感觉,若再不离开,自己就会即时毙命在他的太阿剑下。理智在叫嚣速速离去,内心却在汹涌着一股冲动,这股冲动使她不仅没有离去,反而继续向前,直到她已经走到他的身边,感受到他的温度,她才鼓起勇气抬起眼眸,望进那一脸严霜的君王眼底深处。

瞬间那人整个身躯都绷直了,久久没有动作。一片死寂的沉默升腾,没有拒绝,没有回应,芈凫的心也在慢慢下沉,但是,她还是倔强地望着他,不愿离去。内心的痛楚悲哀在翻涌上浮,这时,那人低低的声音响在空气里。

"寡人恨她。"

心头重重地一震,她抬头看到嬴政说:"阿凫,她死了。"

"她终于死了,寡人那令人蒙羞的母亲。我以为……我以为我恨她。"嬴政说着,他的语气无甚起伏,却像是有些自嘲,"寡人珍爱的故交,如若珠玉的阿罗,不过因为投身文信侯府与太后谋事,吕不韦之事发,便被寡人着玄虎令秘密处置,绝无手软。你便知,寡人对她憎恶到了何种地步。阿凫,寡人自以为憎之恶之,恨其欲死!"

她垂下眼眸,静静地听着。

"亲手摔死那两个孽种,寡人将她幽禁在雍城。明知岁末天寒,一次也没去探望过。身为人母,她配吗?"嬴政冷笑,"恩准她回到甘泉宫居住,又如何?不过是为了堵天下人之口!寡人从不前往,则甘泉与冷宫何异?她深居简出,郁郁寡欢,寡人早就看出,她撑不了几年……"他忽而顿住,面孔阴郁灰败,他停了很久,声音像浸在冰水里一样:"却偏偏在今日。"

"……君上。"冰凉的眼泪落下,芈凫哭了,就在他看似愤怒的叙说之间。

"寡人的王师灭了赵。"嬴政说着,极力压抑着怒火,"如今整个赵国、整座邯郸王城,皆臣服在寡人麾下苟延残喘,当日与她共同承受的,不堪回首的,终可以洗雪了。"

"阿政。"芈凫心酸难忍,却只能徒劳地唤他的名字。他依旧低声说着,他的声音,隐着深深的孤独和哀凉:"可是,在这个节骨眼,她居然死了。阿凫,她死了。"

她无言以对,感受到那具躯体难以抑制的微微颤抖,似有愤怒、不平、憎恨,还有如最深的海底一般的难言痛楚。她难以自抑地抬手,仿佛要抚上他的脸,却骤然感受到手背之上落下冰凉的一滴。一瞬间一种几近撕心裂肺的痛,侵袭着芈凫四肢百骸,令她的眼泪夺眶而出。

"阿炱，寡人，真的想杀光这些人。"一瞬间他的面孔扭曲，仿佛幽都的恶鬼一般，浸透了她从不曾见过的仇恨和暴戾，"寡人想杀光他们，为她陪葬！这些可恨的赵人，为何要降？不是恨我大秦吗，何不死扛到底？寡人恨不得他们拼死不降，让寡人的王师将这里屠戮殆尽！"

那双握着她的手的大手力气如此巨大，仿佛这样就能发泄出那满腔的汹涌恨意。那人轻轻地喘息着，良久不能成句。芈炱心中，骤然腾起一种前所未有的、激烈震荡的情绪，如若烈火焚烧，难以自抑。

"祖母说，"她缓缓开口，强抑内心的激荡颤抖，"阿政是大秦的王，是这天下的王。走出这间宫殿，就有了一颗王心，秦王的存在不为自己，只为大秦。但是我真的恨不得，哪怕有一刻，君上可以为自己而活，不用压抑这难忍的恨意和痛楚，不用这般摧折心肝。我，我恨不能为了君上……"

是啊，一直以来，旁人皆言，他是王。王的胸膛里，当有一颗王心，王者上承天命，下托国格，舍弃的，将是旁人所不能够舍弃的。

但是，凭什么，凭什么？就因他是王，他就该无坚不摧？就该让乌合之众践踏于泥淖而不改其志，就该任由蝇营宵小品头论足而不损其心，再不配有自己的激昂愤怒、郁结低迷？凭什么，就凭他是王？

若是如此，那么至少她，愿以君之怒为己怒，以君之情为己情。君忧吾忧，君辱吾死！不知何时，她已是浑身战栗，泪流满面："我也恨不能为了你，杀光此间所有人！为你清算所有的伤害，遇神杀神，遇鬼杀鬼……"

她的身子，猛然一震。一种难以忽视的灼热停留在唇际，未出口的话被尽数阻拦，而她骤然惊醒，难以置信。

自己方才怎会说出这样的话？

不知何时，眼前的人转过身来，修长的手指轻轻放在她的唇上。只是那双手乃至他整个人，都散发着令人惊骇的热意。芈炱恍然惊觉，又与嫪毒之乱太后迁雍那次一般，此刻君王的面颊上带着一种异常的酡红，仿佛体内有一股邪恶妖异的火焰，正在燃烧着他，吞噬着他。

芈炱一时惶急，急切地伸手探向他的额头。还未来得及感知那处的滚烫，就见君上身躯一震，一口鲜血自口中喷涌而出。芈炱身心剧震，颤抖着

睁大了一双泪眼,可君王却浑然不觉唇际的鲜红,只是维持着手指覆住她双唇的动作,皱眉说道:

"住口。那些不是凫儿会说出来的话。"他伸出手,却在未触及她时复又放下。他望着芈凫,一时沉默。

"寡人是秦王,王应护法。法言不杀降,寡人,不会杀降。"

似是难以忍受的痛楚终于将他耗尽了,呕血之后,芈凫感到怀中滚烫的身体渐渐虚浮。忙将他扶至榻间,端来盥匜冷水,拭去唇角血迹,又一遍遍为他擦拭额头脖颈。然而指尖触及的温度,仍是前所未有的滚烫,且呕血之症,更是平生首见。

君上之病,已是一次较之一次,发作得更加沉重。

她却怔怔的,似是也耗尽了体力一般。她的眼神空茫,神情涣散,不知在想些什么,只是将他搂在怀中,仿佛抱着扶苏,又仿佛当年邯郸城里赵太后温柔的手,还抚慰着昔年尚且稚嫩的幼子。忽而心弦仿佛被什么触动了一般,芈凫分明不过柔弱女子,如今,她竟对这至为刚强的虎狼之君,心生怜惜。

之于她,这是何等不自量力的可笑之举? 他,又何曾需人怜惜?

她的眼前,莫名地掠过母妃的面影,又一闪而逝。母妃本出身岭南百越之地,亦曾用生命爱过一位男子,尽管也许并不值得。但她曾说,楚女生而如此,如若飞蛾扑火,若是认定一人,宁可损耗自身,亦不可脱也。

"虎噬羊错金短剑。"从袖中取出那柄精巧小剑,芈凫低眉俯视榻中昏睡之人,她的神情如此温柔,"可还记得否,阿政? 及笄那年你予我之物,此为信也。"

并无回应。那一贯坚毅如钢的男人已经烧得神思涣散,昏睡过去了,芈凫沉默一瞬,便向殿外轻唤。洒尘闪身入内,却在看清眼前短剑之时,不由大震。

芈凫却是容颜平静:"洒尘,记得吾说过的话。"言罢再不理会女使的恳求,却是回过头去,向着榻上那昏迷不醒的君王轻声地、温柔地唤道:"睡一下吧,阿政。天,就要亮了。"

然而君王并没有睡超过两个时辰。

待芈茵伏在榻前惊醒的时候，肩上仍披着秦王的玄色云纹鹤氅，窗外天光已经大亮。合该榻上睡着的人早已不在殿中，只听低低的交谈声自外间隐约传来。

"真有此事？"

流回此间的声音低沉而有一丝沙哑，正是嬴政。他的神情与出口的话语一般平静无波，那股诡异的高热亦是早已褪去，竟似是从未发生过。芈茵恍然起身，忽而一阵眩晕不支，但一颗心终于落回了胸膛，她勉力靠坐榻前，静静听了下去。

帐外，君王正对之人正是长史蒙毅，此时却是一脸严霜："如此死罪大案，自不敢欺瞒君上。"嬴政闻言，难得有些诧异："当真不曾认错人？"

蒙毅重重点头："千真万确是他，赵高。"

跟随众人步履匆匆，芈茵再次踏上邯郸廓城东部的土地，空气中散发出一种强烈的异味和焦糊，令人作呕。而几日来，这片已然熟悉的新国人安居乐业之城郭，不过一夜之隔，却已移为一片焦土。

玄云惶然上前，却在看清芈茵面色之后，惊呼出声："少君，您怎么了，面色怎会如此惨白？"

芈茵眸光一凝，冷然作色，玄云遂不敢再言，便搀扶芈茵行至君上一侧。只见两列玄衣铁甲武士肃肃，大旗迎风猎猎，冰封般冻结的沉默中，地上却静静伏跪着一人。在一片荒芜混乱中，他素日整洁的衣衫上沾染了焦灰和发黑的血迹，却是神情平静。

正是赵高。

"君上，赵高死罪也！"蒙毅上前一步，"昨夜他假传君上之令，私带三百精锐至邯郸廓城东，将城东国人三百余户尽数屠戮、坑杀。又下令当风燔烧其屋，风助火势百里是夜不断。秦法严禁杀降屠城，此案移交微臣，证据确凿，疑犯供认不讳，当死罪也！"

嬴政始终沉默静听。他目光似是有些游移，却仍沉声道："人证何在？"

一个农人瑟缩着被推搡上前，只侧面瞥了一眼便惊惧欲死："是他，就是他！他不是人，是恶鬼，是幽都深渊归来的恶鬼！他说，他说……"随着农人抖不成句的惊骇言辞，骤然间仿佛平地惊雷，一片漆黑的焦土之上，芈凫眼前骤然浮现这样一幅画面……

"降而免死？凭什么？你们配吗！既恨我大秦欲死，灭国之日何不拼尽一兵一卒？"眼前之人双目赤红，大笑癫狂，"你们为什么不死？为什么不死？君上受此锥心之痛，你们却降而免死？今日，只此一日，为了君上，高陪着你们一起，统统去死可好？哈哈哈哈哈……"

白衣染血恍若杀神，疯狂的大笑溶于邯郸的夜色。这样的赵高，令人闻所未闻。

然而此时的赵高只是跪伏在秦王脚下，无声无息。他的神色一如往日平静乖顺，绝无传闻中那恶鬼降临之状："君上万年！为何要劳动君上来此肮脏之地啊？长史大人处置了奴就好，勿要污了主君的眼。"伏跪在地稽首连连，赵高的声音甚至带着三分哭腔。然而，面对如此抗法杀降之罪，一向铁血护法的年轻君王平生第一次，竟然沉默了。

嬴政神情复杂地注视着眼前的赵高："你可有隐情？"赵高阖目而笑，眼泪却流下面颊："君上，小高没有冤情，小高只求一死。"

"君上，中车府令他……"面上掠过一丝不忍，芈凫忍不住道，"邯郸廓城城东，不正是当年君上与王太后——"

"够了！"嬴政怒而打断，复又一脸严霜，"昨日之事，是寡人密令赵高所为。"

"君上！"赵高闻言震惊。然而此刻，他那灰败卑微的面容上，却洋溢起一种奇异的神采。

"高敦以用事，寡人赦其无罪。"带着一脸冰霜宣读了这令所有人惊呆在原地的判决，秦王政一甩长袖，大步而去。

入夜的邯郸廓城，郊外。

密林间层叠的落叶之上，脚步窸窣。踏着深秋的霜露和清冷的月光，一个明丽窈窕的身影在林间渐渐显形。来人是位女子，容颜娇媚如花，嘴唇却紧紧抿着，透着三分与那柔美娇颜全然不符的厉色。

"你，果然按时赴约。"

密林深处，女子注视面前的男子，微微点了点头。一个温和的男声随之响起："公子嘉赴代后的一应金帛军资，已为君备妥。不出半月，即可到达。"

女子闻言冷嗤："赵迁降秦，但赵嬴宗族仍然拥戴夫君。若不是赵偃昏聩废长立幼，我夫早为赵王，又岂能落入如此境地？此番赴代自立为王，必要延续国祚血脉，与那暴秦不死不休！"

面孔隐在厚重风帽之中的男子，望着眼前人那与某人三分相似的侧颜，半晌无言。一阵沉默过后，男子终究开口，他的声音醇厚悦耳，听来令人如沐春风。

"代王与夫人有此志，我心甚慰。听闻燕太子丹正在筹划一件极秘之事，燕代合纵，不妨一探。代王初立，若得燕王相助，也不枉我王煞费苦心，从旁资助了。"

"……我王？"女子凝视他许久，其声却染上一丝玩味，"公子脩，如今你效忠的，究竟是哪个楚王？"

清冷如若禅衣的月光透过浓密的树荫洒落，照着那风披下的面孔清隽如玉，真是黄脩。他平静回道："自是鸾公主母族那个楚王了。"

"鸾公主"三字一出，面纱又揭一层。原来这密林中与黄脩相会之人，便是当年楚王悍之女，芈㚟的庶妹，一朝嫁为赵公子嘉的楚公主，芈鸾。

"母族？"芈鸾冷笑，"所谓母族，将我像是摆设一样，今日送到赵国，明日送到秦国……当年本该是我嫁与秦王！若是我，又何来今日芈㚟耀武扬威？"

黄脩平静似水："夫人纵愤恨，却也无法洗刷与生俱来的家国血脉。"

"黄脩，这话，你怎么不和芈㚟说去？"芈鸾听了这话，怒极反笑，"负刍杀了李园，替春申君报了仇，你就效忠于他？我父王郁郁而终，还不是因为负刍暗中运作，散布谣言，说什么父王是春申君之子，致使楚公族自相残杀……如此的荒谬不堪，他们竟也编得出！而你公子脩坐视三代政变，又在其中起到什么作用？推波助澜？"

黄脩不语，一双澄净瞳眸风轻云淡。而芈鸢一字一句："黄脩，别指望我会谢你。今助我夫，也不过是为了延缓暴秦一统天下、与楚正面对抗的时日，为楚生聚争得时间！你心心念念护着的小白花，只怕现在还在秦宫，伴在那个虎狼暴君身侧，对一切懵懂无觉吧？"黄脩却是轻笑，不置可否："夫人既知我，那代王联楚盟燕，合纵抗秦，还请代为美言了。"

芈鸢沉默片刻，一双美眸紧盯着黄脩不放。一丝夹杂着愤恨和不甘的复杂情绪，从生生不息的眸光中缓缓流泻。她终究是点了点头，不发一语，转身离去。

而黄脩只是静静望着，看那似曾相识的纤瘦背影很快没于林中，再也不寻其踪，他那平静的面容渐渐笑意全无，却是无端浮上三分冷色。

"阿籍。"

黄脩话音甫落，一个修长矫健的身影自树丛之上一跃而下，却是位英俊少年。那少年不待黄脩开口，便抢道："老师放心，籍儿这就跟上，定护此事稳妥。"黄脩点了点头，又叮嘱道："初次外出用事，你可知轻重？"阿籍笑道："不就是将田光的行踪透露于代王左右吗？定不辱使命！"少年轻盈一跃，就见那身影如若青色的大鸟，迅速隐没于林海之中。而早隐于林间一角的身形悄无声息地跟上，立在公子脩一侧。

"你来了。"黄脩平静的声音落下，再看来人身姿已在月下映得通明，那一身白衣纤细修长，竟是玄云。

"那是项氏的羽儿吧？许久未见，竟都这么大了。"玄云说着，恭敬一礼，"扶赵立代，主上筹谋深远。"黄脩摇头道："不提也罢。暴秦灭国而绝地绝宗庙，是要将六国挫骨扬灰。韩赵唇亡齿寒，未来楚国……昌平君可有应对？"玄云应道："父亲身在庙堂，有自己的道义操守。但毁宗庙、废氏族，身负熊氏血脉，父亲必不会袖手旁观。"

黄脩闻言沉默，过了许久，忽而道："她，果真……？"

玄云一怔，沉默许久，答道："是。"而黄脩猛然一震："她竟甘愿如此？"玄云垂下双眸："她，无怨无悔。"

"无怨、无悔？"黄脩的语气染上一丝苦涩，"即便经历难产三个昼夜，那人皆不在身边；即便目睹这些年来，那人如何狠绝无情，弹指生杀；她却仍然愿将一己余生托付给那虎狼之君？"他说着，如玉的面庞渐渐浮上一丝冷然："也许，吾也不得不逼着她，做出选择了。"

玄云心中一震："主上！"然而黄脩却道："退下吧。"

他似是一句也不愿再多言。

月光下，望着玄云渐渐遥不可见的身影，那树下沉默独立的男子双手攥拳，似是强抑着极大的痛楚。

"阿凫……"

韩、赵既灭，秦东出之势不可挡，一时攻魏伐楚，天下为之震恐。

然而，就在秦王政二十年，一件突兀而降、震动天下的大事，改变了东出的进程。

（秦王政）十九年，王翦、羌瘣尽定取赵地东阳，得赵王。……秦王之邯郸，诸尝与王生赵时母家有仇怨，皆阬之。……始皇帝母太后崩。赵公子嘉帅其宗数百人之代，自立为代王，东与燕合兵，军上谷。

————《史记·秦始皇本纪》

高有大罪，秦王令蒙毅法治之。毅不敢阿法，当高罪死，除其宦籍。帝以高之敦于事也，赦之，复其官爵。

————《史记·蒙恬列传》

梦境十六 蒹葭

余处幽篁兮终不见天,路险难兮独后来。

——《九歌·山鬼》

　　咸阳宫的霜月,又在新的一年如期而至,这日晨起,满室虚白。芈凫独坐窗前凭栏听雪,闻廊下一阵脚步自远而近,抬首一望,见洒尘引着燕姬遥遥进了内苑。

　　"三日后的玄武大朝?"听得燕姬之问,芈凫道,"妹妹可是说,近日咸阳城传得轰轰烈烈的燕上卿荆轲使秦,君上以九宾之礼迎之的玄武大朝吗?"

　　燕姬敛下眉目:"是。此番秦以九宾之礼迎接燕使,以秦燕之盟为天下垂范,妹妹闻之,亦不由得日夜挂心。"芈凫听此,也觉情理之中:"所谓九宾之礼,乃是周天子春朝会见诸侯之最高礼仪,因其列席官员上下九等品阶而得名。今君上以周天子面臣之礼会见燕使,天下为之侧目,怪不得妹妹日夜挂心。"

　　"更何况那位入秦献地的燕使荆轲,吾昔年曾于老师处有所耳闻。"燕姬深吸一口气,分明将心中的话又吞了回去,只道,"今日妹妹有个不情之请,自知万分僭越，却还是求于阿姊。"芈凫不由疑惑："如此郑重，且说说是何？"

半晌之后，只闻一道惊呼破口而出，直透过雪国莽莽苍苍的天宇，又被吹散在渺远的冬日朔风中。

"什么？你说你……也想去见识一下这玄武大朝？"

秦王政十九年，秦灭赵，威势大盛。燕太子丹力主盟秦，献燕南之地于秦，秦王政闻之大喜。是故太子丹遣上卿荆轲入秦为使，献督亢地图及叛将樊於期人头，朝见秦王。

东出以来，秦王首次会见六国使节，上下无不持重。长史李斯奉王命领内史署、咸阳署、宗祝署并中车府拟定一切礼仪，议定君上在章台宫正殿冠剑临朝，以大朝九宾之礼面见燕使荆轲。

时光须臾匆匆，转瞬就到了燕使觐见之期。如此持重国事，秦朝野上下，莫不屏息。

秦王政二十年，章台朝宫

日出时分——

咸阳宫前钟声长鸣，清脆悠扬。

早在天光未明的鸡鸣时分，一支三百人马队护着三辆青铜辂车，自正阳大街外徐徐驶入咸阳王城南门，那自八尺伞盖下缓缓下车的，正是燕使荆轲。而自朝宫大殿中遥遥望去，只隐约可见荆轲及属官立于冀阙之下，对着犹如九重宫阙天上楼阁的章台，深深一拜。

只闻身后之人呼吸骤然急促。芈凫缓缓偏过头去，却见身侧燕姬正出神地凝视着远处看不清人影的荆轲，脸色煞白。

当日燕姬惦念母国故而恳求，芈凫岂会不知？正闻殿前疾医夏无且的奉药童仆告归，便托洒尘央了医师上士，索性教燕姬顶了这差使，左不过奉着药箱侍立殿中罢了，想不会出什么岔子。然而一切安排妥当，她却又思前想后，总觉心中不安。于是又一番奔走，终成今日这般——芈凫与燕姬双双一身衲玄，侍立于大殿廊柱之下。好在二人不过娇小女子，低眉敛目隐于大朝会黑压压人群之中，却是毫不起眼。

心思不过一个转圜，遥见荆轲已是肃然迈步，踏上丹樨之地。荆轲举止庄肃，行为合礼，而他身后双手奉匣亦步亦趋那位副使，听闻名叫秦舞阳的，却是两股战战，脸色惨白。芈凫心头暗叹，也是怨不得一般人仰视章台会心生惶然之色，且看玉阶两侧玄衣黑甲、青铜斧钺的铁鹰锐士，肃然凝立，凛然威势，令人屏息。

踏过殿口平台四只青金大鼎，荆轲并秦舞阳眼前是高阔两丈许的章台宫正殿大门。此刻朝宫正门早已大开，一道三丈六尺的朱色旗檀，直达大殿深处的高陛之上，旗檀两侧，是列列身着钩玄默然肃立的秦臣。燕使站定，大钟轰鸣九响，宏阔的礼乐顿时响彻雄峻的殿堂。

"趋——"谒者应声高唱，"秦王临朝！"

芈凫还从未在这个角度看过君上。今日君上着天平大冠，身穿厚丝锦织就的十二章衮服，腰悬穆公长剑，更显挺拔不群。穆公剑长四尺，宽四寸，剑身仅以墨玉为饰，简洁干净，威猛肃穆。

视线下移，却见荆轲神色不变，秦舞阳却是脸色愈发苍白。

"燕副使怎么抖成那样啊？"

秦舞阳一脸青白，手抖竟不能奉匣。芈凫心中大为疑惑，只觉燕国怎么派了这么一个没见过世面的人入秦为使？正觉好笑，却瞥见身旁燕姬柳眉紧皱，神情既哀且愤。

荆轲目光淡淡扫向身后，神色平静。他接过副使手中铜匣，大步行至丹陛下，深深一拜。

"外臣、燕上卿荆轲奉命出使，参见秦王。"

秦王政沉声道："燕臣服于秦，献燕南之地，奉叛将人头，本王心甚慰。"君王话音甫落，谒者即高呼："燕使进献叛将人头！"

荆轲不改肃然平静之色，徐徐打开铜匣。只见铜匣内有两层，荆轲取出其中略小的一个方匣，以双手捧出，朗声道："此为樊於期——即秦故太尉、彻侯桓齮人头，谨交秦王勘验。"说话间赵高已是捧着铜匣，一路小跑到了君上面前，秦王政瞥一眼那铜匣，神情却是几许复杂。

"桓齮，在秦为侯位列三公，河东一战败于李牧，竟畏罪而逃不归。如此贪生怕死，岂非千古之羞？亏得你隐姓埋名，今便全你！樊於期啊，樊於期……"秦王政阖目长叹，今得叛将之首级，其声却是几许沉痛，"诸位，且都看看吧。"

秦王言罢，早有行人署吏捧匣而下丹陛，将那死不瞑目的首级一一列于人前。顷刻间举殿默然针响不闻，众臣神情皆是既哀且愤。待一番辗转终于轮到芈凫，眼睁睁看那血淋淋一颗人头传至眼前，她一阵晕眩，不由得一头冷汗。

燕姬以眼神关切，不动声色悄悄扶住了她，那手一如既往的有力，方才混乱的心跳这才安定下来。芈凫感激回望，却是惊觉为何燕姬之手竟是如此冰凉。恍然回想一路，说是来见母国故人，然而燕姬的脸上，又哪有过半分欣喜？正后知后觉出一丝异样来，忽闻殿中谒者高呼燕使献地。

荆轲上前一步："前日已献督亢地图之样图于秦，不知秦王可曾阅览？"秦王政沉声道："督亢之图，非但本王，长史李斯并治图史淳于越、大田令郑国，当世博学之人也，诸卿合署会商，皆对此图不明就里。敢问燕使，此图奥秘何在？"

荆轲微微一笑："督亢，中央之高地，乃是古蓟国语燕南之意也！此图众人不明其意，是因此图治图所用法式，非雅言官话，乃燕国古蓟语也。"秦王政恍然了悟，若有所思。荆轲又道："可否请大王允准小臣上前，将此图中献秦之燕南十二城之所在，一并指于大王？"

秦王政略一沉吟，点头曰"可"。荆轲领旨，手捧铜匣徐徐上了丹陛，在王案对面跪坐。他神色平静地取出那匣中地图，在秦王政并诸秦臣目光如炬的注视下，徐徐展开了粗大的卷轴。

到此，殿中众人皆是凝神屏息。芈凫亦不由翘首而望，却被手上莫名一阵痛意激得一怔。惊疑地回头，却见燕姬的手紧紧攥着她，竟将她掐得生疼，下意识地抬头，只见燕姬神色惨白地死死盯着王案，额间冷汗徐徐落下。

惊变，就在这电光石火的一瞬间！

展开的卷轴尽头,赫然竟是一柄森然匕首!不待秦王政反应,荆轲身形已是跃起,左手疾如闪电攥住了秦王衮服的广袖,右手的匕首已经揿至秦王面前。秦王政一个激灵,一声怒喝出口。他奋力一挣身形,猛然向后,出于求生本能而迸发的力道如此之大,整个大殿只闻一声脆亮的裂帛之声,那尚坊精工绣制的丝锦衮袍,竟生生裂为两段。

见荆轲来势汹汹,秦王政拔剑欲挡,孰料那穆公剑四尺余长,十斤余重,危急之下,竟拔而不出。荆轲如影随形,须臾而至,对着秦王又是狠狠一刺,秦王大急,长身一转,踉跄逃奔。荆轲两刺不中,心中大怒,身影如飞直扑秦王而去!

一切都在电光石火之间。到此芈凫仍觉木然,忽而心中一个激灵,不对!怎么回事?勿要说是芈凫,殿中诸人皆未及反应时,秦王与那荆轲已是来回缠斗三个回合。而直至此时,众臣才纷纷惊醒燕使实为刺客,不知何人一声惊呼,殿中顿时大乱!

惊变就在眼前,在这样巨大的震撼之前,芈凫脑中竟是一片空白,想发声却不能成句。而左右朝臣已如玄色水流激荡,纷纷高喊怒喝。

"不!"

身躯颤抖的芈凫唤回神智,却见秦王已然跃下王台,与那荆轲在殿中粗大的廊柱之间你追我赶,飞快游走。她与燕姬正侍立于殿角,面前就是秦王绕柱,而那荆轲如影随形,亦步亦趋,手中的徐夫人剑猝毒而刀刃发蓝,一闪而过;不祥的阴影,仍然迫在眉睫。

心念一动脚步已是踏出,却瞬间惊觉身后牵绊。回头一看,被牢牢牵制的袍袖后,是燕姬深锁的眉头。芈凫心中一动,还未来得及将此间的疑问激发而出,却见燕姬眼中,忽而精芒大盛!再看那荆轲绕柱一环正照面而来,燕姬再无犹豫,抬头灌注内力于掌中药囊,向着荆轲劈面砸去。这一着,荆轲全然猝不及防,药囊正中其身!同样电光石火的一瞬,芈凫心头顿悟,惊讶地回过头去。

也许这一世她永远无法忘记,这一刻燕姬的神情如此复杂、冷凝而苍凉。

芈戋回身，骤然高喝："王负剑！"

秦王自幼身形高大异于常人，故喜用长剑，太阿、昆吾者莫不如是。王常负剑于背，拔出长剑一练便是半日不歇，芈戋与他自幼相伴，岂有不知？心中大骇时竟是福灵骤至，不及反应已大喝出声。

话音一落，大殿呼声一片："有刺客，王负剑！"

锵然一声龙吟长鸣，只见秦王政右手握住身后剑格猛力一拔！那四尺长剑，应声出鞘。荆轲见状，张臂向前怒而一挥，秦王回身挥剑相迎，长剑横空扫过，血雾腾空飘洒间，一只血淋淋的胳膊应声落地。荆轲咬紧牙关，断臂犹自不放弃，只听他长啸一声，右手虚空一掷，就见那徐夫人匕带着最后的绝望和希冀，呼啸着向秦王飞去。众人惊惶呼叫间，只闻"叮"一声金戈异响，六尺外铜柱上火光飞溅，再细一看，那匕首深深刺入铜柱，深入金铁。

如此惊心动魄，芈戋看得真切，身子一阵虚软。秦王已是大怒上前："荆轲，寡人以九宾之礼待你，你竟是大伪刺客，行此卑劣暗杀行径？"

荆轲背倚廊柱，箕踞大骂："狗贼赵政，不足为惧！今大事不成，是我欲生擒你这暴君，逼你立约，方才让你苟活！"秦王政怒对曰："提一匕首而改天下？闻所未闻！今寡人纵死，安知吾无有后人乎？我大秦终将一统天下！"荆轲一声长嘘："一天下者，不可为你赵政此人！"秦王闻言大怒，神色铁青："寡人可否一统天下，你且去幽都看着吧！"

秦王言罢，长剑即出。那剑锋带着汹涌恨意，一口气狠刺十数记。可怜一代侠客荆轲，顷刻间，就变作了一具满布血洞的残缺尸首。

咸阳宫中长夜，格外漫长幽深。影影绰绰的枝蔓映在重重帷幔之上，如同斑驳犬牙的鬼影，狰狞刺骨，扰得本就难眠的人更加难以入睡。

芈戋心烦意乱，翻身坐起："玄云，随我去长安宫。"

"王后，您不是刚从长安宫回来？"玄云匆匆近前掌灯，"您还未用过暮食啊！"

"……我吃不下。"

洒尘掀帘入帐，柔声劝慰："既知大王无碍，少君无须如此心急如焚。如今含章殿定是聚集了一批朝臣，少君便是去了，也定如白昼般不便入内啊。"

芈凫蜷缩帐中，抱紧双膝。

当日太子丹历尽万难回国，日夜发誓复仇。在义士田光的引荐下，真被他寻得一位名叫荆轲的刺客，太子丹以上卿之礼待之，荆轲终为其所感，遂与太子丹合谋，以督亢地图和秦叛将樊於之人头为诱饵，借献燕南地图之名，伺机刺杀秦王。而阴差阳错，荆轲为使入秦之日，芈凫与燕姬以侍医夏无且药仆之身并立于大朝之上，竟是亲身经历了这惊心动魄的一幕。若非情急之下燕姬抄起药囊怒砸荆轲，为秦王拔剑赢得生死一线，或许现在的秦王已经魂归西天，而秦国，想必已陷入内乱。

白日大殿上的情景，一幕幕在心头重现。芈凫越想越是后怕，浑身不住颤抖。若是君上就此崩于区区刺客手下，那么大秦东出的行辕、日出东方的强国、万千国人的荣耀与梦想，是否就会至此碎成齑粉？而她，失去了阿政的她呢……

一瞬间，竟觉浑身冰凉。

"所幸，君上拔出了那穆公剑。"玄云叹道，"显是王上也恨毒了这个不要命的狂徒荆轲，竟是挥剑废之，连砍十数计不止。其后又与众臣商议至此时，听闻长安宫各殿都未传暮食过去。"洒尘皱眉："只是为何玄虎令竟将燕七子的梁山宫围了个水泄不通？难道燕七子她……"

芈凫竟不知如何答言。

下了朝会，她犹自忍不住满心的心惊肉跳，第一时间赶去了含章殿。随即被告知秦王震怒荆轲刺秦之事，诏众臣廷议，她在耳殿等了许久，都未曾等到君上。然而她心中，已是隐约将太子丹逃秦、荆轲刺秦、玄武大朝的惊天一刺连作了一线。太子丹逃秦似与燕姬脱不开关系，但为何生死关头，她却又出手救了秦王？

抛开这些疑惑不论，芈凫却是真未曾料到那太子丹竟绝情若此，樊於期、田光、荆轲、秦舞阳……多少条人命，为了这妄图悬崖勒马的惊天一刺身殒魂销，而与之相比，秦宫中的区区女子燕姬，是否就更微不足道？

"大争之局，从来是男人的棋局。女子只能遵从男子的法则，男子，只能遵从最强者的法则。我似乎有些明白，为何每个人都想成为那个最强者，然而最终，强者毕竟也只有一个。"芈凫言罢此句，起身披衣，"走吧，去长安宫。"迎上女使们的为难不解，芈凫叹道："为今之计，便是能远远看着君上，也是好的。"

玄云、洒尘对视一眼，自知再劝也是无用，便为她取来云狐氅。行至苑中，只觉冷风如刀，天间冷月萧瑟而不可闻。梅岭之中，纷纷扬扬的霰雪自天间骤降，镀着冷月的银辉浮起一院落虚白。

芈凫万万未曾料到，刚刚踏出殿外的转角，她就看到了那个人，如此突兀地出现在视野中。他在岭下的转角寂静地立着，也不知就这样站立了多久，流光回雪拢在他周身，使得他仿佛笼罩着一层散淡的光晕般，越发虚幻。唯见身后赵高手中的青骨木伞上，已是薄薄地积了一层雪。

芈凫上前一步，惊疑不定："君上？"

他似乎向着她来的方向，轻轻笑了一下。而她心慌意乱，竟不知该从何说起。

"君上，妾去长安宫寻了数次，您，却为何会在此地？"

嬴政却只望着她，不言不动，恍若未闻。她又近前一步，小心翼翼地问道："君上？您的身上落满了雪……"就好似突然被何种机缘点醒了一般，那凝立许久的高大身影微微上前，将她扯进了怀里："阿凫……"

他的掌心冰凉如雪，那落在眉心的轻雪恍然看去，竟似是华发皑皑。芈凫心中一惊，直觉今日的君上十分异常："王上为何在兴乐宫外却不进来？妾，一直在等着君上……"头顶忽而传来一声低低的轻笑："阿凫，寡人今日，差一点就与你天人永隔了，你可知？"只是这样简单的一句话，芈凫的眼泪夺眶而出："若是君上真有意外，难道阿凫还会独活吗？"

"阿凫，你可知？"注视着她的疑惑迷茫，嬴政缓缓开口，"生死关头，寡人想到了好几幕过往，也想到了你。"他停顿半分，迟疑却又决然："寡人为王，不可有常人的软肋。"

他的神情淡淡的，映着漫天飘飞的白雪。这一刻芈凫觉得眼前的人虚缈到了极致，令她一阵心慌。

"阿政，你……"

那比雪还冰凉的指尖点住了她的唇，也封住了未出口的急切："回去吧，阿凫。寡人在这里看着你，回宫吧。"他望着她的眼眸，一字一句，"不要回头。"

"可是！"

把她的急切尽收眼底，可他毫不犹豫，不容置疑："这是王命。"

她终于明白再无余地过问什么，只能转过身去。在离开前，芈凫定了定神，最后一次望向那雪中的身影，他似乎轻轻向她笑了一下，似乎又并没有。他点了点头，而她明白自己必须离开了。

"君上，那，我走了？"

他向着她，微微一笑："好。"

芈凫转过身去。

但是，他此时的神情却刻在了她的心里。此间相逢以来，嬴政的神情始终都是带着一丝疲惫的疏冷，却又是那样哀然到了极致。

咸阳王城，梁山宫中。

厚重层叠的纱帷，遮住了殿外天宇灿烂夺目的天光，漫漫药气蒸起一室，燕姬在错落的阴影中独倚榻前。因得殿中救驾义举而被君上赦免不予论罪，然而这素日英气洒脱的女子，如今却令人不忍卒视。与那一身病气相比，更令人惊心的，却是此刻她恍如变了一个人般，凝滞，忧郁，寂灭。

"妾有疾不愈，少君不该一趟趟往这宫中来，过了病气可如何是好？"眼见燕姬仍不住轻咳，芈凫劝道："医官说你全无求生之志，教我如何不担忧！"而燕姬沉默许久："君上仍是拒绝公父的求和吗？"

芈凫闻言一愣，不敢看那绝望平静的眼眸深处重新燃起的最后一丝希冀。

刺秦之事既发，君辱臣死，大秦上下同仇敌忾。天下皆知秦王为刺秦之事大怒，诏王翦、辛胜军以伐燕，燕王大恐求和，秦王坚拒不受。而拒不受降意味着，秦王的怒火将燃遍燕国，秦军的铁骑将踏遍山河，没有怜悯，没有恩赦。十月而拔蓟城，在君上的怒火面前，降而抚之的秦律，亦无法保护燕姬的母国了。

故园东望路漫漫，此情此景，令人情何以堪。

芈凫思量再三，艰涩开口："妹妹，你反复纠结此事，心疾岂能会好？你可是无法面对当日的选择？"

燕姬闻言，却决然摇头。

"我并不后悔当日的选择。"燕姬望着芈凫，深深一叹，"我年幼便追随兄长大人，而燕丹平生好结交侠义之士。当年在燕与兄长一同，与当代侠客坐而论道，即便今日想来仍是历历在目。而泠鸢平生最敬之人，我的师长，就是当世大侠盖聂。"

"盖聂！"芈凫不由惊讶，"传闻中那位追慕聂政大侠的一代剑术大师？"燕姬道："是也。我昔年在老师处曾见过那荆轲，他与老师一样，也是一代游侠。"

芈凫闻此，不由大震："荆轲本是游侠，而你，一早便知？"

燕姬长叹道："母国臣秦，子民终将免于战火，泠鸢虽恨母国不如秦，却也为燕人百姓不必受战火屠戮而欣慰。谁知母国竟是派了荆轲这样一位游侠客使秦，我思来想去，心中隐约七上八下，不能安枕，固有当日一请。"

到此，芈凫方才恍然大悟。而燕姬犹自苦笑："只是我当日，仍不敢信兄长真行此险招，谁知这隐约直觉竟成了真。若知如此，便是死，亦不愿连累少君啊！"芈凫长叹，只紧握住她的手："我知你，泠鸢。当时在殿上，为何愿出手制止荆轲？"

"若不阻止，阿姊当时可是要上前为君上挡剑？"燕姬眼中，隐约有泪光闪过，"然则此其一也。究其根本是泠鸢心中并不认同兄长大人的选择。"

"泠鸢恨这世道。诸侯尔虞我诈，女子如若祭牲，百姓生民余一，思之，岂非催人心肝！吾师盖聂出身大梁寒族，曾任侠而游于山东六国，看遍世间疾苦，深感世间种种纷争皆因礼崩乐坏、列侯私欲所致。而百姓，何其无辜？但若有一人能终结这扭曲的世道，能终结这百年乱世的战火，令天下复归其一，征战止息，王道存，霸道灭，那这天下，是否会变得更好一些？"燕姬言及此处，目光灼灼，"老师曾言若有此人，无论他是燕人、魏人、楚人抑或秦人，哪怕他狡诈残忍、以战止战，他亦愿为天下苍生守护此人。泠鸢之志，与老师同一也。"

芈凫闻此，不觉肃然起敬："此谓大义也！"

"泠鸢只恨这天命之子，并未生在燕国。"燕姬垂眸，声声泣血，"我好恨，恨燕国八百年国祚，暮气沉沉。不思变法图强，却谋孤注一掷，无论成败，其后果可是燕人所能承受？若是失败，家国梦碎，万千骨肉同胞践踏于秦军铁骑；若是成功，一天下进程又将延后百年，这百年，又将有多少百姓于水火，多少兵燹再燃？"

芈凫摇头叹息："燕丹岂不知这一切的后果？以一身血勇气盛，抛万千子民性命，系于这倒行逆施的暗杀之举。侠之大者，为国为民。泠鸢啊，燕丹他，已经不是当年那个心怀侠者大道的燕丹了。"

燕姬阖目长叹，流下泪来："泠鸢救下君上，从未后悔。但君上有仇必报，尽管赦免泠鸢，却不愿见我，不愿将荆轲刺秦之事止于兄长一人，更是坚拒母国求和，泠鸢救天下苍生，却亲手将家国、父兄、燕人推向了深渊。"

芈凫闻言，一时心痛得无法言语。试问一人拯救了天下，却因此间接害死了自己的家人，她要如何面对自己呢？

"泠鸢成全心中侠道，却成全不了家国血脉。眼见家国朝夕倾覆，是否也该此身血肉还于母国？此身迷惘至极，如在永夜行走，日日煎熬。"燕姬面向芈凫，深深一拜，"阿姊，你回吧。只愿天下早日一统，百姓早日免于战火，泠鸢才能赎下此身罪孽的万分之一。"

芈凫眼睁睁看着，燕姬向她深深一拜，就再也不愿开口说话了。瞬间只觉胸中满溢酸楚，摇摇欲倾。她望着燕姬，热泪夺眶而出。

秦王政二十年，燕太子丹使荆轲刺秦王。秦王大怒，体解荆轲以徇，遂使王翦、辛胜率军攻燕。太子丹匿衍水河谷之中，燕、代发兵击秦军，秦军破燕于易水之西。

二十一年，王翦、王贲攻燕都蓟城，十月而拔之。蓟城既破，燕王喜震恐,遣使者斩太子丹献于秦。秦王政纳太子丹之首,令王翦、李信率军复攻燕,誓灭燕、代二国。燕王喜大恐东逃,收辽东而王之。到此,轰轰烈烈的荆轲刺秦,终以一国之人、不死不休而收场。

然而这些消息之于芈炱,都几乎姗姗来迟。因为自那个雪夜,数月已降,她再未见过君上。便是去求见,竟是十有其九被拒之门外。东出后君上疏远后宫,然而这般冷淡对待少君,却还是头一回。时间一久,芈炱便也恍惚起来,那个雪夜孑然独立于殿外、神情哀戚的君上,究竟是真的存在过,抑或……

只是那段灰暗岁月之中,一个略带暖色的梦境。

一年后——

这动荡而萧瑟的一岁,一直持续到秦王政二十一年末。灭国之战仍在继续,然而初时的激昂奋进,已渐渐为血雨腥风的惨烈厮杀所取代。

二十一年秋月,韩贵族在故都新郑发动叛乱,又到了岁末天寒之日,面对山东六国仍余生力的魏、楚、齐,秦朝堂之上,纷争再起。

"臣腾启奏我王。"

冬遇大朝上,内史腾出列启奏:"故韩贵族在新郑发动叛乱,臣奉王命前往平叛,如今已镇压叛党。一应罪人当如何处置?请我王示下。"

距离荆轲刺秦不过一岁,不过而立之年的秦王身形竟是瘦削几许,映衬那刀锋般侧颜,强硬锋锐。

"是寡人过于仁慈。"秦王政冷笑,"让韩安在郢陈苟延残喘,才让那些韩国宗族误以为他们的王还在,天还能变。这些六国贵族,都是些出尔反尔的贱畜!"君王言此,眸间难掩一抹厉色:"昭示天下,韩安让地为臣,寡人恩赦其罪,却不思回报君恩,日夜怨怼乃至旧部叛乱,按律赐其连坐而死!至于那些故韩贵族,既如此忠心,便为韩安殉葬吧!"

王令如厉鞭道道劈下,面对着经历了荆轲刺秦、对六国早已摒弃了一切怜悯之心的君上，大殿一片惊心动魄的死寂。内史腾长跪领旨，竟不敢再多言片语。

一片沉默后，终是老将王翦奏道："启奏我王，今山东六国，韩、赵为我所灭，今岁大破蓟城，燕王北遁辽东苦寒之地，虽仍存国名，实大势已去。今岁末冬藏之际各大营整兵，来年之战方略，恳请我王示下。"

秦王政沉吟道："国尉意下如何？"尉缭出列对曰："臣敢言，山东六国今余其三：魏、楚、齐也。齐偏安一隅，灭齐为时尚早。楚魏之中，楚强魏弱，宜取弱国先并之。"

不想，就在尉缭话音刚落之际，却见一位年轻将领斜里蹿出："臣、骊山大营主将王贲，不同意！"

来人张扬耀目，傲然无双，正是以彪悍勇武著称的频阳王氏少将军王贲。视而不见其父王翦的怒瞪，王贲昂然道："今岁秋月，臣与蓝田大营裨将李信借着攻燕班师的当口，曾率三百铁骑自南阳郡南下，一气下他楚国十三城！臣看来，面对我军的闪电奔袭，楚军不过尔尔，哪有传闻中那么神乎其神！"

王贲眉飞色舞，诸将一阵骚动。老将杨端和笑出了声："上将军，这可真是虎父无犬子啊。"王翦忍无可忍，怒喝道："王贲，你给我住口！"秦王政闻言却笑："上将军也该让年轻人说话。少将军彪悍如风，是我秦军表率，但言无妨！"

王贲得了君上夸奖，得意得尾巴直翘："得劲敌而力克焉，是我大秦男儿本色！为今之计，当迎难而上，趁势灭楚！"李信亦上前道："我王，臣赞同王贲将军所言！天下都说楚国勇武，若我秦师一举灭楚，也许魏齐闻风而降，就此天下将一。"

"好！有志气！"秦王政心中大悦，"既如此，寡人且问上将军，灭楚者，需兵力几何？"

王翦面露难色，皱眉不已。

"君上，老臣认为，此时仍非灭楚最佳时机。若真要说所需兵力……"王翦沉思片刻，"非六十万大军不能为之。"

秦王政沉默数久，却骤然敛去了笑意："上将军不愧为山东六国去其三的赫赫功臣，其功甚巨，其心甚大。"他说罢，蓦然向李信："李将军也说说？"李信昂首自信："臣以为，二十万大军足矣！"秦王政大笑："不愧是我大秦精锐，李将军何其勇武也！这天下，果然应托于年轻后生之手！"

王翦生生一窒，终究是隐忍不言。丞相昌平君默默出列，他沉默了片刻，沉声道："我王。"

简单的两个字出口，本来热闹鼎沸的朝宫正殿竟是一瞬间静寂下来。

秦相昌平君，本名熊启，是楚考烈王与秦昭襄王女之子。如今朝堂众议之事虽为国事，灭的，却终究是这位楚公子的母国。

"臣有一言，恳请我王、诸君一听。"昌平君似乎深思熟虑甚久，"臣生而为楚人，虽从未到过楚国，却也许比各位更了解楚人的脾性。若真决心灭楚，臣请我王从上将军之策，灭楚，非六十万大军不能为也！"

王翦一怔，旋即有些惊讶地回过头去。然而昌平君的神情涩然凝滞，在冬岁呼啸的寒风之中，竟是有种不堪重负的悲凉。他向着高高在上的国君，缓缓地长身而拜。

"臣为秦相，愿辅佐我王东出而灭六国，为大秦一天下而殚精竭虑。臣之言，都是有利于大秦东出的肺腑之言，绝无私心！臣，今日仍有一请：大秦一天下是为大势所趋，然而绝嗣、绝宗庙、废分封，不过百年，天下将无六国之种姓。如此酷烈施为，还请君上三思啊！"

闻听此言，秦王政面渐渐浮上一丝冷然："灭六国而绝社稷，寡人东出前便已定论，丞相逾矩了。"

昌平君伏跪稽首："臣万死，但还请我王三思！灭楚者，非六十万大军不可为之！绝宗庙社稷之举，必将受六国反噬！楚人刚强血性，又行巫蛊之风，对宗庙社稷之执着非中原各国可比。听闻绝嗣之举，楚国必将举国死扛到底、不死不休，此为惨战，绝非韩赵之战可比！社稷不存之谋当徐徐图之，荆轲刺秦、新郑叛乱，便是前车之鉴！"

最后几句字字血泪，然而君上瞬时深锁的眉头间，已经隐隐泛出了难止的杀意："丞相是说，荆轲刺秦、新郑叛乱是寡人自作自受？"秦王政说着，忽而拍案大怒，"寡人是不是倒要罪己了！昌平君，你好大的胆子！"

"君上，臣死罪也！"昌平君伏地悲戚曰，"然而臣今日之言，没有一字一句，不是为了大秦早日一统天下！臣一颗公心，日月可鉴！"

"日月可鉴？"秦王政冷笑不已。

"寡人倒要问问，你是何居心！月旦朝朝三番五次重申楚国如何强势，楚人如何血性，可知东出以来，我秦师从未有败绩？区区楚国，何敢在我秦师面前言强？长他人志气，灭自己威风，你可真不愧是楚人！口口声声六十万大军，可知六十万大军乃是我大秦全部兵力？雄赳赳开到楚国，补给阵线要有多长、后续粮草要有几何？"秦王政言此，目光骤然阴鸷，"丞相怕不是欲以六十万大军拖垮大秦、存续母国吧？"

闻听此言，王翦不觉震惊："君上！"

秦王政却似浑然不觉，犹自怒斥道："想要寡人存续六国社稷，继续裂土分封，亏你还是秦相！六国狗贼刺杀寡人，寡人就废了秦法，是不是要昭告天下行刺寡人多多益善？"

"我王，右相他绝非此意！"王翦大悲劝阻。秦王政却是冷笑："我看上将军老矣，不仅怯战，更是头脑糊涂，竟坐视楚公子在我大秦朝堂之上，一力存楚！"

"楚公子"三字出口，秦王之言已如刀锋，杀机骤现。昌平君久久长跪，一动不动，竟是这难忍的侮辱，已将他周身融入了坚硬的躯壳之中。

许久之后，大殿上回响起一记沉重而苍凉的声音。然而，它却不是来自僵硬久跪的昌平君，而是来自于眉头深皱、一脸严霜的上将军王翦。

"我王，臣年老体衰，多年征战更是一身伤病……"王翦说着，缓缓跪下，"如今，已不能堪当大任。臣，请谢病老归。"

就在这场风云迭起，悄然注定了日后命运流向的大朝同一日，日升时分，一辆青帷伞盖的青铜辒车在未明的天光遮掩下，匆匆驶出了咸阳王城。

车辙其声辚辚，直穿过正阳大街，迎着徐徐而上的朝霞，过渭水，渡横桥，在笔直的官道之上一路向西，直飞驰了个把时辰，终究驶入了漫漫青山之中，直到无路可走之际，方在一处水畔停了下来。芈凫遂向车内道："泠鸢，你来看看，何人在此。"

内中人如朽木死灰，却终究闻声向外望去。双目所及之处，林间步道尽头是两匹骏马，骏马一旁的老树下，静静站立之人一袭蓝衣，身影修长矫健。奇的是，在看清来人的同时，燕姬那数月来枯槁麻木的脸上，竟神奇地洋溢起了一丝波动。

"老师？"她重重一震。

来人一袭布衣，身披朝阳灿灿。他的笑意，又如江海般温暖宽和："听闻阿鸢生逢大变，了无生志，连累友人忧心如焚。是故寻访数九，才有今日盖聂在此。"

燕姬怔怔凝视盖聂，又看看芈凫，不由流下眼泪。安抚地握紧燕姬掌心，芈凫正色道："先生，吾就将泠鸢托付给你了。"盖聂肃然一拜："大恩不言谢。"

燕姬猛然抬头，忽而颤声道："阿姊，君上……愿放我走？"

"太子丹逃秦之时，我将你禁足宫中，你绝未牵涉我最知晓。刺秦殿上，你又有救驾义举。于情于法，君上该放你。"芈凫说着，红了眼眶，"你曾说过，侠之大者，为国为民。既有此志，不妨任侠五湖四海，看看大秦会给世间一个怎样的天下。从此，世间已无姬泠鸢，从此天高水阔，就当你我……从未相识吧。"

芈凫微微颔首，在这离别之际，她却没有道再会。

"阿姊！"声量不大却温柔坚定的呼唤，止住了芈凫转身的脚步。

"为了燕国，为了韩赵，为了世间万千黔首民众，我会和老师始终注视着秦王。"身后燕姬的声音，一字一句传来，"希望一统天下的一天早日到来，而未来的秦国若不行大道、不恤百姓，燕姬哪怕拼得一身性命，也绝不会坐视不理！"

并未答言，芈凫只向着她，在灿灿阳光下，微微一笑。

回程的辀车之上，身边女子的倩影已经不在。望断天涯路，今日一别，再会无期，芈凫内心深处却是暖意渐生，她知晓，那是属于希望和明日的温暖。

曾记得那个数九寒天,皓如霜雪的英气女子,曾在月下对她说:"哪怕只有一次,我,也想为自己活一回。"

许是被深秋的霜露所侵,返回兴乐宫的当夜,芈凫竟是病倒了。其后数日烧得人事不知,浑浑噩噩。君王却真铁石心肠,虽每日汤药补品源源不断,但其人却是从不曾照面,更无半句温存。

而已然熟识、相伴甚至是相知之人的再次远去,并未至此终结。又是一年的霜天雪月,大雪纷纷扬扬飘落在天间的时候,玄云启出了去年霜月之时三人埋在老梅树下的梅酒,就如同真正的姊妹,她与芈凫烫了一壶酒,临川长醉。

"这梅酒所用的青梅,还是奴婢去岁与王后、洒尘一同亲手采摘的。却不知今后如此的机会,却还有几何!"

玄云凄然一笑,眼前雪花飘飘悠悠,落在蒸腾着热气的酒水里:"听闻父亲并不认同东出攻楚之策,不惜朝堂内外一再顶撞君上,玄云便一直忧心忐忑,深恐有这样一天。父亲毕竟是楚王室的血脉,他的姓氏,乃是楚国国姓熊氏啊。面对大秦与母国之争,父亲一颗公心为秦所谋,竟不得君上信任,岂非心头滴血?"

芈凫愁眉深锁:"君上经历刺秦一事,新郑又逢叛乱,如今对待六国贵族欲发强势苛厉,若说一时偏颇也是有的。只是……"

她欲言又止。

只是君上深谙权谋之术,如今山东六国灭其三,手握军事大权的王老将军是否已经触及了君上的逆鳞呢?而把持朝政近十年的叔父,是否也与王老将军一样,在君上眼中,已经成了通往最高权柄的障碍?

这样的话,她未敢深想,更不敢提及。芈凫摇摇头,蓦然红了眼眶:"只是阿凫身为王后,却不能为叔父洗刷冤情。我愧对祖太后,愧对叔父,更对不起你……"

"王后何曾不为父亲忧心如焚,求谏于君前?君上不纳,婢子却看在眼中。"玄云面容平静,并无怨怼,"保全王后也是父亲的心愿,一切都是父亲的选择，如今尘埃落定，眼见大王贬斥父亲，罢黜其丞相之位徙于郢陈，玄云一颗心倒是安了。"

一时间思绪翩飞，难以尽述。

郢陈位于颍川郡南缘，乃是原韩、楚之边界，更是江北六国南下入楚的首城，人称"楚头"。君上罢黜了昌平君，却将其徙至楚头郢陈，此举究竟是安抚，还是流放？君心，何其难测。

"当年韩灭，君上便将韩王流迁至郢陈。月前，因旧韩公族新郑叛乱，大王震怒，遣人赴郢陈处死了韩安。叔父年迈，却要迁去那混乱动荡之地，西望而秦都渺茫，向南更是故土难寻，叔父他……"

芈凫说到哀然处，心中一片酸涩漫涌，不觉泪下如雨。玄云隐忍道："大王何其强势也，父亲数次犯颜直谏，今遭罢黜本应被幽禁咸阳，不料王令骤降，却令其徙于郢陈，怕是已经念及多年情分了。"

"罢黜叔父，或许更是昭示君上东出之决心。"芈凫缓缓摇头，"灭韩、灭赵势如破竹，天下莫不震恐于强秦威势，楚又岂能独善其身？这一天，不过早晚罢了。"

她的话语中，隐着自己都不曾觉察的茫然无措。如空魂无际，徘徊影绰，无以凭靠。"君上，若真到那一日，你……又当如何待我？"

"事到如今，求王后准许玄云随父亲同去郢陈。"玄云稽首至地，她的掌心，那银色的鱼尾熠熠闪光，"父亲已天命之年，骤然遭到罢黜，又徙至那混乱动荡之地，内心之孤苦忧惧，难以尽述。奴婢早年受笞打之刑后腿脚已废，亦不能以武功护卫公主。玄云此生，两次与父亲失之交臂，如今恳请随同父亲以尽人孝，求公主成全。"

闻听此言，月光下芈凫玉容惨淡："自七岁那年离楚入秦，你被母妃指给我，尽心竭力，至今廿载有余。玄云，你名为吾之女使，实则吾之从妹，这些年来，母亲、阿筠、祖太后……如今就连你，也要弃我而去吗？"感受到她言语中的悲怆无力，玄云亦是痛楚难耐："公主，这一天，也许从二十年前，玄云随您北上入秦那一天起，就已经注定了。"

一声久不得闻的"公主"使得芈凫怔在原地，难以自抑。玄云伸出手来，似是要抓住些什么，却又无力地垂下。

"如今二十载已过，您的选择，果然是……"

"玄云，事到如今，你仍然不明白我的心吗？"芈凫缓缓摇头，"母国铸我以血肉，秦却铸我以信仰。大秦与母国两厢撕扯，如将身心裂为两段，是我应受之苦。纵苦，吾不改其志。此为我心之所向，纵九死，无悔、无憾、无怨。"

她的眼神恢复了坚定。而洒尘近前，为二人满斟梅酒："玄云阿姊，请满饮此杯。此去别经年，愿来路珍重。"

玄云沉默一瞬，一饮而尽。

"公主，玄云懂得。"她微笑着说，"玄云不愿将公主也拖进这泥沼之中。"

眼看她饮下梅酒，芈凫哽咽："你可知，此去将是千难万险？"

二十载相伴，此刻相对跪坐，玄云静默许久，似是终于下定决心："今日我将远行，或许此生再难相见。公主一直以姊妹之心待我，有两件事，若不向公主坦诚，玄云将一世不安。"

芈凫闻言，不由面露疑惑。

"当年芈嫛入秦，使计让君上与您心生嫌隙，让芈嫛有机可乘之人，是父亲昌平君。"

"什么？"

"公子脩离秦后，为了母国利益，需要有人接替公子脩为母国谋。"玄云将旧事娓娓道来，"楚系诸人本属意于您，唯有祖太后严辞拒绝，不欲您牵涉此局过深。父亲便着我有意透露阙下积尸之事于您，以您之忠直、君上之多疑，此事出则君后必生嫌隙。最终，祖太后为了护您，不得不妥协芈嫛分宠之事。"她说到此，伏地稽首："玄云做下如此背主之事，不敢恳求公主的原谅……"

芈凫许久未动，终付凄凉长叹："岂不知你与我一般，万般都是命，半点不由人？"她抬手扶起玄云，"你是我唯一的从妹，我又如何会怨你。原来果真是祖母，一直护着我。"

"而第二件，是公主也曾暗自扰心的……"玄云踌躇片刻，"您与秦王只有一对孪子,此后便再无孕育子嗣,这并非秦王之意。"

此言一出,芈凫登时大惊:"你怎会知我一直……"她的心中,一时悲愤莫名,"你告诉我,究竟是何人?"

"婢子不能说,只是这一切的始作俑者……并非秦王。"双手举起眼前的铜爵,玄云将那泛着甘香却又入喉苦涩的梅酒一饮而尽,"所信者目也,而目犹不可信。美丑善恶,又岂是局中人所能分清? 玄云从来都知晓公主的心,唯愿今后,公主放下执念,随心而行。"

千头万绪涌入芈凫心头,此刻,却唯余萧索的空茫。

"玄云,你可知?"她苦笑道,"祖母逝前,也对我说过同样的话。只是你们,都离我而去了。"

那一日,闻听昌平君力驳攻楚引得王上大怒的消息,不顾病体匆匆赶至含章殿的芈凫,却发觉眼前的人早已几许陌生。

"君上可还记得,这件故衣,是当年嫪毒之乱,婢孤身入雍求告君上时所穿的。"芈凫伏跪九拜。未出口的话无须言明,却是她与他,都心知肚明之事。

当年欺他叛他、血洗咸阳之人,后来助他咸阳平乱、收复王权之人,故人也好,对手也罢,多已凋零。此时此刻,便是心中再求他念旧,她却也只能穿上这一件故衣罢了。然而,面对跪在他身前,肃敛形容大礼而拜的少君,君上却只深深回望,那双漆黑的眸子深处,染上几许难言的复杂。

"王后这是求寡人宽宥怀有私心的外臣?"他的话语含着隐怒,"岂不知上将军大功于秦,也已罪己还乡? 如今寡人只是罢黜了昌平君丞相之位,一应爵级存续,王后就坐不住了,还要来求寡人顾念旧情?"

那双眸子残忍而嗜血,却带着淡淡的嘲讽和冷意。多年相伴,只需一眼,她就顿悟了君上的心。在王上心中,再深的亲族感情,也比不上王权之利,所谓的怀有私心,不过是扫清王权道路的欲加之罪。而此时的秦王后,更当隐忍不发撇清关系,毫无纰瑕如高高在上之神祇。

骤然一阵悲愤袭上心头:"王上说叔父怀有私心,岂非诛心? 叔父为秦献策,即便与王上心意不合,但叔父他真的未曾怀有私心啊!"

"住口,如此狂悖,可还知晓自己的身份?"君上怒她冥顽不灵,厉声呵斥,"回北宫去,静思己过!"

芈凫望着他,只觉几许陌生,一载仿佛刻意的冷淡疏离,再见时,再多旧时温情已为风雨消磨。惊觉这一岁来他真的变得太多,变得冷酷无情,强硬残忍,变得就连她,也不敢相认。

是从何时开始的呢?是燕姬的离去?不,也许是更早,那个雪夜的告别?

都已经不重要。亲手将至亲长者罢黜,他却仍是冷淡如冰毫无波澜,仿佛那是天下间最不值一提的东西。他说的是权谋,是王道,是帝王行走此间的抉择,但是对待亲人,那人冰冷中的绝无例外和毫不容情,让她如芒在背,痛楚难当。

当昌平君族人灰败的车仗消失在大咸阳的东郊时,还未到秦历的端月。

天空灰蒙蒙的,又下起了纷飞的白雪,雨雪霏霏,使得那离去的稀稀落落的队伍更显萧瑟。此情此景,使得洒尘眉心亦染上愁绪。

"自接王令到举族动迁,行期匆匆竟不过半月。虽说徙于郢比起幽禁于咸阳已是君恩,但是,不得幕僚相送,行期一再缩短,对待辅佐他数十年之久的叔父,君上心狠若斯。"洒尘听罢,顾盼左右,惊惧万分:"王后慎言啊!君上将罢相徙于郢,已是念及少君莫大的恩惠,万不可再起怨怼之语了!所幸少君与昌平君一系来往不密,即便君上,也还是念及少君的。"

"那也并非是阿凫之功。"芈凫应着,如天间落雪无一丝温度,"不过是蒙祖太后的荫庇罢了。"

不知为何,她又想到了玄云临行前的微笑,那梅酒甘甜而苦涩的滋味。

"既是少君的选择,就请您坚强面对。"洒尘哀然劝慰,"正如归楚,亦是幺云阿姊的选择……"然而芈凫却打断了她的话,其声幽幽如若游魂:"我这样的人……就连巫咸大人,也不会原谅吧。"

洒尘又说了什么,芈凫已是全然不能听见。她仰望着天空,空气冰冷萧瑟,冰凉的一滴泪划过脸颊。

王翦告病老归,昌平君徙于郢陈,诸多不祥之事,似乎改变了秦东出的矛头所向。魏国,终成为铁血秦师的下一个目标。

秦王政二十二年,秦将王贲率军攻魏。王贲引鸿沟之水倒灌大梁,大梁城坏,魏王假请降于秦,秦尽纳其地,置为东郡。

一载又逝。

二十年,燕太子丹患秦兵至国,恐,使荆轲刺秦王。秦王觉之,体解荆轲以徇,而使王翦、辛胜攻燕。燕、代发兵击秦军,秦军破燕易水以西。二十一年,王贲攻蓟(一作荆),乃益发卒诣王翦军,遂破燕太子军,取燕蓟城,得太子丹之首。燕王东收辽东而王之。王翦谢病老归。新郑反。昌平君徙于郢。大雨雪,深二尺五寸。二十二年,王贲攻魏,引河沟灌大梁,大梁城坏。其王请降,尽取其地。

——《史记·秦始皇本纪》

华雍断章

梦境十七 小雪

悲霜雪之俱下兮，听潮水之相击。

借光景以往来兮，施黄棘之枉策。

——《九章·悲回风》

139

又是一年夏荷碧碧，梅岭的芙蕖开得娇艳可爱。

今岁暑月热得滞闷，宫人们从凌阴中启出的冰，也早换了几个来回。到了傍晚暑气消散之际，洒尘打起竹帘，拢起纱帷，任院中瞿麦的馨香就着夏日清风翩然飘入室中。

芈凫百无聊赖，独坐廊下排起弈谱。一阵脚步声自远及近，一个抬首，那少女已如风般踏入室内。

"母亲的身体如何了？"荷华笑盈盈地跑来，步履轻快。芈凫抬头看她，也不由笑意浮上面颊。

"母亲闭门不出，荷华甚是忧心。难得日入后暑气不盛，不如母亲和我去长安宫，与公父一起进暮食吧？"

芈凫烟眉轻蹙，不言不动。

"阿母……"见人不语，荷华放软了声音，"阿母一直抱病不出，公父又整日阴沉沉，这日子，是没法过了！"芈觅听罢，无奈叹道："你父怎么了？"荷华相对而坐，抱怨连连："公父如今动辄就吹胡子瞪眼的，可怕极了。不过若是母亲肯去，我敢保证，公父准能三天不骂人！"芈觅怔了怔，却避开眼神："王上最是畏热，这朱雀季总是急躁些。莫要胡乱攀扯。"荷华顿时叫道："阿母不信？只要提到母亲，公父的神情都不同。女儿可是看得明白！"

芈觅不置可否，复又提起面前的棋子："荷华来做说客？他若想见我，怎自己不来？"

"哪里是说客了？"荷华直瞪眼，"女儿从不知这世间情爱，竟会似君父同母后这般纠结。若是君父竟叫母亲受了委屈，那就去和他掰扯清楚嘛！"

芈觅哑然失笑。至亲至疏夫妻，年幼如荷华，又如何能强求她明白？

见母亲又不言语，荷华大失所望："可是母亲，若公父天天这样，那女儿，"她说着，一瞬间仿佛要哭出来，"若是女儿想将公父赐的太阿剑穗送人，以如今公父的脾气……"

芈觅想了一想，正色道："大概会着铁鹰卫烹之。"荷华目瞪口呆，顿时像个泄了气的皮球般。芈觅忍俊不禁："我说你这鬼灵精今日这般好心。可是要送给蒙毅？"

此言一出，女娃儿一张秀丽小脸霎时如打翻了彩绘罐子一般青白赤黄。见她慌乱掩饰，芈觅忍俊不禁："女儿家的心事，哪有能瞒得了娘亲的？"

"那，"荷华红透一张俏脸，"阿母说说，长史大人怎样？"芈觅瞪她："哪里有怎样，我瞧着年龄大了些。"小女子霎时不依："不许阿母这么说他！"见她气鼓鼓的模样，芈觅"扑哧"笑道："瞧瞧，这便是女生外向，留不住了。"

可是荷华却坐在一旁，当真发起了愁："母亲，难道我将那剑穗送人，公父真会烹了那人不成？这可如何是好……"见她抱怨不住，芈觅忍不住点她眉心："傻孩子，你要这么想，若是如此，那人还敢接你的剑穗，也堪称颇有胆识嘛。"

荷华一怔，久久不言。

灿金的细碎光影流淌间，却闻外间一阵响动。似是有人撩开纱帷进了内殿，却是不见其人先闻其声。

"阿姊如今闭门不出，任由流言散布，妹妹真是听不下去了……哎呦！"卫姬边走边说，差点与正向外跑的荷华撞了满怀。赵姬在旁笑道："长公主这般急切，是要去哪里？"

"赵夫人、卫夫人。"荷华连忙万福，却是骤然脸红，"荷华突然想起一事，就不奉陪了。"话音刚落，人已一溜烟跑远。卫姬还揉着头："怎跑了？还想着一起叙叙话呢？"

"华儿这急躁的性子还是如一，且随她去吧。"芈凫也早已起身，款款而至花苑之中，"却是清欢来时，说的什么流言？"赵姬却摇头道："阿姊无需在意。只是阿姊抱病日久，六宫便有些无妄流言，妹妹们听来直觉可笑罢了。"

日入时分，天光流火，廊下传来丝丝清凉之意。洒金的素纱帐下，羽人博山炉仍泛着袅袅青烟。恍然间旧时花影，三人对坐笑语，一时间时空重叠，竟是不知今夕何夕。

"无妄流言，且说说是何？"芈凫回头，宛然而笑。

"有说王后被燕姬魂魄冲撞，一时魇住的，有说王后被人王训斥，郁结过度的……"卫姬竹筒倒豆，又一口气塞了三个莲蓉蜜饵，撑得小嘴鼓鼓的。见她憨痴可爱，芈凫也被逗笑："都是做娘的人了，怎还是这副样子？"

"阿姊还有空训我？怎都不急？"卫姬被噎得直瞪眼，"阿姊可知，王后被禁足，昌平君遭罢黜，就连阿姊遭大王厌弃、后位岌岌可危的传闻，竟也有了！"

卫姬一向心直口快、毫无遮拦，此话一出，殿中诸人皆变了颜色。赵姬一怔，忙瞪了卫姬一眼："近日来，王贲将军水漫大梁之事，阿姊可听闻？"

芈凫也顺着她道："大秦欲一举灭魏，而大梁城墙坚固，久攻不下。不愧是猛将王贲，方能出此奇计啊。"赵姬颔首："怕是如今整个大咸阳的里巷街市，都在传说王将军引鸿沟水倒灌大梁的创举了。而魏王假已降，君上怕是又将动身巡幸东郡。"

卫姬凑近过来，嬉笑不已："依妹妹看，你我毋宁该操心，又将有一批魏女充后宫了。"赵姬也道："大秦东出每下一国，便有一批新国人充盈后宫，这些女子不比老人知根知底。"芈凫牵过赵姬之手,殷殷道:"新人入宫,彰君上并天下、安新郡之意,必善纳之,只是少不得妹妹费心调教了。"

少君闭门不出,便委以赵姬协理六宫。赵姬素来端谨,闻听此言,忙起身大礼奉告。芈凫笑着扶起:"只有人能服侍君上便好。"

"服侍? 君上如今哪里要人服侍?"卫姬却是轻嗤,"君上是真将人'充'进宫中,就置之不理了! 竟是将这千娇百媚做摆设一般呢。"赵姬沉吟半刻,也道:"说句僭越的话,事到如今,阿姊不该再闭门不出了。"

芈凫复归沉默。

她又何尝不知? 这咸阳宫上下,何时有过第二条舌头? 过往日子那般舒服自在,不过君王不愿纷扰入得她耳,今流言甚嚣尘上,亦是那人对她抱病避居不问世事,已是难掩不悦了吧。

一时,心中隐痛。

"阿姊身子不适,怎就不能休息了?"卫姬柳眉倒竖,连连摇头,"还一定要我们都去为东出击缶唱祝不成? 大王本就冷情,这些年,只待王后有些不同罢了。到如今,更是一连数月不曾入过后宫,自胡亥儿出生以来,这后宫有多少年无所出了?"

卫姬之言更是实情,自大秦东出,秦王夙兴夜寐于含章,便甚少踏足后宫,唯独偶尔传召少君侍笔,或来兴乐宫坐坐,也不多见。胡亥儿是卫姬在王十八年,即东出那年生下的,其后秦灭六国,后宫美人年年充盈,与之相对的却是后宫的子嗣凋零,再无所出。

仿佛应和此番思虑,殿外忽而一阵响动。一抬首,就见公子胡亥不知从何处寻来,正在廊下笑嘻嘻地探头探脑。芈凫看得真切,便招手笑道:"胡亥儿? 快来。"

胡亥入得殿中,满脸堆笑:"母后,孩儿方才在门外遇见荷华阿姊了,荷华阿姊可真好看。"芈凫忍俊不禁,卫姬嗔怪道:"你这孩子怎无得规矩,大公主可是你能随便搭讪的?"胡亥却是委屈起来:"母妃,荷华阿姊喜欢孩儿,还说孩儿天真可爱呢!"芈凫笑道:"胡亥伶俐乖巧,单纯可人,吾也甚是喜爱。"胡亥眼前一亮,喜不自胜:"孩儿谢过母后! 敢问母后,兄长今日在不在?"

听他问起扶苏，芈凫只觉颇奇："胡亥想与扶苏玩耍？"胡亥一脸正色道："与长兄一同，便可被公父问对了。"芈凫讶然："胡亥这是开蒙了，也想读书了吗？"胡亥脆生生地应道："孩儿才不感兴趣，母后，孩儿就是觉得公父真好看。"

众人一听，皆笑不自胜。胡亥却浑然不觉："胡亥也想看公父对孩儿笑，或是亲自教导孩儿功课，公父就是这样待兄长的呀！"卫姬揉着肚子笑得最响："就你？跟你兄长比？王上要亲自教你，怕不是要被你气死。"芈凫含笑颔首："公子胡亥也有五个虚年了吧。合该禀明君上，入辟雍进学了。"赵姬听了，忙道："妾省得。阿姊当初请博士教导公子高，也差不多是这个年纪吧……"一句话未得说完，却闻廊下一阵杂乱脚步声。众人惊觉张望，却见洒尘跌跌撞撞地奔入，再看她满面惶急失措，竟是平生少见，芈凫心中，猛然一沉。

"少君，不好了！今日大朝会上，李信将军旧事重提，自请率二十万大军攻楚，王上已经准了！以楚王负刍得位不正为出师之名，大秦的下一个目标，就是楚国了！"

赵姬大惊，忙上前握紧芈凫的手："阿姊！"抬眸望去，众人的忧切皆入眼中，芈凫却不知该如何面对。

当今楚王负刍，曾朝野散布春申君献李园妹的谣言，污蔑父王和叔父非考烈王血统，不仅致幽王悍郁郁而死，更杀哀王政变夺位。而今秦王政竟以此为灭楚之名，芈凫乍然得知，不觉五味杂陈。

洒尘俯首泣告曰："此战大王令太史筮于灵宪台，却曰不吉。卦曰：乱气狡愤，阴血周作，张脉偾兴，外强中干。进退不可，周旋不能，君必悔之。奈何，君弗听也！"

"君弗听……君弗听……"芈凫喃喃自语，"君上弗纳太史之言，仍任李信为大将军，率师二十万南下攻楚吗？"她语声尚定，身子却不由自主地颤抖。

这一天终于还是来了，梦境中万千次的万蚁噬心，到了今日，也只能默默承受。也许君上不纳太史言反倒万幸，若真以上将军王翦并六十万兵力南下攻楚……

耳畔，赵姬、卫姬的声音也染上了惶急："阿姊，你快去求求君上！君上待阿姊不同，你快去求他，或还有一线转机……"

神思恍惚地望着众人的焦虑迫切，芈凫却是神游乎六合之外般，只迟缓地摇了摇头。背过身去隔绝天光，将众人的哀哭隔绝身后。孤身入寒室，人间再不闻。

那夜，她遣侍人关闭了兴乐宫的宫门，晓谕六宫王后身染疾，闭门不出。君上遣人送来的汤药补品，也被悉数退回，久而久之，那些汤药也就不再送来。她两耳不闻，不再去想那千里之外的陌生母国，父亲早在两年前死去，母亲也在父亲死后匆匆离世。母国只是一个遥远的念想，早就不能证明什么。但是那一口心头血还是堵在了喉间。只有她自己才知，那日夜心头如若油煎的痛。

竹影绕帷，流萤腐草。已经紧闭的宫室深处，少君咳喘之声彻夜不歇。君不见臧僖伯谏观鱼乎？君上不可见，是因帝王不可囿于一己之私。不愿羁绊他横扫天下的脚步，然而被所爱之人亲手置于这般惨痛之境，她早该知晓，每一次与生俱来的冲撞、对抗，莫不都是自己鲜血淋漓。

她一手选择了此生的知己挚爱，却无法洗却与生俱来的家国血脉。永不会宣之于口的是如今秦楚之战在即，她能感受得到，高祖母宣太后或是祖母华阳太后，一双双楚人的眼睛，无不在天际云端注视着她。夜夜梦魇缠身的间隙，她却也想问，若是她们，那前后二十一代秦楚诅盟的先人们，她们，会如何选择。

然而，无人能为她明确答案。

不知不觉暑月将逝。

这日刚过日中，蒙毅从含章殿中廷议出来，经过廊下转角，却见院中那丛天女木兰下，那个娇俏的身影在冲自己笑。蒙毅怔忡片刻，心头恍然一动，方才廷议人多事冗，这少女若是专程等他，还真不知已在此等候了多久。

少女迎上，笑靥如花："长史大人可要尝一尝荷华新腌制的糖蜜果子？"

蒙毅面露难色,思来想去,还是不忍拂了这女儿家的好意,终究拈起一个来。荷华霎时眉开眼笑:"长史大人,荷华有个不情之请,可否请您拨冗一叙?"

朱色的宫墙之下,馨风徐徐。少女紧走几步,与蒙毅并肩而行。

"中秋祭月踏歌,荷华要做领舞。可过往的相和歌太过柔美,峻拔不足,故而我想在踏歌之中加入剑舞。"

蒙毅静静听着,面露惊讶:"微臣能做什么呢?"

荷华停顿片刻,一丝红云浮上面颊:"剑术的部分,可否请长史大人指点一二?毕竟蒙氏武学世家,独传的剑术如若落英缤纷,荷华心中倾慕已久。"说到此处,少女自怀中取出一物,殷切奉上:"若长史愿意传授,荷华,愿以此物相赠!"

蒙毅心头一惊,旋即看清长公主手中脂玉莹白,碧绦青青,竟是自幼便系在胸前的太阿剑穗。许久的沉默过后,蒙毅向荷华深深一拜:"长公主,恕臣不敢逾越。太阿剑穗是我王御赐之物,更是公主自幼怀身的信物,蒙毅岂敢唐突?纵使九死,不敢领受!"

那小小的身影微微一颤,却没有说话。蒙毅未再看她,复又拱手:"微臣告辞。"

荷华凝立原地,久久未动。那人背影风姿如旧,一如既往的芝兰玉树生于庭间,却也一如既往的,这么多年来,从不曾回头看过自己。

"相和歌想要加入剑舞?"始料未及地,一个懒洋洋的声音在头顶响起,"真是不知所谓,怪不得长史大人拒绝得干脆!"少女惊觉回头,映入眼帘的少年一脸懒散,独自倚坐于花枝之上。看他桀骜不驯,意气飞扬,正是兄长扶苏自幼的伴读,王氏阿离。

"剑者,气也。是战场搏杀之术,岂可如乐舞娱人?"王离说着便纵身,从枝头一跃而下。他与扶苏同往山东游学,数载不见,身形峻拔数分。如今并肩而立,竟是比荷华高出一头有余。听他戏谑之言,荷华死死咬住下唇:"你们这些男子,都是如此高高在上,不识得人心吗?母后身体一直不虞,若我表现上佳,也许母亲看了心悦,会有所好转……"

天光西斜流过桃花粉面,眼角泪痕分明一闪而逝。王离心中一震,却还是如常笑道："你倒是早说呀，这有何难！只要你把那糖蜜果子也分我几颗，还不是阿兄我一句话的事？小事一桩，可还值得都急哭了？"

谁料荷华闻听此言，竟直接大哭起来。见她号啕不已、大放悲声，王离一时大惊。

"喂！"他看向四周，大为尴尬，"我可什么也没做啊！说来，又不是只有蒙氏会剑术，你可听过频阳王氏的频阳三剑？"

"谁稀罕你那什么破三剑！"荷华不管不顾地哭喊，"我就要蒙氏的剑，王氏我不稀罕！"王离生平见不得她哭，当即崩溃道："你别哭啊，走，与阿兄同去鸿台！我频阳三剑最合宜的就是月色下练了，简直就是为祭月大典而生的……皇天在上，你不要再哭了啊……"

于是，若有细心洒扫的宫人或许就会发现……

夕阳西下的六英宫中，鸿台阁池畔，两个身影身披霞光，凌波而舞。渐褪的天光下，映得那双人影不甚真切，然而湖畔相谈之声，却是字字句句，逐风徐来。

"你可千万不要小看我们频阳王氏哦！频阳三剑若是练至化境，如凌波池上，如江东独步，如剑动九洲，如飓风赤电！"

"偷偷告诉你，蒙族叔和我父比剑就没赢过！"

"最好是自那夕阳西下叶落秋湖的时分练起，直至月色如银满室飘白，若是信我，定教你的相和歌一鸣惊人……"

秋风起兮，白云归。

秋节前夕的这日，一位稀客出现在长秋殿。此人便是王上御前随侍，中车府令赵高。见少君在上，赵高躬身赔笑："又到一年一度的中秋，王上照旧要摆宴祭月，以成迎寒之礼。此番祭月之典，大王欲在兰池行宫举行，少君若能与君上一同祭月，大秦新岁必将风调雨顺。"

芈凫讶然，今岁祭月大典竟设在兰池行宫，可见今时不同往日，君上视之甚重。她思量片刻，还是冷然对曰："吾抱病已多时，君上亦是知晓。"赵高听了，面露难色。芈凫又问："这，是王上的意思？"

难得赵高面露一丝迟疑，支吾道："只是小奴斗胆……"

果不其然。天不言哉，然而这九重宫阙，却是从来无人似中车府令体察上意。大秦攻楚在即，君上巡幸兰池祭月祈福，此时合宫甚至也许是举国上下，怕是都在注视着她这楚血统秦王后的一举一动吧。

芈凫沉吟片刻，正待答言，却见帘外人影一闪。一阵响动后，洒尘引着赵姬双双入内。

"今日无事来叨扰少君，少君大安。"赵姬屈膝万福，正待上前寒暄，却见赵高立在一旁，不由道，"怎么中车府令也在？"赵高见赵姬，登时像见了救星："中秋祭月之礼，夫人也劝劝少君吧！"赵姬笑道："中车府令不妨先回去，妾与少君说些体己话。您若是在，倒不自在了。"

赵高听了，怎不心领神会，连忙告退。

芈凫与赵姬双双坐下："听闻宫中又进了不少新人，我身子抱恙，多亏有你代为打理。"言罢此句，忽而一阵咳嗽不止。赵姬秀靥含忧："少君为何又在咳了？这一年来，阿姊身体竟似大为耗损，妹妹当真不能明白。"芈凫平复许久，强笑道："妹妹多虑了，是我心思太重，郁结过甚。大秦一举灭魏，老三晋已囊入掌中，山东六国如今竟只余齐楚，值此举国南下之际，君上想必大悦，故而如此隆重地祭月迎寒吧？"

闻听此言，赵姬却是愁上眉心。"妾恐君上并非如此心悦。"她思量甚久，忽而朱唇轻启，吐出这样一句。

"前日宫道偶遇君上，月色清冷不及细看，只觉侧影又疲惫三分。身为一国之君，举重若轻，千钧毫发，然而那重负却终究是在君上一人之肩。"赵姬说到此，容颜哀戚，"阿姊，您，真的不愿去见见君上吗？妾身总觉君上的侧颜，当真是孤寂刺骨。"

芈凫不由苦笑，怎事到如今，人人都以为是她不愿见他，反而纷纷都来劝她？谁人又知她与君上，分明两地相思，两处不知。望着赵姬殷切的目光，她终究轻轻地点了点头。

君王置酒兰池、迎寒岁礼的日子，很快就到了。

岁节这日，方过日中，一辆辆青铜轺车便载着重臣宾客、合宫女眷，浩浩荡荡驶往兰池行宫。

兰池行宫位于咸阳以东的渭水南岸。说起这兰池，还要说到秦王政十三年，某日君王夜有所梦，见海中仙岛云雾袅袅，醒来即闻河东大捷。秦王大喜，命人引渭水为池，殖兰池大泽，大泽之中，引南山之土筑仙屿，刻石为鲸，长二百丈。又依兰池而筑宫阙，谓之兰池行宫。如今行宫落成堪堪十载，适逢初秋节候，遥望风烟俱净，天山共色，厚厚的金叶铺满步道，骏马驰过，秋叶纷飞。

待芈凫换乘帷轿，行至今日月宴的兰池仙屿，已过白日最盛之时。秋日清露升腾，远望渚清沙白，颇有仙家之意境。仙屿内外，临水筑起高台两处，内馈内宫、外筵能臣遥相呼应，料想入夜于此隔水望月，冰轮双盏，定是意境极妙。

"此处好生热闹，少君可要先去露台中？"洒尘回眸问道。

入得内庭女眷行筵之地，芈凫便弃了帷轿信步而行。她终究前来，却未盛装打扮，绀上皂下深衣一袭，却挽着最素的垂云髻，发间只静静簪着那支羊脂白的蓝田玉笄。"却是不急。随吾先在这九曲廊间走走吧。"芈凫抬眸望去，沿水而筑蜿蜿蜒蜒的九曲桥中，三三两两围满了早到的宫人，花红柳绿摇曳生姿，其间生疏面孔甚多，大半她亦是不识。

"今日天朗气清，月照芳林，当真美不胜收。少君留心足下。"洒尘引路在前，二人徐徐游步于人群中，清风徐来却也惬意。谁知才行数步……

"啊呀！"伴着一声惊呼，一位少女回身直撞在芈凫身上，她手一抖，竟又将掌中一罍桃花酒尽数洒在裙间。洒尘惊了一跳，忙上前细看，见芈凫无碍才放下心来，转身就欲发作。

"罢了。"芈凫见那内嬖一脸狼狈，不欲计较，挥手止住洒尘。正待离开，却被一人拦住去路："站住！何人如此放肆？"那人侍奉在少女身侧，永巷宫婢装扮，芈凫一愣，那婢子已是高声怒喝："可晓得冲撞何人，竟想如此便宜离开？这可是前日得君上亲赐魏宫的魏八子！"

洒尘凑近轻声："应是灭魏入宫的内嬖之首，魏假之少女。君上安抚魏国新降，见北坂魏宫新成，便赐其为八子，任一宫主位。"

芈戎颔首不言。东出每灭国而置郡，便有新国人献美人入咸阳，以示臣服媚好之意，一次进献则美女娇娃动辄数千。而君上每灭一国，便仿其旧宫室，在北坂以北斗七星之方位修筑新宫阙。宫阙落成，便将新晋内嬖一次迁入，其中若有王公之女，便多赐名分居于主位，以彰秦王安抚新国人之心。今日这位，想必便是如此。

魏八子整理了形容，柳眉倒竖地喝道："你是何人？冲撞了我，何不向我赔罪？"其婢见芈戎一身素淡，亦是张狂："八子问你话呢，怎不回话？你是哪个宫的？"

也无怪乎魏八子怒意升腾。她是魏王少女，心比天高，魏国既灭，便抱定侍奉君王立足秦宫的心思。入秦赐居北坂魏宫，又得封八子，正喜不自胜，谁知半载过去不要说得宠，竟连那秦王之面亦未见过。

人说东出战事频急，刺客频出秦王多疑。她只知，一纸严禁北坂诸人出入咸阳宫的王令，承载了几多六国宫人的血泪！秦君从不驾临，纵北坂宫阙煌煌巍峨，竟与幽闭之冷宫无异。是故今日合宫欢筵，她着意梳妆打扮，又精心挑选了露台前最显眼的位置，身后洋洋洒洒粉黛数千，敢问几人不是怀揣这般心思？可恨平生事端泼了一身的酒，竟是浑身解数也使不出来了，岂不越想越恨，当下就要来寻不痛快。

"放肆！"一个威严的声音破空传来，回首映入眼帘，是赵姬那端方明艳的身姿。待她近前见了芈戎，不觉眼前一亮，随即却胧上了淡淡的怒意。

赵姬一袭纯缥深衣，玟瑁簪珥，白珠为饰，那是仅次于元后规制的夫人庙服。其人未近，魏八子已是大惊，唤着"赵夫人"匆匆跪拜，余下一干人等也噤若寒蝉，可见赵姬操持宫务竟是颇为在行。一时芈戎不由心中自嘲，只觉此时赵姬较之自己，委实更像一位王后。

赵姬满面通红，上前欲跪。芈戎扶住了她，却是微微摇头："罢了。"还待再说些什么，骤然身后一阵清风起，拂却一庭白梅暗香，瞬间仿佛时间停滞，好像眼前的人都凝结了一般，芈戎霎时怔在原地。感受到那修长的指尖拂过脑后，那人带着轻笑的声音，猝不及防地腾起在一池月色之中。

"凫儿发髻怎么散了？若是摔了这寡人亲手打磨的玉笄,岂能饶你。"

那嗓音一如往日低沉醇厚,周遭早跪了一片,芈凫有些僵硬地立在原地,愣愣地感受到那人的气息就在脑后,他取下玉笄,轻轻为她挽起一头青丝,复又簪在发间。

"少君此来,寡人甚心悦。"薄唇轻吐"少君"二字,一干人等皆唬了一大跳,早有胆大的抬眸偷瞄,却见美人遗世独立,止水无波。

"凫儿怎穿得如此单薄?"君王望了望她素淡的装束,眉心轻蹙,直接解下身上玄羽风披为她披上。他的侧颜仍是冠玉般俊美无俦,举动轻柔得让人想象不出之前的万千辗转劫难。

"妾身体抱恙,恐不能撑过大祭。"芈凫终究垂下头去,不愿看他,"故仍沿袭往日,赵夫人代行便可。"瞥她一眼,君王淡然道:"不可,寡人要阿凫用事。"沉默片刻,她终究垂目温顺:"诺。"

那人温热的大掌摊开在面前,记忆中千百次的,他向着她,淡淡一笑:"凫儿,过来。"

轻叹一声,芈凫认命地将手放进那人掌中,就像曾经将手放入他的掌心,与他同上章台宫前那铺着朱红旃檀的高高白玉阶,从那一刻,就知余生再无逃离的余地,他的温柔和无情,都是合该领受。

君上前行数步,忽而脚下一顿:"大逆不道的东西,打发了吧。"

赵高躬身应着,身形未动,阶下已传来魏八子惊慌失措的哭喊。见此情此景,赵姬连忙伏跪:"婢治下不力,竟致少君受到冲撞。魏姬死罪,婢自请罚去半岁轶金,以儆效尤。"芈凫闻言直摇头,正待阻止,那握着她的大掌骤然使力三分。抬首却见君上冷凝的侧颜,凤眸微挑瞥一眼赵姬,不怒自威,已是默许此罚。

芈凫掌心一片冰凉,不是不想放过魏姬一条性命,毕竟少君要治,那人亦是九死难赎。然而人生须臾,悲欢离合已是太多,又何必再添无谓之鲜血?

但君王只牵着她的手,大步向前。君上已断之事,从不停留,而他也每每如此,判若云泥,毫无缘由。身后告饶的声音很快就弱了下来,众人都低低地伏跪在地,四围极静,方才那喧闹的主仆二人,竟似从未出现过。

君王携着芈戾走过蜿蜒的九曲桥,身后三宫九嫔,袅袅婷婷,趋趋在后。衣香鬓影莲步轻移,踏过宫桥莹彻如玉,金钉校桥下,映照一池千叶芙蕖。

九曲桥的尽头,是水岸上足有两箭之地的白玉露台。露台正中置青金大鼎,两侧放置座阁,芳堤内外早被千盏彩灯映照得灯火通明。待众人终于依序在那水岸露台上落座,天边晚霞腾空,遥望湖心冰轮两盏,波光粼粼,美不胜收。

"君上着庙服,可是白日做了郊祀?"

君王庙服厚重,人却清减不少。面对芈戾之问,他只淡然应道:"今日大祭,日出行郊祀,后秋狝行猎,折腾了一日方休。春蒐夏苗,秋狝冬狩,君所及也,岂敢懈怠。"

"君上,戾儿请罪。"感受到他眸光中的冷意,芈戾缓缓起身,"君有所及,少君却……有所不及。"她请着罪,脑海中却再次浮现魏姬最后的眼神和自己的无能为力。那人似笑非笑,复又望了她许久,却是捏了捏她的掌心:"今日中秋月宴,奉常署置宫廷百戏,正是欢筵之时。良辰美景,请罪之词,寡人弗听也!"

深邃锋锐的眉眼含着安慰,全不见方才一瞬的冷血杀伐。君王说话间赤乌西沉,天边最后一抹淡金如烟笼轻纱,洒落一池秋水之上,就在日暮交替的一瞬间,浑厚的礼乐之声骤然在这水岸露台上升腾而起。

大祭起,行韶舞。庄肃宏阔的雅乐声中,十二舞者手执雀羽而歌八阕,徐徐行至高台正中,作韶容大舞。雅乐宏妙,正是大善之音,祭舞雍容庄严,如山峦浩浩,流水长长,巍巍大哉。

"这是雅乐《昭容》啊。"芈戾回首赞叹,"韶尽美矣,又尽善也,为祭月首舞,奉常署有心了。"君王闻言,却只是微微一笑。芈戾忽而惊觉,原来她在观舞,他,却始终在观她。

"戾儿莫急,今日奉常署的心思,还不止如此。"

语罢正乐已尽,舞者大礼九拜,接下君王赏赐尽数散去。一阵静寂后,下首十二司乐复又执起竹笛排箫宛然吹奏,只听一阵笛音自水岸低处徐徐而升，骤然高亢。众人翘首静听，却依稀闻得一阵马蹄声自远处徐徐而来，那蹄声极富节奏，似走兽之步却又暗合着鼓乐，分毫不差，令人称奇。众人正在议论，早有好奇如公子胡亥者，忍不住探身远望，一时惊呼连连："是马！"

只见高台之下二十名校人，引着四百匹膘肥体壮的骏马，四匹为一队，自仙屿行宫外侧的群臣之筵处，向着内筵露台探前趺后，徐徐而近。众人看得真切，不由拊掌大笑："原是舞马之戏，彩！"

见是舞马之戏，芈凫恍然大悟。非子擅御而受封，穆公马背霸西戎，骏马之于秦嬴本就是意义非凡之象征。历代秦君皆爱马，今上尤甚，君上亲政后，便令少府在上林苑修筑十二厩苑，以天子之数，精心饲养珍宝名驹数千。

四百舞马依照节拍行至露台正中立定，不同于方才舒缓肃正的雅乐，宏阔激昂的戎乐骤然响起。马匹久经训练极通人性，闻乐声徐则悠然不乱，鼓声急则奔而起步，随着戎乐声声，马队浩浩雄壮，整齐划一，气势辉煌。芈凫回身赞叹："张子曾言秦马之良，戎兵之众，蹄间三寻者不可胜数，今日始知是真。"君王闻言大悦，也笑逐颜开："凫儿观戎马，便可窥秦师之锐。"坐于露台两侧的妃嫔们也喝彩连连："不想厩苑御马之术，竟达如此境界！"人群中却听卫姬高呼："众人且看那为首校人却是谁？"

众目睽睽齐望去，却见那人御马之术精湛至化境。举手投足间，为首的七匹舞马或卧或动，或昂扬奔走，或俯首作礼，皆精妙无比，分毫不差。再瞧那一袭白衣影如玄灵，赫然是君上御前中车府令赵高。

"中车府令御术拔绝，无怪乎君上爱之，一力提拔。"芈凫看得目不转睛，"而那七匹骏马皆毛光雪亮，无一丝杂色，真乃良驹也！"嬴政却笑言："凫儿是说赵高御下那黄金为羁、玉珂为勒的七匹骏马？凫儿竟不认得？"话音方落，芈凫已是同声惊呼："是追风！"

她这才看得真切，不由得惊呼出声，原来这为首的数匹良驹，正是十二厩苑中最为上乘的君上亲御的爱马。"追风、白兔、蹑景、犇电、飞翮、铜爵……"芈凫一一细数，到此却是疑惑，"这最后一匹白色的，妾怎不曾见过？"

嬴政笑道:"九原大营新败匈奴,获宝马十二。厩苑精心选拔,此匹身量略小,品别却为最上,通体雪白,驰若飞电,凫儿喜不喜欢?"芈凫疑惑,却见君王注视自己,双目熠熠如电:"寡人已着校人驯之,此为少君之马,赐名神凫。愿此良驹佑我大秦东出,有如神助,凫儿可喜欢?"

芈凫惊讶,不由回头去看那骏马神凫。眼中良驹驰若闪电,她却迟疑片刻:"妾无功,何敢受禄?"却见他凝视自己,神情郑重:"勿妄自菲薄。为秦中宫十载有余,勤勉敬事,御下有方,寡人心中的秦后,唯你一人。"芈凫骤然抬首:"今时今日,君上依然如此?"

君王抬手,轻抚她的面颊:"始终如此。"

舞马戏毕,阖宫彩声如雷。君上心头大悦,当即重赏司厩使数百人,众人谢恩连连,无不喜气洋洋。

两场开宴之舞罢,晚霞早已没于天际尽头。此时天幕已是全黑,唯有行宫内外,一盏盏流光彩灯映照在内外两座筵台之上。倏忽间六合极静,众人正屏息等待,却见一片漆黑的水岸露台之上,在满月的映照下,徐徐显出一个窈窕纤长的身影。

"看这姿态窈窕……舞姬? 可是舞乐?"

月光泠白,映衬那舞姬剪影纤毫毕现。她身姿极曼妙,竟是以足尖立于一处横竿之上,横竿极长,大半隐于水畔夜幕之中,远远望去却宛若立于兰池水上,翩翩仙姿,媚态百生。

舞姬伸出素手,纤纤玉指勾挑,只见月光下,一只只晶莹剔透的金蝶从无到有,自指尖翩翩起舞,那些金蝶似有灵般,在舞姬身旁流连不去。金蝶舞动间兰池波荡,月影玉碎,舞姬脚下的缘竿渐渐显形,此时居中操长竿者,竟是一位身长足有一丈三尺的猛士。

众人看得真切,不由惊呼连连,要知秦人食粟,身量普遍高大,今上身长更是足有八尺六寸,然而这位猛士当真是巨人体格,秦人看来亦是超乎寻常。只见他一手持竿毫不费力,那缘竿极长,两侧有人有禽,或立或坐,虽是无生命的木雕泥俑,却也栩栩如生。

就在此刻,一只金蝶自舞姬指尖腾起,翩然高飞,又徐徐落至长竿一端的乐俑之上。奇的是,随着那金蝶停驻,乐俑猛然一抖,却是骤然梦中苏醒般,长指一抬吹起丝竹之声,待得箫声一起,就见长竿两侧金凫鸿雁闻声忽振彩羽,长鸣而飞!

"彩!"

眼见这般奇幻不似人间的秘戏,众人惊叹之声此起彼伏。眼前金凫群飞而鸣,仙鹤、鸿雁、天鹅等水禽紧随其后,它们皆以黄金所铸,本栖息于长竿两侧,此刻却骤然被那箫声赋予了生命般,以舞应节乐,群飞戏于汀州沙濑之上。一时间乐俑长歌,其声天籁,舞姬翩然舞于水面,只见空里流光,月华流转,映得这水岸芳汀如若梦幻。

"妾今日当真大开眼界。"赵姬回神,仍旧惊叹不已,"缘竿秘戏,可是春秋扶卢之术?只是这般玄奥迷醉,却又远超扶卢之术。"

"扶卢寻橦,金凫群飞,此幻术之妙,妾亦是闻所未闻。"芈㟷心头一阵激荡,执起酒杯,"西有大秦如日方升,才有今日美不胜收。妾,贺喜君上!"

她望着他,他也深深望着她,眉眼含笑。芈㟷心中一跳,今夜她看兰池百戏,他,却始终静静地看着自己。

说话间乐声渐急,宫人在水岸放起天灯,将这兰池内外映照得灯火通明。长竿之上,坐卧陶俑一一跃下,两侧虎贲之士亦流水般涌入舞池之中,众人投石、超距、角抵、寻重、丸剑,作宫廷百戏。最奇的莫过于那位缘竿的巨人猛士,他生得高鼻深目,板肋虬髯,极是壮猛。只见他放下长竿,忽而向前,双手握住高台正中的青金大鼎,一声大吼,竟将那数百斤重的大鼎高高举起!

顿时,临水两岸,彩声雷动!

就在满场喝彩声中,乐声渐收。舞姬飞旋舞动,素手一挥,金蝶应声而起,群振而回,一时众人只见百花飞舞,扑面而来,不由又是一阵惊呼。待花雨散尽,幻术尽去,万物归于静寂,再看那些水禽俑、丝竹俑、百戏俑也都回到了长竿上,皆如来时般一动不动,宛如木雕泥塑,仿佛方才众人所见,不过一场春秋大梦。众人见此,哪里还忍得住?纷纷离座上前细看。胡亥更是喜得前后乱跳,不住叫道:"公父,真的是陶俑!是金雕陶俑,不是活的!"

嬴政转向那猛士："猛士何名？"猛士抱拳作礼："九原大营一级公士翁仲，拜见我王！"芈凫却向那舞姬道："偃师从何方而来？"

"王后好慧眼力。"红衣舞者闻言，明眸中流露一丝惊讶，"婢名优檀姬，如王后之言，是名偃师。这乐俑是木人，百戏作陶俑，凫雁为黄金，方才婢戏为偃术，皆障眼之法也。"

"婢为西域人士，见《穆天子》与《列子》，仰慕中原文质与偃术，听闻得阴阳奇绝，可向死而生，故东来求学。在草海结识翁仲，今以春秋扶卢之术辅以西域幻术，博王与后一乐。"

"猛士入我秦营，威震匈奴，寡人心悦。金凫百戏，更是大妙。番邦来朝，可厚赏之。着少府一待宴毕，即制金人百戏俑为九，金凫鸿雁为六，立于兰池供寡人时时赏玩。另作都卢壁画，记今日之盛宴。"嬴政说罢，转头看她，"凫儿，如此可好？"

"如此佳节，自当铭刻。"芈凫望着君王，笑意盈盈，"妾也愿与君同，岁岁有今朝。"

一瞬间，真情流露。

君上务实，亲政十二载勤勤勉勉，世人皆道虎狼暴秦，却少有人知其情趣极高，郑卫之风、角抵俳优、驯禽之术，无有不通。然而耽于国事东出，秦宫廷宴戏并不频行，更鲜有如此铺排之时。但从何时开始，他竟是悄然变了。这样阔达壮丽的盛宴，极致的声色欢愉，让芈凫惊奇沉迷，却也是那样陌生虚幻，宛如幻梦。然而她也真切感觉到，秦之强盛一如今夜盛宴，从西陲寸土到大国崛起，已到了令人难以回避之时。

这，就是天道——"或许天时地利，不过在等待这样一个人的出现"，曾几何时，祖太后的喟叹再次回荡心间。

见人神情变幻，君王似是安抚般拍了拍她的手："凫儿怎生出神了，可听到水上孤竹之声？"

话音未落，就见兰池之中一叶扁舟踏月而来，舟中之人，玄裳玉立，宛然吹奏孤竹之管。

"这是……《武宿夜》？"

水面幽然传来的曲调古朴悠远,正是大雅中的祭月古曲《武宿夜》。应和着波舟中人的乐曲,水上有鼓声渐渐响起,原是水岸孤阁之上,早有乐者击鼓而歌,鼓声应和籥声,自水面波荡而至。待舞乐声大起,湖心忽而荡起波舟数百,皆随后沿水而下,月光之下,庄严肃穆的祭舞应和着《武宿夜》的乐鼓之声,其声雄浑,舞姿矫健。

为首小舟渐渐临近。再看那舟中吹奏之人,芈凫忽而惊呼:"扶苏?"少年虽未束发,此时穿着隆重的玄端缁衣,月影下,却已依稀有了那年初见时阿政的模样。

"武宿夜曲,雄浑壮烈。"芈凫翘首张望,目光殷切,"只未曾想,王上竟会将祭月正礼交给扶苏……"她心中忐忑,竟是掌心都渗出了薄汗,却听耳畔轻笑声:"凫儿怕了?"温热大掌覆住她的掌心,嬴政回眸傲然,"寡人似他这年龄时,恨不能遍交天下贤士,为我大秦聚集英才,不早,不早。"

见他那带着些许骄傲的含笑侧颜,芈凫颇无奈地叹了口气。待礼毕后,扶苏换了一身白色丝袍,来到露台席间拜见,月色下君子翩翩,更是衬得姿容如若珠玉璀璨。

"吾儿入座吧。"嬴政昂首,语气却是淡然,"大祭做得尚可。赐皮裘!"

芈凫在恍惚中抬头,入眼是扶苏渐渐褪去稚嫩的笑脸。望着父子愈发相似的眉眼,一般的英俊昂扬,芈凫心头一阵潮涌,就在众目睽睽下,起身举杯。

"君上。"她侧过身去,注视嬴政英挺的侧颜,"武宿夜曲,浩浩如大秦军魂,妾愿满饮此杯,以敬东出以来我大秦万千浴血沙场的将士。"她停顿少顷,终将数月来内中柔肠百结却又从未动摇的心志呈于人前:"待来日攻楚誓师,妾将一身庙服,城外相送,愿与我大秦将士共唱《无衣》!"

一言既出,振聋发聩,六合无声。

高台之下,内筵之上,后宫众女望着她,那里有魏女、楚女、韩女、赵女、齐女、秦女;再远的外筵,那里的朝臣、公族们也望着她,那里是秦嬴宗族、内阁近臣、殿前锐士、郎中宦侍;那些注视着她的眼神如此复杂,或直视,或闪躲,或犹疑,或惊讶,或平静,或欣喜;或敬佩,或顺从,或感励……但此时此刻，笼罩芈㑯周身的，唯余威压六宫内外的鸾凤之声。

秦王后在众人的注视中抬起酒杯，一饮而尽。紧随其后，众嫔御不约而同纷纷立起："妾敬少君，敬我大秦万千将士，愿我王东出，荡平六国！"

"㑯儿。"

有些惊讶地注视着她，君王许久不曾说话。仿佛不过一瞬，又仿佛一个世纪那般漫长，他望着她，几不可见地点了点头。

却说扶苏领了君父赐下的玄狐裘，正满心欢喜在殿下落座，却听一旁一个稚嫩的声音道："兄长好厉害，胡亥从不曾见公父这般开心。"

扶苏惊讶抬首，眼前小儿粉雕玉琢，稚拙可爱，正是少弟胡亥。胡亥嘟嘴道："要是公父也能这样对着胡亥笑笑，就好了！"扶苏笑道："胡亥莫急，以你聪慧，又有何难。"胡亥翘首以盼，忽而兴奋起来："兄长快看，要踏歌了！"

踏歌，素来是中秋祭月之筵的压轴之作，是故众人无不屏息凝神，翘首观望。只见婆娑月影之中，随着相和歌的乐曲升起，一列列身着彩衣的宫女随着柔美的鼓乐，甩起水袖，踏地为节，尽显优美情态，筵台内外觥筹交错，一时宾主尽欢。

众人正言笑晏晏，忽而不知何人惊呼了一声，抬首就见众舞者的簇拥中，一个曼妙身影独立龙鼓之上，正是荷华。只见她脚踏相和歌鼓点，身形柔韧如柳，翩翩如仙，忽而鼓声急促，她竟长身而起，高耸而飞，舞于水榭芳丛之间，再看那舞姿，早脱去往日相和歌的柔美，细看起落竟如剑势，收放自如。

一时月影之下，少女身形窈窕如燕，舞动之间来如雷霆，罢如江海，众人看得入神，一曲舞罢犹觉雄健曼妙，回味无穷。直至舞者纷纷撤去，却见一水之隔的外筵中，蒙毅神色微动，却终未付言语，却是王离遥遥凝望，面露笑意。

内筵席间，众人正叹舞乐精妙，荷华已更了常衣来到殿前请安。嬴政见芈㑯万分开怀，不由大喜，赐赏不止，荷华则一头扎进母亲怀中，撒着娇不肯起身。见这天家难得的温馨和乐，众人心驰神往皆容颜带笑，却是一旁胡亥见了，忽而叫道："胡亥也可以踏歌的！"

此言一出，席间众人就连扶苏皆不由得惊异地看着胡亥。胡亥却是毫不怯场，众目睽睽下一跃而起，应着《相和歌》的鼓点，就踩起众人在露台外侧褪去的鞋履来，只见他东倒西歪，两条腿拼了命地捯饬，居然还真让他踏中了鼓点。

众人先是发怔，面面相觑，忽而上上下下哄堂大笑起来。芈凫掩口，忍俊不禁，赵姬憋得满脸通红，而荷华笑得竟直接滚进了赵姬怀里。卫姬看得真切，又气又笑："胡亥，你脑子有疾？"胡亥回首，犹是天真无邪："阿母，儿跳得不好吗？"可怜卫姬一张俏脸赤橙黄绿，一头扎进芈凫怀中："阿姊，这孩子脑子如羲！我没脸见人了！"芈凫试图安抚，结果直接和她笑作一团。

胡亥回到露台中央，高声道："阿姊最疼胡亥了，阿姊说说，胡亥跳得好不好？"荷华笑得停不下来："好，我觉得胡亥跳得好！"胡亥委屈道："就是嘛！阿母，您问问母后，问问公父，胡亥儿跳得哪里不好啦？明明都踩中了鼓点！"

须臾一阵大笑自露台正中传来，正是君上。转头四目相视，再看看一边笑得已经停不下来的荷华，芈凫心道不愧是父女，却也不由得笑了。如此，合宫饮宴内外竟是一片轰然笑声。

"诗三百，一言以蔽之，思无邪。胡亥跳得好。"嬴政摇首而笑，"胡亥，为何要在众人前露此痴顽之态啊？"

"儿子就是觉得公父每日太劳累了。"胡亥一扬头，理直气壮地答道，"母后、阿母都说，您每日要批阅竹简一石，那就是足足百二十斤！这样公父的身体不就累垮了吗？孩儿希望您能一直如此开心。"小儿说到此，忽而委屈道，"结果，他们居然都觉得孩儿脑子有疾。"嬴政不由笑骂："蠢材！你今岁几何？"胡亥脆生生道："公父，孩儿今年五岁了！"

"五岁，合该给你找个老师了。"嬴政沉吟片刻，即回头示意。赵高慌忙上前，却听君王道："胡亥儿就交给你吧。从今往后，要多教他法家刑名之学，可记得了？"赵高霎时愣住，许久，如遭雷殛般："君上！……奴怎么敢？"

嬴政却不耐烦："你还不愿意了？"见赵高顿时吓得噤声，嬴政又道："赵高虽卑，却深通法家之学，为人敦厚，一手小篆精妙无比，与廷尉不分伯仲。

得师如此,是福分也,胡亥择日就行了拜师礼吧!"那胡亥听了,一双眼睛闪闪亮亮:"公父自为孩儿挑选的老师,定是这世间数一数二的老师了! 孩儿愿意拜中车府令为师,今后,必以师道侍奉中车府令!"

"奴谢谢君上! 谢谢公子!"赵高语声颤抖,旋即伏跪,涕泗横流。君上不以为意地挥挥手,几人便退下了,这偶然的小插曲并未驻足众人心中。

此时酒过三巡,正是迷离上头之际,君王却转向芈凫。

"凫儿,今夜功课未完,寡人便不去你那里了。"他的指端抚摸她的发间,带来微微的痒意。芈凫回首:"功课? 君上的竹简吗?"嬴政轻笑:"还余三十斤不曾完成。"

早闻兰池行宫波光粼粼,山水相依,宫中地热泉水多出。不想合宫饮筵已至中夜,这人竟置良辰美景于不顾,反倒要去批竹简,说芈凫不心疼,是假的;而这般久而未见,难得与他似有缓和,如今他却说要走,要说她心中全无失落,更是假的。

然而,她还是只低下头去,垂目恭顺道:"妾恭送大王。"片刻的沉默之下,月光照得君工的脸色阴影重叠。只是她不曾抬头看向他,此刻深深注视着她的幽深双瞳。

"好。"

却说欢宴一朝散去,舞乐也归于静寂,在行宫的某处,荷华脚步轻快,将女使远远抛在身后,忽而闻得一个懒洋洋的声音在耳畔响起:"大公主!"

荷华闻声驻足:"王离?"

"瞧瞧,这都不要啦?"一早守在树下的少年自怀中取出一物,荷华一瞥,不由惊呼出声:"太阿剑穗! 何时……"

王离抬头望天:"月宴前我离了席,去了司乐处结果捡到了这个。"见荷华沉吟不语,他慌忙补充:"我是无意路过! 当时心念一动怕你临场怯阵,想最后再嘱你一遍剑法,却无意中寻到此物。"

荷华抬手,默默收下:"谢啦。"见她如此,那少年却是愣了。两厢沉默不语,许久,只听他轻声道:"这般客气做何。"

"我是说今日的踏歌,谢啦。"看王离一脸意外,荷华倒是越发脸红,"那天我说的太过分了,什么频阳王氏、不稀罕的……对不起。"

"无妨。"他退后几步与她并肩而行,却听少女又问:"今夜我那踏歌,跳得如何?"少年遥望天间月色,微笑道:"宛如今夜月色,如澄如澈。"

两厢终归沉默。唯有此时缓缓流淌地面的银色月光,轻胧着水岸花林上两个并肩而行的人影,如星如月,蔚然皎洁。

待与扶苏同返行宫寝居已近中夜,扶苏近前跪坐,欲言又止。

"母后,孩儿不懂。为何公父要把王弟托给一个阉宦做弟子?"思忖一阵,长公子终是忍不住问出了口。芈凫闻言,诧异抬首:"苏儿,你父王知人善任,前朝多六国布衣寒士,这些人为我大秦邦交伐谋,推行法治,扶苏切不可存有轻慢之心。"

"母后误会了,孩儿并非瞧不起游学士子。"扶苏正色道,"但那赵高乃是阉宦,公父令他执掌印玺,内府为官,许是重其才能破格提拔,可恩赐奴籍之人教导王子,当真闻所未闻!孩儿在稷下求学,听闻刑不上大夫,礼不下庶人,这岂非委屈了王弟?"

扶苏眉头深皱,极是认真。

"唉,扶苏啊……"那一年邯郸夜色中的烈火涌入脑海,一种说不清道不明的不安在芈凫心中升腾,却又似一股青烟,渺茫难寻。她终究叹道:"扶苏小小年纪,切莫因地位高低、出身贵贱而取人,这一点,应好好向你公父学学才是。"

扶苏沉吟片刻,释然道:"母后教训的是,扶苏知错了。"芈凫展颜而笑,又念扶苏主礼祭月必然劳累,便吩咐他告退了。

芈凫独坐片刻,见天间月色正好,便随意披了一袭寝衣游至殿外。山间腾起阵阵轻雾,一如她脸上化不开的孤寂,正望月不知今昔是何年,忽而一阵花树堆雪,皎月清辉,却见那人披一身流华,踏月而来。

"君上? 怎也无人通传……"芈凫心头一跳,近上前去,"说来,君上不是要批阅竹简吗?"嬴政却道:"凫儿,你多久不曾为寡人侍笔了?"芈凫一愣,却是反问:"君上呢? 又有多久不曾来寻过凫儿了?"娇嗔一句未得作罢,君王已是欺身上前，扬眉笑道："纵我不往，子宁不来？"

这人脸皮之厚，她是心知肚明。好气又好笑之余，却也觉许久以来的烦闷似是莫名消去了些许。"东出后君上时时在含章殿处理政务，多有外臣出入，妾自当避嫌。只是君上今日那竹简……"不知为何，此话似是取悦了这人，不安分的指尖流连她的唇瓣，他眼中笑意渐深："无妨，今夜便在此处批阅。"

君王话音甫落，那精灵似的赵高竟不知从何处飘了出来，默不作声便将一大摞竹简搬入内殿。嬴政大步入得殿中，在书案前坐了下来。竹简摊开，朱笔轻抬，峻拔的眉峰便微微蹙了起来，君王似是须臾便沉了进去，再也无话。沉湎于政务的君上极是迷人，之于后宫妇人，得见机会却是不多。芈凫走上前去，默默无言为他研起墨来。

灯光如豆，一室凉月，纷纷丁香雪。

不晓得过了多久，眼前烛火一闪，芈凫猛地惊醒。原来不知不觉竟沉入了黑甜乡里，再看君上，还在一旁静静批着竹简。感应到肩上的温度，她茫然四顾，却见那方玄色羽氅正披于肩头，还拢着那人身上的白梅清离之气。怔了半晌，她连忙挣扎起身。

"妾失仪了。君上还不安寝？"

他也不抬头："贪食贪睡，还如当年一般。哪里像个做娘的人了？"

眉眼淡淡，仍是幼时便习惯的责备却宠溺的语气。只是廿载过去，他已成了顶天立地的王，而她，似乎多年以来，仍然还在原地。

"君上？！"她忽而惊呼。而那人搁下大笔，竟是起身将她抱入怀中，就向着寝殿外的温泉小阁走去了。

兰池泾渭相依，群山为傍，漫山遍涌的地热泉水正是此间一绝。君上为国事宵衣旰食，平日就极爱泡汤解乏，也是人之常情。然而芈凫却未曾料到，君上此回享用汤泉，竟是摆明了要与她共浴。待双双入了大池，她却恨不得一张俏脸埋入氤氲雾气，想要挣扎，却被他牢牢困在怀中。

见佳人娇靥羞得通红，君王有意调笑："阿凫这般动来动去做何，莫不是想要引诱寡人？"她又羞又气，霎时怒嗔："才没有！凫儿是大秦国后，才不会行此孟浪之举!"君王闻言,却是淡淡瞥她一眼:"寡人倒要问问大秦国后,若今日不护你,你就这般任由位卑之人大逆无道? 任由流言漫天?"

芈凫忽而停下了挣扎,一时沉默。

"妾,只是不在意这些。"

君王闻言轻笑,却以二指勾起她的下巴,逼迫她与他对视:"你是寡人的少君,除了寡人,这世间无人可以轻慢你。"芈凫滞然半刻,却是苦笑:"所以君上若要轻慢,妾就该生受着,是吗?"他凝视她,目光沉沉,她却垂下目光:"可是妾不在意别人的轻慢,却唯一在意君上的。"整个人蜷在氤氲雾气之中,她咬着唇,眼中似是有泪。他望着她,半晌不语,直这般过了许久,却又摇头笑笑。

"所以,寡人也并不舍得真轻慢于你,凫儿。"

氤氲的雾气中,她与他四目相对。归来平生万事不堪回首,都似此间如云如雾,难窥真切。自当日送走玄云,得知万千迷雾过往,不待他作别,她也早踯躅不欲相见了。然而一载之后,中秋祭月,她终究重启了禁闭的兴乐宫门,不仅与他并肩而立,更是昭告天下,与子同袍。

此时他的眼中,分明是毫无掩饰的开怀畅意,而她也长叹一声,如此便好。

"君上……?"

方一恍神,这虎狼之君竟已将人抱出池外。拥于月下,她只觉此间的压迫感似是更强了,却又被那鹰隼般的眼神牢牢钉住,不得脱身。一时耳热,只得将头埋进他的怀中。"为何清减成了这般?"见他微皱的眉头,芈凫不由失笑:"君上真以为凫儿是在装病不成?"而他回眸惊讶:"竟不是装病?"芈凫一愣,不由气恼,他却蓦然问道:"方才入内之时,见你正对着天边月色沉思,在想何?"

她轻轻一叹:"妾见胡亥踏歌,君上大悦而忘忧,不觉感慨。原来君上这般心思深沉之人,也会被最单纯的稚儿感动。"却闻君王笑叹:"思无邪也,然而那只是宠,并非爱重。"他的指尖流连她的肌肤,所到之处似是蹿起了小小的火苗,令她战栗。而他在她耳畔,其声轻轻如若耳语:"愈是爱重,却反成软肋,故而踌躇不前。"

"爱……重?"如梦似幻般喃喃重复着这荒谬的二字,心中的酸苦却渐渐弥散,"君上心中,竟也有真正爱重之人吗?"

耳畔,传来男人沙哑的轻笑。

"有。"

还想说什么,却被一个突如其来的深吻夺去了呼吸。他紧箍着她,不容抗拒。而她听到耳畔轻轻的叹息,那人的声音也像一层柔雾,似是梦境,似是现实,似是说给她听,却又似是说给自己。

"凫儿,寡人希望带给大秦……不,寡人希望带给这天下,一个不再有战争的太平盛世。但寡人却一直在筹备着战争,哪怕面对的是楚,是你的母国,此战亦无可退,无可避。凫儿,可也会觉得寡人残忍?"

她没有回答。而他,实则也并非在等待答案。

"即便如此,寡人之心,亦不可转也。自六载质赵历尽流离颠沛之苦,亲眼看见王战于华夏生民之创痕,寡人就抛却了一切的软弱畏惧,和平,需要凭绝对的强势来取得,这也是历代秦人先祖的遗志。寡人会发动战争,扼喉三晋,扫灭齐楚,荡平天下,以战止战。但是,凫儿……"

芈凫依偎在那宽广的胸怀之中,不知何时,竟早已泪流满面。但他只是轻抚她的柔发,叹息般说道:"寡人想要的天下,是与你共看之天下。"他的大掌有力却轻柔,覆在她的掌间:"与寡人同做这天下之君。从今以后,与寡人同系天下,共荣共辱,共生共死。阿凫,你可愿?"

她不曾答言,只是紧紧回握住了他的手。泪水,早在不知不觉中沾湿衣襟。

不晓得过去了多久,耳畔传来均匀低沉的呼吸声,君王就是如此与她依偎着,沉入了酣眠,看他睡得香甜,竟似是久不曾如此酣梦。芈凫深深一叹,轻抚他的掌心,在黑暗之中,她的唇间轻轻吐出这样几个字。

"一生一世,君上。"

那夜突兀出现的梦境中,有氤氲着星点寒意的雾气。

仿佛回到了当年离宫含章殿外的庭院，满天飞雪飘悠落下。回廊掩映，在早春清晨腾起上浮的晨雾中，往事氤氲如梦，几不可闻。而那个神情清冷的阴鸷少年，就在回廊的转角处，重重枝叶的掩映下，那样突兀地出现。

仍是那样一院落白，唇畔若有若无的张扬笑意，就如他们初初相逢的那日。

"你是谁?"她问。

那人似乎微微地笑了，似乎又并没有。他上前一步，向着她，伸出一只苍白得几近透明的手。

"吾愿带你离开。从此翱翔天地，隐于山林，再不涉这大争之世、八方风雨。"

她感到一瞬间的迷惑，不由得近前一步。本已伸出的手，却因得那突兀坠下的物事僵在原地，还来不及细看，便听"啪"一声清响，心中突兀地一痛——

骤然间如若黄钟大吕在心头重击，芈㒼在冰冷的梦境中猛然起身，温热的榻间似还残留着梦中的白梅香，身旁，却早已空无一人。

不是他。不可能是他。那绝非他会说出的话。

除了早已掉落在砖石之上，与梦境中如出一辙的、碎成两段的羊脂白玉笄，她的身边自始至终，空无一人。

秦始皇有七名马：追风、白兔、蹑景、犇电、飞翮、铜爵、神凫。

——崔豹《古今注·鸟兽》

秦始皇葬于骊山之阿……有黄金为凫雁。

——《汉书·楚元王传》

时有凫雁，色如金，群飞戏于沙濑。罗者得之，乃真金凫也。昔秦破郦山之坟，行野者见金凫向南面，飞至涅泉。

——晋·王嘉《拾遗记》

梦境十八 龙潜

望孟夏之短夜兮,何晦明之若岁?

惟郢路之辽远兮,魂一夕而九逝。

——《九章·抽思》

似是生平第一次,从赵姬的脸上见到如此哀戚惶急之色。

这日晨起方盥梳毕,赵姬已脸色惨白地匆匆寻来梅岭。近前即问:"少君可知楚前线之战事?"

芈凫闻言,陡然一愣。月前将军李信奉王命,率军二十万自南面攻楚,秦楚对峙于陈城。其后近情,她便再无知晓了。倒也并非谁人有心隐瞒,而是她刻意不欲知之。秦自东出便从无败绩,此番对战母国想必也当一战力克,然而面对生养自己的故土,尽管许诺了君王心怀天下,她也终究不愿再主动探听种种内情了。

赵姬深深看她一眼:"据闻,秦军阵前大败于楚,二十万大军于陈城前线灰飞烟灭,竟是一战惨状不忍卒听。"

芈凫骤然大震,不敢置信。赵姬亦是面色煞白,平复半响,才将一切徐徐道来。

原来,秦军来势汹汹,项燕军迎战于楚郢都北郊平原地,而秦军驻扎之地陈城,正位于郢陈与郢都往来之中。因得地理位置之便,秦王诏昌平君在郢陈整肃粮草军备,协力前方战事,谁知诏令下达后,却如泥牛入海无法取得联系。因得前线战事未明,众人只能焦急等待,谁知又过半月,竟传回李信将军力不能敌,二十万秦军顷刻间灰飞烟灭的消息。

"大秦铁军自东出以来,从未尝过败绩,此唯一也。"芈凫喃喃自语,失魂落魄。仿佛印证她的话,赵姬道:"消息传回咸阳,大王他从不曾如此雷霆震怒过。"

一颗心悬到嗓子眼,又幽幽沉了下去。她仿佛都能看到君上震怒的模样,但却从未想过,有一天,这震怒可能是冲着自己而来。

赵姬摇头叹息:"当着廷尉及长史大人一干重臣的面,王上撕碎了奏报,甚至挥剑砍向王案。若非中车府令哭着抱住王上的双腿劝谏,甚至不惜被太阿利刃所伤,此局,当真不知会如何收场。"她说到此,哀然泣告:"少君,君上将自己闷在含章殿中,不寝不食足足三个昼夜了。"

芈凫长叹一声:"君上,是在怪罪自己了。"

种种疑惑之下,呼之欲出的真相如若迷雾,不可触碰。那消失的昌平君,究竟去了何处?而君上他,是在怪罪自己轻信李信,还是怪罪自己轻信了昌平君呢?芈凫摇摇头,止住脑中滋生的种种不祥思绪。只问:"君上震怒过后,可曾有发热的症状?"

蓦然出口,心头却是一阵刺痛。

"眼下并无人知晓。因为,王上此时并不在宫中。"眼见芈凫惊讶之色,赵姬了然道,"王上只交代廷尉将一切昌文君、昌平君故旧之楚人勘问,以追查其人动向。然而秦楚战事如此,在秦楚人已觉人人自危。毕竟宗族国人无不激愤,皆言楚人……"

她骤然一愣,瞧着芈凫脸色,将那半句咽了下去。却是洒尘忽而惊惶:"怪不得今晨兴乐宫外,莫名多了这许多面生的宦卫。难道竟是……"

心中几许潮滚翻涌,芈凫一窒,却是强忍住喉间的腥甜。赵姬连忙劝慰

华雍断章

道："阿姊切莫担忧，是中车府令传王上的口谕，私官才如此布置的，这是为保护北宫之用。大秦法家立国，少君乃一国之后，昌平君离秦数年音信皆无，此举，也是为了阿姊的清白。"

清白？芈茵阖目苦笑。眼下又有何人证得了她的清白？再退一步，就算她的清白可证，那些在秦楚人的清白，又有何人可证？

芈茵抬首，涩然道："妹妹说君上不在宫中，那他现在何处？"赵姬却是摇头："恕妾不知。秦师遭此生平未有之大败，君上震怒，又有何人敢轻言其动向？不过，听闻今晨东方未明之际，君上却是亲自去了中车府呢。"

"中车府？车舆？"洒尘惊呼道，"少君，大王莫不是想要去往楚国的前线吧！"

芈茵却缓缓摇头："不会。君上，定是要去频阳塬。"赵姬一惊："频阳塬？阿姊是说，频阳王氏？"

她面色又惊又疑，却见芈茵回首叹息，神情几许复杂。

"君上，是思念王翦老将军了吧。"

待芈茵匆匆来到阊阓，乍亮的天光之中，却见中央王街上那人正纵马疾驰而来。高大的身影在寒风中茕茕孑立，随从数人皆是玄衣肃色，策马紧跟其后，沉默中，是一片惊心动魄的死声。再看君上周身，竟是一袭平日外在极难见到素衣，白衣胜雪，就这般突兀地灼痛了她的双眼。

堂堂一国之君，竟着一身罪己的素服，亲自御马而行。

口中唤着"君上"，芈茵强忍眼眶酸涩匆匆上前。眼见他近前昂首唤停车马，回头，正与她四目相对。芈茵伸出的手，欲要触碰那高高在上素白的衣袂，回应她的，却是冷冷的一个拂袖。

她骤然愣住。伸出的手，突兀地僵在原地。她从未见过如此冷漠如冰的眼神，那眼神仿佛数九寒天，要将人的五脏六腑冻结。他深深看了她半晌，终究回过头去，两厢无言中，骏马长嘶。他不发一言，与众人疾驰而去。

许久后，日西则——

高高雀台上，芈凫临风而立，却见满目琳琅宫阙。雨后的日暮湖面氤氲，袅袅绕绕的青烟扰心。暮色下，身形窈窕的少女徐徐而近，满面庄肃，倒头就拜。

"母后，孩儿今日为公父而来。"芈凫愣住，荷华却不待她问，"孩儿今日订了自己的终身大事，父亲却大怒不许，还将我赶了出来。孩儿来求母亲，去说说公父。"

芈凫心中一震，立刻沉下脸来："小小年纪，何谓'订下自己的终身大事'？这是哪里来的胡话！"

荷华微微一笑："母后，孩儿要嫁频阳王氏。"

芈凫猛然回头："你胡说什么！"

"荷华为大秦长公主，享国人供奉，自幼钟鸣鼎食，衣食无忧。秦楚战事危急，若无王氏鼎力相助，我大秦危矣！然而李信攻楚、昌平迁郢，恐君父与上将军心生嫌隙。荷华身负秦嬴王族的血脉，值此举国危难之际，愿以一己之力，联结秦嬴与王氏。"少女一席话说得平静从容，甚至还暗含着安慰。然而芈凫听来，却觉万剑刺心。她颤声道："傻孩子，可你不是……"

"母亲！"荷华骤然打断，复近前一步，长跪而拜，"昔一国奉我，今我奉国人。我心匪石，不可转也！"

无序又慌乱的心跳自掌心传来，芈凫只觉眩晕难止，甚至将唇上都咬出了血痕。怎可能？她的华儿，她的心头珠玉，更不必说少女如今不过豆蔻年华，现时，却要违背自己的心意，嫁与频阳王氏？

荷华沉默良久，却似猜中母亲心思："莫说嫁与频阳王氏，便是嫁与上将军，又有何不可？"

"一派胡言！"阆苑下徐徐走近之人长身玉立，如若芝兰玉树生于庭间。缓步近前的长公子沉声而斥，眉眼已是隐有威压之意。

"你不过髫龄，上将军已是耳顺之年。莫说公父，就算是兄长，又怎可能让你嫁与上将军？"扶苏入殿见了礼，又向荷华皱眉道，"婚姻大事，岂有你置喙之理？秦楚之战，自有我大秦男儿奋勇杀敌，哪里轮得到你这女子操心！"

"怎地公父这么说，兄长也这么说？"荷华凝视扶苏许久，却是缓缓一笑，"阿兄，你我皆是大秦嫡长，你为长公子，我为长公主。我且问你，若大秦将乱，你我的性命是谁的？"

扶苏沉默一瞬，阖目长叹："自是随时随地，为大秦牺牲一切。"

"荷华也如兄长一般。"少女望着扶苏，笑意未退。如花的女儿面上却是罕见的郑重："愿随时随地，为大秦牺牲一切。"

荷华离开兴乐宫时，已过凤暮之交。石榴色的罗裙下莲步轻移，长长的宫道上，宫人执起纱笼灯投下长而错落的暗影。夜空星河洒沓，荷华抬首，忽而长叹一声。

今日月下的她远不似旁日步履轻快，然而稚嫩的眼神深处，却带着从未有过的决绝。自君父攻楚、大秦东出首败，这些日来的所见所闻浮上心头，小小的掌心攥于广袖之下，被紧握的指尖刺出了血痕。

"君上严禁宫中议论楚人之事，是要这王城上下道路以目吗？"

当日偶然路过，就是被这样一句突兀止住了脚步。潇洒高傲如她，平日是断不会为这宫女嚼舌而驻足的。然而这句话中饱含的突兀恨意，竟是叫她心头一震。

"唯一的阿兄，死在了鄢郢前线，叫我如何不恨？真不知昌平君究竟是在做何！而即便如此，君上却仍袒护楚人。昨日还有关中的姐妹不过抱怨数语，就被赐死！这般严厉弹压，岂非……都是为了北宫那位？"

这般狂悖之言，唬得相从之人惊惶战抖："王令飓风酷烈，阿姊可莫再起怨怼之语了！再说这些年来，少君御内有方，待人宽厚，也是事实啊！"

"即便少君独此，殊不知楚外戚之盛乎？"暗处宫人泪中带血，声声凝恨，"楚人，怎可能与我秦人同心？君上袒护楚人，岂不知当年昭王时，大秦朝堂内外只知太后穰侯，不知有秦人宗族？难道大秦倾尽国力东出，以国人鲜血一扫天下，以血还血，唯独对楚人就是例外？楚人，凭甚就是例外？竟要我秦人为其做嫁衣？竟要那楚人的子女做我大秦的嫡长？"

霎时间,心魂俱震。乍然听闻如此大逆不道的荷华勃然大怒,当场便欲冲上前去,恨不能将那辱及生母的贱婢鞭死。然而不知为何,那些如刀的话语心中剜了几剜,饶得那看不见的地方早鲜血淋漓,最终她却是转身,默默地离开了。

于是,就到了那一日。

又一次拦在那人的必经之路,又一次将他的错愕无奈尽收眼底,荷华望了许久,突然却笑了。

"大人莫要惊慌。荷华今日,专程来与大人作别。"

无来由地,今日的长史大人却不禁动容。少女如万千次般在花树下冲他微微一笑,只是今日她的眼神深处,却带着从未有过的决绝:"出其东门,有女如云。荷华叨扰长史大人久矣,竟不知万事不可强求。今日与大人作别,愿大人身体康泰,未来亦觅得佳人,琴瑟和鸣。"

少女的话匆匆未及,却似是掩不住语末的颤音一般。她低着头甚久,终于深深一个万福,大步离去再不曾回头。而她未曾看到的,是久久停留在原处的蒙毅,他的眼神,一直追随着那已经远去的背影。

"出其东门,有女如云……"蒙毅望天许久,忽而喃喃自语,"有女如云,匪我思存。"

晨曦时分,一架青铜伞盖的驷马王车星夜兼程驶入了频阳北川,晨起的曦雾间,小溪潺潺流淌、叮咚作响,溪畔是一座白色的石坊,隐在茂密青翠的山谷之间。而君王的銮舆就在石坊一侧戛然而止了,其上之人身量高大,侧颜冷沉,正是大秦之君秦王政。

"草民王翦,拜见君上!"数月前告老还乡的上将军王翦一身麻布粗衣,手提荷锄,那张沟壑纵横的脸看上去,活脱脱是关中最常见的老农。单凭相貌怕是谁也想不到,这便是山东六国灭其三的老将王翦了。

"上将军快快请起。"

銮舆中步出的嬴政上前双手扶起王翦,望着君王一身的素白,倒是叫老将军不免怔住:"君上这是?"

秦王政深深一拜："寡人不用上将军之言，轻托李信，令大秦铁骑蒙羞，愧不能言。这身麻衣素服，是为大秦前线二十万将士所披。"见王翦不言，他复又垂下头去，痛心道："上将军，此番攻楚之策，政愧悔无状。若非不信用老将军之言，用人失察，怎至如斯惨败？"王翦沉默半晌，艰涩回道："君上，老臣确实年迈体衰，不堪大用，如今……"

"如今大秦危急存亡！"秦王政抢先一步，"上将军若不复出，愿坐视我大秦东出成为泡影吗？"

"这……"王翦面露难色，"论及东出，眼下攻楚委实不可久拖，然而老臣确实不堪大用，君上请另觅良将为上。"秦王政眉头紧锁。许久，似是下定决心："上将军，此番李信大军败于鄢郢，据玄虎令追查，并非简单作战失利。"王翦眉头一皱："王上何意？"

"事已至此，政不愿相瞒。"秦王肃然言道，"上将军可知昌平君之事？"

王翦摇头，神情肃重。嬴政正色，徐徐道尽此间始末。待半刻后一席言罢，君王忽而一拜至地："此大秦生死存亡之秋，将军独忍弃寡人乎？"

君王平生凌厉如剑，张扬若鹰，大秦上下皆知其强势，何曾见过其人如今日这般恳求于人？老将军良久沉默了，一时踌躇万分："君上若一定要用老臣……"略作迟疑，君王已是直接打断："政心意已决！"王翦终复长叹，回拜嬴政道："君上，老臣伐楚，仍非六十万大军不得战也。"

秦王政亲自扶起王翦，漆黑的眼底拂过笑意。

"一切，但依上将军之言。"

君上自驰入频阳亲迎老将王翦，君臣同乘驷马王车而归的消息，如同春风播撒整座咸阳城，秦人闻之，无不振奋。

秦楚血仇，二十万灰飞烟灭的秦军将士性命，都曾经是老秦人的父兄、骨肉、亲朋。突兀的惨败让咸阳国人愤怒了，如今老将军的回归仿若一针强心剂注入国人心中，一时之间，举国上下灭楚呼声鼎沸。

而芈皃身在兴乐宫中，莫名多了宦侍若干，前方依旧各种不明朗，令人忧心如焚。君上只不欲她现身过甚，却并不阻止消息传入兴乐，一时间，举国攻楚之呼和在秦楚人之窘迫,都如同大锤,日夜敲打在心间。

而王上自频阳归来便陷入如山公务,秦庙堂上下都在为上将军提出的六十万大军而紧急战备,傅籍、人力、征发、粮草、军备、情报……倾尽举国之力,于是芈茑已记不得,多久不曾再见阿政。

想见,忧见,怕见。

时光须臾流转,灿烂的夏日终至尽头,一季过后,一地残荷。秋雨泠泠而至,打湿了宫墙,在纷然的雨落声中,似是时光流逝都变得更慢。午后的时光静谧,芈茑独坐庭间针线,不知这样绣了多久,一个晃神,却见那人的身影突兀地出现在廊下。

"君上?"

她试探着轻唤,合了合眼,总怕见的是虚影罢了。而那人似是消瘦了许多,一身雪色的常衣神色淡淡,只有那双眼眸光华涌动,仿若盛满着天间星河。

"阿茑,你清减了。"他说着,向着她的疑问,无声地走近,"寡人倦了,信步到此。在做何?"

"不过做些针线罢了。"

嬴政走上前来,见她掌中的织罗锦缎,再看一旁的针线绣红,眉峰轻轻蹙起。漆匣中是一件又一件稚子小衣,有大有小,色样款式各不相同,粗粗看来竟有数十件之多。他看在眼中,不由皱眉。

"怎做这样多?"

芈茑放下掌中针线,唇畔牵起笑意:"茑儿蠢笨,蚕织之道本就生疏,此后恐越来越差。不若趁着还拿得出手,多做些。"

如今这一幕却是奇了。往日总是他笑她上不得台面,她气鼓鼓反唇相讥;今日倒是她自承无用,他却沉默不语。

"阿茑,你在怕什么?"

她怔了怔,连忙否认。却分明见到,那人的眼神似是暗了一暗。

"寡人已经下定决心,为华儿主婚。"

骤然心中一沉。"上将军"三个字尚未冲破藩篱来到空中,嬴政已道:"荷华大义明慧,有祖太后遗风。便赐封华阳公主,待及笄,嫁与王离结为姻亲。"

"王离?"她机械地重复,"苏儿的伴读,王氏的长孙?"

"是他。"嬴政眉心微蹙,叹道,"华儿明理,秦嬴长女理应为国效力,说来扶苏也满十三周年,寡人,也已经传书阿恬了。"

"君上这是何意?"尾音离落,一颗心也在缓缓下坠,她的声音恍如梦中。君王却似浑然不觉:"扶苏是男儿,是寡人的长子,自应担当。郢陈事危,吾令蒙恬将兵于城父驰援,九原大营主将在外,军心不稳。阿凫,寡人已经修书阿恬,明日,扶苏便动身去上郡。"

"苏儿去九原?"眼前一阵眩晕,她似乎不曾领会君上究竟说了什么,只是本能般重复着,"苏儿,九原——是啊,如今,为大秦,苏儿他是该去九原……"嬴政看她一眼,不由放柔语气:"大秦立法如此,唯有军功在身,扶苏才能立足。"

那人挺秀的眉峰始终轻蹙着,流淌着若隐若现的不忍和轻柔。明光下,那温柔的笑在唇侧有些漫不经心,映着如玉温润的面庞,似是有情,似是无情。

"阿凫?"大概是终于察觉她的不对劲,嬴政不由回头,温暖的大掌轻轻握住了芈凫的手指。却感到她一寸寸收回了手,对着君王,缓缓地跪下。

芈凫低声说着,一滴泪滑落面颊:"一切罪孽都是妾身的,稚子无辜,求大王垂怜。"嬴政一愣,眸光骤然幽深,而她却再无顾及:"妾与君上,唯有这一双儿女。君上曾言,嫡长子,国之舜英也,时局艰危,荷华已经如此,唯有扶苏——求求你,阿政……"

终于卸下了伪装,芈凫再也无力注视眼前的人,不由得泣不成声。而君王也不由得动容,大步上前欲将她扶起:"阿凫,你是一国之后,岂能如寻常慈母一般? 值此举国倾危之际,秦嬴一族皆无退路,扶苏是你我之爱子,更是这大秦的储君!"

然而,她却甩开了那向自己伸出的大掌:"君上究竟是为了军功,还是为了让储君远离妾这个楚国母亲?"

眼前的人一瞬间愣住了。这么多年来,从未有人敢如此忤逆他,即便是她。而他,也从未似今日这般温言相劝,温柔地求取着另一人的认同。

但这一刻，就如发泄一般，凫儿不想忍，不想从善如流，甚至即便心知错不在他，即便心知君上所言本是正道，然而她只想将灭楚之战以来内心的无限痛楚折磨发泄给他。

"君上心中所想，妾岂有不知？在这秦楚对峙、举国沸腾之际，让储君远离咸阳迷局，远离老秦宗族，远离我！就算妾知道此生从未背叛君上，君上也不是不知，但到头来，妾还是因为生而为人，生而为楚人，便不该存于这世上！"

嬴政沉声道："凫儿，够了。"

"不够，不够！哪里就够了！"她忽而崩溃一般泣不成声，"这些日来，妾一夜也无法安睡，大秦的二十万将士、叔父的最终去向、在秦楚人如今的境况……就算想要分担，或者想要自证，抑或哪怕只是想在这个时候陪在君上身边，但是妾知道，总是无用，说什么，做什么，都是无用……"她抬起手来，像儿时一样攥住他的袖角，脸上的泪痕却灼得他心疼："君上，您告诉妾，是否到了今日，您已经做出了决定，旁人再说什么，终是无用？"

从他的眼神中，她已经看出了答案。这就是嬴政，他的决定，从不会为任何人改变。

"终于……妾就连扶苏和荷华，也要失去了吗？"

她的身边，可还剩下什么？这么多年来，后宫多有所出，他对她并不冷落，然而多年来膝下唯有一双子女，嫡长纵然尊荣，却也如斯孤独，她，始终不愿去想背后的因由。

似是过了许久，又似是过了一瞬，似是回应这一片死寂的沉默，那人沉沉地开口。

"寡人……不会停下脚步。"他决然道，"不会停下东出之路，不会停止灭楚之战，不会放过任何一个曾经背叛羞辱过寡人之人。哪怕世间所有人都视寡人为虎狼，哪怕为此，将有万千无辜冤魂为之陪葬，寡人此意已决，其心不转。懂了吗？凫儿。"

一双墨瞳目光深深，须臾不落凝视着她。她与他对视许久，终究似是被那目光灼烫一般，低下头去。

"诺。"她说。

"秦楚战事如此，寡人当举君王之事，待一切盘整顺遂，我将亲之郢陈督战，以慰前线万千将士之心。寡人动身之前，扶苏必须前往九原大营监军，此为他身为长公子之义。"眼泪仿佛已经流干，听着他这番剖白，芈凫竟是只觉心头恍然，似是再也忍不住："亲之郢陈？君上要去秦楚的边界，不，君上，要去楚地？"

一阵心悸。双手颤颤无处着力，不由得握住了心口那五彩丝绦系着的龙凤青玉佩，耳畔，似是又传来昔年离楚之际，母亲的殷殷嘱托——

"此为吾自幼随身之物，凫儿不得取下。愿吾儿灵玉随身，远辟灾邪。"

忽而，芈凫似猛然惊醒般，惊叫道："君上入楚，不可！"

一根长指轻轻压上唇瓣，轻如耳语般"嘘"的一声，止住了她的挣扎："寡人要去郢陈。然而……"他说着，轻柔地为她抚去眼角的泪，"凫儿，寡人纵然做尽天下间对不起你的事，却仍然希望你能够陪伴在寡人身边。"

抚过面颊的手指，还残留着温热的暖意，但他看向她的眼神，已是下定了决心的无情到了极致。下一瞬，纵有万千过往思绪，也只能落入他决然的背影中。她无力阻止，只听到廊下尽头，君王冷然地吩咐："王后身休不适，需得静养。即日起关闭兴乐宫门，无诏不得外出。"

心绪翻涌之间，望着那雪色身影隐没在小径尽头再不可见了，她终于再也忍不住，一大口鲜血喷涌而出。那些血，落在霜色的衣襟之上，凄厉又黯淡，而她只能无力地呛咳着，窒息的感觉漫涌而上，心头却恍然在想，此身，竟已至这般田地。

然而，就在这一瞬间，这样一个晃神之间，她看到那个身影就是那样，在梅岭的转角，静静地站立。

那是旧时如若青竹一般卓然如玉的少年。若不是那脸上突兀出现的金色面具，近十年未见，他的容颜竟是未曾改变半分。

"阿……筠？"不能确定是不是已然出现了幻象，芈凫怔了半晌方才试着问道，嘴唇却抖得不能成句。

"少公主，是我。"梦醒人间看微雨，他的声音就似旧时江山，那般温柔。

"脩，来接你了。"

面对她呕血的惨状，黄脩却是毫不意外的神色。此时的他，身影隐没在梅花的枝丫之中，仿佛一不留神就会消失。

"你怎会在此？"勉力拭去唇侧的血迹，芈凫艰难地开口。

"我来带你离开。"缓步走上的黄脩，眼中是芈凫不曾见过的冷冽。还是温柔到极致的语气，却似乎有哪里，不一样了："祖太后，薨了。随后是吾大父春申君黄歇，为幽王和李园所杀；其后是幽王，你的父亲，前岁崩了；紧随其后的，是你叔父哀王。不过数年辗转，沧海桑田，你我的亲人，已经都逝去了。如今再无什么家国责任，你自由了，凫妹。"

他叹息着，徐徐走近："跟我走。"

芈凫凝视着他，眼神迷离："阿筍，你，为何会……？"黄脩摇摇头，不以为意："那不重要，重要的是，你不能再留在秦国了。所以，我来接你。"

"不能留在秦国？"

他望着她的神情，不由轻叹，眼神却是愈发温柔。不知为何，芈凫却觉那温柔竟似格外寂寞，令她觉得无比哀然。

"终究还是败给你了。"黄脩叹息，他的笑意带着儿时熟悉的宠溺，"看来，若是不向少公主坦承一切，你终究是不会乖乖随我离去的，是吗？"

芈凫望着他，心跳骤然加速。"告诉我，阿兄。请你告诉我一切。这些年来的你，秦楚的周旋，郢陈的前线……究竟发生了什么。"

仿佛感应到她的迫切与哀痛，黄脩向着她，微微点了点头。

每当我想起你的时候，我才知道……

原来那傲雪寒梅，竟也是会流泪的。

阿政啊……

重叠盘绕的雾气中，玉笛尾音离散，芈凫缓缓自榻间起身。

那人不知何时来到身边，执一件雪狐皮裘为她披了仔细。他始终举动轻柔，不发一言。那人的面容，似乎总是隐没在重重迷雾之中，她想要看清，却是说什么也难以触及。

华雍断章

"跟我走吧。"

北宫梅岭仍旧是雾影重重，不得真切。芈凫不言不动，目光流连那人姿容绝世，伸出手去，指尖却微微颤抖。

"你、你是谁？"

彼端那人闻言，神色微怔。却终究带着一丝笑意，向她缓缓伸出一只手。

"我知你倦了，凫儿。"他说，"我知你早已心生倦意，不过是为了慰藉那孤寂刺骨的人，才一直苦苦支撑。但你呢，你自己，又当如何？"

"你的一切，我都晓得。你厌倦的一切，你渴求的一切，我都记得。随我去吧，自此翱翔天地，远离这大争之世，再不涉这八方风雨——凫儿，过来。"

似是有一瞬间的迷惑，她向着他的方向，微微迈了一步。

"我……"

（始皇）遂使李信及蒙恬将二十万南伐荆。王翦言不用，因谢病，归老于频阳。……信又攻鄢郢，破之，于是引兵而西，与蒙恬会城父。荆人（项燕）因随之，三日三夜不顿舍，大破李信军，入两壁，杀七都尉，秦军走。

始皇闻之，大怒，自驰如频阳，见谢王翦曰："寡人以不用将军计，李信果辱秦军。今闻荆兵日进而西，将军虽病，独忍弃寡人乎！"王翦谢曰："老臣罢病悖乱，唯大王更择贤将。"始皇谢曰："已矣，将军勿复言！"王翦曰："大王必不得已用臣，非六十万人不可。"始皇曰："为听将军计耳。"于是王翦将兵六十万人，始皇自送至灞上。

——《史记·白起王翦列传》

始皇疾驾入频阳，手以上将印佩翦身，授兵六十万。后三日，翦发频阳，始皇降华阳公主，简宫中丽色百人为媵，北迎翦于途。诏即遇处成婚。

翦行五十里遇焉。列兵为城，中间设锦幄，行合卺礼。信宿，公主随翦入都。诏频阳别生主第，名相遇处为华阳，今名华阳原。

——明万历《富平县志》

梦境十九 杜衡

出不入兮往不反，平原忽兮路超远。
带长剑兮挟秦弓，首身离兮心不惩。

——《九章·国殇》

芈凫与黄脩在静寂的廊间对视，故人蕴着万千过往的星眸沉沉，似是引人沉溺。良久，还是一声幽幽叹息打破了沉默。

"距你我当年北上入秦，须臾已过二十载。夜深少年恍入梦，竟是生死存亡，不堪回首啊。"

闻黄脩之言，芈凫也大感触动，沉默许久才恍然开口："阿兄，你究竟去了哪里？别后十载，为何再未听闻你的踪迹？以阿兄璀璨华英之学，世传君子之风，本以为归楚后定有一番作为。谁知返回郢寿后却音讯杳然，仿若人间蒸发一般。"

黄脩在雾气升腾的彼岸轻轻叹息，他的眼神仍如往日温柔，清隽的唇际却透出一丝冷意。"返回郢寿？"他不由轻笑，眼神中却是深不见底的浓雾，"那年脩度过商於地界，方入得汉水，便遇上尾随追杀而来的玄虎令剑士。

你的君上，从来就不想我回到楚国。"

芈凫一震，玉容刹那变得黯淡。

"脩九死一生，渡过汉水遁入云梦大泽，方才逃脱铁鹰锐士追杀，代价却是……"他缓缓摘下了覆面的青铜面具，一道狰狞的伤疤自额角直延伸到鼻翼，本是清隽如玉的面庞，再也不复往日。一瞬间只觉呼吸都有些艰难，芈凫语声哽咽："阿兄……"

然而，唯余沉默相对。落雨的檐下晚风急，那人一袭墨绿深衣衣袂翩飞，孤寂如独行黄泉彼岸。

"待我辗转流离回到郢寿，幽王却已将大父囚入国狱，将我黄氏满门幽禁，随后便是春申君案发，大父被幽居赐死，公府仆役家产悉数抄没，繁盛一时的公子歇身后，竟是如此惨淡光景。"他说到此，却自嘲地笑笑，"而脩为了活下去，自此再无选择，只能走一条暗不见光的永夜之路。"

这样惨淡的往事，黄脩的笑意却如春雨满溢，这样温柔宠溺的目光，多年以来他自始至终都只对她一人。

"凫妹啊……"他缓缓抬起一只手，轻抚她的面颊，"你父囚杀我父，你夫，又心心念念取我性命。上辈子，脩大概是欠了凫妹许多吧。"

眼看她睁大了惶恐不安的双眸，黄脩脸上却浮现一丝惊讶："凫妹为脩而落泪吗？不必的。只要有重逢之日，过往的一切都不算什么。"他说着，脸上笑意淡淡，"还记得当年脩与你离开郢都，北上涉江而入秦吗？虽是践行秦楚二十一代之婚约诅盟，却也是为了大楚的利益。那已经被你抛却脑后的楚公女的使命……少公主，你可还记得？"

芈凫心中，狠狠一颤。为着那句久不曾听闻的"少公主"，更为了那意欲斩断的过往。然而黄脩却温柔如春风地笑了："还记得否？当年秦王以我为质，强留脩在秦十载，凫妹每每提起都要落泪，说对我不住。然而凫妹不知，黄脩内心却是窃喜，只因如此，便可以继续守护凫妹了。"

芈凫无言以对，只垂目不敢视。

"高傲的公主，从不曾将他人心意放在眼中。"黄脩摇头轻笑，"但那又如何？我本就不在乎，当年的黄脩，只希望凫妹能够永存于阳光之下，而忘却此身背负。若是黄脩不在，那些事情岂非要脏了凫妹的手？"

忽而一下子被卸了周身的气力一般，芈凫满面哀然，越发不敢看他："果然……那些桩桩件件的过往，每一件，都是母国参与其中。"

吐出口的话语轻轻，如若雾气消散空中，那一件件不可抛却的过往，如潮水拍岸，一波一波涌上芈凫心头。

"秦王政继位初年，后宫三位太后分立，韩赵楚三国势力裹挟博弈，到秦五载，暗流涌动，终成成蟜之乱。长安君成蟜背后便是韩系势力，长安君如日中天之际，我楚系便在祖太后的授意下，煽风点火，挑动韩、赵矛盾日益加深——脩阿兄，当年是你一直斡旋其间，对吧？"

黄脩笑了，他的目光细微地描摹着她的神情："凫妹心中如若明镜，却自始至终只愿置身事外。莫怕，脩不曾怪你，那本就是脩在此的目的。"

"脩阿兄，当年嫪毐举发长安君叛乱，也是你……"

"果真瞒不过凫妹呢。祖太后撩拨王太后在先，而长安君'谋反'的罪证，却是脩亲口透露给嫪毐那狂徒的。不然脩在秦五载，又何须刻意接近那成蟜，与之交陪？"

芈凫心中狠狠一颤，片刻复又颓然道："果真如此……"

"不止如此。"黄脩却是摇头，"凫妹可知一个暑月过去，夏太后为何旧疾竟成恶疾？"一瞬间，芈凫惶恐地睁大了双眼，不待她回答，黄脩已是继续："夏太后的恶疾是因为你的侍女，那位擅长枣栗蜜饵和药理之术的洒尘，她最擅长的，不正是在食物中暗下慢毒？"

芈凫默默不语。

洒尘出自华阳宫，本是医家高手，她是祖太后赐下的人，也是老秦人。而成蟜之乱之际，秦楚之利同一——到此，一切细节皆被串起，隐于水下的真相呼之欲出，芈凫神色哀戚，却并不意外。

"阿兄，凫儿不愿参与其中。"芈凫思量许久，艰涩开口，"是因与秦王少时相伴，我早觉他并非楚系所中意的傀儡君王。就如当年三后鼎立，此消彼长，却是似乎所有人都忽略了，那一旁始终坐山观虎、静以谋国的少年秦王。"

华雍断章

黄脩始终须臾不落地注视着她，一切早在他预料之中。

"秦王蜂准狼顾，机心刺骨。成蟜之乱后，王太后扳倒韩系，不再将祖太后放在眼中，更欲铲除政敌吕不韦，乃纵嫪毐为乱。但凫妹可曾想过，秦王政欲借此乱达成何种目的？"黄脩停顿片刻，声冷如冰，"坐观赵、楚、吕三家之争，待三败俱伤，为他冠剑亲政扫清一切障碍，这嫪毐之乱看似出自赵系，实则说是秦王政亲自促成，也不为过。"

"凫儿，寡人不在咸阳的日子，你要多珍重。"

过往的一幕幕浮上心海，那一年的刺心疑惧猝不及防浮上水面。而彼端，黄脩犹自继续："楚系岂能坐以待毙？于是将计就计，煽风点火撩拨那嫪毐，使其狂妄自大，误以为秦王不足挂齿，可直接绕开秦王扑杀楚系；一边却将'假父'之说透露秦王侧宦侍，燃起君王杀心。"

"故意诱使赵系不计后果，贸然向楚系发难？"芈凫忽而抬首，难以置信，"如此，岂非置自身于死地？"

"置之死地而后生！"黄脩摇头冷笑，"祖太后为大楚在秦之利，不惜将自身置于绝境之中。而我等以身为饵，真正欲要争取之人，始终都是那隐于幕后、蓄势待发之人——秦王政，你的君上。"

"所以君王冠剑，一朝事发，阿凫带去雍城虎符血书，救驾是假，缔约是真——那本就是一张用鲜血效忠、向君王换取权力的契约。"芈凫颓然言之，忽而似被抽空了所有的气力："是故当日携蓝田大营虎符前往雍城之人，也只能是我。"

只能是她。她，芈凫，是楚系为秦挑选的王后，是故送出虎符之人，雍城救驾之人，只能是她。她的背后是楚系的归顺，是祖太后的敲打，是秦军的半壁江山，初政不稳仍需助力，那自幼行走于权谋刀锋之人，岂能不察？

"而秦王最终收下了楚系的盟约，不惜亲自出手重创自己的母亲。对待生母尚能如此冷静计算毫不留情，凫儿，你可曾了解过那秦王政究竟是怎样的人？"

芈凫的眼神暗了一暗："阿凫，从来都知道他是什么人。"

是的，她知晓。那是行于刀锋之路，从不曾有过一丝一毫的纯粹，但她也知晓,即便这世上有最不可调和之权谋算计,但他,却并非真正无心之人。

黄脩的声音适时响起:"为了祖太后在后宫确保权力,为了昌平君在朝堂把持权柄,一切机心布局只为一个目的——让楚外戚在秦保持权力最高。毕竟唯有如此,才可在生死关头确保大楚的利益,譬如今日。"

芈凫闻此唯余苦笑,她只缓缓摇头。

"脩阿兄,你可曾想过,无论楚系、赵系抑或韩系,皆因利而兴,因利而亡,独秦王谋国于其间,从未因半分私情而乱法。"她说着,眼神复归澄净,"法者,国之公器也,怀私逐利之人,不足以立于秦庙堂之上。在其位而谋其政,是故叔父求存社稷而不可得,阿凫身为秦少君,此身纵万死,亦是万万不能。"

黄脩闻言眸光趋冷:"是故不韦流蜀,昌平上位,本是楚系多年经营一朝收网之际,凫妹自认不能,自有人越俎代庖。毕竟凫妹以一国元后之尊,为秦诞下我楚系血脉的嫡子,也是楚系谋划的一部分,不是吗?"

"你们……"芈凫猛然抬头,苍白的脸上少见地浮现一丝怒意,"吾儿是楚血,亦是秦人。天下将一,吾儿亦不会成为楚系钳制君上之柄!"唇畔扬起一抹嘲讽的冷然,黄脩道:"阿凫当真绝情,为何你的眼中自始至终唯有那虎狼之君? 你竟信他,真能够一天下?"

"世人皆执,便是看得透天道的流向,又有几人勘得破家国之血脉?"芈凫直视着他,忽而深深一叹,"脩阿兄,我与君上彼此认同,互为知己,即便他一人不能,吾儿亦会百折不回,子子孙孙,无穷尽也!"

"好个百折不回,好个无穷尽也!"墨瞳浮上一丝森冷,眼看黄脩极力维持的那层表象越来越轻薄,好像一瞬间就要散去,"所以邯郸廓城一壜心头血,救了那虎狼之君烈焰噬体的顽疾,却生生折去你十年的阳寿,这就是你的百折不回?"

芈凫猛然抬头:"脩阿兄,如此隐秘,你怎会知情?"黄脩却并不回答,他的眼神是深不见底的黑暗,令她一时间脊背发寒。

"之于凫妹,脩知道的,还有很多。"黄脩伸出手,却又停在空中,"你自小娇弱,如何对自己下得去这般狠手? 他凭什么? 他不配! 想到你为了他生受这般苦楚,而他竟是毫不知情、毫无感恩……吾,就恨不得生食其肉!"芈凫却只摇头:"脩阿兄,你绝不可告诉他! 是谁,谁告诉了你……"她一遍遍地回想,却终究在那两个字冲出口前,忽然失了声。

在她的身边,亲近黄脩、一心系楚又背靠昌平君之人,除了玄云,还能有谁?

黄脩平复一瞬,复而冷然:"你为那虎狼之君诞育幼子,难产三日,亏损甚巨。幸得我令玄云遗药于你,让你再无受孕,否则就连此一遭,你都未必禁受得住! 为今之计,唯有幽王妃之龙凤青玉佩能护你一线生机,你要切记,此玉绝不可离身!"

芈凫骇然剧震,一时悲愤交加:"脩阿兄! 我视你为兄长,你怎能如此对我? 你……怎会变作这般?"

他的话令她难以置信,他却似理所当然,全无顾忌。芈凫久望惊觉,记忆中的那抹温柔,仿佛此生再也无法触及。那双燃烧着怒意的双眸凝视她许久,黄脩忽而摇头:"脩不曾变过。不过是凫妹,从不曾真正了解过脩之为人吧。"

他明明在笑,笑意中却是黯淡的灰烬。她忽而觉得似被抽干了所有的气力,疲惫不堪。她平复了许久,忽而吐出一句:"脩阿兄,你此番从何而来?"

黄脩闻言而笑,似是开心她终于问到了这个问题一般。

"我,自是从鄢郢而来。"

至清至浅的一句,她的心跳骤然加速——他果真从秦楚前线而来。那么这些日来困扰心头的疑惑,鄢郢的秦楚前线,灰飞烟灭的二十万秦军,忽而消失的昌平君……真相看似触手可及。然而这呼之欲出的真相,却也从未似今日这般令人恐惧。

"昌平君已经叛秦。"

黄脩始终注视着她的每个反应,他的笑意还是那般温柔,却一语道破最残酷的真相,似刀锋凌厉,毫不犹豫:"昌平君本是秦相,对秦用兵之策、将帅战力、军备人口无不熟悉,他在郢陈集结了一支楚精锐部,与项燕大军私下约定前后夹攻,李信的二十万大军腹背受敌,自然灰飞烟灭。"

一颗心忽而下坠到了谷底,芈凫惊得后退半步:"怎可能? 叔父是匆忙间徙于郢陈的,怎能够有余力集结精锐之师?"

"匆忙集结? 不。"黄脩缓缓摇头,"昌平君如今掌握的,乃是自庄王以来便早已散佚的楚秘部——丹凤。"

"丹凤?"已经彻底震惊的芈凫,只能喃喃自语般重复着这个古旧的名词。晋之赤龙,燕之苍虎,齐之若木,楚之丹凤,秦之玄虎,一语囊括春秋以来各国行走在暗处的地下罗网。然而之于楚国,那支直接听命于楚王、足以对抗铁鹰锐士、魏武卒,手眼通天直如玄虎令的楚旧部丹凤,早在楚庄王崩逝后,便散佚不可寻了。

"这,怎么可能!"

黄脩却摊开左手,那银色的鱼尾在他的掌心熠熠闪光,这也是芈凫第一次近距离地细看这枚胎记,当初它还在玄云掌心之时,她也总是秘而不宣,有意遮掩的。

"如今丹凤,正是由我一手统领。"黄脩注视那抹掌心寒光,神情却是几许复杂,"我楚地尚巫蛊之风,丹凤死士之间,始终有着上古楚巫施加的咒印维系其联系,这枚银色鱼尾,便是丹凤的图腾。唯有持有鱼尾图腾之人,才有集结丹凤的能力。"

"但是玄云在我身边多年,为何她却不曾……"

"那是因为仅有图腾仍是不够,图腾之力,须得巫咸之剑催生而激发之。还记得吗,凫儿? 我黄氏一族之秘传……"

"湘君剑法!"芈凫骤然惊呼出声,"那古楚大祭之巫咸剑舞,湘君? 但湘君分明是强身之术……"

"一直以来,凫妹对于湘君一无所知。"黄脩缓缓摇头,"湘君从来就不是传说中的祭祀祝祷之剑,它是腥风血雨之剑,是深渊屠戮之剑。毕竟当年在咸阳,面对着凫妹的决然离去,脩也是凭着湘君真正的实力,才能返回城中,将那些狗贼一一剁碎。"

一瞬间,全身的毛孔都因战栗而紧缩。芈凫只觉眼前的男人是她此前全然不认识的,漆黑、妖异、陌生,却有种奇异的残酷之美,令人不敢直视。

"图腾湘君,丹凤重生。得得丹凤精锐相助,偷袭敌军于不备,何愁李信那二十万大军不灰飞烟灭?"黄脩说得淡然,仿佛万千生死不过须臾过客。芈咮看来,却觉遍体生寒。她平复许久,眼中溢满哀戚:"得玄云相助,脩阿兄得成大事,此战方能绝处逢生。阿筎,我只求你善待玄云……"

"咮妹,玄云已经死了。"直视着芈咮惊惧的表情,黄脩的声音轻如鸿羽,"是我亲手将她处死,心有偏私,甚至于在临行之前向你和盘托出一切,大楚,并不需要这样的叛徒。"

"你……"芈咮睁大了双眼,声音染上了凄厉尖锐的哭腔,"你怎么能?你怎么忍心?玄云她……始终,对你——"

黄脩却是几不可闻地摇了摇头,仿佛安抚着吵闹的孩童一般。他的温柔如若星辰大海,从来只为她一人而存在,但这一刻她却是此生第一次感到,黄脩的温柔只是一层轻薄的假象,是他行于人间的皮囊,这皮囊看来红颜绝世,笑靥如水惹人亲近,引人沉溺;但隐于皮囊之下的却是枯骨,如幽都生出的枳蔓花叶,其上虫豸横爬、犬牙交错,邪恶诡异,令人恐惧。

黄脩幽幽叹息,似忆起昨日:"在秦千里追杀,在楚满门被灭,集结丹凤,却也要生受上古巫祝之力的反噬。有人告诉我,在最黑暗的污泥中辗转,受尽人间的痛楚便会重生,那些日,唯有心中最深处阿咮的笑颜和对秦的汹涌恨意,才支撑我走了下来。"他向着她,又迫近了一步,"随我走吧,咮儿。"

她无言以对。他一句句平淡无波的叙说,如惊雷阵阵击打在她心中,然而此刻,她却只能摇头,竟是再说不出半句话。

"事到如今,咮儿,你觉得你还能在秦国做王后吗?你只有一条路可走。离开他,跟我走。"

终究许久之后,芈咮抬头:"若我不走,便当如何?"

"不走?"黄脩成竹在胸,依旧笑的温柔,"无论咮妹走与不走,昌平君很快就会公开叛秦,昌平君反于郢陈、致使大军被灭的消息,会立刻传遍秦国,以如今老秦宗族鼎沸之势,咮妹就不怕连坐之罪?"芈咮心中一震,却缓缓摇头:"即便宗族动荡,国人激愤,君上定会护我。君上向来护法,而我是君上元妻,我是无辜的!"

"无辜?"似是听到了极好笑的话,黄脩一双桃李春风眉眼弯弯,愈发耐心道,"凫妹怎会无辜? 今天发生的一切,东出以来的首次大败,都是因为凫妹的存在啊。"

那几缕带着恶意的尾音如轻烟飘散在空中,却震得芈凫心魂俱失。

"当日昌平君被罢黜秦相之职,若非凫妹一身故衣求情君前,只怕昌平君将在咸阳幽禁至死,又何来迁徙郢陈之机?"芈凫心头剧震,过往画面匆匆浮上脑海。她抖着嘴唇试图辩解,却被强势地再次打断:"还不止如此。还有流郢以来,那些往来昌平君和咸阳之间的密信……"他徐徐迫近,在她耳畔低语:"全部,都是凫妹'亲笔'所写啊。"

男人瘦削而修长的指间,帛书轻薄如云,却满怀杀机。那些字字诛心的信件,上面的字迹陌生而熟悉,分毫不差正是她的笔迹。芈凫看得真切,陡然睁大了双眼:"怎么可能,我没有! 不、不对……"她忽而难以置信地抬头,"黄脩,你! 是你?"

"是啊,是我。然而这些密信落入玄虎令手中,秦人只知,都是凫妹亲笔所写。"

一颗心瞬间如堕冰窟。然而芈凫却无比真实地知道,他说的,都是实情。她眼睁睁看着眼前的人,带着最温柔的笑意,却声声如若厉鬼,将她步步迫至悬崖临渊。

"凫妹,将玄云和我带来秦地的,是你。过去二十年来的每一件布局,你都若即若离,似有参与。事到如今,秦王政会信你吗? 秦人会信你吗?"

芈凫望着他,心中痛如刀绞,只觉夜夜梦魇中的黑暗竟都成了真。自幼亲近之人,如今竟成了黑暗中欲要吞噬自己的巨兽,这样可怕的认知,让她难以分清究竟何为真实,何为梦境。

"无论如何,九州不能一统,此消彼长生生世世,秦楚的诅盟,就是如此。这才是二十年前你北上赴秦的使命,是你身为楚王女的责任。"

须臾好一阵沉默,芈凫终于开口。

"若说当年的我还曾疑惑、悲悯这与生俱来的使命,然而如今我已明了,我不认同这样的使命！黄脩，你错了。即便我死，你们也是无法遏制他的。"黄脩听了，却骤然间怒意升腾："凫妹，你说什么傻话？我们已经重创了那暴君！只要再需一步……"芈凫望着他，平静道："一战之败，不能的。他这一生失败过很多次，但是从不曾有人阻止他的脚步。有的人是天生的王者，他的意志是钢铁铸就，凌驾于一切。"

"你就如此爱他？"黄脩说着，怒不可遏，"昌平君也曾一心为秦所谋，他的下场是何？而那虎狼之君终于按捺不住，此番竟欲亲临淮南，灭我大楚！岂不知楚地之瘴，非秦人所能承受？如今你的同胞，楚人正在集结全国之力，定要粉碎那暴君的东出恶行！"

"为何一定要如此？"芈凫骤然抬首，绝望的哀然再次袭上心头，"为何不降？秦王不会杀降，何不给那些黔首百姓留些活路？"黄脩闻言大怒："活路？我楚人战至一兵一卒，也绝不称降！楚虽三户，亡秦必楚！"芈凫身心俱疲，不觉茫然落泪："可是秦王也已经集结了六十万大军，这样，天下又要有多少无辜为这一战而生灵涂炭？"

"生灵涂炭？无辜？"黄脩缓缓摇头，"凫妹，是你轻视了楚人的决心，忘却了楚人的志向。"

"脩这便告诉你，便是我王，亦已做好玉石俱焚的准备。若君王死国难，我会辅佐项燕将军并昭景屈三族，齐心拥立昌平君为王，抗秦至大楚境内最后一兵一卒！"

"昌平君前线叛国的真相很快就会传遍咸阳，而你'亲笔'写的书信，也已经流往玄虎令。若未来你的叔父不仅叛国，更从秦相摇身一变成了楚王，凫妹精通秦律，自知生母叛国，亲族连坐，即便是秦王政，也保不住你了，秦国再大，亦无你的容身之地了，你所维护的秦法，会成为送你和一双子女上路的利剑！"时间缓慢流逝，到了这般境地，黄脩那从容的面庞上也出现了几许裂痕。他上前一步，对她伸出一只手："跟我走，凫妹，这是活下去的唯一机会。"

她静默许久，忽而抬起头来望他。那春容惨淡，语声却是平静："脩阿兄，凫儿只想再问你最后一句话。"

那清透的目光平静地望着她,他,静静等待着她的问题。

"做下这一切因果时,脩阿兄,便知会置阿凫于死地,是吗?"

那人的眸光似是灯芯一般仿佛跳了一跳。那轻盈如鸦羽的长睫之下,掠过若有若无的波纹。

"是的。"

他对着她,一字一句,似是在笑,眼中却有泪徐徐落下:"我的阿凫,我愿捧在掌心,此生唯一珍重的珍宝珠玉。但是,若她犯下背叛家国、背弃故人的重罪,我也会亲手将她推下深渊。"

芈凫闭上双眼,任泪水流下。耳畔,黄脩的语声似是来自幽冥的彼岸,仍不知疲倦地蛊惑着。

"深渊抑或重生,不过一念之间。凫儿,过来。"

芈凫在冗长的回想中挣起身来。依旧是早春的寂夜,梅炉中的炭火发出噼啪的声响,她看到空气中升腾缭绕的微烟,依旧感到彻骨的凉意。

凝视身侧,空无一人。

鼻翼白梅暗香萦绕,那是兴乐宫梅岭独有的霜雪寒梅。在这里踯躅了多久,又离去了多久,曾经依稀的冷艳容颜,近乎极致的绽放,那些声音在脑海中炸裂。

"跟我走吧……跟我走。"

不,不对。究竟是什么地方不对?

无法抑制地将那间楼阁远远抛在身后,芈凫漫无目的地在廊苑中跌撞来去。极力压制心头弥漫的恐慌,要找到他,只要找到他……

但是,"他",又是谁?

似乎刚刚在一个很长的梦境中回想起那些过往旧事,在清醒之后,便立即又跌落至另一个梦境,没有尽头,没有出路。噩梦初醒,还是自己,从未曾醒来过?

忽而有箫声腾空而起,其音清越,响入天际,其声若远若近,她不由起身逐那箫音而去,只见天净云空,月明如镜,遥望四合,青空白夜,竟是无比诡异。徒行夜半,月匿香消,小径终见尽头,箫音亦止,抬首一望,却是又回了兴乐宫,梅岭。

为什么——为什么又回到了这里?

视线陡然被映入眼帘的人影胶着,透过曲曲折折的长廊幽径,老梅树下那人彼端独倚,手中擒玄玉箫一支,高华如雪的笑意,一如往日。

"君上……"

过去他时常来听她抚琴,却甚少亲自弄过箫,那些回忆的片段涌入脑海,她在骤然间头痛欲裂。

"凫儿,静下来。可是心有所惧?"那人的笑意似是穿破这迷雾一般温暖柔和,但他的样貌,却始终隐藏在影影绰绰的暗影之中,难以窥得真切。

"最近不知为何,一直难以抑制遥想过去,然而,愈是久远之事,想来却是清晰无比;愈到近处,愈是模糊不堪,竟似是忘却了什么重要的大事……"她惶恐至极,进退失据,"阿政,我很怕——"

"那便不要再想。"

"可是,我好像真的忘了很多事!我竟然忘了我二人为何会在此处,我也愈发记不起那场灭国之战,命定死局,又如何就能这般全身而退?我甚至,总觉得你一早,便不该是在这里的……"

那人纤长的指尖掩住了她苍白的唇。

"乱想。吾既来了,决计是不会走的。"他宛然低首,轻揉掌间玉色温润,回眸间笑颜淡淡,却带着难以言说的温柔。那一汪墨眸沉沉,直透心底,安然从容,冲散了她胸中慌乱。

"只要凫儿……还愿我留下。"

二十三年,秦王复召王翦,强起之,使将击荆,取陈以南至平舆,虏荆王。秦王游至郢陈。荆将项燕立昌平君为荆王,反秦于淮南。

——《史记·秦始皇本纪》

梦境二十　星回

日月忽其不淹兮，春与秋其代序。
惟草木之零落兮，恐美人之迟暮。

——《离骚》

　　秦王政二十三年，前秦相昌平君郢陈叛秦之事发，消息传回咸阳，举国皆惊。关中国人无不震怒难言，一时之间人神共愤，朝野上下灭楚之呼声鼎沸，在秦楚商四散逃离。

　　值此举国震荡之际，秦王政在章台朝宫举行了冬遇大朝。

　　秦相王绾一身钧玄肃沉，长拜而奏曰："我王，昌平君自立为楚王，抗秦于淮南之事今已公之于世，天下为之侧目。前秦相公然叛国，自立为王，此为我大秦前所未有之奇耻大辱也！"

　　沉默片刻，秦王政沉声道："上将军如何看待？"闻君王此言，王翦、蒙武齐齐出列："末将愿带兵赶赴淮南，誓为王上平定昌平君之乱！"

　　"如此国耻，皆因寡人用人之失。"君王敛目冷声，"大军赴楚后，寡人将亲之郢陈前线，为我大秦万千流落异乡的孤魂扶灵。"王翦欣然道："我王有此心,何愁四海不平! 然而……"上将军生生一顿,终究是没有说下去。秦王政见此,幽深的眸光却骤然划过一抹暗沉。忽而一阵衣物摩擦的窸窣之声,再看高高丹陛之下,却是南阳郡守嬴腾起身出列。

"臣身为驷车庶长,向王上呈上秦公族之联署。秦楚之战惨烈,昌平君公然叛国,不诛其不足以平秦嬴公族之愤。请王上以叛国罪宣判昌平君,以连坐罪严惩其党羽,尽诛在秦之楚外戚,以慰我大秦死难将士在天之灵!"

闻此言,御前赵高浑身一震,不由神情哀戚偷瞄秦王。却见君王沉默不语,冷漠的面庞上无甚神情。而嬴腾话音方落,又一卿族大臣出列,肃然言道:"微臣亦以孟西白老秦人之身,向君上呈上关中世族之联署。"那秦臣满面忧愤,慷慨激昂,"恳请君上以叛国罪宣判昌平君,以连坐罪严惩其党羽,尽诛在秦之楚外戚!"

秦王政沉默一瞬,压抑隐怒:"楚戚与国贼亦有亲疏,岂可一概而论?"那人却慨然无惧,直面秦王:"楚戚之弊,始于宣太后之时,其时秦人只知太后穰侯,不知昭襄王。宣太后纵崩,楚戚余威犹在,如今天下渐趋一统,这天下,皆因关中子弟浴血沙场而得之,乃是我秦人之天下,老秦世族之天下!岂可以他族之子,凌驾于秦人之子也?"

"尔等放肆!"秦王政骤然震怒,"他族之子是何人,秦人之子又是何人?敢作此言,将寡人置于何地?"见君王雷霆之怒,秦臣伏地号哭,嘶声道:"王上,臣一片忠心,可昭日月!"

"我王息怒!"王绾见状,慌忙进言道,"群臣忧国,其言虽偏,不失忠直也。二十万军魂在上,楚外戚不诛不足以平民愤,君上若不忍,恐会寒了大秦将士的心。"众臣也纷纷伏跪恳求:"臣等同驷车庶长、关中世族之请! 恳请君上以叛国罪宣判昌平君,以连坐罪严惩其党羽,尽诛在秦之楚外戚!"

眼见四围群臣鼎沸,李斯肃然静立,却也不由皱眉。秦王政压抑怒火:"斯卿如何看待?"李斯默默许久,垂目叹息道:"君上既决意东出,须得倾心护法,绝无例外。"

秦王政眸光一凛,骤然打断。

"当下灭楚之战是为头等大事,楚外戚之罪,待寡人归国之日依法论之。

寡人赴楚之日,若有人敢动荡国本、妄议此事……"君王说到此处,扫视群臣的眼神竟如虎狼般嗜血阴冷,"寡人必让其死无葬身之地。"

众臣胆战心惊,何敢再多言一句。秦王政沉默片刻,复又冷然道:"法不徇私,亦不纵冤。寡人,会给大秦将士与众卿一个交代。"

大朝过后,时序流传,半月匆匆飞驰。转瞬即到了君王御驾亲征之日。

冬岁日升时分,天地间仍是一片鸿蒙如夜。咸阳廓城渭水横桥之畔,苍茫的雪风横扫莽莽秦川,衬得茫茫大地一片肃杀黯淡,狂风卷起枯折的草木,横桥畔高台之上,猎猎纛旗迎风狂舞。

君王毓冕端衮,玄衣重甲,眉目间厉意如冰峰,审视着高台之下即将随王亲征的三军铁士。天地无言,勇士静默,在众人的眼前心上,历时三载的秦灭楚之战如临其境,赫赫金声犹在耳畔,高亢、惨烈、悲壮……

秦王政二十一年,玄武大朝问策群臣东出之对,丞相昌平君驳斥李信攻楚之策,力谏绝宗庙之举。王怒,罢其相位,迁至郢陈。

秦王政二十二年,王用李信大军攻楚,昌平君叛秦,二十万大军于鄢郢前线惨遭伏击,遭遇东出以来前所未有之大败。

秦王政二十三年,王自驰入频阳复请王翦,以六十万大军三月集结,誓师灭楚。半载后,秦楚决战于蕲南平原,楚军不能敌,郢寿陷落,楚王负刍自尽以殉国。楚将项燕拥立昌平君为王,抗秦于淮南。

今秦王誓师渭水之畔,亲自登台禡祭旗纛,率精锐十万,亲之郢陈。然而猎猎寒风中,隐约可见红衣女子纵马疾驰,削薄的身影愈来愈近,却又似一触即碎。君王黑瞳如冰,仿佛萦绕一层令人胆寒的压抑之怒,如若千里冰封下激荡的怒流暗涛。主王城诸事的少府冯去疾大恐跪地:"少君以半主之尊,着庙服禡旗于御驾之前,臣不敢拦阻,请我王恕罪!"

沉重繁复的戎服,不减君王眉宇间轩昂尊贵的气度。修眉轩鬓,鼻梁高挺,一双凤目冷冽威严,沉沉凝视着来人。

"你可知,你不该来。"

芈凫翻身下马,大礼而拜:"妾与君有诺。今日之役,妾不能不来。"秦王

华雍断章

政怒道："吾之言,汝都忘了?"女子回望他,雪风中她的面容苍白却平静："妾不敢忘。但妾不能不来。"君上一步上前,扶住了风雪中少君徐徐跪下的身子,黑眸深深注视芈凫双眼,那如冰肃肃的面容终究松动。芈凫也回望着他,饱含歉意却又坚定地一笑,素手执起身后洒尘奉上的咒觥清酒,向高台青空,从容三献。

"清酒既载,骍牡既备,以享以祀,以介景福。"

绵雪翩飞,一双双将士们的目光,无声地投注在少君周身。

"君上,妾依前诺,来为我大秦精锐送行。这一杯,敬我大秦锐士,愿猛士入楚,百战皆锐,衣锦还乡。"芈凫言罢,执起铜爵一饮而尽。

秦王政的目光须臾不落,凝视着她,却见她又执起杯中酒,如过往千百次对酌之时般,向他微微一笑："这一杯,妾敬君上。今日为君旨酒壮行,愿君荡涤烦苛,扫平天下。"

清酒高举,一道清越的歌声在莽莽苍苍的渭水之畔,随风被举上天际,恍如二十年前君王即位大典上,那少女清越优美的歌声。十年一觉咸阳梦,此刻四月相对却是一如昨日,如咋日,男子气度高华如雪,女子风姿姝丽绰约,只是歌声已从当日楚辞,换作今日秦风。

"岂曰无衣?与子同袍!王于兴师,修我戈矛……"

寒风萧萧,旌旗猎猎。在女声的引领之下,义士相合而歌。激荡的秦风一层一层,如潮水拍岸,震荡回响。终于,浑厚的男子合声盖过了女子轻柔婉转的嗓音,回荡在渭水之畔,悲壮肃穆。

"岂曰无衣?与子同袍!王于兴师,修我戈矛,与子同仇!

岂曰无衣?与子同泽!王于兴师,修我矛戟。与子偕作!

岂曰无衣?与子同裳!王于兴师,修我甲兵。与子偕行……"

壮烈的歌声中秦王望着芈凫,芈凫也回望着他。他们彼此注视着,交叠的目光炙热而贪婪,此时此刻,她与他,皆不愿错过对方的一分一毫。天间雪落,极繁却也极静的一瞬间,仿佛已是渡过了漫漫一生。

"君上。"

芈凫自怀中万分庄重地取出那枚母亲亲手为她系上,自二十年前离楚入秦以来,便不曾离身的龙凤青玉佩。她上前一步,将那温润宝玉轻轻放进君王的掌心,那玉上还带着她的体温,她望着他,露出一个灿灿如暖阳的笑意:"夫君今入楚地,楚地潮湿有瘴,妾思及此,忧心不能安枕。愿君灵玉随身,远辟诸邪。"

微微一丝惊讶,染上君王如远山般冷肃的面容:"这似是凫儿第一次送寡人礼物。"

她的目光,细细描绘着彼端那人清隽的眉眼。良久微微一笑:"所以,在楚之时,请君此物随身,万勿取下,好吗?"秦王政注视着她的神情,他沉默了许久,终于应道:"诺。"

忽闻谒者高呼吉时已到、大军开拔。芈凫后退半步,正待退避,却突兀间一股大力将她带入怀中,似是欲将其揉入怀中一般,那力道发着狠,勒得她周身生疼。想说什么,却觉眼泪夺眶而出,只听他在耳边轻道:"凫儿,等我回来。"

三军开拔,遥望那玄色的队伍渐渐消失于风雪再不可见,芈凫犹自凝立高台之上,任由拂晓雪风浓烈扑面,如厉鞭一般呼啸着击打在周身,她却只是沉默地站立着,不言也不动,仿佛在等待着什么。

山川静寂,万物肃杀,茕茕孑立不晓得有多久,身后自远及近阵阵策马之声终于传来。寒风中芈凫紧了紧衣襟,素来温柔恬静的面容上,却缓缓现出一抹难以捉摸的冰冷笑意。

"老公叔果然赴约。"

所来之人林林丛丛却有数十,走近依稀可辨,是关中各大世族之人,再看那为首长者持重稳健,却是秦嬴公族之长,现任南阳郡守的驷车庶长嬴腾。今日嬴腾却是满面阴云,沉默不发,倒与身后那群世族之子怒意腾腾之色交相辉映。待诸人近前,遥遥对峙,嬴腾僵硬一礼道:"少君。"

芈凫却对他的不甚恭敬无知无觉般,只是静视来者,姣好脸庞上尽是从容。她沉默片刻,忽而一笑:"原还有各位族长,失敬失敬。"

"勿再惺惺作态!"似被她轻描淡写的话语刺激到了一般,人潮开始涌动,步步逼上前来,"若非君上有心回护,让少君所在密不透风,我等怕是早就与少君清算了!"芈凫漫不经心,脸上却笑意更甚:"各位皆是大秦宗族重臣,敢问要找我这小小女子做何清算?"

清晨霜风拂起额前碎发,云鬟翠钗,琳琅轻响,美得不可方物,女子一身红衣如雾,妖娆一笑云淡风轻,却也轻慢到了极致,丝毫未将来势汹汹的众人放在眼中。

世族之人更是愤然:"我等为秦楚前线战事,不平!"芈凫冷然轻謦:"咸阳宗族鼎沸,今在秦楚人拜汝等所赐,十已去之其九,就连昌文君也在前不久举家下狱问罪。汝等还嫌不平?可曾听闻在秦楚人之不平?"众人闻之更怒:"楚人有何不平?大秦三军在楚惨亡,昌平君难辞其咎,楚人难辞其咎!少君身为楚人,难道不该对秦人有所交代?"

"放肆!"洒尘激愤上前,将芈凫护在身后,"尔等只为这些莫须有、捕风捉影之事,就敢搅扰少君清净?"

谁知,众人却似被洒尘的怒斥瞬间点燃一般,怒喝声伴着一道道利刃般的目光,如刀剑寒霜刺在芈凫周身:"昌平君被贬,本应幽禁老死于咸阳,是何人巧语劝君,令其左迁郢陈,有谋反之机?楚军为何能提前得知秦军动向?李信大军粮草不济,又是为何?更是何人,传讯情报与那国贼昌平君?"

"诸位好似很是憎恨我呢。"笑意如涟漪,在芈凫脸上渐渐晕染开去,满目深潭般不可估测。

"憎恨?吾等为万千大秦将士为你不齿!"见那姣好面容上毫无掩饰的轻蔑冷笑,众人更是怒声鼎沸,"祸国妖后,狐媚惑主,迷惑君上,实乃我大秦之祸害!若你子继承王位,将来我大秦将是谁家之天下?"

芈凫傲然立于人群之中,目光睥睨如俯视蝼蚁。见众人越说越是怒意高涨,竟回首笑了:"芈凫是楚人,可也是秦少君。诸位再说什么,我儿,他也是秦国未来的王。"女子款款回首,傲立尘寰:"君上已行,国中无人,自有我执掌少君令玺料理国事。吾今日着庙服祷旗于御驾之前便是此意,尔等蝼蚁耳,谁敢阻我?"

世族中人闻言,勃然大怒。眼看怒意滔滔将成燎原之势,却是嬴腾上前一步喝止众人,独向芈凫道:"今日少君邀老臣与族中众人来此,若只为争议，则争如不见。我等纵不认同少君，然秦法在前，老臣自会掌握此间分寸，不会让众人为难少君。只要少君在君上回师之前，能安心在宫中……"

"呵……"回应他的，却是一声极尽轻蔑的冷笑。

"老族叔，你奈何不了我。就好比老族叔背靠公族，明明恨我欲死，但君上护我，你又能把我怎么样？"说话间芈凫已是走到了赢腾身侧，在他耳畔轻声耳语，"就算知我一心为母国谋，你又能将我如何？便是老族叔贵为驷车庶长，难道你敢碰我一寸毫发？"

佳人抬眸轻笑，眼波流转间百媚俱生，赢腾却是闻声剧震，一双怒目几乎睁出血来。终究是征战沙场的武将，今日一怒，好似罗刹山鬼，雷霆万钧。

淡淡眸光一曳，芈凫却在彼端冷笑，满面高傲鄙夷："什么秦赢，什么公族，什么重臣？"素日里娇柔的女声带着狠意，散着令人胆寒的杀伐之气："终究，不过是些没胆的蠢奴罢了。"

那根一直紧绷的弦随着这细如毫发的一言，骤然崩塌，断裂。沸腾的狂怒淹没了理智筑成的高墙，人群在鼎沸中汹涌上前，高喊，怒喝……

然而这一切，听在芈凫耳中，却如隔了一层棉絮一般，早已虚幻不实了。甚至连洒尘带着哭喊的惊呼，都被隔绝在了七窍之外。

这里是哪里？

环顾四围，茫然无据。看不清来路，更参不透归途，究竟何所闻而来，何所见而去？心中唯余一片空茫。

"只要凫儿，还愿我留下。"

"你，究竟是何人？"

梅岭独坐观雪，绵绵愁长。些微弦音，古朴大雅中有金石之韵，尾声绵长而飘逸灵修，似是无意便信手拈来，却是那曲《东君》。已是多久不曾援引的古谱？而上回，又是何时弹奏呢？

早是过于久远的往事吧。

身前似有轻风微拂，那人身上独有的白梅冷香娓娓浮动。夜风吹过寝殿的帷幔，一个恍神之间，却见到昏暗难辨的殿门处，似是有一抹颀长峻拔的身影，琉璃灯下高台复廊曲折，那如夜的玄色衣袂随风翩飞，虚幻似梦，若隐若现。

她惊觉般猛然抬首，入眼的正是那人，那此刻，本是断然不可能出现的人。

是君上。

君上站在曲曲折折的回廊，身后是过早绽放的琉璃世界白雪红梅。细雪飘飘悠悠地落下，暗合着早春清晨上腾的白雾，萦绕他的脸，轻拥他如墨的发，缠绵他的周身，依稀虚幻，美得像是最不切实际的梦境。

他，就在那里，向她伸出一只手。

"芈儿，过来。"她听到低沉清朗的声音。

那人依旧玄衣墨发，张扬眉眼，他在微笑。他的笑容在这寒夜中，显得缥缈而不得真切："且随我……隐了吧。从今翱翔天地，再不涉这大争之世，八方风雨。"

芈凫怔怔地凝视他。

终于可以选择了吗？就这样遁走，抛下家国大计，抛下平生然诺，就这样和他一起归去。这大争之世，国仇家恨，就这样再也与她无干。

她，终于可以选择了吗？

蓦然间头痛欲裂。

他独立在廊下，沉默着，掌心始终向她。他在微笑着。但他的指尖，带着毫无血色的苍白。她望着他，久久不语，那是咫尺之距，亦是相隔千里，芈凫终究后退半步，别过头去再不看他。

"你，究竟是何人？"

彼岸之人闻言默默，神情微怅。那倾城之姿一如往日，似是微云缠绵，亦真亦幻。

"我，自是你的阿政。"

她的背脊微微颤抖，少顷方自回过头来，竟是不可自抑黯然泣下。然而唇齿间的语句，却是真真切切，石破天惊。

"你不是他。你自不可能是他。他是生来的帝王,心怀天下,无人可阻,又怎可能囿于情困,抛下一切?便是行于黑暗永夜之路,他亦会以钢铁意志披荆斩棘,横扫天下。你,又怎可能是他。"

"凫儿……"望着她的眼神染上了几许怜惜。芈凫却望着那人,缓缓摇头:"而我亦无求生之愿。黄泉道中,徘徊无措,意识迷蒙间回想过去,倏忽人世二十载,原不过归凫一梦。梦境自始,芈凫便是将死之人,如今过往已逝,大梦初醒,再如何留恋这人世,亦不可强求了。"

她是如此希望能与那位帝王相携一世,她在生死之间的迷离中,给了自己一个最美的梦境。于是她回到了二十年前的长安宫,回到了那日的含章殿,她知道那位少年会出现在琉璃世界的红梅树下,至此惊鸿一瞥,一眼万年。

那也是从不曾宣之于口的隐秘期盼。她希望回到决战之前的那晚,回到那夜的梅岭,她期盼那人会出现在曲折的回廊上,向自己伸出一只手。她曾爱其入心,也曾恨其入骨,但在这个世界上,芈凫可以为母亲、为脩阿兄而死,却只愿为他而活着。

阿政……如果你我之间,不曾横亘着家国血恨的迢迢星河,是不是我们之间的一切,就能有些许不同?

"凫儿。我……"

"你走吧。"

"凫儿……"

"走吧。"

静默弥散升腾,在二人之间划出深深的裂谷,迷雾肆恣翻腾,对岸那人的样貌难窥真切,那人像是微微笑了一下,或是再也没了什么表情。芈凫始终没能抬头,看不得万分之一,但她却感到他的视线细细描绘在她的周身,清冷的空气里,漫涌而来细微而灼热的刺痛。

"即便梦境虚幻,却能片刻厮守,岂非令人欣喜?"彼岸传来那人的叹息,恍然如梦,"可如今你大梦已醒,果真……不可强求了。"

尾音已自低迷，意识渐入模糊。腾起的箫声在梦境中，弄月微凉，清风习习。如若翩飞回旋的红线，指引她忆起遥远的梦境最末，她与他，相顾错落的容颜。

彼时星回之月，独坐弄琴，君至未至，细语迟迟。旧时楼台亭前雨，一曲东君青衫湿。

秦王政二十三年，秦楚决战于蕲南。楚国兵败，王都寿春陷落，楚王负刍自尽殉国。秦王政游于郢陈。

楚将项燕拥立昌平君为楚王，抗秦于淮南，咸阳宗族大臣因之鼎沸，妄议少君疑罪，长公子之出身。在君上赴楚之际，宗族众人竟大逆不道，将少君囚于兴乐，发动宫变。

秦王政二十四年，王翦、蒙武大军攻陷淮南，昌平君兵败身死，项燕自尽殉国，楚国就此灭亡。君上班师回朝。

秦王政二十五年，咸阳王城——

兴乐宫的梅岭又是一年雪雾漫漫。

红梅树树开得正酽，清爽的微风摇曳纱幔，掠过飞檐的铜铃，摇起一院落的氤氲暗香。许久不曾踏入此处的人脚步寂寂，长檐下雪色衣袂翩飞，似是怕惊扰了这一室的清和平静一般。

青山未减，白发无端。院落早已荒芜，自此间主人去后，春风不入罗帏，这一室的清净寂寥，无人知晓。

"君上，回吧。您已在此默默站了一个时辰，究竟是早春，仍是寒凉啊……"

趋前斟酌着劝慰的赵高忧心忡忡。君王身形微动，眼神却是落在了偏宫之中那白梅小几上静静放着的错金宝匣之上。

赵高心领神会："君上是否要将少君的……遗物，带回含章？"

嬴政沉默许久。"不必。"仿佛下定了某种决心一般，那玄色而凝重的身影一滞，终是缓缓开口，"即日起封兴乐宫大门，合宫上下，不得入内。寡人……亦不会再来。"

如冰雪般寂静疏冷的话语掠过风中,又很快被寒风卷到了九重天上,冰凉细碎,再不可闻。君王终究大步离去,再未回头。

却是赵高回头望了一眼。

这梅岭,这白梅小几,这错金宝匣,还有宝匣中那人留下的断裂成两半的和田白玉笄钗,还有那封——

归兑哀书。

君王自淮南平定楚乱回返咸阳后,须臾已经过去了半载。

许是沾染了楚地的瘴气,许是回宫当日连夜去了梅岭受寒,君王归秦便大病一场,足足三个月方见好转。所幸其人心志极坚,病愈之后越发勤于政事,只严令六宫中人不得谈及兴乐旧事,但凡窃窃私语者一律斩死,久而久之,兴乐宫竟成秦宫禁忌。除此之外,君王无甚异样,只每日公务处理完后总会在梅岭流连几刻,直至今日。

一切,似不过如此。

过往真相,皆掩埋于秦王政二十四年冬月的茫茫雪雾之中,缥缈无际,再难寻觅。

回首间仿佛光阴回转。幕幕过往,流光溯回不为人知的时间。

一岁之前……

秦王政二十四年,星回之月

咸阳王城,兴乐宫——

风声凄厉,冰雨寒凉连成了一线,在梅岭偏殿的轩窗结成哀愁的珠帘,远远传来的琴声欲断还续,昏黄的风灯在暮色中犹如此身,晦暗不明。

洒尘执一盏宫灯飘来,关切道:"少君可是魇梦之症又犯了?"眼前人缓缓摇头:"如今,是哪一年了?"洒尘眼中隐忧渐生:"回少君,是秦王二十四年了。"芈兑颔首道:"原已经过去半月了吗? 却是累得你也要在这荒无人烟之地饱受幽禁之苦了。"

她语气淡淡,阖目苦笑。虽还不到深夜,花棂雕窗镶嵌的冰裂琉璃已笼了一层冰雾,距离那日送君南浦,语激世族,已过了整整两个七曜。旧时宫阙如旧,朱门却是紧闭,其间,是触目惊心一片死声。

"少君这是说哪里话?只是婢子当真不明,您当日为何要如此?"见她不语,洒尘眼眶一红,"秦人生来血性好斗,当年商君施行新法前,曾经私斗成风、血流成河。君上不在,您如此激怒世族,后果当真不堪设想啊!"

芈凫摇了摇头,认真道:"吾不惧其怒,却惧其不怒。"

"可是,如今因世族之怒,驷车庶长将您囚禁在此,等候问罪。数九天寒,您病体孱弱,怎么捱得住?"

面对女使满心的悲苦不解,芈凫沉默许久,却终归轻轻一叹:"洒尘啊,岂不知,此吴起伏尸之计也。"

洒尘睁大双眼,万分疑惑。

"吾早病入膏肓,似当日吴起已是就木之人,而那日吾请之人,皆是朝中为着吾儿,向君上发难之人。他们为秦人言,不过欲以世族血统之公子夺储,谋一己之私,故而喋喋不休。秦以法为尊,吾无罪,君上知也,公族之人,不知也。"

窗帷若明若暗的阴影洒落在白玉面颊之上,在佳人的唇际,缓缓绽出一丝嘲讽的笑。

恍然思及旧事,心头五味杂陈。当日黄脩以仿笔密信迫她离秦,而后世族发难,口口声声私授情报,想必有所斩获。只是当年她禁足芳洲罚抄《周礼》,黄脩怜她抱病代劳,却被嬴政一眼识破。那本是她与君上的默契,黄脩也好,世族也好,又岂肯同外人道也?

若说天下间唯有一人能解芈凫之冤,此人便是君上,待君上归国之际,一切自当真相大白。怎奈世人愚钝,只愿见己欲见之事,更不必说世族激愤在先,又岂肯仔细求证?

"秦人血勇,是故君上行前,亦是要您幽居兴乐,避世族锋锐。"洒尘叹息连连,打断她徘徊的思绪,"今世族无凭无据囚禁少君,当真狂悖无状。君上回返,必会将您迎回,为您洗刷冤屈!"

芈凫微微一笑:"但若是吾不明不白死于囚禁之期呢?"

洒尘一震,难以置信地抬头。芈凫轻叹一声,站起身来,徐徐行至窗边。

"昔年楚悼王用吴起变法,楚国因变法而兴盛,却动摇了宗室的利益,宗室视吴起为眼中钉也。悼王崩,吴起知其必不能善终,亦恐新法毁于一旦,便于冰室停灵之日,于先君遗体侧畔着意出言相激,宗室众人果然大怒,竟乱箭将吴起活活射死,然而刀剑无眼,楚王遗体就在一侧,多受累及。是故肃王继位后,以此尽诛宗室大臣。吴起纵死,新法却得以保存,此'吴起伏尸'也。"女子娓娓道来间,精致的面庞渐渐胧上一丝冷然,终至此处,杀机毕现,"正如今日,独吾死,则满盘皆活也!"

依旧娇柔无暇的面容,甚至还微微噙着笑意,洒尘却觉一股寒意直冲头顶,随之升起的,更是一种最深的悲哀和难以置信。

"不!您岂可如此?君上岂可容您如此?"

"芈凫之命,微也。"芈凫说着,缓缓摇头,"洒尘啊,你可知?今上一统,非岐西关中之秦一统,乃御宇内之大一统,世族不容楚人,岂不知六国之人皆在观望。少君者,一国半主也!仅因出身六国,无罪而囚死宫中,行此大逆不道,人人得以诛之。如此,则授君以柄也!君上,他会知我。"

平生从不见有人如此冷静极致地谋划着自己的死亡,洒尘触目而望的,是芈凫的眼中唯余一片平静无波的深海。

"吾今日所受,桩桩件件,皆是一把利刃,助君上钳制宗族,为我儿铺路。有此柄操于君王之手,宗族何敢再谬言出身,妄议吾儿?若是有人偏要不识好歹敢挡我儿之路,芈凫必要其人,伏尸百万,以血偿还!"

洒尘望着眼前病弱的女子,久久无言。忽而数日前的一幕撞破脑海,在灵识的深处,如破空利刃。

那日她偶闻宫人议论,满面惶急奔回兴乐,前朝鼎沸之声日日传来,若世族真对公子不利,少君当如何自处?遂央着少君快些去求求君上,只道君上总不会弃长公子于不顾。而当日的芈凫,也是恍然不闻这焦急迫切般,径自行于寝殿玉案之前缓缓坐下。

"勿再言,洒尘。"一贯雍容宛然的女子仍如旧日,在细碎洒落满室的金色光影中,微微一笑,"老世族恐不知,一位母亲若是为了守护她的子女,会做到何种地步。"

一个恍惚大梦初醒,洒尘周身冰寒,只觉汗出如浆。

"少君,原来,您……"

未出口的话堵在心口,悲酸难言。却听彼端女子忽而低语,其声中,是掩埋最深的难言痛楚。

"洒尘,我……无法安睡。一闭上眼,就想到那二十万死在城父的秦军冤魂,就想到君上的耻辱和痛恨;而同样,也会想到从平舆到鄢陵再到蕲南,六十万楚人的鲜血。"她说着,终于流下眼泪,"曾经我以为与君相知,芈凫此身可越山川大海,所向披靡,无坚不摧。但我不曾料到,那终究是我的母国啊……"

洒尘闻言大恸,不由跪地痛哭。

而芈凫亦不再言,一切言语都是如此苍白,就仿佛整个人被撕裂了一般的痛,却无人可诉,无处可哭。她的身躯猛然一震,还来不及捂住嘴,忽而大股大股的鲜血就自口中喷薄而出,洒落在衣袂上、帷幔上、榻间的衾被之上。

"少君!"洒尘惊呼不停,惶急得直哭,"自被囚于兴乐以来,您日日如此,这可怎生是好!"却听芈凫虚弱应着:"我无碍,就去为我煎平日的药吧。"洒尘急忙为她取来风披:"婢用药能为远不及公子脩,您为何坚持不用他遗下的药方?"芈凫怔怔片刻,只道:"去吧,洒尘。"

眼见她一身的疲惫,却还挣扎着到了书案一侧,一双素手直颤着,竟是寻起纸笔来:"吾病发,恐将行。再不作此哀书,恐再来不及。"

哀书,君之绝笔也。此二字一出,洒尘大恸。纵使极力压制着,却早已泪如雨下,泣不成声。

"少君稍待……婢,这就去煎药。"

寝殿最后一丝人声归于槛外的风雨霜雪,帛书缓缓展开在书案之上,昏黄夜灯如豆,窗外是黑沉沉的夜,看不清一丝前路。夜雨声烦,鏊台明光渲染的大殿如胧金雾,海棠红的凤纹薄纱垂落地间,美人孱弱,却依旧难掩她举动间的惊心动魄之美。

妾自垂髫稚龄入秦,与大王相携相伴,迄今二十余载。成蟜之乱,蕲年血战,太后迁雍,不韦流蜀……从君多年,随生随死,风波看尽。元服冠剑,大婚合卺,君许妾夫妻之礼,妾赠君一世不负,愿从生共死,二十余年,其心不减。

奈何天意弄人,天不假年。昌平之乱,朝野皆震,故国烟灭。妾日夜忧思,生死不可终岁。时如流沙冰雪,世人皆苦,芈凫亦无可独善其身也。只君远在郢陈,妾深恐,再无心血之力,常伴君上身侧。

唯幼子扶苏,稚子何辜?是故以将死之身,成吴起伏尸之计,妾今死也,则可授君以柄,护佑我儿。妾愿将一生恩情,托于幼子之身,彼时大王再立后立嫡,若能念及过往分毫,存留稚子一席之地,凡此足以。

妾之事,与宫中人无涉也。恳请君上勿要迁怒,更万死求恩善待故楚遗民。妾自去后,愿大王凤愿达成,荡平四海,则妾之罪,万死可赎其一也。若得一诺,愿君上再勿念妾,常有人在侧,时多加餐饭。

秦王政二十四年星回之月

罪人芈氏容谒哀书

漆黑的夜沉沉袭来,北回的朔风涌进殿中。那丝烛芯倏忽惊跳,乍然激起微光,却终究在一片萧瑟之中,归于寂灭。

那日的芈凫再也不会得知,半载过后,这座荒凉萧疏的寝殿内,同样的所在,同样的时辰,同样的书信,独余君王一人枯坐如若凝冰。

那具躯体中蕴含着雷霆风雨,叫嚣着翻滚着,却又被死死压抑在灵魂深处，须臾不曾外放。殿中卷起的纱幔被挑起一角，案上青金方匣，巧夺天工，纤尘不染。

君王骨节分明的大掌，紧攥掌中的帛书。那帛书轻如鸿羽，其上还晕着深深浅浅的泪色，淡去了墨痕几许。然而在扫尽六国的虎狼之君眼中，却仿佛是一条剧毒的蛇，状似无害，一动不动，却饱含杀机；一瞬间君王仿佛就要将那物剥皮拆骨，吞吃入腹，然而他却只狠狠地攥着，深入心血，嵌入骨髓。压抑凌厉的暗涌，如若翻卷的黑云压境，如怒焰爆发的力道自掌中迸裂，震荡、盘旋、交织，不可停歇。

也不晓得过了多久，那股怒涛如潮涌呼啸着渐渐褪去，被惊人的力道迫至颤抖的大掌也终究松弛。低沉的声音，带着一丝疲惫的暗哑，令人闻之惊心。

"……小高。"

忙不迭奔入殿中的赵高，此时整个身子都是抖着的。双眼好容易适应了殿内的昏暗，待看清正中沉默独坐的君王，禁不住心头剧震，早伏跪在地。

"君上，您！"他已是哭得哽咽，"君上，请将少君的……哀书，且先放下吧，再不如此，恐这字迹就会被……血迹晕得模糊了……"

似是陡然惊觉了一般，闻听此言，那具身体却是起了些许反应。举动仍是有些僵硬，他缓缓地将那掌中帛书对折，又极慢地收入匣中。

赵高哽咽着上前："君上，容奴为您包扎手吧。您流了甚多血……"简单地包扎过后，君上便起了身，再不曾看过身后一眼，他一步一步向殿外走去。

殿门须臾洞开，天风呼啸，灌入空荡荡的大殿中。君王的脚步行至门前，抬首望天，兴乐宫外月如银盘，皎洁温柔，却无一丝温度。他忽然觉得眼前的万物似在晃动，伴着赵高的惊呼，迫人的眩晕如潮涌袭来。

夜风吹过寝殿的帷幔，一个恍神之间，就在意识陷入彻底的黑暗前，他仿佛见到昏暗难辨的书案旁，美人苍白却寂寥的侧影若隐若现，雪玉般的病白有一种孤寂的平静，她沉默静坐，终究，未曾予他只言片语。

秦少君芈㠯逝于淮南陷落、楚亡后的第三个火曜日。

那一日的兴乐宫梅岭，雨打芭蕉，一院枯荷，如若往日寂静无人。其时君上远在千里之外，北回的朔风，并未带去芳魂已经永远消逝的消息。

两年后，秦王使大庶长王贲从燕南攻齐，齐王建降秦。至此荡平六合，囊括四海，天下并归于强秦。

秦王政二十六年，玄武季——
咸阳王城章台宫

秦并天下，秦王问政于章台。

王令丞相、御史曰："寡人以眇眇之身，兴兵诛暴乱。赖宗庙之灵，六王咸伏，天下大定，名号不更，无以传后世。今召众臣博士朝会，共议帝号。"

闻君此言，众臣莫不心旌摇荡、热血澎湃。王绾满面喜色率先出列："陛下平定天下，海内为郡县，法令由一统，功德无极也！臣等昧死请奏上尊号，王为'泰皇'，命为制，令为诏，天子自称曰朕。"话音一落，众臣纷纷附议。

秦王政道："去泰著皇，采上古帝位，号曰皇帝，其他如议。"沉吟片刻，又道："还有一则。朕闻谥号之说，深以为不然，如此则子议父，臣议君也，朕平生最厌是非诸议，是故自今已来，除谥法。朕为始皇帝，后世以计数，二世三世至万世，传之无穷。"

众臣不由惊疑地交换眼神。然而不过一瞬，已是纷纷跪拜高呼："始皇帝万岁！愿大秦伟业，传之无穷！"

始皇帝目光如鹰，俯视群臣。在这激动人心的时刻，帝王高傲冷漠的面容上却无甚起伏，仿佛过往十年的纵横寰宇，临御天下，不过是过眼云烟。

王绾又进言道："启禀皇帝陛下，臣等还有一事要奏，三代以来，有天者有地，有阴者有阳，如此阴阳和合，天地之道也。今陛下为始皇帝，臣等请陛下早立皇后，则人乐同则，嘉保太平也。"

闻言，赵高心中一惊，忙悄悄观察皇帝脸色。高高在上的帝王此时看不出什么神情，只淡然道："上古帝不二娶，丞相请之，无谓也。"众臣皆始料未及，王绾犹自不放弃："纵有古制，然此事关系嫡长，关系国之宗本，还请皇帝陛下三思。"

沉默一瞬,始皇帝道:"皇后之事,朕心意已决,此生不再立后。"话音方落,大殿诸臣不由交换讶异的神色,一片窃窃之声。又听帝王决然道:"此后,封禁兴乐宫,不设皇后陵寝。此事,众人再勿复请!"

皇帝一句话说完,拂袖而去,只余大殿诸人不明就里,一头雾水。然而至此之后,众人也渐渐明了,此事为皇帝之逆鳞,凡有再请者,轻则训斥,重则严罚,一来二去,也就再无人提立后之事了。

然而,无人知晓的是,就在议定帝号的那日入夜后,皇帝独自去了兴乐宫的梅岭。

君王到时已是傍晚时分,天间氤氲起了薄霭蒙眬的春雨。天幕渐渐变暗,掌灯宫人在廊间拢起了纱笼灯,昏暗的庭间灯光幽冥,若隐若现。皇帝一袭常衣在梅岭小庭直直坐到中夜,自斟自饮,他只是沉默独坐,那为岁月风霜染就更显英挺如峰的侧颜,如今更是带了三分孤寂的淡漠。挺拔的眉峰威仪凛然,绝世出尘却也入骨孤单。他忽而举起杯盏。

"敬你,少君。"

似有泠然的琴声漫涌而上,如若翩飞在时序中的万千交织过往。就在那一瞬间,仿佛在亭间的梅树之下,他又见到了那人。雪色的青衣广袖下纤长的身形,丰美如瀑的青丝,娇柔绝世的笑靥,秋水明泠的杏眸,含羞带笑,眼波流转。

帝王眉心一凛,乍然僵住。

不过一个恍惚的时间,天间只剩微雨连绵。他用力眨了眨眼,那梅树之下一如来时般,氤氲如梦,空无一人。

后十年,皇帝分天下以三十六郡,作制明法,不懈于治。

帝克己勤勉,政令频出。亲巡远方,登兹群山,周览东极。筑驰道,建长城,修灵渠,兴天下工事。十年间,帝国如若一架永不停歇的战车,承载着帝王的信仰与意志,腾如赤焰,生生不息。

三十六年岁尾,皇帝从江承渡,北至琅琊,命方士徐市等人入东海求取仙药。为众人涉海事，帝亲揽连弩射巨鱼，乃遣巨帆访蓬莱。

秦王政三十七年，端月。东海琅琊郡的芝罘岛上，春朝灯火遍染帝国的海疆。

"君上，君上！"此去经年，眉眼间已是隐现几许沧桑的赵高，此时却正急得捶胸顿足。

"我的陛下哎，您这是……究竟去了何处？"

中车府令赵高无论如何也不曾想到，甫一登上芝罘岛，陛下便自顾弃了那辆精铁打造的辒凉车，又冷着脸斥退了众臣随侍，竟就一头扎入了这东海小邑的漫天灯火之中。要知道，随君东巡已是五次，陛下可是从未似今日这般。

"老师，还没找着陛下呢？"见赵高惶恐不能自胜，少公子胡亥却是丝毫不以为意，反而傻笑着凑近，"莫不是君父见了是春朝，也起了孩子心性？"

赵高忍不住翻了一个大白眼："公子以为是您呢？ 那可是君上！ 哪来的什么孩子心性？"胡亥却不以为然："我看就未必。前日东海上，巨帆鼓沧海，连弩射巨鱼，那可是百斤的千机连弩啊！ 君父他不是玩兴大起是什么？"

"哪门子的玩性大起？ 明明就是因为那徐市。方士畏惧海中恶龙畏缩不前，君上就亲手射杀巨鱼，令大船出海！"赵高说着，不觉咬牙切齿，"这个徐市……"

谁知公子胡亥听到此处，竟是哈哈大笑。

"还是君父会玩！ 好耶好耶！"少年说着，一双大眼"骨碌"一转，"不过，我也讨厌那个徐市。莫不见为了射杀那海中巨蛟，君父的虎口都给千机弩震出了血？ 我看着好生心疼。该死的方士满口无边无际，什么起死回生，什么不老仙丹……"他说着就激愤起来，那张孩子气的脸上，竟也染上三分阴鸷的杀气。再看赵高，早唬得一把上前捂住了嘴："公子慎言！ 君上听不得人非议蓬莱仙药起死回生，你不要命了！"

胡亥差点没教他勒死，扭着脖子怪叫起来："老师快放开，咳咳咳……"待他平复半刻，又是一脸无谓："要我说啊，这一路东巡跋山涉水，君父定是累了,想轻松一下罢了。老师这样一直跟着,才是平白招人厌烦!"赵高听了,气得直扶额:"公子,您岂可如此糊涂?如今六国余孽犹在,君上的安危乃国事,岂容一丝懈怠!"

天末一阵凉风扫过,赵高从一迭声的抱怨中抬头,却发现公子胡亥早已脚底抹油,扬长而去。不过一句话的时间,他竟已溜得不见人影了。

"公子?! 您怎么也只顾着逛夜市了?"赵高捶胸顿足,"寺人乐呢? 寺人乐快来,给我看好公子胡亥! ……"

芝罘岛,东海岸。

独行川上,满目所及之处,山岛竦峙,惊涛拍岸。沉默的帝王不畏严寒,一袭白衣,烫酒一壶,临川长醉,雪飘飘悠悠地降下来,落在冒着热气的酒水里。

身后是春朝大祭,万家灯火,璀璨闪耀。那是以他的钢铁意志所铸就的日月山河,然而此刻,他却独自一人背对那巍巍江山,星海浮槎,孑然一身。

蓦然忆起,曾经有那样一日,那人随他泛舟水上,他曾笑言,或许有一天可二人一同,如那庄周乘桴浮于海。那人的侧颜如当日漫天花火绽放绚烂,美得寂然无声却又惊心动魄,引得冷然如他亦不由心头发热,竟就这般许下了帝王之诺。

"这天地,早晚会是大秦之天地。若有一天,四海咸服,天下皆臣,寡人要带着阿兔,去巡游天下。每到一处,你我就微服出行,东海巨鲲,西境昆仑,烟雨云梦,飞雪九原,寡人带着你,共看这大好河山,乾坤日月,好吗?"

如今岁月逝去,那人带着笑意的侧颜,却为记忆的流光所浸润,浮光掠影,纤毫毕现,栩栩如生。

黑沉沉的极夜,秋风萧瑟,洪波涌起。惊涛拍岸,击打着岸边嶙峋的巨石,而他只是静静注视远处的浩渺烟波,沉默无言。唯有北冥之水潮起潮落,奔流浩浩沉入耳际,似一曲无言长歌。

律声起,雪风至,雅音所及之处,逝者如斯,不舍昼夜。暾将出兮东方,照吾槛兮扶桑,日月更替,时序周至,如庄周鼓盆,如无边落木,如子在川上,如大江东流。

那,俨然是一曲《湘君》。

纷纷大雪中,模模糊糊有一个身影缓缓行来,仔细一看,却是一位步伐清健的斗笠老翁,那老丈行至近前,不言不动,只是静听律声,许久蓦然道:"独自一人?"

他垂下指端竹管望向老丈,深衣广袖漫卷在风中,张扬飘洒,如若垂天之云。平淡冷寂的面容上,如风如海,如天无言。

"独自一人。"

老丈正色,向他深深一拜,帝王肃然还礼。但瞧着老丈在雪中,悠悠行去,一步一步,渐行渐远。

雪下得更大,雪风之中,看不清这苍茫世界,谁主沉浮。远处,传来老人清朗而苍凉的歌声——

"日月忽其不淹兮,春与秋其代序。

惟草木之零落兮,恐美人之迟暮……"

后记

　　秦始皇帝崩于前二一〇年,始皇三十七年第五次东巡,沙丘道中。这位雄才大略的帝王功业煌煌,前无古人,一生荡平八合,囊括四海。人哉秦皇,浩哉秦制,大一统帝制,郡县制架构,桩桩件件,莫不是烁古耀今之革新。秦之法制,为其后数千年的华夏文明,奠定了存续的底色。

　　但用心的历代史家却不难发现,较之其不世功绩,这位帝王的后宫乏善可陈。尤其是始皇帝竟不立后,而遍寻史料更是对其后宫一无所载,更有史家在故纸堆中寻寻觅觅,却是依稀可见,始皇十三继位,廿二元服大婚,二十三岁生下嫡长子扶苏;在此之前,君王未有妾室,无有所出。亲政后十载,君王依礼制纳侧室,生公子二十余人;然东出之后,君王以而立壮年,却仅诞下幼子胡亥一人,尤其灭楚战后,帝王身侧佳丽万千,却是再无半个子嗣添增。

　　帝不立后、后宫无载、扶苏身世、嫡长之谜、后继之乱⋯⋯件件疑案,历代众说纷纭。有言扶苏是为楚系之后者;有言帝王之爱亡于东出者;有言扶苏之母亡于昌平之乱者;更有甚者,言秦王有后,出身楚系,竟是灭楚之战时,因连坐之罪被帝王赐死。其后,又铁腕地抹消了一切她曾存在过的证据⋯⋯总之,无人能窥见千古一帝身边那位女性的容颜。

时如逝水不回头，从今唯见，西风残照，汉家陵阙。千载过后，唯有孤零零帝陵一座，寂寂静卧骊山脚下，多少故纸尘灰，埋葬其中。

公元纪年二六二一年春
陕西临潼，骊山——

"观众朋友们！"

记者透过虚拟全息屏，兴奋地解说着："今天是一个特殊的日子！今天，必将在考古学界，刻下浓墨重彩的一笔！经过近八年呕心沥血的考古发掘，国家'863'计划重点研发项目，科技部牵头，中科院考古研究所、陕西省考古研究院、中科院地球物理所联合发布，骊山秦始皇陵地宫，今天就要开启啦！"

记者指引镜头向前，边走边解说着："大家请看全息鸟瞰图。骊山帝陵地宫，占地四千平方米，相当于十个篮球场！接下来的日子，就由我，新闻频道首席主播顾青婉，带领大家VR全息体验帝陵的奥秘！"

说到此处，顾青婉陡然一停，突然像发现了什么一般。只见她匆匆上前，拦住一旁一位风度翩翩的中年男子，表情兴奋异常。

"观众朋友们，瞧我看见了谁？"顾青婉道，"现在出现在大家身边的，是我们的老朋友了，他就是帝陵考古界权威、帝陵项目考古专家组组长段海潮院士！段教授，能否为大家介绍下这些天来的发掘成果？"

突然被截住去路的段海潮一愣。经过数月不舍昼夜的发掘工作，他的神色有些疲惫，却难掩激动。

"观众朋友们好。"他的声音平静温润，如淙淙的流水，"早在数百年前，中科院就曾用物探手段对帝陵进行了遥感考古，一直未开启，是顾虑到当时技术手段不够先进，可能对文物造成不可复原的伤害。如今所见，与当年的测绘结果大体是吻合的，与现有的信史记载也是相对吻合的。如东西墓道、下锢三泉、水银江河、周天星图，都在地宫的实际发掘中得到了验证。"

"真的啊！"段海潮话音刚落，顾青婉已是惊喜地呼喊出声，"这么多奇珍异宝,洋洋大观,大家都很关心帝陵文物的保护情况呢!历经数千年风霜,地宫保存如何?是否曾被盗掘?"

段海潮笑笑:"帝陵历经千年,因其'穿三泉'的阻排水工程,并未发生坍塌、渗水的问题。因当年项羽焚毁咸阳,帝陵的外藏系统有过坍塌,致使文物外露,如大家耳熟能详的兵马俑陪葬坑。但秦陵地宫联同封土纵深七十二米,相当于二十多层楼高,这样的深度,保护了地宫未受影响。至于盗掘,确实在发掘过程中见过数个盗坑,但都位于外城的外藏系统,如陪葬坑、府藏坑等。总之,地宫内的文物保存,是相对完好的。"

听到这样的答复,顾青婉明显松了口气,她俏皮地眨眨眼睛:"这真是太好啦!看来,尽管自古以来毁誉参半,但无论是考古学界,抑或盗墓贼人,都不约而同地对秦始皇这位千古一帝表达了敬畏之情呢。那么本次发掘中,有没有一些超出我们过往认知的新发现?"

段海潮闻言,显出了三分犹豫。顾青婉见他欲言又止,又循循善诱道:"马王堆汉墓帛书的出土、云梦秦简的发掘、昌平君铜戈的现世,都或推翻或补完了现有的信史,填补了历史的留白。秦陵地宫发掘这样的考古界盛事,是否也有一些惊喜?我们相信,这种惊喜,一定是举世瞩目的!"

"最新发掘的成果,还未经过层层严谨的专家论证,还不好轻率结论。但是……"段海潮思索片刻,"可以确定的是,有一项发现,完全超越了过往的认知和已有的遥感测绘成果。"

顾青婉一听,迫不及待道:"那是?"段海潮微微一笑:"我们发现地宫正中的主墓室,是合葬制式。"顾青婉一愣,不由震惊:"合葬?"她眨眨眼,一时竟怀疑起自己的耳朵:"您是说,陪葬?"

意料之中地笑了笑,段海潮却决然摇头。

"不,传统意义上的陪葬墓位于帝陵内城北部,属于陵园区。但这座墓室位于地宫核心的陵墓区,甚至不在便殿,它实实在在地位于三道羡门内,主墓室之中,帝寝西阶之下。与帝寝一样,创新地摒弃了以往秦公墓的黄肠题凑格局,采用青石为墓下铜致椁,墓主人也着金缕衣。除了规格略小,一应格局,与帝寝并无不同。"

顾青婉一震,竟是大脑一片空白:"您的意思,是说……"段海潮笃定点头:"是的,合葬。"眼看面前连声高呼"不可思议"的记者,他微笑道:"帝陵本就是一处充满未解之谜的存在,我们确实很难以固有的认知去定论。毕竟,帝陵的设计理念主导者秦始皇本人,就是一位不拘一格的创新型君主啊。"

　　"这倒是的。秦始皇帝陵中,下锢三泉、青石为椁、下铜致椁、东西墓道……无一不是战国至汉代墓葬中绝无仅有的设计。"从兴奋中恢复了冷静,顾青婉又面向镜头,"观众朋友们! 如信史记载,秦始皇陵地宫以水银为四渎、百川、五岳、九州,穹顶绘以二八星宿周天壁画,可谓千里江山,掌于地下。随着帝陵项目的推进,这些记载都已经得到了证实,可万万不曾想到的是,这江山环绕、九州交汇之处长眠的,竟然不是始皇帝自己,而是两个人。"说到此处,她又看向段海潮:"那么,可知这位被秦皇'藏'于主墓室之中的墓主,究竟是何身份?"

　　段海潮点头道:"专家组中,汉语言文字学方面的专家们正在紧急破译墓志。当然,首先可以确定的,这位墓主人是一名女子。"

　　"女子?"顾青婉沉吟,"提起合葬墓,第一时间确实让人想到夫妻合葬,毕竟合葬初制于《周礼》。但是几千年来,众所周知,秦始皇是没有皇后的!"段海潮了然一笑:"自然。所以才说,这是可能推翻现有认知的重大发现,毕竟就陵寝的制式而言,这是真正的'生同衾,死同穴'了。"

　　"啊这……?"顾青婉听得莫名激动,"如果是这样,段教授可否再多透露些细节?"

　　"后续,今日是真的无可奉告了。"段海潮温文一笑,"进一步发掘后,专家组会进行对外新闻发布,加以正式披露。"

　　辞别了依然沉浸在兴奋中的央媒记者,段院士匆匆返回忙碌的工作中。一贯严谨的他,并未在公众面前展露太过兴奋的情绪。等他离开帝陵的外藏区,又回到考古队的文物修复室中,只见内里仍是一派紧张忙碌,段海潮推门而入,大步上前:"墓主人生平如何了?"

　　修复台前,一直埋头苦干的学生们闻声抬头:"老师,我们已经完成墓志的拓印了。"放下手中文物正待细说，却见两位青年推门而入，满脸兴奋地进门便道："主任！那幅帛画……"

段海潮一震，连忙回头："怎样了？"

"袁老师那边用了足足三个月，大致是成了！不出所料的话——"两名考古队员对视一眼，兴奋道，"它可能是现存唯一的、秦始皇的真迹！"

此言一出，众人纷纷放下了手中的工作，满室沸腾了！

"真的假的？快和我们说说！"

"当然是真的了！只是没想到，祖龙这样一位雄才大略并吞八荒的伟大帝王，两千多年后留下的唯一真迹，竟然是一幅……"那青年本是眉飞色舞，到此却是"扑哧"一声破了功，"仕女图！听修复组的小李说，那上面，还有题字呢！"

众人一听，满室哗然，兴奋异常。不同于学生们的激动，段教授笑了笑，便提议不如同去一看。众生一片欢呼纷纷响应，蜂拥着就冲出了修复室。

为了最大限度地保护文物的完整性，拓片室、采样室和修复室都以就地修复为原则，设于地宫之中。再次进入地宫，众人皆不由凝神静气，就连最有活力的年轻人也不由得肃敛了举止，仿佛生怕惊扰了地下之人的沉睡一般。

在这座空前绝后的中字形墓道的地宫之中，位于其东的主墓室西阶星位上，果然设着一座规格略小的墓室。无论多少次踏入此间，仍是让人忍不住惊叹，除了规格略小于帝寝，青石寝殿、下铜制椁，一应制式，较之地宫内藏核心的帝王主寝并无不同——也就是说，竟是令人始料未及的，于始皇帝陵寝中采用了合葬的制式。

而要说更令人印象深刻的，大概莫过于这座墓室之中，镂刻在青石壁上的一幅彩绘仕女壁画了。

无人能断言那副壁画的来历和作者。唯知这幅壁画，竟是由当时秦帝国的能工巧匠，照着墓主陪葬品中的一绢帛画，一凿一刻，栩栩如生地临摹拓印，再镂刻在青青石墙之上的。

而更奇的是，那幅原作帛画竟是一式为二，双双放置在一个青金十字扣方盒之中。那本是一卷帛分裁为二,一张为仕女绘卷,另一张却是以同样的笔法技巧,绘了一只圆滚滚的胖兔,如此意趣可爱,当真是令人啧啧称奇。

而此时,那张作为壁画原图的陪葬帛画,正被文物修复组的专家们静静地摊开在长桌之上。经过数月的修复,帛画的人物、色彩、题字印鉴,都渐渐穿透岁月现出原貌来。

此刻映在众人眼中的,正是历经数千年若隐若现的,那位绝美女子的容颜。就在帛画左下,一个隐隐约约的"凫"字,似是在静静诉说着跨越千年的隐衷。而"凫"字其上,一行不知出自何人的题字悄然显现,一起一落,笔锋若飞。

那是历经风霜的秦篆,雄浑苍劲;此刻却勾勒着,一句柔情如云的楚辞。

入不言兮出不辞,乘回风兮载云旗。

悲莫悲兮生别离,乐莫乐兮新相知。

归凫哀书 终

华雍断章

216

兰陵一醉

夫龙之为虫也,可扰狎而骑也。

然其喉下有逆鳞径尺,人有婴之,则必杀人。

人主亦有逆鳞,说之者能无婴人主之逆鳞,则几矣。

——《韩非子·说难》

章 一 涉 江

"愿为布衣。

一身自由，纵横捭阖，践我所学，转我乾坤。"

秦王异二年

楚境，兰陵——

当那一袭白衣的年轻人一叶扁舟渡过苍苍莽莽的沂水，已是傍晚时分。

楚地兰陵的苍山下起了淅淅沥沥的雾雨。他竹伞在握，足尖轻踏，飘然穿过长长的青石阶，山涧河谷之中，兰陵学馆在一蓑烟雨中渐渐显出形貌。

笃笃的叩门声打破了这泼墨山水般的寂静。过了半刻，一位精瘦的蓝衣青年出现在柴扉之外，冷寂如冰的眼神一瞥，却教来人心中一动。

"何人？"

白衣人躬身一拜："吾名孟天，经由芝罘山庄万章大师引荐，求拜荀子大师门下，修学刑名之术。此为吾之拜帖。"

蓝衣人上前接了帖子，俊眉一扬："哦？来得倒快！老师日前收到芝罘山庄传书，这才不过二日，你就到了。"孟天笑道："在下求学心切，敢问大兄如何称呼？"

年轻人轻轻一笑，沉沉的暮色下，那人眼神深邃，目光明亮。

"韩非。"

长公子如晤。

初至兰陵，所见第一人，韩非也。

楚境兰陵的苍山有两绝，楚酒醉兰陵，佩兰芳万里。但这两绝，却比不上隐于苍山深处的兰陵学馆，最是令天下游学士子念兹在心。这里，是被后世称为战国末年最后的大师——荀卿，及其门下弟子隐居修学之所在。

自荀卿与芝罘山庄治学观念不合，在春申君盛邀之下，便带着弟子们从齐地即墨搬到了楚境兰陵。最初大师还勉强领了一个兰陵令的虚职，从后三年更是索性辞官而去，直接隐居深山，闭门不出。

这一切，都是为什么呢？

其实……

"师兄们，师弟们！有朋自远方来了！有朋，又自远方来了！"

兰陵学馆行止阁内，两名大掖儒衣的弟子手持竹贴奔入，满面急切边奔边嚷："名家诸人，又来找我们约战了！"

一群弟子紧随其后，蜂拥入内，倒叫阁中正静静读书的几名弟子愣在原地，哭笑不得。

"不是吧？"一位白胖如瓢的年轻后生顿了半刻，无语万分，"又来？老师这学馆都搬了五次了，怎么他们还找得到啊？"

"上次来的是公孙龙子的大弟子，这次据说是公孙龙子本人来了。"徐徐入内之人其声沉稳，恭谨持重，原是兰陵大师兄李斯；而其答言之白胖后生，乃是弟子张苍。

见李斯进来，众人团团围住："大师兄，此番除了名家要来，芝罘山庄也寄来了战帖，说我们不是儒学的正宗，邀我们至稷下学宫论辩。"

孟天于书案之中，正和几位师兄讨教法学大义，忽而一阵兵荒马乱，听闻到此,冷汗涔涔。心道来尔兰陵怎有种误上贼船之感,却听身侧一道奇异的咏叹声:"怕他做甚? 我来写策疏,大师兄迎战便是。"此言一落,众生皆不敢接话,却是那张苍憨着笑答道:"二师兄,我觉得你直接这样唱着去迎战就挺好……"

一记冰冷如刀的眼神划过,面对韩非高扬的杀气,张苍瑟缩忍笑,辛苦不已。

李斯不理会那二人调笑,沉声道:"把芝罘山庄的战帖烧了。"

众弟子不明就里,纷纷望向大师兄。只听李斯痛心疾首:"身为儒家,教出的弟子全都是法家,老师的心在滴血。前些日子老师刚写了'青出于蓝而胜于蓝,冰,水为之而寒于水'的《劝学》安慰自己,但我看老师的背影都越发颓唐了! 现在芝罘山庄又攀扯正不正统,岂非往老师伤口上撒盐? 烧了,通通烧了!"

张苍却道:"那公孙龙子怎么办? 人已在路上了。就听他那一堆诡辩之局,诸如火不热、山出口,鸟动影不动云云……简直是颠倒黑白,胡搅蛮缠。众生皆有学业,岂可整日与他缠夹!"

李斯闻言,沉默半刻,却道:"孟天。"

"啊? 我在!"孟天慌忙伸了伸头,只听李斯道:"你刚拜于老师门下,公孙龙子的辩合之局就交给你了。"李斯望着孟天,笑得十分和善:"这里的每个弟子都曾与之辩论过,就差你了。"

孟天心道这名家天天闲着没事干否,却见有人冷笑着把一卷书丢到他的面前,随即拂袖而去。抬头一看,竟是韩非。

"这是……《正名》?"

李斯上前看得清楚,不由点头微笑:"阿天,非师弟面冷心热,他是在帮你。"迎向孟天疑惑的眼神,李斯解释道:"老师曾对名家的诡辩之术一一驳斥,韩非师弟据此作以为文,便是《正名》篇。师弟要学法家精益之学,便从这论辩学起吧。"

长公子如晤。

至兰陵七曜之日，名家辩合之局，接战帖也，博君一笑。

秦王异二年，吾为荀卿门下，兰陵学馆小师弟。而此来兰陵，幸而结识师兄诸人，今日便与君分说。

这位黑衣束发、一本正经的青年，就是我荀派大师兄，李斯。大师兄经纬之才，旁征博引，却是为人谨慎，从不轻下结论。其之为人，值得一书。

而烈火磅礴、洞察明澈，一言不合一篇战斗檄文令对方羞愧难当恨不得万死的这位，就是以言辞犀利名满天下的兰陵二师兄，韩非。生而口吃，非师兄发明了一种咏叹的说唱方式来战斗，不过他最擅长的，还是以笔为刀，《五蠹》一出，天下百家直捣九十九。其人出身贵族，值得一书。

还有一位闲度春风宽广博爱的张苍师兄，亦值一书。

当年他仰慕儒学拜在芝罘山庄门下，成了一名法家弟子。在兰陵学馆这些年，张师兄潜心研究孙子算经，着手编纂《九章算术》，记录研习术数、经济及天文历法之心得。

其为人之跑偏，值得大书特书。

风云三才，乾坤合同。

君护法立国，重洗天下之心，一刻不敢或忘。

若有此般经天纬地之才，能够伴君身侧……

时如流水等闲度。

行止阁内，弟子们聚拢在一处，七嘴八舌哈哈大笑。

"师兄们可曾听说，昨日阿天率领荀派战阵大战名家三百回合？当真是痛快至极！"

张苍眉毛一动："荀派战阵？这名字甚好！"李斯亦不由回首："阿天，你到底是如何作辩？"

原是孟天深研《正名》，发现名家诡辩的核心乃是公孙龙子著述之二十一题，于是孟天发动二十名师兄弟，针对名家二十一题，以《正名》切入，一人一题，各自破解；再以题义归纳总结，分列纵队为三，编成战阵。

风字阵通读全篇，务求以点带面；林字阵重点问辩，务求逐个击破；火字阵活学活用，务求诡辩之道，还施彼身；而孟天独为阵首，不谈诡辩，只谈大道，谓之山也。

"于是敌军来袭之时，风林二阵两翼包抄，其疾如风；我为中路军岿然不动，其徐如林；以彼之道还施彼身，对手措手不及，劫掠如火；我则后发制人直指其道之弊，动如雷霆！"孟天胸有成竹，侃侃而谈，"此后无论名家如何来犯，我等只要战法如常，彼也定是溃不成军！"

"彩！"

话音一落，众弟子高呼喝彩。张苍更是一跃而起："妙啊！孟师弟的想法，与师兄我最近研究的方程术不谋而合啊！"言罢热切道："师弟，要不要来师兄这里，我们秉烛夜谈！"李斯瞪他一眼："够了，勿要再提你的算术！不过阿天之策当真奇绝，此番定要禀明师尊，为你记一大功！"

李斯还未说完，却听沉默许久的韩非冷着脸，忽而一句"妙"，这下孟天也一个激灵，不由愣了。

非师兄竟夸人？韩非，他竟在夸人？

苍天在上，天雨粟了！白马当真要非马了！

李斯微微颔首："阿天的做法，全不似游学士子，确实令人耳目一新。莫非阿天出身行伍？"孟天挠头憨笑正欲遮掩，却听身后，韩非带有一丝迟疑的声音响起："阿天，学成出山后，可愿与我……从韩？"

心头忽而一惊。

如此，怕是不可能的，非师兄……

因为阿天，已经有了此生为之效力、万死而不悔的君上。

长公子如晤。

至兰陵学馆月矣，借力老师与非兄之《正名》篇，筹建兰陵战阵，力克公孙名家。

孟天一战成名也。

春去秋来。

苍山河谷之中，天光澄碧，深谷浓绿，金黄深红，松风如海。暮秋清晨腾起的白色雾霭中，白衣人长啸而起，身形挺拔如峭壁，纵剑挥去，落英缤纷。

"好剑法。"

孟天闻得人声，猛然停住身形。却见松风之中，一位老者临湖而立，清风徐来，翩然欲仙，原是荀卿。

"老师！"孟天喜上眉梢，大步迎上，"老师，阿天正要早课后寻您。前日的墨管我又改进了一下，老师试试，这次好不好用？"荀卿望着手中墨管，摇头轻笑："你这孩子何其巧也。这，是狼毫否？"

"故友曾言，狼毫聚墨，或许更显锋刃。"年轻后生笑得露出一口白牙，万分狗腿，"前日无意寻得，此为开天辟地第一支，弟子等不及请老师试用！"荀卿拊掌大笑："好啊，好！"

掌中摩挲那墨管，荀卿忽而沉默数久。

"阿天，你来到兰陵学馆，已近一岁了吧。可践行心中之所愿？"

老师问罢，笑意盈盈只看他。孟天却是错愕："啊？"

荀卿又道："为秦访贤，慧眼独具——蒙恬，你寻到了心中的贤才否？"

孟天闻言，一时惊骇不已，扑通跪地。

"老师！蒙恬不肖，欺瞒老师！"

荀卿道："你是治学之才，但仅让你治学，岂非埋没？你天性聪慧，通透灵性，心中却细腻如斯。阿天，你是纵情疆场之才啊。"

蒙恬顿首："老师！"他说着，眼中似有泪光闪过："自昭襄王过世后，秦三代弱政，庙堂不治，法成空设。恬深感于长公子倾心相托，秦百年之法，不可毁于今世。长公子志存高远，愿慕天下风云大才而聚之，弟子这才……请老师责罚！"

荀卿叹道："孟西白三族，乃关中老秦之部族。蒙恬，你纵然更名，却也从未忘记赳赳老秦之志。"他微微一笑，亲手将蒙恬扶起："阿天，乾坤棋局，天时已至。兰陵学馆能回馈于你的，已经尽于此了。今后，望你牢记……"

其后蒙恬此生，戎马倥偬，纵横万里，却从未忘记过这一天。

这天的荀卿，望着东方天际升起的金色雾霭，他的眼神深处，有朝阳初升的悦动，亦有参透天道的平静。

"望你牢记，君子之道以常，望时而待，知天命而用之也。"

长公子如晤。

至兰陵学馆十月寒暑，老师明我身份，点我大道，寄我天命。

归期不远也。

"阿天，你要走了？"

李斯话音甫落，张苍亦是追问："原来你是秦之百年将门——蒙氏之后？你就是蒙恬？"

行止阁中，聚拢而来的众人表情惊讶不可置信。

蒙恬长跪而拜，言辞恳切："秦国尚法，大争之世，秦法不废。愿聚风云英才，盘整天下，铁血板荡，推行法制！待师兄们学成出山之日……"

心中骤然一凉。

似是感应到什么，回过头去，却对上角落里那人冷冷斜睨的眼神。

那个人，明亮执着的，磅礴犀利的，高蹈快意的，外冷内热的；无数次与他、李斯论法直至深夜，意兴不止的；此时此刻，却面无表情地、冷冷地看着他。

"非师兄……"

这白衣渡江纵横无羁的年轻人第一次沉默了，内中点点愧意遗憾交错涌上，一时竟说不出话。沉默许久，蒙恬阖目长叹："非师兄。若论众师兄弟

心中法学之大者,何人能出非师兄其右? 然而韩之庙堂我有所耳闻,并非践
行法度之邦,您……"

韩非冷笑。

李斯见状,不由皱眉:"非,勿要如此偏激。学馆之内,无国别,无贵贱。
蒙恬师弟为国访贤,老师既然认可,就并无不妥。你出身韩国公族,自有家
国之属,我等布衣出身,却不得不……"

李斯话未说完,就被韩非一声冷嗤打断。

"出身?"韩非冷笑,"一身自由,纵横天下,践我所学,转我乾坤。你怎
知,韩非就不愿为布衣?"言罢,大怒拂袖而去。

众弟子面面相觑,谁也不知,这位韩师兄,究竟是在气什么。

那夜,韩非捧着自己平日里几乎从不碰的兰陵醉,喝得几近不省人事。

蒙恬依稀记得,那人曾醉眼蒙眬地问:"那位长公子,究竟是何等人物?"

蒙恬沉吟,答曰:"那,是必将法家刑名之学推及天下的明君雄主。"

深沉夙夜,韩非双瞳,熠熠发亮。

"六国,莫能与之争?"

蒙恬闻言而笑。

"天下,莫能与之争。"

长公子如晤。

及至兰陵学馆整整一岁,蒙恬辞别老师及学馆诸人,学成归秦。

咸阳王城内,又是一年春霖拂面,青竹苍翠。早春清晨蒸腾上扬的薄雾
中,看不清这大争之世,谁主沉浮。

蒙恬大步来到廊下时,却见那少年公子正庭间舞剑。长剑扫过,虎啸龙
吟,衣裾翩飞。

"长公子!"

"……阿恬?"

恍然回神的少年公子面色白得几近透明，从容收起剑势。将来人样貌尽收眼底，一双凌厉眉眼中喜色乍现。而一冬的白雪世界万千肃杀，也仿佛因他这微微一笑，如沐春风。

蒙恬长身而拜："长公子，蒙恬回得迟了。"

"快些免礼。"公子政轻笑，"今岁不闻阿恬秦筝，政茶饭不思，弃我至此，天何言哉！"蒙恬顿住，不由笑道："公子好无道理，恬月月传书，公子却从无回音，岂非公子弃我乎？"

相视而笑。

嬴政大步而来，双手扶起了楚地归来即匆匆进宫拜见的至交好友。

"政少年归国，身份所累不得游学八方，深以为憾。今挚友为吾求学访贤，聊以弥补。此番……"嬴政说到此，傲然一笑，"风云三才，大盘灭国，尽在掌中也！我已命人备下小宴，你我入内一叙。"

蒙恬亦迫不及待："甚好！只是这酒，却需一换。"公子政挑眉："哦？阿恬带了好酒？"

蒙恬回身轻笑。

"临来时，非师兄处讨来的。楚酒——兰陵醉。"

这一年，公子政十二岁，蒙恬十六岁。

蒙恬者，其先齐人也。恬大父蒙骜，自齐事秦昭王，官至上卿。……恬尝书狱典文学。

——《史记·蒙恬列传》

"吾之所求,唯有一人,公子非也。"

十四年后

秦王政十三年

咸阳王城——

"儒以文乱法,侠以武犯禁,而人主兼礼之,此所以乱也……雄文!此诚为百年来第一雄文也!"

秋夜气佳景清,当李斯穿过长长的中央王街进入长安宫时,珠玉无双的年轻君王正手捧书卷,轩窗独倚。几分少年人独有的张扬颜色,随着目光在竹卷尽头凝结。

李斯缓步上前:"君上因何事欣喜若此?"

目光须臾不曾自竹简上偏移,君王的语气带着显而易见的激赏:"斯卿,你看,'夫王者,能攻人者也;而安,则不可攻也。强,则能攻人者也;治,则不可攻也。治强不可责于外,内政之有也。今不行法术于内,而事智于外,则不至于治强矣'——岂非大妙!"

指端摩挲竹简厚重的纹路，一身玄色的中年男子沉默片刻，笑了。

"君上，作此文者，乃是臣之故交。"

"哦？"秦王政闻言，抬眸愕然，"斯卿识得此人？此大才也，怎不早些推荐于寡人？"李斯轻笑："君上当真如此惜才？"秦王猛一拍案："怎不？寡人能与之同游，死而无憾矣！"

李斯闻言，不由轻叹一声。

"故人韩公子也，韩非。"

三日后，秦王令桓齮率十万大军，气势汹汹杀伐而至，兵临函谷。

告韩王曰：寡人之所求唯有一人，韩公子非。

韩都新郑，韩王宫——

韩王安急得宛如热锅上的蚂蚁。

"暴秦向来都是如此！非，寡人此番保不了你了……"

"秦王政要我使秦何用？大王当真不懂？"韩非一句未得说完，韩王安已是连连擦汗："懂又有何用？那西边竖子虎狼之君食人喽人也！十万秦军关外虎视眈眈，你、你叫寡人如何是好？"

韩非眉心深皱："霸道若此，天下侧目，何不拼死一战？"

韩王安听了，勃然大怒。

"韩非，那是十万黑甲秦军！你当真要万千韩人为你一人陪葬？他只是要你！只是要你！"

掩下眉宇之中三分黯然，韩非沉默数久，道："我前日将《五蠹》《孤愤》《内外储》诸篇进于大王，望大王体察信用。韩之治国之道，必须盘整……"韩王安强忍心中不耐，抢道："这些治国之事就不劳你费心了。前些日子，寡人已经召集群臣商议了抗秦之策！"

冷不防听到"抗秦之策"，韩非眼神一亮。

"当真？是何对策？"

见韩非神色关切，韩王安大为自得。装模作样轻咳三声，难掩得意道："水工疲秦。"

"什么？……王兄！"

那消瘦而苍白的中年男子听得真切，又惊又怒，却似乎还带着三分可笑，一时竟说不出话。

韩王安又沉下一张脸："勿再言！身为王族，你也该承担自己的责任。水工疲秦大计利在千秋，而你使秦，也应切记时时不忘弱秦。"

韩非不语。

一瞬间，仿佛他整个人老了十岁一般。长久站立的身躯开始僵硬，就像一座喷薄欲出的火山，尽管表象上看，却似千年寒冰般冷冽袭人。

韩非沉默了许久，方才苦涩地开口："韩不治庙堂上下，不盘谋国利害，却要靠间谍细作等劣蠹手段疲秦弱秦吗？"

瞬间脸上挂不住，韩王安怒斥："放肆！寡人千秋之策岂容你置喙，明日你便赴秦，勿再多言！"

一阵死寂般沉默。韩非终是俯下身去，长身一拜：

"臣知晓。"

兄弟二人相视无言，竟是终于到了无话可说的境地。而最后一丝跃动的火焰从男子的眼眸深处熄灭了，至此，那里成了一团死寂的灰烬，再也悄无声息。

许久，韩非向着韩王安的方向，长长一躬，旋即转过身去，大步欲走。

"阿非……"

身后韩王安的声音幽幽传来，在这一室静寂之中，显得格外苍老又疲惫。

韩非的脚步骤然一顿。

"不要忘了弱秦。"

韩非抬起脚来，大步而去。

他知道，那被他遗落在身后的，分明是此身拼尽全力、深爱难离的故土。然而这一刻，早已经疼痛而麻木的心中，仿佛再无留恋。

可是,我究竟还在期待着什么?

这一年,秦王政二十六岁,李斯四十四岁。

非见韩之削弱,数以书谏韩王,韩王不能用。

人传其书至秦,秦王见孤愤、五蠹之书,曰:嗟乎,寡人得见此人与之游,死不憾矣!李斯曰:此韩非之所著书也。秦因急攻韩。韩王始不用非,及急,乃遣非使秦。

——《史记·老子韩非列传》

"韩非一生，惕励独行，激烈褊狭，从不奢求人知也。"

一年后

秦王政十四年

咸阳官驿，韩非客舍——

当李斯的脚步临近咸阳官驿之时，苍茫的雪风已将江山浸透。大雪下了一昼，已至傍晚时分，却仍然没有停下的意思。

"非师弟。"

却见层叠回廊掩映的客室，那人静静独坐在庭间，冷冷的冰雪呼号室外，染上他消瘦的侧影几许单薄。李斯轻轻上前，目光流连在他面前的书卷，不由得念出了声："夫龙之为虫也，可扰狎而骑也。然其喉下有逆鳞径尺，人有婴之，则必杀人。人主亦有逆鳞，说之者能无婴人主之逆鳞，则几矣。"

韩非皱眉，神情略有些尴尬："不过随手一笔，师兄无须介怀。"

李斯的脸色渐渐难看。

"逆鳞？……君之逆鳞？《说难》？师弟,你……"李斯脸色一变,大步行至几案之前,将那卷《说难》之下的一长串竹简,一把抽出！

"《存韩书》?!"

韩非阖目长叹。

李斯展开竹简,一目十行地看下去,越看脸色越沉。

"攻赵？攻楚？不攻韩？胡闹！"

将那卷竹简掷于地下,李斯一脸寒霜,低低的声音里压抑着薄怒:"君上何其明慧通透之人,洞悉人心天下无人能出其右。你以为他会不懂你的私心？"

而他面前的人只是淡淡地坐着,坦然与他对视。天光熹微,映着那人的身影,几乎要消失在层叠廊柱后浓墨般的阴影中。

良久,韩非惨然一笑。

"那人确是百年难遇之雄主。只是……"

"只是,那个人是天生的帝王！"李斯的言语中,压抑着沉沉的怒意,"帝王之心,谋国在上,洞悉　切,不容丝毫私心犹疑！"

韩非沉默。

"你不是最善权谋的吗？你不是术势兼得吗？韩非,不要告诉我你不知道,面对帝王,但有一丝一毫的二心,就是弹指生杀！"

韩非依旧沉默。

"他尊你敬你,以大贤之道待你,是盼你为他所用。所以,若你起了二心,那……"

韩非骤然开口,沉默而平静:"韩非没有二心。韩非之心,从来在韩不在秦。"

李斯哽住,半晌说不出话来。

"以君上为人之强硬,君当真不知此书一上,君当真毫无活路！"

"……那又如何。"他说得平静,素来激越如剑的人,此时此刻竟是犹如朽木枯松。

李斯闻之怒极:"韩非！天生韩非,举世大贤如你,为了小国私利,竟至于如此！"

此时李斯勃然大怒，疾言厉色，竟是与平日宽和平静、沉稳似海的他截然不同了。他停下来甚久，方平复了紊乱的呼吸。

然而，那沉默许久的人突兀地冷笑，骤然打破了这一室沉闷的窒息。

"天生……韩非？呵，哈哈哈哈……"

那人眉目凌厉，骤然激越："天生韩非，何使韩非生长于朝政昏聩之邦？天亡韩非，何令我得窥法学经典，独集法、术、势于一身，又为何令我独见斯人，与之同游乎？"

一瞬间，李斯身形剧震，脸色惨白如纸。而韩非却颓然发笑。

"师兄，事到如今，非真的不在乎。"

李斯默然半刻，霍然起身。

"韩非，我常言不如你。然而如今的你，已然忘却了当初稷下游学你我之诺：若有一国报我以新法盛世，我必以一己之身为其谋国！"他说着，面露鄙夷，"一切与天下一统、新法盛世对立的，过去、现在、未来，李斯都必将之摧毁，一个不留！"

韩非阖目长叹，不置一词。

"韩非，法无例外。那一日，同为法家，你知我会怎么做。告辞！"

回答他的，是韩非笔直消瘦的身影。他缓缓直起上身，向着李斯的方向深深一拜。

李斯拂袖而去。

这一年，秦王政二十七岁，韩非四十二岁。

韩非，韩之诸公子也。今王欲并诸侯，非终为韩不为秦，此人之情也。

———《史记·老子韩非列传》

章四 礼魂

"君上以知交手足待先生,先生不知乎?"

秦王政十二年

咸阳王城,章台宫——

君王惯常举行小朝会的章台宫东偏殿,此时此刻,却是一派剑拔弩张。内中诸人个个面色沉寒如冰,无不凝视着那傲然立于正中正冷峻述说的人。

韩非昂然独立,朗声道:"大王可曾观非所献之《存韩书》?"

秦王政颔首:"敢情先生详解。"

广袖一挥,韩非侃侃而谈:"韩国积弱,早晚臣服于大王,大王何必心急?秦之东出,当从当世强国入手。"

众臣闻此,议论纷纷。

"倘以先生之见,大秦东出,何者为先?"

率先发问之人,乃是文信侯吕不韦迁蜀后,被秦王一手拔擢的当今秦相昌平君。

韩非不卑不亢,从容对曰:"原来是相国大人。秦之东出,非有两策也:一则向北,攻赵。长平之后,赵恨秦欲死,灭赵首当其冲。另一则……"韩非骤然直视昌平君,傲然冷笑,"向南,伐楚也!楚国强盛,是秦东出之头等大敌。不知相邦以为如何?"

韩非话音一落,殿中一时沉寂,早有人忍不住偷瞧昌平君脸色,纷纷捏了一把汗。

原来,昌平君熊启乃是楚考烈王质秦时,与昭襄王女生下的楚公子。论及血统,正是出身楚国公族。

然而此刻,这位楚公子面色一变,终隐忍不发。

李斯观此一阵,眉头大皱,却是同列阶下的张苍为着韩非之言心中大急,怎奈官职微末,不便出言,一时如坐针毡。

突兀一声冷笑平地而起:"只怕先生之言,谬矣。秦之东出,绝无后路,须得一举定天下!韩之积弱,秦先灭韩,不至耗损国力,却得以一试天下也。"

出言打破沉默的,是秦之国尉缭。尉缭本是魏国大梁人,入秦即得秦王重用,今专司治兵之事,职责分内便慷慨直言。

尉缭此言一出,殿上众武将亦是纷纷赞同。

更有都尉王贲直言:"且楚境深远,赵甲勇武,我军深入,极易陷入广袤泥沼之中,不得脱身。"

王贲是为频阳王氏之后,上将军王翦之独子。其人年纪虽轻却是身经百战,用兵挥洒奇绝,他如此断言,很难不令人信服。

老将牛蒙武亦是摇头:便是一战而胜,亦不可喜。支撑此等战事,国力必然大损,届时,天下将群起而攻之。"

不愧是多年杀伐疆场的老将,蒙武淡淡几个字一出,在场的杨端和、羌瘣等武将纷纷点头。即便是不通战事的王绾、李斯等文臣,也不由得听出了一头冷汗。

"……"

静静立在公父身后的蒙恬良久沉默，心头不明滋味涌上。

自打听闻故友韩非入秦的消息，他欣喜非常，怎奈身在军营，一晃半年才迎来这一次的告归。自蓝田大营一路飞奔，今晨东方未明之时策马入得大咸阳，换了一身钧玄等不及来到章台，却是怎么也没想到，入眼，竟是这样荒唐可笑的一幕。

此时姚贾出列直斥："韩子之言，当真欺我秦国朝堂无人矣！"

姚贾，秦上卿也，更是天下闻名的纵横名士。这些年来，其人统帅玄虎令，出入六国为大秦合纵连横，邦交伐谋。三寸不烂之舌，有当年张子游说六国之风。

然而那韩非却只是一脸寒霜，傲然独立在众人之中。尽管朝堂之上几近被群起而攻之，仍是满面冷峻鄙夷。

年轻的秦王骤然开口，如若风过琳琅，扫平一室杂尘。

秦王政面色平静："先生又说，寡人失之用人，还请明言。"

韩非冷漠以对："臣所言之人，乃是上卿姚贾。"

姚贾闻此，始料未及："韩子，你这是何意？"

韩非却看也不看他："姚贾，出身低贱，其父乃是魏国大梁国狱的狱卒。"

不过一句，李斯神色大变。他眉心深蹙，凝视韩非半晌不语。

饶得是张苍也再管不了其他，忍不住悄声道："师兄！"

然而韩非似浑然不觉般："臣听闻，姚贾曾屡次在大梁为盗，后又到赵国做臣子，又被驱逐。"

言及此，韩非又冷笑道："如此可知生而卑贱之人，不配立于朝堂之上。秦君任用大梁盗徒、邯郸被逐的卑贱之人，用以谋国社稷，还派其为使节，携重金周旋于六国，岂非不能用人查人？秦君此举，又岂是明君所为？"

韩非口中，仍是那突兀不合时宜的奇异咏叹，然而此时此刻，早已没有一人想要调笑了，一时如寒风萧瑟，章台宫中众人哗然。

在一片肃杀如冰中，姚贾蓦然前行几步，伏跪大殿之中。

"韩非以出身布衣有罪而论姚贾,贾无话可说。然贾为秦纵横山东六国,邦交伐谋,从不敢有一刻懈怠。请我王明鉴!"

姚贾言罢,神情悲愤,伏跪稽首。

韩非凝视着王座上年轻的秦王,年轻的秦王也凝视着他。

一时间仿佛所有的人都不存在,眼前的人眼神高高在上,乾坤莫测。

恍惚间仿佛回到了初初至秦。与这年轻的君王秉烛夜谈,寤寐神交,忽而大笑,忽而沉默,忽而如癫如狂;虽此前素未谋面,虽二人本是忘年,却熟识得仿佛多年未见的老友。

令他恍然忆起当时明月,兰陵突兀出现的少年阿天。只是,眼前的青年分明更高昂,更激越,嬉笑怒骂皆文章。

仿佛世上的另一个韩非,却有着韩非从不曾有的纵天羽翼。

高昂流丽,耀眼张扬,举世无双。

秦王政,这天下间的所有人,都不似他。

然而……

"韩非之言,大谬也!"昌平君拍案而起,神情如冰,"天下游学士子,十有八九是布衣,如今我大秦朝堂之上,王绾、李斯、郑国、姚贾济济多士,皆是六国布衣。竟以出身论人,韩子言行,委实令人匪夷所思!"

王贲亦出言怒斥:"韩王行水工疲秦之策,郑国一案,引得我大秦上下震动。廷尉之《谏逐客书》,言犹在耳。韩非,枉你为一代名士,竟至如此褊狭,实在大失贾上风范!"

高高在上的年轻君王轻轻一挥手,拂去了一室争执。

对众臣的激愤恍若未觉,君王却向韩非道:"那么依先生言,姚贾应如何处置?"

韩非正色,一脸肃然:"如此大奸不肖,人主必除!"

姚贾大怒:"韩非,你!"

却是有人上前一步,轻轻止住姚贾,正是蒙恬。

"水工疲秦、离心弱秦，韩王好生筹谋。韩子，你这是铁心为韩不为秦啊。"

一语中的，蒙恬爽朗清远的声音甫一落地，那始终一脸严霜的韩国公子第一次有了反应。他向着蒙恬的方向，轻轻一拜。

"兰陵一别，故人十载未见。听闻将军奉命驻守蓝田大营，本是笃定无缘再见，谁知世事，竟是得失难料。"

蒙恬抬眼看着韩非，久久无话，眼眸深处却闪过一丝疑惑。他沉默片刻，不由问道："兵临函谷，韩王如何待先生，先生不知？"

韩非不答。

蒙恬又道："韩之庙堂较之秦之庙堂如何，先生不知？"

韩非不答。

蒙恬又道："我大秦上下如何待先生，先生不知？"

韩非不答。

蒙恬又道："君上以知交手足待先生，先生不知？"

韩非依旧不答。

蒙恬再问，已是渐渐凌厉："秦何负于韩子，韩何恩于韩子？君竟要为此等邦国殉死！"

韩非昂首而立，默然不语。他的神情木然平静，整个人仿佛枯寂盘虬的山中老树。

年轻的君王蓦然开口，眉目厉厉如岩下闪电。再看其人一扫方才沉默平静之色，好似一柄突兀出鞘的利剑。

"韩非大谬谤人，搬弄山东流言辱我忠臣；上《存韩书》，欲以秦大军攻赵伐楚，深陷苦战，其心存恶意也，有违秦法。着廷尉署将其下狱，依法勘问。"秦王政停顿片刻，鹰隼般的眼神望向李斯："斯卿用事。"

李斯闻言出列，向着秦王的方向深深一揖。

"臣，谨遵王命。"

这一年，秦王政二十七岁，韩非四十二岁。

秦王封姚贾千户，以为上卿。韩非短之曰：贾，梁监门子，盗于梁，臣于赵而逐。取世监门子梁大盗赵逐臣与同社稷之计，非所以励群臣也。

王召贾问之，贾答云云，王乃诛韩非。

——《战国策·秦策》

章五 抽思

"你,可愿追随于我?"

"粉身碎骨,永不相负。"

秦王政十四年

咸阳王城·长安官外——

含章殿外的木兰败了又开,开了又败,晚春时节花期已过,留下一树树浓绿。那叶片如若大颗大颗的水滴,在阳光的照耀下发出灿烂的光芒。

寺人上前一步,恭敬道:"廷尉正,君上一大早便前往雍城太庙致祭,此时并不在宫中。看这情形左不得四五日,方能回返。"那寺人屏退左右,近前低语:"君上有言,事有缓急,君自决断。"

李斯凝立殿外,许久沉默。

沿着中央王街行至王城内宫之中。李斯回望亭台楼阁绵延不绝,九重宫阙,森然凝立,一种不明的思绪渐渐涌上心头。

他并非未经人事的少年孺子。然而此时此刻,心头重压的大石却几近将他压垮。

万千过往涌上心头，人生之悲凉莫过于此。

他的面前，摆着一张帝王命题的问策。年轻的君王此时不在王城，不在咸阳，却又仿佛无处不在，冷眼旁观，倨傲地等待他的答案。

妒能、杀贤、天下为之侧目、千古流传骂名……出身楚地小吏的布衣李斯，从不在乎；然而兰陵过往，稷下问道，意气激昂如有千言的韩非，李斯，并不是真的不在乎。

恍然间仿佛又回到了稷下，回到了兰陵。脉脉青山之下，依稀又见老师那双看透世事的深沉眼眸，无时无刻，洞悉人心。

"得修学如你二人者，老师无憾矣。此番学成出山，当一展宏图也！"当日的荀卿满怀豪情，临川咏而歌。当日的李斯与韩非，相视而笑。向荀卿深深一拜，二人异口同声："老师，值此临别之际，学生恳请老师再教我们一次！"

荀卿闻言，阖目沉思数久。

"斯，你为人朴厚，厚积薄发，外热内冷，擅长为政。"

"非，你学问精深，内有深情，外冷内热，擅长治学。"

二人闻此，俱是沉吟。却听荀卿停顿片刻，复又开口道："斯之劫，在有术无道。李斯遇事思虑过甚，大事难断，终成负累。"李斯听此，若有所思。荀卿又道："非，汝之劫，在勘不破。"

一向睿智明达的年轻人此刻却迟疑了。他望着老师，明亮锐利的双眼之中是一丝迷惑。

"……勘不破？"

荀卿望着韩非，不由叹道："逝者如斯，不舍昼夜。而天行有常，不为尧存，不为桀亡。你我，家国，不过时代洪流中的沧海一粟，纵然看得清大道的流向，却终究难以勘破家国的血脉执念。那，是纵然圣贤也难解的困局啊。"

老师……

您最珍爱的学生，最洞悉人性的、最深谙权谋的，却选择了大庭广众之下，如此明目张胆、荒唐可笑的谗诬。

有意为之？心灰欲死？

终是王命难违，血脉难择。

这就是你的选择吗？韩非……

那么，我的选择又是什么？

恍惚中，梦回十年前的文信侯府。

灿然鎏金的颛顼端月，丛丛金扇灿烂，庭间落英缤纷。那不过束发之龄的少年就是如此，一脸淡漠地独立在满园的金黄深红之中。

回眸间惊鸿一瞥，却是令山河为之失色的绝艳。

当日的李斯，视线仿佛被那少年的身影定格一般，忍不住问道："那个人，是……"

当日还是相邦的吕不韦，闻言大笑。

"客卿恍神了吧！那是王上呀。"

李斯至此而用秦。

机云入洛，华曜日月，一时呼吸风雷，天下奔走而慕艳。

只是如此平静到极致的一个回眸……

其后，可谓斯之君者，再无旁人。

记忆中与秦王初遇那一年……

秦王政十七岁，李斯三十五岁。

(秦王)卒用其计谋，官至廷尉。二十余年，竟并天下，尊主为皇帝，以斯为相邦。明法度，定律令，皆以始皇起。同文书。治离宫别馆，周遍天下。

——《史记·李斯列传》

章六 国殇

"那是纵然圣贤也难解的困局。"

秦王政十四年

咸阳北坂,云阳国狱——

位处咸阳北坂的云阳国狱,漫漫青山下巍峨险峻,那青色岩石砌成的砖墙高耸入云,森然凝立。

来人一身秦制的玄色官服,峨冠博带,眉目冷清。沿着长长的青石台阶一路纵深,隐见国狱深处的囹圄正中,静坐着一位赭衣囚服之人。

"师兄,你来了。"

数月不见,君为座上客,我为阶下囚。李斯不做声,却自怀中取出一包东西,放到韩非面前的几案之上。

"这是……楚酒?兰陵醉?"韩非大笑,"好啊,好!"

李斯在韩非的对面席地而坐,沉默地为二人斟酒。凝视韩非半晌,他的声音冷得没有一丝温度:"事到如今,你终究,为韩不为秦?"

"师兄,有些话,就不必再说了吧。来,喝酒!"

苦酒入喉，激起一片冰凉与苦涩，对面韩非的面孔隐在了层层叠叠的阴影里。李斯叹息："想不到老师一语成谶：你之劫，在勘不破。师弟，你素来聪慧，看得到世事命运的流向，却勘不破区区家国之负累，你分明痛恨韩国官吏腐败，韩王背信弃义令你为质入秦，你却还要为了韩国谋利！"

一杯一杯冷酒入肚，对面那人却只是平静地听着。

李斯想要再说什么，却终于没有再开口。等了半晌，二人中间，只余尴尬难耐的沉默。许久，韩非轻轻一笑："斯兄，你这每逢大事就思虑过甚、善谋却难断的性子，还是没变。"

李斯身躯一震，面色渐渐变得颓然，复又深深地看了韩非一眼，终于摇摇头，起身欲去。

他身后的韩非却缓缓直起身子，朝着那玄色的背影深深一拜："有那人在，你我之学，终可推及天下，韩非无憾矣。"

李斯脚步顿住。

"非，你还有什么话要对那人说吗？"

昏暗的牢狱中，韩非的脸色白得几乎透明，他似是在笑，说出口的话却像一声叹息。

"没有。"

李斯的身形微微一顿，然而，这停顿只不过瞬息的时间。他没有回头，大步离去。

李斯走出囹圄之后的石墙，早候在一侧的狱掾一脸堆笑地躬身上前："廷尉正大人，这便按先前嘱咐的，送那人上路吗？"

李斯抬眼望去，那狱掾手执一个托盘，盘上毒酒一杯，三步肠断，老得不能再老的手法。

他顿了一下："去吧。"

狱掾点头哈腰："小人做事，大人放心。今后还望大人多多提携。"言毕俯着身，一路小跑而下。

李斯沉默。今人之性，生而好利，果然如此，果然如此。

经过了层层叠叠的青石步道,眼看着走到了国狱之外,刺眼的阳光刺得李斯双眼发痛。

在灿烂的天光下他只觉一阵眩晕,竟想流泪了。

秦都咸阳·廷尉署——

狱史瞧见远远走近的李斯,连忙迎上。李斯沉声道:"他的住处,可抄捡了?"

"禀报大人,已经抄捡完毕。只是……"狱史说着,直皱眉,"这韩子枉为一国之公子,住处竟似个雪洞,什么值钱的东西也没有。"

望着属下困惑的脸色,好像心中有什么浮了上来,李斯竟然轻轻地笑了一下。

"却也似他。"

狱史顿了顿,欲言又止:"不过……"李斯瞟他一眼:"不过什么?"

狱史深吸口气,道:"禀报大人,是书。韩子留下了许许多多的竹简,甚多删减改动,应是他的论稿。那些竹简磨得光明铮亮,必是经常翻阅。那些书,一卷一卷,整整齐齐地摆在书案之上。"他望着李斯的脸色,小心翼翼说下去,"有些在学宫流传过,有些却是没见过。他留下的那些,可比早先传到我们秦国的多多啦!奇的是,如此重要的东西,他竟没有送回韩国!如果他想,明明还是有机会的。于是小的们也不敢妄动……哎?廷尉正?——廷尉正,您这是去哪里?"

九年,秦虏王安,尽入其地,为颍川郡。韩遂亡。

——《史记·韩世家》

章七　悲回风

"我何罪于天,无过而死乎?

——蒙恬罪当死也。"

廿五年后——

秦二世初年

上郡,阳周县圄——

身陷囹圄之人满头霜雪,早不复往日风华。他的眼前,回到了上郡的连天草原。

二十年来,他坚守着当年与那人的承诺。北筑长城而守藩篱,却匈奴七百余里,令胡人不敢南下而牧马。

然而如今,他面前摆着的是一杯毒酒。

"蒙恬何罪于天,无过而死乎?"

这杯毒酒不来自匈奴,不来自六国,却是来自那人的少子,如今的帝王。

而一切，早就在公子扶苏已经僵硬变冷的尸体面前，渐渐走向癫狂。

"蒙恬罪当死也。"

我的罪，滔天难赎。那人亲手托付的龙脉，竟断绝在了我的手上。

他抬起头来，将那杯毒酒一饮而尽。

这一生的种种，在他的眼前仿佛走马灯一般回放。那些一闪即逝的片段，原来自始至终都在内心的深处不曾离去。

他的眼前，是二十年前嫪毐之乱，熊熊火焰燃烧的雍城橐泉宫。

"将这两个孽种装进去，囊扑杀之！"随着赵高一声断喝，两个粉嫩嫩、肉嘟嘟的幼儿，伴随着一声凄厉的啼哭，再也悄无声息。

而被牢牢拦在身后的，是太后恐惧的尖叫和渐渐坠落的身躯。

他的眼前，是十五年前秦灭赵，一片废墟的邯郸廓城。

那一年，赵高的眼中，泛起的是殷殷血红。

"降而免死？凭什么？！你们配吗？既恨我大秦欲死，何不拼尽一兵一卒？你们为什么不死？为什么不死？今日，只此一日，为了君上，高陪着你们一起统统去死可好？哈哈……"

白衣染血恍若杀神，那人疯狂的大笑溶于邯郸的夜色。这样的赵高，令人闻所未闻。

以至于后来蒙毅告知他一切时，他还犹自不能相信。细细想来，其实赵高一向都是狠绝的，是遇神杀神的；只是那个唯一能驾驭他的人，不在了。

他的思绪，回到了三十年前的兰陵学馆。

彼时，李斯仍是一脸持重笑意，沉稳敦厚。

"阿天，今晚来论道啊，你看，非师弟连好酒都备下了！"

而韩非独在一旁，笑而不语。

却不似其后数载，那人的笑影早已湮灭于岁月，徒余他与他复又相对——

"大师兄！"

"……蒙大将军。"

他的眼前，是二十五年前，大秦倾尽国力东出前夜。

那一年，匆匆赶来九原的弟弟蒙毅，满面惆怅，一路风尘。展开还带着体温的帛书，久经沙场的武将，大掌竟些许颤抖。

"这……是他给我的？"

蒙毅颔首："是。他于云阳国狱，托我将此书转交兄长。"

"阿恬过于忠直，不通权谋，更不通那卑污之人的龌龊。长此以往，难免为其所害。"

帛书之上，字字烁金。蒙恬抬眸，"君上他……"蒙毅目光一凛："兄长自知君上行事。"

蒙恬颓然长叹。

他的思绪，回到了七年前的频阳王氏故宅。

那一年，灭楚战罢，三越难安，王翦、蒙武两位大将折于岭南潮瘴之地，帝国柱石接连崩塌。

病榻前，蒙恬殷切宽慰："贲弟切不可多思，一时染病而已，总会大好的！"

王贲却是摇头苦笑："弟此番自知不能了，只恨此身无用。"

蒙恬闻言，又惊又痛："君上已在赶来的路上了。你是水漫大梁、一连下楚十七城的大秦猛将王贲！ 如今国事艰危，你还年轻，岂可露如此颓丧之象啊！"

当年王、蒙联军灭楚，为了安定岭南三越之地，两位老将自请驻守岭南，迁老秦人黔首南下。可岭南潮湿瘴气，秦人常驻，多有水土不服。短短三年，王翦、蒙武相继离世，帝国两位柱石之臣崩于楚地。

王贲言及旧事，痛入骨髓："如此节骨眼上，我深恨自己竟这样不争气！

频阳王氏大厦将倾,王贲对不起君上啊。"言到此处,王贲回握蒙恬之手:"恬兄,唯有阿离那孩子……"

蒙恬不由热泪盈眶:"定不负君所托!"

王贲双目涣散,颓然叹息:"恬兄,若未来真有危难,频阳王氏却不能与君上、与蒙氏并肩而战、协力护国,才是痛彻心扉。阿兄,从今往后,君上和长公子,就交给你了。"他望着他,那双黑瞳深处,似燃尽了毕生的期望:"所托甚重,君切之慎之,万不可有一丝踏错。必要之时,当断则断。"

华雍断章

他的思绪,回到了五年前的九原。

那一年,帝国文制整肃,坑杀方士,公子扶苏不忍数谏,被君上贬至九原监军。

那夜的长城烽火台上,平沙漠漠,寒月如刀。长公子犹似自惩,一袭单衣,踯躅不愿离去。

"大将军,公父此番是厌弃了我吧!"

蒙恬俊眉一皱,劝道:"长公子刚毅而武勇,信人而奋士,为人宽仁,君上识人察人,怎会不知?"扶苏不禁落泪:"是扶苏一意孤行,数次劝谏,惹得父皇大怒吐血。回想起来,痛如刀割。扶苏不配为人子,更不配随侍御前。"

蒙恬摇头叹息:"陛下使公子来九原,未尝不是一种保护。君上对公子抱持厚望,公子当勉励矣!"

须臾一阵朔风北回,寒意更是彻骨。扶苏对月长叹,苦笑摇头。

"公父之功,存定四极,无人可望其项背。旁人不能,扶苏亦不能。扶苏,早和那些人一样——做好了随时为帝国牺牲的准备。"

渐渐深入脑海的黑暗,仿佛一点一滴抽离了他的意识。

然而,早已忘却了何年何月,何时何地,盛开的一树如雪木兰,树下是那人张扬若飞的笑颜。

"阿恬,你……会不会怨寡人?"

那是他一生至交,一世同袍,一朝之君。是他这一生,纵为之九死而犹未悔的君上。

那日自己不由问道:"为何?"

嬴政道:"大秦东出,旷世奇功,此为武将一生的荣耀。然而我却要阿恬为我独守九原,不得南下,为大秦守好最后的屏障。此生,你将与一统天下之煌煌功业无缘。阿恬,你可会心中不平?"

蒙恬回眸而笑,长身而拜。

"承君所托,必不负君。"

自是少年相伴,自是一世君臣。那人也微微地笑了。

"那么,阿恬,我将这一生最珍重之事托付于你。"

"君上?"

"扶苏。为我守护好他。"

我何罪于天,无过而死乎? 良久,徐曰:恬罪固当死矣。起临洮属之辽东,城堑万余里,此其中不能无绝地脉乎? 此乃恬之罪也。乃吞药自杀。

——《史记·蒙恬列传》

满目山河如画,此生托约麒骥,泾水清清,长醉倾笑语。

梦回雨疏夜寂,兰陵晚来风急,与君倾杯任散聚。

兰陵一醉·终